KB089177

현대지성 클래식 12

아이반호

IVANHOE

월터 스콧 | 서미석 옮김

현대
지성

차 례

월터 스콧 연보

1771년   에든버러에서, 월터 스콧과 앤 러더퍼드(Anne Rutherford) 사이
         에서 출생.

1772~73년 소아마비를 앓아 절름발이가 됨.

1779~83년 에든버러에서 고등학교에 다님.

1783~86년 에든버러 대학교에 다님. 1786년에 아버지 밑에서 법률을 배움.

1792년   변호사가 됨.

1796년   뷔르거(Burger)의 작품을 번역하여 익명으로 「추적, 윌리엄과
         헬렌」(*The Chase, and William and Helen*) 발표.

1797년   프랑스 왕족 출신 샤를로트 샤르팡티에(Charlotte Charpentier)
         와 결혼.

1799년   괴테(Goethe)의 「철의 손 괴츠」(*Goetz of Berlichingen*)를 번역
         하여 「공포 이야기」(*Tales of Terror*) 발표. 셀커크 주의 판사대
         리로 임명됨.

1801년   루이스(M. G. Lewis)의 「신기한 이야기」(*Tales of Wonder*)에
         기고함.

1802~3년 「스코틀랜드 변경지방의 민요」 발표.

1805년   「마지막 음유시인의 노래」 발표. 제임스 밸런타인 출판사를 공
         동 경영함. 「웨이벌리」 시작.

1806년   항소 법원의 서기로 임명됨.

1808년   「마미온」 발표. 존 드라이든(John Dryden) 작품집 발간.

1810년   「호수의 연인」 발표. 「웨이벌리」 다시 시작했으나 중단함.

1812년   애버츠퍼드로 이주.

1813년 　「로커비」(*Rokeby*) 발표. 월계 시인으로 천거되었으나 사양함.

1814년 　「웨이벌리」발표. 조나단 스위프트(Jonathan Swift) 작품집 발
　　　　　간.

1815년 　「섬의 영주」(*The Lord of the Isles*), 「가이 매너링」(*Guy
　　　　　Mannering*) 발표.

1816년 　「골동품 수집가」(*The Antiquary*) 발표. 「검은 난쟁이」(*The
　　　　　Black Dwarf*)와 「옛 사람들」(*Old Mortality*), 「나의 지주 이야기」
　　　　　(*Tales of My Landlord*)」 시리즈 1부 발표.

1817년 　「로브 로이」(*Rob Roy*) 발표.

1818년 　「미들로디언의 중심부」(*The Heart of Midlothian*), 「나의 지주
　　　　　이야기」 시리즈 2부 발표. 준남작 작위 받음(1820년에 공고됨).

1819년 　「래머무어의 신부」(*The Bride of Lammermoor*), 「몬트로즈의
　　　　　전설」(*A Legend of Montrose*), 「나의 지주 이야기 시리즈」 3부
　　　　　발표. 「아이반호」 발표.

1820년 　「수도원」(*The Monastery*), 「대수도원장」(*The Abbot*) 발표. 딸
　　　　　소피아(Sophia)가 록하트와 결혼함.

1821년 　「케닐워스」(*Kenilworth*) 발표.

1822년 　「해적」(*The Pirate*), 「나이즐의 행운」(*The Fortunes of Nigel*),
　　　　　「절정의 페버릴」(*Peveril of the Peak*) 발표.

1823년 　「켄틴 더워드」(*Quentin Durward*) 발표.

1824년 　「성 로난의 샘」(*St. Ronan's Well*), 「붉은 장갑(*Redgauntlet*) 발
　　　　　표.

1825년 　「약혼자」(*The Betrothed*), 「부적」(*The Talisman*), 「십자군 이야
　　　　　기」(*Tales of the Crusaders*) 발표. 『저널』(*Journal*) 창간.

1826년 　아치발드 컨스터블 출판사(Archibald Constable & Co.)와 제임

스 밸런타인출판사의 파산으로 재정 위기. 「우드스톡」
(Woodstock) 발표.

1827년   그동안 익명으로 발표했던 웨이벌리 소설의 작가임을 밝힘.
「나폴레옹의 생애」(Life of Napoleon) 발표.

1827~28년 「캐논게이트연대기」(Chronicles of the Canongate) 2부작 발표.

1828~31년 「어느 노인의 이야기」(Tales of a Grandfather) 4부작 발표.

1829년   「가이어스타인의 앤」(Anne of Geierstein), 웨이벌리 소설의 걸
작 시리즈 발간하기 시작함.

1830년   「악마 연구와 마법에 대한 편지」(Letters on Demonology and
Witchcraft) 발표. 「아이반호」 걸작 발간.

1831년   요양 차 지중해로 여행함.

1832년   「파리의 로버트 백작」(Count Robert of Paris), 「위험한 성」
(Castle Dangerous), 「나의 지주 이야기」 시리즈 4부 발표.
9월 21일 애버츠퍼드에서 사망함.

아이반호

로맨스

때로는 굴레에 매였다가,
때로는 수레를 가로질러 가네, 자주 작별하면서도,
… 떠나기 싫어하는 것 같다네!

프라이어(Prior)

머리말

웨이벌리 시리즈 소설의 작가는 이제까지 변함 없는 인기를 누려 왔으므로, 어쩌면 문학이라는 자기 고유의 영역에서는 성공에 취한 버릇없는 아이로 불려왔을 수도 있다. 그러나, 작품을 자주 발표하다 보니, 다음 작품들에 새로운 모습을 부여하기 위한 어떤 방법을 강구하지 않는 한, 결국에는 대중의 사랑을 잃어버리게 되고 말 것이 명백하다. 스코틀랜드의 풍습, 스코틀랜드의 방언, 스코틀랜드의 중요한 등장 인물 등은 저자가 가장 친숙하고 익숙하게 알고 있는 것들이므로 이제까지 저자의 이야기에 효과를 주는데 의존해 왔던 기본토대였다. 그러나, 오로지 이것에만 의존한다면 이러한 종류의 관심은 결국 어느 정도의 동일성과 반복을 불러올 수밖에 없는 것이 명백하다. 그리고 독자는 마침내 에드윈(Edwin)의 말을 빌면, 파넬(Parnell)의 이야기에 나오는 다음과 같은 상태가 되기 십상이다.

> "주문을 바꾸어라," 그가 외치네,
> "이제 그만하면 충분하다,
> 실컷 뛰어다니는 모습은 이미 다 보았노라."

자칭 예술에 종사하는 사람의 명성에, (어쩌면 막을 수 있다면) 매너리즘에 빠지도록 두거나 어느 특별하고 제한된 양식에서만 유일하게 성공을 거둘 수 있다고 생각되도록 허용하는 것보다 더 위험한 일은 없을 것이다. 일반적으로, 대중은 어느 특정한 구성 양식에서만 자기들을 만족시켜 온 작가가 바로 그 재능에 의해서 다른 주제들을 과감히 시도해 볼 능력이 없는 사람이라는 견해를 품기 쉽다. 대중 편에서 그들에게 만족을 주었던 작가들에게 느끼는 이러한 싫증의 효과는, 작가들이 재미있게 만드는 수단을 확대하려고 시도할 때, 노력을 기울이던 인물에 변화를 감행함으로써 자기 예술의 지평을 한층 확대하려고 하는 배우나 예술가에게 대개 쏟아지는 대중의 비평에 의한 혹평에서 찾아볼 수도 있을 것이다.

그러한 시도에서는 늘 일반의 평가를 얻고자 하는 경향이 있으므로, 이 견해는 어느 정도 타당성이 있다. 무대에서는 어떤 배우가 심할 정도로 희극에 효과적인 외적 자질을 지님으로써 비극적 탁월성을 열망할 권리를 박탈 당하는 일이 흔히 일어날 수도 있다. 그리고 회화나 문학적 저작에서도 미술가나 시인은 오로지 어느 하나의 주제 방향으로 자신을 가두는 표현력과 사고 방식의 대가가 될 수도 있다. 그러나 어느 한 부분에서 인기를 얻게 해 주는 바로 그 능력이 다른 부분에서도 성공을 가져다줄 경우가 더 잦으며, 연기나 미술보다는 문학적 저작에서 특히 그럴 경우가 더 많은데, 그 부분에서 모험가는 그러한 노력을 기울이는 데에 어느 특정 역할에 적합한 용모의 특성이나 인물의 형태에 의해서 방해를 받지 않거나, 화필을 사용하는 독특한 무의식적 버릇에 의해 특정 종류의 주제에 한정되지 않기 때문이다.

이러한 합리화가 옳건 그르건, 저자는 자신을 순수하게 스코틀랜드적인 주제에 한정시키는데 독자들의 관대함을 지치게 할 뿐 아니라 그들에게 즐거움을 줄 수 있는 자신의 능력을 상당히 제한할 수도 있게 될 것 같다고 느낀다. 그토록 많은 천재들이 매달 대중을 즐겁게 해 주는데 헌신하고 있는 매우 세련된 나라에서, 저자 자신이 즐겁게 조명해 왔던 것과 같은 새로운 주제는 사막의 아직 맛보지 않은 샘물과도 같은 것이다.

"사람들은 타고난 행운을 감사하고 그것을 호사라 부른다."

그러나, 사람과 말과 가축과 낙타들이 밟아서 진흙탕으로 만들어 놓은 후에 그 샘물을 미칠 듯한 기쁨에 사로잡혀 처음 맛보는 사람에게는 샘물 맛이 매우 기분 나쁜 것이 되어 버리고 만다. 그래서 그 샘물을 처음으로 발견한 공적을 세운 사람은 만일 부족 사람들로부터 계속 평판을 잃지 않으려면 아무도 맛보지 않은 새로운 샘물을 발견함으로써 자신의 능력을 보여주어야만 한다.

어느 특정한 부류의 주제에 자신이 한정되는 것을 깨달은 작가가 이전에 자신의 수완으로 성공을 거두었던 동일한 특성의 주제에 새로운 매력을 추가하려고 애씀으로써 자신의 명성을 유지하려고 노력한다면, 어느 시점이 지난 후에는 실패하게 될 분명한 이유가 있다. 만일 광산이 완전히 파낼 수 없는 것이라면 광부의 힘과 능력은 반드시 소진되게 마련이다. 만일 저자가 전에 성공을 거두었던 화법을 열심히 모방한다면 대중들이 왜 더 이상 즐거워하지 않는지 의아하게 생각할 수밖에 없게 될 것이다. 저자가 같은 종류의 주제에 대해 다른 견해를 취하려고 노력한다면 분명하고 우아하고 자연스러운 것들이 소진되어 버렸다는 것을 곧 깨닫게 될 것이다. 그리고 새로움의 필수 불가결한 매력을 위해서 풍자만화처럼 될 수밖에 없고, 진부해지는 것을 피하기 위해서는 기발해져야 한다.

아마도, 사람들이 부르던 대로 스코틀랜드 소설의 저자가 순수하게 잉글랜드적인 주제를 실험해 보고 싶어하는 그토록 많은 이유를 일일이 열거할 필요는 없을 것 같다. 그렇기는 하나, 호의적이든 그 반대든, 아무런 편견도 붙이지 못하도록 웨이벌리 소설 저자의 새로운 작품으로서, 대중들의 사랑을 받기 위한 새로운 후보작으로 노력을 기울인 역작으로서 계획된 작품을 대중 앞에 선보임으로써 그 실험을 가능한 한 완벽한 것으로 만들고 싶은 것이 저자의 목적이었다. 그러나 이러한 목적은 그 후에 다음에 언급될 이유로 인해 빗나가고 말았다.

이야기의 배경으로 설정된 시대는, 그 이름만으로도 분명히 대중의 관심을 끄는 인물들이 많이 있을 뿐 아니라 그 땅을 경작하고 있는 색슨 인들과, 정복자로서 그 땅을 여전히 지배하고 있으면서 피정복자들과 융화되거나 같은 혈통이 되는 것을 인정하기를 싫어했던 노르만 인들 간에 현저한 대조를 보여 주고 있던 시기인 리처드 1세의 재위 기간이었다. 이 대조에 대한 아이디어는 독창적이면서 불행했던 로건(Logan, 스코틀랜드의 전도자이자 잡문 작가. 알코올중독과 교회가 극장을 승인하지 않은 것이 원인이 되어 스코틀랜드 교회에서의 목회를 포기했다)의 비극 「런나메드」(Runnamede)에서 얻었는데, 저자는 이 작품에서, 역사에서 거의 비슷한 시대 무렵에 색슨 영주들과 노르만 영주들이 무대의 각기 다른 측면에서 서로 마주보고 있는 것을 보았다. 그리고는 이제까지 관습이나 감정 면에서 두 민족을 대조하려는 어떠한 시도도 없었다는데 생각이 미쳤다. 그리고 역사는 여전히 고매하고 호전적인 귀족 출신으로 존재하고 있는 색슨 인들을 소개함으로써 왜곡되었다는 것이 정말로 명백했다.

그러나 색슨 인들은 민족으로서 살아남았고, 일반적인 그들 민족의 비천한 상태에는 예외였다 하더라도 옛 색슨 가문 중에는 재산과 세력을 가지고 있는 가문도 있었다. 그래서 저자가 보기에, 검소하고 소박하고 둔감한 풍습과 옛 제도와 법률에 고취되어 있는 자유로운 정신이 특징인 피정복자와, 군사적 명성과 개인적 모험과 자신을 기사도의 꽃으로 유명해지게 해 줄 수 있는 모든 것에 대해 높은 기백이 특징인 정복자, 이 두 민족이 한 나라에 존재하고 있음은, 저자 측에서 실수만 하지 않는다면, 같은 시대와 나라에 속한 다른 인물들과 한데 섞여 그 대조에 의해 독자들의 흥미를 불러일으킬 것 같았다.

작품의 상당한 분량이 완성되어 인쇄된 후에 작품 속에서 인기를 얻을 만한 싹을 알아보고 싶었던 출판업자는 완전히 익명으로 작품이 발표되는 것에 격심하게 항의했고 웨이벌리 작가의 작품으로 발표되는 이점을 갖추어야 한다고 강력히 주장했다. 저자는 이에 완강하게 반대하지는 않았는데, 에지워스(Edgeworth)의 훌륭한 이야기 「작전」(Manoeuvring)에서 '거듭되는 속임수' 는 관대한 대중의 인내심을 뛰어 넘는 것이 될 수도 있고, 당연히 대중의 호의를 대수롭지 않게 여기는 것으로 생각될 수도 있다는 휠러(Wheeler) 박사의 의견에 공감하기 시작했기 때문이다.

그래서, 이 작품은 웨이벌리 소설의 공인된 연속작으로 나오게 되었다. 그리고 전작들만큼 호의적인 반응을 얻었으므로 그렇게 시인하지 않았다면 유감스러운 일이 되고 말았을 것이다.

유대인, 성전 기사, 용병대 혹은 자유 훈작사들의 대장이라 부르던 그 시대에 고유했던 다른 사람들과 같은 인물들을 독자들이 이해하는데 유용한 도움을 줄 수 있는 이러한 주석들이 첨부되기는 했지만 매우 조심스러웠는데, 이러한 주제들에 대한 정보는 일반 역사에서 충분히 찾아볼 수 있기 때문이었다.

독자들에게 호의적으로 보이는 행운을 얻게 된 이야기 속에서, 한 사건은 옛 로맨스가 많이 축적된 데서 더욱 직접적으로 빌려왔다. 즉, 저 쾌활한 은자의 암자에서 왕과 탁발승 턱과의 만남을 의미하는 것이다. 이 이야기의 일반적인 풍조는 모든 나라에서 모든 신분에서 찾아볼 수 있다. 모든 나라에서는 신분 여하를 막론하고 변장한 군주의 암행을 묘사하는데 서로 경쟁적이다. 이렇게 변장한 군주는 민심을 알아내거나 재미를 찾아서 하층 계급의 삶 속으로 들어가 군주의 변장한 겉모습과 실제 인물 사이의 현저한 차이에서 독자나 청취자에게 즐거움을 안겨 주는 모험을 만나게 되는 것이다.

동방의 이야기꾼은 자신의 이야깃거리로 충실한 신하들인 메스로우르(Mesrour)와 지아파르(Giafar)와 함께 한밤중에 바그다드 거리를 쏘다니는 하로운 알라스치드(Haroun Alraschid)의 변장한 모험을 선택했다(「신 아라비안 나이트」 시리즈에서 "칼리프의 도적들"이라는 제목으로 칼리프 알라스치드가 최고 환관 메스로우르와 수상 지아파르와 함께 바그다드 거리를 모험한 이야기가 소개되어 있다). 그리고 스코틀랜드의 구전 이야기도 제임스 5세의 비슷한 모험을 자세히 설명하고 있다. 왕은 자신의 정체를 숨기고 싶을 때 동방의 이야기 속의 칼리프가 도적들에게 가명으로 알려진 것처럼 그 암행 동안에 발렌지에크의 굿맨(Goodman of Ballengiech)이라는 이름으로 알려진다. 프랑스의 음유시인들도 그토록 인기 있는 주제에 입을 다물고 있을 리 없다.

라우프 콜지아르(Rauf Colziar)라는 스코틀랜드 운문 로맨스의 노르만 원작이 틀림없이 있는데, 이 원작에서는 샤를마뉴(Charlemagne) 대제가 어느 숯장수의 익명의 손님으로 소개되어 있다. 이 작품은 이와 같은 종류의 다른 시들의 원작이었던 것 같다.

유쾌한 잉글랜드에서는 이러한 주제를 다룬 대중적인 민요가 이루 말할 수 없이 많다. 퍼시 주교(Bishop Percy)가 「고대 영국 시풍」(*Reliques of Ancient English Poetry*)에서 언급한 존 더 리브(John the Revee)나 스튜어드(Steward)의 시는 그러한 사건을 다루고 있다고 전해진다. 그리고 이외에도, 왕과 탬워스(Tamworth)의 무두장이, 왕과 맨스필드(Mansfield)의 물방앗간지기 같은 주제를 다룬 다른 이야기들도 있다. 그러나 아이반호의 작가가 신세를 졌음을 인정해야만 하는 이러한 성격의 특정한 이야기는 위에서 제일 나중에 언급된 이야기들보다도 2백년이나 오래된 것이다.

그 이야기는 옛 문헌에 대한 흥미로운 기록으로 대중에게 처음으로 소개되었는데, 이 옛 문헌은 『영국의 서지학자』(*British Bibliographer*)라는 제목의 정기 간행물에서 에저튼 브리지스 경(Sir Egerton Brydges)과 해즐우드(Hazlewood)의 공동 작업으로 수집된 것이다. 이 간행물에서 그 이야기는 "1829년의 원전에서 주로 인쇄된 옛 운문 이야기"라는 제목의 매우 흥미로운 책의 편집자인 문학 석사 찰스 헨리 하트숀(Charles Henry Harts-horne) 목사에 의해 모방되었다. 하트숀은 "왕과 은자"라는 제목으로 소개되어 있던 『영국의 서지학자』에 실린 것을 제외하면 본 단편 이야기에 대해 다른 출전은 없다. 이 단편 이야기의 내용을 짧게 발췌한 것을 보면, 리처드 왕과 탁발승 턱의 만남이 상당히 유사하다는 것을 알 수 있다.

에드워드(Edward) 왕(에드워드라는 이름의 군주들 가운데 어떤 사람인지는 밝히지 않았지만 기질과 습성으로 보아 에드워드 4세로 추정할 수 있다)은 조신들과 함께 셔우드(Sherwood) 숲에서 화려한 사냥 대회를 개최했고, 로맨스에서 군주들에게 흔히 일어나듯이, 비범하게 크고 빠른 사슴과 우연히 마주쳐

바싹 뒤쫓게 된다. 그러다 결국, 수행원들과 떨어지고, 말과 사냥개도 모두 지치고 밤은 점점 깊어 가는데 어느 광활한 숲의 그늘 아래 홀로 남겨지게 된 것을 깨닫는다. 그렇게 불편한 상황에 자연스레 따르는 불안 속에서, 왕은 하룻밤을 제대로 묵어갈 곳을 찾지 못할까봐 걱정하게 된 어느 불쌍한 사람들이 로마 가톨릭 달력에서, 자기에게 제대로 충성을 맹세하는 버림받은 모든 나그네들에게 병참장군 역할을 하는 성 율리아노(Saint Julian)에게 어떻게 빌었는지 기억해낸다. 그에 따라 에드워드 왕은 기도를 드리고, 물론 인자한 성인의 안내로 어느 오솔길에 이르게 된다.

그 길은 아주 가까운 곳에 은자의 암자가 있는 숲의 어느 예배당으로 통하는 길이었다. 왕은 자기의 고독의 벗이 되어 줄 그 은자가 암자 안에서 묵주 기도를 올리는 소리를 듣고는 하룻밤만 재워달라고 점잖게 부탁한다. 그런데 은자는 이렇게 대답한다. "당신 같은 귀족에게는 내어드릴 방이 없소. 나는 이곳 초야에서 뿌리와 나무 껍질로 살아가고 있으므로, 목숨을 부지하기 위해서가 아니라면 아무리 불쌍한 사람이라도 내 거처 안으로 들이지는 않소." 왕은 다음 마을로 가는 길을 물었지만 설령 대낮이라고 해도 쉽게 찾을 수 없는 길이라는 것을 알고는 은자가 허락을 하든 안 하든 그날 밤 억지로라도 그곳에서 묵어가겠다고 선언한다. 그래서 왕은 암자 안으로 들어갈 수 있었는데, 은자는 자기가 사제복만 입고 있지 않았다면 폭력을 행사하겠다는 협박에 별로 신경 쓰지 않았을 것이라고 넌지시 비치며 자기는 협박에 굴복하는 것이 아니라 단지 소동을 피하려는 것뿐이라고 한다.

왕은 암자 안으로 들어갔고, 그가 쉴 수 있도록 밀짚 두 단이 흩뿌려졌다. 왕은 이제 쉴 곳을 찾았으니 다행이며, "밤이 금세 지나갈 것"이라고 자위한다.

그러나 다른 욕구가 일어난다. 왕은 다음과 같이 말하며 저녁을 달라고 시끄럽게 군다.

"내 분명히 말하노니,

이토록 불행한 낮을 보낸 적이 없지만
이토록 유쾌한 밤도 없었다네."

　그러나 자기가 궁정의 사람들을 따라 왔다가 커다란 사냥 시합에서 길을
잃었다는 사실을 은근히 알리며 맛있는 음식에 대한 취향을 이렇게 밝혔지
만 그 인색한 은자가 빵과 치즈보다 더 좋은 것을 내어놓게 할 수는 없었고,
왕은 빵과 치즈는 별로 먹고 싶은 생각이 없었다. 그리고 '맹물'은 더더욱
마시기가 싫었다. 결국 왕은 만족할 만한 대답을 얻지 못하면서도 여러 번
언급하는 지경까지 주인을 졸라댄다.

　　　"그러자 왕이 말했네, '신의 은총으로,
　　　당신은 곁눈질로 화살을 쏘기에는
　　　더 없이 좋은 곳에 있소이다
　　　산지기들이 쉬러 가고 나면,
　　　모든 들사슴 가운데,
　　　가장 좋은 놈을 가끔 잡을 수 있을 테고.
　　　비록 그대가 수도사라고 해도
　　　활과 화살이라는 미끼를 갖고 있다 해도
　　　전혀 흉이라고 생각하지 않을 거요.'"

　그 말에 은자는, 자기가 삼림법을 위반했다는 사실을 고백하도록 빈객이
부추기고 하고 있다며, 삼림법을 위반했다는 사실이 왕의 귀에 들어가는
날에는 목숨을 부지하지 못할 것이라고 염려한다. 에드워드는 비밀을 지킬
것을 다시 한 번 확인하고 어서 사슴 고기를 구해 달라고 다시 은자를 조른
다. 은자는 이번에도 자기에게 지워진 성직자의 의무를 다시 한 번 강조하
며 그렇게 법률을 어기는 짓은 절대로 하지 않았다고 계속 주장한다.

"오랜 날들을 이곳에서 보냈지만,
암소의 젖 외에
고기는 먹은 적이 없소.
자 이제 몸도 녹였으니 그만 주무시오,
그러면 편히 누울 수 있게
내 외투를 둘러 주리다."

퉁명스러운 탁발승이 마침내 왕의 식사를 바꿀 생각이 들게 만든 이유가 무엇인지 알 수 없으므로 여기 실린 원고는 어딘가 누락된 것 같다. 그러나 그 빈객이 그 어떤 사람보다도 자기 식탁을 빛내준 '괜찮은 친구'라는 점을 인정하며 탁발승은 마침내 자기 암자에서 내어놓을 수 있는 가장 좋은 것을 내놓는다. 식탁에는 두 개의 촛불이 놓여지고 불빛에 하얀 빵과 구운 고기 파이가 드러나고 게다가 싱싱한 것과 소금에 절인 최상품 사슴 고기가 곁들여져 원하는 대로 골라먹을 수 있게 했다. 자못 흡족한 왕은 탁발승에게 지껄인다. "당신에게 궁술에 대해 재촉하지 않았더라면 딱딱한 빵만 먹었을 뻔했는데, 지금은 왕자처럼 포식하게 되었구려. 마실 것만 풍족하다면 말이오."

인심 좋은 은자는 보좌 사제에게 침대 근처의 비밀스러운 구석에서 커다란 술통을 가져오게 하여 술도 빈객에게 내어놓았고, 세 사람은 모두 함께 정식으로 음주를 시작한다. 이 흥겨운 술자리는 어떤 호언장담을 생각해내면 술친구들이 각기 술을 들이키기 전에 반복하는 식으로 탁발승이 주도하였다. 말하자면, 일종의 신나게 떠들어대는 판으로서, 술잔을 들이켜는 규칙을 정해 나중에 건배를 한 것이다.

먼저 술고래 한 사람이 오래된 시구를 읊으면 다른 사람이 그에 맞는 시구로 화답해야 했는데, 때때로 대응구를 잊어버린 왕의 부족한 기억력에 탁발승은 많은 농담을 던진다. 밤은 그렇게 유쾌한 놀이로 즐겁게 지나간다. 아침이 밝아 떠나기에 앞서 왕은 그 사제를 궁정에 초대하여 적어도 탁발승의 환대에 보답할 것을 약속하며 탁발승의 대접에 무척 즐거웠노라고 말한다. 유쾌한 탁발승은 결국 궁정을 방문하여 왕이 가명으로 쓰고 있던 이름인 잭 플레처(Jack Fletcher)를 찾아가겠다고 동의한다.

이 로맨스도 군데군데 누락이 되어 있기 때문에 어떻게 해서 탁발승이 왕의 정체를 알게 되었는지는 알 수 없다. 하지만 아마도 같은 주제를 다루는 다른 이야기들에서 그런 것처럼 매우 유사하게 익명으로 행세하던 군주에게 마땅히 갖추어야 할 경의를 어긴 데 대해 죽음을 당할까봐 걱정하고 있던 탁발승은 오히려 영예와 보답을 받자 기분 좋게도 놀라고 만다.

하트숀이 수집한 작품 중에, 기본 줄거리가 같은 로맨스가 하나 있는데, "에드워드 왕과 목동"이라는 제목의 이 로맨스는 생생한 표현으로 "왕과 은자"보다 더 흥미로운 작품으로 생각된다. 하지만 지금 우리가 의도하는 목적에는 맞지 않는다. 독자들은 로맨스에서 그 사건이 유래된 원래의 전설을 여기서 보게 되는 것이다. 그리고 종교의 계율을 지키지 않는 난봉꾼 은자와 로빈 후드 이야기의 탁발승 턱과의 동일시는 분명한 편법이었다.

아이반호라는 이름은 옛 운율에서 착안한 것이다. 소설가들은 폴스타프 (Fallstaff, 셰익스피어의 헨리 4세와 윈저의 명랑한 아낙네들에 등장하는 쾌활하고 재치있는 허풍쟁이 뚱뚱보 기사 ; 역주)처럼 어디에 가면 좋은 이름들을 많이 구할 수 있는지 알고 싶을 때가 가끔 있다. 그러다 저자는, 테니스 시합에서 다투다가 라켓으로 흉악한 왕자를 쳤다는 이유로 몰수당한 유명한 햄던 (Hampden)의 조상의 세 영지의 이름이 기록되어 있는 시구를 우연히 생각해냈다.

"트링, 윙, 아이반호,
한 대 후려친 덕분에,
햄던은 그 영지들 없이 지냈네,
그리고 그렇게 벗어날 수 있어서 기뻤네."

아이반호라는 이 단어는 두 가지 중요한 관점에서 저자의 목적에 들어맞았다. 첫째는, 옛 영어의 어감이 난다는 것이고, 둘째는, 이야기의 성격이 무엇일지 아무런 암시도 풍기지 않는다는 것이다. 저자는 특히 이 두 번째 특징이 적잖이 중요하다고 생각한다. 소위 제목을 붙이는 것은 서적상이나 출판업자의 직접적인 관심을 끄는데, 이들은 때로 이런 방식으로 작품이 아직 인쇄되고 있는 중인데도 선매하기도 한다. 그러나 만약에 아직 작품이 나오기도 전에 자기 작품에 과도한 관심이 쏠리는 것을 저자가 허용한다면 독자의 과도한 기대를 만족시키지 못하는 것으로 드러날 경우 자신의 문학적 명성에 중대한 실수가 될 관심을 불러일으키는 당황스러운 입장에 처하게 된다. 게다가, 만약에 '화약 음모 사건'(Gunpowder Plot, 1605년 11월 5일 가이 포크스를 주동으로 하는 영국의 가톨릭 교도들이 의회를 폭파하고 제임스 1세와 왕비 및 제임스 1세의 큰아들을 시해하고자 꾸민 음모 ; 역주)이나 일반적인 역사와 관련된 어떠한 제목을 만나게 되면, 독자들은 각기 작품을 보기도 전에 이야기가 진행될 방식과 거기서 어떤 성질의 즐거움을 얻게 될지에 대해 특정한 생각을 품게 된다. 이런 점에서 독자들은 아마 실망하게 될 수 있으며, 그럴 경우에는 당연히 그 저자나 그 작품을 찾아보고 싶은 마음이 들지 않을 것이며 불쾌한 감정이 생겨날 것이다. 그럴 경우에는 문학적 모험을 시도한 작가가 비난을 받게 되는데, 작가 자신이 의도한 목적에서 빗나갔다는 이유로 비난을 받는 것이 아니고, 대중들의 예상과는 전혀 다른 방향으로 화살을 날렸다고 비난을 받는 것이다.

저자가 독자들과 함께 나눈 숨김없는 의사 소통을 전제로, 저자는 이 작품에 지엽적인 상황을 덧붙였는데, 오친렉 고본(Auchinleck Manuscript)에 나와 있는 일군의 노르만 전사들의 기록에서 프롱 드 뵈프(Front-de-Boeuf)라는 무서운 이름을 얻을 수 있었다.

아이반호는 발표되자마자 대단한 성공을 거두었으므로 저자에게 규칙에 얽매이지 않는 자유로움을 안겨 주었다고 할 수 있는데, 이제 스코틀랜드는 물론 잉글랜드에서도 소설 저작 능력을 발휘하도록 허용되었기 때문이다.

일부 공정한 독자의 눈에는 아름다운 유대 처녀라는 인물이 상당히 호의적으로 비쳐져, 드라마 속의 인물들의 운명을 정할 때에 윌프레드를 좀 덜 흥미로운 로웨나보다 레베카와 맺어 주지 않았다는 이유로 저자는 비난을 받았다. 그러나, 그러한 결합을 거의 불가능하게 만들었던 그 시대의 편견은 말할 것도 없고, 말이 난 김에, 저자는 매우 고결하고 숭고한 성격을 지닌 인물은 속세의 부귀 영화로 그 덕을 보상받게 하려는 시도에 의해 승화되기보다는 그 품위를 저하시키는 것으로 생각한다고 말할 수 있다.

그런 것은 하느님이 고난받을 가치가 있다고 평가하는 보상이 아니며, 로맨스의 가장 큰 독자들인 젊은이들에게 행동과 원리의 곧음이 우리의 열정의 만족이나 소망의 성취와 당연히 관련이 있거나 이에 의해 적절히 보상받는다고 가르치는 위험하고도 치명적인 교리가 된다. 다시 말해서, 만약 고결하고 욕심이 없는 인물이 속세의 재산이나 명예나 높은 지위나 레베카가 아이반호에게 품은 것과 같은 성급히 생겨나거나 어울리지 않는 열정에 탐닉하는 것으로 처리된다면 독자들은 정말로 덕이 그 보답을 받았다고 말하기 쉬울 것이다. 그러나 삶이라는 거대한 그림을 훑어보면 절제의 의무와 원칙에 열정을 희생시키는 것이 좀처럼 그렇게 보상받지는 못한다는 것을 알 수 있을 것이다. 그리고 의무의 고결한 수행에 대한 내적인 의식은 이 세상이 주거나 빼앗아갈 수 없는 평화라는 형태로 그들의 생각속에 더욱 합당한 보상을 만들어 내는 것이다.

애버츠퍼드에서,
1830년 9월 1일
월터 스콧

1장

배불리 먹은 돼지가 저녁이 되어
집으로 돌아가 시끄럽게 꿀꿀거리고 불쾌하게 소리 지르며
억지로 쫓겨 마지못해 더러운 돼지우리로 들어가는 동안
이들은 이야기를 나누었네.

포프(Pope)의 「오디세이아」 (Odyssey)

돈 (Don)강이 젖줄인 유쾌한 잉글랜드의 그 쾌적한 지방에, 예전에는 셰필드(Sheffield)와 아름다운 동커스터(Doncaster) 읍내 사이에 있는 멋진 언덕과 계곡의 대부분을 뒤덮고 있는 커다란 숲이 뻗어 있었다. 이 광대한 숲의 흔적은 지금도 여전히 원클리프 공원(Warncliffe Park)과, 웬트워스(Wentworth)의 귀족 영지와 로더럼(Rotherham) 주위에서 찾아볼 수 있다. 이곳은 바로 옛날에 전설상의 원틀리의 용(Dragon of Wantley, 퍼시의 「고대 영국 시풍」에 나오는 시구를 인용. 원틀리는 원클리프의 방언)이 출몰했고, 장미 전쟁 동안 가장 필사적인 전투들이 많이 벌어진 곳이기도 하다. 또한 이곳은 오래 전에 그 행적이 잉글랜드의 시가에 그토록 인기 리에 표현되었던 의협심 넘치는 무법자들 무리가 활약했던 곳이기도 하다.

주무대가 이러하니 이야기의 시대적 배경은 리처드(Richard) 1세의 재위 말 무렵의 어느 시기로 거슬러 올라간다. 갖은 예속적 억압에 시달리고 있던 절망적인 백성들에게는 리처드 1세가 오랜 억류 생활에서 풀려 나오는 일이 단순한 기대에서 간절한 소망으로 바뀌어 있을 무렵이었다. 스티븐(Stephen)의 치세 동안 권력이 지나치게 커져 있었던 데다 헨리 2세(Henry the Second)의 소심함으로 인해 어느 정도 왕권 아래 거의 굴복되어 있지 않았던 귀족들은 이제 다시 예전의 방종을 마음껏 일삼기 시작했다. 잉글랜드 지주 평의회의 나약한 간섭을 무시한 채, 자신들의 성을 강화하고, 하인들의 수를 늘리고, 주위의 사람들을 노예의 상태로 몰락시키고, 각자 권력의 온갖 수단을 동원하여 곧 닥칠 것 같은 국정의 격변에서 자신들을 주요 인사로 만들어 줄 수 있는 군대의 수장이 되려고 애썼다.

소위, 법률과 잉글랜드의 헌법 정신에 의해 봉건적인 전제정치로부터 자유로울 수 있는 자격을 부여받았던 하급 귀족 혹은 자유 지주의 상황은 이제 대단히 위험해졌다. 가장 흔한 경우이듯이, 만약 그들이 인근의 어떠한 작은 왕들의 보호 하에 들어가 그 왕실에서 봉건적인 직책을 받아들이거나, 동맹과 보호의 상호 조약에 의해 왕이 벌이는 모험적인 일에서 왕을 지지하기로 서약했다면, 그야말로 일시적인 안식밖에는 얻지 못할 것이었다. 그러나, 그마저도 모든 잉글랜드 인이 그토록 소중하게 여기는 독립을 희생하고, 그들의 왕의 야심으로 인해 떠맡도록 끌어들일 모든 무모한 원정에 당사자로 휘말리게 될 위험을 무릅써야만 했다. 반면에, 억압과 원통함을 일으키는 대 귀족의 수단들이 그토록 늘어났으므로, 그들은 정세가 위험한 동안에 당국으로부터 벗어나 악의 없는 행위와 나라의 법에 자신들의 안전을 의탁하려고 시도하는 더욱 힘없는 이웃들을 파멸시킬 정도로 철저하게 괴롭히고 뒤쫓을 만한 어떠한 핑계를 원하지도 않았고, 그럴 의향도 거의 없었다.

귀족들의 폭압과 하층민들의 고통을 크게 가중시켰던 상황은 노르망디의 윌리엄 공작(Duke William of Normandy)의 정복으로 생겨났다. 적대적인 두 민족, 노르만 족과 앵글로색슨 족의 혈통을 섞거나, 여전히 승리에 취해 의기양양한 한쪽과 패배의 모든 영향에서 벗어나지 못한 채 신음하고 있는 다른 한쪽의 두 적대적인 민족을 공통의 언어와 공동의 관심사로 통합하는 데 네 세대로는 충분하지 못했다. 헤이스팅스(Hastings)의 전투 결과, 권력은 노르만 귀족들의 수중으로 완전히 넘어갔는데, 역사에서 확인할 수 있듯이 권력이란 절대로 절제 있게 쓰여져 본 적이 없었다. 색슨족의 모든 영주들과 귀족들은 거의 예외 없이 철저히 근절되거나 상속권을 박탈당했다. 또한, 두 번째 서열이거나 그보다 못한 계층의 소유주로서 선조들의 고향에서 땅을 소유한 사람들은 많지 않았다.

왕실의 정책은 모든 합법적·비합법적 수단을 동원하여 그 정복자에게 뿌리깊은 반감을 품고 있는 것으로 당연히 생각되던 일부 주민들의 힘을 오래 전에 약화시켰다. 노르만 혈통의 모든 지배자들은 노르만 신하들만을 극심히 편애하는 모습을 보였다. 수렵법과, 그와 동시에 색슨 족 헌법의 좀 더 관대하고 자유로운 정신에는 알려져 있지 않던 다른 많은 법들이 정복 당한 주민들의 목에 족쇄로 채워져 말하자면 그들이 짊어지고 있던 봉건제 도의 굴레를 한층 더 가중시켰다.

궁정과, 궁정의 화려함과 위풍을 모방한 대 귀족들의 성에서는 노르만 프 랑스어가 유일하게 사용되던 언어였다. 법정에서도 변론과 판결이 노르만 프랑스어로 진행되었다. 한마디로 말해, 프랑스어는 의전, 기사도, 사법의 언어였던 반면, 훨씬 용맹스럽고 표현이 풍부한 앵글로색슨 어는 다른 언 어를 전혀 알지 못하던 농부나 촌부들이나 쓰도록 팽개쳐졌다. 그러나, 여 전히, 토지 소유주와 토지를 경작하는 억압받는 하층민들 사이에 의사 소 통이 필요하게 됨에 따라 서로 상대방을 이해할 수 있게 해 주었던, 프랑스 어와 앵글로색슨 어가 혼합된 일종의 방언이 점차 생겨나게 되었다. 그리 고 이러한 필요성에서 정복자와 피정복자의 말이 그토록 다행스럽게 융화 된 현재의 영어가 형성되게 되었다. 그리고 그 후 영어는 고전 언어와 유럽 남부 민족들의 언어가 유입됨에 따라 더욱 풍부해지게 되었다.

이러한 전후 사정은, 비록 전쟁이나 봉기와 같이, 윌리엄 2세(William the Second)의 재위에 이어 앵글로색슨 족의 실체를 별개의 민족으로 구별지 으려는 커다란 역사적 사건이 없었다고 하더라도 그러한 사실을 잊어버릴 수도 있는 일반 독자들의 이해에 대한 전제로 필요하다고 생각했다. 그러 나, 앵글로색슨 족과 그들의 정복자 사이에 있는 커다란 민족적 차별, 그들 이 이전에 누구였는가와 현재 어떠한 처지로 몰락하고 말았는가에 대한 기 억들은 에드워드 3세(Edward the Third)의 재위까지 내려가 노르만 정복으 로 인한 상처를 더욱 벌어지게 만들고 정복자 노르만 인들과 피정복자 색 슨 인들의 후손 사이에 분리 성향이 계속 유지되게 만들었다.

우리가 이미 서두에서 언급했던 그 숲의 풀이 우거진 공터 위로 해가 내려앉고 있었다. 로마 군대의 위풍당당한 행진을 지켜보았을, 수백 개의 가지 끝과 짧은 줄기와 넓은 가지가 달린 떡갈나무들은 매우 상쾌한 풀밭의 두툼한 융단 위로 옹이투성이의 큰 가지들을 드리우고 있었다. 어찌나 빼곡히 들어차 있는지 가라앉는 석양의 차분한 빛을 완전히 차단할 정도로 너도밤나무와 서양 호랑가시나무와 온갖 종류의 자잘한 나무들과 한데 섞여 있는 곳도 있었고, 눈을 황홀하게 할 만큼 복잡하게 얽혀 기다랗게 내다보이는 원경을 이루며 서로 뚝 떨어져 있기도 했다. 반면에 상상으로는 그것들이 고독한 숲의 더욱 황량한 풍경으로 이르는 오솔길로 생각되었다. 바로 이곳에, 태양의 붉은 광선이 단속적이고 퇴색된 빛을 던져 부서진 가지와 나무의 이끼 낀 줄기 위로 부분적으로 걸려 있었고, 빛이 향하고 있던 곳의 잔디밭 일부를 밝게 비추고 있었다. 이 숲의 한 가운데 있는 꽤 넓은 빈터는 예전에 드루이드(Druid, 고대 켈트 족의 지식층을 일컬음. 참나무 숲에서 자주 모인 듯하며 사제 또는 교사, 법관 역할을 했다 ; 역주) 의식에 바쳐졌던 곳 같았다. 인공적인 것으로 보일 만큼 매우 정연한 낮은 산 구릉 정상에는 다듬어지지 않은 울퉁불퉁한 바위들이 매우 드넓고 둥그렇게 늘어선 흔적이 일부 남아있기 때문이다. 일곱 바위는 곧게 서 있었다. 나머지 바위들은 아마도 일부 그리스도교 개종자들의 열성으로 원래 있던 자리에서 파내어져 일부는 예전의 장소에서 가까운 곳에, 또 일부는 산허리에 엎어져 있었다. 단 하나의 커다란 바위만이 바닥에 깊숙이 자리 잡아 작은 개울의 흐름을 방해하고 있었다. 솟아오른 바위의 발치 주위를 부드럽게 휘감아 돌던 개울은 바위의 저항에 부딪쳐 다른 곳에서는 잠잠하고 평온한 시내에 희미하게 졸졸 소리를 던지고 있었다.

이 풍경을 채우고 있던 인물은 두 사람이었는데, 차림새와 용모로 보아 예전 시기에 요크셔(Yorkshire) 서쪽 구에 있는 삼림의 거친 촌뜨기 행색을 풍기고 있었다. 이 두 남자 가운데 연장자는 생김새가 험상궂고 잔인하고 거칠었다. 옷은 상상할 수 있는 가장 단순한 형태로서, 처음에는 짐승의 털이 남아 있었지만 너무도 여러 곳이 해져, 남아 있는 조각만으로는 어느 짐 승의 털이었는지 식별하기가 쉽지 않은 무두질한 가죽으로 만들어진 소매 가 달린 꽉 끼는 재킷이었다. 이 원시적인 옷은 목부터 무릎까지 닿았고, 신체 덮개의 모든 일상적인 목적을 만족시켰다. 트임은 머리가 통과하는데 필요한 정도 이상으로 넓지 않았으므로, 이 사실로 미루어 현대의 셔츠나 옛날의 쇠사슬 갑옷 형태로 머리와 어깨 위로 뒤집어써서 입는 것이라고 추측할 수 있었다.

수퇘지의 가죽으로 만든 가죽끈으로 묶은 샌들이 발을 보호했고, 얇은 가 죽끈이 스코틀랜드 고지 사람들의 것처럼 종아리 위까지 올라가 무릎은 내 놓고 다리 주위로 정교하게 휘감겨 있었다. 재킷은 몸에 더욱 꽉 붙게 만들 기 위해, 넓은 가죽 혁대로 가운데에서 모아져 놋쇠 버클로 채워져 있었다. 한쪽 옆구리에는 일종의 짐 보따리가 매달려 있었고, 다른 쪽 옆구리에는 불기 위한 목적으로 입에 대는 부분이 달려 있는 숫양의 뿔이 달려 있었다. 혁대에는 길고, 넓고, 끝이 뾰족하며 수사슴의 뿔 손잡이가 달린 쌍날칼이 꽂혀 있었다. 그 칼은 인근에서 만들어져 이렇게 일찍이 셰필드 검이라는 명성을 얻고 있는 것이었다.

남자는 머리에 아무것도 쓰지 않고 있어, 머리는 헝클어지고 서로 꼬이고 햇빛에 그을려 바랜 어두운 붉은 색으로서, 볼 위에 텁수룩히 자란 약간 노 란 색이나 호박색을 띠고 있는 수염과 대조를 이루고 있는 두툼한 머리칼 에 의해서만 보호되고 있었다. 남자의 차림새 가운데 한 부분만이 아직 설 명을 못 했지만, 그것은 몹시도 두드러져 감출 수가 없다. 그것은 바로 놋 쇠로 된 목걸이로서, 트임새가 없다는 점만 제외하고는 개 목걸이와 비슷 하여 목 주위로 단단히 납땜이 되어 있어, 숨을 쉬는데는 아무런 지장을 주 지 않을 정도로 느슨하지만 동시에 줄칼을 사용하지 않고는 벗어버릴 수 없을 정도로 꽉 죄어져 있었다. 이 특이한 목 가리개에는 색슨 글자로 다음 과 같은 의미의 글자가 새겨져 있었다. "베오울프(Beowulf)의 아들 거스 (Gurth)는 로더우드(Rotherwood)의 세드릭(Cedric)의 타고난 노예이다."

돼지치기가 직업인 거스 옆에는 비록 모양은 거스의 옷과 비슷하지만 재질이 더 좋고 훨씬 괴상한 옷을 입고 있는 열 살 정도 어린 모습의 사람이 드루이드의 쓰러진 기념석에 앉아 있었다. 이 남자의 재킷은 밝은 보랏빛으로 염색한 데다 다채로운 색상의 우스꽝스러운 장식이 찍혀 있었다. 재킷 위에는 허벅지의 절반도 덮지 못하는 짧은 망토를 걸치고 있었는데, 때가 많이 타기는 했지만 연노랑 안감을 댄 진홍색 천으로 만든 것이었다. 망토는 한쪽 어깨에서 다른 쪽 어깨로 옮겨가며 걸칠 수 있거나 또는 온 몸을 감싸 두를 수도 있었으므로 넉넉지 못한 길이와는 반대로 낙낙한 폭이 멋진 주름을 만들었다.

남자는 팔에 얇은 은팔찌를 끼고 있었고, 목에는 "위틀리스(Witless)의 아들, 왐바(Wamba)는 로더우드의 세드릭의 노예다"라는 글씨가 새겨진 은목걸이를 차고 있었다. 이 사람은 동료와 같은 재질의 샌들을 신고 있었지만 다리는 가죽끈으로 둘둘 감지 않고 한쪽은 붉은색 한쪽은 노란색으로 된 일종의 각반을 두르고 있었다. 또한 모자도 갖추고 있었는데, 모자 둘레로는 사냥매에 다는 크기 정도의 방울이 몇 개 달려 있어서 머리를 흔들 때마다 딸랑거리는 소리가 났다.

남자는 거의 잠시도 같은 자세로 있지 않았으므로 다른 사람이 듣기에는 방울 소리가 계속 이어지는 것처럼 들렸을 것이다. 이 모자 가장자리로는 빳빳한 가죽끈이 둘러져 있었고, 관처럼 꼭대기 부분이 뻥 뚫려 있었는데, 그 안에서는 길게 늘어진 자루 같은 것이 삐어져 나와 구식의 나이트 캡이나 젤리 모양의 가방 또는 현대 경기병의 모자처럼 한쪽 어깨로 떨어져 있었다. 방울은 바로 이 부위에 붙어 있었다. 모자 모양과 반은 미친 것 같고 반은 교활한 것 같은 얼굴 표정뿐 아니라 그밖의 자질구레한 점으로 미루어보아 이 남자는 어릿광대나 익살꾼 계통에 속하여, 부자들이 집안에만 갇혀 지내는 동안 느끼는 무료함을 없애주기 위해 부한 시람들의 집에 기거한다는 것을 알 수 있었다.

그는 동료처럼 혁대에 짐 꾸러미를 차고 있었지만 아마도 날카로운 연장을 맡기기에는 위험한 부류의 인물로 생각되었는지 뿔피리도 칼도 차고 있지 않았다. 대신, 현대의 무대에서 할러퀸(Harlequin, 이탈리아의 기교 넘치는 코미디에 등장하는 정형화된 유형적 인물로서 대개 유순하고 재치가 넘치는 하인 역으로 등장하며 하녀를 따라다니는 바람기 있는 연인으로 묘사된다 ; 역주)이 휘두르는 것과 비슷한 나무칼을 하나 가지고 있었다.

이 두 남자의 표정과 행동은 외모 못지않게 대조적이었다. 돼지치기 거스의 표정은 깊이 낙심한 태도로 시선을 땅에 둔 슬프고 무뚝뚝한 모습이었는데, 가끔 붉은 눈에서 이는 불꽃이 무뚝뚝한 의기소침한 외모 아래에 억압 의식과 저항 기질이 잠자고 있다는 것을 드러내지 않았다면 거의 냉담하게 보일 수도 있었다. 반면에, 왐바의 표정은 그와 같은 부류의 사람에게서 흔히 볼 수 있듯이 자신의 처지와 외모에 대한 상당한 자부심과 함께 일종의 쓸데없는 호기심과 한시도 가만 있지 못하는 안절부절 못하는 조바심을 드러냈다. 두 사람이 주고받는 대화는, 전에 말했듯이 노르만 병사와 지체 높은 봉건 귀족들의 가까운 가신들을 제외하고는 하층 계급에서 널리 쓰여지고 있던 앵글로색슨어로 진행되었다. 하지만 두 사람이 주고받은 원래의 대화를 현대의 독자들은 거의 이해할 수 없을 것이므로, 독자들의 편의를 위하여 다음과 같이 번역하여 옮겨 적는다.

"에이 이 망할 놈의 돼지새끼들, 성 위톨드(St. Withold, 저자 스콧이 셰익스피어의 리어 왕에서 에드거의 미친 노래에 나오는 Swithold를 모방한 것인데, 원래는 라벤나의 성 비탈리스를 의미한다)의 저주나 받아라!"

돼지치기는 흩어진 돼지 떼를 모으기 위해 시끄럽게 나팔을 분 후에 중얼거렸다. 그러나 돼지들은 그가 부르는 소리에 똑같이 시끄럽게 꿀꿀거리면서도 자신들을 살찌워왔던 너도밤나무 열매나 도토리의 호화로운 향연에서 떠나려고 서두르는 기색이 전혀 없었다. 또한 반은 진흙에 처박힌 채 주인의 소리에는 전혀 아랑곳하지 않고 질펀하게 퍼져 있던 축축한 개울둑을 떠날 생각을 하지 않는 놈들도 몇 있었다.

"이 우라질 놈의 돼지새끼들이 왜 그래! 해지기 전에 두 발 달린 늑대(사람)가 저 녀석들 가운데 몇 마리를 채가지 않으면 내 손에 장을 지지지. 팽즈(Fangs) 이리와, 팽즈!"

돼지치기는 음성을 힘껏 높여 마스티프와 그레이 하운드의 잡종으로 사냥개의 일종인 늑대처럼 생긴 기진맥진한 개를 불렀다. 개는 말 안 듣는 돼지들을 불러모으는데 주인을 돕기라도 하는 듯이 절뚝거리며 뛰어다녔지만 사실은 돼지치기의 신호 소리를 잘못 알아들었거나 자신의 의무를 잘 몰랐거나 그것도 아니면 고의적인 앙심에서 돼지들을 이리저리 내몰기만 하였을 뿐으로 주인을 도우려던 것이 오히려 일거리만 더 늘려주었다.

"악마가 저 놈의 이나 몽땅 뽑아 버리길. 그리고 우리 개의 앞발을 잘라버려 제 구실을 못하게 만든 저 못된 사냥터지기 놈에게 저주가 내리길! 왐바, 자네도 사내라면 일어나 나 좀 도와줘. 저 언덕을 한 바퀴 빙 돌아 돼지 녀석들을 앞질러 가란 말이야. 녀석들을 앞지를 수만 있다면 아주 온순한 양처럼 얌전히 몰아올 수 있을 거야."

그러나 왐바는 그 자리에서 꿈쩍도 않고 대답했다.

"사실은 이 일에 대해 내 다리에게 물어 보았는데, 훌륭한 차림새로 이 진흙탕을 지나가는 것은 나의 뛰어난 풍채와 멋진 옷에 어울리지 않는 짓이라는데 전적으로 동감이라고 하는군. 그러니, 거스. 충고 한마디하겠는데 팽즈는 그만 불러들이고 돼지 떼는 운명에 맡겨두라고. 그 녀석들이 행군하는 병사들이나 무법자들, 혹은 떠돌이 순례자 무리를 만난다고 한들 아침이 되어 노르만의 것으로 변하는 신세와 별반 다를 것이 뭐가 있나. 어차피 자네의 수고만 덜어주는 셈이 될 텐데."

"돼지가 노르만의 것으로 변해 내 수고를 덜어준다고! 왐바, 그게 도대체 무슨 말이야. 내 머리는 너무 둔하고 마음도 너무 산란해서 그런 뚱딴지 같은 말은 무슨 소린지 못 알아듣겠어."

"그야, 네 다리로 저렇게 싸질러 다니며 꿀꿀거리는 짐승을 자네는 뭐라고 부르지?"

"이런 멍청이, 그야 스와인(돼지)이지. 그건 바보라도 다 안다고."

"그래 스와인은 어엿한 색슨 어가 아니냐고. 그렇지만 반역자처럼 암퇘지의 가죽을 벗겨 내장을 꺼내고 토막낸 후 발목을 묶어 매달아 놓으면 그것은 뭐라고 부르지?"

"포크(돼지고기)."

"제 아무리 바보라도 그것은 알고 있으니 다행이구먼. 그러면 내 생각에는 포크가 분명한 노르만 프랑스어가 아니고 뭐냔 말이야. 그래서 말인데, 그 짐승이 살아 있어 색슨 노예가 돌보고 있는 동안에는 색슨 이름으로 통하지. 하지만 귀족들 연회에 쓰려고 성의 연회장으로 옮겨지게 될 때에는 노르만의 것으로 바뀌어 포크라고 불리게 되는 거지. 자네는 이 일을 어떻게 생각하지, 거스?"

"아무리 자네 같은 광대의 머리로 생각해낸 것이긴 해도 정말 틀림없는 학설이구먼, 왐바."

왐바는 같은 어조로 계속 말을 이었다.

"아니, 그것 말고도 더 있어. 저 늙은 옥스(황소) 의원도 자네 같은 농노의 보살핌을 받을 때는 그 색슨 이름으로 쭉 통하지만 고기를 드시게 될 높은 어른들 입에 당도할 즈음에는 성급한 프랑스 멋쟁이 비프(쇠고기)로 변하게 된단 말씀이야. 그리고 카프(송아지) 경 역시 마찬가지로 므슈 드 보(송아지 고기)가 된단 말이야. 아직 보살핌이 필요할 때에는 색슨 이름으로 통하지만 향락의 재료가 될 때에는 노르만 이름을 갖게 된단 말일세."

"성 둔스탄(St Dunstan)계 맹세코, 자네는 정말 왜 그리 슬픈 얘기만 하는 거지. 우리가 숨쉬는 이 공기 말고는 우리에게 남겨진 것이 별로 없군. 한참 망설인 끝에 조금 남겨둔 것처럼 보이는 것마저도 우리 어깨에 짊어진 힘든 일을 견디게 할 목적 외에는 없으니 말이야. 제일 좋고 살찐 것은 그들의 식탁으로 끌려가고 제일 아름다운 미인은 그들의 침상으로 끌려가지. 가장 훌륭하고 용감한 전사들은 외국 장수의 병사가 되어 머나먼 이국 땅에 뼈를 묻어, 이곳에는 불운한 색슨 인들을 지켜줄 의지나 힘을 가진 사람들이 거의 남아 있지 않지. 오, 하느님 우리 세드릭 나리를 지켜주세요. 나리는 우리 색슨 인을 지키려고 혼신을 다했습니다. 하지만 레지날 프롱 드 뵈프(Reginald Front-de-Boeuf)가 이 고장으로 직접 내려오려고 하고 있으니 세드릭 나리의 수고가 물거품으로 돌아가게 될 것을 볼 날도 얼마 안 남았군. 이봐, 이봐!"

거스는 목청을 높여 다시 소리쳤다.

"그래! 그래! 잘 했다, 팽즈! 이제 돼지들을 모두 앞에 모았으니 용감하게 데리고 오렴."

"거스, 자네가 나를 바보 취급한다는 것은 알고 있어. 그렇잖으면 그렇게 경솔하게 내 입에 머리를 처박으려고 하진 않았을 것 아니야. 레지날 프롱 드 뵈프나 필리프 드 말부아상(Philip de Malvoisin)에게 자네가 노르만 인들에게 반역하는 말을 했다고 한마디라도 일러바치는 날에는 자네 같은 하찮은 돼지치기 하나쯤이야 높은 분들에게 욕을 한 모든 사람들에 대한 징벌로 이 나무들 가운데 하나에 매달아 놓을 걸."

"뭐라고, 내게 연신 불리한 말을 하게 꼬드기고는 설마 나를 밀고하지는 않겠지?"

"자네를 밀고한다고! 아니, 그야 영리한 작자들이나 하는 수작이지. 광대는 자기 몸 하나 추스르기도 벅차다고. 그런데, 조용히 해봐. 누가 오는 것 같은데?"

광대는 그때 들리기 시작한 말발굽 소리에 귀를 기울였다.

"누가 오든 무슨 상관이야."

거스는 팽즈의 도움으로 이미 돼지 떼를 앞에 모아 놓고 아까 우리가 묘사하려고 애썼던 그 어두컴컴한 먼 풍경들 중 하나로 돼지들을 몰아내려 가며 지껄였다.

"아니야, 말 탄 사람들이 누구인지 꼭 봐야겠어. 아마도 오베론 왕(King Oberon, 중세 프랑스 시 보르도의 위옹에 나오는 요정의 왕으로서 숲에 살면서 주인공이 불가능해 보이는 일을 할 수 있도록 도와주는 마술적인 힘을 지녔다)의 전갈을 갖고 요정 나라에서 왔는지도 모르니까."

"이런 망할 자식! 무시무시한 천둥과 번개를 동반한 폭풍우가 바로 몇 리 앞에서 요동치고 있는데도 그런 말을 지껄이고 있어? 저 천둥치는 소리 좀 들어보라고! 게다가 여름비치고 저렇게 굵은 빗발이 구름 속에서 곧바로 죽죽 쏟아지고 있는 것은 처음 본단 말이야. 이렇게 평온한 날씨에도 불구하고 떡갈나무마저 마치 폭풍우가 오고 있는 것을 알리기라도 하는 듯 큰 가지를 마구 흔들며 쉭쉭거리고 삐걱거리고 난리잖아. 자네도 마음만 먹으면 사리분별은 할 수 있겠지. 이번만큼은 내 말을 좀 들으란 말이야. 자, 밤이 되면 심해질 테니 폭풍우가 시작되기 전에 어서 집으로 돌아가자고."

왐바도 이 호소에 마음이 움직였는지, 자기 옆 풀밭 위에 놓아두었던 기다란 육척봉을 집어든 후 갈 길을 재촉하기 시작한 거스를 따라나섰다. 이 제2의 에우마이오스(Eumaeus, 오디세이아에 나오는 오디세우스의 충직한 돼지치기 ; 역주)는 팽즈의 도움으로 귀에 거슬리는 소리를 내는 돼지 떼를 전부 몰아 숲의 빈터로 황급히 내려갔다.

2장

그 누구도 당할 자 없는 멋진 승려 하나 있었으니,
사냥을 좋아하는 능숙한 승마 솜씨,
유능한 수도원장에 어울릴 씩씩한 사람이었고
마구간은 뛰어난 말들로 가득 찼네.
말을 몰고 달릴 때면 말굴레 소리는
그 자신이 지키는 교회의 종소리처럼 크고,
속삭이는 바람에 청아하게 울렸네.

초서(Chaucer)

동료 거스의 몇 차례에 걸친 간곡한 권고와 잔소리에도 불구하고 말발굽 소리가 계속 가까워졌으므로 왐바는 온갖 구실을 만들어 가끔 발걸음을 멈추지 않을 수 없었다. 개암나무에서 아직 절반밖에 익지 않은 열매를 한 송이 따는가 하면 가는 길에 마주친 시골 처녀 뒤를 곁눈질하느라 얼굴을 돌리기도 했다. 그래서 곧 말을 탄 사람들에게 따라 잡히고 말았다.

기마대 일행의 수는 열 명 정도 되었는데, 제일 앞에 선 두 사람은 상당히 중요한 인물처럼 보였고 나머지 사람들은 그들의 수행원인 것 같았다. 이들 중 한 사람의 신분과 지위를 확인하기란 그리 어렵지 않았다. 그는 분명히 고위층 성직자였다. 그가 입은 복장은 시토회 수도사가 입는 것이었지만 수도회의 규율이 허용하고 있는 것보다 훨씬 좋은 재질로 만든 것이었다. 외투와 두건은 최상품의 플랑드르 천이었고 잘생겼지만 약간 뚱뚱한 몸 주위로 넉넉하고 우아한 주름을 이루며 흘러내리고 있었다. 복장이 속세의 화려함을 경멸하지 않는다는 것을 드러내고 있듯이 용모에서도 절제의 흔적이라고는 거의 찾아볼 수 없었다.

눈썹 아래로 조심스러운 방탕아임을 나타내는 그 교활한 쾌락주의적 눈빛이 숨어있지 않았더라면 그의 용모는 그런 대로 훌륭하다고 할 수도 있었을 것이다. 그 밖의 점에서는, 직업과 지위 덕분에 언제든 마음대로 안색을 바꾸는 것이 몸에 배었으므로, 타고난 표정은 자못 쾌활하고 사교적이었지만 수시로 엄숙한 표정으로 바꿀 수도 있었다. 이 고위 성직자의 소매는 수도원의 규율과 교황과 종교회의의 칙령에 구애받지 않고, 값비싼 모피로 안과 밖을 댄 것이었다. 외투는 목 부위에서 걸쇠로 잠겨 있었는데, 그의 지위에 걸맞는 전체 복장은 오늘날 퀘이커 교도 미인의 옷만큼 세련되게 꾸민 것이었다. 퀘이커 교도 미인은 교파의 의상과 복장을 그대로 간직하여 옷감의 선택과 배합 방식은 그 간소함을 변함 없이 따르지만 속세의 허영심이 상당히 많이 가미된 일종의 요염한 매력적 분위기를 풍기려고 노력하기 때문이다. 이 고귀한 성직자는 천천히 걷는 살찐 노새를 타고 있었는데, 마구 역시 잘 장식되어 있었다. 굴레에는 당시의 유행에 따라 은방울이 달려 있었다. 말을 타고 있는 모습에는 수도사에게 의례 따르는 어색한 점은 전혀 없었고 잘 훈련된 기수의 여유 있고 몸에 밴 우아함이 드러났다. 사실, 그것은 노새치고는 아주 수수한 탈 것이었으므로 아무리 좋은 경우라 하더라도, 또 아무리 싹싹하고 고분고분한 발걸음으로 길들여져 있다 하더라도 길을 여행하는데는 이 수도사나 쓰고 있었던 것 같다.

수행원들 가운데 한 사람인 어떤 평신도는 성직자가 다른 경우에 쓸 목적으로, 그 당시 부호와 고관들이 쓸 수 있게 상인들이 커다란 수고와 위험을 무릅쓰고 수입해온 안달루시아 태생의 가장 훌륭한 스페인 조랑말 중 한 마리를 끌고 있었다. 이 뛰어난 말의 안장과 장식은 주교관과 십자가, 그밖의 교회의 문장들이 화려하게 수놓인 기다란 말 덮개가 거의 바닥까지 닿을 정도로 덮여 있었다. 또 다른 평신도는 아마도 이 고위 성직자의 짐을 실은 듯이 보이는 짐 나르는 데에만 쓰이는 노새를 한 마리를 끌고 있었다. 그리고 같은 교파에 속했지만 지위는 더 낮은 두 수도사가 행렬의 다른 사람들에게는 그다지 주목하지 않은 채 웃고 떠들며 그 뒤를 나란히 따르고 있었다.

고위 성직자의 동행은 마흔이 지난 나이에 마르고 강인하며 키가 크고 근육이 잘 발달된 남자였다. 오랜 피로와 끊임없는 군사 훈련으로 몸의 부드러운 부분이라고는 전혀 남아있지 않은 것처럼 보이는 강건한 풍채는 몸 전체가 근육과 뼈와 힘줄만으로 이루어져 수많은 노고를 견디어왔고 앞으로도 수많은 노고를 견뎌낼 준비가 되어 있는 것처럼 보였다. 머리에는 모피로 단을 댄 진홍빛 모자를 썼는데, 절구를 뒤집은 형태와 비슷하다 하여 프랑스어로 모르티에(mortier, 절구라는 의미 ; 역주)라 불리던 종류의 모자였다. 그러므로 얼굴이 완전히 드러나 보였는데, 그 표정은 낯선 사람에게는 공포까지는 아니라고 하더라도 어느 정도 두려움을 불러일으키는 것처럼 생각되었다.

선천적으로 강인하면서도 표정이 매우 풍부한 오만한 용모는 열대 지방의 햇볕에 끊임없이 드러난 탓에 거의 흑인처럼 새까맣게 그을려 있었는데, 평상시에는 열정의 폭풍우가 지나간 뒤 잠자고 있다고까지 할 수 있을 정도로 차분했다. 그러나 앞이마의 툭 불거진 혈관과 조그만 감정에도 바르르 떨 윗입술과 짙고 검은 콧수염은 그러한 열정의 폭풍이 언제 느닷없이 깨어날지도 모른다는 것을 역력히 드러내고 있었다. 그의 날카롭고도 찌를 듯한 검은 눈은 매번 깜빡일 때마다 이제까지 갖은 고난을 극복해 왔고 위험을 무릅써 왔다는 것을 드러냈고, 단호한 용기와 의지력으로 앞길을 가로막는 것을 일소하는 기쁨을 맛보기 위해 자신의 소망에 반대하는 사람에게 도전하겠다는 듯한 분위기를 풍겼다. 이마의 깊은 상처로 인해 그의 모습은 한층 험하게 보였고, 이마에 상처를 입었을 때 약간 다쳤던 한쪽 눈의 음흉한 표정은 비록 시력에는 지장이 없었지만 약간 뒤틀려 있었다.

이 사나이가 입고 있는 상의는 수도사의 기다란 망토로서 생긴 형태는 동행인 수도사의 것과 비슷했다. 그러나, 진홍빛인 색상을 보면 그가 네 개의 정규 교단 어디에도 속해 있지 않다는 것을 알 수 있었다. 망토의 오른쪽 어깨 위로는 하얀 천으로 만들어진 특이한 형태의 십자가가 새겨져 있었다. 이 상의는 첫눈에 그 모양과 어울리지 않아 보이는 것, 즉 같은 재질의 소매와 장갑이 달린 쇠사슬 갑옷의 셔츠를 가리고 있었다. 이 쇠사슬 갑옷은 오늘날 양말직기로 훨씬 부드러운 재료로 짠 것만큼 정교하게 엮고 짜여져 몸에 맞게 유연하게 잘 움직였다. 망토의 주름 사이로 드러난 허벅지의 앞쪽도 쇠사슬 갑옷으로 덮여 있었다. 무릎과 발은 미늘, 혹은 서로 솜씨 좋게 연결되어 있는 얇은 강판으로 보호되고 있었으며 무릎에서 발까지

닳은 쇠사슬 양말은 기사의 몸을 보호하는 갑옷을 완성하고 있었다. 허리 띠에는 기다란 쌍날 단검을 차고 있었는데, 그것이 몸에 지니고 있는 유일한 공격용 무기였다.

이 사나이는 동행인 수도사처럼 노새가 아니라 튼튼한 승마용 말을 타고 자신의 훌륭한 군마는 아끼기로 했다. 말 투구 즉 앞에 짧은 대못이 나와 있는 엮어서 만든 머리 가리개로 전투 장구를 완전히 갖추고 있던 그의 군마는 뒤에서 시종 한 사람이 끌고 있었다. 안장 한쪽에는 다마스쿠스의 조각이 풍부하게 새겨진 짧은 전투용 도끼가 매달려 있었다. 다른 한쪽에는 당시 기사들이 쓰던 양손으로 다루는 긴 칼과 함께 말 타는 이의 깃털 장식이 달린 투구와 쇠사슬 머리 덮개가 걸려 있었다. 또 한 명의 시종은 주인의 망토에 수놓은 것과 똑같은 모양의 십자가가 그려진 작은 깃발이 끝에서 나부끼고 있는 주인의 창을 높이 쳐들고 있었다. 시종은 또한 주인의 작은 삼각방패를 들고 있었는데, 방패는 부분이 가슴을 보호할 정도로 충분히 넓지만 그 아래로는 한 점으로 점점 줄어들다가 눈에 띄지 않도록 진홍빛 천으로 덮여 있었다.

이 두 시종 뒤로는 두 명의 수행원이 따르고 있었는데 그들의 검은 얼굴, 하얀 터번, 동방의 외형을 띤 옷으로 보아 머나먼 동쪽 나라 태생이라는 것을 알 수 있었다. 이 전사와 그 수행원들의 전체적인 모습은 거칠고 어딘가 색달랐다. 시종들의 옷은 화려했으며, 동방의 수행원들은 목 둘레에 은으로 만든 고리를 두르고 있었으며 거무스레한 다리와 팔에도 역시 은으로 만든 팔찌를 차고 있었다. 팔은 팔꿈치부터, 다리는 중간부터 발목까지 드러나 있었다. 그들의 옷은 비단과 장식으로 두드러졌으며 그 주인의 부와 높은 신분을 나타내 주었다. 동시에 주인의 복장의 군인다운 수수함과 뚜렷한 대조를 이루고 있었다. 그들은 칼자루와 칼을 차는 수대에 금으로 무늬를 박아 넣은 구부러진 기병도를 차고 있어 훨씬 많은 돈을 들여 만든 터키 단검과 잘 어울렸다. 수행원들은 각기 안장 앞 테에 날카로운 강철 촉이 달린 넉 자 길이의 투창을 한 묶음씩 달고 있었다. 이것은 사라센 사람들 사이에서 많이 쓰이는 무기로서, 그 풍습은 동방의 나라에서 여전히 실행되고 있는 엘 제리드(El Jerrid, 투창)라는 무예에 남아 있었다.

이 수행원들의 말은 겉보기에도 말 탄 사람들처럼 외국산이었다. 그 말들은 사라센 산의 아라비아 혈통으로서 가느다랗고 날씬한 다리, 발굽 뒤의 짧은 털, 엷은 갈기, 여유 있는 경쾌한 동작이 당시 플랑드르와 노르망디에서 기르던 품종으로 판금 투구와 쇠사슬 갑옷을 입은 무장 군사용의 관절이 커다란 육중한 말과는 뚜렷한 대조를 이루었다. 이 육중한 말들은 동방의 준마와 비교하면 실체의 화신과 그림자의 화신으로 여겨졌을 것이다.

이 기마대 일행의 특이한 모습은 왐바의 관심은 물론 그다지 들뜨지 않는 거스의 호기심마저 불러 일으켰다. 거스는 그 수도사가 사냥과 연회를 좋아하고 들리는 소문이 틀리지만 않는다면 수도사의 서약과는 한층 더 모순되는 그 밖의 세속적 쾌락을 좋아한다고 그 근처 일대에 널리 알려져 있던 조르보 수도원(Jorvaulx Abbey)의 수도원장이라는 것을 즉시 알아차렸다.

교구에 속해 있든 수도회에 속해 있든 상관없이 당시에는 성직자의 품행에 대한 사고방식이 매우 관대했으므로 에이머 수도원장(Prior Aymer)은 자신의 수도원 인근에서 좋은 평판을 유지하고 있었다. 자유롭고 쾌활한 기질과, 웬만한 과실들은 모두 흔쾌히 용서해 주는 덕분에 그는 귀족과 상류 사회에서 인기를 얻었는데, 이들 중 몇 사람과는 혈연 관계에 있었으며 그 자신이 저명한 노르만 가문 출신이기도 했다. 특히 부인들은 여성 숭배자라고 자임하며 옛 봉건 영주의 성에 있는 연회장과 부인의 내실에 엄습하기 쉬운 따분함을 없애 주는 수단을 많이 갖고 있는 남자의 품행을 그다지 꼼꼼하게 캐려는 마음은 들지 않았다.

수도원장은 적당한 정도를 뛰어넘는 열의로 야외의 오락 활동에 참가하였고 노스라이딩(North Riding, 요크셔의 한 구)에서 잘 훈련된 매와 가장 빠른 그레이하운드를 갖고 있는 것이 묵인되었다. 오히려 이러한 점들이 젊은 신사들의 인기를 끄는 요인이 되었다. 또한 노인들을 상대할 경우에는 그에 맞게 행동했는데, 필요할 경우에는 매우 예의바른 태도를 소화해낼 수 있었다. 아무리 피상적이기는 하지만 책에 대한 지식은 무지한 속인들에게 그의 소문난 학식에 대한 존경을 불러일으키기에 충분했고, 태도와 언어의 엄숙함은 교회와 성직의 권위를 나타내는데 위력을 발휘한 숭고한 말투와 함께 더욱 거룩하다는 평가를 불러일으켰다. 심지어 윗사람들의 행위를 호되게 비판한 평민들조차 에이머 수도원장의 어리석은 짓에는 연민을 품었다. 수도원장은 관대했다. 그리고 잘 알려져 있듯이, 자선 행위는 성경 속에 그렇게 하도록 명시되어 있는 것 이상으로 많은 죄악을 덮어 주는 것이었다.

대부분을 자신의 마음대로 처리할 수 있었던 수도원의 수입은 수도원장 자신이 쓰는 상당한 비용을 조달하는 수단이 되어 준 동시에 또한 농부들에게 많은 부조를 니누어 줄 수 있는 여력을 주었다. 그 부조로 수도원장은 억압받는 사람들의 곤궁을 자주 덜어 주었다. 만일 에이머 수도원장이 사냥에 매우 열중해 있거나 연회에 오랫동안 남아 있더라도, 또 야음을 틈타 이루어졌던 밀회를 마치고 이른 새벽에 돌아오다가 수도원 뒷문으로 들어가는 것이 눈에 띄더라도 사람들은 그저 어깨를 으쓱할 뿐, 어떠한 죄가 되었든 그것을 속죄할 아무런 품성도 갖추고 있지 않은 많은 신도들이 죄를 짓고 있다는 사실을 떠올리고는 수도원장의 그러한 부정 행위를 묵인하고 말았다. 그래서, 에이머 수도원장과 그의 평판은 우리 색슨 노예들에게도 잘 알려져 있었으므로, 이들은 아무렇게나 머리를 숙여 인사를 했고 "베네디시테 메스 필즈"(자네들에게도 신의 가호가 있기를)라는 답례를 받았다.

그러나 수도원장의 동행과 그 수행원들의 기이한 모습이 주의를 끌고 놀라움을 자아냈으므로 조르보 수도원장이 근처에 하룻밤 묵어갈 만한 곳이 있는지 아느냐고 물어보았어도 두 사람은 수도원장의 질문이 거의 귀에 들어오지 않았다. 그 가무잡잡한 이방인의 수도사 같기도 하고 군인 같기도 한 모습과 동방의 수행원들이 차린 거친 옷과 무기에 무척이나 놀랐던 것이다. 또한 축복의 답례를 내려 주고 길을 물어보았던 그 말이 비록 이해할 수는 없었지만 색슨 농노들의 귀에는 퉁명스럽게 들렸을 수도 있다.

그러자 수도원장은 노르만 인들과 색슨 인들이 대화를 나눌 때에 쓰던 혼성어인 프랑크 어를 사용하여 언성을 높여 물었다.

"여봐라, 물어볼 말이 있는데, 이 근방에 하느님을 사랑하고 교회에 헌신하는 마음에서 교회의 가장 겸허한 두 사도와 그 수행원들에게 하룻밤의 환대와 먹을 것을 내어 줄 선량한 사람이 있느냐?"

수도원장은 일부러 거드름을 피우며 말하였는데, 이는 그가 쓰기에 적절하다고 생각한 겸손한 말투와는 매우 대조적이었다.

"교회의 가장 겸허한 두 사도라고요!"

왐바는 혼자서 되뇌었다. 하지만, 비록 바보이긴 했지만 자신의 말이 남에게 들리지 않도록 주의했다.

"어디 그 교회의 집사와, 주방장과, 다른 중요한 하인들을 보고 싶군!"

수도원장의 말에 속으로는 이렇게 대꾸하며 왐바는 눈을 들어 질문에 대답했다.

"만약 거룩한 신부님들께서 훌륭한 음식과 부드러운 잠자리를 좋아하신다면 조금만 가시면 브링크스워스(Brinxworth) 수도원에 다다르실 겁니다. 그곳에 가시면 훌륭한 접대를 받으실 것입니다. 그렇지만 참회의 밤을 보내고 싶다면 발길을 돌려 저쪽 잡목 사이의 공터로 내려가시면 코프만허스트(Copmanhurst) 암자에 이르실 것입니다. 그곳의 신앙심 깊은 은자는 밤을 지새고 가도록 자기의 방과 기도의 은혜를 나누어 줄 것입니다."

수도원장은 두 제안에 모두 고개를 가로 저었다.

"이보게, 믿음직한 친구. 모자에 달린 그 방울 소리에 사리 분별이 흐려지지 않았다면 자네도 클레리쿠스 클레리쿰 논 데시마트(성직자는 다른 성직자의 십일조에 손을 대지 않는다)라는 말을 알 것 아닌가. 다시 말해서 우리 성직자들은 같은 성직자들에게 폐를 끼치기보다는 평신도들의 대접을 받는단 말일세. 그렇게 함으로써 평신도들에게도 하느님이 정하신 사도들을 예우하고 도와줌으로써 하느님을 섬길 기회를 주는 거지."

"옳은 말씀이십니다, 소인은 나귀처럼 멍청하고 영광스럽게도 신부님의 노새처럼 방울을 달고 있긴 해도 교회와 사도의 사랑은 다른 사랑처럼 남보다 먼저 가족에서부터 시작하는 것이 좋을 것이라고 생각하는데요."

그러자 말 탄 기사가 높고 무서운 음성으로 왐바의 농담을 가로막으며 꾸짖었다.

"이 녀석, 건방진 소리 집어치우고 할 수 있다면 말해 보란 말이다, 어디로 가는 길 말이야 … 에이머 수도원장님, 그 지주의 이름이 뭐라고 하셨죠?"

"세드릭. 색슨 인 세드릭이요 … 이보게, 말해 보게. 세드릭의 집이 여기서 가까운가? 우리에게 길을 가르쳐 줄 수 있겠나?"

"그곳을 찾는 길이 쉽진 않을 텐데요. 그리고 세드릭 나리의 식구들은 일찍 주무십니다." 처음으로 침묵을 깨고 거스가 끼어들어 대답했다.

그러자 기사가 언성을 높였다.

"쳇, 입 닥치지 못해, 이 녀석. 그네들이 잠자리에서 일어나 우리와 같은 나그네에게 필요한 것을 주는 것은 일도 아니란 말이야. 우리는 요구할 권리가 있는 환대를 일부러 굽실거려 청하지는 않는단 말야."

이에 거스가 무뚝뚝하게 대답했다.

"기꺼이 선심을 베풀어 달라고 부탁해야 할 잠자리를 권리처럼 요구하는 분들에게 저희 주인님의 집을 가르쳐 주어도 좋을지 모르겠습니다."

"이 녀석, 노예 주제에 나랑 한 번 해 보자는 거냐!"

기사는 그렇게 말하며 말에 박차를 가해 길을 가로질러 말을 반 바퀴 선회시켰고 동시에 무엄하다고 생각되는 농노의 행동을 혼내 줄 목적으로 손에 들고 있던 채찍을 높이 쳐들었다.

거스는 몹시 화가 나 앙심을 품은 찌푸린 얼굴로 기사를 노려보며 난폭하면서도 주저하는 몸짓으로 단도 자루에 손을 올려놓았다. 하지만 에이머 수도원장이 타고 있던 노새를 기사와 돼지치기 사이로 몰아넣으며 금방이라도 벌어질 듯한 폭력 사태를 막았다.

"아니, 성모 마리아께 맹세코, 브리앙 형제, 당신이 지금 이교도 투르크 인들과 사라센 인들을 무찌르며 팔레스타인에 있다고 생각해서는 안 됩니다.

우리 섬 사람들은, 사랑하는 사람들을 벌하는 거룩한 교회의 체벌을 제외하고는 폭력을 좋아하지 않습니다."

수도원장은 왐바에게로 말머리를 돌려 은화 한 닢으로 자신의 말을 두둔하며 물었다.

"이보게, 색슨 인 세드릭의 집으로 가는 길을 말해 주게. 자네가 그것을 모를 리 없지 않나. 그리고 설령 우리보다 인품이 덜 고결하다고 해도 나그네에게 길을 가르쳐 주는 것이 자네의 의무란 말일세."

"사실은, 신부님. 신부님의 오른쪽에 계신 동료분의 그 사라센 사람 같은 얼굴에 놀라서 그만 집으로 가는 길을 까먹고 말았습니다. 소인 자신도 오늘 밤 집을 제대로 찾아갈 수 있을는지 모르겠습니다."

"체, 마음만 먹는다면 가르쳐 줄 수 있을 텐데. 이 거룩한 형제님은 성묘를 탈환하기 위해 평생을 사라센 인들 틈에서 싸우신 분으로서 성전 기사단원(Knights Templars)이라네, 자네도 들어보았을 테지. 그러니 반은 수도사이고 반은 전사인 셈이지."

"절반은 수도사이시라니 길에서 만난 사람들에게 비록 그들이 자기와 아무 상관이 없는 질문에 빨리 대답하지 않는다고 해도 전적으로 부당하게 대하시면 안 되지 않습니까?"

그 말에 수도원장이 대답했다.

"세드릭의 저택으로 가는 길을 알려 준다면 자네의 그 농담도 용서해 주지."

"좋아요, 그렇다면 이 길을 따라 쭉 가세요, 그럼 땅 위로 50여 센티 나와 있을까한 묻힌 십자가가 나올 겁니다. 그 십자가 있는 곳이 바로 사거리니까 왼쪽으로 가세요. 그러면 폭풍우가 닥치기 전에 쉴 곳을 찾으실 겁니다."

수도원장은 노련하게 길을 가르쳐 준 왐바에게 고맙다고 인사했다. 그리고 기마대 일행은 말에 박차를 가해 한밤의 폭풍우가 불어닥치기 전에 숙소에 도착하고 싶어하는 사람들이 그렇듯이 급히 달렸다. 그들의 말발굽 소리가 완전히 사라지자 거스가 동료에게 말했다.

"만일 자네의 그 현명한 지시에 따른다면 저 신부님들은 오늘 밤 안으로 로더우드에 도착하기 힘들 텐데."

"그럼, 어림없지. 하지만 운이 좋다면 셰필드에 닿을 수도 있지. 그곳이라면 그 작자들에게 딱 맞는 곳이지. 나는 개가 사슴을 쫓게 할 생각이 없으면서도 사슴이 어디 있는지 개에게 알려 줄 만큼 나쁜 나무꾼은 아니라고."

"자네 말이 옳아. 에이머 수도원장이 로웨나(Rowena) 공주님을 보면 안 좋을 거야. 게다가 세드릭 나리는 성미가 불 같으시니 저 성전 기사단원과 싸우기 십상일 텐데, 그랬다간 더 안 좋을 것 아냐. 하지만 훌륭한 하인들처럼 우리는 그저 듣고 보기만 할 뿐 아예 조금 전 일은 못 본 척 입을 봉하세."

이쯤에서 기마대 일행에게 돌아가 보기로 하자. 그들은 두 농노들을 뒤로 하고 멀리 떠나 색슨 인의 후예임을 여전히 자랑하고 싶어하는 극소수를 제외하고는 대개 상류 계급에서 썼던 노르만 프랑스어로 이야기를 주고받았다.

성전 기사가 시토회 수도원장에게 먼저 물었다.

"저토록 제멋대로 무엄하게 굴다니 저 녀석들을 어쩔 셈이죠? 그리고 왜 녀석들을 혼내지 못하게 막으셨지요?"

"이런, 브리앙 형제. 자신의 어리석은 생각에 따라 지껄이는 바보 녀석에게 이유를 대기란 힘든 일이죠. 그리고 또 다른 녀석은 난폭하고 거칠고, 다루기 힘든 위인이란 말입니다. 제가 자주 말씀 드렸듯이 피정복자 색슨 인의 후손들 가운데 여전히 눈에 띄는 녀석들인데, 이들은 자기들이 가진 온갖 수단을 다하여 정복자에게 혐오감을 드러내는 것을 최고의 낙으로 삼고 있죠."

"저라면 그 녀석들에게 경을 쳐 버릇을 단단히 고쳐주었을 텐데. 저는 그런 놈들을 다루는 데는 이골이 나 있거든요. 저희가 잡은 터키 포로들은 오딘(Odin, 북유럽 최고의 신 ; 역주) 신이 그랬을까 싶을 만큼 무척이나 난폭해서 다루기가 힘들었습니다. 그래도 제 집에서 노예 감독의 관리 하에 두 달 동안 두었더니 겸손하고 순종적이고, 쓸 만한 녀석이 되어 명령을 잘 지키게 되었답니다. 참, 신부님도 독약과 단도는 조심하셔야 합니다. 신부님이 조금만 기회를 주면 그 녀석들은 거리낌 없이 그것들을 쓰려고 들 것입니다."

"옳아요, 하지만 어느 지방이고 각기 고유한 예의범절과 풍습이 있답니다. 게다가 이 녀석들을 때려눕힌다면 세드릭의 집으로 가는 길에 대해서는 아무것도 알아낼 수 없지 않았겠습니까. 그리고 그곳으로 가는 길을 찾아낸다고 하더라도 당신과 그 녀석 사이에는 반드시 싸움이 벌어졌을 테고요. 제가 하는 말을 잊지 마십시오. 이 부유한 지주는 거만하고 사납고, 질투심이 많으며 화를 잘 내기 때문에 귀족들과도 대립한답니다. 심지어 겨루기 만만치 않은 상대인 이웃들, 레지날 프롱 드 뵈프와 필리프 말부아상에게도 대들고 있지요. 그는 자기 종족의 특권을 단호하게 옹호하고 옛 앵글로색슨의 7왕국(Kent, Sussex, Wessex, Essex, Northumbria, East Anglia, Mercia 왕국을 말함 ; 역주) 시절의 유명한 용사 헤러워드(Hereward)의 유구한 혈통임을 자랑하고 있지요. 그래서 색슨 인 세드릭으로 널리 불리고 있답니다. 행여 피정복자에게 가해지는 재앙이나 가혹함을 피하기 위해 자기의 혈통을 숨기느라 급급한 사람들이 많은데 이자는 오히려 그 종족에 속한다는 것을 뽐내고 있답니다."

"에이머 수도원장님, 당신은 연애에 능통한 분으로 미의 연구에 조예가 깊고 구애에 대한 일이라면 음유시인처럼 노련하다지요. 하지만 로웨나 공주의 아버지라고 말씀하신 그 불온한 작자의 환심을 사기 위해서라면 제가 노력해야 할 자제심과 인내를 보상할 만큼 이 유명한 로웨나 공주의 아름다움이 뛰어나다고 기대해도 되겠습니까?"

"세드릭은 로웨나 공주의 아버지가 아니라 그저 먼 친척일 뿐입니다. 로웨나 공주는 심지어 세드릭이 주제넘게 주장하는 혈통보다도 훨씬 지체 높은 가문 출신으로 세드릭과는 먼 혈연 관계일 뿐이죠. 하지만 그가 로웨나 공주의 후견인이기는 하죠, 제 생각엔 이것도 자기가 자처한 것으로 생각되지만. 그러나 친자식이라도 되는 것처럼 피후견인을 소중하게 여긴답니다. 로웨나 공주의 아름다움에 대해서는 곧 당신이 직접 판단하시지요. 만약 로웨나 공주의 청순한 얼굴빛과 온화한 푸른 눈의 당당하면서도 부드러운 표정이 당신의 기억에서 팔레스타인의 그 검은머리 처녀들과 옛 이슬람 낙원에 있는 그 요염한 미희들을 몰아내지 못한다면 제가 이교도요 교회의 진정한 아들이 아니라고 하겠습니다."

"당신이 그렇게 침이 마르게 자랑하는 그 미인이 제 기대에 미치지 못한다면 무엇을 거시겠습니까?"

"카이오스 포도주 열 통에 저의 금목걸이를 걸기로 하겠습니다. 그 포도주 통은 이미 수도원 저장실에 넣고 제 식료품 보관인인 늙은 데니스가 간수하고 있는 것처럼 거의 제 것이나 마찬가지로군요."

"그럼 저 자신이 스스로 감식가가 되어 작년 성령 강림절 이후 그렇게 아름다운 처녀를 본 적이 없다고 시인할 만큼 스스로 깨닫기만 하면 되는 겁니다. 하지만 그렇게 술술 풀리지 않는다면 어쩌시겠습니까? 수도원장님, 당신의 목걸이는 좀 위태롭군요. 아슈비 드 라 주시(Ashby-de-la-Zouche)의 시합장에 나갈 때 제 가슴 덮개 위에 그 목걸이를 걸겠습니다."

"어디 멋지게 이겨서 당신 좋으실 대로 걸어 보시지요. 귀하가 기사로서 또 성직자로서 참된 대답을 하시리라 믿고 있습니다. 하지만, 형제여, 제 충고를 받아들여 이교도의 포로들과 동방의 노예들을 부리는데 익숙해 있던 그 위압적인 기질보다는 좀 더 예의를 갖추도록 말씨를 다듬으십시오. 색슨 인 세드릭은 일단 화가 나기 시작하면, 더구나 그자는 보통 다혈질이 아니거든요, 귀하가 기사 신분이건, 제가 높은 직책에 있건, 그 어느 쪽의 존엄함에도 상관하지 않고 우리들을 집 밖으로 쫓아내어 아무리 한밤중이라 할지라도 종달새와 함께 자게 만들고 말 위인이란 말입니다. 그리고, 로웨나 공주를 쳐다보는 눈길에 주의하십시오. 세드릭이 그 처녀를 무척이나 세심하게 애지중지하니 말입니다. 그러니 조금이라도 그런 의혹을 사서 세드릭이 경계를 하는 날에는 우리는 그대로 내쫓기는 신세가 될 겁니다. 실제로 그의 유일한 외아들이 이 미인에게 그러한 연정의 눈길을 품었다고 해서 내쫓아버렸다고 하니까요. 그러니 로웨나 공주는 그저 멀리서 우러러 보는 것은 괜찮겠지만 동정녀 마리아의 성소에 바치는 것 이상의 생각을 품고 접근해서는 안 된단 말입니다."

"그래요, 충분히 알아들었으니 그만 하시죠. 오늘 하룻밤만큼은 어쩔 수 없이 꾹 참고 처녀처럼 유순하게 보내지요. 하지만 폭력을 써서 우리를 쫓아낼지 모른다는 두려움에 대해서는 나와 시종들이 하멧과 압달라(Hamet and Abdalla, 흑인 노예들)와 함께 그런 치욕은 당하지 않게 할 것을 보장하니 걱정 마십시오. 우리라면 하룻밤 지낼 숙소를 차지할 정도로 충분히 강하니 염려 놓으십시오."

"그런 사태까지는 벌어지지 않도록 해야지요. 그건 그렇고, 아까 그 광대가 말한 십자가 여기 있는 것 같은데, 밤이 너무 어두워 어느 길을 따라가야 할지 잘 모르겠군요. 그 녀석이 왼쪽으로 돌라고 했던 것 같은데."

"제 기억으로는 확실히 오른쪽이었습니다."

"왼쪽, 분명히, 왼쪽이었어요. 그 녀석이 나무칼로 가리킨 것을 기억하고 있는데."

"예, 하지만 그 녀석은 칼을 왼손에 들고 있다가 몸을 가로질러 반대쪽을 가리켰다니까요."

이런 경우에는 흔히 있는 일이지만 둘 다 매우 끈질기게 자기 의견을 고집했고, 수행원들에게도 물어보았지만 그들은 왐바가 길을 가르쳐 주는 소리를 들을 수 있을 만큼 가까운 거리에 있지 않았었다. 그러다가, 브리앙이 처음에는 어두워서 잘 알아볼 수 없었던 형체를 알아채고는 말했다.

"여기 십자가 밑에 자고 있는 건지 죽어 있는 건지 누군가가 있군요 … 이봐, 위그(Hugo). 창 끝으로 저자를 찔러보게."

그러나 바로 그렇게 하기 전에 형체가 일어나더니 능숙한 프랑스어로 외쳤다.

"누구이신지 모르지만 제 생각을 이렇게 방해하다니 무례한거 아닙니까?"

그러자 수도원장이 나서서 대답했다.

"우리는 그저 색슨 인 세드릭의 거처인 로더우드로 가는 길을 묻고 싶었을 뿐이라네."

"마침 저 자신도 그곳으로 가는 길입니다. 말이 있다면 제가 안내해 드릴 수도 있을 텐데. 저는 잘 알고 있지만 길이 좀 복잡해서요."

"세드릭의 집까지 무사히 안내해 준다면 자네에게 치사는 물론 보수도 주겠네."

수도원장은 수행원들 가운데 한 사람을 끌고 온 말에 타도록 하고 그가 타고 온 말은 안내를 자청하고 나선 나그네에게 내주도록 했다.

그들의 길잡이는 왐바가 길을 잘못 들게 할 목적으로 가르쳐 주었던 길과는 반대쪽 길을 따라갔다. 길은 곧 숲 속으로 깊숙이 들어갔고 여러 개의 개울을 건넜는데, 개울이 흐르는 옆의 늪지 때문에 개울 가까이 다가가는 것은 위험했다. 그러나 나그네는 본능적으로 알고 있기라도 하듯 길의 가장 단단한 지면과 안전한 지점을 알고 있는 것처럼 보였다. 게다가 신중하기도 하고 조심스럽기도 하여 이제까지 보아온 것보다 더 넓은 가로수 길로 일행을 무사히 데리고 나왔다. 그리고 저쪽 끝에 있는 커다랗고 얕으면서도 들쭉날쭉한 건물을 가리키며 수도원장에게 말했다.

"저기가 바로 색슨 인 세드릭의 집인 로더우드입니다."

에이머에게 이 말은 무척이나 반가운 소식이었다. 그다지 담력이 강하지 못했던 데다 위험한 늪지를 지나는 동안 흥분되기도 하고 두렵기도 했으므로 길잡이에게 무엇을 물어볼 호기심조차 생기지 않았던 터였다. 이제 마음이 놓이고 쉬어갈 거처에도 가까워졌다는 것을 알자 호기심이 발동하여 길잡이에게 이름은 무엇이며 직업은 무엇인지 물어보았다.

"이제 막 성지에서 돌아온 순례자입니다."

그러자 성전 기사가 끼어 들었다.

"차라리 그곳에 남아 성묘를 되찾기 위하여 싸우는 편이 나을 걸 그랬구먼."

성전 기사의 얼굴을 익히 알고 있는 듯한 순례자가 그 말에 대꾸했다.

"옳은 말씀입니다, 기사님. 하지만 성지를 회복하겠다고 맹세한 분들이 자기의 의무와는 이렇게 동떨어진 곳을 여행하고 있는 판국에 저처럼 평화를 옹호하는 농부가 그분들이 버리신 임무를 마다하는 것을 이상하다고 생각하실 수 있겠는지요?"

성전 기사는 화가 치밀어 뭐라고 대꾸하려고 했지만 그 순간 수도원장이 가로막았다. 수도원장은 길잡이에게 그토록 오랜만에 돌아왔는데도 그 숲길을 그렇게 완벽하게 알고 있는 것이 놀랍다고 다시 한 번 토로했다.

"저는 이곳 태생입니다."

순례자가 대답하는 사이 일행은 어느새 세드릭의 저택 앞에 이르렀다. 그곳은 안뜰이나 구내가 몇 개나 있으며 상당히 넓은 대지 위로 뻗어있는 낮고 들쭉날쭉한 건물로서, 비록 그 규모로 보면 집 주인이 상당한 부호라는 것을 알 수 있지만, 노르만 귀족들의 거주지로서 당시 온 잉글랜드를 통하여 보편적인 건축 양식이 되었던 크고 망루가 있는 성곽풍의 건물과는 완전히 달랐다.

그러나, 로더우드라고 해서 아무런 방비가 되어 있지 않은 것은 아니었다. 이처럼 혼란스러운 시대에는 그와 같은 방비를 하지 않았다가는 다음 날 미처 날이 밝기도 전에 약탈당하고 방화될 위험에서 자유로운 집이 한 채도 없었기 때문이다. 깊은 해자 또는 도랑이 전체 건물 주위로 파여 있었고 부근의 시내에서 끌어온 물로 채워져 있었다. 가까운 산에서 가져온 끝이 뾰족한 나무들로 이루어진 이중 방책, 즉 울타리는 해자의 안쪽과 바깥쪽 둑을 방어했다. 바깥쪽 둑으로부터 서쪽에 출입구가 있었는데 도개교로 안쪽 방호벽의 유사한 출입구와 통하도록 되어 있었다. 여러 각도에서 이 출입구를 지키도록 예방조치가 취해졌는데, 위급할 경우에는 활이나 투석기로 출입구의 측면을 지킬 수도 있었다.

이 출입구 앞에서 성전 기사는 자신의 뿔나팔을 소리 높여 불었다. 금세라도 내릴 것 같던 비가 어느새 무서운 기세로 떨어지기 시작했기 때문이다.

3장

그때(안타까운 구원이어라!) 북해의 성난 파도 소리
들리는 황량한 바닷가에, 한창 피어나는, 강건한,
금빛 머리칼에 푸른 눈빛의 색슨 인이 나타났네.

톰슨(Thomson)의 「자유」(*Liberty*)

그 길이와 넓이에 비해 천장이 유난히 낮은 연회장에서는 산에서 잘라온 형태 그대로 다듬지 않고 윤도 거의 내지 않은 기다란 떡갈나무 식탁 위에 색슨 인 세드릭의 저녁 식사가 이미 준비되어 있었다. 들보와 서까래로 이루어진 지붕은 판자와 짚을 제외하고는 하늘과 방을 갈라놓은 것이 아무것도 없었다. 연회장 양끝에는 커다란 벽난로가 있었지만 굴뚝이 매우 형편없이 만들어졌으므로 적어도 그 굴뚝의 환기구를 통해 빠져나가는 것과 같은 양의 연기가 방안으로도 흘러들었다. 굴뚝에서 나오는 연기가 계속 흘러들었으므로 천장이 낮은 이 연회장의 들보와 서까래는 검은 그을음으로 덮여 제법 윤까지 났다. 연회장의 벽면에는 무기와 사냥 도구가 걸려 있었고, 각 구석에는 접이식 문이 달려 있어 이 거대한 건물의 다른 부분으로 드나들 수 있게 되어 있었다.

이 저택의 다른 설비들은 색슨 시대의 거칠고 소박한 기풍을 띠고 있었는데, 세드릭은 그렇게 유지하는 것을 자랑스럽게 여겼다. 마루는 요사이 헛간 바닥을 만드는데 곧잘 사용되는 것과 같이 석회를 섞어 발라서 굳힌 흙으로 되어 있었다. 연회장 길이의 4분의 1 정도는 바닥이 한 단 정도 높여져 있었는데, 상석이라고 불리는 이 공간은 가족의 중요한 식구들과 귀한 손님들만이 차지하는 곳이었다. 이러한 목적에서, 진홍빛 천으로 화려하게 덮인 식탁이 그 상단을 가로질러 놓여 있었고, 이 식탁 중간쯤에서 하인들이나 상것들이 식사를 하는 좀 더 길고 낮은 식탁이 연회장 아래쪽을 향해 길게 놓여 있었다. 그 전체적인 모습은 T자 형태이거나 지금도 옥스퍼드

(Oxford)나 케임브리지(Cambridge)의 오래 된 대학에서 똑같은 방식으로 놓여져 있는 것을 볼 수 있는 구식 식탁과 형태가 비슷했다. 상석에는 커다란 의자와 베어낸 떡갈나무로 만든 등이 높은 장의자가 놓여 있었고 이 좌석들과 좀 더 높은 식탁 위로는 천으로 만든 차양이 매어져 있었다. 이는 고약한 날씨, 특히 서투르게 지어진 지붕으로 빗방울이 여기저기 떨어지는 것을 막아 이 상석을 차지하고 앉은 높은 분들을 어느 정도 보호하기 위한 것이었다.

이 연회장의 위쪽 벽에는 상석의 길이만큼 커튼이 덮여 있었고 바닥에는 카펫이 깔려 있었다. 그리고 둘 다 화려한 아니 다소 야한 색상으로 태피스트리나 자수에 짜넣는 장식으로 꾸며져 있었다. 아래 식탁의 위쪽으로는 이미 언급했듯이 아무런 덮개도 없었다. 거칠거칠한 회반죽 벽은 아무것도 바르지 않은 채였고, 거친 흙바닥에는 아무것도 깔려 있지 않았다. 식탁에는 식탁보 하나 씌워 있지 않았으며 단단하고 육중한 나무 등걸이 의자를 대신하고 있었다.

위쪽 식탁 한가운데에는 다른 의자보다 더 높은 의자가 두 개 있었는데, 이는 그 가족의 주인과 안주인을 위한 것이었다. 주인 부부는 환대를 주재하는 사람들로서 그렇게 하는 데서 '빵을 나누는 사람들'(the Dividers of bread)을 의미하는 그들의 영예로운 색슨 칭호가 유래된 것이었다.

이 두 의자에는 각기 정교한 조각과 상아를 박아 넣은 발판이 딸려 있었는데 이 특징이 다른 의자에는 없다는 것이 차이점이었다. 이 의자 하나에 지금 색슨 인 세드릭이 앉아 있었는데, 비록 호족의 지위이거나 또는 노르만 인들이 부르는 대로 지주의 신분에 지나지 않지만 예나 지금이나 우두머리에게 어울린다고 생각될 정도로 저녁 식사가 지연되는 것에 참을 수 없이 짜증을 느끼고 있었다.

정말로, 이 지주는 생김새에서부터 솔직하기는 하지만 성급하고 화를 잘 내는 기질을 지닌 것처럼 보였다. 키는 중키를 넘지 않았지만 떡 벌어진 어깨와 긴 팔에, 전쟁과 사냥의 노역을 견디는데 익숙해진 사람처럼 몸집이 단단했다. 커다란 푸른 눈을 지닌 얼굴은 넓적했고 관대하고 솔직한 용모였으며 치아가 곱고 머리통도 잘생겼다. 또한 갑자기 화를 벌컥 낼 때도 자주 있었지만 대체로 기분이 좋은 표정을 짓고 있었다. 눈에는 자부심과 질투심이 어려 있었는데, 이는 늘 침해받기 쉬운 권리를 옹호하는데 평생을 보낸 탓이었다. 이 사나이는 성급하고 불같이 단호한 기질로 인해 자기가 처한 주변 상황 때문에 끊임없이 긴장을 늦추지 않아 온 것이다. 기다란 금발은 이마와 머리 꼭대기에서 똑같이 갈라져 잘 빗질하여 양어깨까지 흘러내려 있었다. 세드릭은 예순이 가까웠음에도 불구하고 백발의 기미는 거의 없었다.

 세드릭이 입고 있는 옷은 암녹색에 미네버라 불리는 털로 목과 소매 끝을 덧댄 튜닉이었다. 이것은 흰 담비 모피보다 못한 재질의 털로서 회색 다람쥐 가죽으로 만들어진다고 한다. 허리가 잘록한 이 남성용 상의는 세드릭의 몸에 꼭맞는 진홍빛 꽉 끼는 옷 위에 단추를 채우지 않은 채 걸쳐져 있었다. 그리고 같은 색상의 반바지를 입고 있었는데, 이것은 허벅지 아랫 부분까지 내려오지 않아 무릎이 드러난 채였다. 발에는 농부들이 신는 것과 똑같은 모양이지만 재질은 더 좋고 황금 걸쇠로 앞에서 잠그게 되어 있는 샌들을 신고 있었다. 팔에는 금팔찌를, 목에도 폭 넓은 금목걸이를 차고 있었다. 허리 주위에는 화려하게 장식 단추를 박아 넣은 허리띠를 둘렀고, 허리띠에는 끝이 날카롭고 곧은 짧은 양날 검이 곧게 배치되어 옆구리에 거의 수직으로 매달릴 정도로 꽂혀 있었다. 세드릭의 의자 뒤에는 모피로 안을 댄 진홍빛 모직 외투와 화려하게 수놓은 모직 모자가 걸려 있었다. 이는 이 부유한 지주가 외출하려고 할 때에 복장을 완전히 갖추어 주는 것이었다. 또한 의자 뒤에 기대어 놓은 폭이 넓고 빛나는 강철 끝이 달린 짧은 멧돼지 투창은 그가 나다닐 때에 경우에 따라 지팡이나 무기로 쓰이는 것이었다.

 주인의 훌륭한 복장과 돼지치기 거스의 초라하고 간소한 의복의 중간 정도에서 천차만별로 다양한 의복을 입은 하인들 몇 사람은 색슨 고위 인물의 표정을 살피고 명령을 기다렸다. 그 중에서도 지위가 높은 두세 명의 하인은 상석의 주인 뒤에 서 있었다. 나머지 하인들은 연회장의 낮은 곳에 자리를 잡고 있었다. 상석에 있는 다른 시종들이라고는 그 종류가 각기 다른 것으로서 그 당시 사슴과 늑대를 사냥할 때 주로 쓰던 것과 같은 크고 텁수룩한 그레이하운드 두세 마리, 목이 굵고 머리가 크고 귀가 길며 뼈대가 굵은 품종의 슬로우하운드 두세 마리, 지금의 테리어라 불리는 작은 개 한두 마리였다. 이 녀석들은 초조하게 식사가 나오기를 기다리고 있었지만 그들 품종 특유의 현명한 관상학 지식을 동원하여 주인의 침울한 침묵을 방해하는 짓은 삼가고 있었다. 이는 아마도 이 네 발 달린 시종이 나서는 것을 쫓을 목적으로 세드릭의 접시 옆에 놓아둔 작은 흰 몽둥이를 무서워했기 때문이었을 것이다. 무시무시하게 생긴 늙은 늑대 개 한 마리만이 주인의 귀여움을 한껏 독차지하여 주인의 자리 가까이 다가가 가끔 주인의 무릎에 그 털이 수북한 커다란 머리를 올려놓거나 코를 주인의 손에 비빔으로써 대담하게 주의를 끌려고 했다. 그러나 이 개마저도 단호한 명령에 내쫓기고 말았다.

"내려가, 발더(Balder). 내려가라니까! 장난할 기분이 아니다."

이미 말했듯이, 사실 세드릭은 그다지 마음이 편치 않았다. 멀리 떨어진 교회로 저녁 미사에 참석하러 집을 나섰던 로웨나 공주가 방금 집으로 돌아와, 폭풍우에 흠뻑 젖은 옷을 갈아입고 있는 중이었다. 벌써 오래 전에 숲에서 돌아와 있었어야 할 거스와 돼지 떼로부터는 아직 아무런 소식도 없었다. 당시는 시절이 어수선한 때였으므로 아마도 그렇게 늦어지고 있는 이유는 인근 숲에서 우글거리고 있는 무법자들로부터 약탈을 당했거나 자신의 힘을 의식하여 타인의 소유권을 똑같이 무시하는 이웃 영주들로부터 폭행을 당했기 때문이라고 해석될 수 있었다. 이것은 아주 중대한 일이었는데, 특히 가축의 먹이를 쉽사리 구하기 쉬운 이러한 삼림 지대에서는 수많은 돼지 떼가 색슨 지주들의 가산의 대부분을 이루고 있었기 때문이다.

이러한 걱정거리 외에, 이 색슨 호족은 자기가 총애하는 광대 왐바가 나타나기를 애타게 기다리고 있었다. 왐바의 익살은 대단치는 않았지만 세드릭의 저녁 식사와 식사에 으레 곁들여 쭉 들이켜던 맥주와 포도주에 일종의 조미료 역할을 했기 때문이다. 여기에 한 술 더 떠, 세드릭은 한낮 이후로 아무것도 먹지 않은 데다 평상시의 저녁 식사 시간도 훨씬 지나 있었으므로 예나 지금이나 시골 지주에게 흔한 짜증의 원인이 되었던 것이다. 그의 불쾌감은 어느 정도는 혼잣말로 중얼거리고 어느 정도는 주위에 서 있던 하인들에게 띄엄띄엄 던지는 말로 표현되었다. 그리고 특히 진정제처럼 포도주가 가득 채워진 은잔을 가끔씩 내미는 술잔지기에게 말을 걸기도 하였다.

"로웨나 공주는 왜 이리 늦는 게냐?"

그러자 한 하녀가 요즘의 가정의 주인에게 제일 총애를 받고 있는 가정부가 흔히 대답하는 것같이 대담하게 답했다.

"아씨는 머리 장식을 바꿔 쓰고 있는 중이랍니다. 나리께서는 아씨가 모자와 외투를 걸친 채 연회에 내려와 앉기를 바라시진 않겠지요? 그리고 이 고장에서 아씨보다 몸치장을 빨리 할 수 있는 숙녀는 아무도 없답니다."

이 반박할 수 없는 주장에 색슨 인 세드릭은 아무 대꾸도 못하고 콧방귀를 뀌며 겨우 한마디 보탰다.

"다음 번에 성 요한(St John) 교회에 기도 드리러 갈 때에는 날씨가 좋은 날을 골라서 가란 말이야. 그건 그렇고 대체."

세드릭은 술잔지기에게로 말머리를 돌리며 공평하게 분한 마음을 돌릴 길을 찾아 다행스럽기라도 한 듯이 언성을 높였다.

"도대체 거스는 왜 이렇게 늦게까지 안 돌아오고 있는 거야? 필경 돼지 떼에게 불상사가 닥친 거야. 거스는 전부터 늘 충실하고 주의 깊은 일꾼이어서 좀 더 좋은 일을 맡길 작정이었는데. 어쩌면 파수꾼을 시켜줄 수도 있었는데."

그때 술잔지기 오스월드(Oswald)가 조심스럽게 넌지시 말을 꺼냈다.

"이제 저녁 소등 종이 울린 지 겨우 한 시간밖에 안 된 걸요."

그런데 오스월드의 그 말은 잘못 선택한 변명이었다. 그 말이 세드릭의 귀에 거슬리는 화제를 끄집어냈기 때문이다.

세드릭은 호통을 쳤다.

"저녁 소등 종이고, 그것을 궁리해낸 포악한 사생아 놈이고, 그걸 색슨 말로 색슨 사람의 귓전에 나불거리는 무심한 종놈이고 다 귀신이 물어가라! 저녁 소등이라고! 아, 그 망할 놈의 것. 선량한 사람들에게 억지로 불을 끄게 만들어 도둑놈들과 도적놈들이 야음을 틈타 못된 짓을 할 수 있게 만들어 주는 것이 아니고 뭐냔 말이야! 아, 그 빌어먹을 저녁 소등! 레지날 프롱드 봬프와 필리프 드 말부아상은 서자 윌리엄(노르만 정복왕 윌리엄을 지칭) 그 작자, 아니 헤이스팅스 전투에서 싸운 노르만 협잡꾼만큼 소등의 유용함을 알고 있거든. 이제 곧 도적질과 강도짓이 아니면 호구를 면할 수 없는 굶주린 산적 도당들을 구하기 위해 내 재산이 싹쓸이 당했다는 소식을 듣게 되겠지. 내 충직한 노예는 살해당하고 내 재산은 약탈품으로 빼앗기겠지. 그리고 왐바는, 왐바는 어디 있지? 거스와 함께 나갔다고 누군가가 그러지 않았나?"

오스월드는 그렇다고 대답했다.

"어이고, 설상가상으로! 왐바 역시 끌려가 색슨 광대가 노르만 주인을 섬긴단 말이지. 우리는 모두 노르만 놈들을 섬기는 광대요, 놈들의 조롱거리와 웃음거리로구나. 차라리 재치가 절반만 되어 태어났더라면 이런 꼴은 안 당했을 거 아냐. 하지만 이 원수는 꼭 갚고 말 테다."

모욕을 당했다는 생각에 참을 수 없어 세드릭은 의자에서 벌떡 일어나 멧돼지 투창을 집어들고는 말을 이었다.

"이번 대 평의회에 이 일을 고발하겠어. 내게는 지지자도 있고 추종자도 있어. 한 놈도 빼놓지 않고 노르만 녀석들을 시합장으로 불러들이겠어. 모두 판금 갑옷과 쇠미늘 갑옷을 입고 오라지, 아니 겁쟁이를 대담하게 만들어 줄 수 있는 그 어떤 것이든 걸치고 와 보라지. 나는 이런 투창으로 그 녀석들의 방패 셋보다 더 강한 방벽도 꿰뚫은 적이 있으니까! 그놈들은 아마

나를 늙은이라고 생각할 테지. 하지만 비록 자식 하나 없이 혈혈단신이지만 이 세드릭의 혈관에는 헤러워드의 피가 흐르고 있다는 것을 깨닫게 해 줄 테다. 아, 윌프레드(Wilfred), 윌프레드!"

세드릭은 좀 더 낮게 부르짖었다.

"네 녀석이 그 무모한 열정을 억제할 수만 있었다면 네 아비가 이렇게 노년에 거친 폭풍에 산산이 부서지고 무방비 상태로 가지를 내밀고 있는 쓸쓸한 떡갈나무처럼 홀로 남겨지진 않았을 것 아니냐!"

아들에 대한 추억으로 세드릭의 격앙된 감정은 어느새 슬픔으로 바뀐 것 같았다. 집어들었던 투창을 제자리에 놓은 후 다시 자리에 앉아 시선을 떨구고는 우울한 회상에 잠기는 것처럼 보였다.

그렇게 생각에 잠겨 있다가 뿔나팔 소리에 세드릭은 갑자기 정신이 들었다. 뿔나팔 소리에 연회장 안에 있는 모든 개들과 집안의 다른 곳에 있던 이삼십 마리의 개들이 일제히 요란스럽게 짖어댔다. 개들의 짖는 소리는 하인들이 예의 그 하얀 몽둥이를 조금 휘두르자 곧 잠잠해졌다.

자신의 음성이 들릴 정도로 소동이 얼마쯤 가라앉자마자 세드릭이 황급히 말했다.

"어서 문으로 가 봐라! 가서 뿔나팔이 무슨 소식을 알리려고 하는 것인지 알아보거라. 내 생각엔 아마도 내 땅에서 저질러진 약탈과 도적질을 알리러 온 것 같다만."

나간 지 채 3분도 못 되어 파수병 하나가 돌아와 알렸다.

"조르보의 저 에이머 수도원장과 용맹하고 존귀한 성전 기사단원인 브리앙 드 봐 길베르 기사가 약간의 수행원과 함께 내일 모레 아슈비 드 라 주시에서 멀지 않은 곳에서 열리게 될 마상 시합에 가는 길에 하룻밤의 식사와 잠자리를 청하고 있습니다."

"에이머, 에이머 수도원장이라고? 브리앙 드 봐 길베르라고?"

세드릭은 혼자 중얼거렸다.

"둘 다 노르만 인이군. 하지만 노르만 인이든 색슨 인이든 로더우드의 환대가 소홀했다고 욕을 먹게 해선 안 되지. 그자들이 기왕 쉬어 가기로 했다면, 맞아들이지, 뭐. 아예 비껴갈 정도로 더 멀리 갔더라면 더 좋았을 테지만. 하지만 그저 하룻밤의 잠자리와 식사를 갖고 투덜거리는 건 어울리지 않지. 손님 처지에 제아무리 노르만 놈이라 하더라도 적어도 건방진 언행은 삼갈 테지. 헌디버트(Hundebert)."

세드릭은 하얀 지팡이를 들고 뒤에 서 있던 집사장에게 덧붙였다.

"시중드는 애들 여섯을 데리고 가서 손님들을 객실로 안내하거라. 말과 노새들도 보살펴주고 수행원들에게도 뭐 필요한 것이 없는지 살펴주거라. 필요하다면 갈아입을 옷도 내주고, 불과 씻을 물과 포도주와 맥주도 내주거라. 요리사에게는 우리 식사에 급히 준비할 수 있는 것을 더 준비하도록 이르거라. 저 손님들이 식사할 준비가 되거든 식탁에 내오게 하고. 그리고, 헌디버트, 세드릭은 손님들을 손수 환대하고 싶지만 색슨 왕가의 피를 물려받지 않은 사람에게는 누구든 연회장의 상석에서 세 걸음 이상 내려가 맞아들이지 않는다는 맹세에 묶여 있다고 손님에게 가서 전하거라. 자, 그럼 가 보거라! 가서 저들을 정성껏 시중들고 있는지 살피거라. 저자들이 색슨 구두쇠가 곤궁함과 탐욕을 동시에 보이더라고 보아란 듯이 지껄이지 못하게 하란 말이다."

집사장은 주인의 명령을 수행하기 위해 하인들을 몇 데리고 떠났다. 세드릭은 오스월드를 보며 되뇌었다.

"에이머 수도원장이라고! 내가 틀린 것이 아니라면, 현재 미들햄(Middleham)의 영주인 질 드 모르베레(Giles de Mauleverer)의 형제인 것 같데?"

오스월드는 공손히 옳다는 표시를 했다.

"그자의 형제는 더 훌륭한 가문인 미들햄의 울프가르(Ulfgar) 가문의 유산을 빼앗아 그 자리에 앉아 있겠다. 하지만 그따위 짓거리 안 하는 노르만 영주 놈이 있을까? 이 수도원장은 교회의 종과 책보다 술잔과 사냥나팔을 더 좋아하는 활달하고 유쾌한 사제라고 하던데. 좋아, 데리고 와 봐, 환영해 줄 테니. 성전 기사는 이름이 뭐라고 그랬지?"

"브리앙 드 봐 길베르입니다."

"봐 길베르라고?"

세드릭은 시종들에게 둘러싸여 사는 습관 탓에 몸에 밴 말투와 주위 사람들에게보다는 자기에게 중얼거리는 듯한 그 말투로 여전히 생각에 잠긴 채 반은 따지는 듯한 말투로 말을 이었다.

"봐 길베르라고? 그 이름은 호평이든 악평이든 널리 퍼졌지. 그자가 자기네 기사단에서 가장 뛰어나므로 용맹하다고들 하지. 하지만 그들에게서 흔히 보이는 악덕, 거만, 불손, 잔악함, 방탕함으로 점철되어 있기도 하지. 게다가 이 세상에서 아무것도 무서워하지 않고 하늘을 경외하지도 않는 냉혹한 자라고도 하지. 팔레스타인에서 돌아온 전사 몇이 그렇게 말하더군. 쩝, 하지만 뭐 하룻밤뿐이니 그자도 환영해 주기로 하지. 오스월드, 제일 오래된 포도주 술통을 따도록 해라. 제일 좋은 꿀술, 제일 독한 맥주, 제일 진한 오디주, 제일 톡 쏘는 사과주, 가장 향이 좋은 단술 등을 식탁에 내오도록 하라. 그리고 제일 큰 잔을 가득 채우도록 해. 성전 기사들과 수도원장들은 좋은 포도주를 좋아하고 주량도 세니까. 이봐, 엘기다(Elgitha). 로웨나 공주께 오늘은 특별히 내키지 않으면 연회장에 나오지 않아도 좋다고 일러라."

그러자 엘기다는 말이 떨어지기 무섭게 대답했다.

"하지만 아씨께서는 무척 나오고 싶어하시는 것 같은데요. 팔레스타인의 새 소식은 늘 듣고 싶어하니까요."

세드릭은 왈칵 화를 내며 주제넘은 하녀를 노려보았다. 그러나, 로웨나와 로웨나에게 속한 시녀는 누구든 세드릭의 노여움에도 끄떡 없었으므로 세드릭은 그저 대답만 하였다.

"그만 입 닥쳐. 너는 신중하지 못하고 입이 가벼워. 내 말을 아씨에게 전하고 좋을 대로 하라고 해. 적어도 이곳에서만큼은 앨프레드(Alfred, 남서부 잉글랜드의 색슨 족 왕국인 웨식스의 왕 ; 역주)의 후예가 공주를 꽉 잡고 있으니까."

그 말에 엘기다는 방을 나갔다.

세드릭은 혼자서 되뇌었다.

"팔레스타인! 팔레스타인이라! 타락한 십자군사들 혹은 위선적인 순례자들이 그 죽음의 땅에서 가져오는 이야기에 귀를 기울이는 사람들이 왜 그리도 많은지. 나도 어쩌면 물어볼지 모르겠군. 나 역시도 교활한 떠돌이들이 우리를 속여 접대를 받으려고 꾸며 낸 이야기에 가슴 졸이며 귀기울일지 모르겠군. 하지만 안 될 말. 나를 거역한 아들놈은 이제 내 자식이 아냐. 어깨에 늘 십자가를 붙이고는 난폭과 살인을 저지르고는 그것이 신의 뜻을 완수한 것이라고 하는, 아무짝에도 쓸모 없는 수백만 불한당들의 운명을 걱정하지 않는 것처럼 더 이상 그 녀석의 생사에 신경 쓰지 않겠어."

세드릭은 이맛살을 찌푸리며 잠시 동안 시선을 땅에 고정시켰다. 그리고 고개를 들자 연회장 아래쪽의 접이문이 활짝 열리며 지팡이를 손에 든 집사장을 필두로 횃불을 든 네 하인과 그날 밤의 손님들이 방으로 들어왔다.

4장

양과 털북숭이 산양과 함께 돼지들이 피를 흘리고,
뽐내던 황소도 대리석 위에 차려져 있네.
불도 준비해 놓고 그들은 각자 몫을 나누었네.
장밋빛 밝게 빛나는 포도주는 넘칠 듯이 술잔을 찰랑이네.
저만치 떨어져 않은 오디세우스도 이 향연에 함께 했네.
왕자가 정해 준 삼각 탁자와 더욱 비천한 자리에 앉아 …

「오디세이아」 21편(포프)

에 이머 수도원장은 승마복을 더욱 값비싼 재질의 의복으로 갈아입을 여유가 생긴 기회를 빌미로 그 위에 정교하게 수놓은 코프(성직자의 망토 모양의 긴 외투 ; 역주)를 걸쳤다. 손가락에는 성직자의 위엄을 나타내기 위한 크고 단단한 황금 인장 반지 외에 비록 법규에 어긋나기는 하지만, 값비싼 보석들이 끼워져 있었다. 신고 있는 샌들은 스페인에서 수입한 최고급의 가죽으로 만든 것이었다. 수염은 종단에서 허용할 수 있을 만큼의 작은 부위만 남기고 말끔히 다듬었다. 그리고 빡빡 깎은 머리의 정수리는 화려하게 수놓은 진홍색 모자로 가려져 있었다.

성전 기사의 겉모습도 바뀌어 있었다. 그리고 장식에 그리 세심하게 신경 쓰지는 않았지만 그의 의복 역시 사치스러운 것으로서 겉모습은 동행인 수도원장보다 훨씬 위풍이 있어 보였다. 쇠사슬로 된 셔츠는 모피로 장식된 짙은 보라색 비단 셔츠로 갈아입고 그 위에 주름이 넓은 순백의 긴 외투를 걸쳤다. 외투의 어깨 부분에는 그의 기사단을 상징하는 팔각 십자가가 검은 벨벳으로 붙여져 있었다. 높은 모자는 이미 쓰고 있지 않았으므로, 그의 유달리 가무잡잡한 혈색에 어울리게 까마귀처럼 검으면서 짧고도 숱이 많은 고수머리만이 이마를 덮고 있을 뿐이었다. 대적할 수 없는 위세를 누림으로써 쉽사리 몸에 밴 오만한 태도가 두드러지게 드러나지만 않았더라면 그의 걸음걸이와 거동만큼 기품 있게 당당한 것도 없었을 것이다.

이 위풍당당한 두 인물 뒤로는 각자의 시종들이 그 뒤를 따르고 있었고, 좀 더 겸허한 거리를 두고 그들의 길잡이가 따라 들어왔는데, 길잡이의 모습은 순례자의 평상복 이상으로 이렇다 하게 두드러진 점은 없었다. 거친 능직 검은 외투 즉 망토가 온 몸을 완전히 감싸고 있었다. 그 형태는 근대 경기병의 망토와 비슷하여 팔을 덮는 유사한 테두리가 달려 슬라베인 또는 슬라보니안이라고 불렸다. 맨발에 가죽끈으로 묶어 맨 초라한 샌들, 테두리가 조가비로 장식된 넓고 얼굴을 뒤덮는 모자, 꼭대기에는 종려나무 가지를 달고 끝에는 쇠를 붙인 긴 지팡이로 그의 복장은 완성되었다. 순례자는 연회장으로 들어온 일행의 맨 뒤를 겸손하게 따랐고 낮은 쪽 식탁에는 세드릭의 하인들과 손님들의 수행원들이 간신히 앉을 여유만 있다는 것을 알고는 커다란 굴뚝 하나 옆에 그것도 거의 아래에 있는 긴 의자로 물러나 누군가가 일어나 식탁에 자리가 생기거나 자기가 멀리 떨어져 선택한 그곳에서 집사의 호의로 뭔가 얻어먹을 수 있을 때까지 옷이나 말리려는 것 같았다.

세드릭은 위엄 있게 환대하는 태도로 손님들을 맞으러 일어서서 상석, 즉 연회장에서 조금 높은 자리에서 내려와 세 걸음 앞으로 나와 손님들이 다가오기를 기다렸다.

"수도원장님, 일찍이 한 맹세 때문에 조상 대대로 물려 내려오는 이 마루에서는 귀하와 성전 기사단의 이 용맹한 기사와 같은 귀한 손님을 맞이할지라도 더 이상 앞으로 나갈 수가 없어 애석하군요. 하지만 제 집사장이 무례인 것 같은 이 일의 이유에 대해서는 이미 설명해 드렸겠지요. 또한 제 모국어로 말씀드리는 것을 용서해 주시고, 귀하께서도 알고 계시는 한 같은 색슨 어로 대답해 주시기 바랍니다. 혹 색슨 어를 모르신다면, 무슨 말인지 이해할 수 있을 정도의 노르만 어는 저도 충분히 알고 있습니다."

"맹세를 물론 깨뜨려서는 안 되죠, 훌륭한 지주님, 아니 좀 낡은 직함이긴 하지만 호족님이라고 부르는 것이 낫겠군요. 맹세란 저희 인간을 하늘과 맺어주는 매듭이지요. 말하자면 제물을 제단의 뿔에 묶어 놓는 끈이라는 말씀이죠. 그러니까, 조금 전에 말씀드린 대로 저희 성모 교회가 반대를 표명하지 않는 한 깨뜨리거나 어겨서는 안 되지요. 그리고 언어에 대해서도,

저의 훌륭한 조모이신 미들햄의 힐다(Hilda)께서 쓰시던 그 색슨 어로 기꺼이 말씀을 나누겠습니다. 조모는, 감히 이렇게 말씀드려도 된다면, 저 영예스러운 동명 성녀 휫비의 힐다(Hilda of Whitby)에 못지 않은 거룩한 명성을 얻고 돌아가셨지요. 조모의 영혼에 신의 가호가 있기를!"

수도원장이 세드릭의 비위를 맞추기 위한 기다란 사설을 끝내자 동료인 성전 기사가 짧고 단호하게 말했다.

"나는 리처드 왕과 그의 귀족들의 언어인 프랑스어만 씁니다. 하지만 이 고장 토착민들과도 충분히 의사 소통을 할 수 있을 정도의 영어는 알고 있습니다."

세드릭은 성급하고 조바심 내는 눈초리로 성전 기사를 노려보았는데, 이는 대개 서로 적대적인 두 민족 간의 비교가 불러일으킨 것이었다. 하지만 주인으로서 환대할 의무를 생각해내고 더 이상의 분노가 드러나지 않도록 억누른 후 손짓으로 자기 의자보다는 약간 낮지만 바로 옆에 붙어 있는 두 의자에 손님들을 앉히고는 저녁 식사를 식탁에 차리도록 신호했다.

시종들이 자기 명령에 따르느라 서두르는 동안, 세드릭은 그때 막 동료인 왐바와 함께 연회장으로 들어온 돼지치기 거스를 알아보고는 성급히 내뱉었다.

"저 빈둥거리는 망나니 녀석들을 이리로 올려보내거라."

그리고 두 사람이 상석 앞으로 다가서자 호통을 쳤다.

"도대체 어찌된 일이냐, 이 녀석들! 왜 이렇게 늦은 시간까지 밖에서 어슬렁거리고 다녔느냐 말이다. 여봐라, 거스, 돼지 떼는 데리고 돌아온게냐, 아니면 강도 놈들과 산적 놈들에게 빼앗기고 왔느냐?"

"돼지 떼는 안전합니다, 그러니 기뻐하세요."

"하지만 하나도 기쁘지가 않다, 이 망할 녀석아. 네 녀석들 때문에 두 시간 동안이나 엉뚱한 생각만 하며 여기 앉아 이웃들이 내게 저지르지도 않은 죄에 대해 복수할 궁리만 하고 있었단 말이다. 내 너희들에게 일러두는데, 앞으로 이런 죄를 다시 저질렀다가는 족쇄를 채워 감옥에 처넣는 벌을 줄 테다."

　주인의 불 같은 성미를 알고 있었으므로 거스는 아무런 변명도 하지 않았다. 하지만, 세드릭의 아량에 감히 대들 수 있었던 왐바는 광대로서의 특권에 의지하여 두 사람을 대변하여 말했다.

　"정말로, 세드릭 나리, 오늘 밤은 현명하지도 사리가 밝지도 못하십니다."

　"뭐라고? 광대라고 해서 그토록 제멋대로 나불거리면 문지기 방으로 보내어 그곳에서 본때를 톡톡히 보여 주도록 할 테다."

　"그럼 먼저 다른 사람이 저지른 잘못으로 어떤 사람을 혼내는 것이 옳고 사리에 맞는 일인지 나리의 지혜로 알려 주세요."

　"물론, 아니지, 이 멍청아."

　"그렇다면, 나리, 어째서 개 팽즈가 잘못한 것을 가지고 불쌍한 거스에게 족쇄를 채우시려는 겁니까? 감히 맹세드릴 수 있는데, 저희는 돼지 떼를 모은 후에는 잠시도 꾸물거리지 않았으니까요. 만종 소리가 들릴 때까지도 팽즈 녀석이 돼지 떼를 모을 수 없었기 때문이랍니다."

　그러자 세드릭은 성급히 돼지치기 쪽을 돌아보며 내뱉었다.

　"그렇다면 팽즈를 목매달거라, 죄가 그놈에게 있다면. 너에게는 다른 개를 줄 테니."

　"죄송하오나 나리, 그것 역시 그다지 옳지 못하옵니다. 왜냐하면, 팽즈가 절름발이가 되어 돼지 떼를 제대로 모을 수 없었던 것은 팽즈 탓이 아니오라, 앞 발톱 두 개를 잘라버린 그 수술 탓이지요. 아마도 이 불쌍한 녀석에게 미리 물어보았다면 그 녀석은 절대로 동의하지 않았을 수술일걸요."

　"그런데 대체 어느 놈이 내 노예가 데리고 있는 짐승을 감히 절름발이로 만들었단 말이냐?"

　세드릭이 불같이 화를 내며 물었다.

　"그게 어처구니없게도, 바로 저 늙은이 휴버트(Hubert)지 뭡니까. 필리프 드 말부아상의 사냥터지기 말입니다. 그자가 숲에서 어슬렁거리는 팽즈를 잡고서는 궁중 사냥터 보호관으로서의 자기 나리의 권리에 거역하여 팽즈가 사슴을 뒤쫓은 것이라나요."

"뭣이, 그 말부아상과 사냥터지기 놈 둘 다 귀신이 잡아가라지! 삼림 대헌장 조항에 따라 숲이 개방되어 있다는 것을 그 녀석들에게 가르쳐 주어야겠구먼. 하지만 이제 알았으니 네 자리로 가거라. 그리고 거스 너는 다른 개를 데리고 가거라. 만약에 그 사냥터지기 놈이 또 한 번만 개를 건드리는 날에는 그 녀석이 다시는 활을 쏘지 못하게 해 놓을 테다. 그 녀석의 오른손 집게손가락을 잘라 놓지 못하면 내 머리에 겁쟁이라는 욕을 퍼부어도 좋아. 다시는 활시위를 당기지 못하게 해 놓을 걸 … 아니 이런, 손님들 용서하십시오. 저는 말입니다, 성지에 있는 기사님의 이교도들에 필적할 못된 이웃들에게 이렇게 둘러싸여 있답니다. 그건 그렇고, 보잘것없지만 음식을 차렸으니 드시지요. 맛없는 식사는 환대로 대신 갚아드리겠습니다."

그러나, 식탁에 차려진 진수성찬은 집주인의 변명이 필요 없는 것들이었다. 여러 가지 방법으로 요리한 돼지고기가 식탁 아래쪽에 차려졌고, 새, 사슴, 염소, 토끼, 갖가지 생선 요리가 커다란 빵과 케이크, 과일과 꿀로 만든 갖가지 과자들과 함께 나왔다. 그 근방에 많이 있는 좀 더 작은 종류의 야생 새들은 쟁반에 담아 내오지 않고 조그만 나무 꼬챙이나 산적에 꽂은 채로 나왔다. 그것을 들고 있는 시동과 하인들이 각 손님에게 차례로 내밀면, 손님은 자기가 원하는 부분만큼 잘라내었다. 지체가 높은 사람들 옆에는 각기 은잔이 놓여졌고, 낮은 식탁에는 커다란 뿔잔이 준비되었다.

드디어 식사가 막 시작되려는 순간, 집사장이 갑자기 지팡이를 올리며 큰 소리로 외쳤다.

"잠시 기다려 주십시오! 로웨나 공주께서 드셨습니다."

연회장의 제일 상단에 달린 옆문이 이제 연회 식탁 뒤로 열렸고 로웨나가 네 시녀를 거느린 채 방으로 들어섰다. 자신의 피후견인이 하필 이런 때에 공공연히 나타난 것에 놀라긴 했지만, 그리고 아마도 그다지 유쾌하진 않았을 테지만, 세드릭은 급히 로웨나를 맞아들여 저택의 안주인 전용인 자기 오른쪽의 약간 높은 자리로 정중하게 격식을 차려 안내했다. 로웨나를 맞기 위해 모든 사람이 일어섰다. 그들의 경의에 무언의 목례를 보내며 로웨나는 식탁의 자기 자리에 앉기 위해 앞으로 우아하게 발걸음을 옮겼다. 로웨나가 미처 자리에 앉기도 전에 성전 기사가 수도원장에게 속삭였다.

"마상시합에서 수도원장님의 금목걸이를 걸기는 틀렸군요. 카이오스 포도주는 당신 것입니다."

"내가 그렇다고 말씀드리지 않았습니까? 하지만 황홀한 표정 좀 자제하시지요, 저 호족이 지켜보고 있습니다."

이러한 충고에는 전혀 아랑곳하지 않고 순간적 충동에 따라 자기가 원하는 대로 행동하는 데에만 익숙해진 브리앙 드 봐 길베르는 이 색슨 미인에게서 눈을 떼지 못했다. 로웨나가 동방의 미인들과는 매우 달랐으므로 아마도 그가 상상하던 것보다 훨씬 인상적이었던 모양이다.

로웨나는 더할 나위 없이 여성스럽게 균형 잡힌 몸매에 늘씬하면서도 너무 커서 남의 주의를 끌 정도는 아니었다. 얼굴빛은 백옥처럼 희었고, 머리와 이목구비의 고귀한 특색은 이렇게 뛰어난 미인에게 간혹 따르기 쉬운 단조로움을 없애 주었다. 이마를 충분히 도드라지게 할 만큼 우아한 갈색 눈썹 아래 고이 자리잡은 맑고 푸른 눈은 녹아 내릴 수도 불타오를 수도, 간청할 수도 명령할 수도 있을 것 같아 보였다. 이러한 이목구비를 갖춘 얼굴에는 온유함이 더욱 자연스러운 표정일지라도, 현재의 경우에는 평소의 우월감이 몸에 배고 사람들로부터 경의를 받다보니 이 색슨 처녀는 좀 더 당당한 기질을 갖게 되었고 그것이 타고난 기질과 혼합되어 변화한 것이 분명했다.

갈색과 연한 황갈색의 중간인 풍성한 머리칼은 많은 작은 고리로 색다르고 우아하게 정돈되어 아마도 인간의 솜씨가 자연스러운 멋을 도왔다고 할 만한 모양을 이루고 있었다. 머리는 보석으로 장식되어 있었고 보석을 아끼지 않고 충분히 쓴 것으로 보아 로웨나가 자유의 몸으로 태어난 신분이라는 것과 고귀한 태생이라는 것을 암시하고 있었다. 목 둘레에는 작은 황금 성물함이 달린 금목걸이가 걸려 있었고, 드러난 팔에는 팔찌를 끼고 있었다. 의상은 연한 바다녹색 비단으로 만든 가운과 하의를 받쳐 입고, 그 위에 바닥까지 끌리는 길고 헐렁한 겉옷을 걸쳤다. 이 겉옷에는 매우 넓지만 팔꿈치 바로 아래까지만 흘러내리는 소매가 달려 있었다. 이 겉옷은 최고급 양모로 짠 진홍빛 천으로 만든 것이었다. 그리고 제일 윗부분에는 금실을 섞어 짠 비단 베일이 붙어 있어 입고 있는 사람의 마음대로 스페인 식으로 얼굴과 가슴 위로 끌어당길 수 있거나 어깨 주위로 주름처럼 늘어지게 걸칠 수도 있었다.

움직이는 눈동자가 자리잡고 있는 어두운 안와와 대비되어 이글거리는 성전 기사의 타는 듯한 시선이 자신에게로 쏠리고 있음을 알아챈 로웨나는 그의 거리낌없는 눈길이 불쾌하다는 암시로 위엄 있게 베일을 얼굴 주위로 잡아챘다. 그것을 본 세드릭은 그 이유를 알았으므로 성전 기사에게 한마디 했다.

"성전 기사님, 우리 색슨 처녀들의 얼굴은 햇빛을 쏘인 적이 거의 없기 때문에 십자군 전사의 그런 응시를 견딜 수가 없습니다."

"저 때문에 기분이 상하셨다면, 용서를 빌겠습니다. 그러니까 로웨나 공주의 용서를 구합니다. 이렇게 겸손하게 군다고 해서 제가 낮아지지는 않을 테니까요."

그 순간 수도원장이 끼어 들어 한마디 했다.

"로웨나 공주님은 제 벗의 대담함을 책망하여 저희 모두를 벌하셨군요. 이번 마상 시합에 모이게 될 훌륭한 일행에게는 덜 무정하게 대해 주시길 바랍니다."

그러자 세드릭이 나서서 대답했다.

"저희가 그곳에 갈지는 아직 미정입니다. 잉글랜드가 아직 자유로웠던 시절의 제 선조님들은 알지 못하셨던 그런 허황한 짓은 그다지 좋아하지 않아서요."

"그렇다 하더라도, 저희들의 청을 받아들여 그곳에 꼭 와 주시길 바랍니다. 여행길이 위험하다면 브리앙 드 봐 길베르 경의 호위를 무시 못할 것입니다."

"수도원장님, 제가 이 나라에서 어디로 여행하든지 다른 사람의 도움은 필요 없이 제 훌륭한 칼과 충성스러운 부하들의 원조만으로도 어디든 다녔습니다. 그리고 이제라도, 만약 아슈비 드 라 주시로 가게 된다면 제 훌륭한 이웃이자 동향인인 코닝스버러(Coningsburgh)의 애설스탠(Athelstane)과 함께 가게 될 것입니다. 그와 같은 수행원만 있다면 무법자나 영지의 적들과도 능히 대적할 수 있지요. 그건 그렇고, 수도원장님, 귀하의 취향에 맞으리라고 생각하는데, 이 포도주 잔으로, 귀하의 건강을 빌고, 어쨌든 호의에 감사 드립니다. 수도원의 규율을 엄격히 지켜 우유로 만든 신맛의 술을 더 좋아하신다면, 제 체면을 살려 주시려고 억지로 예의를 차리지 않으셔도 됩니다."

그러자 수도원장이 웃으며 대답했다.

"아니오, 단 우유나 신 우유만으로 한정하는 것은 저희 수도원에 있을 때만이지요. 속세의 사람들과 사귈 때는 속세의 방식을 따르지요. 그러니 귀하의 축배에는 이 순수한 포도주로 답례하고 좀 약한 술은 제 평수사에게 남겨 주기로 하지요."

성전 기사는 자기의 큰잔에 술을 가득 채우고는 말했다.

"그럼 저는 아름다운 로웨나 공주를 위하여 축배를 들겠습니다. 공주님과 이름이 같은 로웨나가 축배라는 말을 잉글랜드에 들여온 이래 그보다 더 뛰어난 찬사를 받을 사람은 아무도 없었기 때문이지요. 맹세코, 자신의 명예와 왕국을 파멸시키는데 지금 우리가 보는 것의 절반만이라도 정당한 근거가 있었다면 저 불행한 보르티게른(Vortigern)을 용서할 수도 있겠군요" (보르티게른은 5세기경 브리튼 족의 왕으로서 스콧 족과 픽트 족의 침입에 맞서 색슨 족인 헹기스트와 호사의 도움을 받았다. 축배라는 의미의 wassail은 헹기스트의 딸인 로웨나가 왕의 건강을 기원한다는 의미인 Waes hael이라고 말하며 보르티게른에게 포도주 잔을 내민 데서 유래했다. 보르티게른은 로웨나를 얻기 위해 왕국의 일부를 헹기스트에게 넘겨 주었고 이로 인해 색슨족의 정복을 촉진시켰다).

로웨나는 베일을 벗지 않은 채 위엄 있게 대꾸하였다.

"기사님, 당신의 찬사는 사양하겠습니다. 그보다, 귀하의 프랑스식 예의 범절이 가르쳐 준 찬사보다는 우리 잉글랜드 인의 귀에 훨씬 유쾌한 화제인 팔레스타인의 최근 소식이나 들려달라고 감히 청하겠습니다."

"공주님, 그에 대해서는 살라딘(Saladin)과 휴전(1191년에 아크레 성을 함락시켰지만 예루살렘에 도달하지는 못하자 리처드 왕은 1192년 10월 잉글랜드로 출발하기에 앞서 살라딘과 3년의 휴전 협정을 체결했다. 이 협정은 3차 십자군에 종지부를 찍었다)했다는 확인된 소식 외에는 그다지 이야기할 만한 것이 없군요."

이때 왐바가 나서서 기사의 말을 가로챘다. 왐바는 나무등걸이 두 마리 나귀의 귀로 장식되어 있고 주인의 자리로부터 뒤쪽으로 두 걸음 정도 떨어진 곳에 위치한 자기 자리에 앉아 있었다. 세드릭은 가끔 자기 접시에서 먹을 것을 집어 주었는데, 이는 이미 언급했듯이 주인 자리에 붙어 있던 귀여워하는 몇 마리 개에게도 주어지던 총애였다. 왐바는 이곳에 작은 식탁을 앞에 두고 앉아 의자에 달린 가로 막대에 뒷발을 걸치고는 턱과 코가 맞붙다시피 볼을 빨아들이고 눈은 반쯤 감은 채 자신에게 허용된 광대 짓을 행사할 기회를 호시탐탐 엿보고 있었던 것이다.

그리고 거만한 성전 기사의 말을 얼마나 갑자기 가로막았는지 전혀 상관하지 않고 소리를 질렀다.

"이교도들과의 이러한 휴전 때문에 전 늙어버릴 거예요!"

세드릭은 곧 듣게 될 익살을 받아들일 표정을 지으며 물었다.

"그건 어째서지?"

"그야, 제가 소시 적에도 그런 휴전이 세 번이나 있었던 것으로 기억하거든요. 그런데 그것이 전부 각기 50년은 더 지속되었단 말입니다. 그러니, 제 계산으로는 제가 분명히 적어도 백오십 살은 될 것이 아닙니까."

그제야 왐바가 숲 속에서 마주쳤던 그 작자임을 알아본 성전 기사가 대꾸했다.

"하지만 너는 필시 제 명대로 다 살고 죽지는 못할 걸. 오늘 밤 수도원장님과 내게 했던 것처럼 나그네들에게 그렇게 길을 가르쳐 주었다가는 비명에 가는 길 말고 뭐가 있겠느냐."

그러자 세드릭이 나서서 꾸짖었다.

"뭐라고! 나그네들에게 길을 잘못 가르쳐 주었단 말이냐? 이 녀석 혼나야겠구나. 네 녀석은 바보 못지않게 사기꾼이기도 하구나."

"나리, 제발 한 번만 제 잘못을 어리석은 탓으로 돌리고 용서해 주세요. 제가 그만 오른쪽과 왼쪽을 헷갈렸지 뭡니까. 저 같은 바보에게 길을 물어 가르쳐 달라고 하신, 더 큰 실수를 저지른 분도 용서하셨을 것 아닙니까."

바로 그때 문지기의 시동이 들어왔으므로 대화는 여기서 끊어지고 말았다. 시동은 대문 앞에 나그네 하나가 나타나 집에 들어와 하룻밤 쉬어갈 수 있게 해 달라고 간청하고 있다고 알렸다.

"그자가 누구든 무엇을 하는 사람이든 들여보내거라. 오늘처럼 이렇게 바깥에 폭풍우가 이는 밤에는 사나운 짐승들조차 비바람에 죽느니 차라리 얌전히 떼를 지어 불구대천의 적인 인간의 보호를 찾아 몰려드는 법이니. 그자가 원하는 것을 잘 보살펴 주도록 해라. 가서 보살피거라, 오스월드."

그 말에 집사장은 주인의 명령이 잘 수행되고 있는지 알아보려고 연회장을 나갔다.

5장

유대인에게는 눈이 없는가? 유대인은 손도, 오장육부도,
몸집도, 감각도, 애정도, 열정도 없는가? 그들도 그리스도 교도와
같은 음식을 먹고 같은 무기에 다치고, 같은 병에 걸리며
같은 처치로 회복되며, 똑같이 여름과 겨울에
더위와 추위를 느끼는가?

「베니스의 상인」(Merchant of Venice)(세익스피어)

스월드는 돌아와 주인의 귀에 대고 속삭였다.

"지금 온 자는 요크의 아이작(Isaac of York)이라는 유대인인데 연회장 안으로 데리고 들어와도 되겠습니까?"

그러자 왐바가 늘 하던 대로 뻔뻔스럽게 끼어 들었다.

"오스월드, 그 일은 거스를 시켜. 유대인에게는 돼지치기가 어울리는 안내인일 테니."

그 소리에 수도원장이 성호를 그으며 부르짖었다.

"아니 뭐라고, 불신자 유대인이 이곳에 들어오는 것을 허락하시다니요!"

성전 기사도 질세라 맞장구를 쳤다.

"그 개 같은 유대인을 성묘의 수호자 옆에 다가오게 할 작정입니까?"

그러자 왐바가 또 끼어 들었다.

"맹세코 성전 기사님들께서는 그들과 어울리기보다는 그들의 재산을 더 탐내시는 것 같은데요."

이번에는 세드릭이 말을 받았다.

"조용히 하십시오, 고명하신 손님들. 여러분이 싫어한다고 해서 제 환대가 구속받아서는 안 되지요. 더욱이 하느님께서 속인이 헤아릴 수 있는 것보다도 더 긴 세월 동안 저토록 완고한 불신 민족 전체를 견디셨다면 저희도 단 몇 시간 동안 유대인 하나의 존재쯤은 견뎌야 하지 않을까요. 하지만 누구도 그와 이야기를 나누거나 식사를 같이 하라고 강요하지는 않겠습니다. 그자에게 식탁과 먹을 것을 따로 내주도록 하라, 만일 이 터번을 두른 나그네들이 함께 어울리려고 들지 않는다면 말이다."

그러자 성전 기사가 대답했다.

"지주 양반, 제 사라센 노예들은 충실한 이슬람 교도들이어서 유대인과 교제하는 것을 그리스도 교인들만큼 수치스럽게 여긴답니다."

이 말에 왐바가 또 끼어 들었다.

"마호메트와 테르마가운트를 숭배하는 자가 한때 하느님의 선택받은 민족보다도 그렇게 뛰어날 줄 몰랐는데요."

세드릭이 다시 한마디 했다.

"왐바, 네가 그자와 함께 앉으면 어때. 바보와 악당은 잘 어울리는 법이니까."

왐바는 훈제 베이컨 조각을 집어들며 대답했다.

"아무리 바보라 하더라도 악당에 대한 대비책은 세우는 법이지요."

"쉿, 조용히 해. 그자가 들어왔으니까."

아무런 격식을 차리지 않고 안내되어, 두려워하고 주저하면서 깊숙이 머리를 자주 숙이면서 한 노인이 들어왔다. 키가 크고 호리호리했지만 너무 웅크리는 버릇 때문에 실제 키보다 작은 노인은 식탁의 제일 아래쪽으로 다가갔다. 매부리코와 찌르는 듯한 까만 눈에 날카롭고 단정한 얼굴, 높고 주름 잡힌 이마, 기다란 백발과 수염은 유대 족속에게서 특히 눈에 띄는 그 관상학적 특징만 아니었더라면 아마도 잘생겼다고 생각될 수 있었으리라. 본래 유대인은 그 암흑 시대 동안 경솔하고 편협한 평민들로부터는 혐오를 받고, 욕심 많고 탐욕스러운 귀족들로부터는 박해를 받았으므로 아마도 그러한 심한 증오와 박해로 인하여 아무리 줄잡아 말하더라도 인색하고 무뚝뚝한 면이 많은 민족성을 형성하게 되었을 것이다.

폭풍우에 꽤 많이 시달린 것처럼 보이는 유대인의 복장은 짙은 보라색 튜닉을 덮는 주름이 많고 무늬가 없는 적갈색 외투였다. 발에는 모피로 안을 댄 커다란 부츠를 신고 있었고, 허리 둘레에는 혁대를 두르고 있었는데, 혁대에는 필기구를 넣은 조그만 상자와 작은 칼을 차고 있었지만 다른 무기는 없었다. 그리고 그리스도 교도와 구분하기 위해서 자기 민족에게 지정된 특이한 모양의 높고 네모난 노란 모자를 쓰고 있었는데, 이 모자는 연회장 입구에서 공손히 벗어들고 있었다.

이 인물이 색슨 인 세드릭의 연회장에서 받은 대우는 이스라엘 백성(유대인)의 가장 편협한 적이라도 만족시켰을 만한 그런 것이었다. 세드릭 자신은 이 유대인의 거듭된 절에 대한 답으로 냉담하게 고개를 끄덕이고 식탁 제일 아래쪽에 자리를 잡으라고 눈짓했지만 그곳에서는 누구 한 사람 그에게 자리를 내주려고 하지 않았다. 그러기는커녕, 유대인이 머뭇거리며 간청하는 시선으로 식탁의 아래쪽 끝 부분을 차지하고 있는 사람들을 하나씩 훑어보며 사람들이 앉아 있는 줄을 따라 지나는 동안 색슨 하인들은 어깨를 떡 버티고 앉아 새로운 손님이 원하는 것에는 조금도 유의하지 않은 채 매우 악착같이 게걸스럽게 음식을 먹고 있었다.

수도원장의 시종들은 신앙심이 깊은 척 혐오감을 드러내며 성호를 그었고, 자기도 이교도인 사라센 인들조차도 아이작이 가까이 다가오자 분개하며 구레나룻을 말아 올리고, 마치 조금이라도 더 가까이 다가오면 어떤 필사적인 수단을 써서라도 행여 더럽혀지는 것을 피할 준비가 되어 있다는 듯이 단검에 손을 올려 놓았다.

아마도 세드릭은 버림받은 족속의 이 아들에게 자신의 연회장을 열어 줄 마음이 들었던 것과 같은 동기에서 하인들에게 아이작을 좀 더 정중하게 대하라고 이르려던 참이었다. 그러나 바로 이 순간, 수도원장이 좋아하는 사냥개의 품종과 특징에 대한 아주 흥미로운 대화로 세드릭을 끌어들였으므로, 세드릭은 유대인 하나가 쫄쫄 굶은 채 잠자리에 드는 것보다 훨씬 더 중요한 일이 생긴다 할지라도 그 대화를 방해받고 싶지 않았을 것이다. 다른 민족 틈에 끼어 있는 자기 종족처럼 현재의 이 모임에서 어느 곳에도 끼지 못한 처지로 환대나 쉴 자리가 있나 헛되이 살피며 아이작이 이렇게 서 있자 굴뚝 옆에 앉아 있던 순례자가 그를 동정하여 자기 자리를 양보하며 간략하게 말했다.

"노인장, 내 옷은 다 말랐고, 허기도 어느 정도 채웠소이다. 노인은 옷도 젖고 배도 고프겠구려."

그렇게 말하며 순례자는 넓은 화로 위에 흩어져 사그라지고 있던 나무 조각들을 모아 다시 불을 지피고는 커다란 식탁에서 죽과 구운 새끼 염소 고기를 집어와 자신이 식사를 했던 조그만 식탁 위에 놓아 주었다. 그리고는 고맙다는 인사를 기다리지도 않고 연회장의 맞은 편으로 가 버렸다. 호의를 베풀어 준 유대인과 더 친밀한 대화를 나누고 싶지 않아 그랬는지 식탁의 위쪽 끝으로 가까이 다가가고 싶어서 그랬는지는 확실하지 않았지만.

만약 그 당시 이와 같은 화제(畵題)를 완성할 능력이 있는 화가가 있었더라면, 노쇠한 몸을 구부려 떨리는 차가운 손을 불 위로 내밀어 쬐고 있었던 이 유대인이야말로 겨울의 상징적인 화신(化身)으로 전혀 손색이 없었을 것이다. 어느 정도 추위가 가시자 아이작은 앞에 차려진 김이 모락모락 나는 음식으로 몸을 돌리고는 무척 배가 고픈 듯 허겁지겁 먹기 시작했다. 아마도 오랫동안 아무것도 먹지 못한 것 같았다.

그 사이 수도원장과 세드릭은 아직 사냥에 대한 이야기를 계속하고 있었다. 로웨나는 시녀들 가운데 하나와 이야기를 나누고 있는 것 같았고, 시선을 유대인에게서 색슨 미인에게로 옮긴 오만한 성전 기사는 마음속으로 무척 흥미로운 듯한 생각에 깊이 잠겨 있었다.

이야기가 계속 진행되는 동안 수도원장이 말했다.

"세드릭 경, 거 참 이상하군요. 당신은 그 남성적인 모국어는 대단히 좋아하면서 적어도 삼림에 대한 지식과 사냥의 비법에 관련되어 있는 노르만 프랑스어는 왜 좋아하지 않는지 말입니다. 분명히 수렵에 필요하거나 노련한 산사람이 자신의 유쾌한 기술을 그토록 잘 표현할 수단을 제공하는 다양한 구문이 이렇게 풍부한 언어도 없을 텐데요."

"에이머 신부님, 저는 바다를 건너온 그 세련된 언어는 별로 좋아하지 않는다는 것을 알아 주십시오. 세련된 그 언어를 쓰지 않고도 저는 숲에서 충분히 즐길 수 있으니까요. 나팔 소리를 recheate나 morte라고 부르지 않아도 나팔을 불 수 있으며 curee, arbor, nombles니 하는 최신 전문어와 전설상의 트리스트렘 경(아서 왕 전설에 나오는 기사. 최초로 사냥을 학문으로 정리했다고 알려져 있다)의 허튼 말들을 사용하지 않고도 사냥감에 덤비도록 개를 부추길 수도 있고, 잡힌 짐승의 껍질을 벗기고 사지를 찢을 수도 있단 말입니다."

어떤 경우에나 늘 쓰던 예의 그 건방진 명령조로 음성을 높이며 성전 기사가 끼어 들었다.

"프랑스어는 사냥의 자연스러운 언어일 뿐 아니라 여인을 손에 넣고 적을 무찌르는 사랑과 전쟁의 언어이기도 하지요."

"저를 위해 축배를 한 잔 부탁드리겠습니다, 성전 기사님. 그리고 수도원장님에게도 한 잔 따라 주십시오. 그동안 저는 또 다른 이야기를 해 드리기 위해 삼십 년의 세월을 회고하겠습니다. 이 색슨 인 세드릭은 당시에도 그랬듯이, 미인의 귓전에 평범한 잉글랜드의 이야기를 들려줄 때에 프랑스 서정 음유 시인의 수식이 필요하지 않았습니다. 그리고 스탠더드 전투 시절에 노살러턴(Northalerton, 1138년 8월 22일에 북쪽의 잉글랜드 귀족들이 데이비드 1세가 이끌고 내려온 스코틀랜드 침략군을 격퇴했다) 전쟁터에서는 색슨어 전쟁의 함성이 가장 용맹했던 노르만 영주의 프랑스어 전쟁의 함성만큼 스코틀랜드 군대 안에까지 멀리 들렸는지 들리지 않았는지 알 수 있었습니다. 그곳에서 싸운 용사들을 추모하여! 손님들 축배를 들어주십시오."

세드릭은 술을 쭉 들이켜고는 한층 흥분하여 이야기를 계속했다.

"아아, 그날은 방패가 쪼개질 만큼 격전을 치른 날이었죠. 수백 개의 깃발이 용사들 머리 위로 휘날렸고, 선혈이 낭자하게 흘렀으며, 패주보다는 죽음이 낫다고 생각되었습니다. 한 색슨 음유시인은 그것을 검의 향연, 먹이에 달려드는 매의 모임, 방패와 투구에 울리는 창 소리, 결혼식의 떠들썩한 소란함보다도 더욱 즐거운 전투의 함성이라고 노래했습니다. 그러나 우리들의 음유 시인은 이제 없습니다. 우리의 공적은 다른 민족의 공적 속으로 사라졌고 ⋯ 우리의 언어도 ⋯ 우리의 이름조차도 ⋯ 급격히 쇠퇴하고 있습니다. 그리고 고독한 한 노인 외에는 이런 사실을 한탄하는 사람조차 없지요. 이봐, 술 따르는 자여! 잔을 채워라! 비록 색슨 종족과 언어는 어떻게 되든지, 기사님, 십자군 용사들 중에서도 팔레스타인에서 가장 잘 싸우고 있는 강인한 무사들을 위하여 축배를 드시지요!"

"이 휘장을 달고 있는 사람이 답례한다는 것이 좀 어울리지는 않지만, 십자군 전사 중 성묘를 수호하기로 서약한 용사들 말고 누구에게 그 영예를 돌릴 수 있겠습니까?"

그러자 수도원장이 끼어들었다.

"구호 기사단(Knights Hospitallers)을 위해서도 축배를. 제 형제 중에도 구호 기사단이 하나 있으니까요."

"그들의 명예를 의심하지는 않습니다, 하지만 … "

그 때 왐바가 나섰다.

"소인 생각에는요, 세드릭 나리. 사자심 왕 리처드께서 소인과 같은 광대의 조언을 받아들일 만큼 현명하였더라면 예루살렘의 회복은 그것을 잃는 데 가장 관계가 많았던 바로 그 기사들에게 맡기고 왕께서는 유쾌한 잉글랜드 인들과 함께 그대로 고향에 남아 계셨을 텐데요."

그러자 이번에는 로웨나가 한마디 했다.

"그렇다면 잉글랜드의 군대에는 성전 기사단과 구호 기사단과 함께 그 이름이 언급되기에 손색이 없는 사람은 하나도 없었단 말인가요?"

이에 드 봐 길베르가 대답했다.

"공주님, 용서하십시오. 사실, 잉글랜드의 왕께서도 용맹한 군대를 이끌고 팔레스타인으로 오기는 하셨지요. 다만 그들은 가슴을 방패삼아 성지를 쉴 새 없이 지켜온 용사들에게 미치지는 못했지만요."

그때 그들의 이야기가 충분히 들릴 만큼 가까이 서서 눈에 띌 정도로 조바심을 내며 이 대화에 귀를 기울이고 있던 순례자가 갑자기 끼어 들었다.

"천만에요, 그들은 그 누구에게도 뒤지지 않았습니다."

그러자 사람들은 일제히 이 예상치 못한 증언이 들려온 쪽으로 고개를 돌렸다. 순례자는 단호하고도 격한 음성으로 되풀이하여 말했다.

"말씀드린 바와 같이 잉글랜드의 기사들은 성지 수호를 위해 칼을 뽑아든 그 누구에게도 결코 뒤지지 않았습니다. 더군다나, 제 눈으로 직접 보아서 드리는 말씀인데, 리처드 왕 자신과 왕의 다섯 기사들은 성 존 드 아크레(St. John-de-Acre)를 점령한 후에 마상 시합을 열어 희망하는 사람들의 도전에 다 응해 주셨죠. 바로 그날, 각 기사가 세 번이나 시합하여 세 적수를 모두 땅에 내던졌지요. 게다가, 그 적수들 가운데 일곱 사람은 바로 성전 기사단원이었죠. 그리고 브리앙 드 봐 길베르 경은 제가 말씀드린 것이 모두 사실이라는 것을 잘 알고 계실 겁니다."

이 이야기를 듣고 가뜩이나 가무잡잡한 성전 기사의 안색을 더욱 검게 만든 그 분노에 찬 험악한 얼굴 표정은 말로 설명할 수 없을 정도였다. 극도의 분노와 당혹감으로 바들바들 떨리는 손가락은 칼자루를 꽉 움켜쥐었다가 아마도 이런 때 이런 곳에서는 그와 같은 폭력 행위를 제대로 행사할 수 없다는 것을 깨달았는지 손을 빼고 말았다. 한편, 한 방향으로만 분출되는 단순한 감정을 지니고 있던 세드릭은 한 번에 하나 이상의 대상에 골몰하는 일이 거의 없었으므로 동포의 영예를 전해들은 유쾌한 기쁨에 빠져 손님이 화가 나 당황하고 있음을 깨닫지 못하고 말을 꺼냈다.

"순례자여, 호방한 잉글랜드의 명성을 그토록 용감하게 드높인 그 기사들의 이름을 말해 줄 수 있다면 그대에게 이 황금 팔찌를 내어주겠네."

"그야 물론 기쁘게 해 드릴 수 있습니다, 상 같은 건 바라지도 않고요. 저는 한동안 황금에는 손을 대지 않겠다고 맹세했으니까요."

그러자 왐바가 재빨리 끼어 들었다.

"순례자 양반, 그렇다면 내가 당신 대신 그 팔찌를 차도 될까요."

"무예로 보나 영예로 보나, 지위로 보나 명성으로 보나 제일 으뜸 가는 분은 단연 잉글랜드의 용맹한 리처드 왕이셨죠."

이 말에 세드릭이 대꾸했다.

"이젠 왕을 용서하지. 폭군 윌리엄 공의 혈통이라는 점을 용서하고 말고."

"그 다음은 레스터(Leicester)의 백작이었고, 세 번째는 길스랜드(Gilsland)의 토머스 멀튼(Thomas Multon) 경이었습니다."

세드릭은 기뻐하며 대꾸했다.

"그는 적어도 색슨 혈통이군."

"네 번째는 풀크 도일리(Foulk Doilly) 경이었고,"

"역시 색슨 인이야, 적어도 외가 쪽으로는."

매우 열심히 귀를 기울이며 잉글랜드 왕과 그 신하들이 거둔 승리에 함께 취해 적어도 부분적이나마 노르만 인들에 대한 증오를 잊은 세드릭이 계속 물었다.

"그리고 다섯 번째는 누구였지?"

"다섯 번째는 에드윈 턴햄(Edwin Turnham) 경이었습니다."

"헹기스트(Hengist)의 영혼에 걸고 맹세코, 순수한 색슨 혈통이로군. 그리고 여섯 째는? 여섯 번째 사람은 이름이 뭐였지?"

"여섯 번째 사람은,"

순례자는 기억을 더듬는 듯이 잠시 짬을 두었다가 말을 이었다.

"그다지 알려져 있지도 않고 신분도 더 낮은 젊은 기사였는데, 그분들의 모험을 돕기보다는 그 수를 채우려고 그분들 틈에 끼게 된 것 같았습니다. 그런데 이름이 뭐였는지는 생각이 나지 않는군요."

그러자 브리앙 드 봐 길베르가 조롱하듯 대답했다.

"이보게 순례자, 그렇게 줄줄이 잘 기억하고 있으면서 그 사람만 유독 잊어버렸다니 앞뒤가 맞지 않는군. 그럼 내가 직접 그 기사의 이름을 말해 볼까. 그자는 창의 운이 좋았고 나는 말의 실수로 말에서 떨어진 것뿐이지만. 그 기사는 바로 아이반호의 기사였지. 게다가 그 여섯 명 가운데 그 나이에 무예로 그보다 많은 명성을 얻은 사람은 아무도 없었지. 그래 이 점을 분명히 말하겠네, 그것도 큰 소리로 말이야. 그가 만약 잉글랜드에 있어 이번 주의 마상 시합에서 성 존 드 아크레에서의 도전을 다시 할 용기가 있다면 나는 지금과 같은 무장으로 말을 타고 그에게는 온갖 무기를 다 쓸 수 있는 기회를 준 후 그 결과는 운명에 맡기겠노라고 말이야."

"상대가 옆에 있었다면 당신의 도전에 곧 응했을 테죠. 사정이 이러하니 당신 자신이 일어날 수 없으리라는 것을 잘 알고 있는 결투를 자랑스럽게 청하느라 이 평화로운 연회장을 어지럽히지 마시지요. 만일 아이반호가 팔레스타인에서 돌아오는 날에는 기필코 당신과 대적하리라는 것을 확신하고 있으니까요."

"하, 꽤 자신만만하시군! 그래 담보물로는 무엇을 걸 작정이지?"

순례자는 가슴에서 조그만 상아 상자를 꺼내며 성호를 긋고는 대답했다.

"예수님의 십자가 조각이 들어있는 이 성물함은 갈멜 산 수도원에서 가져온 것입니다."

조르보의 수도원장은 성호를 긋고는 주기도문을 계속 외웠고, 이에 유대인과 이슬람 노예와 성전 기사를 제외하고는 모든 사람들이 열심히 뒤따라 기도를 드렸다. 성전 기사는 모자를 벗거나 신성하다고 여겨진 그 성물함에 아무런 경의도 표하지 않은 채 목에서 금목걸이를 벗어 식탁에 휙 집어던지며 말했다.

"에이머 수도원장님, 아이반호 기사가 영국 영토로 들어오는 순간 브리앙 드 봐 길베르의 도전을 받고 있다는 증거로서 내 담보물과 이 이름 없는 방랑자의 담보물을 맡아 주시오. 그리고 그 도전에 응하지 않는다면, 온 유럽에 있는 성전 기사단 건물 벽에다 그가 겁쟁이라고 선언하고 다닐 겁니다."

그때 로웨나가 침묵을 깨고 끼어 들었다.

"그럴 필요 없으십니다. 만일 이 방에 있는 다른 분들이 지금 여기 없는 아이반호를 위하여 아무도 나서지 않는다면 제가 한 말씀드릴 테니까요. 그분은 모든 명예로운 도전에 공정하게 응하실 것이라고 제가 보장하지요. 이 경건한 순례자의 더할 나위 없이 귀한 담보물에 제 부족한 보증과 담보를 더할 수 있다면 아이반호가 이 자존심 강한 기사님이 원하는 대로 시합을 하리라는 것에 제 이름과 명예를 걸겠습니다."

한편, 세드릭은 혼란스러운 감정의 갈등에 사로잡혀 이러한 설전이 오고 가는 동안에도 아무런 말도 못하고 있다. 수확기의 들판 위를 떠다니는 구름의 음영처럼 뿌듯한 자부심, 분노, 당혹감이 그의 넓고 솔직한 이마 위로 꼬리에 꼬리를 물고 이어졌다. 반면, 여섯 번째 기사의 이름을 듣자 거의 벼락에 맞은 듯한 충격을 느낀 것 같은 세드릭의 하인들은 주인의 표정에 마음을 졸이고 있었다. 그러나 로웨나가 입을 열자 그 음성에 깜짝 놀라 세드릭은 비로소 침묵에서 깨어난 것 같았다.

"공주, 그건 그대에게 어울리지 않소. 만약 담보가 더 필요하다면, 내 자신이, 화가 나긴 하지만, 당연히 화가 나지만, 아이반호의 명예를 위해 내 명예를 걸겠소. 하지만, 노르만 기사도의 그 유별난 방식에 따른다 해도 이 정도면 결투의 담보로 손색이 없겠죠. 그렇지 않습니까, 에이머 신부님?"

"그렇고 말고요. 그러면 이 귀중한 성물함과 값비싼 금목걸이는 이 용맹한 도전이 결정될 때까지 저희 수도원 보물실에 잘 간수하겠습니다."

이렇게 말을 맺은 수도원장은 몇 번씩이나 성호를 긋고 또 여러 번 무릎을 꿇고 기도문을 외운 후 성물함은 자신의 수행 수도사인 암브로스(Ambrose) 수사에게 넘겨주고, 이번에는 별 격식을 차리지 않았지만 아마도 속으로는 아까 못지 않은 만족감을 느끼며 금목걸이를 거둬들여 소매 아래로 열려 있는 향내나는 가죽으로 안감을 댄 주머니에 넣었다.

"자, 세드릭 경. 귀하의 훌륭한 포도주가 효력을 나타내 제 귓전에 저녁 만종 소리가 윙윙 울리는군요. 로웨나 공주님의 행복을 위해 한 잔 더 축배를 들고 이제 그만 잠자리에 들도록 해 주셨으면 합니다."

"아니, 그 무슨 귀하의 체면에 어긋나는 말씀입니까, 수도원장님! 소문에 듣자하니 건장하신 수도사인 당신은 밤을 꼬박 새고 아침 종소리가 울리기 전에는 술잔을 놓는 법이 없다고 하던데요. 그리고 저도 이젠 늙어서 수도원장님과는 도저히 상대가 되지 못할 것 같군요. 하지만, 맹세코, 제가 한창 때에는, 열두 살 된 색슨 소년도 그렇게 빨리 술잔을 놓는 법은 없었습니다."

그러나 수도원장이 이제 그만 술자리를 파하기로 방침을 정하고 계속 고수한 데에는 나름대로 이유가 있었다. 그는 노련한 중재자였을 뿐 아니라 직업상 모든 반목과 다툼을 싫어했다. 그것은 전적으로 이웃에 대한 사랑에서도, 자신에 대한 사랑에서도, 그 둘이 뒤섞인 사랑에서도 아니었다. 지금의 경우에는, 세드릭의 불 같은 성미를 본능적으로 꿰뚫고, 자신의 동료가 이미 자주 보여 준 그 무모하고 건방진 기질로 인해 결국엔 좋지 않은 사태를 불러일으킬 위험을 간파했기 때문이었다. 그래서 타국인은 강건하고 주량이 센 색슨 인들과의 술 마시기 시합에서 대적할 능력이 없다는 점을 은연중에 암시한 것이었다. 그리고 자신의 신실한 성격에 대해 몇 마디 그러나 가볍게 언급하고는 잠자리에 들도록 해 달라고 간청하는 것으로 말을 끝맺었다.

그에 따라 축배가 한 번 더 돌고 난 후, 손님들은 집주인과 로웨나 공주에게 공손히 인사를 하고 일어서 연회장에서 한데 뒤섞였고, 그 사이 집안의 높은 사람들은 각기 다른 문으로 시종들을 거느리고 물러났다.

성전 기사는 무리를 지어 유대인 옆을 지나며 아이작에게 쏘아붙였다.

"이, 불경스러운 개놈아! 네 녀석도 마상시합장으로 가는 길이냐?"

유대인은 한껏 비굴하게 머리를 조아리며 대답했다.

"용맹하신 나리의 비위에 거슬리지 않는다면 그렇게 하려고 합니다."

"아하, 고리로 우리 귀족들의 내장을 뜯어먹기 위해서, 싸구려 장식품과 장난감으로 여인들과 아이들을 속이기 위해서 갈 테지. 네 녀석의 그 유대 짐 보따리에는 분명 돈이 잔뜩 들어있으렷다."

"천만의 말씀이십니다, 은화 한 닢, 땡전 한 푼 없습니다. 아브라함의 하느님이시여, 불쌍히 여겨 주세요!"

유대인은 두 손을 맞잡으며 말을 이었다.

"저는 그저 유대인 재판소가 제게 부과한 벌금을 내는데 제 부족 동포에게 도움을 좀 청할 수 있을까 하여 찾아가는 길입니다. 아버지 야곱이시여, 제게 행운을 빌어 주소서! 저는 가난하고 불쌍한 자입니다. 지금 입고 있는 이 옷조차도 친구인 태드캐스터(Tadcaster)의 르우벤(Reuben)에게 빌린 것입니다."

성전 기사는 심술궂게 웃으며 대답했다.

"이 빌어먹을 신의 없는 거짓말쟁이 놈아!"

그리고 더 이상 말을 섞기도 싫다는 듯 앞으로 지나치며 구경꾼들은 알아들을 수 없는 말로 자기의 이슬람 노예들과 이야기를 주고받았다. 불쌍한 이 이스라엘인은 성전 기사의 말에 몹시 망연자실해서 그가 연회장 끝을 지나 완전히 나간 것을 확인할 때까지 비굴한 자세 그대로 고개를 들지 못했다. 그리고 눈을 들어 주위를 둘러보았을 때, 그의 모습은 흡사 벼락이 바로 발 아래로 떨어져 요란한 굉음이 여전히 귓전에 울리는 사람의 놀란 모습 그대로였다.

각자 횃불을 든 두 시종과 다과를 든 시종을 거느린 집사장과 술잔지기가 성전 기사와 수도원장을 침실로 안내한 직후, 그보다 낮은 하인들은 두 사람의 수행원들과 다른 손님들에게 각자의 침실을 알려 주었다.

6장

그의 호의를 얻기 위해 이러한 우의를 베푼다네.
그것을 받아준다면 좋고, 그렇지 않다면 하는 수 없고.
그러니 제발 나를 오해하지 말기를.

「베니스의 상인」(셰익스피어)

순 례자가 횃불을 든 하인의 안내로 이 커다랗고 들쭉날쭉한 저택의 복
잡한 방들을 지나고 있으려니 술잔지기가 그의 뒤로 다가와 귓전에 대고
속삭였다. 자기 방에서 좋은 꿀 술을 한잔하는데 반대하지 않는다면 그가
성지에서 가져온 소식, 특히 아이반호의 기사와 관련된 소식을 기꺼이 듣
고 싶어하는 하인들이 많이 모여 있다고 했다. 얼마 후 왐바도 나타나 똑같
이 졸라대며 한밤중의 술 한 잔은 저녁에 마시는 술 석 잔만큼 가치가 있다
고 말했다. 그와 같이 근엄한 권위자가 주장하는 금언에 반박하지는 않은
채 순례자는 그들의 호의에 감사했지만 자신은 연회장에서 금지되어 있는
사안을 뒤채에서 발설하지 않겠다는 의무를 종교적 서약에 포함시켰노라
고 말했다. 그러자 왐바가 술잔지기에게 말했다.

"그런 서약은 우리 같은 하인들에게는 어울리지 않는데."

술잔지기는 불쾌한 듯이 어깨를 으쓱하고는 말했다.

"나는 이 순례자를 좋은 방에 묵게 할 작정이었지만 그리스도 교인들에게
이토록 붙임성 없이 대하니 유대인 아이작의 칸막이 옆방으로 데려가야겠
군. 이봐, 안월드(Anwold)."

그리고 횃불을 들고 있던 하인에게 말했다.

"이 순례자를 남쪽 방으로 데리고 가게. 자, 그럼 편히 쉬시오, 순례자 양
반. 호의를 별로 보이지 않으니 고맙다는 말도 잘 안 나오는구려."

"편히 쉬시오, 성모 마리아의 축복이 있기를!"

순례자가 침착하게 대답하자 그의 안내인은 앞으로 나아가기 시작했다.

그런데, 두 사람은 몇 개의 문이 딸려 있고 작은 쇠 등잔이 켜져 있던 조그만 곁방에서 다시 로웨나의 시녀에게 제지당하고 말았다. 시녀는 명령조로 자기 아씨가 순례자와 이야기하고 싶어한다면서 안월드의 손에서 횃불을 낚아채더니 순례자가 돌아올 때까지 기다리라고 하고 순례자에게는 따라오라고 손짓했다. 순례자는 조금 전에 그랬던 것처럼 이 초대에도 거절하는 것은 예의에 어긋난다고 생각했는지 몸짓으로는 그 호출에 약간의 놀라움을 나타내면서도 아무런 대꾸나 항변을 하지 않은 채 그대로 따라갔다.

단단한 떡갈나무 들보로 만들어진 짧은 복도와 일곱 계단을 지난 후에 순례자는 로웨나의 방으로 들어섰다. 로웨나의 방은 집주인이 그녀에게 얼마나 많은 관심을 쏟고 있는지 보여 주는 것으로서 거칠기는 했지만 화려하게 장식되어 있었다. 벽은 금실과 은실을 섞어 짠 서로 다른 색의 비단으로 그 시대의 온갖 기교를 부려 사냥과 매사냥을 그려 넣은 자수 벽걸이가 걸려 있었다. 침대는 똑같이 화려한 태피스트리로 장식되어 있었고 보라색으로 염색한 커튼이 쳐져 있었다. 의자에도 역시 똑같이 염색한 천이 덮여 있었고 다른 것들보다 특히 높은 의자 하나에는 정교하게 조각된 상아로 만든 발 놓는 대까지 달려 있었다.

커다란 양초가 꽂힌 네 개나 되는 은촛대가 방안을 비춰주고 있었다. 그렇다고 하더라도 현대의 미인은 이 색슨 공주의 호화로움을 부러워할 것이 못된다. 방의 벽은 끝마무리가 안 좋아 갈라진 틈투성이였으므로 사치스러운 벽걸이가 밤바람에 흔들렸고, 바람으로부터 보호하기 위해 쳐 놓은 휘장에도 불구하고 촛불의 불꽃은 대장의 펄럭이는 창기처럼 바람에 이리저리 나부꼈다. 방안은 나름대로 우아하게 가꾸려는 흔적이 엿보인 장엄한 모습이었다. 그러나 어딘가 안락하다는 느낌은 없었다. 하긴 그조차도 깨닫지 못하니 아쉬워하지도 않았지만.

뒤에 세 명의 하녀들을 거느린 채 잠자리에 들기 전에 머리를 손질하고 있던 로웨나 공주는 아까 말한 그 높은 의자에 앉아 있었는데, 모든 사람의 경의를 한 몸에 받고 태어난 것처럼 보였다. 순례자는 낮게 무릎을 꿇음으로써 공주의 그러한 자질을 인정했다.

로웨나는 상냥하게 말했다.

"일어나세요, 순례자님. 뒤에서 남을 옹호해 주시는 분은 진실을 존중하고 용맹함을 높이 생각하는 모든 사람들로부터 뜨거운 환대를 받을 권리가 있으시지요."

그리고는 시녀들을 향해 말했다.

"엘기다만 제외하고 너희들은 물러가 있거라. 이 거룩한 순례자님과 이야기하고 싶으니까."

하녀들은 방을 나가지는 않은 채 한쪽 끝으로 물러가 벽 앞에 있는 조그만 의자에 앉아 조각상처럼 조용히 있었다. 비록 그러한 거리에서는 그들의 속삭임이 주인의 대화를 방해할 정도는 되지 않았지만.

"순례자님."

로웨나는 어떻게 말해야 좋을지 잘 모르겠다는 듯 잠시 동안 머뭇거린 후 말을 이었다.

"당신은 오늘 밤 한 이름을 거론하셨지요 … 제 말은."

그리고는 말하기 힘들다는 듯 주저했다.

"아이반호라는 이름이었죠. 인정상 그리고 혈연상 가장 만족스럽게 들렸어야 할 그 연회장에서 말이죠. 그 소리에 틀림없이 가슴이 두근거렸을 그 많은 사람들 가운데에서, 오직 저만이 이렇게 감히 물어볼 엄두를 냅니다. 당신이 말씀하신 그분과 헤어졌을 때 그분은 어떤 상태에 계셨나요? 저희가 듣기에, 그분은 악화된 건강 때문에 잉글랜드 군이 떠난 후에도 팔레스타인에 남아 있다가 저 성전 기사단도 끼어 있는 것으로 알려진 그 프랑스 도당들의 박해를 받으셨다고 하던데."

순례자는 난처한 음성으로 대답했다.

"저는 아이반호의 기사에 대해 아는 바가 거의 없습니다. 공주님께서 이렇게 그분의 운명에 관심이 많으시니 좀 더 잘 알아 둘 것을 그랬습니다.

제 생각엔, 그분은 팔레스타인에서 적들의 박해를 이겨내고 곧 잉글랜드로 돌아오실 것 같습니다. 그분이 행복해질 곳은 이곳 잉글랜드라는 사실을 공주님이 저보다도 더 잘 알고 계실 테니까요."

로웨나 공주는 깊이 한숨을 내쉬고는, 아이반호의 기사가 언제쯤 고향에 돌아오게 될지, 오는 도중에 커다란 위험에 처하지나 않을지에 대해 더 꼬치꼬치 캐물었다. 첫 번째 물음에 대해서 순례자는 모른다고 대답했다. 두 번째 물음에 대해서는, 베네치아와 제노아(Genoa)를 경유하여 그곳에서 프랑스를 거쳐 잉글랜드로 돌아오면 안전할 것이라고 말해 주었다.

"아이반호 님은 프랑스의 언어와 예법을 잘 알고 계시므로 프랑스를 지나는 동안에 위험을 당할 염려는 없을 것입니다."

"그분이 무사히 이곳에 도착하여 다가오는 마상 시합에서 무기를 들 수 있게 되기를 하느님께 빌어요. 이 마상 시합에서 이 나라의 기사도가 그 솜씨와 용기를 보여 줄 거예요. 코닝스버러의 애설스탠이 상을 탄다면 아이반호는 잉글랜드에 도착하자마자 나쁜 소식을 듣게 되겠지요. 나그네님, 당신이 마지막으로 보았을 때, 그분은 어떻게 보이던가요? 병으로 인해 수척해진 모습은 아니었나요?"

"사자심 왕의 수행원으로 키프로스(Cyprus)에서 오셨을 때보다는 더 검고 야위어 보였습니다. 그리고 이마에는 수심이 가득했고요. 하지만 저는 그분을 모르므로 직접 뵌 것은 아니었습니다."

"그분은 자신의 조국으로 돌아온다 하더라도 안색에서 그러한 수심이 걷히지는 않을 것 같네요. 제 소꿉친구에 대한 소식을 알려 주셔서 고맙습니다, 친절한 순례자님. 얘들아, 이제 가까이 오너라. 이제 더 이상 수면을 방해하지 않을 테니 이분에게 자리끼를 준비해 드려."

하녀들 가운데 한 사람이 포도주와 향료를 섞은 맛좋은 음료가 담긴 은잔을 대령하자 로웨나는 거의 입에 대지도 않고 순례자에게 내밀었다. 그는 나직이 몸을 숙이고는 몇 방울을 맛보았다.

로웨나는 금화 한 닢을 내밀며 말을 이었다.

"얼마 안 되지만 받아주세요, 당신의 그 힘든 노고와 당신이 방문한 성소의 답례 표시로요."

순례자는 다시 한 번 낮게 절을 하며 그 선물을 받고는 엘기다를 따라 방 밖으로 나갔다.

곁방에서는 시종인 안월드가 기다리고 있었다. 그는 하녀의 손에서 횃불을 받아들고 예의를 차리기보다는 서둘러서 건물의 바깥쪽 허름한 구역으로 순례자를 이끌었다. 그곳에서는 많은 작은 방들이, 차라리 감방이라고 할 만한 방들이 낮은 계급의 하인들과 천한 신분의 나그네들에게 숙소로 쓰이고 있었다.

"유대인은 어느 방에 묵고 있습니까?"

"그 불경한 개 같은 녀석은 당신 옆방에 처박혀 있소이다. 성 둔스탄이시여, 그 방에 다시 그리스도 교도를 들이려면 얼마나 빡빡 닦고 청소를 해야 할지, 원!"

"그리고 돼지치기 거스는 어디서 자고 있습니까?"

"거스는, 당신 오른쪽 방에 있소, 유대인이 왼쪽 방에 있으니까. 그러니까 말하자면 당신이 그 유대인과 그 종족을 제일 싫어하는 작자 사이를 갈라 놓고 있는 셈이구려. 오스월드의 초대를 받아들였더라면 훨씬 좋은 곳을 차지할 수 있었을 텐데."

"어디나 다 똑같죠, 뭐. 아무리 유대인 옆이라고 해도 떡갈나무 칸막이를 뚫고 더러움에 물들이야 하겠습니까."

그렇게 말하면서 순례자는 자기에게 배정된 조그만 방으로 들어갔다. 그리고 하인에게서 횃불을 받아들고 고맙다는 말과 함께 잘 자라는 인사를 했다. 방문을 닫은 후 횃불을 나무로 만들어진 촛대에 꽂고는 침실을 둘러보았다. 침실의 가구는 초라하기 그지없었다. 거친 나무 걸상 하나와 그보다 더 못한 궤짝 혹은 깨끗한 짚을 채워 넣은 침대 틀 같은 것이 있었고, 그 위에는 침구 대신 두세 개의 양털모피가 준비되어 있었다.

순례자는 횃불을 끈 후 옷을 입은 채 이 조잡한 침상 위에 몸을 뉘고는 잠을 잤다. 아니, 이 불편한 방에 공기와 빛이 동시에 들어올 수 있게 되어 있는 작은 격자 창을 통해 이른 아침의 햇살이 비춰들 때까지 적어도 드러누운 자세로 그냥 있었다고 하는 편이 옳을 것이다. 햇살이 비치자 벌떡 일어난 순례자는 아침기도를 반복하고 옷매무새를 다듬은 후 방을 나갔다. 그리고는 될 수 있는 한 빗장을 살살 들어 아이작의 방으로 들어갔다.

유대인 아이작은 순례자 자신이 지난 밤을 보냈던 것과 비슷한 침상 위에 누워 근심스러운 잠에 빠져 있었다. 간밤에 벗어놓았던 옷 뭉치는 잠든 사이 도둑맞지 않게 하기 위해서인 듯 몸 옆에 조심스럽게 놓여 있었다. 그의 이마에는 거의 고통에 가까운 고뇌의 흔적이 드러나 있었다. 악몽과 싸우기라도 하듯이 손과 팔이 발작적으로 움직였다. 그리고 유대말로 몇 마디 절규를 내지른 후에 노르만 영어, 또는 그 나라의 혼합어로 분명히 들리게 말했다.

"아, 아브라함의 하느님을 위하여 제발 불쌍한 노인네를 살려 주십시오! 저는 가난합니다, 그야말로 무일푼이지요. 당신의 그 칼로 제 사지를 동강 낸다 해도 당신께 드릴 것이 하나도 없답니다!"

순례자는 유대인의 잠꼬대가 끝날 때까지 기다리지 않고 자기의 순례 지팡이로 흔들었다. 그렇게 건드리니, 으레 있는 일이므로, 아마도 꿈에서 야기된 근심을 연상시켰던 모양이다. 노인이 벌떡 일어나더니 그 백발이 거의 쭈뼛 선 채로 바로 옆에 벗어 놓은 옷을 황급히 걸치고는 좀 떨어진 곳에 있던 옷들은 매가 꽉 움켜쥐듯이 집어들었기 때문이다. 그리고는 심한 경악과 몸의 불안을 담은 표정으로 날카로운 검은 눈으로 순례자를 응시했다.

"나를 두려워할 것은 없소, 아이작. 친구로서 온 것이니까."

그제야 유대인은 가슴을 쓸어내리며 대답했다.

"내가 꿈을 꾸었나보오, 아브라함 조상님, 고맙기도 하시지, 그게 단지 꿈이었다니!"

그리고 마음이 가라앉은 듯 평상시의 어조로 덧붙여 말했다.

"그런데, 이 가련한 유대인과 무슨 볼 일이 있어 이토록 이른 시간에 찾아 오셨소?"

"그건 당신이 지금 당장 이 집을 떠나 빨리 서두르지 않는다면 도중에 봉변을 당할지도 모른다는 사실을 알려 주러 온 것이오."

"아니 이런! 대체 누가 나처럼 불쌍한 작자를 위험에 빠뜨려 무슨 이득을 볼 수 있다고 그런 짓을 하겠소?"

"그 목적이야 당신이 제일 잘 알 텐데. 하지만 이것만은 믿어 두구려. 성전 기사가 지난 밤에 연회장을 나가면서 자기의 이슬람 노예들에게 사라센 말로, 나는 사라센 말을 잘 알고 있소. 오늘 아침에 유대인이 길을 나서는 것을 감시하고 있다가 이 저택에서 멀리 떨어진 정도가 되면 붙잡아 필리프 드 말부아상의 성이나 레지날 프롱 드 뵈프의 성으로 끌고 가라는 명령을 내렸단 말이오."

이 말을 전해들은 유대인이 사로잡힌 극도의 공포감은 말로 설명할 수 없을 정도였으며 그 즉시 온 신체 기능을 압도하는 것 같았다. 팔은 옆으로 축 늘어졌으며 머리도 가슴 위로 힘없이 떨어졌고, 무릎은 체중을 이기지 못하고 구부러져, 몸의 모든 신경과 근육이 와해되어 힘을 잃은 것처럼 보였다. 그는 결국 순례자의 발치에 쓰러지고 말았는데, 일부러 구부리거나 무릎을 꿇거나 몸을 엎드리려는 것과 같은 투가 아니라 가차없이 그를 땅으로 뭉개 버리는 어떠한 보이지 않는 힘의 압력을 온 사방에서 받는 사람처럼 쓰러진 것이었다.

"아브라함의 거룩한 하느님이시여!"

주름투성이의 두 손을 포개어 쳐들었지만 백발은 땅에서 올리지 않은 채로 그가 처음으로 부르짖은 외침이었다.

"아, 거룩한 모세님, 신성한 아론님! 꿈을 괜히 꾼 것이 아니고, 계시가 그냥 온 것이 아니로군요! 그들의 칼이 벌써 제 근육을 찢는 것처럼 느껴집니다! 아, 고문대가 제 몸 위로 지나가는 것이 느껴집니다! 이스라엘의 적인 라바(Rabbah) 사람들과 이집트 아몬 신의 백성들의 도시에 걸린 톱과 써래와 쇠도끼처럼 말입니다!"

다분히 경멸감이 섞인 연민의 눈초리로 극도의 비탄에 젖어 있는 유대인을 바라보던 순례자가 말했다.

"아이작, 일어서서 내 말 잘 들으시오. 영주들과 귀족들이 당신네들의 보물을 강제로 빼앗기 위해 당신의 동포들을 어떻게 이용해 먹었는지 생각해보면 당신이 벌벌 떠는 것도 무리가 아니오. 하지만 다시 말하는데 일어나시오. 그러면 도망갈 구멍을 알려 주겠단 말이오. 어젯밤의 주연 후에 집안 식구들이 곤히 잠들어 있을 때 한시라도 빨리 이곳을 떠나는 게 좋소. 내가 이 숲의 비밀 통로로 당신을 안내해 주겠소. 비밀 통로라면 이 숲을 순찰하는 삼림 감독관 못지않게 훤히 꿰뚫고 있으니까. 그리고 마상 시합에 가는 영주나 귀족의 안전한 안내를 받을 때까지 함께 가 주겠소. 그런 분들의 호의를 끌어내기 위한 든든한 수단은 갖고 있을 테니."

아이작은 순례자의 말에서 도망칠 수 있다는 뜻을 암시하는 희망이 엿보이자 점차로 일어나기 시작했고, 마치 땅바닥에서 자신을 끌어올리듯이 조금씩 조금씩 일어났다. 마침내 완전히 무릎을 일으켜 세우고, 긴 백발과 수염을 뒤로 넘긴 후 의혹이 완전히 가시지 않은 희망과 두려움이 드러난 표정으로 예의 날카로운 검은 눈으로 순례자를 지켜보았다. 그러나 순례자의 말의 끝 부분을 들었을 때에는 처음의 그 공포가 다시 대단한 여세로 되살아난 것처럼 보였으므로 또 다시 머리를 푹 숙이고 부르짖었다.

"호의를 보장할 수단을 가졌느냐고! 아, 이런! 그리스도 교인의 호의에 이르는 길은 오로지 하나밖에 없는데 이 가난한 유대인이 어떻게 그것을 찾을 수 있단 말인가? 이미 착취당할 대로 당하여 나사로(Lazarus, 누가복음 16장 20절에 나오는 부자의 상에서 떨어지는 부스러기로 배를 채운 거지)의 비참한 처지로 전락한 내가 말이야."

그리고는, 마치 의혹이 다른 감정들을 압도하기라도 한 것처럼 갑자기 외쳤다.

"하느님의 사랑을 위해, 제발 젊은이 나를 배반하지 마시오. 우리 모두,

그리스도 교도, 이스라엘 사람, 이슬람 교도들을 만드신 위대한 조물주를 위하여 제발 나를 배신하지 말아 주오! 나는 그리스도교 거지의 호의조차 살 수단도 없소이다. 비록 한 푼만 내놓으라고 할지라도."

이 마지막 말을 끝마치며 아이작은 몸을 일으켜 매우 간절히 애원하는 표정으로 순례자의 외투를 꽉 붙잡았다. 순례자는 마치 몸에 닿으면 불결한 것이 옮기라도 하는 듯이 얼른 몸을 뺐다.

"비록 당신이 그대 부족의 모든 부를 짊어지고 있다한들 당신을 해쳐 내게 무슨 이득이 있단 말이오? 나는 이 옷을 입고 청빈을 맹세한데다, 말과 쇠미늘 갑옷 외에는 그 어느 것과도 이 옷을 바꾸지 않을 것인데. 내가 당신과 사귀고 싶다거나 그걸로 무슨 이득을 보겠다고 생각하면 오산이오. 원한다면 여기 그대로 남아 있구려. 색슨 인 세드릭이 당신을 보살펴 줄지도 모르니."

"아! 그분은 나를 자기 일행에 끼어 함께 가게 해 주시진 않을 거요. 색슨 인이나 노르만 인은 가련한 유대인을 똑같이 수치스럽게 생각할 테니. 그리고 나 혼자 필리프 드 말부아상과 레지날 프롱 드 뵈프의 영지를 여행한다는 것은 … 아, 젊은이, 당신과 함께 가겠소! 어서 갑시다 … 마음을 단단히 먹고 … 도망칩시다! 자, 여기 당신 지팡이 있소, 왜 이렇게 꾸물거리는거요?"

"누가 꾸물거린다는 거요."

순례자는 아이작의 재촉에 한풀 꺾여 대답했다.

"우선 이곳을 빠져나갈 방법을 확실히 해둬야 한단 말이오, 따라 오시오."

순례자는 옆방으로 발걸음을 옮겼다. 옆방은 독자 여러분도 이미 알고 있듯이 돼지치기인 거스가 차지하고 있었다.

"일어나, 거스. 빨리 일어나라니까. 뒷문을 열고 유대인과 나를 내보내 주게."

지금은 비록 돼지치기라는 직업이 비천하게 생각되지만 색슨 인의 잉글랜드에서는 이타카의 에우마이오스(오디세우스의 돼지치기, 이타카는 오디세우스의 고향이다 ; 역주)처럼 매우 중요했으므로 거스는 순례자가 말한 허물 없는 명령조의 어투에 화가 났다.

"유대인이 로더우드를 떠난다고."

거스는 한쪽 팔꿈치로 몸을 일으키고 침상에서 나오려고도 하지 않은 채 거만하게 순례자를 힐끗 보고는 말을 이었다.

"게다가 순례자와 함께 가신다고…"

그 순간 왐바가 방으로 들어서며 지껄였다.

"그자가 햄을 도둑질해서 도망가는 꿈을 좀 더 빨리 꾸어둘 걸 그랬군."

"그렇다 하더라도,"

거스는 베개로 베고 있던 목침에 머리를 다시 누이며 말했다.

"유대인과 그리스도 교인 다 대문이 열리기를 기다리는 수밖에 다른 도리가 없소. 이렇게 이른 시간에는 어떤 손님도 몰래 내보낼 수 없으니까."

순례자는 명령조로 대꾸했다.

"그렇기는 하지만 자네가 이 청을 거절하지는 않을 거라고 생각하는데."

그렇게 말하면서, 누워 있는 돼지치기의 침상 위로 몸을 구부려 그의 귀에 색슨 말로 뭐라고 속삭였다. 그러자 거스는 깜짝 놀란 듯이 벌떡 일어났다. 순례자는 조심하라는 듯한 태도로 손가락을 올리며 덧붙였다.

"거스, 조심하게. 자네는 늘 사려 깊기는 하지만. 다시 말하지만 뒷문을 열어 주게. 곧 더 많은 것을 알려 줄 테니."

거스는 몹시 민첩하게 그의 말에 복종하였고, 왐바와 유대인은 거스의 태도가 갑작스럽게 변한 것을 의아해 하며 그 뒤를 따라갔다.

뒷문 밖으로 나오기 무섭게 유대인이 서둘렀다.

"내 노새! 내 노새!"

"저 사람에게 노새를 갖다 주게, 그리고 내 말 잘 듣거나, 내게도 한 마리 갖다 주게. 이 부근을 벗어날 때까지 저 사람을 데려다 줘야 하니까. 내가 타고 가는 것은 아슈비에서 세드릭의 시종들에게 무사히 돌려주겠네. 그리고 자네는…"

나머지 말은 거스의 귀에 대고 속삭였다.

"예, 예. 물론 기꺼이 그렇게 하고 말고요."

거스는 이렇게 대답하고는 그의 지시를 수행하기 위하여 재빨리 그 자리를 떠났다.

자기 짝 거스가 등을 돌리고 저쪽으로 가 버리자 왐바가 중얼거렸다.

"거 참, 당신네 순례자들이 성지에서 무엇을 배웠는지 알고 싶군요."

"기도를 올리는 것, 죄를 회개하는 것, 단식과, 철야와 긴 기도로 자신을 억누르는 것 등이지."

"그보다 더 강력한 무엇인가가 있을 텐데요. 왜냐하면, 회개나 기도가 위력을 발휘하여 거스를 예의바르게 만들거나 또는 단식과 기도가 힘을 발휘해 당신에게 노새를 빌려줄 마음이 들도록 할 시간이 어디 있었냐고요? 내 생각엔 거스가 애지중지하는 그 검은 돼지들에게 당신의 그 철야와 회개를 들려주고 공손한 대답을 들었다고 하는 것만큼 황당한데요."

"그만 가게. 자네는 그저 색슨의 광대렷다."

"말씀 잘 하셨소. 아마 당신은 노르만 인일 테죠, 나도 노르만 인으로 태어났더라면, 언젠가는 행운이 찾아와 현자 축에 끼었을지도 모르죠."

그 순간 거스가 해자의 반대편에 노새를 몰고 나타났다. 나그네들은 겨우 널빤지 두 개 폭인 도개교 위로 해자를 건넜다. 다리의 협소함은 뒷문의 옹색함과, 숲으로 통하게 되어 있는 바깥 방벽에 난 작은 쪽문과 잘 어울렸다. 노새에 다가가자마자 유대인은 성급하고 떨리는 손길로 조그만 푸른 아마포 가방을 안장 뒤에 매달았다. 그것은 외투 아래에서 *끄집어낸* 것으로 그 안에는 '갈아입을 옷, 오로지 갈아입을 옷'이 들어있다고 아이작은 중얼거렸다. 그리고 그 나이에 비해 상당히 재빠르고 민첩하게 노새 위로 올라타며 조금 전 말 엉덩이에 매달았던 가방이 완전히 가려지도록 외투 자락으로 재빨리 뒤덮어 버렸다.

순례자는 그보다 여유 있게 노새에 올라타고는, 떠나면서 거스에게 손을 내밀었고, 거스는 그 손에 최대한 공손하게 입을 맞추었다. 나그네 일행이 숲길의 나뭇가지 아래로 사라져 보이지 않게 될 때까지 거스는 그들의 뒷모습을 지켜보며 서 있다가 왐바의 목소리에 생각에서 깨어났다.

"이봐, 훌륭한 친구, 거스. 자네가 오늘 아침 이상할 정도로 예의바르고 아주 보기 드물게 신실했다는 거 알고 있나? 나도 자네의 그 예사롭지 않은 열성과 예의를 원 없이 누려보게 검은 옷을 입은 수도사나 맨발의 순례자가 되었으면 좋았을 걸 그랬군. 분명히, 나는 손에 입맞추는 정도로는 만족하진 않았을걸."

"이제 보니 자네는 그렇게 바보는 아니로군. 매사를 겉모습으로만 판단하려 들기는 하지만. 그리고 뭐 우리들 가운데 제일 현명한 사람이라고 해도 별 수 없을 테지 … 이런, 벌써 일하러 나갈 시간이 되었군."

그렇게 말하며 거스는 광대와 함께 집 안으로 되돌아갔다.

한편, 나그네들은 유대인이 극도의 불안감에 쫓겼으므로 신속히 갈 길을 재촉하고 있었다. 아이작 연배의 노인들은 빨리 움직이는 것을 좀처럼 좋아하지 않는 것으로 보아 그가 느낀 불안감이 어느 정도인지 짐작할 수 있었다. 숲 속에 난 모든 오솔길과 출구를 환히 꿰뚫고 있는 듯한 순례자는 제일 구불구불한 길로 이끌었으므로 그가 행여 자기를 속여 적들이 숨어 있는 곳으로 데리고 가는 것은 아닌지 유대인은 몇 번이나 수상쩍은 생각이 들곤 했다.

아이작이 그런 의심을 품은 것도 무리는 아니었다. 아마도 날치(flying fish, 물에서 사는 능력과 나는 능력 둘 다 갖고 있지만 오히려 더 큰 위험에 노출될 뿐이다. 설령 바다의 적으로부터는 벗어날 수 있다 하더라도 물 위에서 이들을 노리고 있는 열대조와 알바트로스의 먹이가 되기 때문)를 제외하고는, 땅 위에, 공중에, 혹은 물 속에도 이 시기의 유대인만큼 계속적으로, 모든 사람으로부터, 가차없이 박해의 대상이 된 존재는 없기 때문이다. 극히 사소하고 말도 안 되는 구실은 물론 터무니없고 근거 없는 고발에 그들의 육체와 재산은 모든 대중들의 분노를 고스란히 받았다. 노르만 족, 색슨 족, 데인 족, 브리튼 족은 서로 반목을 일삼고 있으면서도, 박해하고 욕하고 멸시하고 강탈하고 박해하는 종교상의 구심점에 유대인이 있었으므로 누가 더 유대인을 끔찍한 눈길로 보는가를 놓고 다투고 있었기 때문이다.

노르만 족의 군주들과, 모든 포악한 행위에 그들의 전례를 따른 독립적인 귀족들은 이 저주받은 민족에게 한층 더 철저하고 타산적이며 이기적인 박해를 가하고 있었다. 존 왕이 자기의 왕궁 하나에 어느 부유한 유대인을 감금하고는 매일 이를 하나씩 뽑았다는 유명한 이야기가 있다. 그 불쌍한 유대인은 결국 이가 반이나 빠져 합죽이 턱이 된 후에야 폭군이 그에게 강제로 탈취할 목적이었던 거금을 내놓기로 승낙했다고 한다. 당시 이 나라에 얼마 있지 않던 현금은 대개 이 박해받는 민족의 수중에 있었으므로, 귀족들은 서슴지 않고 군주의 선례를 따라 온갖 종류의 압박과 심지어 육체적 고문까지 일삼아 그들로부터 재물을 착취했다.

그럼에도 불구하고 이욕(利慾)에 고무된 소극적 용기로 인해 유대인은 잉글랜드와 같이 본래 부유한 나라에서는 막대한 이익을 얻을 수 있다는 생각에서 그들이 당하던 온갖 종류의 악행도 무릅쓰고 돈을 벌 엄두를 냈던 것이다. 그 어떤 방해가 있더라도, 그리고 심지어 이미 언급했듯이 유대인을 약탈하고 괴롭힐 바로 그 목적에서 세워진 것으로 유대인 재판소라 불리던 특별 세무서가 있었음에도 불구하고 유대인들은 점차 수익을 늘리고 증식시켜 거대한 부를 축적한 것이었다. 이 막대한 부를 유대인들은 환어음이라는 수단으로 한 사람의 손에서 다른 사람의 손으로 양도했다. 유대인이 발명했다는 이 환어음은 상업에 크게 기여했다고 전해지며, 어느 한 나라에서 압제를 당할 위험이 임박하면 재산을 안전하게 다른 곳에 보관할 수 있도록 그 나라에서 다른 나라로 옮기는 것을 가능하게 해 주었다.

유대인의 완고함과 탐욕은 이처럼 자기들 위에 군림하고 있는 광신과 학정에 어느 정도 저항하는 성격을 띠고 있었으므로 그들이 받는 박해에 비례하여 커가는 것 같았다. 그리고 유대인들이 대개 상업에서 벌어들인 막대한 재산은 자주 그들을 위험에 빠뜨렸지만 또 어떤 때에는 그들의 영향력을 확대시켜 어느 정도는 보호를 받을 수 있게 해 주었다. 그들은 바로 이러한 관계 속에서 살고 있었다. 그에 따라 영향을 받게 된 그들의 기질도 주의 깊고, 의심 많고, 소심하게 된 것이다. 그러면서도 완고하며 고분고분하지 않고 당면한 위험을 피하는데 능숙했다.

두 나그네가 많은 구불구불한 오솔길을 빠른 속도로 나아가는 동안 마침내 순례자가 먼저 입을 열었다.

"저 썩은 커다란 떡갈나무가 바로 프롱 드 봬프가 자기 것이라고 주장하는 영지의 경계 표시오. 말부아상의 영지는 이미 오랜 전에 벗어났고. 그러니 이제 추격 당할 염려는 없소."

"하느님, 파라오(Paraoh) 군대의 전차처럼 놈들의 마차 바퀴가 빠져 끌기 힘들게 만들어 주소서! 하지만, 훌륭한 순례자님, 나를 버리고 가지 말아 주오. 저 사납고 잔인 무도한 성전 기사와 그의 사라센 노예들을 생각해보란 말이오. 그들은 남의 영토니, 장원이니, 영지니 하는 것들을 전혀 개의치 않을 거 아니겠소."

"이만 여기서 헤어져야 하겠소. 더 이상 필요도 없는데 함께 여행한다는 것은 당신이나 나 같은 기질의 사람들에게는 어울리지 않는 것 같으니 말이오. 게다가 무장한 두 이교도들을 상대로 나처럼 싸움을 좋아하지 않는 사람에게서 무슨 도움을 기대할 수 있겠소?"

"아, 훌륭한 젊은이, 당신은 나를 지켜 줄 수 있고, 그렇게 해 줄 것으로 알고 있소. 비록 가난하긴 하지만 내 그 은혜는 꼭 갚겠소, 돈으로는 아니더라도. 왜냐하면, 돈은, 아브라함 선조님, 저를 불쌍히 여기소서, 한 푼도 없기 때문이오, 하지만 … "

그러나 순례자가 아이작의 말을 가로막았다.

"당신에게 돈이나 보수 따위는 요구하지 않는다고 이미 말하지 않았소. 당신을 안내해 줄 수는 있소. 그리고 어쩌면 어느 정도까지는 보호해 줄 수도 있소. 사라센 인으로부터 유대인을 보호해 주는 것이 그리스도 교도로서 부끄러워할 일은 아니니까. 그러니, 이보시오, 유대인, 누군가로부터 적당한 호위를 받을 때까지 내가 당신을 지켜 주겠소. 이제 셰필드 읍이 그리

멀지 않소. 그곳에 가면 신세질 수 있는 당신 부족을 쉽사리 찾을 수 있을 테죠."

"아, 훌륭한 젊은이, 야곱(Jacob)의 축복이 그대에게 내리길! 셰필드에 도착하면 친척인 자레스(Zareth)의 집에 숨을 수 있고, 앞으로 안전하게 여행할 수단도 알아볼 수 있을 거요."

"그렇다면 셰필드에서 헤어지기로 합시다, 앞으로 반 시간만 가면 마을이 보일 거요."

마을에 도착할 때까지 반 시간 동안은 두 사람 다 말이 없었다. 아마도 순례자는 부득이한 경우를 제외하고는, 유대인과 말을 주고받는 것을 싫어했을 것이고, 유대인은 성묘를 순례하여 성품에 일종의 거룩함이 몸에 밴 사람과 억지로 이야기를 나눌 엄두가 나지 않았을 것이다. 그들은 부드럽게 솟아오른 언덕 위에서 멈춰 섰고, 순례자는 아래로 펼쳐져 있는 셰필드 읍을 가리키며 말했다.

"자, 그럼 이제 여기서 헤어집시다."

"먼저 가난한 유대인의 감사를 받아주시오, 제 친족인 자레스의 집으로 함께 가자고 감히 청하지는 않겠으니. 그는 아마도 당신이 베풀어준 호의에 보답할 방법을 찾도록 나를 도와줄 게요."

"나는 아무런 보답도 바라지 않는다고 이미 말하지 않았소. 만약 당신의 채무자 명단에 들어있는 그 많은 사람들 가운데 당신에게 위해를 가한 어느 불쌍한 그리스도 교인에게 나를 위해서 족쇄와 감옥의 신세를 면해 준다면 오늘 아침의 이 수고를 당신에게 베풀기를 잘했다고 생각할 거요."

유대인은 순례자의 옷자락을 잡으며 말했다.

"잠깐만, 잠깐만, 기다리시오. 그보다는 뭔가 더 해 주고 싶소. 당신을 위해 뭔가를 주고 싶단 말이오. 하느님도 아시다시피 유대인은 가난하오. 그렇소, 아이작은 유대인 가운데서도 거지요. 그러나 실례오만, 당신에게 지금 이 순간 가장 필요한 것이 무엇인지 맞춰보리다."

"설령 당신이 제대로 맞춘다 하더라도 그것은 당신이 구해 줄 수 없는 것이오. 비록 당신이 가난하다고 말하는 정도로 부자라 하더라도."

"내가 말한 대로라고요? 아! 믿어주시오. 나는 사실을 말한 것뿐이오. 나는 그저 수탈당한 빚투성이의 궁핍한 늙은이일 뿐이오. 냉혹한 자들이 물건과 돈과 배, 내가 가진 모든 것들을 빼앗아갔소. 그래도 당신에게 무엇이 필요한지는 알 수 있고, 어쩌면 구해 줄 수 있을지도 모르오. 바로 지금 당신이 바라는 것은 말과 갑옷일 테죠."

순례자는 깜짝 놀라, 갑자기 유대인 쪽으로 돌아서며 황급히 대꾸했다.

"아니, 대체 어떻게 그런 추측을 할 수 있소?"

그러자 유대인은 빙그레 웃으며 대답했다.

"그것이 정말이기만 하다면 어떻게 알았는지는 대수로운 것이 아니오. 그리고 당신의 소망을 알 수 있었듯이 그것을 구해 줄 수도 있소."

"하지만, 내 신분과 의복, 그리고 맹세를 생각해 보구려."

"나는 당신들 그리스도 교인들을 알지요, 그리고 당신들 가운데 제일 고귀한 사람이라도 미신적인 참회에서 지팡이를 짚고 샌들을 신고 걸어서 죽은 사람의 묘(예루살렘에 있는 성묘를 유대인들이 경멸적으로 부른 것)를 찾아갈 것이라는 사실도 알고 있소."

"그런 불경스러운 소리는 그만 두오, 유대인!"

순례자가 엄하게 꾸짖었다.

"용서해 주시오, 내가 경솔했소. 하지만, 어젯밤과 오늘 아침에 당신 입에서 흘러나온 말들은 부싯돌에서 불꽃이 일듯이 그 안에 숨겨진 본성을 드러냈소. 그리고 그 순례자의 외투 속에는 기사의 목걸이와 황금 박차가 숨겨져 있소. 당신이 오늘 아침 내 침상 위로 몸을 구부릴 때 언뜻 보였소."

그 말에 순례자는 실소를 금할 수 없었다.

"아이작, 당신 옷도 그렇게 캐기 좋아하는 눈으로 뒤진다면 무엇이 나올 것 같소?"

그러자 유대인은 안색을 바꾸며 말했다.

"그런 말은 그만 두시오."

그리고는 대화를 중단하려는 듯이 황급히 필기구를 꺼내어 노새에서 내리지 않은 채 노란 모자 꼭대기에 받친 종이에 무엇인가 적기 시작했다. 다 적은 후에는 히브리어로 적힌 종이 쪽지를 순례자에게 건네주며 말했다.

"레스터 읍에서는 부유한 유대인인 롬바르디아(Lombardy)의 키르자스 자이람(Kirjath Jairam)을 모르는 사람이 없소. 그 사람에게 이 쪽지를 보여 주시오. 그는 가장 후진 것이라도 왕의 머리에 어울릴 만한 여섯 벌의 밀라노 갑옷과 제일 나쁜 것이라도 왕좌를 위하여 벌이는 전투에 나가는 왕이 타기에도 손색이 없는 열 마리의 준마를 팔고 있소. 이것들 가운데에서 당신이 마음대로 고르도록 해 줄 것이고, 그 외에 마상 시합에 출전하는데 필요한 모든 것을 준비해 줄거요. 시합이 끝나면, 그 값을 주인에게 되돌려 줄 수 없다면 갑옷과 말을 안전하게 돌려주시오."

"그러나, 아이작, 이 경기에서는 말에서 떨어진 기사의 갑옷과 말은 승리자에게 몰수당한다는 것을 모르오? 그러니 내가 운이 없어서 지기라도 하는 날에는 되돌려주거나 갚을 수도 없는 것을 잃어버리는 것이 될 텐데."

유대인은 이러한 가능성에 다소 놀란 것처럼 보였지만 용기를 내어 황급히 대답했다.

"아니, 아니, 아니. 그런 일은 있을 수 없소. 나는 그렇게 생각하지 않소. 당신에게는 하느님 아버지의 축복이 있을 거요. 당신의 창은 모세의 지팡이처럼 강력할 것이오."

그렇게 말하면서, 유대인이 노새의 머리를 돌리려 하자, 이번에는 순례자가 그의 옷자락을 잡았다.

"아니오, 하지만 아이작 당신은 모든 위험을 다 알고 있는 것이 아니오. 말이 죽을 수도 있고 갑옷이 손상될 수도 있단 말이오. 나는 말이든 사람이든 봐주는 법이 없으니까. 게다가, 당신네 종족 사람들은 아무것도 거저 주지는 않잖소. 사용한 데 대해 뭔가를 꼭 내야 하지 않소."

유대인은 마치 갑자기 복통이라도 일으킨 사람처럼 안장 위에서 얼굴을 일그러뜨렸다. 하지만 더 좋은 감정들이 흔한 나쁜 감정들을 억눌렀다.

"상관없소, 어떻게 되든 상관하지 않겠소. 이것 놓으시오. 설령 손상이 있다 하더라도 당신에게 아무것도 물어내라고는 하지 않을거요. 만약 사용료가 붙는다 하더라도 키르자스 자이람은 친척 아이작을 위하여 그것을 면제해 줄거요. 잘 가시오, 하지만 내 말을 주의해 들으시오, 훌륭한 젊은이."

아이작은 다시 몸을 돌리면서 계속 말했다.

"이 헛된 소동 속으로 너무 깊숙이 들어가진 마시오. 말과 갑옷을 위험에 빠뜨릴까봐 하는 소리는 아니고, 당신 자신의 생명과 육신을 위하여 하는 말이오."

"어쨌든 염려해 줘 고맙소."

순례자는 다시 웃음을 띠며 말했다.

"당신의 호의를 솔직하게 받아들이겠소. 그리고 어렵겠지만 그 호의에 보답하겠소."

두 사람은 그곳에서 헤어져 셰필드 읍을 향해 각기 다른 길로 갔다.

7장

화려한 행진복과 기묘한 복장을 하고,
한 사람은 투구를 묶고, 한 사람은 창을 들고,
또 한 사람은 빛나는 둥근 방패를 내미는,
종자들을 길게 거느린 기사들.

준마는 쉴 새 없이 발로 땅을 구르고,
콧김으로 거품을 내뿜으며 황금 재갈을 씹고 있네.
말 옆의 대장장이와 무기 제조인은
손에는 줄칼을, 허리에는 망치를 차고
느슨해진 창에는 못을, 방패에는 가죽을 대고 있네.
향사들은 적당히 무리 지어 길을 지키고,
손에 곤봉을 쥔 촌부들은 떼지어 몰려드네.

「팔라몬과 아르시테」(*Palamon and Arcite*)(초서)

이 당시 잉글랜드 인들의 처지는 참으로 비참했다. 리처드 왕은 불성실하고 잔인한 오스트리아 공작에게 포로로 잡혀 고국에 없었다. 심지어 왕이 잡혀 있는 장소조차 불확실하였고, 대다수 백성들에게는 왕의 운명이 아주 막연하게밖에 알려져 있지 않았는데, 그 사이 백성들은 귀족들로부터 온갖 종류의 수탈을 당하고 있었다.

존 왕자는, 사자심 왕 리처드의 불구대천의 원수인 프랑스의 필리프 왕과 결탁하여, 자기에게 그토록 많은 총애를 베풀어 주었던 형 리처드의 유폐를 연장시키기 위해 오스트리아 공작에게 온갖 종류의 영향력을 행사하고 있었다. 그러면서, 왕국 안에서는 자기의 파벌을 강화시켜, 리처드 왕이 죽으면 합법적인 계승자로서 맏형인 제프리 플랜태저넷(Geoffrey Plantagen-et)의 아들 브리타니(Brittany)의 아서(Arthur) 공작과 왕위 계승을 다툴 작정이었다. 잘 알려져 있듯이, 후에 존 왕자는 이러한 왕위찬탈에 성공한다. 존 왕자는 성품이 경박하고 방탕하며 불성실했으므로 리처드 왕의 부재를 틈타 저지른 악행으로 왕의 분노를 살까봐 두려워할 이유가 있는 사람들뿐 아니라 많은 종류의 '불한당'까지도 자기 사람과 파벌로 끌어들였다. 이 불한당들은 십자군에 참가했다가 고국으로 돌아온 자들로서, 동방에서는 온갖 악덕을 일삼고, 대체로 곤궁했으며, 성품은 무자비해졌으며, 내란으로 한몫 보게 되기를 잔뜩 벼르고 있었다.

백성들을 비탄에 빠뜨리고 불안하게 하는 이러한 원인에 봉건 귀족들의 압제와 삼림법의 가혹한 실행으로 절망상태에 빠진 많은 무법자들이 커다란 도당으로 단결하여 숲과 황무지를 점유하고 국가의 정의와 치안에 도전했다. 각기 자기 성에 단단히 틀어박혀 영지에서 소군주처럼 군림하고 있던 귀족들은 이 공공연한 약탈자들 무리에 뒤지지 않는 불법적이고 억압적인 무리들의 수령이었다. 가신들을 보유하고 자존심으로 즐겨 누리던 사치와 호화로움을 유지하기 위해 귀족들은 높은 이자로 유대인들에게서 돈을 빌렸으므로, 좀이 슬어가는 것처럼 그들의 영지를 야금야금 잠식해 들어가, 채권자들에게 부당한 폭력을 행사하여 채무에서 벗어나는 경우가 아니라면 거의 돌이킬 수 없는 상황에 이를 지경이었다.

이처럼 불행한 사태로 짊어지게 된 많은 부담 아래서 당시 잉글랜드의 백성들은 온갖 고초를 겪고 있었는데, 그것 말고도 미래를 두려워해야 할 더 무서운 이유가 있었다. 이제까지 겪은 불행에 한술 더 떠, 매우 위험한 전염병이 온 나라에 퍼졌기 때문이다. 그래서 하층 계급의 불결함과 변변치 못한 음식, 형편없는 주거 환경 때문에 전염병은 더욱 기승을 부려 많은 사람들의 인명을 앗아갔다. 살아남은 사람들은 오히려 앞으로 다가오게 될 불행을 면하게 되었다고 죽은 자들의 운명을 부러워할 정도였다.

이렇게 겹겹의 고난에 짓눌리면서도, 부유한 사람은 물론 가난한 사람도, 귀족들은 물론 서민들까지도 그 당시의 최고 구경거리였던 마상 시합 결과에, 식구들의 끼니를 이을 돈 한 푼 없는 반아사 상태에서 마드리드 시민들이 투우에 승부를 거는 것과 같은 대단한 관심을 보였다. 남녀노소할 것 없이 모든 사람들이 만사 제쳐놓고, 몸이 아파도 그러한 구경거리를 놓칠 수는 없었다. 레스터 주의 아슈비에서 열리게 될, 소위 무예 시합(Passage of Arms)은 일류급 투사들이, 시합장에 친히 참석하여 그 자리를 빛내 줄 존 왕자 앞에서 싸우기로 되어 있어서 사람들로부터 대단한 관심을 끌었으므로 모든 계급의 거대한 인파가 그날 아침부터 서둘러 시합장으로 몰려갔다.

그 광경은 상당히 낭만적이었다. 아슈비 시에서 1.6킬로미터 정도면 닿는 숲의 끝자락에는 곱고 아름다운 초록 잔디로 뒤덮인 넓은 초원이 있었는데,

한쪽은 숲으로 둘려싸여 있었고, 다른 한쪽 끝에는 제멋대로 뻗는 떡갈나무가 자라고 있었다. 그 가운데 몇 그루는 엄청난 크기로 자라 있었다. 곧 개최될 호전적인 구경거리를 위해 만들어지기라도 한 듯이 지면은 사방이 바닥으로 완만하게 경사를 이루었고, 바닥은 길이 4백 미터 폭 2백 미터 정도의 공간을 형성하고 있는 시합장으로서 단단한 울타리에 에워싸여 있었다. 울타리 안의 이 공간은 관람하기 더욱 편하게 하기 위해 귀퉁이를 상당히 둥글게 한 점을 제외하고는 직사각형 형태를 취하고 있었다. 투사들이 입장하기 위한 통로는 시합장의 북단과 남단에 있었고, 각기 말을 탄 두 사람이 나란히 입장할 수 있을 만큼 넓고 견고한 나무문을 통해 출입할 수 있었다. 이 입구에는 각기 여섯 명의 나팔수와 여섯 명의 종자와 질서를 유지하기 위한 강력한 무장군대를 거느린 두 전례관이 이 무예 시합에 참가하려는 기사들의 자격을 확인하고 있었다.

남쪽 출입구 너머로 지면이 자연적으로 올라와 형성된 단에는 다섯 명의 투사들이 선택한 색상인 황갈색과 검은색의 창기로 장식되어 있는 다섯 개의 장려한 천막이 쳐져 있었다. 천막의 줄 역시 검은색이었다. 각 천막 앞에는 그 천막을 차지하고 있는 기사의 방패가 걸려 있었고, 그 옆에는 야만인 또는 숲 사람의 복장으로 괴상하게 변장하거나, 주인의 취향이나 시합 동안에 흉내내고 싶어하는 인물에 맞추어 다른 이상한 옷을 입은 종자가 서 있었다.

가운데 천막은 영예로운 자리로서 브리앙 드 봐 길베르에게 지정되어 있었는데, 이 무예 시합을 주재하고 있는 기사들과의 관계 못지않게 기사도의 시합에서 얻은 명성으로 인해 브리앙은 그 투사들 일행에 열렬히 받아들여지게 된 것이었다. 심지어 그들과 한 패가 된 지 얼마 되지 않았음에도 불구하고 그들의 우두머리이자 대장으로 선택된 것이었다. 그의 천막 한쪽에는 레지날 프롱 드 봬프와 리샤르 드 말부아상(Richard de Malvoisin)의 천막이 세워져 있었고, 다른 쪽에는 정복왕 윌리엄과 그 손자인 윌리엄 루퍼스(William Rufus) 시절에 선조가 잉글랜드의 고관을 지냈던 인근의 귀족 출신 영주 위그 드 그랑메스닐(Hugh de Grantmesnil)이 있었다. 아슈비드 라 주시 인근의 히더(Heather)라 불리는 곳에 옛 영지를 약간 갖고 있던 예루살렘의 구호 기사단원 랄프 드 비퐁(Ralph de Vipont)이 다섯 번째 천막을 차지하고 있었다. 시합장 입구로부터는 폭이 9미터쯤 되는 완만하게 경사진 통로가 천막이 쳐진 단까지 이어져 있었다. 이 통로는 양쪽에 각기 말뚝이 단단히 박혀 있었고 무장한 병사들이 지키고 있었다.

시합장으로 들어가는 북쪽 통로에는 폭 90센티미터의 유사한 출입구가 있었다. 문 앞쪽에는 투사들과 함께 시합장으로 들어가고 싶어하는 기사들을 위해 둘러막힌 커다란 공터가 있었고, 뒤쪽에는 기사들의 편의를 위하여 온갖 종류의 음식이 준비되어 있는 천막이 설치되어 있었다. 천막 안에서는 언제든지 필요한 도움을 제공하기 위하여 갑옷 제조인과 편자공과 다른 수행원들이 대기하고 있었다.

시합장 외부는 일부가 태피스트리와 카펫이 펼쳐져 있는 임시 관람석으로 채워져 있었는데, 마상 시합에 참석하려는 귀부인과 귀족의 편의를 위해 쿠션이 준비되어 있었다. 이 관람석과 시합장 사이의 좁은 공간은 단순한 서민보다는 신분이 높은 구경꾼들과 향사들을 위한 좌석으로 할당되어 극장의 일층 뒤쪽 좌석에 해당된다고 할 수 있었다. 뒤범벅이 된 군중들은 자연적으로 솟아오른 지면의 도움으로 관람석을 내려다볼 수 있고 시합장을 한 눈에 조망할 수 있게 되어 있는 커다란 풀밭 언덕에 자리를 잡았다. 이러한 장소들이 제공할 수 있는 자리 외에도, 수백 명의 사람들이 초원 주위에 있던 나뭇가지에 올라가 걸터앉아 있었고, 심지어 조금 떨어진 시골 교회의 첨탑조차도 구경꾼들로 북적거렸다.

전체적인 배치에 대해 주목해야 할 것이 꼭 하나 남아 있었는데, 그것은 바로 시합장 동쪽의 정가운데에 있는 관람석이었다. 열렬한 싸움이 벌어지게 될 지점의 정확히 맞은편에 있는 그곳은 다른 관람석보다 더 높았고 더 화려하게 장식되어 있었으며 왕실 문장이 그려져 있는 옥좌와 천개 같은 것으로 꾸며져 있었다. 화려한 제복을 입은 종자들과 시종들과 근위병들이 존 왕자와 그 측근들을 위해 마련된 이 명예로운 자리 주위에서 대기하고 있었다.

왕실의 관람석과 마주보고 있는 시합장 서쪽에는, 같은 높이로 올라와 있으며 왕자의 좌석으로 지정된 것만큼 사치스럽지는 않더라도 제법 호화롭게 꾸며진 또 다른 관람석이 있었다. 시종들과 아름다운 젊은 처녀들로 선발된 무리가 푸른색 옷과 분홍색 옷을 화려하게 갖춰 입고 온갖 색으로 장식된 옥좌를 둘러싸고 있었다. 다친 심장, 불타는 심장, 피가 흐르는 심장, 활과 화살통 및 사랑의 신 큐피드의 승리를 상징하는 다양하고 흔한 문양이 그려진 창기와 깃발들 사이에서 문장으로 장식된 한 명문이 이 자리가 "사랑과 미의 여왕"(La Royne de la Beaulte et des Amours)을 위한 자리라는 것을 구경꾼들에게 알려 주고 있었다. 그러나 이번에는 누가 사랑과 미의 여왕이 될지 아무도 짐작할 수 없었다.

그럭저럭 하는 사이에, 여러 부류의 관중들이 각자 자리를 잡기 위해서, 또한 차지할 권리가 있는 좌석을 두고 적잖이 다투며 떼를 지어 몰려들었다. 이러한 자리 싸움 가운데 일부는 무장 병사들의 간단한 의식만으로도 정리가 되었다. 좀 더 감당하기 힘든 사람들을 진정시키기 위해서는 병사들의 전투용 도끼 자루와 칼자루가 기꺼이 위력을 발휘했다. 신분이 더 높은 사람들의 자리 쟁탈전은 전례관이나, 두 장내 감찰관인 윌리엄 드 와이빌(William de Wyvil)과 스티븐 드 마르티발(Stephen de Martival)에 의해 판결되었다. 완전 무장한 이들은 구경꾼들 사이에서 질서를 확립하고 유지하기 위해서 시합장을 이리저리 뛰어다녔다.

점차 관람석은 평상복을 입은 기사들과 귀족들로 가득 채워졌는데, 이들의 길고도 진한 색상의 외투는 귀부인들의 훨씬 화려하고 눈부신 옷과 대조를 이루고 있었다. 심지어 남자들보다도 그 수가 더 많았던 귀부인들은 여성이 즐기기에는 너무 잔인하고 위험한 것으로 생각될 수 있는 그 경기를 보기 위하여 모여 있었다. 더 낮은 안쪽 공간은 겸손에서인지 혹은 곤궁함 때문인지 아니면 변변치 못한 직함 때문인지 더 높은 자리를 차지할 엄두가 나지 않는 낮은 귀족들과 유복한 향사들과 시민들로 곧 채워졌다. 좋은 자리를 차지하기 위해 심한 쟁탈전이 일어난 것도 바로 이들 사이에서였다.

"이 개 같은 불신자 놈이!"

다 해진 초라한 의복으로 그 곤궁함을 드러내면서도 칼과 단도와 금목걸이로 자기 지위를 과시하고 있던 한 노인이 버럭 소리를 질렀다.

"이 늑대새끼 놈아! 네 녀석이 감히 그리스도인이자 몽디디에(Montdidier) 혈통인 노르만 신사를 밀치려 들어?"

이 거친 욕설은 우리가 익히 알고 있는 아이작에게 퍼부은 것이었다. 레이스로 장식하고 안감을 댄 외투로 화려하게, 심지어 호사스럽게 차려입은 아이작이 자기의 아름다운 딸 레베카를 위하여 관람석 아래의 제일 앞줄에 자리를 만들어 주려고 애쓰고 있었던 것이다. 아슈비에서 아이작과 합류한 레베카는 아버지의 무례함에 대체로 흥분한 것처럼 보이는 사람들의 불쾌감에 적잖이 겁을 먹고는 아버지의 팔에 매달려 있었다. 그러나, 아이작은 비록 다른 경우에는 매우 겁쟁이인 것으로 드러났지만, 지금은 아무것도 두려워할 필요가 없다는 사실을 잘 알고 있었다. 사람들이 많이 모여 있는 곳이나 동료들이 모여 있는 곳에서는 제아무리 탐욕스럽고 심술궂은 귀족이라 하더라도 그에게 해를 가할 수 없었다. 그러한 곳에서는 유대인도 일반법의 보호를 받았으며, 비록 그 보호가 약하다 하더라도 타산적인 동기에서 유대인을 기꺼이 보호해 주려는 영주 몇 사람은 끼어 있게 마련이었다. 지금의 경우에, 아이작은 존 왕자가 상당한 양의 보석과 영지를 담보로 요크의 유대인들로부터 거액의 돈을 빌리려고 협상을 벌이고 있다는 사실을 알고 있었으므로 평상시보다 마음이 더 든든했던 것이다. 이 거래에서는 아이작 자신의 역할이 상당했으므로 거래를 성사시키려고 단단히 벼르고 있는 왕자가 곤경에 처한 자기를 보호해 줄 수도 있을 것이라고 확신하고 있었다.

이러한 이유에서 대담해진 아이작은 한치도 양보하지 않고 그 노르만 그리스도인의 혈통과 신분과 종교에 전혀 개의치 않고 그를 떠밀며 나간 것이다. 그러나 그 노인의 불평으로 아이작은 구경꾼들의 분노를 사고 말았다. 이러한 구경꾼들 가운데 한 사람으로, 링컨셔의 푸른색 옷으로 차려입고 수대와 은 견장을 두르고 허리에는 열두 개의 화살을 차고 손에는 2미터 가까운 활을 든 튼튼하고 체격이 건장한 남자가 얼굴을 휙 돌렸다. 끊임없이 풍화에 시달려 개암나무 열매처럼 갈색으로 그을린 안색이 분노로 더욱 검어진 남자는 아이작이 비참한 희생자들의 피를 빨아 손에 넣은 재산 때문에, 구석에 처박혀 있을 때는 눈에 띄지 않을 수도 있으나 빛이 있는 곳으로 나오려고 하다가는 대번 박멸되고 말 병에 든 거미처럼 우쭐해 있다는 사실을 기억하라고 충고했다.

단호한 음성과 준엄한 표정으로 노르만 영어로 쏘아붙인 이 경고에 아이작은 움찔하여 뒤로 물러섰다. 그리고 모든 사람들의 이목이 이제 막 입장하고 있던 존 왕자 쪽으로 쏠리지 않았다면 아마도 그토록 위험한 상황으로부터 완전히 물러났을지도 모른다. 그런데 바로 그때 일부는 평신도들로 구성되고, 일부는 평신도 못지않게 밝은 옷차림을 하고 즐거운 태도를 보인 성직자들로 이루어진 화려한 많은 수행원을 이끌고 존 왕자가 입장한 것이다.

성직자들 중에는 교회의 고위 성직자가 대담하게 드러낼 수 있는 화려한 몸차림을 한 조르보의 수도원장도 있었다. 그는 의상에 모피와 금을 아끼지 않았고, 그 당시의 터무니없는 유행이 극에 달한 신발 끝은 단순히 무릎에 그치는 정도가 아니라 바로 허리띠에까지 닿을 정도로 높이 말아 올려져 있어 사실상 등자에 발을 끼우는 것이 불가능했다. 그러나, 이것은 멋진 수도원장에게는 그다지 방해가 되지 않았다. 아마도 많은 군중들, 그것도 특히 여성들 앞에서 자신의 능란한 승마술을 선보일 기회가 온 것을 기뻐하며 겁 많은 사람들에게만 필요한 이러한 등자 따위는 사용하지도 않았기 때문이다. 존 왕자의 나머지 수행원들은 성전 기사단원과 구호 기사단원 몇 사람을 비롯하여 그가 총애하는 용병 대장들, 약탈을 일삼는 귀족들과 방탕한 궁중 시종 몇 사람들이었다.

이들 두 기사단의 기사들은 팔레스타인에서 프랑스의 군주 필리프 왕과 잉글랜드의 사자심 왕 리처드 사이에 벌어졌던 긴 분쟁의 과정에서 프랑스 왕 필리프의 편을 들어 리처드 왕에게 적대적인 것으로 간주되고 있었다는 사실을 여기서 밝혀야만 할 것 같다. 리처드의 거듭된 승리가 아무런 결실도 맺지 못하고 예루살렘을 포위 공격하려는 낭만적인 시도마저 좌절되어 그가 거둔 모든 영광의 결실이 점차 사라져 술탄 살라딘과의 불확실한 휴전 조약으로 끝이 나게 된 것도 바로 이 불화의 결과라는 것은 잘 알려져 있는 사실이다.

성지에 있는 동료들의 행동을 좌우한 똑같은 수법으로 잉글랜드와 노르망디에 있는 성전 기사단원과 구호 기사단원들도 존 왕자의 파벌에 가입해 있었으므로 리처드 왕의 잉글랜드 귀환이나 왕의 합법적 계승자인 아서의 왕위 계승을 바랄 이유가 거의 없었다. 그와 정반대 이유로, 존 왕자는 잉글랜드에 남아 있던 얼마 안 되는 영향력 있는 색슨 가문을 증오하고 경멸하여 그들을 욕하거나 치욕을 안겨 줄 기회를 놓치는 법이 없었다. 자신들의 권리와 자유에 대해 존과 같이 방탕하고 폭군적인 성향을 지닌 군주로부터 더 많은 제한이 가해질 것을 두려워한 대부분의 잉글랜드 백성들 뿐 아니라 이러한 색슨 가문조차도 존의 인품과 허세를 싫어했기 때문이었다.

이렇게 화려한 행렬의 호위를 받으며, 왕자 자신은 직접 말을 타고 진홍빛과 금색으로 화려하게 장식된 옷을 입고 손에는 매 한 마리를 들고, 머리에는 보석이 빙 둘러 장식된 값비싼 모피 모자를 쓰고 있었는데, 곱슬곱슬한 머리카락이 모자 밖으로 삐어져 나와 어깨 위에 펼쳐져 있었다. 회색 빛 기운이 펄펄한 말을 타고 존 왕자는 그 화려한 행렬의 선두에 서서 수행원들과 커다랗게 웃으며 높은 관람석을 장식하고 있던 미인들을 왕자다운 대담한 비평의 눈길로 훑어보았다.

왕자의 관상에서 극도의 오만함과 다른 사람의 감정에 대한 무관심과 한데 뒤섞인 타락한 호방함을 감지한 사람들은 그의 용모가 선천적으로 타고

난 데다 인위적으로 보통의 예의규범에 맞춰져 있으면서도 솔직하고 성실한 것과는 거리가 먼 숨김없는 얼굴에 따르게 마련인 일종의 단정한 외모라는 것과 마음의 자연스러운 움직임을 숨기지는 못하는 것처럼 보인다는 사실을 부인할 수 없었다. 이러한 표정은 남성다운 솔직함으로 자주 오인되는데, 사실 이것들은 가문이나 재산의 우월함, 또는 인격적 가치와는 완전히 무관한 다른 우연적인 이점의 우월함에 대해 의식하고 있는 방탕한 기질의 개의치 않는 냉담함에서 비롯된 것이다. 한편 일대 백 정도로 압도적 다수를 차지하고 있는, 생각이 그리 깊지 않은 사람들로부터는, 말을 다루는 노련한 세련미와 더불어 그가 걸치고 있는 화려한 모피 어깨걸이, 값비싼 담비 모피를 댄 사치스러운 외투, 모로코산 가죽 신발과 황금 박차는 환호하는 박수 갈채를 받기에 충분했다.

말을 몰고 제법 유쾌하게 시합장을 도는 동안에 존 왕자의 관심은, 좀 더 높은 자리로 나아가려던 아이작의 야심 찬 행동 때문에 일어났다가 아직 가라앉지 않은 소동에 끌렸다. 왕자의 영리한 눈길은 즉시 유대인을 알아보았지만, 소동에 겁을 집어먹고 늙은 아버지의 팔에 꼭 달라붙어 있던 아름다운 시온의 딸(유대인)에게 한층 더 기분 좋게 마음이 끌렸던 것이다.

레베카의 모습은 존 왕자와 같은 날카로운 감식가에 의해 심사되었다 하더라도 잉글랜드의 자부심 강한 미인들에 견줄 만했다. 더할 나위 없이 균형 잡혀 있던 몸매는 유대 민족 여인들의 풍습에 따라 입고 있던 동방 풍의 의상으로 한층 더 돋보였다. 머리에 두른 노란 비단 터번은 가무잡잡한 얼굴색과 잘 어울렸다. 빛나는 눈, 우아한 활 모양의 눈썹, 잘생긴 매부리코, 진주처럼 하얀 치아, 흑단처럼 검고 풍성한 머리카락은 그녀를 둘러싸고 있는 처녀들 가운데서 가장 아름다운 처녀에 결코 뒤지지 않는 매력적인 조화를 이루고 있었다. 특히 머리카락은 작은 나선형으로 돌돌 말린 고수머리로 가지런히 정리되어 아름다운 목과 가슴이 살짝 드러난 값비싼 페르시아 비단 드레스의 윗자락까지 흘러내렸고, 드레스의 보라색 바탕에 새겨진 자연스러운 색상의 꽃무늬는 눈에 띄게 드러나 있었다.

목부터 허리까지 상의를 잠그고 있던 황금과 진주를 박아 넣은 버클은 더위로 인해 제일 위의 세 개는 풀어놓은 채였는데, 이것이 이제까지 언급한 아름다운 모습을 더욱 돋보이게 해 준 것이 사실이다. 값을 헤아릴 수 없을 정도로 값비싼 펜던트가 매달린 다이아몬드 목걸이는 이 때문에 역시 한층 더 눈에 띄었다. 다이아몬드를 박아 넣은 작은 걸쇠로 터번에 고정되어 있는 타조 깃털은 이 아름다운 유대 처녀의 또 다른 특징이었는데, 그녀보다 위쪽에 앉아 있던 도도한 처녀들의 비웃음과 조롱을 받기는 했지만 짐짓 비웃는 척 하던 처녀들도 사실 속으로는 은근히 부러워하고 있었다.

"기필코 저기 있는 유대 처녀는 이 세상에 살았던 그 어떤 현명한 왕조차도 미치게 만들 매력을 지닌 완벽한 미의 전형이 틀림없군! 어떻소, 에이머 수도원장? 더 현명한 우리 형 리처드조차 되찾지 못한 저 현왕 솔로몬(Solomon)의 성전에 맹세코 저 처녀는 아가(솔로몬의 노래로서 솔로몬이 지은 것으로 전해진다. 이 노래에서 신부는 나는 샤론의 장미, 골짜기의 백합이라고 단언하고 있다)의 신부로구먼!"

"샤론의 장미요 골짜기의 백합이지요."

수도원장이 콧소리로 대답하였다.

"하지만 전하, 그래봐야 저 처녀는 유대인에 지나지 않는다는 것을 기억하십시오."

그러나 존 왕자는 수도원장의 말에 아랑곳하지 않은 채 계속 지껄였다.

"아아! 저기 사악한 내 부의 화신도 있구먼. 마르크 후작, 비잔트 남작(마르크나 비잔트는 모두 화폐를 지칭하는 말로 여기서는 돈 많은 유대인 아이작을 비꼬아 부른 것임)이 초라한 행색으로 보아 그곳에서 악마가 기승을 부리지 못하도록 쫓아낼 동전 한 닢 주머니에 없는 무일푼의 개 같은 작자들과 자리다툼을 벌이고 있군. 저 사랑스러운 유대 처녀와 함께 있는 내 화수분 나리께 관람석 한 자리 정도는 마련해 줘야지! 이봐, 아이작, 그 여인은 누구인가? 보물 단지라도 되는 듯이 팔 아래 꼭 끼고 있는 그 동방의 미녀는 그대의 아내인가 딸인가?"

"황송하옵니다만 제 딸이옵니다."

아이작은 왕자의 목례에 조금도 당황하지 않고 나직이 머리를 숙이며 대답했다. 그러나 왕자의 목례에는 예의를 차린 만큼 적어도 그 만큼의 조롱이 담겨 있었다.

"그대는 매우 약삭빠른 자로군."

왕자는 호탕하게 웃었고 그의 방탕한 부하들도 아첨하듯 따라 웃었다.

"하지만, 아내든 딸이든 그 처녀의 아름다움과 그대의 공훈에 따라 우선권을 주기로 하지 … 저 위에 앉아 있는 놈들은 누구지?"

왕자는 관람석으로 시선을 돌리며 말을 이었다.

"천한 색슨 놈들이로군. 그런데 저렇게 자리를 길게 차지하고 늘어져 있다니! 녀석들 뭐 하는 짓이냐! 저 녀석들을 바싹 조여 앉게 해서 나의 화수분 고리대금업자와 그의 사랑스러운 딸을 위해 자리를 만들어 주도록 하라. 저 시골뜨기 놈들에게 유대 교회의 상석은 마땅히 그 교회를 갖고 있는 사람들과 나누어야 한다는 사실을 가르쳐 줘야겠군."

이 모욕적이고 무례한 폭언이 쏟아진 관람석을 차지하고 있던 사람들은 바로 색슨 인 세드릭 일가와 그의 동맹자이자 동족인 코닝스버러의 애설스탠이었다. 이 애설스탠이라는 인물은 잉글랜드의 마지막 색슨 왕가의 후예라는 점 때문에 잉글랜드 북부 지방의 색슨 원주민들로부터 최고의 존경을 받고 있는 것으로 여겨졌다. 그러나 애설스탠은 옛 왕실의 혈통과 함께 그많은 결점들도 물려받았다. 그는 신수가 훤하고, 크고 단단한 체구에, 한창 전성기의 나이였다. 그럼에도 불구하고 표정에는 활기가 없고, 눈에는 총기가 없었으며, 찌푸린 얼굴에, 동작은 굼뜨고, 매우 우유부단하였으므로 그의 조상들 가운데 한 사람의 별명이 그에게도 그대로 부여되어 사람들 사이에서 대체로 굼벵이 애설스탠으로 불리고 있었다.

세드릭처럼 그에게 열정적인 애착을 품고 있는 친구들은, 그것도 많은 사람들이 이 굼뜬 기질은 용기가 결여되어서가 아니라 결단력이 부족한 데서 온 것이라고 주장했다. 반면에 다른 사람들은 유전적인 음주벽이 그다지 예민하지 않은 그의 능력을 그나마 가려 버려 그 뒤에 남아있는 소극적인 용기와 유순한 고운 성질은 어쩌면 칭찬 받을 만한 기질의 단순한 잔재에 지나지 않는다고 강력히 주장했다. 그나마 이 칭찬 받을 만한 기질 가운데 모든 귀중한 부분들은 무지막지한 긴 방탕 생활을 거치며 다 없어지고 말았지만.

왕자가 아이작과 레베카를 위해 자리를 내어주라고 건방진 명령을 내린 대상은 다름 아니라 지금 우리가 이야기한 바로 이 인물이었다. 애설스탠은 당시의 풍습과 정서 때문에 그토록 부당하게 모욕적으로 표현된 명령에 완전히 당황하여 복종할 마음도 없고 그렇다고 어떻게 저항해야 좋을지도 몰라 존 왕자의 뜻에 무기력하게 대항하고 있었다. 그래서 움직이거나 복종하려는 어떠한 시늉도 내지 않고 커다란 회색 눈을 크게 뜬 채 매우 우스꽝스러운 기색이 담긴 놀란 표정으로 왕자를 빤히 쳐다보고 있을 뿐이었다. 그러나 참을성 없는 왕자는 전혀 그렇게 생각하지 않았다.

"이 색슨 돼지 놈아! 잠들어 있는 거냐 아니면 내 말을 들은 체도 않는 거냐. 드 브라시(De Bracy), 그대의 창으로 저자를 찌르게."

왕자는 옆에서 말을 타고 있던 한 기사에게 말했다. 그는 자유 훈작사들(Free Companions) 무리 즉, 용병대의 대장이었는데, 이들은 어느 특정한 나라에 속해 있지 않고 돈을 지불하는 어느 군주에게든 일정 기간 소속되는 용병들이었다. 존 왕자의 말에 심지어 수행원들 사이에서도 웅성거림이 일었다. 그러나, 직업상 전혀 거리낄 것이 없었던 드 브라시는 시합장과 관람석을 갈라놓고 있던 공간 위로 긴 창을 쑥 내밀었고, 느려터진 동료와는 정반대로 민첩했던 세드릭이 번개처럼 날렵하게 차고 있던 단검을 빼내어 단 한 번의 가격으로 창 끝을 자루에서 잘라내지 않았다면 굼벵이 애설스탠이 다가오고 있던 창으로부터 몸을 비킬 만큼 충분히 침착함을 되찾기도 전에 왕자의 명령을 완수하고 말았을 것이다.

세드릭의 재빠른 대응으로 드 브라시의 공격이 수포로 돌아가자 왕자는 화가 나 얼굴이 시뻘개졌다. 그는 심한 욕설을 내뱉으며 난폭한 위협을 가하려고 했지만 주위에 몰려들어 참으라고 말리는 시종들도 있었고 세드릭의 용기 있는 행위를 큰 소리로 칭찬하는 군중들의 환호성도 있었으므로 그만 둘 수밖에 없었다. 왕자는 안전하고 손쉬운 분풀이 대상을 찾아내려는 듯이 분노의 눈초리로 사방을 두리번거리다 우리가 이미 언급했던 그 궁사의 단호한 눈길과 우연히 마주쳤다. 궁사는 왕자가 찡그린 얼굴로 자기를 노려보고 있음에도 불구하고 여전히 세드릭을 칭찬하는 몸짓을 계속하고 있는 것 같았으므로 왕자는 그렇게 환호하는 이유가 무엇인지 물었다.

"저는 화살이 명중했을 때나 멋진 검술을 볼 때면 늘 환성을 지른답니다."

"오호, 그래? 그렇다면 너 자신도 필경 과녁을 명중시킬 수 있으렷다."

"사냥꾼이 보통 맞추는 거리에서, 사냥꾼의 과녁이라면 맞출 수 있습니다."

"와트 티럴(Wat Tyrrel)의 과녁이라면 백 야드 거리에서도."

뒤쪽에서 참견하여 외치는 소리가 들려왔지만 누가 한 소리인지는 알 수 없었다.

자신의 조상인 윌리엄 루퍼스의 운명에 대한 이러한 암시에 존 왕자는 격분한 동시에 깜짝 놀랐다(윌리엄 루퍼스는 뉴 포리스트로 사냥을 나갔다가 화살에 맞아 죽었는데, 동료였던 월터 티렐이 국외로 도망쳤기 때문에 살인이 입증되지는 못했다). 하지만 왕자는 시합장을 에워싸고 있던 병사들에게 향사를 가리키며 그 허풍선이를 잘 감시하라고 명령하는 것으로 만족했다.

그리고는 한마디 덧붙였다.

"성녀 그리젤(St Grizzel, Griselda의 스코틀랜드 식 표현, 그리셀다는 중세와 르네상스 시대에 유럽의 로맨스에 자주 등장하는 인내와 순종의 주인공으로 보카치오, 페트라르카, 초서 등이 이야기한 전설에 나온다)께 맹세코 다른 사람의 무훈에 저토록 기꺼이 환호하는 놈이니 어디 저 녀석의 기술을 시험해 보고 말 테다!"

"저도 그 시험을 결코 마다하지 않겠습니다."

향사는 늘 잃지 않고 있던 침착한 태도로 대답했다.

"그건 그렇고, 어서 일어 서, 이 색슨 촌놈들아!"

왕자는 화가 나서 버럭 소리를 질렀다.

"한번 뱉은 말이니까 내 기필코 저 유대인을 네 놈들 사이에 앉히고 말 테다."

"황송하옵니다만, 전하! 제발 아닙니다. 저희와 같이 천한 것이 영지의 통치자들과 함께 앉는 것은 어울리지 않습니다."

아이작은 비록 좋은 자리를 차지하려는 야심에서 몽디디에 가문의 우스워 보이는 가난한 후손과는 자리를 놓고 다투게 되었지만 부유한 색슨 인들의 특권을 침해하고 싶은 생각은 전혀 없었다.

"어서 일어서, 이 개 같은 이교도야! 명령이다. 안 그러면 네 녀석의 그 거무스레한 살가죽을 벗겨 마구로 쓰게 무두질을 할 테다!"

그렇게 강요당하자 유대인은 관람석으로 이르는 가파르고 좁은 계단을 올라가기 시작했다.

왕자는 당장이라도 유대인을 거꾸로 내동댕이칠 기세를 보이고 있는 세드릭을 노려보며 외쳤다.

"어디 말릴 놈이 있으면 말려 봐라!"

그런데 바로 그때 주인과 아이작 사이로 갑자기 뛰쳐나온 광대 왐바 덕분에 불상사가 일어나는 것을 막을 수 있었다. 왐바는 왕자의 도전에 답하여 "이런! 제가 말리겠습니다!"라고 외치며 외투에서 끄집어낸 돼지고기 방패를 유대인의 코밑에 내밀었다. 그 돼지고기는 말할 것도 없이 마상 시합이 길어져 배가 고플 경우를 대비하여 간식으로 미리 싸 가지고 왔던 것이었다. 유대인이 매우 싫어하는 돼지고기가 코앞에 있는 데다 동시에 광대 왐바가 머리 위로 나무칼을 휘둘렀으므로 아이작은 움찔하여 뒷걸음질치다가 발을 잘못 디뎌 계단에서 굴러 떨어지고 말았다. 이는 구경꾼들에게 더할 나위 없이 재미있는 웃음거리였으므로 모두 폭소를 터뜨렸고, 왕자와 수행원들도 실컷 웃어젖혔다.

왐바는 한 손에는 돼지고기를 한 손에는 나무칼을 들고 휘두르며 덧붙였다.

"제게 상을 주십시오, 왕자님. 검과 방패로 공정하게 싸워서 적을 무찔렀으니까요."

"고귀한 용사, 그대는 누구며 직업이 무엇인가?"

존 왕자는 여전히 웃으며 물었다.

"대대손손 내려오는 광대입니다. 저는 왐바고 저희 아버지는 위틀레스, 할아버지는 웨더브레인(Weatherbrain), 증조부는 올더먼(Alderman)이라는 분이셨죠."

"제일 앞줄에 유대인의 자리를 마련해 줘라."

존 왕자는 아마도 원래의 결심을 단념할 좋은 구실을 놓치고 싶지 않았는지 그쯤에서 화제를 돌렸다.

"승자 옆에 패자를 앉히는 것은 올바른 예법이 아니지."

"무뢰한에게 바보는 더욱 질색이고 유대인에게는 베이컨이 제일 질색이죠."

"맞아, 맞아, 재미있는 작자로군! 그대는 내 마음에 드는구나. 이봐, 아이작, 내게 금화 한 줌만 빌려 주게."

그 요구에 아연실색한 유대인은 거절하기도 두렵고, 따르자니 마음이 내키지 않아 허리춤에 매달려 있던 모피 지갑을 만지작거리며 한 줌에 해당될 가장 적은 금화가 얼마나 될지 헤아리고 있었다. 그러나 그 사이 왕자가 스페인 말 위에서 몸을 굽혀 아이작의 옆구리에서 지갑을 낚아챔으로써 그 고민을 해결해 주었다. 왕자는 지갑 안에서 금화 두 닢을 꺼내어 왐바에게 던져 주고는 유대인이 주위 사람들로부터 조롱을 당하도록 내버려둔 채 자기 자신은 마치 정직하고 명예로운 행위라도 한 것처럼 구경꾼들로부터 박수 갈채를 받으며 시합장 안을 다시 삥 돌았다.

8장

이에 투사는 사납게 도전하여 도전의 나팔을 불고
도전을 받은 자도 화답하네.
우렁찬 나팔 소리 경기장에 울려 퍼지고, 창공에 메아리치네.
면갑은 닫히고 창은 창 받침에,
즉, 끝이 뾰족한 투구를 쓰거나 갈기 달린 투구를 쓰고,
울타리에서 사라져 경기장 안으로 달려들어,
박차를 가하자 적수 사이의 거리는 점점 좁아지네.

「팔라몬과 아르시테」(초서)

존 왕자는 퍼레이드를 하던 중 갑자기 멈춰 서서, 조르보의 수도원장을 향해 그날의 중요한 일을 잊었노라고 말했다.

"이제 보니, 수도원장, 그 흰 손으로 승리의 영예를 시상할 사랑과 미의 여왕을 지명하는 일을 깜빡했구려. 나로 말하자면 생각이 개방적이니까 저 검은 눈의 레베카를 뽑는다해도 괜찮을 것 같은데."

그러자 놀란 눈을 치켜 뜨며 수도원장이 대답했다.

"에고, 성모 마리아님, 대체 무슨 말씀을. 유대인이라니요! 그랬다가는 돌 팔매질에 쫓겨 시합장 밖으로 내몰리고 말 것입니다. 그리고 소인은 아직 순교자가 되어도 좋을 만큼 나이를 먹지는 않았습니다. 게다가, 제 수호 성 인에게 맹세코, 저 처녀는 사랑스러운 색슨의 로웨나 공주보다 훨씬 못합 니다."

"색슨 인이든 유대인이든, 개나 돼지나 그게 그거지. 도대체 그게 무슨 상 관이야! 내 말하는데, 색슨의 불한당 놈들에게 굴욕감을 안겨 줄 수만 있다 면 레베카를 지명하겠어."

그러자 그의 측근 사이에서도 불만이 일었다.

드 브라시가 제일 먼저 반기를 들었다.

"전하, 이것은 농담치고는 도가 지나치십니다. 만약 그러한 모욕을 받게 된다면 이곳에 있는 어느 기사도 창을 내밀고 시합에 나서지 않을 것입니 다."

"그것은 그저 터무니없는 모욕에 지나지 않습니다."

존 왕자의 신하들 중 제일 나이가 많고 중요한 왈데마르 핏저스(Waldemar Fitzurse)가 나섰다.

"그리고 전하께서 그런 짓을 하신다면 우리들의 계획에도 커다란 차질이 빚어질 것입니다."

그러자 왕자는 거만하게 말 고삐를 잡아당기며 말했다.

"나는 그대를 신하로 맞아들였지 자문관으로 맞아들인 것은 아닐세."

왈데마르는 나직한 음성으로 대꾸했다.

"전하께서 가시는 길을 따르는 사람들은 당연히 자문관의 권리를 갖게 됩니다. 전하의 이해관계와 안전이 곧 그들의 이해관계와 안전과 직결되니까요."

이러한 말을 내뱉는 어투에서 왕자는 묵종해야 할 필요성을 감지했다.

"내가 농담 좀 했기로서니 그대들은 마치 우글거리는 살모사처럼 덤벼드는군! 그래 어디 그대들이 좋아하는 사람을 지명하도록 해, 망할 놈의 이름을 대고 그대들 좋을 대로 하라고."

그때 드 브라시가 끼어 들었다.

"아니, 아닙니다. 아름다운 여왕의 자리는 승자가 정해지면 승자로 하여금 그 자리에 누구를 앉히면 좋을지 선택할 때까지 비워두기로 하시지요. 그렇게 하면 승자의 승리에 또 다른 영광이 될 뿐 아니라 숙녀들을 그토록 높은 자리에 올릴 수 있는 용감한 기사의 사랑을 존중하도록 숙녀들을 가르치는 효과도 있을 테니까요."

그 말을 수도원장이 끊었다.

"만약 브리앙 드 봐 길베르가 상을 타게 된다면 제가 사랑과 미의 여왕을 지명하는데 제 염주를 걸겠습니다."

이에 드 브라시도 지지 않고 대들었다.

"봐 길베르는 훌륭한 창기병이죠. 그러나 수도원장님, 이 시합장 주위에는 그와 대적하는 것을 두려워하지 않는 기사들이 얼마든지 있습니다."

왈데마르가 나서서 두 사람의 말을 막아 버렸다.

"두 분 다 조용히 하고 왕자께서 이제 그만 자리에 앉으시게 합시다. 기사들과 관중들이 다 같이 안달하고 있고, 시간도 많이 지났으니 지금이야말로 경기를 시작해야 할 때요."

존 왕자는, 아직 군주는 아니었지만, 총애하는 대신의 모든 귀찮은 점들을 왈데마르 핏저스에게서 실컷 맛보았다. 그는 군주를 섬기는 데에서, 항상 자기 식대로 해야 직성이 풀렸기 때문이다. 그러나, 왕자는 사소한 것들에 고집을 부리는 경향이 있는 바로 그런 성질이었음에도 불구하고 이번에는 마지못해 왈데마르의 의견에 따라 자신의 옥좌에 앉았다. 그리고 신하들에게 둘러싸여, 전례관에게 마상 시합의 규칙을 공포하라고 신호를 내렸는데, 그 규칙이라는 것을 간략히 소개하면 다음과 같다.

첫째, 다섯 명의 투사는 모든 도전자를 상대해야 한다.

둘째, 출장하려는 기사는 원한다면 투사들 가운데 상대의 방패를 건드림으로써 특정한 적수를 선택할 수 있다. 창의 뒤쪽 끝으로 방패를 건드리면 무예의 시합은 소위 예의 무기라 불리는 것, 즉 끝에 둥그런 판자를 붙인 창으로 싸워 말과 기사의 충격을 제외하면 그다지 큰 위험이 없는 시합으로 이루어진다. 그러나, 만약 창의 날카로운 끝으로 방패를 건드리면 그 시합은 최후의 싸움으로 간주된다. 다시 말해서, 기사들은 실제 전투에서처럼 예리한 무기로 싸우게 된다.

셋째, 출장한 기사들이 각기 다섯 번 시합을 하여 맹세를 이행했을 경우 왕자는 첫째 날 마상 시합의 승자를 발표하고, 승자는 비할 데 없이 뛰어난 무적의 군마를 상으로 받게 된다. 그리고 승자의 용기에 대한 보답으로 지금 발표되는 바, 다음 날의 승자에게 시상하게 될 사랑과 미의 여왕을 지명할 수 있는 특별한 영광을 누릴 수 있다.

넷째, 둘째 날에는 총시합이 이루어져야 함을 공포한다. 이 총시합에는 상을 타고 싶어 출장한 기사들이 참가하게 된다. 그리고 똑같은 수의 두 편으로 나뉘어 존 왕자가 싸움을 중지하라는 신호를 내릴 때까지 용맹하게 싸워야 한다. 그러면 존 왕자가 그날 제일 잘 싸웠다고 판정한 기사에게 전날 뽑힌 사랑과 미의 여왕이 월계관 형태를 본 떠 얇은 황금 판으로 만들어진 관을 씌워주게 된다. 이 둘째 날로 기사의 경기는 끝난다. 그러나 대중의 즉각적인 흥취를 돋우기 위해 궁술 및 소 곯리기(개를 부추겨 황소를 화나게 한 영국의 옛 놀이) 시범 및 다른 인기 있는 오락이 시행될 것이다. 이런 식으로, 존 왕자는 인기의 기반을 닦고자 애썼지만, 백성들의 감정과 판단을 제멋대로 침해하는 경솔한 행위로 애써 쌓아놓은 인기를 늘 무너뜨리고 있었다.

시합장은 이제 매우 멋진 장관을 연출하고 있었다. 경사진 관람석은 잉글랜드 중북부의 온갖 귀족, 명사, 부자, 미인들이 꽉 들어차 입추의 여지가 없었다. 그리고 이 귀빈들의 갖가지 의상의 대비는 선명한 동시에 화려한 광경을 만들어냈다. 반면에, 유쾌한 잉글랜드의 부유한 시민들과 소지주로 가득 찬 더 안쪽의 낮은 좌석들은 좀 더 평범한 복장으로 이루어져 이 눈부신 귀빈석 주위에 어두운 가장자리, 혹은 경계가 되어 동시에 가운데의 그 화려함을 한층 더 부각시켰다.

전례관들이 "용맹한 기사들에게 아낌없는 부조를, 아낌없는 부조를!"이라는 의례적인 외침으로 공포를 끝내자, 그 시대는 영예의 기록자요 역사가라고 생각되는 사람들에 대해 후하다는 것을 보여 준 기사도가 절정에 달한 시기였으므로 관람석에서는 금화와 은화가 기사들의 머리 위로 빗발치듯 쏟아졌다. 관객들의 축의금은 다음과 같은 의례적인 외침으로 답례 받았다.

"숙녀의 사랑! 투사의 죽음! 관대한 이에게 명예를! 용감한 이에게 영광을!"

이 외침에 신분이 낮은 관객들까지 환호를 보냈고, 많은 나팔대도 그 호전적인 악기의 화려한 취주로 화답했다. 이러한 소리들이 잦아들자, 전례관들이 찬란하고 화려하게 열을 지어 물러났으므로 시합장에는 장내 감찰만을 제외하고는 아무도 남아 있지 않았다. 이들 감찰들은 시합장 양쪽 끝에서 완전 무장하고 말에 올라탄 채 조상처럼 꿈쩍도 하지 않고 있었다. 그 사이, 시합장 북쪽 끝의 둘러쳐진 공지는 넓었음에도 불구하고 투사들에 맞서 자신의 기량을 입증하고 싶어하는 기사들로 완전히 들어차 있었다. 그래서 관람석에서 내려다보면 휘날리는 투구의 깃털 장식이 반짝이는 투구와 기다란 창과 한데 뒤섞여 거대한 물결과도 같은 광경을 연출했다. 대부분 창 끝에는 대략 한 뼘 폭의 작은 창기가 매달려 있어 미풍이 불어올 때마다 허공에서 펄럭였으므로 깃털 장식의 끊임없는 움직임과 합해 그 광경에 더욱 활기를 불어넣었다.

마침내, 방벽들이 열리자 추첨으로 뽑힌 다섯 명의 기사들이 시합장 안으로 유유히 들어왔다. 제일 앞에 한 전사가 있고, 나머지 네 전사는 둘씩 짝을 지어 뒤따랐다. 모두 화려하게 무장하고 있었는데, 저자의 색슨 출전(워더 고본에 나와 있는)은 그들의 문장(紋章), 갑옷의 색깔, 마구 장식 등을 상세히 기록하고 있지만 이러한 주제에 대해 여기서 세세히 열거할 필요는 없을 것 같다. 너무 짧게 쓰기는 했지만 현대의 한 시인으로부터 몇 줄 빌려 적는 것으로 족할 것이다.

> 기사들은 죽어 한 줌 흙이 되고,
> 그들의 명검은 녹슬고,
> 그들의 영혼은 천국에 있으리라 믿네.
> (저자 스콧의 친구인 콜리지의 미발표 작품에서 인용)

기사들의 문장이 들어있는 방패는 그들의 성벽에서 이미 썩어 없어진 지 오래다. 그들의 성은 한낱 푸른 고분과 무너진 폐허에 지나지 않는다. 한때 그들을 알아보았던 곳은 이제 더 이상 그들을 기억하지 못한다. 아, 그들 이후의 많은 가문들도 한때 그들이 차지했던 바로 그 땅에서 봉건 시대의 지주들과 봉건 영주들의 모든 권능과 함께 사멸되어 잊혀져 버렸다네. 그렇다면, 그들의 이름을 안다 한들, 혹은 그들 무사 계급의 덧없는 상징을 안다 한들 독자들에게 무슨 소용이 있겠는가!

그러나, 이제 자신들의 이름과 무훈을 기다리고 있는 망각을 조금도 예상하지 못한 채 전사들은 맹렬하게 날뛰는 말들을 제지하여 천천히 걷도록 하며 시합장 사이로 누비고 다녔다. 동시에 말들 또한 기사의 우아한 자태와 솜씨에 맞장구를 치듯 훌륭한 걸음걸이를 보여 주었다. 행렬이 시합장 안으로 들어서는 동안 거친 야만적 음악 소리가 그 연주자들이 숨어 있는 투사들의 천막 뒤에서 들려왔다. 그것은 동방에 기원을 둔 음악으로서 성지로부터 들여온 것이었다. 심벌즈 소리와 종소리가 한데 섞인 소리는 시합장 안으로 들어서는 동안 기사들에게 환영의 말과 동시에 도전의 말을 건네는 것 같았다.

무수히 많은 관객들의 시선을 한 몸에 받으며 다섯 기사들이 투사들의 천막이 서 있는 단으로 다가가더니 그곳에서 헤어져 각자 대적하고 싶은 적수의 방패를 창 뒤끝으로 가볍게 건드렸다. 대체로 낮은 계층의 관객들, 아니 높은 신분의 사람들도 다수, 심지어 몇몇 귀부인들까지도 도전자들이 예의 차린 무기를 선택한데 대해 다소 실망하는 눈치였다. 오늘날 심각한 비극에 가장 많은 갈채를 보내는 사람들과 같은 종류의 사람들이 그 당시에도 교전하는 전사가 초래하게 될 위험의 정도에 따라 마상 시합에 흥미를 느꼈던 것이다.

자신의 더욱 조용한 의향을 알린 후에, 도전자들은 시합장 끝으로 물러나 일자 대형으로 서 있었다. 그러자 투사들이 각기 자기 천막에서 뛰어나와 말에 올라탄 뒤 브리앙 드 봐 길베르를 선두로 단에서 내려왔다. 그리고 자기의 방패를 건드렸던 기사들과 각기 일 대 일로 마주하고 섰다.

클라리온과 나팔의 화려한 취주에 그들은 상대를 향해 전속력으로 달려나갔다. 그리고 투사들의 실력이 더 우세해서인지 운이 좋아서인지 모르지만 어쨌든, 봐 길베르, 말부아상, 프롱 드 뵈프의 적수들은 말에서 떨어지고 말았다. 그랑메스닐의 상대는 적수의 투구나 방패에 창을 제대로 겨누지 못하고 표적에서 너무 많이 빗나갔으므로 상대의 몸을 옆으로 들이받아 창을 부러뜨리고 말았다. 이는 실제로 말에서 떨어지는 것보다도 더 불명예스럽게 생각되는 상황이었다. 낙마는 우연히 일어날 수도 있었지만 창을 부러뜨리는 것은 무기와 말을 다루는 솜씨가 부족하고 미숙하다는 점을 드러내기 때문이었다. 다섯 번째 기사만이 자기편의 명예를 지켜 구호 기사단원과 호각지세를 보여 어느 쪽도 상대를 능가하지 못한 채 양측 다 창이 쪼개졌다.

군중들의 외침은 전례관들의 환호와 울리는 나팔 소리와 더불어 승자의 승리와 패자의 패배를 알렸다. 승자들은 자기 천막으로 물러갔고, 패자들은 겨우 몸을 일으켜 마상 시합의 규칙에 따라 몰수당하게 되어 있는 무기와 말의 회수에 대하여 승자들과 협상하기 위해 치욕과 실의에 빠진 채 시합장에서 퇴장했다. 그들 가운데 다섯 번째 기사만이 홀로 관중들의 환호에 답하기 위해 꽤 오랫동안 장내에 남아 있다가 퇴장하였는데, 이는 말할 것도 없이 동료들의 치욕을 더욱 악화시켰다.

이어 두 번째와 세 번째 무리의 기사들이 싸웠다. 비록 그들이 여러 번 성공을 거두기는 했지만 대체적으로는 결정적으로 투사들이 우세함을 보여 말에서 떨어지거나 표적을 빗나간 사람이 하나도 없었다. 매번 회전에서 그들의 적수 가운데 한두 명에게 불운이 닥치고는 했다. 그래서, 투사들에게 대항한 적수들은 상대의 계속된 성공으로 사기가 상당히 꺾여 있었다. 네 번째 회전에서는 오로지 세 명의 기사만이 나왔을 뿐으로, 그마저도 봐 길베르와 프롱 드 봬프의 방패를 피해 이들과 같은 힘과 기량을 전적으로 보여 주지 못한 나머지 세 투사들의 방패를 치는 것으로 만족해야 했다. 그러나 이 정책적인 선택도 시합장의 운세를 바꾸지는 못하여 투사들이 여전히 성공을 거두고 있었다. 도전자들 가운데 한 사람은 말에서 떨어졌고, 나머지 두 사람은 치받이에 실패했다. 치받이란 다시 말해서 창을 일직선으로 들고 상대의 투구와 방패를 굳건하게 힘껏 내리치는 것인데, 이렇게 함으로써 상대가 말에서 떨어지지 않으면 무기가 부러질 수도 있었다.

이 네 번째 회전 이후로는 경기가 한동안 중단되었다. 아무도 시합을 다시 시작하고 싶어하는 사람이 없는 것 같았다. 관중들은 여기저기서 수군거렸다. 투사들 가운데 말부아상과 프롱 드 뵈프는 그들의 인품 때문에 인기가 없었고, 그랑메스닐을 제외한 나머지 두 사람도 낯설고 이방인이라 하여 호감을 얻지 못했기 때문이었다.

그러나 그 누구도 색슨 인 세드릭만큼 모든 사람의 불만스러운 감정을 그토록 통렬하게 공감한 사람은 없었다. 그는 노르만 투사들이 이길 때마다 잉글랜드의 체면을 꺾고 자꾸 승리를 거두는 것만 같아 견딜 수가 없었다. 세드릭은 색슨 선조들의 무기로는 많은 경우에 자기가 용감하고 단호한 용사라는 것을 보여 주었지만 이제까지 받은 교육으로는 기사도 경기에 필요한 기술을 하나도 습득하지 못하였다. 그는 마치 성전 기사와 그 동료들의 수중으로 거의 넘어가고 있던 승리를 되찾기 위해 직접 나서달라고 바라기라도 하듯 그 시대의 예능을 배운 애설스탠을 간절히 바라보았다. 그러나, 용기도 있고 육체적으로도 힘이 셌지만 애설스탠은 천성적으로 둔하고 패기 없는 기질을 타고났으므로 세드릭이 기대하는 것처럼 분발할 수는 없었다.

그래서 세드릭은 일부러 들으라고 지껄였다.

"오늘은 잉글랜드 측에 불리하군. 그대는 창을 잡고 나가볼 생각은 없소?"

"나는 내일 있을 멜레에나 나가보려고 합니다. 오늘은 나설 필요가 없을 것 같습니다."

애설스탠의 이 말에 세드릭은 두 가지 점에서 기분이 상했다. 우선 노르만 단어인 멜레(melee, 총 시합을 의미하는 표현)를 썼는데 이는 조국의 명예에 무관심하다는 점을 드러내는 것이었다. 그것도 세드릭 자신이 그토록 깊은 경의를 품고 있어 그의 참된 의중이나 약점을 자세히 알아보고 싶은 생각조차 들지 않는 애설스탠의 입에서 나온 말이었다. 게다가 뭐라고 비판할 여유조차 없었다. 왐바가 불쑥 끼어들어 지껄였기 때문이다.

"물론 더 어렵기는 하겠지만 두 사람 가운데서 최고가 되느니 백 사람 가운데서 최고가 되는 것이 더 나을 테니까요."

애설스탠은 그 말을 진담에서 나온 칭찬으로 받아들였다. 그러나, 그 말 뜻을 더 잘 이해하고 있던 세드릭은 매서운 위협의 눈길로 왐바를 쏘아봤다. 광대라는 신분과 직분에도 불구하고 여느 때 같으면 주인의 더 큰 분노가 드러났겠지만 때와 장소의 덕택으로 그것을 모면하게 된 것이 왐바로서는 아마 다행스러운 일이었을 것이다.

시합은 여전히 중단된 채 진행되지 않고 있었고, 전례관의 외치는 음성만이 가끔 울렸을 뿐이다.

"용맹한 기사들이여, 숙녀들의 사랑으로 창을 세우고 앞으로 나서라! 아름다운 눈길이 그대들의 행위를 지켜보고 있노라!"

투사들의 음악 또한 승리나 도전을 표현하는 거친 음조를 때때로 토해내었고, 한편 촌부들은 모처럼의 휴일이 별 볼일 없이 지나가는 것 같다고 아까워했다. 나이든 기사들과 귀족들은 무사의 기상이 쇠퇴했음을 나지막이 탄식하며 자기들이 젊은 시절 거두었던 승리에 대해 이야기했지만 예전의 마상 시합을 활기차게 할 만큼의 출중한 미인이 배출되지 않기 때문이라는 데에는 의견이 같았다. 존 왕자는 시종들에게 연회를 준비시킬 것과 한 자루의 창으로 두 기사를 낙마시키고 세 번째 기사를 격퇴한 브리앙 드 봐 길베르에게 그날의 상을 주는 것이 불가피할 것 같다고 말하기 시작했다.

마침내, 투사들의 사라센 음악이 시합장의 정적을 깨뜨렸던 그 화려하고 긴 취주 한 곡을 끝마쳤을 때 북쪽 끝에서 도전의 음조로 부는 어떤 나팔 소리가 이에 응답하였다. 사람들의 눈은 이 나팔 소리를 낸 새로운 전사를 보기 위해 그쪽으로 쏠렸고, 방벽이 열리자마자 기사가 시합장 안으로 들어왔다. 갑옷으로 온 몸을 감싼 사람을 판단할 수 있는 한, 이 새로운 도전자는 중키를 넘지 않았고 건장하기보다는 약간 호리호리한 편인 것 같았다. 그의 갑옷은 화려하게 금이 박힌 강철로 만들어져 있었고 방패 위에 그려진 문양은 상속권을 박탈당했다는 의미의 스페인어 데스디차도(Desdichado)라는 글씨와 함께 뿌리째 뽑힌 어린 떡갈나무가 그려져 있었다. 기사는 멋진 흑마에 올라타고 시합장을 지나며 왕자와 귀부인들에게 창을 낮춤으로써 품위 있게 인사했다. 말을 다루는 솜씨와, 태도에서 드러나는 앳된 세련미로 기사는 관중들의 호의를 얻었으며 낮은 계층의 관중들 가운데 몇 사람은 크게 외침으로써 호의를 표출하기도 했다.

"랄프 드 비퐁의 방패를 치시오! 구호 기사단원의 방패를 치시오! 그가 제일 만만하니까, 가장 손쉬운 상대가 될 거요."

기사는 이처럼 선의의 귀띔을 받으며 앞으로 나아가 시합장에서 연결된 경사진 좁은 통로를 통해 단으로 올라갔다. 그리고 그곳에 있던 사람들에게 모두 놀랍게도, 제일 가운데의 천막으로 곧장 달려가 날카로운 창 끝으로 브리앙 드 봐 길베르의 방패를 쩽하는 소리가 울릴 때까지 치는 것이었다. 그의 이 대담한 행동에 사람들이 놀라서 꼼짝 못하고 있었지만 그 중에서도 가장 놀란 사람은 그토록 대담한 도전을 받으리라고는 거의 예상하지 못한 채 천막 입구에 무심히 서 있다가 그렇게 결사적인 도전을 받은 성전 기사 자신이었다.

"그대는 오늘 아침 고해 성사와 미사를 드렸는가? 목숨이 전혀 아깝지 않은 것 같으니 말이야."

"당신보다는 언제라도 죽음을 맞이할 각오가 되어 있소."

의절 기사(Disinherited Knight)는 의연하게 대답했다. 이 낯선 기사는 정말로 시합 명부에 의절 기사라는 이름으로 등록했기 때문이었다.

"그렇다면 시합장에 나가 마지막으로 해를 봐 두게. 오늘 밤 천국에서 잠들게 될 테니까."

"그대의 친절한 말씀에 감사하외다. 그 답례로 나는 귀하에게 새로운 말과 창을 준비하라고 충고 드리겠소. 둘 다 반드시 필요하게 될 테니."

이렇게 자신만만한 말을 던지고 의절 기사는 말머리를 돌려 올라왔던 그 비탈길을 내려갔다. 그리고 같은 태도로 다시 말을 몰아 시합장에서 물러나더니 북쪽 끝에 이르자 말을 세우고는 멈춰 서서 적수가 오기만을 기다렸다. 이러한 승마술 묘기는 또 다시 군중들의 박수 갈채를 받았다.

적수가 조심하라고 충고한 것에 아무리 화가 나긴 했어도 브리앙 드 봐 길베르는 적수의 충고를 무시하지는 않았다. 자기의 명예가 아주 밀접하게 걸려 있는 문제였으므로 이 오만한 적수에 대해 확실하게 승리를 얻을 수 있는 어떠한 수단이라도 소홀히 할 수는 없었기 때문이다. 그는 확실히 입증되고 대단한 힘과 기세를 지닌 새로운 말로 바꾸었다. 그리고 전에 썼던 창의 자루가 계속된 지난 회전에서 뒤틀렸을까봐 창도 새롭고 단단한 것으로 다시 골랐다. 마지막으로는, 약간의 작은 손상을 입은 방패를 한쪽으로 내려놓고 종자에게서 다른 방패를 받아들었다. 그의 첫 번째 방패는 한 마리의 말을 타고 가는 두 기사를 표현한 자기와 같은 성전 기사의 일반적인 문양만이 그려져 있었다. 이 문양은 성전 기사단 본래의 겸양과 청빈을 표현한 상징이었으나 그 자질들은 이미 오래 전에 오만과 부유함으로 맞바꾼 후 사라지고 말았다. 봐 길베르의 새 방패에는 발톱에 해골을 움켜쥐고 날개를 한껏 펼쳐 날고 있는 갈가마귀가 그려져 있고 가르 르 코르보(Gare- le Corbeau, 갈가마귀를 조심하라)라는 제명이 적혀 있었다.

두 전사가 시합장의 양끝에서 서로를 마주보며 서 있는 동안 관중들의 기대는 극도로 긴장되었다. 이 싸움이 의절 기사에게 만족스럽게 끝날 가능성을 점치는 사람은 거의 없었지만, 그럼에도 불구하고 그의 용기와 무용은 대체로 관중들의 호의를 샀다.

나팔이 신호를 울리기 무섭게 두 전사는 전광석화와 같은 속력으로 서 있던 자리에서 자취를 감추었고 천둥과 같은 충격으로 시합장 한가운데에서 부딪쳤다. 창은 자루까지 산산조각 났고, 말이 각기 엉덩이를 쳐들고 뒤로 움찔했으므로 일순간 두 기사 모두 말에서 떨어진 것이 아닌가 생각되었다. 그러나 기수들은 능숙한 솜씨로 고삐와 박차를 이용하여 말을 준비 자세로 되돌렸다. 그리고 면갑의 창살 사이로 불꽃이 이는 듯한 시선으로 잠시 노려보다가 각기 반 바퀴 회전하여 시합장 끝으로 물러나 종자들로부터 새로운 창을 받았다.

구경꾼들 사이에서 터져 나온 커다란 함성, 스카프와 손수건의 물결, 만장의 박수 갈채는 훌륭히 싸워 그날을 장식하면서도 가장 백중세를 보인 이 회전에 관중들이 보인 관심을 입증하는 것이었다. 그러나 기사들이 본래의 자리로 돌아가자 갈채 소리는 너무도 깊이 쥐죽은듯한 침묵으로 잠잠해져 군중은 숨을 쉬는 것조차 두려워하는 것처럼 보였다.

전사와 말이 한숨 돌릴 수 있도록 몇 분간의 휴식이 허용된 후에 존 왕자는 자신의 권홀로 공격 개시를 알리는 나팔을 불라고 신호했다. 두 전사는 두 번째로 자리에서 뛰쳐나와 이전과 똑같은 속력에, 똑같은 솜씨로, 똑같이 격렬하게 시합장 한복판에서 맞부딪쳤지만 따라준 행운만큼은 전과 같지 않았다.

이 두 번째 회전에서, 성전 기사는 적수의 방패 한가운데를 겨냥하여 아주 제대로 힘껏 내리치는 바람에 창이 산산조각 났고 의절 기사는 말 위에서 비틀거렸다. 반면에, 의절 기사는 처음에는 창 끝을 봐 길베르의 방패를 향하도록 겨누었지만 거의 맞부딪치려는 순간에 목표를 바꾸어 맞추기는 더욱 어렵지만 성공한다면 훨씬 불가항력적인 충격을 줄 수 있는 투구를 내리칠 자세를 취했다. 그리고 면갑 위에 제대로 정확히 맞았으므로 의절 기사의 창 끝은 성전 기사의 면갑 창살에 콱 틀어박혔다. 그러나, 이렇게 불리한 상황에도 불구하고 성전 기사는 역시 높은 평판을 유지하였다. 그래서 안장 띠가 끊어지지만 않았더라면 말에서 떨어지지는 않았을 것이다. 그러나, 불행히도 안장 띠가 끊어지는 바람에 안장도, 말도, 사람도 모두 먼지가 이는 땅으로 굴러 떨어지고 말았다.

떨어진 말과 등자에서 빠져 나오는 것쯤은 성전 기사에게는 식은 죽 먹기였다. 자신의 치욕과 그에 환호하는 관중들의 갈채 소리로 미칠 것 같은 분노에 사로잡힌 성전 기사는 칼을 뽑아들고 승자에게 반항하며 휘둘렀다. 의절 기사도 자기 말에서 뛰어 내려 칼을 뽑아들었다. 그러나 장내 감찰들이 말에 박차를 가해 두 사람 사이로 뛰어 들어 마상 시합의 규칙상 이러한 종류의 교전은 허용되지 않는다는 사실을 주지시켰다.

상대에게 분노로 이글거리는 시선을 던지며 성전 기사가 내뱉었다.

"언젠가 다시 싸울 기회가 있을 테지, 아무도 우리를 갈라놓을 수 없는 곳에서."

의절 기사도 그에 질세라 응수했다.

"다시 싸우지 못하게 된다면 내 탓은 아닐 거요. 서서 싸우든 말을 타고 싸우든 창이나 도끼나 검이나 무엇으로든 언제라도 그대와 맞붙을 준비가 되어 있으니까."

둘 사이에는 더욱 분노에 찬 험한 욕설이 오고 갔을 테지만 장내 감찰들이 창을 두 사람 사이로 교차시켜 떼어놓았다. 의절 기사는 처음 위치로 되돌아갔고 봐 길베르는 자기 막사로 돌아가 그곳에서 하루 종일 절망의 고통 속에서 지냈다.

말에서 내리지도 않은 채 승자는 한잔의 술을 청하여 턱받이, 즉 투구의 아랫부분을 열어 다음과 같이 외치고는 쭉 들이켰다.

"참된 잉글랜드의 모든 용사를 위하여, 그리고 이국의 폭군의 패망을 위하여!"

그런 다음에 의절 기사는 투사들에게 도전하는 나팔을 불도록 지시하고 전례관에게 자기가 적수를 선택하지는 않을 테니 자기와 상대하고 싶어하는 사람들과 기꺼이 순서에 따라 전부 싸움에 응할 테니 그 뜻을 전해 달라고 요구했다.

검은색 갑옷으로 무장한 거인 프롱 드 봬프가 제일 먼저 도전하고 나섰다. 그는 이제껏 겪은 수많은 교전으로 반은 지워져 버린 검은 황소의 문장과 카베 아드숨(Cave, Adsum, 조심하라, 나 여기 있으니)이라는 오만한 제명이 그려진 하얀 방패를 들고 있었다. 이 투사를 상대로 의절 기사는 근소하지만 결정적인 우세를 거두었다. 두 기사 모두 창이 완전히 부러졌지만 시합 중 등자에서 발이 빠진 프롱 드 봬프가 패배한 것으로 간주되었다.

의절 기사는 세 번째 필리프 말부아상 경과의 시합에서도 역시 성공을 거두었다. 이 남작의 투구를 어찌나 세게 들이받았던지 투구의 끈이 끊어져 말부아상은 머리에서 투구가 떨어짐으로써 겨우 낙마는 모면할 수 있었지만 어쨌든 동료들처럼 패배가 선언되었다.

드 그랑메스닐과의 네 번째 시합에서 의절 기사는 이제까지 보여 준 용기와 솜씨 못지 않은 예의를 보여 주었다. 어리고 사나운 말이 뒷걸음질치며 뒷다리로 서서 뛰어오르는 바람에 드 그랑메스닐이 목표를 제대로 겨냥하지 못하자 의절기사는 이와 같은 사고로 얻어진 유리한 상황을 받아들이기를 거절하여 창을 올리고는 적수를 건드리지 않은 채 그대로 지나쳤다. 그리고 말머리를 돌려 시합장 끝의 자기 자리로 돌아가 전례관을 통하여 한 번 더 싸울 것을 적수에게 제의하였다. 그러나 드 그랑메스닐은 이 제의를 거절하여 상대가 보여 준 것과 같은 예의를 갖추어 자신이 패배했노라고 직접 시인했다.

랄프 드 비퐁은 대단한 힘으로 땅으로 내동댕이쳐져 코와 입에서 피가 분출하여 의식을 잃은 채 시합장에서 실려 나갔으므로 결국 의절 기사의 승리로 시합을 마치게 하였다.

그날의 영예는 의절 기사에게 돌아갈 것을 공포하는 왕자와 장내 감찰들의 만장일치 판정에 수천의 관중들이 박수갈채와 환호를 보냈다.

9장

한가운데에 보이는
위엄 있는 자태의 숙녀,
큰 키와 미모로 여왕의 자질 갖추었네.

아름다움에서 좌중을 능가하듯이
옷매무새 또한 한층 고상하여라.
붉은 금관, 이마를 감싸고,
허식 없는 청초함, 가식 없는 화려함,
손에는 종려나무 가지,
그 지휘의 상징 높이 받들고 있네.

"꽃과 잎"(*The Flower and the Leaf*) 드라이든의 「비전」중에서

장 내 감찰들인 윌리엄 드 와이빌과 스티븐 드 마르티발은 제일 먼저 승자에게 축하를 건네면서 존 왕자로부터 그날의 시합에 대한 상을 받도록 안내하기 전에, 투구를 벗거나 아니면 적어도 면갑을 올릴 것을 청했다. 그러나 의절 기사는 온갖 기사다운 예의를 갖추어 그 요구를 거절했다. 지금은 자기 얼굴을 드러낼 수 없으며 그 이유에 대해서는 시합장에 들어설 때 전례관에게 이미 알렸다고 주장했다. 감찰들은 이 대답에 전혀 이의가 없었다. 기사도 시대에 기사들이 스스로 자신을 구속하는데 익숙했던 온갖 변덕스럽고 상습적인 맹세들이 기승을 부릴 때, 어느 특정 기간 동안 또는 어떤 특별한 모험이 성취될 때까지 이름을 밝히지 않겠다고 서약한 맹세만큼 흔한 것도 없었기 때문이다. 그래서 감찰들은, 의절 기사의 비밀을 더 깊이 알려고 하지는 않았고, 존 왕자에게 승자의 이름을 밝히고 싶지 않다는 소망을 전하고는 그 용기에 대한 상을 받을 수 있도록 어전으로 데려오도록 허락해 줄 것을 요청했다.

존 왕자는 이 낯선 기사가 지키는 비밀에 호기심이 발동하였다. 그리고 자기가 총애하던 투사들이 기사 한 사람에게 차례로 패배당한 이 마상 시합의 결과에 이미 기분이 좋지 않았으므로 감찰에게 거만하게 대답했다.

"성모 마리아께 맹세코, 이 기사는 얼굴을 가린 채로 우리 앞에 나서고 싶어하다니 제 나라에서 의절 당했을 뿐 아니라 필시 예의하고도 담을 쌓은 작자로군. 그렇지 않소, 경들."

왕자는 수행원들을 돌아보며 물었다.

"저렇게 오만 방자하다니 이 멋쟁이는 도대체 누구일까?"

드 브라시가 먼저 대답했다.

"전혀 짐작이 가지 않습니다. 게다가 이 브리튼 영토 내에 하루 동안의 마상 창시합에서 이 다섯 기사들을 제압할 수 있는 용사가 있으리라고는 꿈에도 생각하지 못했습니다. 맹세코, 그자가 드 비퐁을 내리치던 그 힘을 잊을 수 없습니다. 그 가련한 구호 기사는 투석기에서 날아가는 돌처럼 안장에서 내동댕이쳐지더군요."

그러자 그 자리에 있던 다른 구호 기사가 응수했다.

"그렇게 큰소리치지 마시오. 당신네들의 성전 기사 역시 혼쭐나지 않았소. 당신들의 그 용감한 창기병 봐 길베르가 땅 위에서 세 번이나 떼굴떼굴 굴렀고 그때마다 한 움큼씩 모래를 쥐는 것을 똑똑히 보았소이다."

드 브라시는 성전 기사 편이었으므로 뭐라고 대꾸를 하려고 했지만 존 왕자가 제지하고 나섰다.

"조용히 하시오, 경들! 이 무슨 쓸데없는 말다툼이오?"

그러자 드 와이빌이 다시 재촉했다.

"승자는 아직 전하의 뜻을 기다리고 있습니다."

"우리의 뜻은, 적어도 그자의 이름과 신분을 짐작할 만한 사람이 누구 없는지 우리가 알아낼 때까지 그렇게 기다리라는 것이다. 해가 질 때까지 그렇게 거기 남아 있어도 좋을 것 같은데. 몸이 후끈 달아오르도록 그렇게 힘을 썼으니 말이다."

그러자 왈데마르 핏저스가 나섰다.

"전하께서 저희가 알 수 없는 것을 말씀드릴 때까지 그자를 기다리게 하신다면 승자에 대한 적절한 예우라고 할 수 없습니다. 저는 전혀 짐작조차 할 수 없습니다. 저자가 리처드 왕을 따라 팔레스타인에 동행했다가 지금은 낙오되어 성지에서 집으로 돌아가는 훌륭한 창기병들 가운데 하나가 아니라면 말입니다."

그러자 드 브라시도 한마디 했다.

"어쩌면 솔즈베리(Salisbury)의 백작일지도 모릅니다. 비슷한 처지이니까요."

그러자 핏저스가 대답했다.

"그보다는 길스랜드의 기사 토머스 드 멀톤 경일 것입니다. 솔즈베리의 백작은 골격이 더 크니까요."

그때 누가 먼저 발설했는지는 알 수 없지만 시종들 사이에서 수군거리는 소리가 들려왔다.

"어쩌면 왕일지도, 사자심 왕 리처드 당신일지도 몰라!"

"천만에, 절대 그럴 리가 없어!"

그 소리를 들은 존 왕자는 자기도 모르게 안색이 죽은 사람처럼 창백하게 변하면서 벼락이라도 맞아 시들기라도 한 듯 움츠러들었다.

"왈데마르! 드 브라시! 용감한 기사들과 귀족들, 그대들은 결코 서약을 잊지 않고 정말로 내 편이 되어 줄 테지!"

그러자 왈데마르 핏저스가 나서서 진정시켰다.

"그렇게 절박한 위험은 없사옵니다. 전하께서는 저 기사의 갑옷에 들어갈 수 있으리라고 생각할 만큼 형님의 거대한 사지를 그토록 모르고 계십니까? 드 와이빌과 마르티발, 그대들은 저 승자를 옥좌로 데리고 와 전하의 얼굴에서 핏기가 사라지도록 요술을 부린 그 오해를 풀어드림으로써 전하께 충성을 다하게 … 전하, 저자를 자세히 보십시오. 리처드 왕보다 키가 10센티나 모자라고 어깨 폭이 반도 안 되지 않습니까. 저자가 타고 있는 말도 리처드 왕의 육중한 체중을 싣고는 한 번도 싸우기 어려울 것입니다."

왈데마르가 아직 그렇게 말하고 있는 동안, 감찰들은 의절 기사를 시합장으로부터 존 왕자의 옥좌에 이르도록 되어 있는 나무 계단의 발치로 데리고 나왔다. 그토록 많은 신세를 졌으면서 거꾸로 자신은 많은 위해를 가한 형이 갑자기 고국으로 돌아왔을지 모른다는 생각에 여전히 마음이 심란하여 핏저스가 지적해 준 차이점에도 불구하고 왕자의 불안은 완전히 가시지 않았다. 그래서, 승자의 용기에 대해 짧고도 당혹스러운 축사와 함께 상으로 지정된 군마를 승자에게 전달하라고 지시하는 동안에도 자기 앞에 갑옷을 입고 서 있는 기사의 창살 쳐진 면갑에서 사자심 왕 리처드의 굵고도 장중한 음성으로 무슨 대답이 되돌아오지나 않을까 벌벌 떨었다.

그러나 의절 기사는 왕자의 찬사에 단 한마디도 대답하지 않고 다만 깊이 머리 숙여 감사의 뜻을 전했을 뿐이다.

화려하게 성장한 두 사람의 마부에 이끌려 상으로 하사될 말이 시합장 안으로 들어섰다. 말 자체도 호화로운 전투용 장구를 완전히 착용하고 있었다. 그러나, 감식가가 보기에 그러한 장구는 이 뛰어난 명마의 진가에 아무런 보탬도 되지 않았다. 의절 기사는 한 손을 안장 앞머리에 올린 채 등자는 사용하지도 않고 단숨에 말 등에 뛰어 올라, 창을 높이 쳐들고 시합장 주위를 두 바퀴 돌며 완벽한 승마 기술로 말의 특징과 뛰는 자세를 보여 주었다.

이러한 과시 행위에는 으레 드러나게 마련인 자만심의 기색은 방금 전 상으로 받은 왕자의 포상을 뛰어나게 과시하는데서 보여 주었던 예의로 말끔히 없어졌으므로 의절 기사는 다시 만장의 박수 갈채를 받았다.

그 사이, 부산스러운 조르보의 수도원장은 존 왕자에게 속삭이며, 승자가 관람석을 빛내주고 있는 아름다운 여인들 가운데서 사랑과 미의 옥좌를 차지해 다음 날 있게 될 시합의 상을 시상할 사람을 선택함으로써 이번에는 그의 무용 대신 높은 안목을 보여 주도록 해야 한다고 상기시켰다. 왕자는 그에 따라 기사가 시합장 주위를 두 번째 돌아 자기 앞을 지나갈 때 권홀로 멈추라는 신호를 내렸다. 기사는 왕자의 옥좌쪽으로 몸을 돌려 끝이 땅바닥에 닿을 때까지 창을 내리고 존 왕자의 명령을 기다리기라도 하듯이 꼼짝 않고 서 있었다. 그러자 관중은 불같이 뛰던 준마를 격렬한 감정과 높은 흥분 상태에서 조상(彫像)처럼 고요히 즉각 멈추도록 한 뜻밖의 절묘한 솜씨에 모두 감탄했다.

"의절 기사, 우리가 그대를 부를 수 있는 유일한 호칭이기 때문에 이렇게 부르는 것일세만, 내일 제전을 주재할 사랑과 미의 여왕으로 미인을 지명하는 것이 이제 자네 의무인 동시에 특권이기도 하다. 만일, 이 나라의 사정을 잘 몰라서 그대의 판단을 깨우쳐 줄 조언을 받고 싶다면 우리의 용맹한 기사 왈데마르 핏저스의 딸인 알리시아(Alicia)야말로 오래 전부터 미모로 보나 지위로 보나 궁중에서 으뜸이라는 정도는 말해 줄 수 있지. 하지만, 그대가 좋아하는 사람에게 이 관을 주는 것은 그대의 분명한 특권이다. 그대가 택한 숙녀에게 이 관을 건네주면 내일의 여왕에 대한 선택이 격식을 갖추고 완전해질 것이다. 자, 창을 들라."

이에 따라 기사가 창을 들자 존 왕자는 창 끝에 초록색 새틴으로 만든 관을 걸어주었다. 관의 주위는 황금 고리로 장식되어 있었고, 제일 위쪽에는 공작이 쓰는 관에 있는 딸기잎과 열매처럼 교대로 배치된 화살촉과 심장이 새겨져 있었다.

왈데마르 핏저스의 딸에 대해 존 왕자가 던진 노골적인 암시에는, 여러 가지 동기가 있어서, 그것들은 각기 야비한 술책과 잔꾀와 함께 경솔함과 뻔뻔함이 교묘하게 뒤섞여 있는 마음에서 생겨난 것이었다. 우선 왕자는 아까 유대 처녀 레베카를 두고 했던 점잖지 못하고 용인하기 어려운 농담을 자기 주위에 있는 기사들의 마음에서 몰아내고 싶었다. 그리고 두려움을 느끼고 있던 알리시아의 아버지 왈데마르의 환심도 사고 싶었다. 왈데마르는 그날 하루에도 이미 몇 번씩이나 불쾌감을 드러내고 있었기 때문이다. 또한 알리시아로부터 후한 대접을 받고 싶다는 속셈도 있었다. 존은 야심에 방종했던 만큼 적어도 쾌락도 방탕했기 때문이다. 하지만, 이러한 모든 이유들 외에도 왈데마르 핏저스의 마음 속에 의절 기사에 대한 강력한 적개심을 불러일으키고 싶다는 계산(왕자 자신은 이미 의절 기사에 대해 강한 혐오감을 품고 있었다)이 깔려 있었다. 존 왕자의 생각에, 승자가 다른 선택을 할 가능성도 충분히 있었으므로 그럴 경우에 핏저스는 자기 딸에게 가해진 모욕에 매우 분개할 것이기 때문이었다.

그리고 왕자의 그 예상이 맞아 떨어졌다. 의절 기사는 알리시아가 득의 양양한 미모를 한껏 과시하며 앉아 있는, 존 왕자의 자리 가까운 관람석을 지나쳐 지금까지 시합장 주위를 빠르게 달려왔던 만큼 이번에는 아주 천천히 앞으로 나아가며 그 화려한 원형 관람석을 장식하고 있는 수많은 아름다운 얼굴들을 감상할 권리를 행사하고 있는 것 같았다.

그렇게 기사의 심사가 진행되고 있는 동안 이 심사를 거치고 있는 미인들이 보여 준 갖가지 거동은 볼 만한 구경거리였다. 얼굴을 붉히는 사람이 있는가 하면, 오만하고 위엄 있는 태도를 취한 사람도 있었고, 앞을 똑바로 쳐다보며 벌어지고 있는 일에 대해 전혀 무관심한 척해 보이려고 하는 사람도 있었다. 또 어쩌면 일부러 그런 척한 것이겠지만 놀라서 움찔하는 사람이 있는가하면, 웃음을 참으려고 애쓰는 사람도 있었고, 아예 웃음을 터뜨린 사람도 두서넛 있었다. 또한 아름다운 얼굴 위로 베일을 가리는 사람도 몇 있었다. 하지만 워더 고본이 전하는 바에 따르면, 이들은 이미 10년 동안이나 그 자리에 있던 미인들이었으므로 그런 허황한 짓은 싫증이 나도록 실컷해 보았으므로 새롭게 떠오르는 미인들에게 공정한 기회를 주기 위하여 기꺼이 자신들의 주장을 거두어 들였을 수도 있다.

마침내, 기사는 로웨나 공주가 앉아 있던 발코니 아래에 멈춰 섰고, 관중들의 흥분은 극에 달했다.

이 의절 기사의 성공에 보인 관심으로 그를 매수할 수 있다고 한다면 지금 그가 멈추어선 곳의 시합장 부분은 그의 호의를 받을 만했다는 사실을 인정해야만 하겠다. 성전 기사의 패배에 미칠 듯이 기뻐하였고, 못된 두 이웃인 프롱 드 뵈프와 말부아상의 실패에 더욱 기뻐한 세드릭은 발코니 위로 상반신을 내밀고는 매 시합마다 눈으로 뿐만이 아니라 온 마음과 혼을 쏟아 승자의 뒷모습을 쫓고 있었기 때문이다. 로웨나 공주는 세드릭과 같은 열정적인 관심을 노골적으로 드러내지는 않았지만 똑같은 열의를 가지고 그날의 경과를 지켜보았다. 심지어 냉정한 애설스탠조차 평상시의 냉담함을 떨쳐 버린 듯한 기색을 보이며 무스카트 포도주를 커다란 잔에 하나 내오라고 하여 의절 기사에게 축배를 들며 단숨에 들이켤 정도였다.

색슨 인들이 차지하고 있는 관람석 아래에 자리 잡고 있던 또 다른 일행도 이날의 운명에 대해 색슨 인 못지않은 관심을 보여 주었다.

"아, 아브라함 선조님!"

성전 기사와 의절 기사 사이에 첫 회전이 진행되고 있을 동안에 요크의 아이작이 외쳤다.

"아 저 기사는 너무 거칠게 말을 모는 군! 아, 바르바리(Barbary)에서 얼마나 먼 길을 데려온 명마인데, 마치 야생 망아지나 되는 것처럼 전혀 돌보지 않고 있다니. 그리고 저 귀중한 갑옷은 밀라노의 갑옷 제조인 조지프 파레이라(Joseph Pareira)에게는 수백 금화의 가치가 있는 데다 수익도 7할이 넘을 텐데 저 기사는 마치 길에서 주운 물건처럼 아무렇지도 않게 생각하고 있구먼!"

그러자 레베카가 대꾸했다.

"아버지, 저분은 저토록 무서운 싸움에 자기 몸과 사지를 걸고 있는데 당연히 말과 갑옷을 아낄 여유가 없지 않겠어요?"

이에 아이작은 약간 흥분된 어조로 대답했다.

"애야! 네가 무슨 말을 하는지 알고나 있는 게냐? 저 기사의 목과 사지는 그의 것이지만 그의 말과 갑옷은 다른 사람의 … 아니, 이런! 대체 내가 무슨 말을 지껄이는거지! 어쨌든 그는 훌륭한 젊은이야. 봐라, 레베카, 보거라! 그가 이제 팔레스티나인(옛날 이스라엘 민족과 적대 관계에 있던 민족으로 여기서는 의절 기사의 적수인 투사들을 지칭함 ; 역주)과 다시 싸우려고 하는구나 … 기도하거라, 애야, 저 젊은이의 안전을 위해 기도하거라 … 그리고 저 민첩한 말과 값비싼 갑옷을 위해서도 … 아, 천지신명님! 그가 이겼구나, 저 이방인 팔레스티나인이 그의 창 앞에 쓰러졌구나 … 마치 바산(Bashan)의 왕 옥(Og)과 아모리(Amorite) 족의 시혼(Sihon) 왕(둘 다 이스라엘 민족의 적이었음 ; 역주)이 우리 선조들의 칼 앞에 쓰러진 것처럼! 필시 저 기사는 그들의 금은재화, 군마, 청동 갑옷과 강철 갑옷을 모두 전리품으로 빼앗아야 해."

매번 시합이 진행되는 동안 이 늙은 유대인은 똑같은 불안감을 느꼈고,

기사의 연이은 성공으로 그에게 몰수된 말과 갑옷의 가치를 재빨리 따져보는 것을 잊지 않았다. 그래서 이제 기사가 멈춰 선 시합장 부분을 차지하고 있던 사람들이 의절 기사의 성공에 보인 관심은 적잖은 것이었다.

아직 결정을 못해서인지 아니면 주저할 또 다른 이유가 있어서인지, 그날의 용사는 잠시 동안 꿈짝하지 않은 채 있었고, 그동안 숨을 죽인 관중들의 시선은 그의 일거수일투족에 쏠려 있었다. 얼마 후 드디어 기사는 창 끝을 점차 우아하게 내리더니 창 끝에 달려 있던 관을 아름다운 로웨나 공주의 발치에 내려놓았다. 그 즉시 나팔 소리가 울려 퍼졌고, 전례관은 누구든 그녀의 권위에 복종하지 않는 사람에게는 합당한 형벌을 내리겠다고 위협하며 로웨나 공주를 다음 날의 사랑과 미의 여왕으로 선포하였다. 그리고 많은 부조를 하라는 외침을 반복했다. 기쁨에 한껏 취해 있던 세드릭은 후한 기부금으로 이에 답했고, 애설스탠도 세드릭만큼 흔쾌히는 아니었어도 그에 상응하는 큰 금액을 보냈다.

한편 노르만 가문의 처녀들 사이에서는 여기저기서 불만의 소리가 터져 나왔다. 바로 자기들이 처음으로 도입한 기사도 경기에서 노르만 귀족들이 그렇게 연패를 당한 것이 드문 일이었듯이 색슨 미인이 이렇게 뽑히는 것을 보는 것도 드문 일이었기 때문이다. 그러나 이러한 불평의 소리는 "사랑과 미의 여왕으로 당당히 선택된 로웨나 공주 만세!"라는 군중의 함성 속에 묻히고 말았다. 그 외침에 낮은 좌석에 앉아 있던 사람들도 화답했다.

"색슨의 공주 만세! 불멸의 앨프레드 왕가 만세!"

이러한 환호 소리가 존 왕자와 그 주위에 있던 사람들에게는 무척 못 마땅한 것이었다 하더라도 존 왕자 자신은 승자의 지명을 승인하지 않을 수 없었다. 따라서 말을 대령하라고 하고는 옥좌에서 일어난 왕자는 자신의 스페인 말에 올라타 뒤에 시종들을 거느리고는 다시 시합장 안으로 들어섰다. 왕자는 알리시아의 관람석 아래에서 잠시 동안 멈춰 서서 경의를 표하고는, 동시에 주위에 둘러서 있던 사람들에게 말을 건넸다.

"맹세코, 경들! 저 기사는 무예로 자신의 강건한 사지를 입증하였다 하더라도 이번 선택은 안목이 결코 뛰어나지 못하다는 것을 입증한 셈이 되었구먼."

한평생 그러했듯이 이번 경우에도 존은 화해하고 싶어하는 사람들의 기질을 완전히 이해하지 못하고 있다는 점이 그의 불운이었다. 왈데마르 핏저스는 자기의 딸이 무시당했다고 존 왕자가 그토록 노골적으로 의견을 말한 데에 기뻐하기는커녕 화를 내었다.

"소신은 자기 스스로의 판단으로 마음 속의 연인을 선택하는 자유로운 각 기사의 권리보다 더 고귀하고 양도할 수 없는 기사의 권리는 없다고 알고 있습니다. 제 딸은 그 누구로부터 영예를 얻기 위해 아부하지 않습니다. 그리고 그 애 자신의 인품과 지위로 자기에게 합당한 충분한 몫을 받지 못할 일도 없을 것입니다."

존 왕자는 아무런 대꾸도 하지 못하고 말에 박차를 가해 분풀이라도 하듯, 아직 발치에 관을 놓은 채로 로웨나가 앉아 있는 관람석 쪽으로 말을 몰았다.

"쓰시오, 아름다운 숙녀여, 그 누구보다도 나 앙주(Anjou)의 존이 진심으로 경의를 맹세하는 주권의 표시인 그 관을 쓰구려. 그리고 만일 그대가 오늘 그대의 그 고귀한 부친과 친구들과 함께 아슈비 성에서 열리는 우리 연회에 참석해 준다면 우리가 내일 충성을 다할 여왕에 대해 알 수 있게 될 거요."

로웨나가 침묵을 지키고 있자 세드릭이 대신 나서 모국어인 색슨 어로 대답했다.

"로웨나 공주는 전하의 호의에 답하거나 전하의 연회에 참석하여 자기 몫을 수행할 정도의 말을 알지 못합니다. 또한 저와 코닝스버러의 귀족 애설스탠 역시 오로지 저희 선조의 말과 예법밖에는 알지 못합니다. 그래서 전하의 정중한 연회 초대는 감사하지만 거절할 수 밖에 없습니다. 그러나 내일, 로웨나 공주는 승리를 거둔 기사의 자유로운 선택에 의해 뽑혔고 관중의 갈채로 인정받은 그 직분을 기꺼이 떠맡을 것입니다."

그렇게 말하며, 세드릭은 관을 집어들어 로웨나에게 일시적으로 주어진 권위를 수락한다는 표시로 그녀의 머리 위에 씌워 주었다.

"저자가 뭐라고 지껄이는 거지?"

사실은 색슨 어에 능통하면서도 세드릭의 말을 못 알아듣는 척 하며 존 왕자가 물었다. 그래서 세드릭이 한 말은 프랑스어로 다시 반복되었다. 그 제야 왕자는 대답했다.

"좋아, 그렇다면 우리는 내일 직접 이 벙어리 여왕을 그 존엄한 옥좌로 안 내해야겠군. 그러면, 적어도 그대는, 의절 기사."

왕자는 아직 관람석 가까이 남아 있던 승자에게로 고개를 돌리며 덧붙였다.

"오늘 우리 연회에 참석할 테지?"

그러나 기사는, 처음으로 말을 꺼냈는데, 낮고 급한 음성으로 자신은 몸이 피곤하고 또 내일의 시합을 준비해야 할 필요도 있다고 변명하며 거절했다.

그러자 존 왕자는 거만하게 내뱉었다.

"좋아, 비록 이러한 거절에는 익숙지 않지만, 무훈에서 최고의 경지를 보여 준 자와 그가 선택한 미의 여왕이 왕림하여 빛내 주지는 않더라도 될 수 있는 한 우리의 연회를 즐기도록 노력해야겠지."

이렇게 말하면서, 왕자는 화려한 행렬과 함께 시합장을 떠날 준비를 하였고, 그렇게 할 목적으로 말머리를 돌리자 그것은 군중들의 해산을 알리는 신호가 되었다.

그러나, 상처받은 자존심에 으레 따르게 마련인 그 앙심 깊은 기억, 특히 부당하다는 의식과 결부되었을 때의 그 앙심 깊은 기억으로 존 왕자는 세 걸음도 미처 떼어놓기 전에 다시 주위를 둘러보고는 그날 처음에 자신을 불쾌하게 했던 그 향사를 가혹한 분노의 눈초리로 노려보며 옆에 서 있던 무장 병사들에게 명령했다.

"목숨을 걸고, 저자가 도망치지 못하도록 하라."

한편 향사는 전에 보였던 것과 똑같은 변함 없는 태도로 왕자의 분노에 찬 시선에 맞서 빙그레 웃으며 말했다.

"소인은 내일 모레까지는 아슈비를 떠날 의향이 전혀 없습니다. 스태퍼드셔(Staffordshire)와 레스터셔(Leicestershire)의 사람들이 얼마나 활을 잘 쏘는지 제 두 눈으로 보아야겠습니다. 니드우드(Needwood)와 찬우드(Charnwood)의 숲은 필시 훌륭한 궁수들을 길러내고 있을 테죠."

왕자는 향사에게 직접 대답하지 않고 시종들을 돌아보며 말했다.

"어디 저 녀석이 얼마나 활을 잘 쏘는지 봐야겠군. 저녀석의 솜씨가 건방을 떤 만큼 출중하지 않다면 단단히 혼내줄 테다!"

그러자 드 브라시가 한마디 했다.

"저런 촌놈들의 건방진 무례함을 확실한 본보기로 제지할 때도 되었지요."

아마도 자신의 후원자가 대중의 인기를 얻을 수 있는 가장 손쉬운 길을 택하지 않고 있다고 생각했는지 왈데마르 핏저스는 어깨를 으쓱하고는 입을 꾹 다물었다. 존 왕자는 시합장에서 다시 퇴장하기 시작했고 이제 관중들도 해산하기 시작했다.

구경꾼들은 사방에서 모였던지라 제각기 다른 길로 여럿이 무리 지어 평원 위로 물러가는 것이 보였다. 대부분의 많은 사람들은 아슈비 시를 향해 몰려갔다. 많은 귀빈들이 아슈비 성내에 머물고 있었고 그 밖의 사람들은 시내에서 숙소를 찾았기 때문이다. 이들 가운데 대부분은 이미 그날 마상 시합에 참가한 기사들이거나 다음 날 시합에 출장하려는 기사들이었으므로 그날의 일에 대해 이야기를 나누며 길을 따라 천천히 말을 몰고 가는 동안 사람들로부터 커다란 환호를 받았다. 똑같은 환성은 존 왕자에게도 던져졌다. 비록 그렇게 갈채를 받은 이유는 인기가 있어서이기보다는 몸차림과 행렬의 화려함 때문이기는 했지만.

좀 더 진심 어린 전반적으로 더 가치 있는 갈채는 그날의 승자에게 쏟아졌다. 드디어 승자는 사람들의 눈을 피하고 싶어서 장내 감찰이 친절하게도 사용을 허락해 준 시합장 끝에 세워 놓은 천막들 가운데 하나에서 묵기로 했다. 기사가 천막으로 들어가자 이제껏 그의 모습을 보고 누구인지 알아내려고 시합장에 남아 있던 사람들도 흩어졌다.

바로 얼마 전까지도 한 장소에 모여서 벌어지는 사건에 똑같이 흥분하던 떠들썩한 군중들의 몸짓과 소리는 이제 사방으로 흩어지는 많은 무리들의 멀리서 윙윙거리는 소리로 바뀌어 있었고, 이마저도 금세 정적 속으로 사라지고 말았다. 밤 사이에 잘 보관해 두기 위하여 쿠션과 태피스트리를 거두어들이는 하인들의 소리 외에는 아무런 소리도 들리지 않았고, 그들은 관중들이 있었던 자리 주위에 흩어져 있는 먹다 남은 포도주병과 다과 부스러기를 두고 서로 다투었다.

시합장 구내 너머에는 몇 개의 대장간이 세워져 있었다. 그리고 이 대장간들은 이제 황혼 속에서 희미하게 반짝이기 시작하며 갑옷 제조인들이 일하고 있음을 알렸다. 그들의 일은 다음 날 다시 쓰이게 될 갑옷을 수선하거나 교체하기 위해 그날 밤새워 계속될 것이었다.

건장한 무장 파수병이 두 시간 간격을 두고 교대하며 시합장 주위를 밤새 지켰다.

10장

슬픈 전조처럼, 갈가마귀 그렇게
병든 사람의 황천길을 공허한 부리로 울리나니,
고요한 밤의 어두움 속에서 검은 날개에서 전염되어 퍼지네.
고뇌하고 괴로워하며 불쌍한 바라바스 달리네,
이들 그리스도인들에게 무서운 저주를 퍼부으며.

「몰타의 유대인」(*Jew of Malta*)(말로)

의 절 기사가 천막에 들어서기 무섭게 종자들과 시종들이 우르르 몰려들어 갑옷을 벗겨 주겠다, 새 옷을 가져다주겠다, 목욕을 하지 않겠느냐 권하며 서로 시중을 들겠다고 했다. 그들이 이렇게 열성을 보인 것은 아마도 호기심 때문이었을 것이다. 사람들은 모두 그토록 많은 월계관을 탔으면서도 심지어 존 왕자의 명령에도 면갑을 들어올리거나 이름을 밝히기를 거부한 그 기사에 대해 알고 싶어했기 때문이다. 그러나 참견하기 좋아하는 그들의 강한 호기심은 만족되지 못했다. 의절 기사는 자기의 종자, 차라리 향사라고 하는 편이 어울릴 만한 사람을 제외하고는 다른 사람들의 도움은 모두 거절하였다.

그 종자는 시골뜨기처럼 생긴 사나이로, 거무칙칙한 모직 외투로 온 몸을 감싸고 검은 모피로 만들어진 노르만 보닛을 쓰고 머리와 얼굴을 반쯤 가려서 그의 주인만큼이나 자기의 신원을 밝히고 싶어하지 않는 것 같았다. 다른 사람들이 모두 천막에서 내몰리자 이 시종은 주인에게서 갑옷의 무거운 부분을 벗겨 주고 앞에 먹을 것과 마실 것을 차려 주었다. 그날 하루종일 그토록 힘을 많이 쓴 뒤였으므로 기사에게는 먹을 것과 술이 더없이 반가웠다.

기사가 황급히 식사를 마치자마자 시종이 들어와 각기 마구를 갖춘 군마를 끌고 온 다섯 사람이 그와 이야기하고 싶어한다고 알렸다. 의절 기사는 갑옷을 벗고 그와 같은 신분의 사람들이 평상시에 입는 긴 로브로 갈아 입었는데, 이 옷에는 두건이 달려 있어 입고 있는 사람이 원할 경우 투구의 면갑 만큼 거의 완전히 얼굴을 가릴 수 있게 되어 있었다. 그러나, 이미 황혼이 지나 빠르게 어두워지고 있었으므로 자신의 얼굴을 특히 잘 알고 있는 사람과 마주치지 않는 한 별로 얼굴을 가릴 필요는 없을 것 같았다.

그래서 의절 기사는 대담하게 천막 앞으로 걸어나갔다. 나가 보니 적갈색과 검은색의 옷차림으로 보아 투사의 시종들임을 쉽게 알아볼 수 있는 자들이 각자 주인이 오늘 입고 싸웠던 갑옷을 실은 주인의 말을 끌고 와 기다리고 있었다.

이들 가운데 제일 앞에 있던 남자가 말을 꺼냈다.

"기사도의 규칙에 따라, 당당한 기사 브리앙 드 봐 길베르의 종자인 저, 볼드윈 드 오일리(Baldwin de Oyley)는 현재로는 스스로 의절 기사라 부르는 귀하에게 오늘 무예 시합에서 방금 말씀드린 브리앙 드 봐 길베르가 사용했던 말과 갑옷을 바치고자 합니다. 그러니 이 갑옷과 말을 받아주시든지 아니면 배상금을 받아주시든지 좋으실 대로 하십시오. 이렇게 하는 것이 기사도의 규칙이니까요."

나머지 다른 종자들도 거의 똑같이 상투적인 말을 반복하고 난 후 의절 기사의 결정을 기다리며 서 있었다.

기사는 나중에 말한 네 사람에게 먼저 대답하였다.

"그대들 네 사람과 그대들의 훌륭하고 용감한 주인들에게는 공통된 대답을 하겠네. 그대들의 주인인 고귀한 기사들에게 내가 이렇게 말하더라고 전해 주게. 그대들의 주인처럼 더할 나위 없이 용감한 기사들이 쓰던 준마와 무기를 빼앗는 것은 내 본심이 아니라고 … 이 훌륭한 기사들에게 보내는 내 전갈을 여기서 끝낼 수 있다면 좋겠지만, 사실 진정으로, 나 자신을 의절 기사라 스스로도 부르고 있듯이 실은 지금 입고 있는 것도 내 것이라고 할 수 없으니 그대들 주인에게 군마와 갑옷을 배상해 달라고 청하지 않을 수 없구면."

그러자 레지날 프롱 드 봬프의 종자가 대답했다.

"저희들은 각기 이 말과 갑옷의 배상금으로 일 백 제친(화폐 단위)씩 드리라는 분부를 받았습니다."

"그 정도면 충분하네. 지금 내 형편이 그러니 그 가운데 반은 받아들일 수밖에 없겠네. 나머지 반은 그대들이 절반을 나눠 갖도록 하고 절반은 전례관과 전례관보, 음유시인, 시종들에게 나누어 주도록 하게."

종자들은 손에 모자를 들고는 깊숙이 절을 하며 적어도 그 액수 면에서 흔히 볼 수 없는 관대함과 예의에 깊은 감동을 표현했다. 그리고 나서 의절 기사는 브리앙 드 봐 길베르의 종자인 볼드윈에게 말을 꺼냈다.

"그대의 주인으로부터는 무기도 배상금도 받지 않겠네. 내 이름으로 그에게 전해 주게, 우리의 싸움은 아직 끝나지 않았다고. 아니, 말을 타고 창으로 했던 것과 마찬가지로 말에서 내려 칼로 싸우기 전에는 아직 끝나지 않은 거라고. 이 필사적인 싸움은 그 자신이 직접 내게 도전한 것이고, 나는 결코 그 도전을 잊지 않을 거라네 … 나는 그대의 주인을 그 동료들과 같다고 생각하고 있지는 않네. 다른 사람들과는 서로 예의를 주고받을 수 있겠지만 그대의 주인만은 차라리 필사적인 도전 관계에 있는 사람으로 여기고 있다고 전해 주게."

"저희 주인께서는 예의에는 예의로 보답할 뿐 아니라 조롱에는 조롱으로, 주먹에는 주먹으로 어떻게 응수할지 알고 계십니다. 다른 기사분들의 무기에 매긴 배상금을 저희 주인으로부터는 조금도 받아들일 가치가 없다고 생각하시니 주인의 말과 갑옷을 여기 놓고 갈 수밖에 없습니다. 주인은 결코 말을 타지도 갑옷을 입지도 않으리라는 것을 잘 알고 있기 때문입니다."

"말 한 번 잘 했군, 훌륭한 종자. 아주 대담하게도 잘 하였네. 없는 주인을 대신하여 말하는 사람답군. 하지만 말과 갑옷을 놓고 가진 말게. 그것을 그대 주인에게 되돌려 주거나, 혹은, 만일 주인이 받기 싫어한다면 그대가 대신 쓸 요량으로 받아두게. 그것이 내 것인 이상 그대에게 마음대로 줄 수도 있지 않겠는가."

그 말에 볼드윈이 정중히 머리를 숙여 절하고는 동료들과 함께 물러가자 의절 기사도 천막 안으로 들어갔다.

그는 시종을 돌아보며 말을 꺼냈다.

"거스, 지금까지 잉글랜드 기사의 명성을 내 손으로 더럽히진 않았겠지."

"그리고 저도 색슨의 돼지치기로서 노르만 기사의 종자 역할을 그런 대로 잘 해냈습죠."

"그래, 하지만 그 촌스러운 거동 때문에 네 정체가 탄로날까봐 내가 얼마나 조마조마 했는데."

"천만에요! 소인은 소꿉친구인 광대 왐바 녀석만 빼고는 아무에게도 들킬 염려가 없었는데요. 그 녀석이 천하 제일의 악당인지 바보인지는 아직 도통 알 수 없거든요. 하지만 주인 나리께서 이 거스가 수마일 떨어진 로더우드의 숲과 늪에서 당신의 돼지 떼를 돌보고 있을 거라고 내내 생각하시며 제 곁을 가까이 지나가셨을 때는 소인도 하마터면 웃음을 터뜨릴 뻔했답니다. 만약에 들켰더라면 … "

"이제 됐다. 내 약속을 알고 있을 테지."

"그럼요. 그 일이라면, 제 살갗을 도려낸다 한들 그게 무서워 친구를 배반하는 일은 절대로 없을 것입니다. 소인 놈은 살가죽이 단단하여 제 돼지 떼의 어떤 돼지 가죽만큼이나 칼질이나 채찍질을 견뎌낼 수 있거든요."

"나를 믿거라, 나를 위하여 네가 무릅쓴 위험을 보답해 줄 테니, 거스. 어쨌든 우선 이 금화 열 닢을 받아두어라."

거스는 금화를 받아 주머니에 넣으며 말했다.

"소인은 이제 그 어떤 돼지치기나 노예보다도 큰 부자가 되었네요."

"이 금화 자루를 아슈비로 가지고 가서 요크의 아이작을 찾아 그가 외상으로 내게 구해 준 말과 무기값을 그가 직접 계산하게 하여 치르고 오너라."

"아니오, 성 둔스탄께 맹세코 그런 짓은 하지 않겠어요."

"뭐라고, 이 녀석. 내 명령을 거역하겠다는 거냐."

"그 명령이 공정하고 사리에 맞는 그리스도인다운 명령이라면 따르겠지만, 지금 하신 명령은 하나도 거기에 해당하지 않거든요. 유대인이 직접 계산하여 치르게 하는 것은 분명 주인님을 속일 테니 공정하지 않잖아요. 바보나 할 짓이니 사리에 맞지도 않고요. 그리고 이교도를 부자로 만들어 주기 위해 신자를 강탈하는 것이니 비그리스도교적이기도 하죠."

"하지만, 이 고집불통 녀석아, 가서 그자가 만족하는 꼴을 보고 오란 말이다."

"그러면 분부대로 하지요."

거스는 자루를 외투 자락 아래로 넣고는 천막을 나서며 중얼거렸다.

"그리고 어려울 테지만 그 녀석이 요구하는 금액의 절반으로 만족하게 해야지."

그렇게 말하며 거스는 떠났고, 뒤에 남은 의절 기사는 복잡한 생각에 깊이 잠겼다. 그 자세한 사정은 지금 독자들에게 밝힐 수 있는 계제가 못 되지만 마음을 뒤흔들어 놓는 가슴 아픈 종류의 것이었다.

여기서 장면을 바꾸어 아슈비 고을, 아니 그 부근의 어느 부유한 유대인 소유의 시골 저택으로 가 보자. 아이작과 딸과 그의 시종들은 집 주인과 함께 그 집에 체류하고 있었다.

잘 알려져 있듯이, 유대인은 자기 민족에게 환대와 자선을 베풀 의무를 수행하는 데에 관대한 만큼, 그들이 소위 이방인이라 칭하는 사람들에게는 그 환대와 자선을 베푸는데 별로 내키지 않아 하며 인색하다고 한다. 그리고 사실 이방인들이 유대인을 대하는 것을 보면 그들이 유대인들로부터 환대를 받지 못하는 것은 당연했다.

정말로 작긴 하지만, 동양풍의 장식으로 화려하게 장식된 방에서 레베카는 의자와 걸상 대신 스페인 사람들의 단(壇)처럼 쓰도록, 방 주위의 낮은 대(臺)를 따라 쌓아놓은 자수 방석 더미 위에 앉아 있었다. 레베카는 자식으로서의 염려스러운 애정이 담긴 눈초리로 아버지를 쳐다보고 있었고, 풀죽은 태도인 아이작은 산만한 걸음걸이로 방을 왔다갔다하고 있었다. 매우 심한 정신적 시련을 겪은 사람처럼 때로는 두 손을 움켜잡기도 하고, 눈을 들어 천장을 보기도 하였다.

"오, 야곱이여! 오, 우리 민족의 거룩한 열두 지파 선조시여! 모세의 계율을 하나도 빼놓지 않고 열심히 지킨 사람에게 이 얼마나 지독한 악운입니까! 한 움큼에 오십 제친이나 빼앗기다니, 더욱이 그것도 폭군의 발톱에!"

"하지만 아버지, 아버지는 금화를 기꺼이 존 왕자에게 주시는 것 같던데요."

"기꺼이라고? 에이 옴 붙을 놈! 기꺼이라고 말했더냐? 아, 그래, 리옹(Lyon) 만에서 배가 폭풍에 시달릴 때 배를 가볍게 하기 위해 상품들을 바다에 집어던졌을 때처럼 기꺼이 말이냐? 내가 좋아서 들끓는 바다를 최상의 비단으로 장식했겠느냐 … 그 짠 거품이 이는 바닷물을 몰약과 알로에의 향기로 채웠겠느냐 … 그 바다 속 동굴을 금은 세공으로 풍성하게 했겠느냐 말이다! 그래 비록 내 손으로 그런 희생을 치렀다한들 그것이 이루 말할 수 없는 불행한 순간이 아니란 말이냐?"

"하지만 그것은 하늘이 우리를 구해 주시도록 바친 희생이었잖아요. 그래서 이후로 우리 선조의 하느님께서 아버지의 창고와 수입을 늘 축복해 주셨잖아요."

"아, 그렇긴 하다만, 만일 저 폭군이 오늘 했던 것처럼 내 재물에 손을 대어 나를 강탈하면서 나에게 웃으라고 강요한다면? 아 애야, 우리가 비록 나라 없이 쫓겨나 배회하고 있는 신세이지만, 우리 민족에게 일어날 가장 끔찍한 악행은 우리가 학대당하고 강탈당하고 있는 동안 온 세상 사람들이 우리를 비웃으며, 용감하게 보복을 해야 할 때에 우리더러 모욕감을 꾹 참고 얌전히 웃으라고 강요하는 것이 아니고 무엇이겠느냐."

"그렇게만 생각하실 것도 아니에요, 아버지. 우리에게도 유리한 점이 있으니까요. 이 이방인들은, 비록 잔인하고 가혹하지만, 자기들이 경멸하고 박해하는 시온의 흩어진 자식들(유대인)에게 어느 정도는 의지하고 있으니까요. 우리 재산의 도움이 없다면 그들은 전시에 군대를 무장시키지 못할 뿐더러 편히 승리를 거둘 수도 없지요. 그리고 우리가 그들에게 빌려 준 금은 더욱 불어나서 우리의 금궤로 되돌아오니까요. 우리는 짓밟힐 수록 번성하는 잡초와 같지요. 심지어 오늘의 화려한 구경거리도 그 필요한 자금을 댄, 멸시받는 유대인의 동의가 없었더라면 진행되지 못했을 것 아니에요."

"애야, 네가 또 아픈 데를 건드렸구나. 레스터의 키르자스 자이람을 끌어들여 훌륭한 준마와 값비싼 갑옷으로 최대한 이익을 보려 했던 계획도 … 그것마저도 완전히 허사로구나. 아, 일주일치 수익을 낭비하는 손실이로구나. 두 안식일 사이(일주일)에 그렇게 큰돈을 잃다니. 하지만 내가 생각하는 것보다 어쩌면 더 좋게 끝날지도 모르지. 그 젊은이는 훌륭한 청년이니까."

"분명히, 아버지는 낯선 기사에게서 받은 친절을 보답한 것을 후회하시진 않을 거예요."

"나도 그렇게 믿는다, 애야. 나는 또한 시온의 재건도 믿는다. 하지만 새로운 성전의 성벽과 흉벽을 내 육신의 두 눈으로 직접 보기를 원하는 만큼 그리스도인이, 그래 그리스도인들 가운데 가장 뛰어난 자가 재판과 감옥을 두려워해서가 아니라 자발적으로 유대인에게 빚을 갚는 것을 보고 싶구나."

그렇게 말하며, 아이작은 다시 방 안을 불안하게 왔다갔다했다. 레베카는 위로하려는 자기의 노력이 도리어 새로운 불평거리를 일깨우기만 한다는 사실을 깨닫고는 현명하게도 헛된 노력을 그만 두었다. 이야말로 신중한 처신으로서 비슷한 상황에서는 이를 따르라고 위로자나 조언자라고 자인하는 사람들에게 권고하는 바이다.

이제 밤이 점점 어두워지고 있었는데, 그때 유대인 하인 하나가 방으로 들어와 향유를 가득 넣은 은제 램프를 탁자 위에 올려놓았다. 그리고 또 다른 유대인 하인은 은이 박힌 작은 흑단 탁자 위에 최상의 맛있는 포도주와 맛좋은 다과들을 차려 놓았다. 집안에서는 유대인들도 값비싼 사치를 즐기기 때문이었다. 그러면서 하인은 한 나사렛 사람(유대인들은 자기들끼리 이야기할 때 그리스도인들을 이렇게 불렀다)이 이야기를 나누고 싶어한다고 아이작에게 알렸다.

　장사로 먹고사는 사람은 자기와 거래를 요구하는 모든 사람의 말을 들어 줘야 하는 법이었다. 그래서 그 즉시 아이작은 이제 막 입술에 갖다 대었을 뿐 아직 맛도 보지 않은 그리스 포도주 잔을 탁자 위에 다시 놓으며 딸에게 황급히 베일로 얼굴을 가리라고 이르고는 낯선 사람을 들여보내라고 지시했다.

　레베카가 그 아름다운 얼굴 위로 발끝까지 끌리는 얇은 베일을 떨어뜨리자마자 문이 열리더니 노르만 풍의 주름이 넓은 외투로 온 몸을 감싼 거스가 들어왔다. 그의 용모는 호감을 주기보다는 다소 수상스러워 보였다. 특히 모자를 벗지 않고 오히려 그것을 주름잡힌 얼굴 위로 깊숙이 눌러썼으므로 더욱 그래 보였다.

　"당신이 요크의 유대인 아이작이오?"

　거스가 색슨 어로 물었다.

　"그렇소."

　아이작 역시 똑같은 색슨 어로 대답했다(장사라는 직업상 브리튼에서 쓰는 모든 언어에 능통해 있었다).

　"그런데 당신은 누구요?"

　"그건 알 필요 없소."

　"당신은 내 이름을 이렇게 잘 알고 있잖소. 나는 당신에 대해 알지 못하는데, 어떻게 거래를 할 수 있겠소?"

　"그것은 전혀 문제될 것이 없소. 지금 나는 돈을 지불하러 온 것이니까 그것을 전해 줄 사람만 똑바로 알면 되오. 내 생각에 돈을 받아야 할 사람인 당신은 그것을 누구의 손으로 전해 받든 별로 크게 상관할 것 없지 않소."

　"아니, 당신이 돈을 갚으러 온 것이라고요? 아, 아브라함 선조님! 그렇다면 우리의 관계도 달라질 밖에. 누구에게서 그 돈을 가져온 거요?"

　"오늘 마상 시합의 승자이신 의절 기사로부터요. 당신의 추천으로 레스터의 키르자스 자이람이 공급해 준 갑옷의 값이오. 말은 이미 당신의 마구간에 도로 갖다 넣었소. 갑옷 값으로 얼마를 지불하면 되는지 금액을 알고 싶소."

"그 기사가 훌륭한 젊은이라고 내가 말했었지!"

아이작은 기뻐서 어쩔 줄 몰라 소리를 질렀다. 그리고는 거스가 난생 처음 맛보는 맛있는 술을 한 잔 따라 건네 주었다.

"자, 포도주 한 잔쯤은 해가 되지 않겠죠. 그래 돈은 얼마나 가져왔소?"

"아니 이럴 수가!"

거스는 잔을 내려놓으며 말했다.

"참된 그리스도인들은 돼지에게나 주는 술찌끼 같이 텁텁하고 탁한 맥주를 어쩔 수 없이 마시고 있는 동안에 믿음이 없는 개 같은 이 유대인들은 이렇게 사치스러운 술을 마시다니! 내가 얼마나 가져왔느냐고?"

거스는 이렇게 무례한 탄식을 외치고는 다시 말을 이었다.

"아주 조금밖에 안 되지. 우선 되는 대로 조금 가져왔을 뿐이니까. 뭐라고, 아이작! 아무리 유대인의 양심이라고 할망정 당신도 양심은 있을 테지."

"그렇기는 하오만, 당신 주인은 창과 오른 손의 힘으로 훌륭한 준마와 값비싼 갑옷을 벌지 않았소 … 하지만 그분은 훌륭한 젊은이요 … 이 유대인이 지금 받을 것으로 그것들을 갖고 나머지는 그분에게 돌려주기로 하겠소."

"우리 주인은 이미 그것들을 처분하셨소."

"아, 그건 잘못한 거요, 어쩌다 그런 바보짓을. 이곳의 어떤 그리스도인도 그렇게 많은 말과 갑옷을 살 수는 없소 … 유대인이라도 나 말고는 그 가격의 절반도 내놓으려고 하지 않을 텐데. 하지만 당신은 그 자루에 일백 제친쯤은 가지고 있는 것 같소. 꽤 무거운 걸 보니."

아이작은 이렇게 말하며 거스의 외투 자락 속을 살폈다.

"무슨 소리를. 석궁 화살에 쓸 화살촉밖에 안 들어 있는데."

거스가 황급히 대답했다.

"그럼, 좋소 … "

아이작은 이익에 대한 평상시의 탐욕과 이번만은 관대해지려는 새로운 욕망 사이에서 숨을 헐떡이며 망설였다.

"좋은 말과 훌륭한 갑옷에 대해 팔십 제친스를 받겠다고 하면, 그래봐야 나한테는 한 푼도 남는 것이 없지만, 치를 돈이 있겠소?"

"겨우 될 것 같군."

요구액이 자기가 예상했던 것보다 과하지 않았지만 거스는 그렇게 대답했다.

"그러면 우리 주인님한테는 한 푼도 안 남겠군. 그렇더라도, 당신이 최고로 깎아 부른 값이 그렇다면 이쯤에서 나도 만족해야겠군."

"자, 한 잔 더 들구려. 아! 팔십 제친스면 너무 적은데. 돈을 투자했는데 아무 이익도 남지 않다니. 게다가, 오늘 시합에서 그 훌륭한 말이 어디 잘 못되었을 수도 있는데. 아, 정말 격렬하고도 위험한 시합이었지! 사람과 말이 바산의 야생 황소처럼 서로 그렇게 맞받았으니! 말이 멀쩡할 리 없을 테지."

"천만에, 그 말은 더할 나위 없이 건강하다고 말했잖소. 당신 마구간에 있으니 당신이 직접 가서 확인해 볼 수도 있을 거요. 그리고, 거듭 다시 한 번 말해 두지만, 칠십 제친스면 갑옷 값으로 충분하다고. 그리고 그리스도 교도의 말도 유대인의 말만큼 충실하오. 그대가 칠십 제친스를 받지 않겠다면 이 돈 자루를 가져가(거스는 짤랑짤랑 소리가 날 때까지 자루를 흔들었다) 주인에게 되돌려 주겠소."

"아니, 아니오! 금화와 잔돈을, 팔십 제친스를 내려놓구려. 그러면 당신에게도 구전을 후하게 쳐줄 테니."

결국 거스는 승낙을 했다. 팔십 제친스를 세어 탁자 위에 내놓았고 유대인은 말과 갑옷을 받았다는 영수증을 건네주었다. 아이작은 먼저 금화 칠십 제친스를 움켜잡았을 때 기쁨으로 손이 떨렸다. 잔돈으로 된 나머지 십 제친스는 탁자에서 동전을 한 닢씩 집을 때마다 잠시 쉬었다 뭐라고 지껄이기도 하며 매우 신중하게 세어 지갑 속으로 떨어뜨리는 것이었다. 마치 그의 탐욕이 양심과 싸우면서도 동전 한 닢 두 닢씩 차례로 주머니에 넣으라고 재촉하는 반면에 그의 너그러운 마음은 적어도 일부를 자기의 은인에게 되돌려 주거나 아니면 그 대리인에게 사례금으로 내주라고 재촉했다. 그가 중얼거리던 말은 대충 이러했다.

"칠십일 … 칠십이. 당신 주인님은 훌륭한 젊은이요 … 칠십삼, 암 뛰어난 젊은이지 … 칠십사 … 이 동전은 끝이 좀 닳았군 … 칠십오 … 이건 좀 무게가 가벼운 것 같군 … 칠십육 … 당신 주인이 돈이 필요하면 요크의 아이작에게 오라고 하오 … 칠십칠 … 그런데 적당한 담보가 있어야 하오."

여기서 아이작은 꽤 오랫동안 멈추었으므로, 거스는 나머지 세 닢은 앞의 동전의 운명에서 벗어나리라고 기분 좋은 희망을 품었다. 하지만 셈은 계속 진행되었다.

"칠십팔 … 당신은 정말 좋은 친구요 … 칠십구 … 당신에게도 뭘 좀 줘야지 … "

여기서 유대인은 셈을 다시 멈추고는 마지막 제친스를 보며 분명히 그것을 거스에게 줄 마음을 품었다. 손가락 끝으로 무게를 재보고는 탁자 위에 떨어뜨림으로써 소리가 울리게 했다. 만약 그 동전이 너무 납작하게 울렸거나, 한 가닥 머리카락만큼 가볍게 느껴졌다면 아이작은 그 동전을 아낌없이 주어 버렸을 것이다. 그러나 거스에게 불행히도 그 동전 소리는 꽉 차고 제대로 나는 소리였으며 동전 자체는 통통하고 새로 만들어진 주화라 조금 더 무게가 나갔다. 아이작은 정말로 그 동전을 내어주고 싶은 마음이 들지 않았으므로 얼결에 떨어뜨리기라도 한 듯이 얼른 지갑 속으로 집어넣으며 말했다.

"팔십, 계산이 맞는군. 당신은 주인에게서 후한 보수를 받겠죠 … 분명."

그리고 자루를 열심히 바라보며 덧붙였다.

"그 주머니에는 아직도 돈이 많이 들어 있겠죠?"

거스는 금방이라도 웃음보가 터질 듯한 미소를 지으며 대답했다.

"당신이 지금 막 그토록 조심스럽게 세어 담은 액수만큼은 되오."

그리고서 영수증을 접어서 모자 안에 넣으며 한마디 덧붙였다.

"유대인, 맹세코 이것으로 모든 셈이 끝난거요!"

그리고는 자기 마음대로 세 번째 잔을 들이켜고는 인사도 없이 방을 나가 버렸다.

"레베카, 저 그리스도인은 나보다 한 수 위로구나. 그렇지만 그의 주인은 훌륭한 젊은이지 … 그렇고 말고. 더구나 팔레스타인 골리앗(Goliath)의 창처럼 베틀의 용두머리만한 창(사무엘상 17장 7절에 나오는 골리앗의 창은 베틀의 용두머리만큼 굵었다는 구절을 인용)의 힘과 말의 속력으로 금화와 은화를 벌어들인 것도 아주 마음에 든단 말이야."

아이작은 그렇게 말하면서 레베카의 대답을 들으려고 고개를 돌렸으나, 거스와 값을 흥정하는 동안 딸은 이미 아무도 모르게 방을 나가 버리고 없었다.

한편, 거스는 계단을 다 내려가 어두운 곁방인지 연회장인지 알 수 없는 방에 도착했으나 출구를 찾지 못해 쩔쩔매고 있었는데, 손에 든 작은 은제 램프의 희미한 불빛에 비친 하얀 형체가 옆방으로 들어오라고 손짓했다. 거스는 그 부름에 응하기가 약간 망설여졌다.

이 세상의 힘만이 염려되는 곳에서는 야생 멧돼지처럼 거칠고 맹렬한 그였지만 목신, 산귀신, 소복을 한 여자, 그 외에 조상이 독일의 광야에서부터 갖고 온 모든 미신들에 대해서는 색슨 인답게 두려워했기 때문이다. 게다가, 지금 자기가 유대인의 집에 있다는 사실도 기억해냈다. 유대인은 일반적인 세평이 그들에 대해 생각하고 있는 다른 안 좋은 특성 외에도 심오한 점쟁이나 마술사로 소문이 나 있던 민족이기 때문이었다. 그러나 잠시 후, 거스는 그 유령의 부름에 응하여 그녀가 가리킨 방으로 따라 들어갔다. 방에 들어선 거스는 매우 놀랍고도 기쁘게도 이 아름다운 안내자가 마상 시합장에서 보았던, 그리고 그녀의 아버지 방에서 잠깐 보았던 그 아름다운 유대 처녀라는 것을 알았다.

아이작의 딸은 아버지와의 거래에 대해 조목조목 물어보았고 거스는 정확히 설명해 주었다.

"저희 아버지는 당신에게 장난을 치신 거랍니다. 아버지는 당신 주인님께 이까짓 갑옷이나 말로는 갚을 수 없는 큰 신세를 지셨지요. 설령 이 갑옷이나 말이 열 배는 더한다 하더라도 말이에요. 방금 전에 아버님께 얼마나 드렸지요?"

"팔십 제친스요."

거스는 그 물음에 깜짝 놀라 대답했다.

"이 지갑에는 백 제친스가 들어있답니다. 당신 주인님이 받아야 할 몫을 그분께 되돌려 드리고 나머지는 당신이 가지도록 하세요. 자, 어서 … 가세요 … 고맙다는 말 같은 건 필요 없어요! 그리고 사람들로 붐비는 이 마을을 지나갈 때에 조심하세요. 잘못하다가는 돈도 목숨도 쉽사리 잃을 수 있는 곳이니까요 … 르우벤."

레베카는 손뼉을 쳐서 하인을 불러 일렀다.

"이 손님에게 불을 밝혀 안내해 드려, 그리고 나가시고 난 후에는 잊지 말고 쇠를 채우고 빗장을 잠그도록 해."

검은 눈썹과 검은 수염을 기른 유대인인 르우벤은 레베카의 명령에 복종하여 손에 횃불을 들고 바깥으로 나가는 문을 열고 돌이 깔린 안뜰을 가로질러 거스를 안내했다.

그리고 출입구에 있는 쪽문을 통해 밖으로 내보내고는 감옥에나 알맞을 빗장과 쇠줄로 문을 단단히 잠갔다.

어두운 길을 발견하자 거스는 중얼거렸다.

"성 둔스탄께 맹세코, 저 처녀는 유대인이 아니라 하늘에서 내려온 천사가 틀림없어! 용감한 주인님으로부터 받은 십 제친스에 … 시온의 이 진주로부터 받은 이십 제친스라 … 야, 정말로 땡잡은 날이로군! 오늘 같은 날이 한 번만 더 온다면, 이 거스도 노예 신세를 면하고 누구에게도 지지 않을 만큼 자유의 몸이 될 거야. 그렇게 되면 돼지치기의 나팔과 지팡이를 던져 버린 후 자유민의 칼과 방패를 들고 얼굴이나 이름을 숨기지 않고도 젊은 주인님을 죽을 때까지 모실 수 있을 텐데."

11장

무법자 1 : 멈춰 서라, 가진 것을 내놓아라.
안 그러면, 강제로 모조리 빼앗아 버릴 테다.
스피드 : 나리, 저희는 끝장입니다! 이자들은
나그네들이 모두 무서워 벌벌 떠는 악당들입니다.
발 : 어이 친구들 …
무법자 1 : 천만에, 우리는 너희의 적이다.
무법자 2 : 조용히 해! 뭐라고 떠드는지 들어보자.
무법자 3 : 그래, 어디 들어보자고.
저자는 훌륭한 자니까.

「베로나의 두 신사」(*The Gentlemen of Verona*)(셰익스피어)

거 스의 위험한 밤의 여정은 아직 끝나지 않았다. 실제로, 거스 자신도 어느 정도 위험하다는 생각이 든 것은 마을의 외곽에 한두 채 띄엄띄엄 산재해 있는 집들을 지나 어느 깊은 오솔길로 들어섰을 때였다. 그 길은 개암나무와 서양호랑가시나무가 우거진 두 언덕 사이로 나 있는 길로서 키 작은 떡갈나무가 여기저기서 길 위로 가지를 뻗고 있었다. 게다가, 요새 마상 시합에 필요한 여러 가지 물건들을 실어 나르는 마차들로 인해 길은 여기저기 바퀴자국이 난 채 패어 있었고 언덕과 덤불이 한가위 보름달의 빛을 가로막고 있었으므로 어둡기도 하였다.

마을로부터는 때로는 비명 소리로, 때로는 희미한 음악의 거친 선율로 끊어지기도 하며 가끔은 커다란 웃음소리도 섞여 있는 주연의 소리가 멀리서 들려왔다. 무사 귀족들과 그들의 방탕한 시종들로 들끓는 마을의 무질서한 상태를 알려 주는 이 모든 소리들로 인해 거스는 좀 불안해졌다.

"저 유대 처녀 말이 맞았구나. 하느님과 성 둔스탄께서 보살펴 주사, 이 많은 돈을 가지고 무사히 집으로 돌아가야 할 텐데! 이곳에는 이름난 도둑은 말할 것도 없고, 편력 기사들과 종자들, 떠돌이 수사들과 떠돌이 음유 시인들, 떠돌이 마술사와 광대들이 들끓는 곳이어서 동전 한 푼만 지니고 있어도 위험한 상황인데, 더군다나 가난한 돼지치기가 금화를 자루 가득 갖고 있으니. 어서 빨리 이 지긋지긋한 덤불 그늘을 벗어나면 좋으련만. 도둑놈들이 내 어깨에 달려들기 전에 적어도 놈들의 얼굴을 알아볼 수 있게 말이야!"

그래서 거스는 그 길이 이어진 넓은 공터에 빨리 닿기 위해 발걸음을 재촉했지만 목적을 달성할 만큼 운이 좋지는 못했다. 마침 덤불이 제일 우거진 이 오솔길의 위쪽 끝에 이르렀을 때 불안한 마음에서 예상했던 대로 길 양쪽에서 두 명씩 네 명의 사나이가 뛰어나오더니 거스를 너무도 단단히 붙잡는 바람에, 맨 처음이라면 몰라도 이제는 대항하기에 너무 늦어버리고 말았다.

"가진 것을 내놔라."

사나이들 가운데 한 사람이 말했다.

"우리는 국민의 구세주다, 모든 사람들로부터 짐을 덜어 주니까."

"내 짐은 그렇게 호락호락하게 덜어 주지 못할 걸."

거스가 중얼거렸다. 그의 퉁명스러운 정직함은 곧 닥칠 폭력의 위협에도 굴하지 않았다.

"내가 짐을 지키기 위해 너희들을 세 번 후려칠 수만 있다면."

"흥, 그야 이제 곧 알게 되겠지."

도적 하나가 이렇게 대꾸하더니 동료들을 돌아보며 지껄였다.

"이 작자를 데리고 가자. 이 녀석은 기어이 머리가 깨지고 지갑을 찢기고 양쪽 혈관에서 피를 흘려야 직성이 풀릴 것 같은데."

거스는 이 명령에 급히 내몰려 길 왼쪽에 있는 언덕 위로 다소 난폭하게 끌려갔고, 곧 언덕과 넓은 공터 사이에 있는 헝클어진 덤불에 이르렀다. 그리고 거친 도적들을 따라 이 덤불 깊숙한 곳으로 끌려 들어갔다. 덤불 깊숙한 곳에는 나무에서 상당히 떨어져 있어 나뭇가지와 잎새의 방해를 그다지 받지 않고 달빛이 자유롭게 비치고 있는 울퉁불퉁한 공터가 있었는데 이곳에 이르자 도적들이 갑자기 멈춰 섰다. 여기서 도적들은 보기에 일당인 듯한 다른 두 사람과 합류하였다. 그들은 옆구리에 단검을 차고 있었고 손에는 육척봉을 들고 있었다. 거스는 여섯 사람이 모두 복면을 하고 있다는 것을 이제야 식별할 수 있게 되었고, 그 복면으로 인해 그들이 전에 하던 일이 무엇이었는지 설령 의심의 여지가 있다 하더라도 지금의 직업에 대해서는 물어볼 필요도 없다는 사실을 알았다.

"네 녀석은 돈을 얼마나 가지고 있지?"

도적 가운데 하나가 물었다.

"내 소유인 삼십 제친스다."

거스는 여전히 완강한 태도로 대답했다.

"몰수합시다, 몰수해 버립시다!"

도적들이 외쳤다.

"색슨 녀석이 맨 정신으로 삼십 제친스나 가지고 마을에서 돌아가는 길이렷다! 녀석이 몸에 지니고 있는 것은 일체 몰수다."

"이것은 내가 자유를 사려고 모은 돈이다."

그러자 도적 하나가 비웃었다.

"네 녀석은 바보로군. 보통 것보다 두 배 강한 맥주 3리터만 있으면 네 주인 녀석처럼 자유로워질 텐데, 아니 네 주인이 너처럼 색슨 인이라면 훨씬 더 자유로워졌을 것 아니냐."

"그래 슬픈 진실이지. 하지만 이 삼십 제친스로 너희들로부터 자유를 살수 있다면 내 손을 풀어다오, 그러면 돈을 지불할 테니."

그러자 두목인 듯한 도적이 말했다.

"입 닥쳐. 네 녀석이 갖고 있는 그 자루에는 우리에게 말한 것보다도 더많은 돈이 들어있을 테니. 네 외투 자락으로 불룩 솟아오른 것을 보면 알수 있으니까."

"이것은 훌륭한 기사인 내 주인님의 것이다. 너희들이 내 돈을 빼앗는 것으로 만족했다면, 분명히 이에 대해서는 한마디도 하고 싶지 않았는데."

"네 놈은 제법 정직한 놈이로구나. 장담하건대, 우리는 성 니콜라우스(St Nicholas)를 그렇게 열심히 믿지는 않지만, 네 녀석이 우리를 정직하게 대한다면 너의 그 삼십 제친스는 안 빼앗을 수도 있지. 그건 그렇고 네 녀석이 맡고 있는 그 돈은 잠시 동안 내놓아야 할 것 같은데."

그렇게 말하면서 도적은 거스의 품에서 아이작에게 주고 남은 제친스와 레베카가 준 지갑까지 함께 들어 있는 커다란 가죽 자루를 낚아채고는 심문을 계속 했다.

"너의 주인이 누구냐?"

"의절 기사다."

"오늘 마상 시합에서 훌륭한 창 솜씨로 상을 탄 그 기사 말이냐? 그 기사의 이름과 성이 뭐지?"

"주인님은 그것을 숨기고 싶어하신다. 그러니, 분명 나한테서는 아무것도 알아낼 수 없을 것이다."

"그러면 네 녀석은 이름과 성이 뭐지?"

"그걸 말해 버리면 내 주인님이 누구인지도 들통나고 말게."

"이 녀석 이제 보니 꽤 재치 있는 하인이로군. 너희 주인은 어떻게 이 돈을 손에 넣었지? 물려받은 것이냐, 아니면 어떤 수단을 써서 번 것이냐?"

"훌륭한 창 솜씨로 번 것이다. 이 자루에 들어 있는 돈은 네 필의 준마와 훌륭한 갑옷의 배상금이다."

"그게 얼마나 되지?"

"이백 제친스."

"뭐, 겨우 이백 제친스라고! 네 주인은 진 녀석들한테 만만히 넘어가 그렇게 싼 배상금밖에 못 받아냈군. 돈을 낸 자들이 누구인지 이름을 대라."

거스는 시키는 대로 이름을 전부 댔다.

"성전 기사 브리앙 드 봐 길베르의 갑옷과 말은 배상금이 얼마였지? 날 속일 수 없다는 것은 알고 있겠지."

"우리 주인님은 그 성전 기사에게서는 그의 목숨, 즉 피를 제외하고는 아무것도 받지 않으실 거다. 두 사람은 필사적인 도전 관계에 있으니까 서로 예의바른 관계를 맺을 수는 없지."

"맞아!"

도적은 맞장구를 치고는 잠시 뒤에 물었다.

"그런데 네 녀석은 그런 물건을 맡아 아슈비에서 무슨 짓을 하고 있었던 거지?"

"요크의 유대인 아이작이 마상 시합을 위해 우리 주인님께 마련해 준 갑옷 값을 전해 주러 갔던 것이다."

"그래서 아이작에게는 얼마나 주었지? 무게로 보건대, 이 자루에는 아직도 이백 제친스는 더 있는 것 같은데."

"내가 아이작에게 팔십 제친스를 지불했더니 그 대신 일백 제친스를 되돌려 주더군."

"뭐가! 어쨌다고!"

모든 도적들이 깜짝 놀라서 이구동성으로 외쳤다.

"네 녀석이 감히 우리를 갖고 놀 셈이냐, 그런 말도 안 되는 거짓말을 하다니?"

"내가 하는 말은 하늘에 있는 달처럼 틀림없는 진실이다. 조사해 보면 알 것 아냐, 가죽 자루 안에 다른 금화와는 별도로 들어 있는 비단 지갑 속에 그 금액이 들어있으니까."

그러자 두목이 대꾸했다.

"생각해 보란 말이다. 너는 지금 유대인에 대해 얘기하고 있는 거야, 이스라엘인 말이야. 이스라엘 사막의 그 바싹 마른 모래가 그 위에 순례자가 쏟은 물을 되돌려 주지 않는 것처럼 금화를 절대 내놓을 리가 없는 그 유대인 놈들 말이야."

그러자 다른 도적이 맞장구를 쳤다.

"그놈들은 뇌물로도 매수할 수 없는 주 장관의 관리보다도 자비심이라곤 눈곱만큼도 없는 놈들이죠."

"하지만, 내가 말한 대로라니까."

그러자 두목이 일행에게 말했다.

"그럼 어서 불을 켜봐, 어디 이 문제의 지갑을 좀 조사해 봐야겠다. 만일 이자의 말대로라면, 저 유대인의 관대함은 옛날에 광야에서 그놈 조상들을 구해낸 그 시냇물 못지 않은 기적인데."

불이 켜지자 도적 두목은 지갑을 살펴보기 시작했다. 다른 도적들은 그의 주위로 모여 함께 들여다보았고, 심지어 거스를 잡고 있던 두 도적들조차 지갑에서 무엇이 나오는지 보려고 목을 길게 빼느라 거스를 붙잡은 손의 힘이 느슨해질 정도였다. 그들의 방심을 틈타 단 한 번에 힘을 써서 민첩하게 움직인 거스는 도적의 손아귀에서 빠져나왔다. 그리고 주인의 재산을 뒤에 남겨두기로 작정만 했다면 그대로 도망칠 수도 있었으리라. 그러나 그럴 의향은 눈곱만큼도 없었다. 대신 잽싸게 도적 하나로부터 육척봉을 빼앗아 도적 두목을 힘껏 후려쳤다. 두목은 전혀 예상하지 못하고 있다가 일격을 맞았으므로 거스는 거의 자루와 돈을 되찾을 뻔했다. 그러나, 도적들이 거스보다 한 발 빨랐으므로 성실한 거스와 돈 자루는 도로 그들에게 붙잡히는 신세가 되고 말았다.

"아니 이런 못된 녀석! 내 머리를 쳤겠다. 네 녀석이 우리 같은 부류의 다른 사람들에게 걸렸더라면 이런 무례한 짓을 하고도 온전할 줄 알았냐. 하지만 이제 곧 네 운명이 어찌될지 알려 주겠다. 우선, 네 주인에 대해 얘기해 봐라. 기사의 적절한 규칙에 따라 종자보다는 기사의 일이 먼저니까. 그동안 네 녀석은 꼼짝 말고 서 있어. 다시 한 번만 움직였다가는 평생 꼼짝 못하게 될 줄 알아. 이봐, 동지들!"

두목이 이번에는 부하들에게 말했다.

"이 지갑에 유대 글자가 수놓여 있는 것을 보니 저자의 말이 사실인 게 분명해. 그러면 이자의 주인인 편력 기사는 통행세를 안 받고 보내 줘도 될 것 같군. 이자의 주인은 우리가 전리품을 뺏기에는 우리와 닮은 점이 너무 많은 것 같아. 늑대와 여우가 우글거리는 곳에서 개끼리는 서로 물어뜯지 않는 법이니까."

그러자 다른 도적이 되물었다.

"우리와 닮았다고요? 무슨 증거라도 있어서 그러는 것인지 듣고 싶습니다."

"이런, 바보 같으니, 그것도 몰라. 그 기사도 우리처럼 가난뱅이에 버림받지 않았냐 말이야. 그리고 우리가 그러는 것처럼 칼끝으로 돈을 벌잖아? 그리고 프롱 드 뵈프와 말부아상을 때려눕히지 않았냐고. 우리도 할 수만 있다면 기꺼이 그 녀석들을 때려눕힐 것 아냐? 게다가 우리가 무서워할 이유가 그렇게 많은 브리앙 드 봐 길베르의 불구대천의 원수 아냐? 설령 그렇지 않다 하더라도, 불신자 히브리 유대인보다도 못한 양심을 우리가 보여 줘서야 되겠냐고."

그러자 다른 도적이 중얼거렸다.

"안 되죠, 그건 수치예요. 그리고, 제가 예전의 그 건장한 간델린(Gandelyn) 패거리에 있었을 때도 그 정도의 양심은 있었다고요. 그건 그렇고, 이 건방진 촌놈은 … 이자도 그냥 얌전히 놓아줘야 하나요?"

"만일 자네가 이자를 혼내 줄 수 있다면, 놔주지 않아도 좋아."

두목이 거스에게 물었다.

"이봐, 네 녀석은 육척봉을 쓸 줄 아는가? 그렇게 재빨리 잡으니 말이야."

"그 질문에 대한 대답은 당신 자신이 제일 잘 알텐데."

"맞아, 정말 나한테 보기 좋게 한 방 날렸지. 어디 이 친구에게도 한 번 날려봐라. 성공하면 그냥 보내줄 테니. 실패하면 … 그야, 뭐 네가 꽤 괜찮은 녀석이니까 내가 직접 너의 몸값을 치러 주지 … 이봐, 밀러(Miller), 네 육척봉을 집어들어. 그리고 침착해야 돼. 너희들 다른 사람들은 그자를 놔주고 육척봉을 하나 주도록 해라. 저쪽이 밝으니까 싸우기에 좋겠군."

두 전사는 똑같이 육척봉으로 무장하고는 달빛을 최대한 받기 위하여 공터의 한가운데로 걸어 나왔다. 그 사이 도적들은 웃음을 터뜨리며 동료에게 소리를 질렀다.

"밀러! 자네 머리통 조심하라고!"

한편, 밀러라고 불린 도적은 육척봉의 중간쯤을 쥐고는 프랑스 인이 맷돌 돌리기(faire le moulinet)라 부르는 방식을 따라 머리 위로 육척봉을 휘두르며 자랑스럽게 소리쳤다.

"어디, 덤비려면 덤벼 봐라, 촌놈아! 이 밀러의 엄지손가락 맛을 단단히 보여 주마!"

이에 거스도 지지 않고 비슷한 솜씨로 대담하게 머리 위로 무기를 돌리며 응수했다.

"네 녀석이 밀러라면, 진짜 더 도적이로군. 나는 성실한 사람이니 네 녀석에게 도전해 주겠다."

그렇게 말하면서, 두 전사는 점점 가까이 다가섰고, 몇 분 동안, 백중세의 힘과 용기와 솜씨를 보이며 매우 재빠른 솜씨로 서로 타격을 주고받았다. 그 사이, 두 사람의 육척봉이 쉴 새 없이 탁탁거리는 소리는 약간 떨어진 곳에서 들으면 적어도 한쪽에 여섯 명의 사람들이 맞붙어 싸우고 있는 것으로 생각될 정도였다. 훌륭한 영웅시에는 이보다 더 집요하지도, 심지어 더 위험하지도 않은 싸움이 묘사되어 있다. 그러나, 거스와 밀러의 싸움은 이 중대한 과정을 있는 그대로 묘사할 거룩한 시인이 없는 까닭에 노래로 불리지 못할 것이 분명하다. 그러나, 비록 육척봉 시합이 구식일지는 모르지만 이 용감한 두 전사를 산문으로 묘사해 볼 수는 있을 것이다.

오랫동안 두 사람은 막상막하로 싸우고 있었지만, 밀러는 상대의 저항이 꽤 거센 것을 알고, 또 동료들의 웃음소리를 듣고는 그만 화가 나기 시작했다. 아마도, 이런 경우에 흔히 동료들은 밀러가 그렇게 분통해 하는 것을 재미있어 했다. 그런데 이렇게 화를 내는 것은 당당한 육척봉 시합에서는 바람직한 정신 상태가 아니었다. 보통의 목도(木刀) 시합에서처럼 여기서도 최고의 냉정함이 필수조건이었기 때문이다. 그리고 상대가 이렇게 초조해 하는 상태는 무뚝뚝하지만 침착한 거스에게 결정적인 우위를 점할 수 있는 기회를 주었다.

밀러는 육척봉의 양끝으로 번갈아 상대방에게 타격을 날리고 육척봉의 반 정도 되는 거리까지 접근하려고 애를 쓰며 맹렬하게 앞으로 밀고 나갔다. 반면에, 거스는 일 미터 정도 두 팔을 벌리고 머리와 몸을 보호하기 위해 무기를 재빨리 쳐들어 이리저리 방향을 바꿈으로써 몸을 가리면서 공격을 막았다. 눈과 발과 손으로 정확한 순간을 맞추며 그렇게 방어 자세를 유지하다가, 상대의 숨이 가빠진 것을 알아채고는 육척봉을 든 왼손으로 밀러의 얼굴을 힘껏 내리쳤다. 그리고, 밀러가 공격을 피하려는 사이, 오른손을 왼손 아래로 미끄러뜨려 육척봉을 바꿔 쥔 후 있는 힘껏 휘둘러 상대의 왼쪽 얼굴을 한껏 후려쳤다. 그 일격에 견디지 못하고 밀러는 그 즉시 푸른 풀밭 위에 대자로 나자빠졌다.

"향사답게 잘 해치웠군!"

도적들이 흥겨워 외쳤다.

"멋진 승부야, 옛 잉글랜드 만세! 색슨 인은 돈도 목숨도 구했군. 밀러는 호적수를 만났고."

도적 두목이 거스를 향해 부드러운 목소리로 특별히 확인하여 말해 주었다.

"이보게, 친구, 이제 자네는 가도 좋아. 그리고 부하들 둘을 시켜 네 주인의 천막으로 돌아가는 가장 좋은 길을 안내하여 우리보다 양심이 불량일지 모르는 밤손님들로부터 너를 보호해 주도록 하겠다. 오늘 같은 밤에는 활보하고 다니는 놈들이 많거든. 조심해서 가라. 하지만, 네 이름을 밝히지 않은 것을 잊지 말라. 그러니 우리가 누구인지 묻지도 말 뿐더러, 우리가 누구인지 무엇을 하는지에 대해 알려고 하지 마라. 그런 짓거리를 하려고 하는 날에는 지금보다 몇 배로 혼쭐날 것이다."

거스는 두목의 후의에 감사한 후 그의 충고를 따르겠다고 약속했다. 산적 두 사람이 육척봉을 집어들더니 거스더러 바싹 뒤따라오라고 하고는 덤불과, 덤불에 인접해 있는 울퉁불퉁한 공터를 가로지른 샛길을 따라 성큼성큼 앞으로 걸어갔다. 덤불 바로 끝자락에 이르자 두 사나이가 거스의 안내자들에게 말을 걸었다. 안내자들이 뭐라고 낮은 소리로 대답하자 그들은 아무 방해도 받지 않고 지나가게 해 주었다. 이런 상황으로 보아 거스는 그 산적 패들이 숫자가 많을 뿐더러 자기들의 본거지 주위에서 규칙적으로 경계를 서고 있는 것으로 생각되었다.

드디어 확 트인 들판으로 나오자, 거스가 혼자였다면 길을 찾는데 애를 먹었을 수도 있겠지만 산적들은 거스를 약간 올라온 언덕 꼭대기로 곧장 데리고 갔다. 그곳에 이르니 시합장 울타리와 양쪽 끝에 쳐져 있는 어렴풋한 천막들이 그것을 장식한 창기들과 함께 달빛에 펄럭이며 발 아래로 펼쳐져 있는 것이 보였다. 또 파수병이 불침번의 무료함을 달래려고 흥얼대는 콧노래 소리도 들려왔다.

바로 이곳에서 산적들은 길을 멈추었다.

"우리는 더 이상 안 갈 것이다. 우리는 안전하지 않으면 그렇게 하거든. 아까 두목이 한 경고 잊지 마. 오늘 밤 일어난 일은 절대로 비밀로 해야 해. 그러면 후회할 필요가 없을 테니까. 지금 내가 한 말을 우습게 알았다가는 런던 탑에 숨는다 하더라도 우리의 복수를 피하지는 못할 것이다."

"잘들, 있으시오, 친절한 양반들. 당신들의 명령을 명심하리다. 그리고 당신들이 좀 더 안전하고 정직한 직업을 갖게 되기를 바라는 것이 실례는 아니라고 생각하오."

세 사람은 이렇게 헤어져, 산적들은 왔던 길로 되돌아갔고 거스는 주인의 천막을 향해 나아갔다. 그리고 산적들로부터 받은 엄명에도 불구하고 그날 밤 겪었던 모험을 주인에게 전부 털어놓았다.

의절 기사는 레베카의 호의에 무척 놀랐지만, 그것으로 이득을 보려는 마음은 전혀 없었다. 그리고 산적들의 관대한 행위에도 적잖이 놀랐다. 그들의 직업에 그런 자질은 전혀 어울리지 않았기 때문이다. 그러나 잠을 자 두어야 했기 때문에 이 희한한 두 가지 일에 대해 그리 오래 생각할 여유가 없었다. 그날 쌓인 피로를 풀고 다음 날 시합에 대비하여 원기를 회복하는 일이 무엇보다 급선무였다.

　그래서, 기사는 잠을 자려고 천막 안에 준비되어 있는 호사스러운 침상 위에 누웠다. 충실한 거스는 천막에 일종의 융단이 되어 준 곰 가죽 위에 튼튼한 사지를 쭉 뻗어 누구든 자기를 깨우지 않고는 천막 안으로 들어설 수 없도록 천막의 입구를 가로질러 누웠다.

12장

전례관이 말에 박차를 가해 떠나자,
나팔과 클라리온 소리 드높이 울리네.
전례관의 발표가 끝나자, 동서로
애처롭게 창을 갑옷의 창받침에 갖다 대고
날카로운 박차는 말의 옆구리에 조이고,
시합을 하고 달릴 수 있는 저 투사들을 보라.
두터운 방패 위로 부딪쳐 창이 요동치면
가슴을 찌르는 통증 느껴지네.
창이 하늘로 높이 솟아올라 퉁겨져 나가면
은색으로 번쩍이는 칼이 나온다네.
칼이 투구를 찍어 갈라놓으면
붉은 선혈이 무서운 폭포처럼 분출한다네.

초서(Chaucer)

아 침은 구름 한 점 없이 맑게 시작되었다. 가장 할 일 없거나 가장 열성적인 관중들은 해가 수평선 위로 솟아오르기 전부터 공터에 모습을 드러냈고, 시합장으로 몰려가 기대되는 시합의 진행을 지켜보기에 좋은 자리를 차지하기 위해 가운데로 이동했다.

그 다음으로 장내 감찰들과 그들의 시종들이 전례관과 함께 시합에 참가하려는 기사들의 이름을 접수하고 어느 쪽에서 싸울지 결정짓기 위하여 시합장에 모습을 드러냈다. 이는 서로 맞서 싸우게 될 두 편 사이에 균형을 맞추기 위해 필요한 조치였다.

정당한 절차에 따라 의절 기사가 한쪽 편의 지휘관이 된 반면, 전날 시합에서 차석을 차지한 것으로 평가되었던 브리앙 드 봐 길베르가 다른 쪽 편의 최고 전사로 지명되었다. 낙마하여 부상당하는 바람에 그리 빨리 갑옷을 입을 만큼 회복되지 못했던 랄프 드 비퐁을 제외하고는 전날 결투에 함께 참가했던 사람들은 물론 길베르의 편에 섰다. 양쪽 편의 진영을 채울 만큼 뛰어나고 저명한 지원자들은 많이 널려 있었다.

사실, 모든 기사들이 동시에 싸우는 총시합이 일 대 일 결투보다 위험하긴 하지만, 그래도 그 당시의 기사들은 기꺼이 총시합에 자주 참가하였다. 명성이 높은 한 사람의 적수와 맞설 만큼 자기 실력을 자신할 수 없었던 많은 기사들이 그래도 총시합에서는 자기의 용맹을 과시하고 싶어했다. 총시합에서는 자기와 훨씬 동등한 다른 상대들과 대적할 수 있었기 때문이다. 이

번 경우에도, 각 편에 가담하여 싸우고 싶다고 등록한 기사들의 수가 오십 여 명을 넘자 장내 감찰들이 더 이상 받아들이지 않겠다고 선언했으므로 원서를 내는데 너무 늦은 몇몇 사람들에게 상당한 실망감을 안겨 주었다.

열 시쯤 되자 평원 전체는 시합장으로 급히 말을 몰고 가는 남녀와, 걸어 오는 사람들로 북적거렸다. 그리고, 얼마 후, 장엄한 나팔 취주가 시합에 참 가하려는 많은 기사들과 그렇지 않은 기사들을 대동한 존 왕자와 수행원들 의 도착을 알렸다.

마침 그때에 색슨 인 세드릭도 애설스탠을 동반하지 않은 채 로웨나 공주 만 데리고 도착했다. 색슨 귀족 애설스탠은 시합에 참가하기 위해 그 크고 건장한 몸을 갑옷으로 무장하고 있었다. 그리고 세드릭에게 무척 놀랍게도, 애설스탠은 성전 기사 편에 등록을 해 버리고 말았다. 세드릭은 애설스탠 이 감행한 이 무분별한 선택에 강력하게 항의했지만 자기의 행동을 열심히 정당화하기보다는 고집스럽게 밀고 나가려는 사람들이 흔히 보이는 그런 종류의 대답만을 들었을 뿐이었다.

그가 브리앙 드 봐 길베르의 편에 가담한 데는 유일하지는 않아도 제일 주된 이유가 있었는데, 우둔한 애설스탠이라 할지라도 그 이유를 밝히지 않을 정도의 사리분별력은 있었다. 애설스탠은 냉담한 기질로 인해 로웨나 공주의 호감을 사기 위한 수단은 취하지 않았지만, 그래도 공주의 매력에 전혀 무관심하지는 않았으므로 세드릭과 공주의 다른 친척들의 찬성에 의 해 공주와의 결혼이 의심할 여지 없이 이미 확정된 것으로 생각하고 있었 다. 그래서 비록 게으르지만 자존심 강한 이 코닝스버러 경은 전날 승자가 지명할 특권이 된 영예의 대상으로 로웨나를 선택하자 숨막힐 듯한 불쾌감 에 사로잡혔다. 그래서 힘이라면 어느 정도 자신이 있고 적어도 아첨꾼들 로부터는 대단한 무예가 있다고 인정받았으므로 자기의 구혼에 방해가 되 는 것처럼 보인 그 선택을 응징하기 위해 의절 기사로부터 강력한 원군을 빼앗을 뿐 아니라 기회가 된다면 그에게 자기의 도끼 맛도 보여 줘야겠다고 결심한 것이었다.

드 브라시를 위시해, 존 왕자 편인 다른 기사들은 왕자로부터의 귀띔에 복종하여 투사들 측에 가담하였다. 왕자는 가능하다면 그쪽이 확실히 이기게 하고 싶었기 때문이다. 반면에, 잉글랜드 인이든 노르만 인이든 토박이든 이방인이든 가릴 것 없이 다른 많은 기사들은 이미 실력을 입증할 정도로 뛰어난 전사인 의절 기사가 이끄는 반대편에 훨씬 흔쾌히 가담했다.

그날의 여왕으로 예정된 로웨나가 시합장에 도착한 것을 알자마자 존 왕자는 기꺼이 드러내 보이고 싶을 때는 언제든 쉽게 가장하는 공손한 태도를 취하며 공주를 맞이하러 앞으로 달려나가 모자를 벗었다. 그리고 말에서 내려 로웨나 공주가 안장에서 내리는 것을 부축해 주었다. 그와 동시에 신하들도 모자를 벗었고, 고관들 가운데 한 사람은 말에서 내려 공주의 말고삐를 잡아 주었다.

그리고 왕자가 입을 열었다.

"우리는 사랑과 미의 여왕에 대한 충성의 착실한 모범을 보여 오늘 여왕이 차지할 옥좌로 이렇게 안내하는 것이오 … 그러니 숙녀들, 여왕을 잘 모시도록 하시오, 그대들도 이와 같은 영예로 이름을 떨치고 싶다면 말이오."

그렇게 말하면서, 왕자는 로웨나를 자기 자리 맞은 편에 마련된 영예의 자리로 안내했고, 그 자리에 있던 가장 아름답고 기품 있는 숙녀들은 임시 여왕과 되도록 가까운 자리를 얻기 위해 그 뒤를 우르르 따라갔다.

로웨나가 자리를 잡고 앉자마자 반은 군중들의 함성에 묻혀 버린 음악소리가 새로이 여왕 자리에 오른 로웨나를 축하하였다. 어느덧, 햇살이 양쪽 기사들의 광을 낸 무기에 강렬하고도 밝게 비치고 있었다. 기사들은 시합장 양쪽 끝에 모여 전열을 갖추고 싸움을 수행할 수 있는 최상의 방법에 관하여 열심히 작전을 짜고 있었다.

그때 전례관이 시합의 규칙을 자세히 발표하는 동안 조용히 하라고 선언하였다. 이 규칙은 그날의 위험을 어느 정도 줄이는 쪽에 주안점을 둔 것이었다. 이날의 싸움은 잘 드는 칼과 날카로운 창으로 진행되기 때문에 그러한 예방조치가 더욱 필요했다.

그래서 칼로 찌르는 것은 금지되고 내리치는 것으로만 한정되어 있었다. 또 공고되기를, 철퇴나 전투용 도끼는 임의로 사용될 수 있었지만 단검은 금지된 무기였다. 말에서 떨어진 기사가 똑같은 처지에 처한 상대편의 다른 적수와 땅에서 싸우는 것은 가능하지만 말을 탄 사람이 땅에 있는 사람을 공격하는 것은 금지되었다. 어떤 기사가 적수의 몸이나 무기를 울타리에 닿을 때까지 시합장 끝으로 밀어 붙이면 그 적수는 패배한 것으로 시인해야 하며 그 갑옷과 말은 승자의 처분에 맡기게 된다. 그렇게 패배가 선언된 기사는 더 이상 시합에 참여할 수 없게 된다.

어떠한 투사가 쓰러져 일어날 수 없으면 종자나 시종들이 시합장 안으로 들어가 주인을 끌고 나갈 수 있다. 하지만 이럴 경우에 그 기사는 패배한 것으로 간주되어 그 갑옷과 말은 몰수가 선언된다. 존 왕자가 지휘봉이나 권홀을 던지면 싸움은 그 즉시 중단되어야 한다. 이는 이토록 목숨을 건 경기가 너무 오래 지속됨으로써 쓸데없이 피를 많이 흘리는 것을 방지하기 위해 흔히 취해지는 예방 조치였다. 마상 시합의 규정을 어기거나 영예로운 기사도의 규칙을 위반하는 기사는 갑옷이 벗긴 채 방패를 거꾸로 들고 울타리의 말뚝 위에 걸터앉아 기사답지 못한 행동에 대한 벌로 사람들의 조롱을 받게 될 것이었다. 이러한 예방조치들을 알리자 전례관은 훌륭한 기사들에게 각기 의무를 다하여 사랑과 미의 여왕으로부터 총애를 받기에 부끄럼이 없도록 하라는 권고로 끝을 맺었다.

이러한 선포를 마치자 전례관들은 자기 자리로 되돌아갔다. 길게 열을 지어 시합장 양끝으로 들어온 기사들은 서로 상대를 향하여 2열 횡대로 정렬하였다. 각 편의 지휘관은 각기 자기편의 대열을 세심하게 정돈시키고 모든 사람을 제자리에 세워놓은 후 자기도 제일 앞줄 한가운데에 가서 섰다.

그토록 많은 씩씩한 전사들이 화려하게 무장하고 늠름하게 말을 탄 모습으로 그렇게 무서운 싸움에 만반의 준비를 갖추고 많은 쇠기둥처럼 안장에 앉아, 콧김을 내뿜고 앞발로 땅을 참으로써 조바심의 조짐을 보이는 미끈한 말들만큼 열성적으로 싸움의 시작을 알리는 신호를 기다리고 있는 모습은 자못 멋있으면서도 걱정스러운 광경이었다.

기사들은 아직 창을 세워 들고 있었으므로 창 끝은 하늘을 향하고 끝을 장식한 깃발은 투구를 장식한 깃털 위로 나부끼고 있었다. 그들이 그렇게 정렬해 있는 동안 양측이 정해진 수에 과부족이 없도록 하기 위하여 장내 감찰이 매우 꼼꼼히 그들의 대열을 조사하였다. 양측의 인원은 정확히 맞았다. 그러자 장내 감찰은 시합장에서 물러났고 윌리엄 드 와이빌이 우레와 같은 목소리로 '돌진' 하고 시작 신호를 알렸다. 그가 외치는 동안 나팔 소리도 함께 울려 퍼졌다. 전사들은 창을 일제히 낮추어 공격 자세를 취했고, 박차로 말의 옆구리를 질렀다. 양측의 앞 대열은 전속력으로 상대를 향해 달려갔고 엄청난 충격으로 시합장 한가운데에서 충돌했다. 그 소리는 몇 리 밖에서도 들릴 정도였다. 양측의 뒤쪽 대열은 패자를 돕고 자기편 승자의 성공을 뒤따르기 위해 좀 더 느린 속도로 진격했다.

그토록 많은 말들이 달림으로써 일어난 먼지로 대기가 뿌옇게 되어 교전의 결과가 즉시 보이진 않았으므로, 몇 분이 지난 후에야 걱정스러운 군중들은 교전의 운명을 볼 수 있게 되었다. 싸우는 상태를 알아볼 수 있게 되었을 즈음에는 양측 기사들의 절반이 말에서 떨어진 상황이었다. 적수의 뛰어난 창술 솜씨에 의해 떨어진 사람도 있었고, 일부는 상대의 더 육중한 체중과 힘에 의해 말과 사람 모두 쓰러지는 바람에 낙마한 사람도 있었다. 다시는 못 일어날 것처럼 사지를 쭉 뻗은 사람이 있는가 하면, 이미 벌떡 일어나 자기처럼 말에서 떨어진 상대편 적수와 일 대 일로 접전을 벌이고 있는 사람도 있었다. 그리고 양측에서 심한 부상을 당한 몇 사람은 견대로 흐르는 피를 지혈시킨 후 난장판에서 빠져나오려고 애쓰고 있었다. 격렬한 충돌로 인해 거의 대부분 창이 부러져 버린 말 탄 기사들은 마치 명예와 목숨이 그 싸움의 결과에 달려 있기라도 하듯이 함성을 지르고 타격을 주고 받으며 칼로 접근전을 펼쳤다.

양측에서 지원군으로 활약하며 이제 동료들을 돕기 위해 돌진하는 두 번째 대열의 진군으로 금세 상황은 더욱 소란스러워졌다. 브리앙 드 봐 길베르를 따르는 전사들은 '하, 성전! 성전!' 라고 소리쳤고, 반대편은 '의절! 의절' 이라고 소리쳤다. 이는 각기 지휘관의 방패에 쓰여진 제명에서 따온 슬로건이었다.

전사들은 승리를 주고받으며 극도로 맹렬하게 교전했고 전투의 물결은 어느 한쪽이 우세함에 따라 시합장의 남쪽 끝으로 몰려가는가 하면 어느새 북쪽 끝으로 몰려가고 있었다. 서로 치고 받는 소리와 전투의 함성은 나팔 소리와 한데 뒤섞였으므로 말에서 떨어져 말발굽 아래서 무방비 상태로 구르며 누워 있는 사람들의 신음소리는 제대로 들리지 않았다. 전사들의 빛나던 갑옷은 이제 먼지와 피로 얼룩졌고 칼과 도끼로 내려칠 때마다 찢어졌다. 투구에서 잘려나간 화려한 깃털 장식은 눈송이처럼 바람에 날려 떠다녔다. 무사답게 전열을 갖추고 있었을 때의 그 아름다움과 우아함은 모두 사라져 버리고, 지금 눈에 보이는 것은 오로지 공포와 연민을 일깨우는 것뿐이었다.

그러나 습관의 힘은 대단한 것으로, 그렇게 무시무시한 광경에 천성적으로 끌리게 마련인 상스러운 관중뿐 아니라 관람석을 꽉 채운 높은 신분의 숙녀들조차 분명 오싹한 흥미를 느끼면서도 그토록 끔찍한 광경에서 눈을 돌리려고 하지 않은 채 시합을 지켜보았다. 사실은, 연인이나, 형제, 혹은 남편이 말에서 떨어질 때 여기저기서 아름다운 얼굴이 창백해지거나 가냘픈 비명이 들렸을 수도 있다. 그러나, 대체적으로, 주위의 숙녀들은 손뼉을 치고 베일이나 손수건을 흔들 뿐 아니라 멋진 공격이나 타격이 눈앞에서 펼쳐질 때마다 '용감한 창이여! 훌륭한 칼이여!' 라고 함성을 외침으로써 전사들을 독려했다.

이 피비린내 나는 시합에 여성들이 보인 관심이 그러했으니 남성들이야 두말할 필요도 없었다. 전세가 바뀔 때마다 커다란 환호를 지르며 모든 시선은 시합장에 못 박힌 듯 고정되어 그토록 마구 내리치던 타격을 마치 자기들이 치고 받는 것처럼 흥분하는 모습에서 남성들의 관심이 어떠한지 적나라하게 드러났다. 그리고 함성이 잠시 그친 틈을 타 고함을 지르는 전례관들의 음성이 들려왔다.

"싸워라, 용감한 기사들이여! 사람은 죽어도 명예는 영원하나니! 싸워라, 패배보다는 죽음이 낫다! 싸워라, 용감한 기사들이여! 반짝이는 눈들이 그대들의 행위를 지켜보고 있노라!"

엎치락뒤치락 하는 전세의 와중에 모든 사람들의 시선은 각 편의 지휘관들을 찾으려고 애쓰고 있었다. 두 지휘관은 싸움이 치열하게 진행되는 곳에 섞여 소리로 호령하고 모범을 보임으로써 전사들을 독려했다. 두 사람다 눈부신 활약을 보여 주었고, 봐 길베르도 의절 기사도 상대편에서 자기의 호적수라고 생각될 만한 전사를 만나지는 못했다. 그들은 서로의 적의에 자극되고 지휘관의 패배가 전체 승리의 결정적 요인으로 간주될 수 있다는 사실을 알고 있었으므로 계속해서 상대를 찾아내려고 애썼다. 그러나, 그토록 많은 기사들이 뒤엉켜 혼란스러웠으므로 교전 초기에는 서로 대적하려는 그들의 노력이 수포로 돌아갔다. 상대편 지휘관에 대항해 자신의 힘을 견줌으로써 영예를 얻으려는 열망에 사로잡힌 부하 전사들의 열의에 의해 두 사람은 몇 번이나 헤어졌기 때문이다.

그러나 양측에서 패배를 인정하거나 시합장 끝으로 밀렸거나, 그렇지 않으면 전투를 계속할 수 없게 된 사람들이 속출하게 됨에 따라 시합장의 사람 수가 줄어들자 성전 기사와 의절 기사는 영예의 쟁탈과 결합된 불구대천의 증오가 불어넣은 격노에 휩싸여 결국 일 대 일로 싸울 수 있게 되었다. 치고 피하는 그 교묘한 솜씨에 관중들은 일제히 저도 모르게 환희와 감탄을 나타내는 환성을 질렀다.

그러나 이 순간에는 의절 기사 쪽이 불리하였다. 한쪽에서는 프롱 드 뵈프의 거대한 팔이 다른 한쪽에서는 애설스탠의 괴력이 옆에 있는 적수들을 제압하여 패주시켰기 때문이다. 자기들에게 즉시 달려드는 적수가 없다는 것을 알자 이 두 기사의 마음 속에는 맞수와 싸우고 있는 성전 기사를 도움으로써 자기편이 결정적으로 유리해지게 만들어야겠다는 생각이 동시에 떠오른 것 같았다. 그래서 동시에 말머리를 돌려, 한쪽에서는 노르만 기사 프롱 드 뵈프가 다른 쪽에서는 색슨 인 애설스탠이 의절 기사를 향해 박차를 가하였다. 수적으로 열세인 이 예기치 못한 공격의 대상이 된 의절 기사는 이처럼 불리한 입장에 처한 사람에게 관심을 보이지 않을 수 없는 관중들이 함성으로 질러준 경고가 아니었더라면 그 공격을 전적으로 지탱할 수 없었을 것이다.

"조심해! 조심하시오! 의절 기사!"

그토록 많은 사람들이 동시에 외쳐 주었으므로 의절 기사는 위험을 알아차리고 성전 기사를 최대한 힘껏 내리치는 동시에 애설스탠과 프롱 드 뵈프의 공격을 피하기 위해 말을 뒤로 돌렸다. 그래서 성전 기사와 공격 대상인 의절 기사의 사이로 서로 맞은 편에서 달려오고 있던 이 기사들은 그렇게 겨냥이 빗나가게 되자 달려오던 것을 멈추기 전에 말들이 거의 상대와 부딪칠 뻔했다. 그러나 말의 균형을 되찾아 말머리를 돌린 후 세 사람은 의절 기사를 공격하여 땅으로 떨어뜨리겠다는 공통의 목적으로 그의 뒤를 쫓았다.

전날 상을 타게 해 주었던 그 뛰어난 말의 놀랄 만한 힘과 활약 외에는 이제 의절 기사를 구할 수 있는 것은 아무것도 없었다.

이 말은 의절 기사에게 더욱 큰 도움이 되었다. 봐 길베르의 말은 부상당하고 프롱 드 뵈프와 애설스탠의 말들은 완전 무장을 갖춘 거대한 주인들의 육중한 무게와 지금까지 치른 격전으로 둘 다 지쳐 있었기 때문이다. 자신의 능란한 승마술과 타고 있는 뛰어난 말의 활약 덕분에 의절 기사는 몇 분 동안은 세 적수의 칼끝을 견디어낼 수 있었다. 하늘을 나는 매처럼 날쌔게 이리저리 방향을 틀어 될 수 있는 대로 적과의 간격을 멀리 유지하며 이 사람을 공격하는가 하면 어느새 저 사람을 공격하였고 칼을 사정없이 이리저리 휘둘러 상대가 반격할 틈을 주지 않았다.

그러나 그 뛰어난 솜씨에 박수 갈채를 보내는 소리로 시합장이 울려 퍼지긴 했지만 결국에는 의절 기사가 지고 말게 될 것은 자명했다. 그래서 존 왕자 주위의 귀족들은 모두 한 목소리로 권홀을 던져 그토록 용감한 기사가 수적인 열세로 패배를 당하는 치욕을 면하게 해 달라고 왕자에게 간청했다.

"아니, 절대로 안 되지! 건방지게도 이름을 밝히지 않고 우리가 제의한 환대를 우습게 여긴 이 풋내기가 이미 상을 한 번 탔으니 이번에는 다른 사람이 타게 할 여유는 있겠지."

그런데 존 왕자가 그렇게 말하는 순간, 뜻밖의 사건이 일어나 그날의 운명을 바꾸어 놓고 말았다.

의절 기사 편에는 검은 갑옷을 입고, 주인을 닮아 몸집과 키가 크고 보기에도 늠름하고 튼튼한 검은 말을 타고 있는 한 기사가 있었다. 아무런 문장도 그려져 있지 않은 방패를 든 이 기사는 자기를 공격해 오는 적수들은 가볍게 물리치면서도 그 유리한 상황에서 계속 쫓거나 다른 사람을 직접 공격하지는 않은 채 이제까지는 싸움의 성과에 그다지 관심을 보이지 않고 있었다. 말하자면, 지금까지 시합에 참가한 당사자라기보다는 방관자에 가까운 역할을 하고 있었으므로 그런 상황으로 인해 관중들 사이에서 검은 게으름뱅이라는 별명까지 얻어듣고 있던 터였다.

그러던 이 기사가 자기편의 지휘관이 그토록 악전고투하고 있는 것을 보게 되자 이제까지의 냉담함을 즉시 떨쳐버린 것 같았다. 그다지 싸움을 하지 않아 아직 원기 충천한 말에 박차를 가해 나팔소리처럼 우렁찬 목소리로 "의절 기사, 내가 돕겠소!"라고 외치며 번개처럼 날쌔게 뛰어갔기 때문이다. 그것은 아주 절묘한 타이밍이었다.

의절 기사가 성전 기사를 밀어붙이고 있는 동안 프롱 드 봬프가 높이 쳐든 칼로 의절 기사를 막 내리치려던 참이었기 때문이다. 그러나 프롱 드 봬프의 칼이 닿기 전에 흑기사가 먼저 그의 머리에 일격을 가하였다. 흑기사의 칼은 프롱 드 봬프의 윤이 나는 투구를 비껴 조금도 줄어들지 않은 위력으로 투구를 쓴 말의 이마에 맞았으므로 프롱 드 봬프는 땅 위로 굴러 떨어졌고 말과 사람 할 것 없이 그 격렬한 타격에 모두 정신을 잃었다. 그 다음 게으름뱅이 흑기사는 말을 돌려 코닝스버러의 애설스탠에게 돌격했다. 그리고 자기 칼은 프롱 드 봬프와의 교전에서 부러졌으므로 거대한 애설스탠이 휘두르던 도끼를 빼앗아 그 무기가 손에 익은 사람처럼 투구에 엄청난 일격을 가하였으므로 애설스탠 역시 정신을 잃고 바닥에 쓰러지고 말았다.

흑기사는 이렇게 연거푸 무훈을 세우리라고는 전혀 기대하지 않고 있던 관중들로부터 더욱 많은 박수갈채를 받았는데 그 묘기가 끝나자 다시 원래의 게으른 기질로 돌아간 것처럼 보였다. 시합장의 북쪽 끝으로 조용히 되돌아가 자기의 지휘관이 브리앙 드 봐 길베르와 사력을 다하여 맞설 수 있도록 내버려 둔 것이었다. 그리고 의절 기사에게 이번 대결은 더 이상 전처럼 힘든 것이 아니었다. 성전 기사의 말은 이미 피를 많이 흘렸으므로 의절 기사가 공격한 충격을 견디지 못하고 무너졌다. 브리앙 드 봐 길베르는 땅 위로 굴렀고, 등자가 걸려 발을 뺄 수가 없었다. 의절 기사는 말에서 뛰어내려 적수의 머리 위로 결정적인 검을 쳐들어 항복을 요구했다. 바로 그때, 전에 의절 기사에게 보였던 것보다는 현재 성전 기사의 위험한 상황에 마음이 움직인 존 왕자가 권홀을 던져 싸움을 중지시킴으로써 성전 기사가 스스로 패배를 자인하는 굴욕만은 면하게 해 주었다.

실로, 아직껏 타오르고 있는 것은 싸움의 타다 남은 불꽃과 찌꺼기뿐이었다. 시합장에서 아직 싸움을 계속하고 있던 몇몇 기사들 가운데 대부분은 두 지휘관의 결투로 싸움을 결정짓게 할 생각에서 무언중에 동의하여 한

동안 싸움을 삼가고 있었기 때문이다.

교전이 계속되는 동안에는 힘들고 위험하여 주인을 돌보지 못하고 있던 종자들은 이제 시합장 안으로 달려들어가 부상자를 성심껏 돌보았다. 부상자들은 매우 조심스럽게 주의를 기울여 가까운 천막이나 인근 마을에 그들을 위하여 마련되어 있던 숙소로 옮겨졌다.

이렇게 해서 그 당시 가장 용맹하게 치러졌던 마상 시합의 하나였던 아슈비 드 라 주시의 기념할 만한 싸움은 끝이 났다. 갑옷의 열기로 질식사한 한 사람을 포함하여 그 시합의 사망자 수는 네 사람에 불과했지만 서른 사람 이상이 치명상을 입었고 그 가운데 너댓 사람은 결국 소생하지 못했다. 영원히 불구가 된 사람도 몇 명 있었다. 그리고 불구 신세를 잘 모면한 사람도 싸움의 흔적, 즉 상처는 죽을 때까지 지워지지 않았다. 이후로 이 일전은 우아하고 유쾌한 아슈비의 무예 시합으로 옛 기록에서 늘 언급되었다.

이제 가장 발군의 실력을 보인 기사를 지명하는 것이 존 왕자의 임무였으므로 왕자는 그날의 영예를 대중들이 한 목소리로 검은 게으름뱅이라 부른 그 기사에게 수여하기로 결심했다. 그러자 이 판결에 항의하여, 승리는 사실상 그날 하루 동안 자기 손으로 직접 여섯 전사를 제압하고 결국엔 상대편의 지휘관을 말에서 떨어뜨려 쓰러뜨린 의절 기사가 달성한 것이라는 지적을 받았다. 그러나 존 왕자는 자기의 의견을 고수하여 검은 갑옷 기사의 강력한 도움이 없었더라면 의절 기사와 그의 편은 지고 말았을 것이라는 이유를 들어 그에게 상을 수여하겠다는 고집을 꺾지 않았다.

그러나, 그곳에 있던 모든 사람들에게 놀랍게도, 이렇게 선택된 그 기사의 모습은 어디에서도 보이지 않았다. 그는 싸움이 중단되자마자 즉시 시합장을 떠났으므로, 검은 게으름뱅이라는 별명을 얻게 해 준 나른하고 무관심한 태도와 똑같이 느린 발걸음으로 숲 속의 빈터 하나로 내려가는 것이 몇몇 관중들의 눈에 띄었다고 했다. 나팔 소리가 두 번이나 울리고 전례관이

나오라고 선포해도 아무런 반응이 없었으므로 그에게 선정되었던 영예를 수여할 다른 사람을 지명할 필요가 생겼다. 존 왕자는 이제 더 이상 의절 기사의 자격을 거부할 구실이 없었으므로 그를 그날의 우승자로 지명했다.

피로 미끈거리고, 찢어진 갑옷과 부상당한 말과 죽은 말의 시체로 막힌 시합장을 지나 장내 감찰들은 승자를 다시 한 번 존 왕자의 옥좌 발치로 안내하였다.

"의절 기사. 오로지 그 이름으로만 우리에게 알리고 싶어하는 것 같아 이렇게 부르는데, 이 마상 시합의 영예를 두 번째로 그대에게 수여하는 바이며, 그대의 용맹이 당연히 받을 가치가 있는 영예의 화관을 사랑과 미의 여왕에게서 받을 권리가 있음을 선포하노라."

기사는 낮고 공손하게 절을 했지만 아무런 대답도 하지 않았다.

나팔 소리가 울려 퍼지고, 전례관이 승리자에게 용맹과 영광의 명예를 목청껏 선포하고, 숙녀들이 비단 손수건과 수놓인 베일을 흔들며, 모든 관중들이 환희의 소리를 지르는 가운데, 장내 감찰이 시합장을 가로질러 로웨나 공주가 앉아 있는 영예의 옥좌 발치로 의절 기사를 안내하였다.

이 옥좌의 아래쪽 계단에서 의절 기사는 무릎을 꿇게 되어 있었다. 사실, 싸움이 끝난 이후 그의 모든 행동은 자기 자신의 의지보다는 차라리 주위 사람들의 마음의 충동에 따라 이끌리고 있는 것 같았다. 그리고 장내 감찰들이 두 번째로 시합장을 가로질러 안내하는 동안에는 비틀거리는 것이 눈에 띌 정도였다. 우아하고도 위엄 있는 발걸음으로 옥좌에서 내려온 로웨나는 손에 들고 있던 화관을 의절 기사의 투구 위에 막 씌워 주려고 하였다. 바로 그때 감찰들이 동시에 외쳤다.

"그런 상태로는 안 됩니다. 먼저 투구를 벗어야 합니다."

그 말에 의절 기사가 희미하게 몇 마디 중얼거렸고 그 소리는 투구의 빈 공간 속으로 사라져 들리지 않았지만 그 뜻은 자기의 투구를 벗기지 말아 달라는 내용인 것 같았다.

격식을 존중해서인지 아니면 호기심에서였는지 어쨌든 감찰들은 싫어하는 기사의 표정에는 전혀 아랑곳하지 않고 투구 끈을 끊고 목가리개를 풀음으로써 의절 기사의 투구를 벗겨냈다. 투구가 벗겨지자 잘생겼지만 햇볕에 탄 스물다섯 살 청년의 얼굴이 풍성한 짧은 금발 사이로 드러났다. 그의 안색은 죽은 사람처럼 창백하고 한두 군데 피를 흘린 흔적이 있었다.

로웨나는 청년을 보자마자 가냘픈 비명을 질렀다. 그러나 즉시 짜낼 수 있는 온 힘을 불러내어 하는 수 없이 하던 일을 진행하였다. 다시 말해서, 갑작스러운 감정의 격동에 아직 온 몸을 부들부들 떨고 있으면서도 그날의 상으로 정해진 찬란한 화관을 힘없이 숙이고 있는 승자의 머리에 씌워 주고는 또렷하고도 분명한 어조로 다음과 같이 말하였다.

"기사님, 오늘의 승자에게 줄 용맹의 보답으로 이 화관을 당신에게 드립니다."

그리고 잠시 쉬었다가 다시 확고한 말투로 덧붙였다.

"그리고 이보다 더 고귀할 수 없는 이마에 이 화관을 씌워 드립니다!"

의절 기사는 머리를 숙이고, 자기의 용맹을 시상하는 아름다운 여왕의 손에 입을 맞추었다. 그리고 나서, 몸이 앞으로 더욱 기울더니 결국에는 로웨나의 발치에 쓰러지고 말았다.

그 모습에 군중은 모두 깜짝 놀랐다. 내쫓았던 아들의 갑작스러운 출현에 너무 놀라서 할 말을 잊었던 세드릭은 로웨나로부터 그를 떼어놓으려는 듯이 앞으로 달려나갔다. 그러나 아이반호가 기절한 원인을 짐작한 장내 감찰들이 먼저 달려들어 황급히 그의 갑옷을 벗겨 보니 창 끝이 가슴받이를 뚫고 들어가 옆구리에 상처가 나 있었다.

13장

"용사들이여, 가까이 오라!" 아트리데스 큰 소리로 외치네,
"발군의 실력을 선보여라,
솜씨와 용맹스러운 힘으로
적들을 능가하고 명성을 누릴 자격이 있는 그대들이여.
황소 스무 마리의 가치가 있는 이 암소는,
가장 멀리 화살을 쏘아보내는 자에게 바쳐질 것이니."

「일리아드」(*Iliad*)

아 이반호라는 이름이 한 번 새어나오자마자, 퍼뜨리려는 대단한 열의와 받아들이려는 호기심으로 인해 그 이름은 삽시간에 입에서 입으로 전해졌다. 그래서 얼마 되지 않아 존 왕자가 있는 곳까지 미치게 되었다. 왕자는 소식을 듣자 표정이 어두워졌다. 하지만 비웃는 태도로 주위를 돌아보며 말했다.

"경들, 그리고 특히 그대, 수도원장. 직감적인 호의와 반감에 대해 학자들이 우리에게 알려 주는 그 학설에 대해 어떻게 생각하는지? 저 갑옷이 감싸고 있는 사람이 누구인지 전혀 짐작하지 못했을 때조차도 나는 이미 내 형의 총신의 출현을 감지하고 있었소."

"프롱 드 뵈프는 아이반호에게 자기 영지를 되돌려 줄 준비를 해야겠군요."

시합에서 자기 몫을 훌륭히 해낸 후 방패와 투구를 내려놓고 다시 존 왕자의 수행원들 틈에 섞여 있었던 드 브라시가 끼어들었다.

그러자 왈데마르 핏저스가 대답했다.

"맞소, 이 용사는 어쨌든 리처드 왕이 하사했고 그 후에 다시 전하께서 관대하게 프롱 드 뵈프에게 내려주신 성과 영지를 되찾으려고 할 것 같군요."

"프롱 드 뵈프는 아이반호의 영지 같은 것을 토해내기는커녕 기꺼이 세 개나 집어삼키려는 작자인걸. 그런 점들을 제외하더라도, 경들, 외국으로 방랑하느라 부름이 있을 때 충성도 봉사도 할 수 없는 그런 자들을 대신하여 내 주위에 있으면서 언제든 군역을 이행할 준비가 되어있는 충성스러운 신하들에게 봉토를 하사하는 나의 권리를 이곳에 있는 그 누구도 부인하지 않기를 바라오."

그 문제에 많은 이해관계가 걸려 있었으므로 사람들은 존 왕자의 주제넘은 권리가 전적으로 의심할 여지가 없는 것이라고 맞장구를 쳤다.

"관대하신 왕자님! 그 충성스러운 신하들에게 친히 보답하시는 노고를 마다 않는 매우 고귀하신 군주님!"

그것은 아직 정말로 그러한 은전을 받지 못했다면 리처드 왕의 부하와 총신들을 희생시켜서라도 그와 유사한 하사금을 기대하고 있는 수행원의 입에서 터져 나온 말이었다. 에이머 수도원장 역시 사람들의 계획에 동의하긴 하였지만, 다음과 같이 토를 달았다.

"저 신성한 예루살렘이 사실 외국이라고 할 수는 없지요. 그곳은 모든 그리스도인들의 어머니죠. 하지만 아이반호의 기사가 이것을 얼마나 유리한 구실로 삼을지는 모르겠습니다. 저는 리처드 왕 휘하의 십자군 전사들이 아스칼론(Askalon) 너머로 그다지 진격하지 못했다는 사실을 알고 있기 때문이죠. 이 아스칼론은, 온 세상이 다 알고 있듯이, 팔레스티나 인들의 도시로서 성스러운 도시라고 불릴 자격이 전혀 없는 곳이거든요."

한편, 호기심에 이끌려 아이반호가 쓰러져 있는 곳으로 갔다가 어느새 돌아온 왈데마르가 말했다.

"저 기사는 전하에게 근심거리가 될 것 같지는 않고, 프롱 드 뵈프가 그 영지를 그대로 보유하게 내버려 둘 것 같습니다 … 상처가 매우 심하거든요."

"그자가 어떤 작자든 간에 그는 오늘의 승자다. 그리고 우리의 열 배의 적이든, 형의 헌신적인 친구든, 어차피 마찬가지이지만, 상처는 돌보게 해 줘야지. 내 어의를 불러 돌봐 주도록 하라."

이렇게 말하는 동안 존 왕자의 입가에는 험악한 미소가 떠올랐다. 그때 왈데마르 핏저스가 황급히 대답하여 아이반호는 이미 시합장에서 옮겨져 친구들의 간호를 받고 있다고 알려 주었다.

그리고 계속 중얼거렸다.

"사랑과 미의 여왕이 슬퍼하는 모습을 보고는 저도 조금 괴로웠습니다. 이 일로 여왕의 주권이 애도로 바뀌고 말았죠. 저는 연인을 위해 슬퍼하는 여인을 보고 마음이 흔들릴 사람은 아니지만 이 로웨나 공주는 그토록 위엄 있는 태도로 슬픔을 억눌렀으므로 오로지 맞잡은 두 손과, 자기 앞에 의식 없이 쓰러져 있는 사람을 지켜보며 파르르 떨면서도 눈물 한 방울 흘리지 않는 눈으로만 슬픔을 드러내고 있었죠."

"대체 이 로웨나 공주가 누구지? 이렇게 귀가 따갑도록 들리니 말이야."

"거대한 영지를 물려받게 될 색슨의 상속녀입니다."

에이머 수도원장이 나서서 대답했다.

"사랑스러운 장미요, 값비싼 보석, 천 명 가운데서도 으뜸 가는 미인, 한 꾸러미의 몰약이요, 한 다발의 화려한 꽃이죠"(모두 구약성서 "아가서"에서 인용한 구절).

"그렇다면 그녀의 슬픔을 위로해 줘야겠군. 그리고 노르만 인과 결혼시켜 혈통도 바꿔 주고. 아직 미성년자인 것 같던데 그렇다면 결혼은 우리 왕실의 뜻에 따라야지. 드 브라시, 그대 생각은 어떤가? 정복자 윌리엄 1세의 신하들의 풍습에 따라 색슨 인과 결혼함으로써 훌륭한 토지와 살림살이를 손에 넣는 것에 대해 말이야?"

"그 토지가 제 마음에 들기만 한다면, 전하, 신부를 맞이하는 것을 마다할 이유가 있겠습니까. 전하께 훌륭한 행위를 할 것을 깊이 맹세 드립니다. 그것이 전하의 충복이자 가신을 위하여 해 주신 모든 약속을 이행하는 것이 되겠지요."

"내 그 말을 꼭 기억해 두겠네. 그렇다면 쇠뿔도 단김에 뽑으라고 했으니 당장 집사장을 시켜 로웨나 공주와 그 일행들, 즉 공주의 후견인이라는 그 거만한 작자와 흑기사가 시합에서 쓰러뜨린 그 색슨 황소를 오늘 밤 연회에 참석하라고 명해야겠군. 드 비고."

왕자는 집사장을 향해 덧붙였다.

"그대는 색슨 인들의 자존심을 만족시켜 또 다시 거절하지 못하도록 우리의 이 두 번째 초대를 아주 정중히 전하거라. 하긴 뭐, 그놈들에게 예의란 돼지 목에 진주를 걸어 주는 격이지만."

존 왕자가 여기까지 말하고는 시합장에서 퇴장하려는 신호를 막 내리려는 순간 한 통의 짧은 편지가 그의 손에 쥐어졌다.

"어디서 온 것이냐?"

왕자는 편지를 전달해 준 사람을 보며 물었다.

"외국이라는 것뿐, 저도 잘 모르겠습니다. 어떤 프랑스 인이 가져온 편지입니다. 그자의 말로는 전하께 이 편지를 전하기 위해 밤낮을 달려왔다고 합니다."

왕자가 편지의 겉봉을 자세히 살펴보고 나서 편지를 둘러싼 비단이 풀어지지 않도록 고정시킨 봉인을 보았더니 세 개의 붓꽃(프랑스 왕실의 문장) 날인이 찍혀 있었다. 그러자 존은 보기에도 크게 동요하는 모습으로 편지를 뜯었고, 편지의 내용을 읽는 동안 놀란 모습은 더욱 확연히 심해졌다. 편지에 다음과 같은 내용이 적혀 있었기 때문이다.

'조심하시오, 악마가 사슬에서 풀려났소!'

왕자는 안색이 죽은 사람처럼 창백해져 마치 사형 선고가 내려졌다는 소식을 받은 사람처럼 처음에는 땅을 내려다보다 그 다음에는 하늘을 쳐다보았다. 처음의 놀란 충격에서 어느 정도 정신을 차리자 왈데마르 핏저스와 드 브라시를 한옆으로 데리고 가더니 두 사람에게 차례로 편지를 넘겨주었다. 그리고는 떨리는 목소리로 덧붙였다.

"그 말은 형 리처드가 풀려났다는 뜻이오."

"허위 경보거나 위조된 편지일 수도 있습니다."

드 브라시가 대답했다.

"그것은 프랑스 왕 자신의 친필이고 봉인이야."

핏저스가 나섰다.

"그렇다면, 요크나 그 밖의 다른 중심지에서 우리 당이 반기를 들 때입니다. 며칠만 지나도 때는 늦을 것입니다. 전하께서는 이 허황한 의식을 지금이라도 걷어치우셔야 하겠습니다."

그러자 드 브라시가 경고했다.

"향사들과 평민들을 경기에 참가시키지 않아 불만스러운 채로 돌려보내서는 안 됩니다."

이에 왈데마르가 제안했다.

"오늘은 아직 시간이 많이 남아 있습니다. 궁사들에게 몇 차례 활을 쏘게 한 다음 상을 주시는 것이 좋겠습니다. 이 색슨 농노 무리에 대해, 이 정도면 왕자님의 약속을 충분히 지키시는 것이 될 테니까요."

"고맙군, 왈데마르. 그대는 또한, 어제 이 몸을 모욕한 그 무례한 촌뜨기 놈에게 갚아야 할 빚이 있다는 것을 상기시켜 주었군. 우리들의 연회도 원래 계획한 대로 오늘 밤 진행하기로 하지. 이것이 권력을 행사할 나의 마지막 시간이라면, 복수와 쾌락을 위한 시간이 되어야지. 새로운 근심은 내일 새롭게 시작하기로 하고."

잠시 후, 이미 시합장을 떠나기 시작하고 있던 관중들을 나팔 소리가 다시 불러모았다. 그리고 존 왕자가 갑자기 중요하고도 절대적인 공무가 생겨 다음 날 제전의 여흥을 부득이 중단할 수밖에 없게 되었노라고 선포되었다. 그렇기는 하지만 그토록 많은 향사들의 솜씨를 시험해 보지 않은 채 끝내고 싶지는 않으므로, 왕자가 자리를 뜨기 전에 내일로 예정된 궁술 시합을 지금 시행하기로 약속하는 것이라고 하였다. 가장 뛰어난 궁사에게는 상이 수여될 것이며, 상은 은으로 장식한 뿔나팔과 숲의 경기의 수호 성인 성 후베르토(St Hubert)가 부조로 멋지게 장식되어 있는 비단 수대가 될 것이었다.

처음에는 서른 명 이상의 향사들이 경쟁자로 나섰는데, 그들 가운데 몇 사람은 니드우드와 찬우드의 왕실림 관리인과 사냥터지기였다. 그러나, 자기들과 경쟁할 상대가 누구인지 알게 되자 거의 확실한 패배의 불명예를 맛보고 싶지 않았으므로 스무 명 이상의 궁사들이 기권하고 말았다. 그 시절에는 뉴마킷(Newmarket)에서 양성된 말의 자질이 그 유명한 시합장에 드나드는 사람들에게 잘 알려져 있듯이 제각기 유명한 궁사의 솜씨도 수십리 떨어진 곳까지 주위에 널리 알려져 있었기 때문이다.

숲 사람으로서 명성을 다투려는 경쟁자는 줄어들었지만 그래도 그 수는 여덟이나 되었다. 몇 사람은 왕실림 관리인의 제복을 입고 있는, 선발된 이 향사들의 면모를 좀 더 가까이서 보기 위해 존 왕자는 자신의 옥좌에서 걸어나왔다. 그렇게 자세히 봄으로써 호기심이 충족되자 이번에는 전의 그 원한의 대상을 찾았더니, 그 향사는 똑같은 장소에서 전날 보여 주었던 것과 똑같이 침착한 표정으로 서 있는 것이 보였다.

"여봐라, 너의 그 불손한 말을 듣고 네 녀석이 긴 활의 참된 명인은 못 된다고 짐작했는데, 역시 저기 서 있는 명수들 틈에서 네 솜씨를 보여 줄 용기가 없다는 것을 알겠군."

"죄송하오나 제가 활쏘기를 주저하는 데에는 패배와 치욕을 두려워하는 외에 다른 이유가 있습니다."

"그 다른 이유라는 것이 뭐지?"

왕자는 자신도 설명할 수 없는 어떤 동기에서 이 인물에 대해 몹시 호기심을 느꼈으므로 그렇게 물어보지 않을 수 없었다.

"그 이유는, 이들 향사들이 쏘는 과녁과 제 과녁이 같은지 알지 못하기 때문입니다. 게다가, 자기도 모르게 전하의 비위를 건드린 자가 3등을 차지하게 되면 전하께서 좋아할지 어떨지 모르니까요."

그러자 존 왕자가 얼굴을 붉히며 물었다.

"너의 이름이 무엇이냐, 향사?"

"록슬리(Locksley)라고 합니다."

"그렇다면 록슬리, 이 향사들이 솜씨를 보여 주면 그때에는 너도 쏴야 한다. 네가 이기면 금화 스무 냥을 얹어 주겠다. 그러나 진다면, 말만 앞세우는 무례한 허풍선이의 죄를 물어 네 링컨셔의 그 초록색 옷을 벗기고 활시위로 채찍질하여 시합장 밖으로 쫓아내겠다."

"제가 그런 내기를 걸고 활쏘기를 거절한다면 어떻게 하시겠습니까? 현재 그렇게 많은 무장 병사들을 거느리신 전하의 힘으로는 능히 저의 옷을 벗기고 채찍질할 수는 있겠지만 저를 굴복시키거나 억지로 활을 쏘게 하실 수는 없을 것입니다."

"만약 네가 나의 정당한 제안을 거절한다면 이 시합장의 감찰이 너의 활시위를 끊고 활과 화살을 부러뜨린 후 소심한 겁쟁이라고 이곳에서 쫓아낼 것이다."

"공정한 기회를 취하신 것 같지는 않습니다, 왕자님. 레스터와 스태퍼드 셔의 제일 가는 궁사들을 상대로 진다면 불명예의 형에 처하는 조건으로 제게 강제로 모험을 시키기로 하시다니 말입니다. 그래도, 어쨌든 전하의 뜻에 따르겠습니다."

"이자를 잘 감시하거라, 병사들. 녀석은 점점 용기가 꺾이고 있다. 녀석이 절대로 대결을 피하지 못하게 할 테니까 … 그리고 그대 궁사들, 대담하게 잘들 쏘란 말이다. 승리가 결정되면 그대들의 원기 회복을 위해 저기 천막에 사슴 한 마리와 포도주 한 통이 준비되어 있단 말이다."

드디어 시합장으로 이르는 남쪽 길의 제일 위쪽 끝에 과녁이 설치되었다. 출장 궁사들은 남쪽 입구 제일 안쪽에서 차례로 자리를 잡고 섰다. 궁사들의 위치와 과녁 사이의 거리는 원거리 활쏘기라 불릴 만큼 멀리 떨어진 거리였다. 이미 제비뽑기로 출전 순서가 정해졌던 궁사들은 각기 연달아 세 발씩 쏘게 되어 있었다. 이 경기는 시합 감찰이라고 불리는 좀 더 낮은 계급의 관리가 감독했다. 마상 시합장의 장내 감찰이 향사들의 경기까지 감독한다면 그들의 높은 지위의 품격이 떨어진다고 생각되었기 때문이다.

궁사들은 한 사람씩 차례로 앞으로 걸어나와 향사답게 그리고 용감하게 활을 쏘았다. 연달아 쏜 스물네 발의 화살 가운데 열 발은 과녁에 명중되었고, 나머지는 바로 그 옆에 떨어졌는데 과녁과의 거리를 고려하면 그것도 대단한 솜씨라고 할 수 있었다. 과녁을 맞힌 열 발의 화살 가운데 안의 하얀 원에 들어간 두 발은 말부아상 휘하의 산림 감독관 휴버트(Hubert)가 쏜 것이었으므로 그에 따라 그가 승자로 선포되었다.

이제 존 왕자는 적의에 찬 미소를 지으며 대담한 향사에게 말했다.

"자, 록슬리, 이제 휴버트와 결판을 짓겠느냐 아니면 활과 수대와 화살통을 시합 감찰에게 넘겨 주겠느냐?"

"뭐 다른 뾰족한 수가 없으니 제 운을 시험해 보는 것으로 만족하겠습니다. 단, 제가 저 휴버트의 과녁에 두 발을 맞추면 그도 제가 제안하는 과녁에 쏘아야 한다는 조건으로요."

"그래 정당한 요구이니 거절하면 안 되겠지 … 어이, 휴버트, 이 허풍선이를 꺾는다면, 뿔나팔에 은화를 하나 가득 채워 주지."

"사람은 그저 최선을 다할 뿐입니다, 하지만 저희 할아버지께서는 헤이스팅스 전투에서 긴 활을 잘 쏘셨으므로 그분의 명성을 더럽히지는 않으리라 생각합니다."

이제 전의 과녁은 치워졌고, 똑같은 크기의 새 과녁이 그 자리에 놓여졌다. 첫 번째 선발 시합에서의 승자로서 먼저 쏠 권리가 있었던 휴버트가 화살을 시위에 놓고 활을 잔뜩 당긴 채 매우 용의주도하게, 눈으로 거리를 한참 재면서 목표를 겨냥했다. 드디어 앞으로 한 걸음 나아가 한가운데 즉 화살을 잡은 위치가 얼굴과 거의 비슷한 높이가 될 때까지 왼팔을 충분히 뻗어 활을 쳐들고 활시위를 귀까지 잡아당겼다. 화살은 공기를 가르며 날아가 과녁의 안쪽 하얀 원에 꽂혔지만 정확히 한가운데는 아니었다.

그러자 록슬리가 활을 당기며 한마디 했다.

"바람을 고려하지 않으셨군. 안 그랬더라면 훨씬 더 잘 쏘았을 텐데."

그렇게 말하면서, 목표를 겨냥하기 위해 숨고르기를 할 최소한의 염려도 보이지 않고 록슬리는 지정된 장소로 곧바로 걸어나가 심지어 과녁조차 제대로 보지 않는 듯 무심하게 화살을 날렸다. 화살이 시위를 떠나는 거의 그 순간까지도 말을 하고 있었지만, 화살은 휴버트의 화살보다 중심으로 표시된 하얀 점에 오 센티미터 정도 가깝게 꽂혔다.

그러자 존 왕자가 휴버트에게 화를 벌컥 냈다.

"아니, 대체 어찌된 일이냐! 저 건방진 놈에게 지기라도 하는 날에는 교수형 감인 줄 알거라!"

그러나 휴버트는 어떠한 경우에도 오로지 같은 말만 되풀이할 뿐이었다.

"전하께서 저를 교수형에 처하신다 해도 사람은 그저 최선을 다할 따름입니다. 그렇지만 저희 할아버지께서는 활을 잘 …"

"그 망할 놈의 네 조부와 자손들! 입 닥치고 쏘기나 해, 최선을 다해 쏘란 말이다. 안 그러면 더 혼날 줄 알거라!"

그렇게 훈계를 듣자, 다시 자리를 잡은 휴버트는 이번에는 적수로부터 들었던 주의를 무시하지 않고 방금 불기 시작한 매우 약한 바람까지도 고려했다. 그리고 이번 화살은 매우 성공적으로 발사되어 과녁 바로 한가운데에 명중했다.

"휴버트! 휴버트!"

낯선 사람보다는 잘 알려진 사람에 더 관심이 많았으므로 관중들은 환호성을 질렀다.

"명중! 명중! 휴버트 만세!"

"제아무리 뛰어나도 저것을 능가하진 못할 테지, 록슬리."

존 왕자가 조소하며 말했다.

"하오나 소인은 화살을 베어 드리겠습니다."

그리고 록슬리가 전보다 약간 더 조심하여 화살을 날렸더니 놀랍게도 화살은 경쟁자의 화살 위로 꽂혀 산산조각으로 부숴 놓고 말았다. 주위에 서 있던 사람들은 그 놀라운 솜씨에 너무도 놀라 늘 하던 환호 소리로 놀라움을 발산할 엄두조차 못 냈다.

"저자는 귀신임에 틀림없어, 살과 피를 가진 사람이라면 저럴 수는 없어."

향사들은 귓속말로 서로 속삭였다.

"저런 궁술은 브리튼에 활이 처음 만들어진 이래 본 적이 없어."

록슬리는 왕자를 돌아보며 말했다.

"자, 이번에는 북쪽 지방에서 사용되고 있는 것과 같은 그런 과녁을 세우도록 허락해 주시길 간청합니다. 그리고 자기가 가장 사랑하는 아름다운 처녀로부터 미소를 받기 위해 그 과녁에 활을 쏴 보고 싶어하는 용감한 향사는 모두 환영합니다."

그런 다음 록슬리는 시합장을 떠나려고 돌아서며 말했다.

"원하신다면 전하의 호위병들을 제게 붙이시지요. 근처 버드나무 숲으로 가지 하나를 꺾으러 가는 것뿐이지만요."

존 왕자는 록슬리가 도망칠 경우를 대비하여 따라가 보라고 시종 몇 사람에게 손짓을 했다. 그러나 군중들로부터 "수치다, 수치!" 하고 외치는 소리가 터져 나오자 왕자도 그 속 좁은 짓을 그만두는 수밖에 없었다.

록슬리는 길이 2미터 가량의 남자 엄지손가락보다 약간 굵은 완전히 곧은 버드나무 막대를 하나 가지고 금세 돌아왔다. 그리고 매우 침착한 태도로 껍질을 벗기기 시작했다. 껍질을 벗기면서 궁사에게 이제까지 사용된 그토록 넓은 과녁에다 활을 쏘라고 요구하는 것은 그의 솜씨를 모욕하는 짓이라고 말했다.

"저로 말할 것 같으면, 제가 자란 고장에서는 그런 과녁은 육십 명의 기사들이 둘러앉았다고 하는 아서 왕의 그 원탁만큼 크다고 여긴답니다. 저기 있는 과녁은 일곱 살짜리 어린애도 촉 없는 화살로 능히 맞힐 수 있지요.

하지만 … "

록슬리는 시합장의 다른 끝으로 유유히 걸어가 땅바닥에 버드나무 막대를 똑바로 박으면서 말을 이었다.

"소인은 구십 미터 떨어진 저 막대를 맞추는 사람이 있다면, 그 사람을 어떤 왕, 말하자면 저 당당하신 리처드 왕의 어전에서 활과 화살통을 지니고 다니기에 부족함이 없는 궁사라고 부르겠습니다."

그러자 휴버트가 말했다.

"저희 조부께서는 헤이스팅스 전투에서 훌륭한 궁사였습니다만, 평생 저런 과녁을 쏴 본 적은 없습니다. 그리고 저 역시 마찬가지입니다. 만일 이 향사가 저 막대를 쪼갤 수 있다면 저는 그에게 백기를 들겠습니다, 아니 저것은 인간의 솜씨가 아닐 테니 그의 안에 들어 있는 귀신에게 항복한다는 편이 맞겠지요. 누구든 자기 힘 닿는 데까지밖에 할 수 없는 것이니, 못 맞출 것이 뻔한 과녁을 쏘는 짓은 하지 않겠습니다. 눈에 잘 보이지도 않는 희끗거리는 하얀 줄에 대고 쏘는 것은 저희 교구 사제의 조그만 칼이나, 밀지푸라기 하나, 그것도 아니면 햇살에 쏘는 것과 마찬가지일 것입니다."

"뭐라고, 이 비겁한 개자식! 어이, 록슬리! 그렇다면 네가 쏴 보거라. 하지만, 만일 저런 과녁을 맞춘다면, 네가 저런 위업을 이룬 첫 번째 사람이라고 내 칭찬해 주지. 설령 그렇다 할지라도 잘난 활 솜씨 한 번 보여 준 것으로 우리한테 의기양양해 해서는 안 된다."

"저 역시 휴버트가 말한 대로, 그저 최선을 다할 뿐입니다. 누구도 그 이상은 할 수 없으니까요."

그렇게 말하면서 록슬리는 다시 활을 당겼다. 그렇지만 이번 경우에는 무기를 좀 더 주의 깊게 점검해 보고, 전에 쏜 두 번의 발사로 약간 닳아 있었으므로 더 이상 최적의 상태가 아니라고 생각하여 활시위를 교체했다. 그런 다음 약간 신중하게 목표를 겨냥하였고, 관중들은 숨죽인 침묵으로 그 결과를 기다렸다. 드디어 활시위에서 화살이 떠났고, 궁사는 관중들의 기대를 저버리지 않았다. 화살은 겨누어진 버드나무 막대를 둘로 쪼개 놓은 것이었다. 관중들에게서는 환호가 터져 나왔다. 심지어 존 왕자조차도 록슬리의 솜씨에 감탄하여 잠시 동안 그에 대한 미움을 잊었을 정도였다.

"나팔과 함께 이 금화 스무 냥은 정당하게 획득한 네 것이다. 만일 근위대의 향사가 되어 가까이서 나를 섬기겠다면 오십 냥으로 늘려 주겠다. 이제껏 그 어떤 유능한 손도 이렇게 활을 당기지 못했고, 그 어떤 정확한 눈도 화살을 겨냥하지는 못했기 때문이다."

"용서해 주십시오, 왕자님. 하지만 저는 만일 누구를 섬기게 된다면 왕자님의 형님이신 리처드 왕을 섬기리라고 맹세해 왔습니다. 이 금화 스무 냥은 휴버트에게 맡기겠습니다. 그의 조부가 헤이스팅스의 전투에서 쏜 것에 뒤지지 않을 만큼 그도 오늘 용감하게 쏘았으니까요. 그가 겸손한 마음에서 시합을 사절하지 않았다면 아마 소인 못지않게 막대를 능히 맞출 수 있었을 것입니다."

휴버트는 낯선 사람의 상금을 마지못해 받으면서 고개를 저었다. 그리고 록슬리는 사람들의 주목을 더 이상 끌고 싶지 않았으므로 인파 속에 묻혀 자취를 감추었다.

그 순간 존 왕자의 마음을 짓누르는 걱정스럽고도 더욱 중요하게 생각된 다른 문제가 없었더라면 승리를 거둔 그 궁사는 아마도 존 왕자의 관심으로부터 그렇게 쉽사리 벗어날 수 없었을 것이다. 왕자는 시합장에서 퇴장하는 신호를 내리면서 의전관을 불러 즉시 아슈비로 달려가 유대인 아이작을 찾으라고 명령했다.

"그 개 같은 작자에게 해가 지기 전까지 2천 크라운을 내게 보내라고 전하라. 담보는 그자가 알고 있다. 하지만 증표로 이 반지를 그자에게 보여 주어도 괜찮다. 나머지 돈은 엿새 안에 요크에서 지불해야 한다고 하거라. 만일 내 명령을 소홀히할 경우에는 그 불신자의 머리를 치겠다고 일러라. 길에서 그자를 놓치지 않도록 조심하라. 그 유대인 노예 놈은 훔친 근사한 옷을 우리에게 뽐내고 있었으니까."

그렇게 말하면서 왕자는 말에 올라탄 후 아슈비로 돌아갔고, 전체 군중들도 왕자의 퇴장과 함께 해산하여 뿔뿔이 흩어졌다.

14장

어색한 듯 화려하게 차려입은,
옛 기사들 그 영웅적인 시합의
장관을 보여 주었을 때,
투구 장식을 쓴 대장들과 하늘하늘한 옷을 걸친 귀부인들
클라리온 소리에,
어느 훌륭한 성의 높은 아치형 천장이 있는 연회장에 모여들었네.

워턴(Warton), "송시 18번: 1787년 새해를 위하여" 중에서

존 왕자는 아슈비 성에서 성대한 잔치를 베풀었다. 이 아슈비 성은 장엄한 유적지가 되어 여전히 여행객들의 관심을 끌고 있는 바로 그 건물은 아니다. 현재 남아 있는 것은 훨씬 이후에 잉글랜드의 최고 의전관이었던 헤이스팅스 경(Lord Hastings)이 지은 건물이다. 헤이스팅스 경은 리처드 3세(Richard the Third)의 폭정에 최초로 희생된 사람들 가운데 하나로, 그 역사적인 명성보다는 오히려 셰익스피어의 작중 인물들 가운데 한 사람으로 더 잘 알려져 있다. 아슈비 성과 고을은 이 당시 윈체스터(Winchester)의 백작 로저 드 퀸시(Roger de Quincy)의 소유였는데, 이 이야기가 진행되는 동안 백작은 성지에 출정해 그곳에 없었다. 그 사이에, 존 왕자가 성을 차지하고, 백작의 영지를 마음대로 처분한 것이었다. 그리고 지금은 환대와 화려함으로 사람들의 눈을 현혹시킬 생각에서 연회를 되도록 화려하게 만들기 위해 성대히 준비하라고 명령을 내렸다.

이 경우 및 다른 경우에도 왕실의 권위를 최대한 발휘하던 왕자의 식료품 조달업자는 자기 주인의 취향에 맞는다고 생각되는 것을 전부 조달하기 위하여 전국을 휩쓸었다. 또한, 초대받은 손님들의 수도 엄청났다. 인기를 얻어야 할 필요성에서 존 왕자는 노르만 귀족과 인근의 상류층 인사들은 물론이고 몇몇 저명한 색슨 가문과 데인 가문까지 초대의 범위를 늘렸다. 평상시에는 아무리 멸시받고 배척받았다 하더라도, 대다수의 앵글로색슨 족은 곧 벌어질 것 같았던 내란에서 필시 얕볼 수 없는 세력이 될 것이었으므로 그 지도자들의 환심을 사 두는 것은 분명히 정책상 중요한 일이었다.

그래서, 평상시와는 달리 예의를 갖추어 이 예사롭지 않은 손님들을 대접하려는 것이 얼마 동안 마음먹고 지속하려던 왕자의 속셈이었던 것이다. 그러나, 그 어떤 사람보다도 자기의 이해 타산에 따라 평상시의 습관과 감정을 전혀 거리낌없이 바꾸었지만, 그 경솔함과 분노하기 쉬운 기질이 계속하여 드러나 이전의 위선으로 얻은 모든 것들을 무위로 돌아가게 만드는 것이 바로 왕자의 불행이었다.

존 왕자는 이 변덕스러운 기질을 아일랜드에서 잊혀지지 않을 본보기로 유감 없이 보여 주었는데, 당시 왕자는 잉글랜드 왕실에 새롭게 획득된 중요한 영지의 주민들로부터 호감을 살 목적으로 부왕인 헨리 2세(Henry the Second)에 의해 그곳에 파견되었었다. 이 경우에 아일랜드의 지도자들은 젊은 왕자에게 왕실에 대한 충성심과 평화의 입맞춤을 앞 다투어 하려고 하였다. 그러나, 그들의 하례를 공손히 받아들이기는커녕 존과 그의 별난 시종들은 아일랜드 지도자들의 기다란 수염을 잡아당기고 싶은 유혹을 참지 못하였다. 그리고 이 행위는, 예상되었던 대로, 수모를 당한 이들 고위인사들로부터 매우 원한을 사서 잉글랜드 인들의 아일랜드 통치에 치명적인 화근을 남기고 말았다. 독자들이 이날 저녁의 왕자의 행동을 이해하기 위해서는 존 왕자의 이렇게 모순된 기질을 미리 알아둘 필요가 있어서 언급한 것이다.

차분한 마음이었을 때에 세운 결심을 실행하여, 존 왕자는 기품 있는 예의로 세드릭과 애설스탠을 맞아들였고, 로웨나 공주는 심신이 불편하여 왕자의 정중한 초대에 응할 수 없다는 세드릭의 전갈을 듣고도 실망한 기색만 드러냈을 뿐 분노한 빛은 전혀 보이지 않았다. 세드릭과 애설스탠은 둘 다 옛 색슨 복장을 하고 있었는데, 그 자체가 맵시 없는 것도 아니고 지금의 경우에는 매우 값비싼 재질로 만든 것이긴 하였지만 형태와 모습에서 다른 하객들의 옷과는 판이하게 달랐다. 왕자가 당시의 유행으로 보아서는 우스꽝스러운 그 광경을 보고도 웃음을 꾹 참았으므로 왈데마르 핏저스로부터 극찬을 받았다. 그렇긴 하지만, 냉정히 판단하여 보면, 색슨 인들의 짧고 꼭 끼는 튜닉과 그 위에 입는 기다란 외투는 노르만 인들의 복장보다 더욱 실용적일 뿐만 아니라 훨씬 우아한 옷이기도 했다.

노르만 인들이 안에 입는 옷은 셔츠나 마부의 프록과 유사할 정도로 헐렁한 기다란 더블릿(15세기에서 17세기까지 유행한 허리가 잘록한 남성 상의 ; 역주)으로서 몸에 꼭 들어맞는 외투를 덧입었다. 이 외투는 착용자를 추위나 비로부터 보호해 주기에 적합하지 않고, 재봉사가 고안해낼 수 있는 독창력을 발휘하여 만든 많은 모피와 자수 보석 장식을 드러내는데 그 목적이 있는 것 같았다. 그래서 자기가 통치하던 시기에 이 복장이 처음 도입되자 샤를마뉴(Charlemagne) 대제는 이 복장의 유행에서 생겨난 불편을 매우 잘 인식하고 있었던 것 같다. 대제가 이런 말을 남긴 것을 보면 말이다.

"아니 도대체, 이렇게 줄어든 옷은 어디다 써먹는 거지? 잠자리에서는 이불도 안 되고, 말을 타면 바람과 비를 막아 주지도 못하고, 앉아 있을 때는 습기나 서리로부터 다리를 보호해 주지도 못하니 말이야."

그러나, 샤를마뉴 대제의 이러한 비난에도 불구하고 짧은 외투는 지금 우리가 다루고 있는 시대까지 계속 유행되었고, 특히 앙주 가문의 왕족들 사이에서 인기가 있었다. 그래서 존 왕자의 신하들 사이에서 널리 사용되고 있었으므로 색슨 인들의 상의를 구성하고 있던 그 기다란 외투를 한층 더 조롱거리로 생각한 것이었다.

손님들은 상다리가 휘어질 정도로 산해진미가 차려진 식탁에 앉아 있었다. 왕자의 순방에 따라다니는 많은 요리사들은 평범한 식료품이 쓰이는 요리의 형태를 변형하는데 모든 솜씨를 발휘하여 현대의 요리 선생들이 그 원래의 모습과는 완전히 다르게 만들어 놓는데 지지 않을 정도로 성공을 거두었다. 이들 국산 요리 외에도, 외국에서 들여온 맛있는 다양한 음식들과 최고의 귀족들 식탁에서만 쓰였던 사프란으로 맛을 낸 케이크와 건포도

케이크와 함께 감칠맛 나는 파이들도 많이 준비되어 있었다.

그러나, 아무리 사치스럽긴 했어도, 노르만 귀족들은 일반적으로 말해서, 무절제한 부류의 사람들은 아니었다. 식도락을 즐기는 동안, 그들은 섬세한 미각에 목표를 두었지만 과식은 피했고, 폭식과 폭음은 패배자 색슨 인들의 특성으로 간주하여 그들의 열등한 신분에 특유한 악덕으로 여겼다. 그런데 사실, 존 왕자와 그의 자만하는 점을 흉내내어 왕자의 환심을 사려는 자들은 음식과 술의 쾌락에 과도하게 탐닉하는 경향이 있었다. 그리고 실제로, 왕자가 복숭아와 새로 나온 맥주를 과도하게 폭식한 탓에 죽게 되었다는 것도 잘 알려진 사실이다. 어쨌든 왕자의 행동은 노르만 민족의 일반적인 풍습에서 보면 예외적인 경우였다.

서로 은밀히 주고받던 눈짓 외에는 짐짓 엄숙한 표정을 지으며 노르만 기사들과 귀족들은 노르만의 예법과 풍습에 익숙하지 못한 애설스탠과 세드릭이 연회에서 보인 거친 거동을 지켜보고 있었다. 그들의 태도가 그렇게 빈정대는 주목의 대상이 되어 있는 동안, 노르만의 예법을 터득하지 못한 두 색슨 인은 사교의 규칙을 위해 자의적으로 정해 놓은 몇몇 규정들을 자기도 모르는 사이에 어겼다.

그런데 누구나 다 알다시피, 사람은 유행하는 예법의 가장 사소한 점들을 모른다고 여겨지는 것보다 정말 훌륭한 교양이나 좋은 도덕을 실제로 위반할 때는 오히려 죄의식이 덜 들 수도 있다. 그래서, 손을 닦은 후 허공에 우아하게 흔들어 물기를 털어 버리지 않고 수건으로 손을 닦은 세드릭이 그당시 카럼 파이라고 불리던, 외국의 가장 맛있는 재료로 만들어진 몇 사람분의 커다란 고기 파이를 통째로 혼자 집어삼킨 애설스탠보다도 더 많은 조롱거리가 된 것이다. 하지만, 코닝스버러의 이 호족(또는 노르만 인들이 부르던 대로 향사)이 자기가 먹어치우고 있는 요리가 무엇인지 모르겠다며 사실은 이탈리아산 꾀꼬리와 나이팅게일인 카럼 파이의 내용물이 종달새와 비둘기 아니냐고 밝혔을 때는 몇 사람의 음식을 혼자서 먹어 치운 폭식에 쏟아져야 마땅했던 조롱이 오히려 이러한 무지에 쏟아지고 말았다.

이윽고 긴 식사도 끝이 났다. 그리고 술잔이 자유롭게 돌아가고 있는 동안 사람들은 그날 시합의 무훈에 대해 이야기꽃을 피웠다. 궁술 시합에서의 무명의 승자와, 모처럼 얻은 영예를 헌신짝처럼 버린 사심 없는 흑기사, 값비싼 희생을 치르고 그날의 영예를 차지한 용맹한 아이반호에 대한 이야기가 주를 이루었다. 이러한 화제들은 무사다운 솔직한 심정으로 다루어졌고, 농담과 웃음이 연회장을 메웠다. 그러나 이렇게 즐기며 먹고 마시는 동안에도 존 왕자의 얼굴만은 수심으로 가득 차 있었다. 무엇인가 무거운 근심에 마음이 심란한 것 같았으므로 시종들로부터 가끔 귀띔을 받을 때만 주위에서 일어나는 일에 관심을 보이는 것 같았다. 그럴 경우에는 정신을 차리고 원기를 돋우려는 듯 술잔을 들이켜고는 별안간 또는 두서 없이 몇 마디 말로 대화에 끼어 들었다.

"이번에는 오늘 시합의 승자 아이반호의 윌프레드의 건강을 위해 축배를 듭시다. 그가 부상을 입어 이 연회에 참석할 수 없는 것이 안타깝소. 모두 잔을 채워 축배를 들어 주시오. 특히 그토록 전도 유망한 아들을 둔 자랑스러운 로더우드의 세드릭은 더욱 각별히."

그러자 세드릭이 벌떡 일어나 입도 안 댄 잔을 내려놓으며 말했다.

"아닙니다, 전하. 저는 제 명령을 무시하고 선조의 풍습과 관습을 버린 불효 막심한 놈을 아들이라고 부르고 싶지는 않습니다."

이에 존 왕자는 짐짓 놀란 척 외쳤다.

"그토록 훌륭한 기사가 못되고 불효 막심한 아들일 리는 만무할 테지!"

"그러나, 전하, 이 윌프레드 녀석만큼은 그렇지 않습니다. 그 녀석은 아비의 집을 떠나 전하의 형이신 리처드 왕의 궁정에 있는 방탕한 귀족들과 어울려 살았고, 그곳에서 전하께서 그토록 높이 평가하시는 그 승마술의 기교를 익히게 된 것이지요. 그 녀석은 제 바람과 명령을 거역하고 집을 나간 것입니다. 앨프레드 대왕 시대라면 그놈이 한 짓은 불효라고 불렸을 것입니다 … 당연하죠, 그리고 엄벌에 처할 죄이기도 하고요."

그러자 존 왕자는 짐짓 안쓰럽다는 듯 깊은 한숨을 내쉬며 대꾸했다.

"아, 저런! 그대의 아들은 불행한 내 형의 신하였으니 그가 그러한 불효의 교훈을 어디에서 누구로부터 배웠는지는 물어 볼 필요도 없겠군."

이렇게 말하면서 왕자는, 비록 그 불효 죄로부터 자유로운 사람은 아무도 없지만, 헨리 2세의 모든 아들들 가운데에서도 그 자신이 아버지에게 가장 큰 배은망덕과 반역을 저지른 것으로 유명하다는 사실을 제멋대로 잊어버리고 있었다.

왕자는 잠시 말을 끊었다가 다시 이었다.

"내 생각에 형은 총신 윌프레드에게 아이반호의 그 비옥한 영지를 주었던 것 같은데."

"하사하신 것 맞습니다. 그러나 우리 선조들이 자유롭고 독립된 권리로 소유하고 있던 바로 그 영지를 제 자식이 봉건 가신으로서 비굴하게 보유하는 것은 제가 조금도 바라는 바가 아닙니다."

"그렇다면, 훌륭한 세드릭. 잉글랜드 왕의 토지를 보유함으로써 그 위험이 조금도 손상되지 않을 자에게 이 영지를 주는 것에 기꺼이 찬성할 테지 … 이보시오, 레지날 프롱 드 뵈프 경. 윌프레드 경이 그 영지에 다시 들어옴으로써 아버지의 화를 돋우지 않게 하기 위해 아이반호의 훌륭한 영지를 계속 잘 보유하리라 믿소."

그러자 험상궂은 얼굴의 거인이 대답했다.

"성 안토니오(St Anthony)께 맹세코, 세드릭이나 윌프레드, 또는 이제껏 잉글랜드 혈통을 이어받은 사람 가운데 가장 뛰어난 자라 할지라도 전하께서 제게 하사하신 선물을 그들에게 빼앗긴다면 저를 색슨 인이라고 생각하셔도 무방합니다."

노르만 인이 평상시 잉글랜드 인에 대한 경멸감을 자주 표출하는 그 말투에 갑자기 발끈한 세드릭이 대꾸했다.

"누구든 그대를 색슨 인이라고 부르는 자가 있다면 그야말로 경에게는 분에 넘치는 영예를 주는거요."

그 말에 프롱 드 뵈프가 대꾸하려고 하였지만 존 왕자의 심술궂음과 경솔함이 한 발 빨랐다.

"경들, 확실히 세드릭의 말의 옳소. 그리고 그의 민족은 그 외투 길이 못지않게 그 긴 혈통으로 우리보다 앞선다고 주장해도 좋을거요."

"사실 그들은 전쟁터에서도 우리 앞에 섭니다. 개에게 쫓긴 사슴처럼 말이지요."

말부아상이 거들었다.

이에 에이머 수도원장도 질세라 한마디 했다.

"그리고 당연히 우리 앞에 설 수 있지요. 그들의 예의범절의 뛰어난 품위와 단정함을 잊어선 안 되지요."

색슨 신부를 맞이하려는 계획도 깜빡하고는 드 브라시도 가세했다.

"음식과 술에 대한 그 유례 없는 절제도 그렇고요."

마지막으로 브리앙 드 봐 길베르도 한몫 거들었다.

"헤이스팅스와 그 밖의 전투에서 이름을 떨쳤던 용기와 거동도 잊으면 안 되죠."

아무렇지도 않은 듯 웃는 얼굴로 아첨꾼들이 각자 차례로 존 왕자의 전례를 따라 조소의 화살을 세드릭에게 던지고 있는 동안 이 색슨 인의 얼굴은 심한 분노로 얼굴이 벌겋게 타올랐다. 그리고 너무도 많은 모욕적인 언사가 연이어 쏟아지는 바람에 일일이 대꾸하기가 힘들었거나 아니면 사방에서 개에게 둘러싸여 궁지에 몰려 누구에게 먼저 복수를 하면 좋을지 몰라 어리둥절한 황소처럼 활활 타는 두 눈으로 이리저리 노려보고만 있었다. 드디어 세드릭은 분노로 반쯤 막힌 음성으로 자신이 받은 모욕을 제일 먼저 시작한 존 왕자에게 쏘아붙였다.

"우리 민족이 어떠한 어리석은 짓과 악행을 저질렀든, 자기 집 연회장에서 자기 술잔이 도는 동안에 오늘 전하께서 제가 당한 것을 지켜보신 것과 같이 아무 죄 없는 손님을 이렇게 대접하거나 대접당하도록 묵인하는 색슨인이 있다면 그자는 천하에 몹쓸 놈이라 생각될 것입니다. 그리고 헤이스팅스 전투에서 저희 선조들이 어떠한 불운을 당했다 하더라도 적어도."

이 부분에서 세드릭은 말을 끊고 잠시 프롱 드 뵈프와 성전 기사를 흘깃 쳐다보더니 말을 이었다.

"이 불과 몇 시간 안 되는 사이에 색슨 인의 창 앞에 한 번도 아니고 두 번이나 안장과 등자에서 떨어진 작자들은 입을 다무는 편이 좋을 텐데요."

"허, 제법 매서운 농담인데! 경들은 어떻소? 우리의 색슨 백성들이 용기가 솟아오르고 사기가 등등하니 말이오. 이러한 난세에 기지가 날카로워지고 태도가 대담해진단 말이야. 그대들 생각은 어떤가? 이처럼 환한 밤을 틈타, 배를 준비시켜 때를 놓치지 않고 노르망디로 돌아가는 것이 최선책일 것 같은데."

그러자 드 브라시가 웃으면서 대꾸했다.

"색슨 놈들이 무서워서 말입니까? 이 돼지 놈들을 궁지에 몰아넣는 데는 그저 사냥용 창 외에 다른 무기는 필요 없습니다."

그때 핏저스가 가로막았다.

"경들, 이제 희롱은 그만 하시오."

그리고 왕자를 향하여 덧붙였다.

"처음 듣는 사람에게는 귀에 거슬렸을지 모르나, 절대로 세드릭 경을 모욕할 의도에서 농담한 것은 아니었다는 점을 전하께서 납득시켜 주시는 것이 좋겠습니다."

"모욕이라고?"

존 왕자는 다시 예의 바른 태도를 취하며 물었다.

"내가 그런 모욕을 가할 작정이었다고 또 내 면전에서 그런 짓을 저지르도록 묵인하였다고 생각되지는 않을 것으로 믿는데. 자, 세드릭은 아들의 건강을 위해 축배를 들기를 거절했으니 그럼 내가 세드릭을 위하여 축배를 들겠소."

술잔은 조신들이 시치미를 뚝 떼고 박수를 치는 가운데 한 바퀴 돌았지만, 세드릭의 마음에 의도된 만큼의 감명을 주지는 못하였다. 세드릭은 본래 눈치가 빠른 편은 아니었지만 이러한 알랑거리는 찬사가 이전의 그 모욕감을 기억에서 없애 주리라고 생각한 사람은 세드릭을 얕잡아봐도 한참 얕잡아 본 것이었다. 하지만, 세드릭은 왕자가 코닝스버러의 애설스탠을 위하여 다시 한 번 축배를 돌릴 때도 잠자코 있었다.

한편 애설스탠은 자기를 위해 왕자가 축배를 들어주자 잠자코 복종했고, 그에 답하여 큰 술잔을 쭉 들이켬으로써 경의를 표하였다.

이제껏 마신 술로 술기운이 돌기 시작한 왕자가 음성을 높였다.

"자, 그럼 경들. 우리의 색슨 귀빈들을 공정하게 대하였으니, 이번에는 우리의 예의에 보답해 달라고 간청해 보기로 합시다."

그리고 세드릭을 향하여 말을 이었다.

"훌륭한 호족이여, 그대는 노르만 이름을 언급하는 자체만으로도 입을 더럽힌다고 생각하겠지만 어디 그 이름을 언급해도 그대의 입을 더럽히지 않을 노르만 이름을 하나 우리에게 대보게. 그리고 그렇게 부르고 나서 남을지 모르는 씁쓸한 뒷맛은 한 잔 술로 씻어 버리도록 하고."

존 왕자가 이렇게 말하고 있는 사이 핏저스는 세드릭의 자리 뒤로 살며시 다가가 존 왕자를 지명함으로써 두 민족 간의 불화를 끝낼 수 있는 절호의 기회를 놓치지 말라고 속삭였다. 세드릭은 이 교활한 암시에는 아무런 대꾸도 하지 않고 벌떡 일어나 잔을 가득 채운 뒤 존 왕자에게 이렇게 말하였다.

"전하께서는 이 연회에서 기억될 만한 가치가 있는 노르만 인을 지명하라고 명하셨습니다. 그런데, 아마도 이 일은 쉬운 일이 아닐 것입니다. 이는 노예에게 주인을 찬양하는 노래를, 정복의 모든 악행에 신음하고 있는 패배자들에게 정복자를 찬양하는 노래를 부르라고 요구하는 것과 다름없기 때문이죠. 그러나 어쨌든 노르만 이름을 하나 대기로 하겠습니다. 무훈에서나 지위에서 제일가는, 노르만 종족 가운데 가장 훌륭하고 고귀한 분을요. 그리고 그분이 스스로 쌓아올린 명성에 제가 축배를 드는 것을 거부하는 자들은 앞으로 평생 부정하고 불명예스러운 자라고 부를 것입니다 … 저는 리처드 사자심 왕의 건강을 빌며 축배를 듭니다!"

세드릭의 입에서 자기의 이름이 새어나오리라고 내심 기대하고 있던 존 왕자는 자기가 모욕을 가한 형의 이름이 그토록 예기치 않게 불려지자 깜짝 놀랐다. 왕자는 기계적으로 술잔을 입술 있는 데까지 쳐들었다가 즉시 내려놓고는 이 예상치 못한 제안에 다른 사람들의 태도가 어떠한지 살펴보았다. 대다수 사람들은 따라야 좋을지 안 따라야 좋을지 어쩔 줄 모르는 눈치였다. 그들 가운데 나이 많고 노련한 조신들 일부는 존 왕자의 전례를 그대로 따라 술잔을 입술 있는 데까지 올렸다가는 다시 앞에 내려놓았다. 그런데 많은 사람들은 좀 더 너그러운 감정으로 다음과 같이 외쳤다.

"리처드 폐하 만세! 어서 빨리 우리 곁으로 되돌아 오시기를!"

프롱 드 뵈프와 성전 기사들을 비롯한 극소수의 사람들은 샐쭉해서 앞에 있는 술잔을 입에 대려고도 하지 않았다. 그러나 그 누구도 현재 군주의 건강을 축하하는 축배를 드러내놓고 거부하려는 사람은 없었다.

한동안 승리감을 맛본 세드릭은 일행인 애설스탠에게 말했다.

"그만 일어섭시다, 애설스탠 경! 존 왕자님 연회의 정중한 예의에 답례했으니 이제 더 남아있을 필요가 없을 것 같군요. 우리 색슨 인들의 거친 예법을 더 알고 싶은 사람들은 앞으로는 우리 선조의 집으로 우리를 찾아 주셔야 하겠군요. 우리는 왕실의 연회와 노르만 인들의 예의라면 이것으로 충분히 보았으니까요."

그렇게 말하면서, 세드릭은 일어나 연회장을 나갔고, 애설스탠과 색슨 혈통을 이어 받은 사람으로서 존 왕자와 그의 조신들의 빈정대는 소리에 모욕을 느끼던 다른 몇 사람도 세드릭을 따라 나갔다.

그들이 나가는 뒷모습을 보며 존 왕자는 화가 나서 지껄였다.

"저 망할 놈의 색슨 상놈들! 오늘 아주 기가 살아서 의기양양하게 돌아가고 있구나!"

에이머 수도원장이 그 말을 이어받아 말했다.

"실컷 마시고 떠들었으니 소인도 이제 그만 술잔을 놓아야 할 것 같습니다."

그러자 드 브라시가 비꼬았다.

"이렇게 서둘러 떠나려는 것을 보니 수도원장께서는 오늘 밤 고해성사를 들어줘야 할 미인이라도 있으신 모양입니다."

"그런 것은 아니오, 드 브라시 경. 다만 오늘 밤 귀가하려면 몇 십리를 가야 해서요."

왕자는 핏저스에게 귓속말로 속삭였다.

"모두들 흩어지고 있군. 저들은 미리 겁을 집어먹고 있어, 그리고 이 겁쟁이 수도원장이 내게서 제일 먼저 떨어져 나갈 놈이군."

그러자 왈데마르가 왕자를 안심시켰다.

"걱정 마십시오, 전하. 저희가 요크에서 거사를 하게 될 때 우리 편에 가담할 마음이 들도록 제가 수도원장에게 그럴싸한 이유를 알려 주겠습니다 … 수도원장님, 말에 오르기 전에 긴밀히 나눌 말씀이 있습니다."

존 왕자의 파벌에 직접 가담하고 있는 사람들과 왕자의 시종들을 제외하고, 다른 손님들은 이제 재빨리 해산하고 있었다.

그 모습을 본 왕자는 핏저스에게 화난 얼굴을 돌리며 불만을 터뜨렸다.

"그렇다면, 이것이 그대의 조언의 결과란 말인가? 내가 차린 연회석상에서 술 취한 색슨의 상놈으로부터 공공연히 모욕을 당하고, 게다가 그저 내 형의 이름만 듣고도 내가 마치 문둥병자라도 되는 양 사람들이 떨어져 나가게 된 이 상황이 말이야!"

"고정하십시오, 전하. 전하의 비난에 반박할 수도 있고, 제 계획을 좌절시키고 전하의 좀 더 나은 판단력을 잘못 이끈 그 분별 없는 경솔함을 책망할 수도 있을 것입니다. 그러나 지금은 서로 잘잘못을 따질 때가 아닙니다. 드 브라시와 제가 교묘히 빠져 나가려는 이 겁쟁이들 사이로 당장 달려가 이제는 발을 뺄래야 뺄 수 없다는 사실을 납득시키겠습니다."

존 왕자는 정신 사납게 방을 왔다갔다하며 아까 마신 술기운까지 다소 겹쳐 동요하는 마음을 드러냈다.

"그래봐야 소용없어 … 그래봐야 소용없다고 … 그들은 재앙의 조짐을 알아차린 거야. 모래 위에 새겨진 사자의 발자국을 본 것이라고(사자는 사자심왕으로 불렸던 리처드 왕을 의미 ; 역주). 다가오는 사자의 포효가 숲을 뒤흔드는 소리를 들은 거야. 무슨 수를 쓰더라도 그들의 용기를 되살아나게 할 수는 없을 걸."

그 모습을 본 핏저스가 드 브라시에게 한탄했다.

"아이고 제발, 전하 자신의 용기나 되살리시길! 왕자에게는 형님의 이름이 학질이나 마찬가지니 말이오. 좋은 일에나 나쁜 일에나 똑같이 꿋꿋함과 인내가 부족한 왕자를 모시고 있으니 우리 고문관들은 딱하기도 하지!"

15장

그래도 그자는 나를, 하, 하, 하, 하, 그자는 나를,
자기 마음대로 할 수 있는 도구이자 종으로 생각하지.
좋아, 그렇게 생각하라지. 모든 잡다한 걱정거리 가운데
그의 음모와 비열한 압제가 떠오를지도 모르지,
그렇다면 나는 좀 더 고단수의 방법을 생각해낼 것이라네.
이것이 나쁘다고 누가 탓할 텐가?

「바실리우스, 비극」(*Basil, a Tragedy*)(베일리)

그 어떤 거미도 찢어진 거미줄을 고치기 위해서 왈데마르가 존 왕자의 비밀 결사의 흩어진 일원들을 다시 모아 규합하느라 들인 노고만큼 애를 쓰지는 못했을 것이다. 이 도당들 가운데 존 왕자가 좋아서 가입한 사람은 거의 없었고, 그의 사람됨에 끌려서 가입한 사람은 더더욱 없었다. 그래서 핏저스는 그들에게 새로운 이익의 전망을 펼쳐 보여야 했고, 현재 누리고 있는 이익을 상기시켜 주어야 했다. 젊고 방종한 귀족들에게는 처벌받지 않고 마음껏 즐길 수 있는 방종과 무제한의 환락의 가능성을, 야심을 품은 자에게는 권세의 가능성을, 탐욕스러운 자에게는 재산의 증식과 영지의 확대 가능성을 약속했다. 용병의 대장들에게는 황금을 뿌렸다. 이는 그들 마음에 가장 설득력 있는 주장으로서, 이것이 없었다면 그 밖의 다른 모든 것들은 아무 소용이 없었을 것이다.

이 활동적인 왕자의 대리인은 돈보다는 약속을 훨씬 더 아낌없이 뿌렸다. 결국, 주저하는 사람들을 결심시키거나 낙담한 사람에게 용기를 불어넣기 위해 할 수 있는 일은 하나도 남김없이 모조리 다했다. 리처드 왕의 귀환에 대해서는 전적으로 일어날 수 없는 일이라고 말했다. 그래도, 의심스러운 표정과 불확실한 대답이 되돌아와, 왕의 귀환에 대한 염려가 공범자들의 마음을 가장 괴롭힌다는 것을 깨달았을 때는 설령 그런 일이 실제로 일어난다 하더라도 자신들의 정치적 숙고를 바꿀 수는 없는 것으로 대담하게 치부했다.

"설령 리처드 왕이 돌아온다 해도, 왕은 성지로 자신을 따라가지 않았던 사람들을 희생시켜 곤궁하고 힘을 잃어버린 십자군들을 부자로 만들어주기 위해 귀국하는 것에 불과하오. 자기가 없는 동안 국법이나 왕권을 위반하거나 침해한 것으로 간주되는 짓을 한 사람들을 무섭게 응징하게 위해서 돌아오는 것이란 말이오. 성지에서 전쟁을 벌이는 동안 프랑스의 필리프 왕 편을 들었던 성전 기사단이나 구호 기사단에게 앙갚음하기 위해 돌아오는거지. 요컨대, 동생인 존 왕자에게 가담한 사람들을 반역자로 처벌하기 위해 돌아오는거요. 당신들은 왕의 힘을 무서워하는 거요?"

왕자의 이 교활한 심복은 계속 이어서 말했다.

"우리는 리처드 왕을 강하고 용맹한 기사로 인정해야 하오. 하지만 지금은 용사 한 사람이 군대 전체와 대적할 수 있는 아서 왕 시대가 아니잖소. 설령 리처드 왕이 정말로 돌아온다 하더라도, 혼자일 것이 분명하오. 따르는 부하도 없이, 친구도 하나 없이 말이오. 왕의 용맹한 군대는 이미 죽어 그 뼈가 팔레스타인의 사막을 하얗게 뒤덮었을 거요. 그나마 돌아온 몇 안 되는 신하들은 아이반호의 윌프레드처럼 여기저기로 뿔뿔이 흩어져 구걸이나 하고 다니는 몰락한 처지란 말이오. 그리고 리처드 왕의 정통성에 대해서는 뭐라고들 할 셈이오?"

핏저스는 그 점에 대해 의혹을 품는 사람들에게 답하여 말을 이었다.

"리처드 왕의 장자상속권이 정복왕 윌리엄 1세의 장남인 노르망디의 로버트(Robert) 공작보다도 더 확실히 명백하다고 할 수 있겠소?(무능한 로버트는 동생인 윌리엄이 잉글랜드의 왕위를 계승한 반면에 노르망디를 물려받았다. 그리고 이 영지를 1차 십자군에 참가하기 위한 자금을 마련하기 위해 윌리엄에게 팔았고, 윌리엄의 계승자인 막내 동생 헨리 1세에게 반란을 일으켰다가 1106년에 패배했다. 그 후 로버트는 28년이 넘게 유폐 상태에서 살다가 죽었다) 그런데도 로버트 공의 둘째 동생 적색왕 윌리엄 2세(William the Red)와 셋째 동생 헨리 1세가 백성의 희망에 의해 연이어 왕으로 발탁되지 않았느냐 말이오.

로버트 공작 역시 리처드 왕을 옹호할 수 있는 장점은 모두 가지고 계셨단 말이오. 대담한 기사였으며, 훌륭한 지도자요, 친구들과 교회에는 관대했으며, 게다가 십자군 전사이자 성묘의 정복자이기도 하셨소. 그런데도 불구하고, 공작이 자신들을 통치해서는 안 된다고 선택한 백성들의 뜻에 반대했기 때문에 카디프(Cardiff) 성에 비참하게 유폐되어 눈이 먼 채 돌아가셨단 말이오. 그러니 왕실 혈통에서 최고의 권력을 차지하기에 가장 적합한 왕자를 선택하는 것이 우리의 권리란 말이오. 말하자면 귀족들의 이익을 최대한 증진시켜 줄 분을 선택해야 한다는 뜻이오. 인격적 자질로 보자면 존 왕자가 형인 리처드 왕보다 못할 수도 있소. 하지만 리처드 왕은 손에 복수의 칼을 갖고 돌아오는 반면에, 존 왕자는 보상, 면제, 특권, 재물, 작위 등을 약속한다는 점을 고려해 보면 우리 귀족들이 현명하게 섬겨야 할 왕이 누구인지는 의심할 여지가 없을 거요."

이러한 주장들과, 이야기를 나누는 상대의 특수한 사정에 맞춘 더 많은 주장들은 예상대로 존 왕자 도당의 귀족들에게 먹혀들었다. 그들 가운데 대부분은 존 왕자의 머리 위에 왕관을 씌워 주기 위한 모든 준비를 갖추기 위해 요크에서의 계획된 회합에 참석하기로 동의했다.

여러 가지로 애쓴 탓에 지치고 녹초가 되었지만 자못 결과에 만족스러워하며 아슈비 성으로 돌아온 핏저스가 드 브라시를 만난 것은 밤이 아주 이슥해졌을 때였다. 드 브라시는 연회복을 짧은 초록색 튜닉으로 갈아입고 똑같은 색과 천의 양말과 가죽 모자를 걸치고, 단검도 갖추고, 어깨에는 뿔나팔을 걸치고, 손에는 긴 활을 들고, 혁대에는 한 다발의 화살도 찔러 넣고 있었다. 핏저스가 바깥쪽 방에서 이런 차림을 한 사람을 보았더라면 근위대의 향사들 가운데 한 사람으로 생각하여 알아보지 못하고 그냥 지나쳐 버렸을 것이다. 그러나 안쪽의 연회장에서 그런 차림새의 사람을 발견하자 좀 더 자세히 들여다보고는 그가 잉글랜드 향사의 옷차림을 한 노르만 기사라는 것을 알아차렸다.

"이것이 도대체 무슨 짓거리요, 드 브라시?"

핏저스는 좀 성난 음성으로 말했다.

"우리 주군인 존 왕자의 운명이 중대한 기로에 놓여 있는 판국에 지금이 크리스마스의 방탕한 가면극이라도 벌일 때인 줄 아시오? 그대는 왜 나처럼 저 용기 없는 겁쟁이들에게 다녀오지 않은 거요? 리처드 왕의 이름만 듣고도 사라센 족의 아이들이 그랬다고 하는 것처럼 벌벌 떠는 저 겁쟁이들 말이오."

"나는 내 볼 일을 보고 다녔소."

드 브라시는 태연하게 대답했다.

"핏저스 당신이 당신 볼 일을 보고 다닌 것처럼 말이오."

"내가 내 볼일에 신경 썼다고! 나는 우리의 공통 후원자인 존 왕자의 일을 하러 다닌 거요."

"왈데마르 경, 당신이 그 일을 한 데에는 당신 자신의 개인적인 이익을 증진시키는 것 외에 다른 이유가 있는 듯한 말투구려? 이봐요, 핏저스. 우린 서로 잘 알고 있자 않소. 당신이 추구하는 것은 야심이고 내가 추구하는 것은 쾌락이라는 사실을. 그리고 바로 이것이 세대 차라는 것도. 존 왕자에 대해서는 당신도 내 생각과 같을 거요. 단호한 군주가 되기에는 너무 유약하고, 관대한 군주가 되기에는 너무 포학하고, 인기 있는 왕이 되기에는 너무 오만하고 건방지고, 또 어느 부류가 되었든 장기 집권하는 왕이 되기에는 너무 변덕스럽고 소심하단 말이오. 하지만 핏저스와 드 브라시가 출세하고 번영하기를 기대할 수 있는 군주이긴 하지요. 그러니 당신은 정책으로 왕자를 돕고, 나는 내 자유 용병대의 창기병으로 돕는거요."

그러자 참지 못하고 핏저스가 쏘아붙였다.

"그것 참 유망한 원군이로군. 이처럼 화급을 다투는 순간에 광대짓이라니. 이처럼 급박한 순간에 이렇게 우스꽝스러운 변장으로 도대체 무엇을 생각하고 있는 거요?"

"그야 아내를 얻기 위해서요."

드 브라시가 냉정하게 대답했다.

"베냐민(Benjamin) 부족의 방법을 쫓아서 말이오."

"베냐민 부족이라고? 무슨 말인지 모르겠구려."

"어제 밤에 에이머 수도원장이 음유 시인의 로맨스에 답하여 우리에게 이 야기를 하나 들려주었을 때 그 자리에 안 계셨소? 아주 오래 전에 팔레스타 인에서, 베냐민 부족과 이스라엘 민족의 다른 지파 사이에 무서운 불화가 싹터 그들이 베냐민 부족의 모든 무사들을 거의 살육해 버렸다고 얘기해 주지 않았소. 그리고 그들은 성모 마리아께 같은 혈통과 결혼하는 사람은 용납하지 않겠다고 맹세했다고 하오. 그러다 자신들의 맹세를 후회하게 되 어 어떻게 하면 그 맹세에서 벗어날 수 있는지 영적 지도자에게 사람을 보 내어 물어본 뒤, 영적 지도자의 충고에 따라 베냐민 부족의 젊은이들이 어 느 성대한 시합에서 그곳에 참석해 있던 모든 여인들을 유괴하여 신부나 신부 가족들의 동의 없이 아내로 삼아 버렸다고 하오"(리비우스의 로마사에 나오는 사비니 족과 로마인들 사이의 이야기를 드 브라시가 착각하고 있다).

"수도원장이나 당신 두 사람 가운데 누군가가 시대와 상황을 이상하게 바 꾸고 있기는 하지만 나도 그 이야기를 들은 적은 있소."

"그러니까 내 말은 그 베냐민 부족의 방식을 따라 아내를 얻을 작정이라 는 거요. 말하자면, 이러한 복장을 하고 오늘 밤 성을 떠난 그 색슨 황소 떼 를 덮쳐, 그들에게서 사랑스러운 로웨나를 낚아채 올 것이란 말이오."

"미쳤소, 드 브라시? 그들이 비록 색슨 인이라고는 해도 부유하고 강력한 데다, 색슨 혈통치고는 그렇게 재산과 관직이 있는 사람이 거의 드물기 때 문에 그들 민족으로부터 더욱 존경을 받고 있다는 점을 생각해 보란 말이 오."

"아무에게도 속해 있지 않다면 정복 과업을 반드시 이루어야겠군요."

"적어도 지금은 그럴 계제가 아니오. 이렇게 위기가 닥쳐올 때는 대중들의 지원이 절대적으로 필요하오. 그래서 존 왕자도 그들이 좋아하는 자들을 해치는 사람은 그 누구라도 그냥 내버려 두지 않으실 거란 말이오."

"왕자가 그렇게 할 용기가 있다면 그렇게 하라고 하죠. 왕자도 용기 없는 그 색슨 촌뜨기 오합지졸들과 내 부대의 원기 좋은 창기병들의 지원에 얼마나 큰 차이가 있는지 알게 될 테니까. 하지만 어쨌든 내 정체를 금세 밝히진 않을 거요. 이 옷을 입고 있으니까 뿔나팔을 부는 그 용감한 숲 사람 같지 않습니까? 습격의 죄는 요크셔 삼림의 그 무법자들에게로 돌아갈 거요. 나는 색슨 인들의 동태를 감시하기 위해 확실한 첩자를 심어 놓았소. 오늘 밤 그들은 성 위톨, 아니 성 위톨드던가, 아니 뭐 그까짓 색슨의 성자를 뭐라고 부르든 간에 어쨌든 버턴 온 트렌트(Burton-on-Trent)에 있는 그 수도원에서 묵는다고 하더군요. 그러니 내일 길을 나서면 우리의 사정권 안에 들어올 테고 그러면 우리는 매처럼 당장에 그들을 내리덮칠 거요. 그리고 얼마 안 있어 나는 본래 내 모습으로 나타나 예의 바른 기사 역할을 하여 괴로워하는 그 불행한 미인을 야비한 강탈자들의 수중에서 구해내어 프롱 드 봬프의 성이나 노르망디로 데리고 갈 거요. 그리고 필요하다면 로웨나가 모리스 드 브라시의 신부와 부인이 되기 전에는 절대로 동족에게 돌려보내지 않을 거요."

"꽤나 현명한 계획이구려. 그리고 내 생각에는 전부 그대가 궁리해내지는 않았을 것 같은데 … 자, 솔직히 말해 보시오, 드 브라시. 그 계획을 꾸미는 데 누가 도와주었소? 그리고 실행하는데 도움을 주기로 한 것은 누구고? 그대의 부대는 요크와 같은 먼 곳에 가 있으니 당신 혼자의 힘으로는 못할 것 아니오?"

"내 참, 뭐 굳이 알아야겠다면, 말하지 못할 것도 없소. 베냐민 부족 사람들의 모험이 알려 준 이 계획을 생각해낸 것은 바로 성전 기사 브리앙 드 봐 길베르요. 습격할 때 나를 도와주기로 되어 있고, 그와 그의 부하들이 무법자인 체 가장하면, 나는 내 옷을 갈아입고 그들로부터 용감한 완력으로 공주를 구해내는 거요."

"정말, 두 사람의 지혜를 짜낸 계획답구려! 그리고 그대의 신중함은, 드 브라시, 그대의 훌륭한 공모자의 수중에 공주를 맡겨둔다는 그 계획 속에 특히 잘 드러나 있구려. 내 생각에, 그대는 공주를 색슨 친구들로부터 빼앗아 오는데는 성공할지 모르나, 그 후에 봐 길베르의 손아귀에서는 어떻게 구해낼지 상당히 의심스러워 보이는구려 … 그는 한 번 먹이에 달려들어 잡아채면 절대로 놓지 않는데 매우 익숙해진 매란 말이오."

"그는 성전 기사요, 그러니 이 상속녀와 결혼하려는 계획에서 나와 겨룰 수 없단 말이오 … 그리고 드 브라시의 내정된 신부에게 그 어떤 비열한 짓을 하지는 않을 것이오 … 기필코! 그는 자기 혼자서 성전 기사단 지부 전체를 책임지고 있는데 감히 내게 그런 위해를 가할 수는 없을 걸요!"

"그렇다면, 더 이상 할 말이 없구려(그대의 고집스러운 기질을 잘 알고 있으니까). 그저 그대의 상상력에서 나온 이 어리석은 짓을 실행하는데 될 수 있는 한 시간을 낭비하지 않도록 … 그대의 어리석은 짓이 시기를 놓치는 만큼 오래 지속되지 않도록 입을 다무는 수밖에 없겠구려."

"내 말해 두는데, 그 일은 기껏 해봐야 몇 시간이면 다 해치울 테니 걱정 마시오. 나는 용맹스럽고 씩씩한 부하들을 데리고 앞장서서 요크로 가서 당신의 정책이 생각해낼 수 있던 어떠한 대담한 계획이라도 지원할 준비가 되어 있을 거요 … 그건 그렇고 바깥 뜰에서 동지들이 벌써 모이고 말이 콧김을 내뿜으며 땅을 차는 소리가 들리는군요 … 자, 그럼 이만 물러가겠소 … 참된 기사처럼 미인의 미소를 얻기 위하여 출발하겠소."

"흥, 참된 기사처럼이라고?"

핏저스는 드 브라시의 뒷모습을 바라보며 중얼거렸다.

"천만에, 바보처럼, 아니면 심각하고 필요한 일을 뒷전에 내버려두고 떠다니는 엉겅퀴 솜털을 쫓아다니는 어린아이처럼이라고 말해야겠지 … 하지만 저런 도구로 일을 해야 하다니 … 그리고 도대체 누구를 위해? 누구긴 누구야, 존 왕자지. 방탕한 만큼 어리석으며, 반역을 저지른 아들이자 부도 덕한 동생이라는 사실을 입증한 만큼 은혜를 모르는 주인이 될 가능성도 많지 … 하지만, 그는 … 그 역시 내가 쓰려는 도구의 하나일 뿐이야. 그리 고 그가 아무리 잘난 체한다 할지라도 만약 자기 이익을 내 이익으로부터 갈라 놓으려는 듯이 보이는 날에는 그도 나의 도구에 불과할 뿐이라는 사 실을 곧 알게 될 테지."

이 정치가의 사색은 안쪽 방에서 들리는 "왈데마르 핏저스 경!" 하고 부르 는 존 왕자의 음성으로 중단되고 말았다. 그 소리에 미래의 재상(교활한 노 르만 인은 그렇게 높은 자리에 야심을 품고 있었으므로)은 모자를 벗고 미 래의 군주의 명령을 받들기 위해 황급히 달려갔다.

16장

인적 드문, 사람 눈에 띄지 않는 머나먼 곳에서,
거룩한 은자 어려서부터 자랐네.
이끼를 잠자리 삼아, 동굴을 소박한 암자 삼아,
나무 열매로 끼니 때우고 맑은 샘물 마시며.
사람을 멀리 하고, 신과 함께 일생을 보냈나니,
그의 온 일과는 기도요, 온 기쁨은 찬송이라네.

파넬(Parnell, 「은자」중에서

독 자들은 총시합 초기에 보인 소극적이고 무관심한 거동 때문에 관중들
이 검은 게으름뱅이라는 별명을 붙여 주었던 한 무명 기사의 분발로 마상
시합의 결과가 결정되었다는 사실을 잊을 수는 없을 것이다. 그런데 이 기
사는 승리를 거두자마자 갑자기 시합장을 떠나 버렸다. 그래서 그의 용기
에 대해 상을 받기 위해 나오라는 발표가 있었을 때는 어디에서도 찾아볼
수 없었다. 한편, 전례관과 나팔 소리가 자기를 부르고 있는 동안에 그 기
사는 북쪽으로 가는 길을 잡아, 사람들이 많이 다니는 길은 되도록 피하고
숲 사이로 난 지름길을 택하여 갈 길을 재촉했다. 그날 밤은 보통 길에서
약간 떨어져 있는 작은 여관에서 쉬었지만, 그곳에서 떠돌이 음유 시인으
로부터 마상 시합의 결과를 전해 들을 수 있었다.

다음 날 기사는 긴 여행을 할 작정으로 일찍 출발하였다. 말의 상태는, 전
날 아침 그가 충분히 쉬도록 신중히 배려했으므로 그날은 그다지 많이 쉴
필요 없이 먼 길을 갈 수 있었다. 그런데도, 기사가 들어선 길이 멀리 도는
길이었으므로 원래의 계획에 차질이 빚어져, 밤이 가까워졌을 무렵에는 겨
우 요크셔의 서쪽 구 경계에 이르렀다. 이때쯤에는 말과 사람 모두 허기가
졌고, 게다가 밤이 점점 빠르게 깊어지고 있었으므로 밤을 지샐 만한 장소
를 찾아야만 했다.

기사는 현재 있는 곳은 안식처나 먹을 것을 얻을 수 있을 것처럼 보이지
않았으므로 편력 기사들이 흔히 쓰는 방편을 취해야 할 것 같았다. 이런 경

우, 편력 기사들은 말은 풀을 뜯으라고 풀어 놓고 자기는 떡갈나무를 지붕 삼아 애인을 머릿속에 그리며 맨바닥에 몸을 눕히는 것이 보통이었다. 하지만 흑기사는 그리워할 애인이 없었거나, 또는 싸움에 무관심했던 것처럼 사랑에도 무관심하여 피로와 허기를 잊을 수 있거나 사랑을 잠자리와 저녁이라는 확실한 위안의 대용품으로 여길 수 있을 만큼 애인의 미모와 무정함에 대한 열정적인 생각에 충분히 사로잡히지 못했다. 그래서 주위를 둘러본 후 자기가 깊은 산중에 들어와 있다는 것을 깨닫고는 실망했다. 물론 숲 속에는 공터가 많이 있고 오솔길도 몇 개 나 있었지만, 그것은 단지 숲에서 풀을 뜯어먹는 많은 가축 떼나 사냥꾼에게 쫓기는 짐승들과 그 짐승을 쫓는 사냥꾼들로 인해 생겨난 길인 것 같았다.

이제껏 기사가 길의 방향을 잡는데 주로 의지해 왔던 해가 왼쪽의 더비셔(Derbyshire) 구릉 너머로 자취를 감추고 말았으므로 제아무리 길을 재촉해 본들 제대로 길을 나아가는 만큼 본래 길에서 벗어날 가능성도 많았다. 목동들의 오두막이나 사냥꾼의 숲 속 거처에 이를지도 모른다는 희망을 품으며 잘 다져진 길을 찾아보려고 애썼지만 그것이 여의치 않았고, 이제는 어느 길로 가면 좋을지 결정하는 것조차 몇 번이나 불가능해지자 기사는 궁여지책으로 말의 영리함에 의지하기로 했다. 전에도 경험한 바에 의하면 이 짐승이 그렇게 위급할 때에 자기와 주인을 구해내는 놀라운 능력이 있다는 사실을 잘 알고 있었기 때문이다.

갑옷으로 온 몸을 감싼 주인을 태우고 긴 여정으로 극도로 피로해진 이 훌륭한 준마는 느슨해진 고삐로 주인이 자기에게 길잡이의 역할을 넘겨주었다는 사실을 깨닫자마자 새로운 힘과 원기를 얻은 것처럼 보였다. 그래서 전에는 박차를 가해도 신음 소리 외에는 거의 아무런 반응을 보이지 않았으나 지금은 자기를 믿어 준 데 자부심이라도 생겨난 듯 귀를 쫑긋 세우고 자진하여 활발히 움직이기 시작했다. 말이 들어선 길은 그날 기사가 따라왔던 길에서 다소 벗어났지만 말이 자못 자신 있는 것처럼 보였으므로 기사는 말의 선택에 자기를 내맡겼다.

그리고 그대로 가 보니 말이 옳았음이 입증되었다. 얼마 안 가 오솔길이 좀 더 넓고 더 많이 다져진 길로 바뀌었고 작은 종이 딸랑거리는 소리를 들으니 예배당이나 암자가 근처에 있다는 것을 알 수 있었기 때문이다.

그러므로 흑기사는 곧 탁 트인 평평한 잔디밭으로 나왔다. 잔디밭 맞은편에는 완만하게 경사진 평지로부터 불쑥 솟아있는 바위가 비바람에 시달린 회색 전면을 나그네에게 들이밀고 있었다. 바위 옆면 여기저기와, 울퉁불퉁한 바위 절벽에 뿌리를 박고 전사의 강철 투구 위를 장식한 깃털처럼 보기만 해도 무서운 모습에 운치를 더하며 아래로 펼쳐진 절벽 위로 가지를 흔들고 있는 떡갈나무와 서양호랑가시나무에 담쟁이 넝쿨이 퍼져 있었다. 바위 밑동에는, 비스듬히, 말하자면 바위에 기대어, 주로 근처 숲에서 베어온 나무 줄기로 뼈대를 세우고 진흙과 섞은 이끼로 그 틈을 채움으로써 풍우에 견딜 수 있게 지어진 허름한 오두막 한 채가 서 있었다. 그리고 가지를 잘라내고 꼭대기 부근에 가로질러 나무토막을 매어놓은 전나무 묘목 줄기가 대충 만들어 놓은 십자가 표지로서 문 옆에 똑바로 심어져 있었다. 오른쪽으로 약간 떨어진 곳에서는 아주 맑은 샘물이 바위에서 똑똑 떨어져 움푹 들어간 돌 위에 모아지고 있었는데, 물이 그렇게 떨어져 돌은 소박한 수반의 형체를 이루고 있었다. 그렇게 채워진 수반에서 넘친 물은 그 오랜 풍화과정으로 닳아 생겨난 좁은 홈을 타고 졸졸 흘러내려 작은 평지를 지나 인근 숲으로 사라졌다.

이 샘 옆에는 작은 예배당 하나가 서 있었는데, 지붕이 여기저기 꺼져 있었다. 그 예배당은 온전했을 때에도 길이가 4.5미터, 폭이 3.6미터를 넘지 않았었고, 상대적으로 낮은 지붕은 건물의 짧고 육중한 기둥 위에 지탱되어 있는 네 구석에서 솟아오른 동심원의 둥근 아치 위에 얹혀 있었다. 이 아치들 가운데 두 개는 비록 그 사이에 있는 기둥이 주저앉았지만 뼈대는 그대로 남아 있었다. 이 오래된 예배당 입구는 옛 색슨 건축물에 자주 등장하는 상어 이빨과 비슷한 지그재그 식의 조형이 새겨진 몇 개의 가로 층으로 장식되어 있는 매우 낮고 둥그런 아치 아래에 있었다. 네 기둥 위의 현관 위에는 작은 종루가 솟아 있었고, 종루 안에는 비바람에 시달린 초록색의 종이 달려 있었다. 얼마 전 흑기사가 들었던 종소리는 바로 이 종에서 희미하게 울려나오는 소리였던 것이다.

이 평화스럽고 고요한 광경이 나그네의 눈앞에서 어스름한 황혼녘에 희미하게 깜박이며 펼쳐져 있었으므로, 흑기사는 밤을 지새고 갈 잠자리를 얻을 수 있으리라 자못 확신하게 되었다. 갈 길이 저물었거나 길을 잘못 든 나그네들에게 환대를 베푸는 것이 바로 산 속에 사는 은자들의 특별한 임무였기 때문이다.

그래서 기사는 우리가 세세하게 열거한 사항들을 자세히 생각할 여유도 없이 훌륭한 안식처를 보내준 데 대해 성 율리아노(Saint Julian, 나그네들의 수호성인)에게 감사하고 당장 말에서 뛰어 내려 주인의 주의를 일깨워 안으로 들여보내 달라고 청하기 위해 창으로 암자의 문을 두드렸다.

그러나 안에서는 곧바로 대답이 나오지 않았다. 얼마 후에 대답이 들려왔는데, 그 대답은 자못 불길한 것이었다.

"누구든 간에 그냥 가시오."

오두막 안에서 굵고 쉰 듯한 목소리가 대답했다.

"하느님과 성 둔스탄의 종이 저녁 기도 드리는 것을 방해하지 말고."

"거룩한 사제여, 이 숲에서 길을 잃고 헤매는 불쌍한 나그네요. 자비와 환대를 베풀 기회를 당신에게 주고 있는거요."

"훌륭하신 형제여, 성모 마리아와 성 둔스탄께서는 내가 그런 선행을 베풀기보다는 오히려 그 신세를 지도록 예정하셨소. 이곳에는 한 마리 개에게 나누어 줄 음식조차 없소, 부드럽게 자라난 말이라면 내 잠자리를 천히 여길 것이오 … 그러니 어서 가던 길로 가시오, 행운을 빌겠소."

"점점 어두워지고 있는데, 이러한 숲 속에서 어떻게 갈 길을 찾을 수 있겠소? 그러니 거룩한 사제여, 그리스도 교도니 제발 이 문 좀 열고 최소한 길이라도 가르쳐 주기를 청하오."

"훌륭한 그리스도인 형제여. 나도 간청하는데 나를 더 이상 방해하지 마시오. 벌써 형제의 방해로 주기도문 한 번, 성모의 기도 두 번, 사도신경 한 번을 방해 받았단 말이오. 내 맹세에 따르면 이 기도들은 달이 뜨기 전에 모두 끝마쳤어야 했단 말이오."

그러자 흑기사가 고래고래 소리를 질렀다.

"길이라도 … 길만이라도 제발. 이 이상 아무것도 안 해 줄 작정이라면 제발 길이라도 안내해 주시오."

"길은 찾아내기 쉽소. 숲에서 난 오솔길이 습지로 향하고 있소. 그리고 습지에서는 시내로 통하오. 아마 시냇물이 많이 줄었으니 지금쯤은 건널 수 있을 거요. 시내를 건너면 왼쪽 둑으로 오를 때 조심하시오, 둑이 다소 험하니까. 그리고 강 위에 걸쳐 있는 길은 최근에, 내가 아는 바로는(나는 예배당의 일을 두고 나가는 경우가 거의 없으므로), 군데군데 무너져 있을 거요. 그리고 나서 앞으로 쭉 가면 … "

"무너진 길에 … 절벽에 … 여울에, 습지까지!"

기사는 은자의 말을 가로막으며 외쳤다!

"은자여, 만일 당신이 학식을 쌓고 기도를 올리는 사제 가운데 거룩한 사람이라면, 나더러 오늘 밤 이 길을 가라고 하지는 않겠죠. 은자는 국가의 보시로 살아가는 사람이니 … 내 생각에 당신은 보시를 받을 만하지도 않지만 … 곤궁에 처한 나그네에게 하룻밤 쉬어갈 안식처를 거부할 권리는 없소. 빨리 문 여시오, 아니면 맹세코, 내 문을 부수고라도 직접 들어갈 테니."

"나그네여, 그렇게 귀찮게 조르지 마시오. 나 자신을 스스로 지키기 위해 속세의 무기를 쓰게 만든다면 당신에게는 사태가 더 나빠질 것이오."

바로 이 순간, 나그네에게 한동안 들려오고 있던 멀리서 으르렁거리는 개

짖는 소리가 갑자기 커지며 맹렬해졌으므로 기사는 억지로라도 들어가겠다는 협박에 놀란 은자가 자기를 지키는데 도움을 받으려고 이렇게 짖던 개들을 가두어 놓았던 구석에서 불러낸 것이 아닌가 하는 생각이 들었다. 이처럼 불친절하기 짝이 없는 목적을 달성하려고 은자 쪽에서 대비하는 것에 격분하여 기사는 발로 문을 힘껏 걷어찼으므로 문의 꺾쇠는 물론 기둥까지 그 격렬한 충격에 흔들거렸다.

은자는 문이 또 다시 걷어차이는 것이 싫었는지 이번엔 큰 소리로 말했다.

"참으시오, 참으시오 … 훌륭한 나그네여, 완력은 삼가 주시오. 곧 문을 열어드릴 테니. 하긴 뭐, 그래봐야 당신의 마음에 들지도 않을 테지만."

이윽고 문이 열렸다. 그러자 키가 크고, 건장하며, 삼베로 만든 질긴 수도복과 두건을 쓰고 골풀 새끼띠를 허리에 두른 은자가 기사 앞에 모습을 드러냈다. 한 손에는 불이 켜진 횃불을 들고, 다른 한 손에는 두툼하고 육중해서 육척봉이라고 부르는 편이 좋을 것 같은 돌능금 나무 몽둥이를 들고 있었다. 그레이하운드와 매스티프의 잡종인 커다란 두 마리 털북숭이 개들은 문이 열리자마자 나그네에게 덤벼들 자세를 취하고 있었다. 그러나 횃불이 기사의 우뚝 솟은 투구 깃털장식과 황금박차를 비추자 은자는 원래의 의향을 바꾸어 날뛰는 개들을 제지하고는 일종의 무뚝뚝한 공손함이 느껴지는 음성으로 기사를 오두막 안으로 들어오라고 권했다. 그리고, 성모 마리아와, 성 둔스탄과, 그분들을 섬기며 일생을 보내는 믿음이 깊은 사제들에게 조금도 존경심을 보이지 않는 산적과 무법자들 패거리가 부근을 쏘다니고 있기 때문에 해가 진 후에는 문을 열기 싫어한 것이었다고 변명했다.

주위를 둘러보니 대충 잘라서 만든 식탁과 두 개의 걸상과 한두 개의 볼품 없는 가구류를 비롯하여, 나뭇잎으로 만든 침상, 떡갈나무로 조잡하게 새긴 십자가 하나, 미사 경본 하나 외에는 아무것도 보이지 않았으므로 기사는 이렇게 대답했다.

"사제여, 당신의 암자가 이렇게 빈곤한 것만으로도 도적들에게 털릴 위험은 없을 것 같소. 내 생각엔 사슴은 물론 대부분의 사람들에게도 대들 수 있을 만큼 크고 힘센 믿을 만한 두 마리 개의 도움은 말할 필요도 없고."

"이 산중의 친절한 산지기가 세상 형편이 바뀔 때까지 저의 독거를 지켜 주기 위해 이 개들을 쓰도록 허락해 준 것입니다."

이렇게 말하며 은자는 촛대로 쓰이고 있던 뒤틀어진 쇠막대 끝에 횃불을 꽂고 마른 장작으로 다시 활활 타오른 잿불 앞에 떡갈나무로 만든 삼각대를 놓고 탁자 한쪽에 걸상을 놓고 기사에게도 맞은 편에 걸상을 놓고 앉으라고 손짓했다.

두 사람은 앉았고, 매우 진지하게 상대를 바라보며 이제껏 앞에 앉아 있는 사람보다 더 힘이 세고 강건한 사람은 보지 못했다고 속으로 생각하고 있었다.

집주인을 오랫동안 뚫어질 듯 쳐다본 후 기사가 먼저 말을 꺼냈다.

"거룩한 은자여, 당신의 경건한 명상에 방해가 안 된다면 세 가지만 물어보고 싶소. 첫째, 내 말은 어디에 두어야 하오? 둘째, 저녁으로는 무엇을 먹을 수 있겠소? 셋째, 오늘 밤 잘 자리는 어디요?"

"손가락으로 대답하겠습니다. 몸짓으로도 충분히 뜻을 전달할 수 있는데 말을 한다는 것은 제 규칙에 어긋나기 때문이지요."

그렇게 말하면서, 은자는 차례로 오두막의 두 구석을 가리켰다.

"마구간은 저기, 잠자리는 여기입니다. 그리고."

옆의 선반에서 그 위에 있던 말린 완두콩 두 주먹이 담긴 접시를 내려 탁자 위에 올려놓으며 덧붙였다.

"저녁 식사는 여기 있습니다."

기사는 어깨를 으쓱하고는 오두막을 나가 말을 데리고 와(지금까지는 나무에 매어 놓았었다) 매우 정성껏 안장을 풀어 내리고는 말의 지친 등에 자기의 외투를 덮어 주었다.

은자는 이 나그네가 말을 돌볼 때 보여 준 자상한 태도뿐 아니라 염려하여 보여 준 동정심에 다소 마음이 움직인 것 같았다. 산지기의 말을 위해 남겨둔 여물이 있다고 뭐라고 중얼거리면서 벽의 움푹 들어간 구석에서 마초를 한 단 끌고 나와 기사의 말 앞에 펴 주고, 곧이어 기사의 잠자리로 지정한 구석에 마른 양치를 얼마간 뿌려 주었기 때문이다. 기사는 은자가 보여 준 호의에 감사하였다. 그리고 인사치레가 끝나자 두 사람은 다시 식탁에 자리를 잡고 앉았다. 식탁 위에는 두 사람 사이에 완두콩 쟁반이 놓여져 있었다. 은자는 한때는 라틴어였지만 여기저기서 간혹 튀어나오는 몇 마디 단어나 구문의 길고 굴리는 어미를 제외하면 그 원래 언어의 흔적은 거의 남아 있지 않은 긴 식전 기도를 올리고는 손님에게 먹는 시범을 보였다. 날카로움과 흰 빛으로는 수퇘지의 이빨에 뒤지지 않을 치아를 갖춘 매우 커다란 입 속에 딱딱한 서너 개의 완두콩을 조심스럽게 넣었다. 그의 튼튼한 치아에 대면 그 서너 개의 완두콩은 커다랗고 잘 갈리는 맷돌에 얼마 안 되는 곡식을 처넣은 것처럼 하찮아 보였다.

기사는 이토록 칭찬할 만한 모범을 따르기 위해 투구, 갑옷의 동부를 비롯해 갑옷의 대부분을 벗어 버렸으므로 금발의 짙은 고수머리, 고귀한 용모, 매우 빛나며 반짝거리는 푸른 눈, 잘생긴 입, 윗입술을 덮고 있는 머리칼보다 짙은 콧수염, 어느 모로 보나 대담하고, 용감하고 진취적인 사람의 모습을 띠고 있으며 그에 잘 어울리는 강건한 몸집을 은자에게 드러냈다.

빈객의 배짱에 화답이라도 하는 것처럼 은자도 자기의 두건을 뒤로 젖혀 한창 나이의 사나이에게 어울리는 둥근머리를 보여 주었다. 뻣뻣한 검은 고수머리 원으로 둘러싸인 깨끗하게 민 정수리는 주인 잃은 가축을 가두어 놓던 높은 울타리에 둘러싸인 우리 같은 느낌이 들었다. 얼굴에는 수도자다운 엄격함이나 금욕주의자의 궁핍함은 전혀 엿보이지 않았다. 오히려 정반대로, 짙은 검은 눈썹, 맵시 있는 이마, 나팔수의 얼굴처럼 둥글고도 빨간 뺨으로 보아 대담하고도 무뚝뚝한 생김새로서 뺨 위로는 길고 곱슬곱슬한 검은 수염이 내려와 있었다. 이 수도사의 억센 몸집과 더불어 그러한 용모는 완두콩 같은 콩 종류보다는 소의 허리 고기나 사슴의 엉덩이 고기를 먹고 있다고 알려 주었다. 빈객은 이러한 부조화를 놓치지 않았다. 말린 완두콩을 한 입 넣고 대단히 힘들여 씹고 나자 이번에는 뭔가 마실 것을 달라고 경건한 주인에게 부탁하지 않을 수 없었다. 은자는 빈객의 요구에 응하여 샘에서 퍼온 깨끗한 생수가 담긴 큰 주전자를 앞에 놓았다.

"이 물은 성 둔스탄의 샘에서 떠온 것이지요. 성인께서는 하루 사이에 이 우물에서 5백 명이나 되는 이교도 데인 족과 브리튼 족에게 세례를 주셨답니다 … 아 복되어라, 그 이름!"

그리고 그 검은 수염을 주전자에 대고 방금 말한 찬사에 어울리지 않을 만큼 적은 양만을 들이켰다.

그 모습을 보고 기사가 말문을 열었다.

"거룩한 사제여. 지금 먹은 얼마 안 되는 음식과 이 거룩하지만 다소 싱거운 물만으로도 당신은 놀라울 만치 살이 찐 것 같소. 당신은 이 적막한 황야에서 미사를 드리고 마른 완두콩과 찬 물로 연명하면서 시간을 보내는 것보다는 씨름 시합에서 양을 타거나, 육척봉 시합에서 종을 타거나, 검술 시합에서 방패를 타는 쪽이 훨씬 어울리는 사람처럼 보이오."

"기사님, 당신의 생각은 무지한 속인들과 마찬가지로 육신을 따르고 있습니다. 사라센 왕이 내려 준 술과 고기로 몸을 더럽히기보다는 야채와 물만 먹고도 살이 올랐던 그 거룩한 소년들 사드락, 메삭, 아벳느고(다니엘서 1장에 나오는 성서 속 인물들)에게 내려졌던 그 축복을 성모 마리아와 제 수호 성인께서 저 스스로 삼가는 이 약간의 음식에도 기꺼이 내려 주신 겁니다."

"거룩한 은자여, 만족스러운 하느님께서 그러한 기적을 행하여 주신 그 용모를 지닌 당신은 죄 많은 속인이 이름을 물어보는 것을 허락하겠죠?"

"코프만허스트의 사제라고 부르시면 됩니다, 근방에서는 그렇게 불리고 있으니까요 … 뭐 사실, 사람들이 앞에 거룩한이라는 별칭을 붙여 주기도 하지만 아직 그러한 별칭을 받을 자격이 있다고 생각하지는 않으므로 그것을 굳이 주장하지는 않습니다 … 그러면 이제, 용맹한 기사님, 제 훌륭하신 빈객의 이름을 물어도 되겠는지요?"

"사실을 말하자면, 코프만허스트의 거룩한 사제여, 이 부근의 사람들은 나를 흑기사라고 부른다오 … 그리고 내게 이름을 날리고 싶은 야심이 전혀 없다 하여 많은 사람들이 게으름뱅이라는 별칭을 붙여 주었소."

은자는 빈객의 대답에 빙그레 미소짓지 않을 수 없었다.

"게으름뱅이 기사님. 신중하고 사려 깊은 분이라는 것을 알겠습니다. 게다가, 아마도 궁정과 병영의 방종, 도시의 사치에 익으신 분 같으니 저의 볼품 없는 수도자의 음식이 입에 맞지 않는다는 걸 알겠군요. 그러니까 이제야 생각이 나는데, 게으름뱅이 기사님, 이 숲의 그 자비로운 산지기 양반이 저를 위해 이 개와 또 마초 단을 놓고 갔을 때, 먹을 것도 좀 남겨 주고 갔는데, 저에게는 어울리는 것이 아니어서 더 중요한 생각을 하다 보니 그것이 있다는 것을 그만 깜박 잊고 있었군요."

"그 산지기가 그렇게 했으리라고 감히 맹세할 수 있소. 거룩한 은자여, 당신이 그 두건을 벗었을 때부터 이 암자에는 필시 더 좋은 음식이 있다는 것을 직감했소 … 당신의 산지기는 유쾌한 사람 같구려. 그리고 이 완두콩을 우둑우둑 씹는 당신의 어금니와 이 아무 맛도 없는 맹물을 꿀꺽꿀꺽 들이마시는 목구멍을 본 사람이라면 아무도 이처럼 말 여물과 말이 마시는 물(식탁 위를 가리키며)이나 먹으면서 원기를 회복하지 않을 사람이 아니라고 생각할 수는 없을 거요. 그러니, 어서 그 산지기의 시주를 봅시다."

은자는 기사에게 생각하는 듯한 시선을 던졌는데, 그 시선 속에는 이 빈객을 믿는데 어느 정도까지 신중하게 행동하면 좋을지 확신이 서지 않는 양 일종의 주저하는 듯한 우스꽝스러운 기색이 엿보였다. 그러나 기사의 얼굴에는 그 표정으로도 알 수 있을 만큼 대담하고 솔직한 데가 있었다. 그의 미소에도 역시 어딘가 모르게 견딜 수 없이 우스운 점이 있었고, 성실함과 신의를 보증하고 있었으므로 집주인도 공감하지 않을 수 없었다.

무언의 시선을 한두 번 나누더니 은자는 오두막 안 쪽으로 가서 대단히 조심스럽고 약간 교묘하게 숨겨 놓은 궤짝을 열었다. 그리고 이 틈새로 손을 넣을 수 있는 어두운 찬장 안쪽에서 커다란 구운 고기 파이를 꺼내 굉장히 넓은 양은 쟁반에 받쳐 내왔다. 은자가 이 커다란 요리를 빈객 앞에 내놓자, 기사는 자기의 단검을 사용하여 파이를 자르고 대번 그 속의 내용물을 맛보았다.

"그 친절한 산지기가 다녀간 것이 언제요?"

기사는 은자가 자못 유쾌할 정도로 급하게 음식을 몇 입 맛본 후에 물었다.

은자가 서둘러 대답했다.

"두 달쯤 전이오."

"허, 거참. 당신의 이 암자에 있는 것은 모두가 놀랍소, 거룩한 은자여! 이 사슴 고기를 제공한 그 살찐 수사슴이 발로 껑충껑충 뛰어다닌 것이 불과 일주일도 안 된다고 맹세할 수 있으니 말이오."

은자는 이 말에 다소 언짢은 표정을 지었다. 게다가, 기사가 허겁지겁 먹어 들어가 고기 파이가 점점 줄어들고 있는 것을 바라보며 별로 안색이 좋지 않았다. 조금 전까지 금육을 한다고 공언했으니 달려들어 먹을 수 있는 핑계거리가 하나도 없었기 때문이다.

기사가 먹던 것을 갑자기 멈추고 말했다.

"은자여, 나는 팔레스타인에 있었던 적이 있소. 그런데 그곳에서는 손님을 대접하는 주인은 누구나 손님과 함께 식사를 함으로써 자기가 차린 음식이 몸에 좋은지 확실히 알아보는 그런 관습이 있는 것 같았소. 당신처럼 거룩한 사람에게 조금이라도 불친절한 점이 있으리라고는 생각지 않소. 그렇더라도 동방의 이 관습을 따라 준다면 매우 고맙겠소."

"그렇다면 기사님의 불필요한 양심의 가책을 덜어드리기 위해 이번 한 번만 제 규칙을 어기도록 하겠습니다."

은자는 그렇게 대답하고, 당시는 아직 포크가 없던 시절이므로 즉석에서 손가락을 파이 속으로 찔러 넣었다.

　일단 허식을 벗어 던지자, 손님과 주인은 누가 더 왕성한 식욕을 가졌는지 보여 주려고 시합하는 것 같았다. 그리고 비록 손님이 더 오랫동안 굶었음에도 불구하고 은자의 식욕이 기사의 식욕을 상당히 능가했다.

　"거룩한 은자여."

　어느 정도 허기가 진정되자 기사가 말했다.

　"아까 우리가 사슴 고기를 준데 대해 고마워했던 그 성실한 산지기가 이 훌륭한 고기 파이에 곁들여 마실 포도주 한 병이나, 아니면 카나리아 백포도주 작은 통 하나나, 그렇잖으면 그 비슷한 것이라도 남기고 갔다는 데 내 훌륭한 말을 걸겠소. 물론 이것은 당신같이 엄격한 사람의 기억에는 전혀 남아 있지 않을 만한 사소한 일일 테지만. 그래도, 내 생각에는 저 구석을 다시 한 번 뒤져본다면 내 추측이 옳다는 것을 알 수 있을 것 같은데."

　은자는 그 말에 히죽 웃어 답했을 뿐이다. 그리고 그 궤짝으로 가서 거의 4리터도 넘게 들어 있는 가죽 부대를 끄집어냈다. 또한 들소의 뿔로 만들고 은테를 두른 커다란 술잔 두 개도 가져왔다. 저녁 식사의 뒷맛을 깨끗이 씻어내릴 이 훌륭한 준비를 끝마치자 은자는 더 이상 형식적으로 주저할 필요가 없다고 생각한 모양이었다. 그래서 두 잔에 술을 가득 채우고 색슨 식으로 기사의 건강을 비는 건배를 하고 자기 잔을 단숨에 비워 버렸다.

　"건강을 위하여, 코프만허스트의 사제여!"

　기사도 그에 화답하여, 주인과 마찬가지로 가득 찬 잔을 단숨에 비웠다.

　그렇게 첫 잔을 비운 후 빈객이 말했다.

　"거룩한 사제여, 당신처럼 기골이 장대하고, 게다가 그토록 왕성한 대식가의 면모를 보여 주는 사람이 이처럼 적막한 곳에서 혼자 살겠다고 생각하다니 참으로 놀라지 않을 수 없구려. 내 판단으로는, 당신은 이곳에서 완두콩과 물로, 혹은 심지어 산지기의 자선으로 연명하기보다는 기름진 고기를 먹고 독주를 마시며 성이나 요새에 사는 것이 더 어울릴 것 같은데 말이오. 적어도 내가 당신이라면, 왕의 사슴으로 재미도 보고 넉넉해질 것 같소. 이 숲에는 좋은 가축들이 떼를 지어 다니니 성 둔스탄을 섬기는 종이 수사슴 한 마리 썼다고 해서 표가 날 리 없을 테니까."

"게으름뱅이 기사님, 거참 위험한 말씀이군요, 그러니 그런 말은 삼가십시오. 저는 왕과 법률에 성실한 진정한 은자올시다. 그리고 왕의 사냥감을 노략질한다면 감옥에 가는 것은 말할 것도 없고, 이 사제복이 구해 주지 못한다면 어쩌면 교수형 같은 극형에 처해질 거란 말입니다."

"그렇더라도, 내가 당신이라면, 삼림 감독관과 산지기들이 따뜻한 잠자리에 들었을 때를 틈타, 달빛을 벗삼아 산책을 나가겠소. 그리고 가끔 … 기도를 드리면서 … 공터에서 풀을 뜯고 있는 암갈색 사슴 무리 사이로 화살을 하나 날리겠소 … 거룩한 은자여, 당신은 이러한 기분전환을 해 본 적이 한 번도 없단 말이오?"

"게으름뱅이 기사님, 제 살림살이에서 관심이 갈 만한 것은 전부 보셨지요. 그리고 폭력으로 잠자리를 빼앗은 사람이 받아 마땅한 그 이상의 것도 보았지요. 그러니 제 말을 들어, 하느님이 당신에게 보내 주신 복이 어떻게 해서 왔는지 주제넘게 알고 싶어하지 말고 그냥 즐기는 것이 좋을 겁니다. 자, 잔을 채워 실컷 드십시오. 그리고 부탁인데, 더 이상 주제넘은 질문을 하여, 당신을 저지시키고 싶은 마음이 들게 하지 마십시오. 그랬다가는 기사님이 오늘 밤 이 오두막에서 그냥 묵기는 힘들어질 테니까요."

"맹세코, 당신은 나를 더욱 궁금하게 만드는구려! 당신은 이제껏 내가 만난 은자 중에서 가장 알 수 없는 사람이오. 그래서 우리가 헤어지기 전에 당신에 대해서 더 알고 싶소. 방금 말한 협박 말인데, 위험이 있는 곳이라면 어디든 쫓아가서 그 정체를 알아내야만 직성이 풀리는 것이 직업인 사람을 상대로 말하고 있으니 그 협박이 통할 리 없다는 것을 알아 두구려."

"게으름뱅이 기사님, 그 용기를 높이 존경하며 당신을 위하여 축배를 듭니다. 그러나 놀랄 만큼 신중하진 못하시군요. 만일 당신이 저와 똑같은 무기를 들어 겨룬다면, 모든 우정과 형제의 사랑으로, 앞으로 1년 동안 다시는 호기심이 발동하는 죄를 짓지 않도록 충분히 참회하고 완전히 속죄할 수 있게 만들어 드리겠습니다."

기사도 그 말에 서약을 하고, 어떤 무기를 쓸지 대라고 했다.

"데릴라의 가위(삼손의 머리를 잘라 힘을 못쓰게 만들었다)와, 야엘의 못(헤벨의 아내 야엘이 자기의 천막으로 도망쳐온 적장 시스라를 숨겨 주는 척 담요를 덮어 잠재운 후 천막의 말뚝을 박아 죽였다)에서부터, 골리앗의 언월도(막강한 힘을 휘둘렀으나 다윗의 돌팔매질에 맞아 무력해졌다)에 이르기까지 당신과 겨루지 못할 무기는 하나도 없습니다. 그러나, 만일 제게 선택권이 있다면 이런 하찮은 것으로 겨뤄 봄은 어떨지요?"

그렇게 말하며, 은자는 또 다른 상자를 열어 그 당시 향사들이 사용하던 것과 같은 한 쌍의 날 넓은 칼과 둥근 방패를 꺼냈다. 은자의 거동을 지켜보고 있던 기사는 이 두 번째 은닉 장소에 두세 개의 긴 활과, 석궁 하나, 석궁에 쓰는 화살 한 다발, 긴 활에 쓰는 화살 여섯 다발이 숨겨져 있는 것을 발견했다. 하프와, 도무지 교회에는 어울리지 않아 보이는 다른 물건들 또한 이 어두운 구석이 열렸을 때 엿보였다.

그러한 물건들을 보고는 기사가 말했다.

"사제여, 당신에게 약속하건대, 이제 더 이상 거슬리는 질문은 하지 않겠소. 벽장에 들어 있는 저 물건들이 내 모든 질문에 대한 답이니까. 그리고 여기에 무기가 하나 보이는데(이 순간 몸을 굽혀 하프를 집어 들었다), 검과 방패보다는 이것이라면 기꺼이 당신과 솜씨를 겨루어 보겠소."

"기사님에게 게으름뱅이라는 별명은 당치도 않으시군요. 약속하건대, 이제부터 기사님을 아주 수상쩍게 봐야겠군요. 그래도 어쨌든 제 손님이니 당신의 자유로운 의지 없이 억지로 당신의 인품을 시험해 보고 싶진 않습니다. 그러니 자, 앉아서 술잔을 채우시죠. 실컷 마시고 노래하고 즐겁게 놉시다. 뭐 좋은 노래라도 알고 계시다면, 이 회색 지붕이 초록색 잔디(무덤을 의미 ; 역주)로 바뀔 때까지 제가 성 둔스탄의 교회를 섬기고 하느님의 뜻을 받드는 한 고기 파이가 있는 이 누추한 곳에 언제든 기쁘게 맞이해 드리겠습니다. 하지만, 그건 그렇고, 술잔을 채우시죠. 하프를 조율하려면 시간이 좀 걸릴 테니까요. 그리고 한 잔의 술처럼 음조를 맞추고 귀를 날카롭게 하는 것은 없으니까요. 저로 말할 것 같으면, 하프를 뜯기 전에 제 손가락 끝에 술잔을 느끼는 것을 좋아한답니다."

17장

저녁 시간, 일부러 후미진 저 구석에서,
하늘의 보상이라는 영예를 받은 순교자들의
많은 거룩한 행위가 그려진,
황동으로 장식된 내 책을 펼쳐든다.
얼마 후, 촛불이 희미해지면,
잠들기 전 내게 알맞은 찬가를 부르네.

그 누가 일신의 영화를 버리고
내 지팡이와 회색 수도복을 받아들여,
속세의 소란스러운 무대를 등지고
평화로운 암자를 택하지 않을소냐?

워턴. 「워릭셔의 안슬리 저택에 있는 암자의 비문」 중에서

싹 싹한 은자의 지시에 기꺼이 따랐음에도 불구하고, 기사는 하프의 줄을 고르기가 쉽지 않다는 것을 알았다.

"거룩한 사제여, 아무래도 이 하프는 현이 하나 모자란 것 같고 다른 현들도 다소 무리가 간 것 같소."

"저런, 그것을 알아채셨습니까? 과연 하프의 대가다운 면모로군요. 자, 한 잔하시죠."

그리고 은자는 멍하니 위를 쳐다보며 덧붙였다.

"그것이 사실은 모두 술 탓이랍니다! 북쪽 지방의 음유 시인인 알란 어 데일(로빈후드의 무리에 있던 음유시인. 한 늙은 기사에게 억지로 팔려 결혼하는 연인을 로빈후드가 구해 주었다)에게 술을 일곱 잔 마신 후에 손을 댔다가는 그 하프를 가만두지 않겠다고 말했는데도 그 작자가 제 말을 건성으로 들었지요. 자, 기사님, 당신의 성공적인 연주를 위해 건배하겠습니다."

그렇게 말하면서, 은자는 자못 진지한 표정으로 잔을 들이켜며, 스코틀랜드의 그 음유 시인이 무절제하게 술을 마시던 일을 생각하고는 고개를 흔들었다.

그 사이, 기사는 현의 줄을 어느 정도 고르자 짧은 곡으로 시험해 본 후, 프랑스 남부의 언어로 부르는 풍자시와, 프랑스 북부 노르만 인들의 언어로 부르는 담시와, 옛 프랑스의 단시와, 보통 잉글랜드어로 된 민요 가운데 어떤 것을 선택할지 은자에게 물었다.

"그야 물론 민요지요. 그까짓 프랑스의 시들은 집어치우고요. 저는 순전히 잉글랜드 인이고 또 제 수호 성인 성 둔스탄도 순전히 잉글랜드 분이시니 그깟 프랑스 언어들은 악마의 발톱에 때만큼 우습게 여기시죠 … 그러니 이 암자에서는 순전히 잉글랜드의 노래만 불러야지요."

"그러면, 내가 성지에서 알게 된 한 색슨 방랑 시인이 지은 민요를 불러보도록 하겠소."

기사가 음유시인의 기술을 완전히 터득한 대가는 아니었어도 그에 대한 취미는 적어도 최고의 선생 아래서 익힌 것이라는 사실이 곧 드러났다. 음역이 좁으며 타고나기를 부드럽기보다는 거칠었던 음성의 결점을 완화시키는 법을 기교로 터득하고 있었다. 다시 말해서, 선천적인 결함을 보충하기 위한 온갖 수련을 다한 것이었다. 그래서, 기사의 연주는 특별히 은자보다 더 유능한 전문가가 들었다 하더라도 매우 호평을 받았을 것이다. 특히 때로는 곡조에 매우 흥을 돋구기도 하다가 때로는 구슬픈 열정을 불어넣기도 함으로써 부르는 시가에 힘과 박력을 줄 때는 더욱 훌륭했다.

십자군사의 귀환

1.

빛나는 공적으로 기사의 명성 얻고,
팔레스타인에서 전사 돌아오도다.
어깨에 붙인 십자가는,
교전과 거친 공격으로 퇴색하고 찢어졌나니.
낡은 방패 위의 모든 상처는
격전의 상징.
이렇듯, 애인의 정자 아래서
기사 노래 부르네, 황혼이 짙어갈 무렵.

2.

기뻐하라 아름다운 여인이여! 보라, 그대의 기사를,

저기 먼 황금의 나라에서 돌아온.

아무런 재화도 가져오지 않았고 아무런 재화도 필요치 않다네.

훌륭한 무예와 준마,

적에게 돌격하기 위한 박차,

적을 무찌르기 위한 창과 검만 있다면.

이것들이야말로 바로 기사의 노고의 전리품,

이것들이야말로 테클라(외경에 나오는 성자)의 미소가 보여 준 희망!

3.

기뻐하라 아름다운 여인이여! 충실한 기사에게

무훈을 세우도록 사랑을 불어넣었나니.

찬란하고 고귀한 행렬 만나는 곳에,

그대의 존재 반드시 눈에 띈다네.

음유시인이 노래부르고 전례관이 알리게 할지어다

저 아름다운 처녀를 잘 보아 두라,

그 빛나는 두 눈을 위하여

아스칼론의 시합장에서 승리를 거두었나니!

4.

그녀의 미소를 잘 보라!

이코니움(Iconium)의 터번을 두른 군주 술탄을,

그 힘과 마호메트의 주문에도 소용없이 쓰러뜨렸을 때,

그녀의 미소는 오십 명의 아내를 과부로 만든

날카로운 칼날을 세웠다네.

눈처럼 하얀 목덜미를 반은 비추고 반은 가리는
햇살처럼 반짝이는 머리카락이 보이는가?
그 황금 머리카락 한 올 한 올 감길 때마다
이교도의 피가 흘렀나니.

5.
기쁘도다 아름다운 여인이여! 내 이름 모른다 하여도,
모든 공적과 그에 따르는 찬사는 바로 그대의 것.
그럴지니, 오, 이 심술궂은 문을 열어 주오,
밤이슬 내리고, 밤도 깊었으니.
시리아의 달아오른 열풍에 단련되어
북풍의 산들바람마저도 죽음처럼 차게 느껴진다오.
달콤한 사랑으로 처녀의 부끄러움 억누르길,
그대에게 명성을 가져다주는 이에게 천상의 행복을 주길.

기사가 이렇게 노래하는 동안, 은자는 오늘날 새로운 오페라를 감상하는
일류 비평가 같은 태도로 듣고 있었다. 의자에 뒤로 기대어 눈은 반쯤 감은
채 엄지손가락으로 꼬아 두 손을 맞잡고는 무아지경에 빠진 듯하다가 이내
넓은 손바닥을 까닥거리다 음악에 맞춰 부드럽게 휘두르기도 했다. 그리고
마음에 드는 한두 소절에서는 기사의 음성이 자기의 경건한 취향에 맞을
만큼 높이 올라갈 수 없을 것 같은 부분에서 직접 가세하여 약간 도와주기
도 했다. 노래가 끝나자 은자는 노래도 좋았으며 부르기도 잘 불렀다고 힘
차게 말했다.
  그렇게 칭찬하면서 덧붙였다.
  "그렇지만 우리 색슨 사람들은 오랫동안 노르만 인들과 함께 살다보니 그
들의 구슬픈 단가 곡조에 물들어 버렸군요. 이 성실한 기사는 무엇 때문에

고향을 떠난 거죠? 아니, 돌아와 보니 연인은 이미 기꺼이 자기의 연적과 약혼을 해 버리고 그의 세레나데라는 것은 도랑에서 고양이가 야옹거리는 소리만큼 하찮게 여겨지고 있다는 것 외에 무엇을 기대할 수 있겠습니까? 그렇지만, 기사님, 이 잔은 당신을 위해 건배하지요, 모든 진정한 연인들의 성공을 위하여."

그렇게 지껄이다가 기사가(이제껏 연거푸 마신 술로 취기가 오르기 시작했다) 술잔에 주전자의 물을 붓는 것을 보고는 덧붙였다.

"이제 보니 주량이 별 것 아니십니다."

"무슨 말을. 이 물이야말로 당신의 그 거룩한 수호 성인 성 둔스탄의 샘에서 떠온 물이라고 말하지 않았소?"

"아, 그야 그렇죠. 그런데 수백 명의 이교도들에게 그 물로 세례를 주셨지만 그 물을 드셨다는 얘기는 한 번도 못 들었지요. 이 세상에서는 무엇이든 적합한 용도에 써야 하거든요. 성 둔스탄께서는 그 어떤 이보다도 유쾌한 탁발승의 특권을 알고 계셨답니다."

그렇게 말하면서, 은자는 하프를 집어 옛 잉글랜드 민요에 알맞은 일종의 옛 시 합창곡에 맞추어 다음과 같은 독특한 노래를 기사에게 불러 주었다.

맨발의 탁발승

1.
그대에게 일 년이고 이 년이고 시간을 줄 테니,
비잔티움(Byzantium)에서 스페인까지 전 유럽을 찾아보게.
그러나 녹초가 될 때까지 찾아보아도
맨발의 탁발승만큼 행복한 사람은 찾을 수 없을 거라네.

2.

그대의 기사는 사랑하는 여인을 위하여 시합장으로 돌진하네,
그러다 저녁 기도를 올릴 무렵이면 창에 찔려 집으로 실려온다네.
나는 급히 기사의 참회를 들어주네 … 그가 사랑하는 여인이
오로지 맨발의 탁발승의 위안만을 바라기 때문.

3.

그대의 군주? … 홍! 많은 왕자들이
그 예복을 우리의 수도복과 두건과 바꾸었다고 알려져 있네.
그러나 우리 가운데 그 누가 탁발승의 회색 수도복과
왕관을 바꾸겠다는 쓸데없는 소망을 품겠는가!

4.

탁발승은 길을 떠났고, 가는 곳마다
그 땅과 땅의 풍요로움은 모두 그의 것으로 예정되어 있네.
어디든 원하는 곳에 갈 수 있고, 지치면 쉴 수 있다네.
모든 사람의 집이 곧 맨발의 탁발승의 집이기 때문.

5.

한낮에는 모두 그를 기다리네, 탁발승이 올 때까지는
아무도 커다란 의자에 앉지도, 건포도를 넣은 죽을 맛보지도 않네.
가장 맛있는 음식과 불가의 좋은 자리는
바로 맨발의 탁발승의 확실한 권리이기 때문.

6.

한밤에도 모두 그를 기다리네, 고기 파이를 따뜻하게 데워 놓고,

갈색 맥주통에 구멍을 뚫어 검은 단지로 하나 채워 놓고,
안주인은 남편이 곤경에 빠지기를 바라리라,
맨발의 탁발승이 부드러운 잠자리를 얻기 전에는.

7.

샌들과 허리띠와 긴 외투여 오래 번성하라,
악마의 두려움과 교황의 믿음 만세.
가시에 찔리지 않고 인생의 장미를 꺾는 것은
오로지 맨발의 탁발승에게만 허용되어 있는 특권이기 때문.

노래가 끝나자 기사가 감상평을 말했다.

"참으로 노래를 잘 부를 뿐더러 씩씩하게 불렀소, 그리고 당신의 교단을 높이 찬양하였구려. 그런데 거룩한 사제여, 악마 얘기가 나왔으니 말인데, 사제답지 않게 이렇게 즐기는 동안 행여 악마가 찾아오지 않을까 걱정되지는 않소?"

"제가 사제답지 않다고요! 그런 비난은 당치도 않습니다! 그런 비난쯤 발뒤꿈치 때만큼이나 우습게 보지요. 저는 예배당의 직무를 한 번도 거르지 않고 진심으로 다하였답니다. 매일 아침과 저녁 미사 두 번, 아침 기도, 낮 기도, 저녁 기도, 성모 마리아께 드리는 기도, 사도신경, 주기도문 … "

"사슴 고기가 한창 제철일 때의 밝은 달밤은 물론 예외고."

"물론 당연한 예외죠. 저희 노수도원장께서 주제넘은 속인들이 우리 교단의 규칙들을 사소한 점까지 모두 지키는지 물어보면 그렇게 대답하라 가르쳐 주셨듯이 말이지요."

"그럴 법한 말이구려, 거룩한 사제여, 하지만 악마란 놈은 바로 그러한 예외를 예의 주시하기 십상이요. 당신도 알다시피 악마는 울부짖는 사자처럼 싸질러 다니니까."

"울부짖으려면 뭐 여기서 울부짖으라고 하죠. 저의 이 허리 밧줄에 손을 대는 날에는 성 둔스탄이 화젓가락으로 그러셨던 것처럼 그 녀석이 커다란 비명을 지르게 해 줄 테니까요. 저는 한 번도 사람을 두려워해 본 적이 없고, 악마니 마귀새끼니 하는 것도 무서워하지 않습니다. 성 둔스탄, 성 두브리치오(Saint Dubric), 성 위니발드(Saint Winibald), 성녀 위니프레드(Saint Winifred), 성 스위버트(Saint Swibert), 성 윌릭(Saint Willick) 아, 그리고 성 토머스 어 켄트(Saint Thomas a Kent)도 잊지 말아야지, 이 모든 성자들과 얼마 안 되는 나의 덕에 번성하여 저는 꼬리가 길건 짧건 모든 악마 놈들에게 맞설겁니다. 하지만, 이 문제에 관해서는 아침 기도가 끝난 후에야 당신에게 비밀을 털어놓겠습니다."

그리고 은자는 화제를 바꾸었다. 두 사람의 흥은 점점 깊어지고 소란스러워졌고, 서로 주거니받거니 노래를 불렀다. 그때 갑자기 암자의 문을 두드리는 큰소리가 들려왔으므로 두 사람의 주연은 거기서 중단되고 말았다.

이러한 방해의 원인을 설명하려면 또 다른 등장인물들의 모험으로 되돌아가지 않으면 안 되겠다. 예전의 아리오스토(Ariosto, 르네상스 시대의 이탈리아 시인이자 극작가로서 극의 발전에도 공헌했다. 극중의 인물들을 각기 다르게 하나씩 따라가며 서술하는 기법을 썼다)처럼 극중의 어느 한 인물만을 계속하여 한결같이 따라다니는 것을 자랑하지 않기 때문이다.

18장

어서 가세! 우리가 가야 할 길은 골짜기, 더 깊은 골짜기,
즐거운 새끼 사슴 겁 많은 어미 옆에서 뛰어 놀고,
널따란 떡갈나무, 짙게 드리운 가지로
파란 풀밭 위로 비치는 햇살에 무늬 만드는 곳이라네.
자, 일어나 가세! 반가운 태양이 한창 내비칠 때,
이 길은 걸어가기 유쾌한 오솔길이지만,
달의 여신의 등불이 적막한 숲에 그 희미한 빛을 비출 때는,
그다지 즐겁지도 안전하지도 못하리니.

「에트릭 숲」(Ettrick Forest)(저자 스콧의 시로 추정됨)

색슨 인 세드릭은 자기 자식이 아슈비의 시합장에서 의식을 잃고 쓰러지는 것을 보았을 때, 무엇보다도 시종들을 시켜 아들을 보호하고 돌보라는 명령을 내리고 싶은 충동에 제일 먼저 휩싸였지만, 차마 입 밖으로 말이 떨어지지는 않았다. 이렇게 사람들이 많이 모인 자리에서 자기가 부자 관계를 끊고 쫓아내 버린 아들을 다시 받아들일 마음이 영 들지 않았던 것이다. 그러나 술잔지기인 오스월드에게 아들을 잘 주시하고 있으라고 명령했다. 그리고 군중이 해산하는 즉시 노예 두 사람을 데리고 가서 아이반호를 아슈비로 옮기라고 명령했다. 오스월드는 이 모처럼의 좋은 임무를 다른 사람에게 빼앗기고 말았다. 군중들이 모두 흩어졌으나 기사의 모습은 어디에도 없었기 때문이다.

세드릭의 술잔지기가 도련님을 사방으로 찾아보았지만 소용 없었다. 얼마 전까지 도련님이 쓰러져 있던 곳에서 핏자국은 보았지만, 정작 쓰러진 장본인은 마치 요정들이 그 자리에서 다른 곳으로 옮겨간 것처럼 감쪽같이 없어진 것이었다. 오스월드는(색슨 인들은 미신을 깊이 믿고 있었으므로) 시종의 복장을 한 사나이를 흘깃 보고 그가 집안의 같은 종인 거스임을 알아보지 못했더라면 아이반호가 그렇게 사라진 이유로 아마도 그렇게 귀신이 조화를 부린 것으로 생각했을지도 모른다. 변장한 돼지치기는 주인의 운명이 걱정되고 또 갑자기 사라져 버린 데 자포자기하여 사방으로 주인을 찾아다니고 있는 중이었고, 그렇게 하느라 자기가 사람들 눈에 띄면 안 된다는 사실도 잊어버린 것이었다. 거기에 자기 자신의 안위가 걸려 있었음에도 불구하고 말이다. 오스월드는 그 운명을 주인이 직접 판결할 도망자로서 거스를 붙잡는 것이 자기의 의무라고 생각했다.

그리고 아이반호가 어찌 되었는지 다시 수소문한 후, 구경꾼들로부터 얻을 수 있었던 유일한 정보는 그 기사가 잘 차려입은 어떤 마부들에 의해 조심스럽게 들려져 관중들 틈에 있던 한 숙녀 소유의 가마에 실려 그 즉시 시합장에서 어디론가 옮겨졌다는 것이었다. 오스월드는, 이 사실을 전해 듣고는 차후의 지시를 듣기 위해 일단 주인에게로 돌아가기로 결정했다. 그리고 세드릭의 돼지치기 일을 내팽개친 것을 일종의 직무유기로 생각했으므로 거스도 데리고 가기로 했다.

색슨 인 세드릭은 아들에 대해 매우 심각하면서도 괴로운 염려에 시달리고 있었다. 부자의 연을 끊게 만든 애국적인 냉정함에도 불구하고 자연히 끌리는 인정은 어쩔 수 없었기 때문이다. 그러나 아이반호가 아마도 친한 사람의 보호를 받으며 안전한 것 같다는 소식을 듣자마자 아들의 운명을 알지 못한 데서 생겨났던 어버이로서의 걱정은 대번에 사라지고 아들의 불효로부터 생겨난 상처받은 자존심과 분노의 감정이 다시 타올랐다.

"흥, 그렇게 싸돌아다니라지. 그 녀석이 상대했던 그들을 위해 그 의사가 상처를 돌보게 하라지. 그놈은 조국의 훌륭한 옛 무기들인 날이 넓은 칼과 갈색의 미늘 창으로 잉글랜드 선조들의 명성과 영예를 지키기보다는 노르만 기사들의 요술 같은 잔재주를 부리는데 더 알맞은 놈이야."

그러자 그 자리에 같이 있던 로웨나가 참다 못해 한마디 했다.

"선조들의 영예를 지키기 위해서라면 의회에서는 현명하고, 직무를 수행하는 데는 용감한 것으로 충분합니다. 담대한 사람들 가운데서 가장 담대하고, 예의 바른 사람들 가운데서 가장 예의 바른 것으로 충분하지요. 저는 그분의 아버님을 제외하고는 그 어떤 사람도 … "

"시끄럽소, 로웨나 공주! 이 일만은 그대가 나설 일이 아니오. 왕자의 연회에 갈 준비나 하시오. 헤이스팅스에서의 그 파멸의 날 이래로 저 건방진 노르만 인들이 우리 색슨 족에게 거의 베풀어 본 적이 없는 경의와 예의를 드물게 세세히 갖추어 그곳으로 우리를 초대했단 말이오. 이 거만한 노르만 인들에게 자기들의 가장 용감한 전사를 무찌른 아들의 운명에 이 색슨 인이 조금도 충격을 받지 않았다는 것을 보여 줄 수만 있다면 나는 기꺼이 그곳에 참석할 테니."

"저는 절대로 가지 않겠어요. 그리고 바라건대, 당신께서 용기와 마음이 굳다는 것을 보여 주려고 작정한 것이 오히려 무정한 마음으로 오해받지 않도록 조심하세요."

"그렇다면 집에 남아 있구려, 배은망덕한 공주 같으니. 박해받는 백성들의 행복은 거들떠보지도 않고 쓸데없이 독단적인 애정만 앞세우다니 그대의 마음이야말로 무정하기 짝이 없군. 나는 애설스탠 경을 찾아 그와 함께 앙주의 존의 연회에 참석하겠소."

그렇게 해서 세드릭은 존 왕자의 연회에 참석하게 된 것이었고, 연회에서 있었던 중요한 사건들에 대해서는 이미 언급한 대로다. 성에서 나오자마자 색슨 호족들은 시종들과 함께 말을 탔고, 세드릭이 도망자 거스를 처음으로 본 것은 그렇게 소란스러운 와중에서였다. 이미 보았듯이 이 색슨 귀족이 연회에서 돌아왔을 때는 전혀 평온한 기분이 아니었으므로 자기의 분노를 다른 누구에게 터뜨릴 구실만을 찾고 있었다. 그러다 마침 거스를 보게 되자 드디어 세드릭의 분노가 폭발했다.

"포박해! 포박하란 말이야! 오스월드 헌디버트! 이 개 같은 놈들아! 저 못된 녀석을 왜 결박도 안하고 그대로 둔 거냐?"

그 시퍼런 서슬에 주인을 말릴 엄두도 못 내고, 거스의 동료들은 우선 손에 잡히는 대로 제일 가까이 있던 말의 굴레로 거스를 묶었다. 원망스러운 눈길로 주인을 쳐다보며 한마디 한 것 외에 거스는 아무런 항의도 하지 않고 묵묵히 포박을 당했다.

"이 일은 주인님의 혈육을 제 몸보다도 더 위하다가 이렇게 된 것입니다."

"자 모두 말을 타라, 이제 그만 떠나자!"

세드릭은 들은 척도 않고 외쳤다.

애설스탠도 동의했다.

"사실 시간이 거의 없습니다. 빨리 가지 않으면 저 훌륭한 월세오프 수도 원장께서 야참으로 준비하신 것을 완전히 망쳐 버리겠는데요."

그러나, 나그네들은 성 위톨드 수도원에 닿기 위해 길을 재촉했으므로 염려했던 일이 일어나기 전에 도착할 수 있었다. 수도원장은, 그 자신도 옛 색슨 가문의 후예였으므로 색슨 귀족들을 자기 민족의 지극히 극진한 환대로 맞이했고, 그곳에서 그들은 밤늦게까지 아니, 밤이 샐 때까지 먹고 마셨다. 다음날 아침까지도 주인과 호화로운 향연을 함께한 후에야 거룩한 수도원장의 곁을 떠나려고 했다.

이 기마 일행이 수도원 안뜰을 지나려고 할 때에 이들 색슨 인들에게 다소 불길한 사건이 일어났다. 유럽의 모든 민족 가운데 색슨 인들은 전조를 미신적으로 따르는 데 제일 집착했는데, 시대에 뒤떨어진 일반 사람들 사이에서 여전히 눈에 띄는 전조에 대한 생각은 바로 그러한 미신적인 견해에서 비롯된 것이다. 노르만 인들은 혼합 민족이라 그 당시의 지식에 따라 견문이 훨씬 넓어서 조상이 스칸디나비아에서 갖고 온 미신적 편견을 대부분 잃어버렸으므로 그러한 문제에 대해서는 자유롭게 생각한다는 점을 자랑스럽게 여겼다.

지금의 경우에도, 안 좋은 일이 일어날지 모른다는 우려가 전혀 존경할 만한 예언자라고 할 수 없는 커다란 마른 한 마리 검은 개로 인해 생겨났다. 말 탄 사람들이 제일 먼저 출발할 때에는 똑바로 앉아 몹시 구슬피 짖어대던 개가 사람들이 대문을 나서자마자 갑자기 거칠게 짖더니 이리저리 날뛰면서 그 일행에게 달라붙어 떨어지지 않으려는 것 같았다.

그러자 애설스탠이 먼저 말을 꺼냈다.

"나는 저 소리가 별로 마음에 들지 않습니다, 세드릭 어른."

애설스탠은 어른이라는 이 존칭으로 세드릭을 부르는데 익숙해 있었다.

"저도 그래요, 나리. 저 불길한 조짐이 그대로 일어날까봐 두려워요."

"제 생각에는."

수도원장의 맛있는 맥주(버턴은 이미 좋은 술로 유명했으므로)에 대한 생각이 머릿속에서 떠나지 않던 애설스탠이 주장했다.

"제 생각에는 말이죠, 이대로 돌아서서 정오까지 수도원장님 곁에 머물러 있는 것이 좋겠는데요. 수사나, 토끼나, 울부짖는 개가 먼저 길을 가로질러 간 후에 다음 식사를 하지 않은 채 그대로 가면 그 여행은 재수가 없다고 하니까요."

그러자 조바심을 내며 세드릭이 외쳤다.

"어서 가자고! 지금이라도 길을 가려면 낮이 짧은 지경인데. 저놈의 개새끼는 도망친 노예 거스의 똥개로군, 주인이랑 똑같이 아무 짝에도 쓸모 없는 도망친 놈이로군."

그렇게 말하면서, 세드릭은 동시에 등자에서 벌떡 일어나 이렇게 갈 길을 방해한 것을 참지 못하고 불쌍한 팽즈에게 투창을 날렸다. 그 개는 정말로 팽즈였던 것이다. 몰래 원정을 떠난 주인을 찾아 그렇게 멀리까지 왔다가 이곳에서 주인의 흔적을 잃었던 것인데, 이제 다시 주인의 모습을 보자 거칠다고 할 만큼 기뻐 날뛰었던 것이다. 투창은 팽즈의 어깨에 상처를 입혔고, 개는 정통으로 땅에 쓰러질 뻔한 신세를 간신히 모면하였다. 팽즈는 울부짖으며 격노한 세드릭의 면전에서 도망쳤다. 그 모습을 본 거스의 마음은 북받쳐 올랐다. 자기의 충실한 개를 고의로 죽이려는 그 처사에 자기 자신이 혹독한 대우를 받는 것보다도 훨씬 더 가슴이 쓰렸기 때문이다. 아무리 손을 눈으로 올리려 했지만 포박 당해 있어 불가능하자, 주인의 안 좋은 기분을 알고 영리하게도 뒤로 물러서 있던 왐바에게 부탁했다.

"왐바, 부탁인데 자네의 그 외투자락으로 내 눈물 좀 닦아 주게. 먼지가 들어갔는데 이렇게 결박당해 꼼짝할 수 없으니."

왐바는 거스가 부탁한 대로 해 주고는, 한동안 어깨를 나란히 하고 걸었다. 그 사이 거스는 침울해져서 아무 말도 없었다. 그러다 결국에는 더 이상 자신의 감정을 억누를 수가 없었다.

"이봐, 왐바. 한마디도 못하고 세드릭 나리를 섬기는 바보들 중에서, 그래도 유일하게 자네만은 바보짓이 나리에게 통하는 솜씨가 있지 않나. 그러니 가서 나리께 전해 주게. 거스는 더 이상 사랑하거나 두려워하여 나리를 섬기는 일은 없을 것이라고 말이야. 내 목을 치거나, 매질하거나, 쇠사슬로 묶거나, 무슨 짓을 하더라도 앞으로는 절대 주인님을 사랑하거나 복종하게 만들 수 없다고. 자, 어서 가서 베오울프의 아들 거스는 이제 나리를 섬기는 짓은 딱 질색이라고 말해 주게."

"확실히 내가 바보이긴 하지만, 자네의 그 어리석은 심부름은 하지 않겠네. 세드릭 나리는 허리띠에 투창을 또 하나 갖고 있거든, 그리고 나리는 한 번 겨눈 것은 꼭 맞추고야 만다는 것은 자네도 알고 있을 테지."

"나리가 아무리 나를 표적으로 삼는다고 해도 상관없어. 어제는 나의 주인님인 윌프레드 도련님이 피를 흘리고 있는데도 그냥 내버려 두셨지. 오늘은 나한테 유일하게 살갑게 대해 준 짐승을 내가 보는 앞에서 죽이려고 하셨고. 성 에드문드, 성 둔스탄, 성 위톨드, 참회왕 성 에드워드(St Edward the Confessor), 그리고 달력에 있는 다른 모든 색슨 성자들에게 맹세코(세드릭은 색슨 혈통이 아닌 성자에게는 절대 맹세를 하지 않았으므로, 그의 모든 가솔들도 마찬가지로 색슨 성자만을 섬기는 좁은 신앙심을 갖고 있었다) 나는 절대로 나리를 용서하지 않겠어!"

그러자 집안에서 자주 중재자 역할을 하고 있던 왐바가 타일렀다.

"내 생각에는 말이야, 주인님께서 팽즈를 다치게 할 생각은 없었고 다만 겁을 주려고 했던 것 같아. 자네도 봤으면 알겠지만, 주인님은 표적을 빗나가게 할 생각에서 등자에서 벌떡 일어서셨단 말이야. 팽즈 녀석이 바로 그 순간에 뛰어오르지만 않았더라면 분명히 빗나갔을 텐데, 그 녀석이 그렇게 출싹대는 바람에 상처를 입은 거야. 그리고 그 정도의 상처라면 1페니 짜리 고약으로 내가 꼭 치료해 줄 수도 있어."

"내가 그렇게 생각한다면 … 그렇게 생각할 수라도 있다면, 아니, 그럴 리 없어. 투창이 정확히 조준되는 것을 내 두 눈으로 똑똑히 봤어. 던지는 사람의 노기등등한 악의가 잔뜩 실려 허공을 뚫고 날아가서 땅에 꽂힌 다음에도 표적을 놓쳐 유감스럽다는 듯이 떨리는 소리를 내 두 귀로 똑똑히 들었단 말이야. 성 안토니오(돼지치기들의 수호 성인)께서 아끼던 돼지에게 맹세코 나는 주인과 의절할 테야."

그리고 분개한 돼지치기는 또 골이 나서 아무 말도 안 하였고, 왐바가 갖은 노력을 해도 다시 말을 하게 만들 수는 없었다.

그 사이, 일행의 선도자인 세드릭과 애설스탠은 현재의 시국과, 왕가의 분열과, 노르만 귀족들 사이의 반목과 다툼에 대해 이야기를 주고받으며, 그런 상황으로 인해 곧 일어날 것 같은 내란을 틈타 핍박받는 색슨 인들이 노르만 인들의 속박으로부터 자유로워질 수 있거나 아니면 적어도 민족적 자존과 독립을 얻을 수 있는 수준까지 향상될 가능성이 있다는 데에까지 화제가 미쳤다. 이야기가 이 대목에 이르자 세드릭은 활기를 띠었다. 색슨 민족의 독립 회복은 그의 마음 속 염원이었으므로, 이를 위하여 자기 가족의 행복과 친자식의 이익까지도 기꺼이 희생했던 것이었다. 그러나, 고국 잉글랜드를 위한 이 대혁명을 완수하기 위해서는 그들 스스로 하나로 뭉쳐 모든 사람이 인정하는 한 지도자 아래서 행동할 필요가 있었다.

색슨 왕가의 혈통에서 그 지도자를 뽑아야 할 필요성은 두말할 필요도 없을 뿐 아니라 세드릭이 자기의 비밀스러운 계획과 포부를 맡길 사람들의 중대한 조건이기도 했다. 적어도 애설스탠은 이 자질을 갖추고 있었다. 그리고 비록 지도자로서 추천할 만한 정신적 소양과 재능은 거의 없었지만 그래도 인품이 훌륭했으며 비겁하지 않았고, 여러 가지 군사 훈련에 익숙해 있었으며 자신보다 현명한 조언자들의 충고에 기꺼이 따르는 것 같았다. 그리고 무엇보다도, 마음이 넓고 공손하며 착한 것으로 알려져 있었다. 그러나 애설스탠이 색슨 동맹의 지도자가 되어야 한다고 주장하는 어떠한 구실을 갖다 붙여도 대다수 색슨 인들은 애설스탠보다는 로웨나 공주의 직함을 더 좋아하는 경향이 있었다. 앨프레드 대왕의 직계 후손으로 로웨나 공주는 아버지가 지혜, 용기, 관용을 겸비한 것으로 유명한 족장이었으므로 사후에도 그 명성은 억압받는 동족으로부터 대단한 존경을 받고 있었다.

만일 그럴 마음만 있었다면, 적어도 다른 두 사람만큼 강력한 제3당의 수장으로 취임하는 것이 세드릭으로서는 그리 어려운 일도 아니었을 것이다. 두 사람이 왕실의 혈통이라면 세드릭은 그에 못지않게 용기, 활동력, 힘, 그리고 무엇보다도 색슨 인 세드릭이라는 별명을 얻을 정도로 대의명분에 헌신적인 집념을 갖고 있었으며, 태생에도 애설스탠과 피후견인 로웨나 공주를 제외하면 그 누구에게도 뒤지지 않을 명문이었다. 그러나 이러한 자질들에는 이기주의의 흔적이 눈곱만큼도 섞여 있지 않았다. 그래서 자기만의 파벌을 만듦으로써 가뜩이나 약해진 조국을 더욱 분열시키기보다는 로웨나와 애설스탠 사이의 결혼을 진행시킴으로써 이미 존재하고 있는 분열을 완전히 없애려는 것이 세드릭의 계획의 주요 골자였다. 그런데 뜻하지 않게 피후견인과 아들 사이에 사랑이 싹터 이 중요한 계획에 큰 방해물이 생긴 것이었다. 그리고 이것이 바로 윌프레드가 아버지의 집에서 쫓겨난 원인이었던 것이다.

윌프레드가 없는 동안 로웨나가 그를 좋아하는 마음을 단념할지 모른다는 희망에서 세드릭은 이렇게 가혹한 조치를 취했지만 그의 이 기대는 보기 좋게 빗나갔다. 그런데 이러한 실망감은 그가 로웨나 공주를 교육한 방식에 그 원인이 일부 있다고도 할 수 있었다. 세드릭에게는 앨프레드라는 이름이 신의 이름이나 마찬가지였으므로 그 위대한 군주의 유일한 후손에게 그 당시 만인으로부터 인정받은 공주라 하더라도 거의 받아보지 못했을 정도로 깍듯이 예우하였던 것이다. 로웨나의 뜻은 거의 대부분의 경우에 세드릭 일가에게 곧 법이었다. 세드릭 자신조차, 적어도 자기 집이라는 작은 울타리에서만이라도 로웨나의 주권을 충분히 인정해 주어야겠다고 결심이라도 한 듯 그녀의 제일가는 신하로서 행동하는데 자부심을 느끼고 있는 것 같았다.

자유 의사뿐 아니라 전제적인 권위까지 행사하도록 이렇게 자라났으므로, 로웨나는 이제껏 받은 교육 덕분에 자신의 감정을 억제하거나 자기의 의사와는 반대로 자기 것을 빼앗으려는 그 어떤 시도에도 저항하고 분개하며, 자립을 강력히 주장했다. 심지어 순종하고 복종하도록 교육받은 여성들조차도 보호자와 부모의 권위에 저항하려는 경우가 적지 않은데 하물며 로웨나 공주는 말할 것도 없었다. 자기가 강력하게 생각하는 견해는 대담하게 당당히 주장했다. 그리고 로웨나 공주의 의견에 늘 복종해 오던 습관에서 벗어날 수 없었던 세드릭은 후견인으로서의 자기 권위를 어떻게 강화해야 할지 전혀 알 수가 없었다.

왕위 회복의 기대감으로 현혹해 보려고도 했지만 소용이 없었다. 확실한 분별력을 갖고 있던 로웨나는 세드릭의 계획이 실행 가능하다고 전혀 생각지 않았으며, 설령 실행된다 하더라도 자기가 관련된 한은 바라지도 않았다. 아이반호의 윌프레드에 대한 공공연한 애정을 숨기려고 하지 않은 채 자기가 좋아하는 기사는 물론 윌프레드라고 확실히 밝히고, 애설스탠과 함께 왕위에 오르느니 차라리 수도원으로 들어가 일평생 수녀로 살겠다고 단언했다. 로웨나는 언제나 애설스탠을 경멸해 오던 터였는데, 자기와 연인이 받은 고난으로 인해 이제는 더욱 철저히 혐오하기 시작했다.

그럼에도 불구하고, 여자의 지조가 그렇게 굳지는 못하리라고 생각하고 있던 세드릭은 두 사람의 결혼을 성사시키기 위해 자기가 할 수 있는 온갖 수단을 끝까지 고집했고, 그렇게 하는 것이 색슨의 대의 명분에 중요한 공헌을 하는 것이라고 생각했다. 그러던 차에 아슈비의 시합장에서 뜻밖에도 아들이 갑자기 나타나자 당연히 자기의 희망에 거의 치명타라고 생각하게 된 것이었다. 순간적으로 아버지로서의 애정이 자존심과 애국심을 누르고 생겨난 것은 사실이었다. 그러나 자존심과 애국심은 곧 완전히 회복되었고, 이 두 감정이 함께 작용하자 색슨 독립의 회복을 위해 필요한 것으로 보이는 다른 모든 수단들을 진척시킴과 동시에 애설스탠과 로웨나의 결혼을 위해 확고한 노력을 기울여야겠다고 이제 결심한 것이었다.

그런데 색슨 독립의 회복이라는 마지막 문제에 대해 애설스탠과 논의하는 부분에서는 난항을 겪고 있었는데, 무모한 사람처럼 자기가 이렇게 알맹이는 빠진 쭉정이 같은 인간을 움직여 그토록 훌륭한 행위를 시켜야 한다고 생각하니 때로 한탄하지 않을 수 없었다. 사실, 애설스탠은 아주 허영심이 강했고, 자기의 높은 가문과 경의와 주권을 받도록 타고난 권리에 대한 이야기로 귀를 즐겁게 하는 것을 좋아했다. 그러나 그의 좀스러운 허영심은 측근 시종들과 자기에게 접근하는 색슨 인들로부터 이러한 경의를 받는 것만으로 충족되었다.

위험에 맞설 용기는 있으나 적어도 그것을 일부러 찾아다니는 것은 싫어했다. 그리고 독립을 주장하는 색슨 인들의 요구에 대해 세드릭이 제시한 일반적인 원칙에는 동의하고, 나아가 그러한 독립이 달성되었을 때에 그들 위에 군림한다는 자기 권리에 대해서는 쉽사리 납득했지만 이러한 권리들을 주장하기 위한 수단을 논의하게 되었을 때는 여전히 느려터지고 우유부단하며 진취적 기상이 없는 '굼벵이 애설스탠' 이었다. 세드릭의 열렬하고 열정적인 권고는 애설스탠의 무감각한 기질에 아무런 영향을 미칠 수 없었다. 이는 마치 뜨겁게 타오르던 불덩이가 물에 떨어지면 처음에는 약간 소리와 연기를 낼지 모르나 이내 꺼지고 마는 이치와 같았다.

지친 말에 박차를 가하는 짓 또는 식어 버린 쇠를 망치로 때리는 짓과 다름이 없는, 애설스탠을 설득하는 일을 그만두고, 세드릭은 로웨나 쪽을 돌아보았으나 그쪽과의 협의에서도 거의 아무런 만족을 얻을 수 없기는 마찬가지였다. 로웨나와 그녀가 가장 아끼는 시녀 사이에 진행되던 윌프레드의 용맹함과 운명에 대한 이야기에 세드릭이 끼어 들어 방해했을 때, 시녀 엘기다는 세드릭이 듣기에 가장 불쾌한 화제인, 시합장에서의 애설스탠의 추태를 끄집어내어 자기 자신과 주인의 복수를 톡톡히 해 주었기 때문이다. 그래서 이 강건한 색슨 인 세드릭에게 그날의 여행은 온갖 불쾌하고 불만스러운 것들로 가득 찬 것이 되어 버렸다. 그러므로 그 마상 시합과 그것을 선포한 사람과 더욱이 그곳에 갈 마음을 먹었던 자신의 어리석음을 몇 번이고 속으로 저주했다.

정오가 되자, 애설스탠의 제안으로 나그네들은 말도 좀 쉬게 할 겸 손님들에게 극진했던 수도원장이 노새에 실어 주었던 음식도 좀 먹을 겸 샘 가의 숲 그늘에서 쉬어가기로 했다. 그런데 식사시간이 생각보다 꽤 길어졌다. 이러한 여러 가지 방해로 밤새도록 여행을 계속하지 않고서는 로더우드에 도착할 가능성이 매우 희박해졌으므로 세드릭 일행은 이제까지 보다 한층 더 발걸음을 재촉하였다.

19장

어느 귀부인을 호위하는,
무장 병사들의 행렬. (그들 뒤를 몰래 따랐으므로
드문드문 들은 말로 추측해 보면)
아주 가까이 있으며, 오늘 밤을
성에서 보내려 한다네.

「오라, 비극」(*Orra, a Tragedy*)(베일리)

나 그네들은 이제 삼림지의 입구에 도착하여 숲 속 깊숙이 들어가려던 참이었다. 당시에는 압제와 가난에 시달리다 절망감에 빠져 그 시대의 연약한 치안대에 쉽게 저항할 수 있을 만큼 대규모로 무리를 지어 삼림을 점령하고 있는 많은 무법자들로 인해 그곳이 위험하다고 생각되고 있었다. 그러나, 늦은 시간이었음에도 불구하고 세드릭과 애설스탠은 자기들이 이 유랑자들로부터 안전하다고 생각하고 있었다. 하나는 광대, 하나는 포로의 몸이었으므로 별 도움은 안 될 테지만 어쨌든 왐바와 거스 외에도 열 사람이나 되는 하인을 거느리고 있었기 때문이다. 더욱이 세드릭과 애설스탠이 이렇게 늦은 시간에 숲을 여행하는 데에는 용기뿐 아니라 자기들의 혈통과 명성을 믿는 구석도 있었다. 가혹한 삼림법 때문에 이렇게 절망적인 유랑 생활로 전락한 무법자들은 주로 색슨 계통의 농부와 향사였으므로 대체로 같은 민족의 생명과 재산만은 존중해 준다고 생각되고 있었기 때문이다.

그런데 그렇게 숲 속으로 들어서서 나아가고 있는데 도와달라고 외치는 사람의 비명 소리가 계속 들려오자 세드릭 일행은 깜짝 놀랐다. 소리가 들려오는 쪽으로 달려가 보니 놀랍게도 말 가마가 땅 위에 팽개쳐져 있었다. 그 옆에는 유대 식으로 화려하게 차려입은 한 젊은 여인이 앉아 있었고, 쓰고 있는 노란 모자로 보아 같은 유대인이 틀림없는 한 노인이 깊은 절망감을 드러내는 몸짓으로 마치 뜻밖의 재앙이라도 당한 것처럼 손을 비틀며 안절부절 못하고 있었다.

애설스탠과 세드릭의 질문에 한동안 유대 노인은 칼로 자기들을 갈가리 찔러 죽이려는 이스마엘(Ishmael)의 자식들로부터 지켜달라고 구약성서에 나오는 모든 족장들을 차례로 부르기만할 뿐이었다. 이 고통스러운 공포를 가라앉히고 겨우 정신을 차리기 시작하자 요크의 아이작은(이미 우리와 구면인) 드디어 설명을 할 수 있게 되었는데, 내용인즉, 아픈 동반자가 누워 있는 가마를 운반할 노새들과 함께 여섯 명의 호위대를 아슈비에서 고용했다고 한다. 이 호위대는 그들 일행을 동커스터까지 호위해 주기로 되어 있었고, 그곳까지는 안전하게 왔다고 했다. 그러나 한 나무꾼으로부터 그 숲에 강력한 무법자들 무리가 매복하여 기다리고 있다는 소식을 전해 듣자 아이작이 고용한 호위병들은 겁을 집어먹고 도망쳤을 뿐 아니라 가마를 싣고 왔던 말들까지 끌고 가 버렸다. 그래서 유대인과 딸은 자기 몸을 보호할 수도 되돌아갈 수도 없이 언제 어디서 튀어나와 그들을 덮칠지 모르는 산적들에게 약탈당하여 어쩌면 죽임을 당할지도 모르는 상황에 처하게 된 것이다. 아이작은 매우 비굴한 어조로 덧붙여 애원했다.

"용맹하신 나리들께서 저희 불쌍한 유대인이 나리의 보호를 받으며 여행할 수 있게 허락해 주신다면 율법 법전에 맹세코 저희 선조들이 바벨론으로 끌려간 이래로 유대인이 이제껏 받아본 적이 없는 은혜를 베풀어 주시는 것으로 매우 깊이 감사 드리겠습니다."

"이 개 같은 유대인!"

모든 종류의 사소한 것들, 특히 하찮은 모욕 같은 것은 쌓아두고 절대로 잊지 않는 좀스러운 기억을 지닌 애설스탠이 소리를 질렀다.

"저기 마상 시합장 관람석에서 네 녀석이 우리에게 얼마나 무례하게 반항했는지 벌써 잊었느냐? 산적들과 싸우든지, 도망을 치든지, 아니면 타협을 하든지 네 녀석 좋을 대로 하고 우리에게 도움을 청하거나 동행해 달라고 부탁할 생각은 하지도 말아라. 그리고 온 세상을 상대로 도적질을 일삼는 너 같은 놈을 도적질하는 산적이 있다면 그런 도적은 정당하고도 공정한 사람이라고 생각할 테다."

세드릭은 동료의 이 혹독한 제안과는 달리 자기 의견을 말했다.

"이 사람들을 다음 마을까지 데려다 줄 수 있도록 우리 시종 두 사람과 말 두 필을 놓아두고 가는 것이 좋겠소. 그래 봤자 우리 힘은 조금밖에 약화되지 않을 테니. 그리고 애설스탠 경, 그대의 훌륭한 검과 남은 시종들의 도움만으로도 그까짓 부랑자 녀석들 스물쯤 대적하는 것은 일도 아닐 것이오."

무법자에 대한 언급과 그들이 가까이 있다는 말에 다소 놀라긴 했지만 로웨나는 세드릭의 제안을 강력히 지지했다. 그러나 이제까지의 낙담한 태도를 갑자기 벗어 던지고 시종 사이를 뚫고 로웨나 공주의 말에 다가간 레베카는 그 앞에 무릎을 꿇고 윗사람에게 경의를 표하는 동방의 풍습에 따라 로웨나의 옷단에 입을 맞추었다. 그리고 일어서서 베일을 뒤로 젖히더니, 경배하고 있는 위대한 신의 이름으로, 시나이(Sinai) 산상의 율법의 계시(모세가 받은 십계명 ; 역주)에 의거하여 자기 부녀 일행을 불쌍히 여겨 그들의 보호를 받으며 함께 갈 수 있게 해 달라고 애원했다.

"이러한 은혜를 베풀어 달라고 간청하는 것은 저 자신을 위해서가 아니고, 불쌍한 아버지를 위해서는 더더욱 아닙니다. 저희 종족을 학대하고 약탈하는 것이 그리스도 교도들에게는 공적이 아니라 하더라도 가벼운 잘못밖에 안 된다는 것은 저도 알고 있습니다. 그리고 그러한 행위가 도시에서 자행되든, 사막에서 저질러지든, 들판에서 이루어지든 저희에게 무슨 상관이 있겠습니까? 하지만, 많은 사람들에게 소중한, 특히 당신에게 소중한 어떤 한 분의 이름으로 이 아픈 사람을 당신의 보호 하에 조심스럽고 부드럽게 옮길 수 있도록 간청합니다. 만일 이 병자에게 무슨 변고라도 닥친다면 공주님은 임종시에 제 부탁을 들어주시지 않은 것에 대한 후회로 마음이 괴로우실 테니까요."

이렇듯 고귀하고도 엄숙한 레베카의 애원이 로웨나에게 두 배나 강한 호소력을 지니게 만들었다.

공주가 후견인을 돌아보며 말했다.

"이 사람은 노인인데다 허약합니다. 또 이 처녀는 젊고 아름다운데다, 이들의 동반자는 병들어 생명이 위독합니다. 비록 이들이 유대인이기는 하지만, 우리들은 그리스도 교도로서 곤궁에 처한 이들을 그대로 내버려둘 수는 없어요. 저기 짐을 싣고 있는 노새들 가운데 두 마리는 짐을 내리게 하여 노예 두 사람이 그 짐을 짊어지게 하지요. 그러면 노새들이 가마를 옮길 수 있을 테고, 우리는 여분의 말을 끌고 왔으니 저 노인과 따님에게 줄 수 있잖아요."

세드릭은 로웨나가 제안한 의견에 기꺼이 동의했고, 애설스탠은 한 가지 단서를 붙였다.

"유대인들은 전체 일행의 제일 뒤에서 쫓아오게 해야 하며, 그곳에서는 왐바가 예의 그 돼지고기 방패로 그들을 뒤따라야 합니다."

"그런데 제 방패를 시합장에 두고 왔지 뭡니까, 저보다 훨씬 훌륭한 많은 기사님들의 운명처럼 말이죠."

그 말에 애설스탠은 얼굴이 붉어졌다. 마상 시합의 마지막 날 자기 운명도 마찬가지였기 때문이다. 반면에 그 모습을 보고 애설스탠이 불쾌한 정도에 비례하여 고소하게 생각한 로웨나는 이 무정한 구혼자의 잔인한 농담에 복수라도 하려는 듯이 레베카에게 자기 옆에서 함께 가자고 권했다.

레베카는 영광스러운 겸손함으로 대답했다.

"저희 일행이 함께 가는 것만으로도 공주님의 명예에 먹칠을 하는 것으로 생각될 수 있을 텐데 하물며 옆에 가는 것은 격에 맞지 않는 일입니다."

이 무렵 짐을 옮겨 싣는 일은 황급히 끝나 있었다. '무법자들'이라는 말 한마디에 사람들이 매우 민첩해졌고, 게다가 이제 곧 황혼이 가까워오고 있어 그 소리에 더욱 긴장했기 때문이다. 그렇게 부산스러운 와중에 거스는 말에서 내려졌다. 그리고 말에서 내려지는 틈을 타 광대 왐바에게 두 팔을 옭아맨 밧줄을 좀 느슨하게 해 달라고 설득했다. 그리고 아마도 왐바 쪽에서 고의로 한 것이었겠지만, 밧줄을 너무 아무렇게나 다시 묶었으므로 거스는 매우 수월하게 두 팔을 속박에서 완전히 풀어버린 다음 덤불 속으로 기어 들어가 일행으로부터 도망치고 말았다.

사람들이 짐을 옮기고 자리를 바꾸는 부산스러움이 적잖이 컸으므로 거스가 사라진 사실은 한참이 지나서야 알려졌다. 레베카 부녀를 만난 이후 거스는 아무나 한 사람의 하인 뒤에서 끌려가도록 자리가 배정되었으므로, 하인들은 모두 거스가 다른 동료의 감시를 받고 있겠거니 생각했기 때문이다. 그러다 하인들 사이에서 거스가 실제로 사라졌다는 수군거리는 소리가 퍼지기 시작했을 무렵에는 일행들이 이제나저제나 곧 닥쳐올 무법자의 습격에 마음을 졸이고 있었으므로 그렇게 사소한 일에 마음을 쓰고 있을 여유가 없었다.

일행이 지나가는 길은 이제 매우 좁아져서 두 사람이 나란히 지나갈 수 없을 정도였고, 깊고 좁은 골짜기로 내려가기 시작하고 있었다. 양쪽 둑이 무너지고 늪이 많았으며 키 작은 버드나무들로 뒤덮여 있는 개천이 가로지르고 있었다. 일행의 선두에 있던 세드릭과 애설스탠은 이 좁은 길에서는 공격당할 위험이 있다는 것을 감지하였다. 그러나 두 사람 다 실전 경험이 많지 않았고, 닥쳐온 위험을 사전에 예방할 수 있는 더 좋은 방법이 없었으므로 가능한 한 빨리 그 협곡을 지나는 수밖에 없었다. 그래서 다소 대열이 흩어진 채 그들은 일부 부하들과 함께 막 개천을 건넜다. 바로 그 순간 전후 좌우 사방에서 일제히 공격이 시작되었다. 공격이 어찌나 신속하게 이루어졌던지 당황한 무방비 상태에서는 효과적으로 저항하기가 불가능할 정도였다.

"하얀 용! 하얀 용! 유쾌한 잉글랜드를 위한 성 조지(Saint George)!"

색슨 인 무법자들의 모습을 가장한 습격자들의 이러한 공격 함성이 사방에서 들려왔고, 사방에서 너무도 뜻밖에 갑자기 튀어나왔으므로 그 수가 몇 배는 더 많아 보이는 공격을 받는 것 같았다.

두 색슨 지도자는 각자 자기 기질에 어울리는 상황으로 동시에 포로가 되고 말았다. 세드릭은 적이 나타난 순간 남아 있던 투창 하나를 적을 향해 날렸는데, 전에 팽즈에게 던졌던 것보다 훨씬 잘 들어맞아 적을 뒤에 있던 떡갈나무에 보기 좋게 못 박아 놓았다. 그렇게 성공을 거두자 두 번째 적을 향해 말에 박차를 가해 달려들며, 동시에 칼을 뽑아 경솔하게 격분하여 휘두르다가 마침 머리 위에 있던 두툼한 나뭇가지에 칼이 맞는 바람에 자기가 휘두른 기세로 인해 칼을 놓치고 말았다. 그 순간 주위로 달려들던 두세 명의 산적에 의해 말에서 끌어내려져 포로로 잡히고 말았다. 애설스탠 역시 포로의 신세를 면치 못했는데, 그의 경우에는 고삐를 붙잡혔으므로 칼을 뽑아들거나 효과적인 방어 자세를 취하기도 전에 말에서 떨어지고 말았다.

시종들은 짐 때문에 쩔쩔 매기도 했고, 주인들의 운명에 깜짝 놀라 겁도 나고 해서 산적들에게 쉽사리 잡히고 말았다. 그 사이 일행의 한가운데에 있던 로웨나 공주와 제일 뒤에 있던 유대인과 그의 딸도 똑같은 불행을 겪었다.

일행 중에서 왐바만 제외하고는 아무도 빠져나가지 못했는데, 왐바는 이번 경우에 훨씬 현명한 척하던 사람들보다 더 큰 용기를 보여 주었다. 하인 하나가 내키지 않아 하면서 우물쭈물거리는 솜씨로 빼려고 하던 칼을 빼앗아 사자처럼 휘두르며 자기에게 접근하던 산적 몇 사람을 몰아내고는 주인을 구해내려고 용감하게 시도했지만 성공하진 못하였다. 수적으로 불리하여 도저히 승산이 없다는 것을 깨닫자 결국 왐바는 말에서 내려 덤불 속으로 뛰어들어 온통 혼란스러운 틈을 타 그 현장에서 도망쳤다.

그러나 이 용감한 광대는 어느 정도 도망쳐서 안전해지자 다시 돌아가 자기가 진심으로 좋아하고 따르던 주인과 함께 포로로 잡힐까말까 몇 번이나 망설였다.

그래서 갈피를 잡지 못하고 중얼거렸다.

"이제껏 사람들이 자유의 은총에 대해 이야기하는 것을 들어왔지만 누구라도 현명한 사람이 있어 내가 지금 누리게 된 이 자유를 어떻게 쓰면 좋을지 알려줬으면 좋으련만."

이렇게 혼자서 크게 지껄이고 있으려니까 바로 옆에서 낮고 조심스러운 어조로 부르는 음성이 들려왔다.

"왐바!"

그와 동시에 개 한 마리가, 알고 보니 팽즈가 달려들어 꼬리를 흔들며 아양을 떨었다. 그 소리에 왐바도 마찬가지로 조심스럽게 거스를 불렀더니, 즉각 거스가 앞에 나타났다.

어찌된 영문인지 모르는 거스가 열성적으로 물었다.

"무슨 일이야? 이 함성과 칼 소리는 다 뭐지?"

"그저 시대의 장난일 뿐이지. 모두 포로가 되었다네."

"누가 잡혔다고?"

거스는 조바심을 내며 부르짖었다.

"주인님, 공주님, 애설스탠 나리, 헌디버트, 오스월드지."

"아니, 그럴 수가! 어쩌다가 붙잡히신 거야? 그리고 누구한테?"

"우리 주인님은 너무 성급히 싸우려고 하셨고, 애설스탠 나리는 너무 늦으셨지, 다른 사람들은 전혀 싸우려고 하지 않았고. 그리고 모두 초록색 상의와 검은 복면을 한 놈들에게 포로가 되었다네. 자네가 돼지들에게 흔들어 떨어뜨려 주는 야생 능금처럼 모두 풀밭 위에 뒹굴며 쓰러져 있다네. 그 광경을 보고 울 수 있다면 웃을 수도 있을 텐데."

그러면서 왐바는 진심으로 슬픈 눈물을 흘렸다.

거스의 얼굴이 갑자기 빛났다.

"왐바, 자네는 무기를 갖고 있지. 게다가 자네의 가슴은 늘 머리보다 용감해. 우리는 겨우 둘이야. 하지만 결심이 확고한 사람이 갑자기 기습을 하면 잘 해낼 수 있을 거야… 자, 따라와!"

"어디로? 무엇을 하려고?"

"그야 물론 세드릭 나리를 구출하러 가는 거지."

"하지만 이제는 나리를 절대로 섬기지 않겠다면서."

"그야, 뭐 나리가 아무 일 없었을 때의 얘기지. 어서 따라오라니까!"

왐바가 그 말에 따라 막 출발하려고 하자 제3자가 갑자기 나타나더니 두 사람 모두 멈추라고 명령했다. 복장과 무기로 보아 왐바는 그가 조금 전 자기 주인들을 공격한 그 산적들 가운데 한 사람이라고 생각했다. 그러나 그들에 비해 이 남자는 복면을 하지 않았고, 어깨에 반짝이는 수대를 차고 수대에는 근사한 뿔나팔이 걸려 있었다. 또한 차분하면서도 위엄을 나타내는 음성과 태도로 보아 황혼이었음에도 불구하고 그가 바로 궁술 시합에서 그토록 불리한 상황에서도 승리를 거두었던 향사 록슬리라는 사실을 알 수 있었다.

"아니, 이것이 다 무슨 소리야? 이 숲에서 누가 약탈을 하고, 협박을 하고 포로를 잡았다는 거지?"

"당신이 가까이 다가가서 그놈들의 옷을 살펴보고 당신 부하들의 옷인지 아닌지 알아보는 것이 좋겠습니다. 그자들은 분간할 수 없는 한 콩깍지 속의 콩처럼 당신과 똑같은 옷을 입고 있거든요."

"그것은 곧 알게 되겠지. 그리고 너희들은 내가 돌아올 때까지 무슨 일이 있어도 지금 있는 곳에서 꼼짝도 하지 말고 있어. 내 말에 복종해, 그러면 너희들과 너희 주인에게도 다 도움이 될 테니… 가만 있자, 되도록 저자들과 똑같이 해야겠군."

그렇게 말하면서 향사는 뿔나팔과 수대를 벗고 모자에서 깃털도 빼어 그것들을 왐바에게 맡겼다. 그런 다음 주머니에서 복면을 꺼낸 후 꼼짝 말고 있으라고 다시 한 번 다짐한 후 정찰 목적을 실행하러 갔다.

향사가 사라지자 왐바가 말을 꺼냈다.

"여기 이렇게 꼼짝 말고 있어야 할까, 거스? 아니면 이대로 내빼버려야 할까? 내 어리석은 마음에는, 그가 도적의 모든 물건을 너무 많이 갖추고 있어 아무래도 성실한 사람 같지는 않아."

"못되게 굴려면 마음대로 하라지, 뭐. 그가 돌아올 때까지 기다린다고 더 나빠질 일은 없을 거야. 저 사람이 만약 저들 일당과 한패거리였다면 이미 일당들에게 알렸을 테니 우리가 아무리 도망치려고 해 봐야 소용 없을걸. 게다가 요사이 내가 겪은 바로는, 저 이름난 산적들은 상대해서 손해날 사람들은 아니야."

향사는 몇 분만에 돌아왔다.

"이봐, 거스. 내가 저놈들 틈에 들어가서 그들이 누구에게 속해 있으며 어디로 가는지 알아냈네. 내 생각에는 저자들이 포로들에게 실제로 폭력을 행사할 가능성은 없는 것 같아. 지금 당장 우리 세 사람이 저자들을 공격하는 것은 미친 짓이나 다름없네. 상대는 뛰어난 군사들인 만큼 누가 다가오기만 해도 경보를 울리도록 보초들을 배치했을 테니까. 하지만 나도 그들의 예방책을 무시하고 공격할 수 있을 만한 병력을 곧 모을 수 있다고 자신해. 너희들은 하인이니까, 내 생각에는, 색슨 인 세드릭의 충실한 하인이니까 잉글랜드 권리의 옹호자라고 할 수 있을 테지. 이런 곤궁에 처한 세드릭을 돕는 잉글랜드 사람이 없어선 안 되지. 그러니 내가 원병을 더 모을 때까지 나와 함께 가자."

그렇게 말하면서, 록슬리는 큰 걸음으로 성큼성큼 숲 속을 걷기 시작했고 광대 왐바와 돼지치기 거스도 그 뒤를 따랐다. 오랫동안 아무 말도 않고 묵묵히 걷기만 하는 것은 왐바의 기질에 맞지 않았다.

그래서 자기가 여전히 들고 가는 향사의 수대와 뿔나팔을 쳐다보면서 중얼거렸다.

"내 생각에는 이 유쾌한 상을 타게 해 준 화살이 발사되는 것을 본 것 같은데, 그것도 크리스마스처럼 오래 전 일은 아닌데."

"나도 그 상을 탄 훌륭한 향사의 음성을 들은 적이 있다고 밤에다 대고 낮에다 대고 맹세할 수 있어. 그리고 내가 그 음성을 들은 것은 불과 사흘 밤도 지나지 않았다고."

"이봐, 정직한 친구들. 내가 누구든, 무엇을 하는 사람이든 지금의 목적에는 아무런 소용도 없어. 너희 주인이 풀려나게만 해 준다면 너희들은 나를 일생 동안 만난 사람들 가운데 가장 좋은 친구라고 생각할 이유가 충분하잖아. 그리고 내가 이 이름으로 알려져 있든 저 이름으로 알려져 있든, 내가 소치는 사람만큼 활을 잘 쏘든지 더 잘 쏘든지, 혹은 햇빛을 받으며 걷는 것을 좋아하든지 달빛을 받으며 걷는 것을 좋아하든지 모두 너희들과는 아무 상관없는 일이라고. 그러니 그런 것에 이러쿵저러쿵 할 것 없다고."

그러자 왐바가 거스에게 속삭였다.

"우리는 머리를 사자 입에 들이밀고 있어. 어떻게든 빠져나가자."

"쉿, 조용히 해. 어리석은 짓으로 저 양반의 심기를 건드리지 마. 나는 앞으로 만사가 다 잘 될 것으로 확실히 믿어."

20장

가을밤이 깊고 적막할 때,
숲길이 어둡고 희미할 때,
순례자의 귓전에 슬며시 들려오는
은자의 찬송은 얼마나 감미로운가!

신앙은 음악의 선율을 빌고,
음악은 신앙이라는 날개를 단다.
해를 반갑게 맞이하는 새처럼,
하늘 높이 솟아오르고, 그렇게 솟아오르며 노래한다.

「성 클레멘스 샘의 은자」(The Hermit of St Clement's Well)

(스콧의 작품으로 추정됨)

세 시간 동안 꼬박 걸은 후에 세드릭의 종들은 그 알 수 없는 안내자와 함께 숲의 작은 공터에 도착했다. 공터 한가운데에는 비틀어진 가지들을 사방으로 뻗고 있는 매우 거대한 떡갈나무가 있었다. 이 나무 아래에 네 다섯 명의 향사들이 땅에 누워 있는 반면, 다른 한 사람은 보초인 듯 달빛 그늘 아래서 이리저리 거닐고 있었다.

발소리가 가까워지는 소리를 듣고 보초가 즉시 경보를 울리자 잠을 자던 사람들도 벌떡 일어나 활을 당겼다. 활시위에 놓인 여섯 개의 화살이 나그네가 다가오고 있던 방향을 향해 일제히 겨누어졌다. 그러나 향사들은 안내자가 누구인지 알아보자 존경과 애착을 드러내며 맞아들였고, 조금 전에 보이던 거친 응접 태도와 불안한 기색은 일시에 사라지고 말았다.

안내자가 먼저 물었다.

"밀러는 어디 있지?"

"로더럼 쪽으로 가는 길에 있습니다."

"몇 사람이나 데리고?"

그들의 대장이 물었다. 그가 대장인 것 같았다.

"여섯 명이요. 그리고 노획품이 상당할 것 같습니다, 성 니콜라우스의 가호가 있다면."

"거 말 잘했군. 그리고 알란 어 데일은 어디 있지?"

"조르보의 수도원장을 감시하러 와틀링 가도(Watling-street)를 향해 올라갔습니다."

"그것도 좋은 생각이야. 그리고 탁발승은 어디 있지?"

"자기 암자에 있습니다."

"나는 그리로 가겠다. 너희들은 흩어져 동지들을 찾아라. 될 수 있는 한 많은 병력을 모으도록 해, 열심히 사냥질해야만 할 두 발로 걸어 다니는 짐 승들이 결사적으로 반항할 테니까. 그러면 동 틀 무렵에 여기서 만나자 … 가만 있자, 아 이런, 중요한 용건을 잊고 있었군 … 너희들 둘은 프롱 드 뵈 프의 성인 토퀼스톤(Torquilstone)으로 향하는 가장 빠른 길을 찾아가도록 해. 우리와 똑같은 차림으로 변장하고 약탈한 군사들 무리가 그리로 포로 한 떼를 데리고 가고 있다. 그들을 잘 감시해, 비록 우리가 병력을 모으기 전에 놈들이 성에 당도한다 하더라도 그대로 두면 우리 체면이 말이 아닐 테니 어떻게든 녀석들을 혼내 줄 방법을 찾아야지. 그러니 녀석들을 잘 감 시하란 말이야. 그리고 너희들 가운데 제일 걸음이 빠른 사람을 보내 그곳 부근의 향사들에게 이 소식을 알리도록 해."

그들은 반드시 명령을 따를 것을 약속하였고 각기 다른 사명을 완수하기 위해 민첩하게 떠났다. 그 사이, 대장과, 이제 대단히 존경스럽고 약간은 두 려워하는 눈으로 이 대장을 보게 된 두 동행은 코프만허스트의 예배당을 향해 걸음을 재촉했다.

얼마 후 일행은 달빛이 비치는 작은 공터에 이르렀다. 공터 옆에는 거룩 하지만 다 허물어져 가는 예배당과 고행의 신앙에 아주 잘 맞는 초라한 암 자가 있었으므로 왐바는 거스에게 속삭였다.

"이곳이 만일 도적의 소굴이라면 그야말로 '교회가 가까울수록 하느님으 로부터는 멀어진다'는 옛 속담을 입증하는구먼. 그리고 필시 … 틀림없이 그럴 거라고 생각해 … 암자에서 저들이 지금 부르고 있는 저 사탄의 서툰 성가곡을 들어봐!"

사실 은자와 그의 빈객은 옛 권주가를 목청이 터져라 부르고 있는 중이었는데, 다음이 그 후렴이다.

> 자, 그 갈색 술잔 이리 주오,
> 옳지, 옳지,
> 자, 그 갈색 술잔 이리 주오,
> 어이! 호방한 젠킨(Jenkin), 주량이 상당하시군,
> 자, 그 갈색 술잔 이리 주오.

왐바는 자기도 몇 마디 장식 악구를 집어넣어 합창에 한몫 거들며 말했다.
"흠, 뭐 그대로 들어줄 만하군. 그런데 도대체, 한밤중에 그것도 은자의 암자에서 이렇게 멋들어진 노랫가락이 흘러나오리라고 누가 생각이나 했겠냐고!"

"천만에, 나는 알고 있었네, 호프만허스트의 저 유쾌한 사제는 이름난 작자니까. 이 길에서 없어지는 사슴의 반은 저자가 죽인다고 하더군. 사람들 말로는, 감독관이 자기 관리한테 고발했기 때문에 좀 더 규칙을 잘 지키지 않으면 저 고깔과 수도복도 벗겨질지 모른다는군."

그들이 그렇게 이야기하고 있는 동안, 록슬리가 요란하고도 반복적으로 문을 두드리자 마침내 안에 있던 은자와 빈객에게도 그 소리가 들렸다. 은자는 흥겹게 부르던 노래를 갑자기 뚝 그치고 중얼거렸다.

"아니 이건 또 뭐죠. 갈 길이 저문 객들이 더 오셨군요. 제 고깔에 대고 맹세하는데 이렇게 훌륭한 예배를 드리고 있는 우리 모습을 저들에게 보이고 싶지는 않습니다. 사람들은 누구나 적이 있게 마련이죠, 훌륭하신 게으름뱅이 기사님. 그래서 지친 나그네에게 베풀고 있는 이 따뜻한 환대의 술자리를 그것도 겨우 세 시간 동안의 일을 두고 제 직업과 기질에는 전혀 생소한 악덕인 순전한 술타령이니 방탕이니 하고 중상 모략하는 악한 자들이 있답니다."

"저런 비열한 중상 모략자들! 내 그놈들을 단단히 혼내 주고 싶구려. 하지만, 거룩한 사제여, 사람들은 누구나 적이 있게 마련이라는 말은 정말 사실이오. 이 나라에도 내 얼굴을 보이느니 차라리 투구의 면갑 틈새로만 말하고 싶은 그런 놈들이 있으니까."

"그러면 본성이 허용하는 한 재빨리 그 쇠투구를 머리에 쓰시지요, 게으름뱅이님. 그 사이 저는 머릿속에서 빙빙 돌고 있는 이 술이 조금 전까지 들어있던 양은 술병들을 치울 테니까요. 그리고 달가닥거리는 소리를 없애기 위해서 … 아, 사실 좀 몸이 비틀비틀거리는 것이 느껴지니까 … 이제 제가 읊조리는 대로 따라 부르시죠. 뭐, 가사는 신경 쓸 필요 없습니다 … 사실은 저도 잘 모르니까요."

그렇게 말하면서 은자는 우레와 같은 소리로 데 프로푼디스 클라마비(깊은 연못에서 불렀도다라는 의미. 시편 130장 1편)를 부르기 시작했고, 그 소리에 맞춰 술자리의 그릇들을 치웠다. 그동안 기사는 실컷 웃으면서 무장을 했고 가끔 자기 흥이 나는 대로 따라 불러 은자를 도왔다.

그러자 밖에서 목소리가 들려왔다.

"이 시간에 또 무슨 아침 기도 소리야?"

"하느님이 용서하셨소, 나그네여!"

자기가 시끄럽게 내는 소리와 아마도 밤에 술을 마신 탓인지 귀에 꽤 낯익은 음성을 알아듣지 못하고 은자는 다시 말했다.

"하느님과 성 둔스탄을 대신하여 이르는데 당신 갈 길로 가시오, 나와 거룩한 성도님의 기도를 방해하지 말고."

그러자 밖의 목소리가 대답했다.

"이 미친 사제 놈아! 록슬리다, 문 열어!"

그제야 은자가 흑기사에게 말했다.

"아, 만사가 안심입니다, 괜찮아요."

"하지만 누구요? 나한테는 중요한 문제요."

"누구냐고요? 괜찮습니다, 제 친구라니까요."

"하지만 대체 어떤 친구란 말이오? 당신의 친구라고 해도 내게는 그렇지 않을 수도 있으니까."

"어떤 친구냐고요? 흠, 묻긴 쉬워도 대답하긴 좀 어려운 질문이로군요. 어떤 친구냐? 글쎄, 저 사람은, 대충 생각나는 대로 말하자면 아까 당신에게 얘기했던 그 정직한 산지기라고나 할까요."

"아, 그렇다면 당신이 경건한 은자인 것처럼 그 산지기도 정직하다는 말이구려. 그렇다면 더 이상 의심하지 않겠소. 그건 그렇고 어서 가서 돌쩌귀에서 떨어져나가기 전에 문이나 열어 주구려."

그 사이, 처음에 문 두드리는 시끄러운 소리에 무섭게 짖어대던 개들도 이제는 밖에 서 있는 사람의 목소리를 알아들은 것 같았다. 완전히 태도를 바꾸어 밖에 있는 그 사람을 안으로 들여놓기라도 하려는 듯 문을 긁어대며 낑낑거렸기 때문이다. 은자가 재빨리 문의 빗장을 열어 록슬리와 그의 두 동행을 안으로 들어오게 했다.

록슬리는 기사를 보자마자 향사에서 먼저 물었다.

"아니, 은자. 여기 있는 이 술친구는 대체 누구지?"

은자는 고개를 가로 저으며 대답했다.

"우리 교단의 신도님이죠. 우리는 지금 밤새 기도를 드리고 있었소."

"그렇다면 악의 무리에 맞서 싸우는 교회 군대의 수사로구먼. 해외에 그 수가 더 많을 걸. 이보시오, 탁발승, 그 염주를 놓고 육척봉을 들어야겠소. 사제이건 속인이건 한 사람도 빼놓지 않고 모든 동지들이 필요하니까 … 그런데."

록슬리는 은자를 한쪽으로 끌고 가더니 따졌다.

"도대체 제정신이오? 알지도 못하는 기사를 들여놓다니? 우리의 규약을 잊었소?"

그러자 은자는 대담하게 대답했다.

"모르는 사람이라뇨! 거지가 제 밥그릇을 잘 알 듯이 그를 잘 아는 걸요."

"그렇다면 저 사람의 이름이 뭐요?"

"저 사람은, 저 사람은 스크라벨톤(Scrabelton)의 앤소니(Anthony) 경이라고 하죠. 내가 잘 알지도 못하는 사람과 한잔하기라도 했다는 겁니까!"

"수도사, 술을 과하게 한 것 같소. 그 바람에 해서는 안 될 말까지 늘어놓은 것 아니오."

그러자 기사가 앞으로 나서서 말했다.

"훌륭한 향사여. 나의 이 유쾌한 주인에게 그렇게 화내지 마시오. 은자가 거절했더라면 내가 완력으로라도 시켰을 환대를 내게 베풀어준 것뿐이니."

그 말에 은자가 항변했다.

"당신이 완력으로 시켰다고요! 제가 이 회색 사제복을 녹색 옷으로 갈아입을 때까지 잠시 기다리십시오. 그러면 당신의 골통에 내 육척봉을 열두 번쯤 안겨드릴 테니까. 안 그러면 나는 진정한 사제도 훌륭한 산사람도 아니라고 하겠습니다."

이렇게 말하는 동안, 은자는 사제복을 벗고 몸에 꼭 들어맞는 빳빳한 검은 더블릿과 속바지로 갈아입고 그 위에 재빨리 초록색 외투를 걸치고 똑같은 색의 긴 양말을 신었다. 그리고는 왐바에게 말했다.

"끈을 좀 매어 주겠나, 그러면 그대의 노고로 스페인 산 고급 포도주를 한잔 선사할 테니."

"포도주라니 고맙습니다. 하지만 좀 생각해 보시죠. 당신이 거룩한 은자에서 죄 많은 산사람으로 변장하는 것을 도와드려도 괜찮은 건지요?"

"천만에, 걱정할 것 없네. 나는 내 초록색 외투의 죄를 회색 사제복에게 고해하는 것일 뿐, 모든 것이 제자리로 잘 돌아갈 테니까."

"아멘! 좋은 옷을 걸친 참회자에게는 거친 무명옷을 입은 고해 신부가 있는 법이니 당신의 그 사제복은 그 대신 저의 이 알록달록한 더블릿을 용서해 주실 테죠."

그렇게 말하면서, 왐바는 양말의 무수히 많은 끈을 매어 주고는 이번에는 양말을 더블릿에 연결해 주는 끈을 매어 주었다.

그들이 그렇게 하고 있는 사이에 록슬리는 기사를 한쪽으로 데리고 가서 말을 걸었다.

"숨기실 것 없습니다, 기사님. 당신은 아슈비에서 열린 마상 시합 이틀째 날에 이방인들에 맞서서 잉글랜드 편을 도와 승리를 결정지은 바로 그분이 시지요?"

"당신 추측이 맞는다면, 어떻게 할 작정이오, 훌륭한 향사여?"

"그렇다면 당신이 약한 편을 돕는 친구라고 생각하겠습니다."

"그러한 것은 적어도 참된 기사의 본분이요. 나를 다르게 생각하는 것은 조금도 바라지 않소."

"하지만 저의 목적을 위해서는 훌륭한 기사인 것 못지않게 훌륭한 잉글랜드 인이어야만 합니다. 그 이유는, 이제 당신에게 말하려고 하는 것이 모든 정직한 사람의 의무, 아니 진정한 잉글랜드 토박이의 특별한 의무와 관련이 있기 때문이죠."

"어디를 찾아도 나만큼 잉글랜드와 모든 잉글랜드 인들의 생명을 소중하게 여기는 사람은 없을거요."

"기꺼이 그렇게 믿겠습니다. 이제까지 잉글랜드는 조국을 사랑하는 사람들의 지원이 이렇게 절실히 필요한 적이 없었으니까요. 그러면 제 말을 들어보시죠, 제가 계획을 하나 말씀드릴 테니. 당신이 정말로 제가 본 대로의 분이라면 이 영예로운 임무를 맡으실 것으로 믿습니다. 실은 한 무리의 악한들이 선량한 사람들로 변장을 하고는 색슨 인 세드릭이라고 하는 훌륭한 잉글랜드 인을 그분이 돌보고 있는 공주님과 친구인 코닝스버러의 애설스탠과 함께 붙잡아 토퀼스톤이라 불리는 이 숲의 어떤 성으로 데리고 갔습니다. 훌륭한 기사이자 훌륭한 잉글랜드 인으로서 당신에게 묻겠는데 그들을 구출하는 것을 도와주시겠습니까?"

"내 맹세코 그렇게 하기로 약속하겠소. 하지만 그들을 위해 내게 도움을 요청하는 당신이 누구인지 기꺼이 알고 싶구려."

"저는 그저 보잘것없는 사람입니다. 하지만 조국의 편이며 조국을 후원하는 사람들의 편이지요. 저에 대해서는 이 정도의 설명으로 당분간 만족하셔야 되겠습니다. 더구나 당신 자신도 그렇게 이름을 밝히지 않으시니 더욱 그럴 수밖에요. 하지만, 제 말은 한 번 맹세하면 황금 박차를 몸에 다는 것처럼 결코 깨뜨릴 수 없다는 것을 믿으십시오."

"기꺼이 믿기로 하겠소. 내가 사람의 관상을 연구해 본 경험이 있어서 아는데, 당신의 얼굴에는 정직함과 결단력이 보이오. 그러니 이제 더 이상은 묻지 않고, 저 학대받는 포로들을 구해내기 위해 당신을 돕도록 하겠소. 그 일이 끝나면 좀 더 잘 알게 되어 우리 서로 의심을 푸는 편이 좋겠소."

은자가 완전히 채비를 끝내자, 왐바가 오두막 안의 다른 편으로 다가가 기사와 향사 사이에 주고받던 대화의 마지막 부분을 듣고는 거스에게 말했다.

"자, 그럼 이제 우리에게 새로운 동맹군이 생긴 것인가? 나는 저 기사의 용맹이 은자의 신앙심이나 저 향사의 정직보다도 더 진정한 본성이라는 것을 믿어. 이 록슬리는 타고난 사슴 도적처럼 보이고 사제는 대단한 위선자처럼 보이니까."

"조용히 해, 왐바. 네 추측이 모두 맞을지 모르지만 만약에 뿔 달린 악마가 나타나 세드릭 나리와 로웨나 공주를 풀어 주는 것을 돕겠다고 제의해 온다하더라도 그 악마의 제안을 거절하고 썩 물러가라고 할 만큼 내게 신앙심이 있을지 모르겠어."

수도사는 이제 칼과 방패, 활과 화살통을 비롯하여 어깨에는 단단한 창까지 메고 완전한 향사의 모습을 갖추었다. 그리고 일행의 제일 앞에 서서 암자를 나가 조심스럽게 문을 잠근 후 열쇠를 문지방 아래에 감추었다.

록슬리가 은자에게 물었다.

"그래 이제 충분히 임무를 완수할 상태가 되었소, 아니면 아직도 머릿속에서 갈색 술이 빙빙 돌아다니고 있소?"

"성 둔스탄의 샘물로 진정시키지 못할 정도는 아니지요. 아직 머릿속이 조금 윙윙거리고, 다리도 휘청거리지만 이제 곧 다 사라질 테니 보세요."

그렇게 말하면서 은자는 하얀 달빛에 춤추는 물거품을 만들며 떨어지고 있는 암반으로 걸어가 마치 샘물을 다 말리려는 것처럼 오랫동안 꿀꺽꿀꺽 들이켰다.

그 모습을 지켜보며 흑기사가 놀리듯 물었다.

"전에도 그렇게 샘물을 많이 마신 적이 있었소, 코프만허스트의 거룩한 사제여?"

"술통에 난데없이 구멍이 나 그 안에 든 술이 모두 새 버려 제 수호 성인의 여기 이 하사품 말고는 마실 것이 없었던 때 이후로는 전혀 없었지요."

그런 다음 손과 머리를 샘물 속으로 깊이 처박고는 한밤중의 주연의 모든 흔적들을 말끔히 씻어 버렸다.

그렇게 술이 깨고 정신을 차리자 유쾌한 사제는 자기의 무거운 창을 마치 갈대를 저울질하고 있는 양 가볍게 세 손가락으로 머리 위로 휘두르며 소리쳤다.

"억지로 처녀들을 끌고 갔다는 그 못된 강탈자 놈들은 어디 있는 거야? 내가 그 녀석들 열둘과 충분히 맞먹지 못한다면 귀신이 나를 잡아가도 좋아."

"거룩한 사제여, 방금 욕한 거요?"

흑기사가 물었다.

그러자 모습을 바꾼 사제가 대답했다.

"거, 자꾸 사제 사제 하지 마십시오. 성 조지와 용에게 맹세코, 등에 사제복을 걸치고 있을 때 외에는 저는 더 이상 사제가 아니란 말입니다. 이 푸른 외투를 걸치고 있는 경우에는 요크의 서쪽 구에서 어느 쾌활한 숲 사람과 함께 술을 마시기도 하고, 욕도 하고, 아가씨에게 구혼도 할 거란 말입니다.

록슬리가 끼어들어 한마디 했다.

"자, 어서 갑시다, 은자. 이제 그만 입 다물고. 마치 성탄절 전야에 수도원장이 잠자리에 든 후 온 수도원이 법석을 떠는 것만큼 시끄럽구려. 자, 어서들 갑시다, 동지들. 떠드느라 늑장부리지 말고. 내가 말했잖소, 우리는 온 병력을 모아야 하오. 레지날드 프롱 드 봬프의 성을 습격하려면 그다지 충분하다고는 할 수 없으니까."

그러자 흑기사가 깜짝 놀라 물었다.

"뭐라고! 왕의 대로에서 왕의 백성들을 가로막은 자가 바로 프롱 드 봬프였단 말이오? 그자가 이제 도적이자 압제자로 변했단 말이오?"

"그자는 전부터 늘 압제자였죠."

록슬리의 말에 은자가 한마디 보탰다.

"그리고 도적으로서도 그자는 제가 알고 있는 많은 도적들의 반만큼이라도 정직한 적이 있었는지 의심스럽답니다."

"자, 그만. 잠자코 걷기나 하라니까. 말하지 말아야 할 것을 말하느니 회합 장소로 안내하는 편이 좋지 않겠소, 그게 현명하기도 하고 점잖기도 할 테니."

21장

아, 그 얼마나 오랜 시간과 세월이 흘렀는가,
등잔불, 혹은 촛불이 이 식탁을 밝히고
사람들이 식탁 주위에 둘러앉은 이래!
아주 오래 전의 소리들이 들리는 것 같네
이미 오래 전 무덤에 잠들어 있는 이들의
귓전을 맴도는 음성처럼, 이 어두운 둥근 천장의
높은 공간에서, 우리 머리 위로 여전히 속삭이고 있는.

「오라, 비극」(베일리)

세 드릭과 그 일행을 위하여 이러한 대책이 취해지고 있는 동안, 이들을 붙잡은 무장 병사들은 포로들을 가두기로 계획했던 안전한 곳을 향해 길을 재촉하고 있었다. 그러나 어둠이 빠르게 다가왔고 숲 속의 길들은 이 약탈자들에게 그다지 익숙한 것 같지 않았다. 그들은 몇 번이나 한참 동안 멈춰서고, 한두 번은 원래 가려고 했던 방향으로 다시 가기 위해 갔던 길을 되돌아 올 수밖에 없었다. 그들이 옳은 길이라고 완전히 확신하며 여행할 수있기 전에 어느새 여름날의 아침이 밝아왔다. 그러나 날이 밝아 주위가 환해지자 다시 자신감을 되찾고 그 기마대는 재빨리 앞으로 전진했다. 그 동안에, 그 도당들의 두 대장 사이에서는 다음과 같은 대화가 오고 갔다.

"모리스 경, 이제 우리를 떠나야 할 시간이구려."

성전 기사가 드 브라시에게 하는 말이었다.

"그대의 기적극 두 번째 막을 준비하려면 말이오. 다음은 구원의 기사 역을 맡기로 되어 있는 것을 알고 있을 테니."

"아니, 그보다 더 좋은 생각이 있소. 이 포획물이 프롱 드 뵈프의 성에 완전히 안치될 때까지는 그대를 떠나지 않겠소. 성에서 본래의 내 모습으로 로웨나 공주 앞에 나타날 것이오. 그러면 공주도 내가 범한 이 폭력이 자기를 열렬히 연모한 나머지 저지른 짓이라고 생각해 줄 거요."

"그러면 무엇 때문에 이미 세운 계획을 바꾼 것이오, 드 브라시?"

"당신과는 아무런 상관도 없소."

"그러나 드 브라시 경, 이 계획을 변경한 이유가 나의 명예로운 목적을 의심한 데서 비롯된 것이 아니길 바라오. 그런 것은 핏저스가 당신에게 불어넣었을 테죠?"

"내 생각은 내 생각이오. 도둑이 도둑의 것을 훔치면 마귀도 웃는다고 하지 않소. 그런데 그 마귀가 웃는 대신 지옥의 불과 유황을 뿜어낸다 하더라도 성전 기사가 자기 성미대로 하는 것을 막을 수는 없을 거요."

그 말에 성전 기사도 지지 않고 대꾸한다.

"또는 그 마귀가 지옥의 불과 유황을 뿜어낸다 하더라도 자유 용병대의 대장이 자기가 온 세상 사람들에게 휘두르고 다니는 그 불의를 동료이자 친구에게서 받을까 봐 두려하는 것을 막을 수는 없겠구려."

"이것은 무익하고 위험한 반박이오. 그럼 이렇게만 말해 두겠소. 나는 성전 기사단의 품행을 잘 알고 있소. 그래서 이렇게 위험을 무릅쓰고 손에 넣은 아름다운 포획물을 속임수로 내게서 빼앗을 힘을 주지는 않겠소."

"흥! 무엇이 두려운 거요? 우리 기사단의 맹세를 잘 알고 있다면서."

"그렇소, 잘 알고 있고 말고. 그리고 그 맹세가 얼마나 잘 지켜지는지도 잘 알고 있소. 자, 성전 기사, 훌륭한 기사도가 팔레스타인에서는 자유롭게 해석되고 있을 거요. 그리고 이번 경우만 해도 나는 당신의 양심을 조금도 신뢰할 수 없소."

"그렇다면 사실을 들어 보시오. 나는 당신의 그 푸른 눈의 미인에게는 전혀 관심이 없소. 그 일행에는 내게 훨씬 좋은 짝이 될 만한 사람이 있으니까."

"뭐라고! 수치스럽게 그 시녀에게 마음을 두고 있는 거요?"

"아니오, 드 브라시."

성전 기사는 오만하게 언성을 높였다.

"시녀에게 마음을 두다니, 어림없는 소리요. 포로 가운데 당신의 미인만큼 사랑스러운 포획물이 있소."

"아니 그럼, 그 아름다운 유대 처녀를 말하는 거요?"

"그 유대 미인을 탐낸다 한들 누가 내게 뭐라 하겠소?"

"물론 아무도 없겠죠. 당신의 그 금욕의 맹세 아니면 유대 처녀와의 정사에 대한 양심의 가책이 아니라면."

"내 맹세에 대해 말할 것 같으면 우리 총 기사단장께서 이미 적용 면제를 해 주셨소. 그리고 양심에 대해 말할 것 같으면, 사라센 인들을 삼백 명이나 죽여 버린 사람이 이제 새삼스럽게 수난일 전날 처음으로 고해 성사를 하는 시골처녀처럼 사소한 잘못들을 일일이 다 따질 필요는 없을 거요."

"당신은 자신의 특권을 잘 알고 있겠죠. 그렇긴 하지만, 당신은 처녀의 검은 눈보다는 그 늙은 고리대금업자의 돈주머니에 더 눈독을 들이고 있을 것이라고 내 맹세하오."

"나는 둘 다 좋아할 수 있소. 그런데 그 늙은 유대인은 반만 내 몫이오. 그 놈의 몸값은 프롱 드 뵈프와 나누어야만 하오, 그가 자기 성을 공짜로 빌려 주진 않을 테니까. 나도 우리의 이 약탈품 가운데 오로지 내 것이라고 부를 수 있는 것을 가져야겠단 말이오. 그래서 저 사랑스러운 유대 처녀를 나의 특별한 전리품으로 결정한 거요. 그건 그렇고, 이제 내 뜻을 알았으니 당신도 원래 계획대로 다시 실행할 테죠, 그렇지 않소? 내 간섭을 걱정할 필요가 조금도 없다는 것을 알았으니."

"아니, 나는 어디까지나 내 노획물 옆에 남아 있겠소. 당신의 말에도 일리가 있긴 하지만, 나는 총 기사단장의 면제에 의해 얻은 특권과 삼백 명의 사라센 인들을 학살하여 얻은 공적을 그다지 좋아하지 않소. 당신은 너무도 좋은 사면의 권리를 갖고 있어 가벼운 죄에 대해서는 그다지 양심의 가책을 느끼지 않을 테니까."

이러한 대화가 진행되는 동안, 세드릭은 자기를 감시하고 있는 호위병들로부터 그들의 정체와 목적이 무엇인지 알아내려고 애쓰고 있었다.

"너희들은 잉글랜드 인이 틀림없으렷다. 그렇다면 이게 도대체 무슨 일인가! 마치 노르만 사람인 양 같은 동포를 약탈하다니. 너희들은 내 이웃이겠지. 그렇다면 나의 친구들일 텐데. 도대체 잉글랜드 이웃들이 내 친구들이 아닐 이유가 있겠냐고? 너희 향사들에게 한마디하는데, 너희들 가운데 무법자의 낙인이 찍힌 사람이라 할지라도 내 신세를 진 적이 있을 것 아니냐. 내가 너희들의 불행을 불쌍히 여기고 포악한 귀족들의 압제를 저주했기 때문이지. 그런데, 대체 내게서 무엇을 얻으려고 이러는 것이지? 아니면 이러한 폭력을 저질러서 무슨 소용이 있다고? 너희들이 하는 짓은 야만적인 짐승보다도 너 나쁘다. 그래서 입을 다물고 있는 것까지도 짐승들을 흉내낼 작정이냐?"

세드릭이 아무리 호위병들에게 타일러도 소용 없었다. 그들이 침묵을 지키는 데는 너무도 많은 훌륭한 이유들이 있었으므로 세드릭이 아무리 화를 내고 타일러도 그 침묵을 깨뜨리기는 어려웠다. 그들은 계속하여 세드릭의 등을 밀다시피 재촉하여 매우 빠른 속도로 여행했으므로 마침내 거대한 나무들이 늘어선 가로수 끝에 이제는 레지날 프롱 드 뵈프의 고색 창연한 옛 성인 토퀼스톤이 서 있는 곳에 도착했다. 그 성은 그다지 크지 않은 요새로서 좀 더 낮은 높이의 건물들로 둘러싸인 내성, 다시 말해서 커다랗고 높은 사각탑으로 구성되어 있었고, 그 주위는 안뜰에 의해 둘러싸여 있었다. 바깥 성벽 주위에는 깊은 해자가 있어, 근처의 개울에서 끌어온 물로 채워져 있었다. 성격상 적들과 자주 반목 상태에 있던 프롱 드 뵈프는 사방에서 성의 측면을 방어하기 위하여 외벽 위에 탑을 세워 성을 상당히 강화시켰다. 당시의 성에서 흔히 볼 수 있는 것처럼 입구는 둥근 모양의 망루, 또는 회보를 관통하게 되어 있었다. 그리고 망루는 구석마다 작은 탑이 있어, 그 탑에 의해 방어되고 있었다.

회색의 이끼 낀 흉벽 위로 떠올라, 성을 둘러싸고 있는 숲 위로 솟아오른 아침 해를 받아 반짝거리고 있는 프롱 드 뵈프의 성에 있는 작은 탑들을 보자마자 세드릭은 자기의 불행의 원인이 무엇인지 즉시 알아차렸다.

"내가 이 숲의 도둑들과 무법자들을 오해했군. 이 악당들이 그들과 한패라고 생각했다니. 이 풀섶의 여우들과 프랑스의 탐욕스러운 늑대들을 혼동한 것과 똑같군. 어디 말해 봐라, 이 개자식들아. 너희 주인 놈이 노리고 있는 것이 내 목숨이냐 아니면 재산이냐? 한때는 우리 민족의 영토였던 이 나라에서 땅을 가지고 있는 색슨 인이 나와 애설스탠 경 두 사람인 것도 너무 많단 말이냐? 그렇다면 우리를 죽여라, 자유를 빼앗음으로써 시작했던 것과 같이 우리의 생명을 빼앗음으로써 어디 있는 대로 포학을 떨어봐라. 색슨 인 세드릭은 잉글랜드를 구할 수 없다면 기꺼이 잉글랜드를 위하여 죽을 것이다. 너희들의 그 포학한 주인에게 전하거라. 내가 유일하게 청하는 것은 도의상 로웨나 공주를 안전하게 돌려보내 달라는 것뿐이라고. 공주는 여자니 두려워할 필요는 없을 것 아니냐. 공주를 위해 기꺼이 싸우려는 사람은 모두 우리와 함께 죽기로 각오할 것이다."

호위병들은 이 말에도 전처럼 한마디도 대꾸하지 않았다. 그리고 어느새 성의 정문 앞에 이르렀다. 드 브라시가 뿔나팔을 세 번 불자 그들이 다가오는 것을 본 성벽 위에 배치된 궁사들과 석궁 사수들이 급히 도개교를 내려 그들을 안으로 들였다. 포로들은 호위병들에 의해 강제로 말에서 내려져, 어느 방으로 안내되었다. 그곳에서 급한 식사가 제공되었지만 애설스탠을 제외하고는 아무도 먹고 싶은 마음이 없었다. 그나마 참회왕(색슨 인들의 잉글랜드를 멸망에 이르게 한 에드워드 왕을 의미 ; 역주)의 후손인 이 애설스탠마저도 앞에 차려진 맛있는 음식을 제대로 배불리 먹고 있을 시간이 없었다. 호위병들이 애설스탠과 세드릭은 로웨나와 별도로 다른 방에 감금되게 되었다고 알려왔기 때문이다. 저항해 봤자 소용 없었으므로 그들은 어떤 커다란 방으로 따라가지 않을 수 없었다. 모양 없는 색슨풍의 기둥 위로 치솟아 있는 그 방은 아주 오래된 옛 수도원에서도 제일 오래된 곳에서 여전히 볼 수 있는 식당이나 회의장 비슷하였다.

그 다음에는 로웨나 공주가 일행으로부터 떨어져, 사실 예의를 갖추긴 하였지만 그래도 그녀의 의사는 전혀 물어보지도 않은 채 멀리 떨어진 방으로 안내되었다. 레베카 역시 아버지의 탄원에도 불구하고 불안하게 일행으로부터 떨어졌다. 아이작은 이 극도의 곤경에 처해서도 심지어 돈까지 주겠다고 제의하며 딸을 자기 옆에 있게 해 달라고 애원했다. 그러자 호위병 가운데 한 사람이 대답했다.

"이 비열한 불신자 놈아, 네 소굴을 보면 딸과 같이 있고 싶은 마음이 싹 가실걸."

더 이상 대꾸도 못하고, 늙은 유대인 아이작은 나머지 포로들과는 다른 방향으로 질질 끌려갔다. 하인들은 철저히 몸수색을 당하여 무장 해제된 후 성의 또 다른 곳에 감금되었다. 로웨나는 시녀 엘기다 만이라도 데리고 갈 수 있다면 위안이 되었겠지만 그것마저도 거절당했다.

다시 제일의 관심사를 세드릭과 애설스탠에게 돌려보면, 두 색슨 족장들이 갇혀 있는 방은 지금은 그저 영창으로 사용되고 있지만, 예전에는 성의 대연회장으로 쓰이던 곳이었다. 그러던 것이, 성의 현재 주인이 자기의 귀족풍 저택의 편리함, 안전함, 아름다움을 강화시키기 위해 훌륭한 연회장을 새로 만들었으므로 원래의 연회장은 이렇게 하찮은 용도로 전락한 것이었다. 새 연회장의 둥근 천장은 좀 더 가볍고 우아한 기둥으로 받쳐지고, 노르만 인들이 이미 건축에 도입했던 고급 장식들로 채워져 있었다.

세드릭은 과거와 현재에 대한 분한 생각에 사로잡혀 방안을 서성대고 있었던 반면, 인내와 냉정함 대신 냉담함을 보인 애설스탠은 현재의 불편을 제외하고는 아무것도 안중에 없다는 태도였다. 그나마 현재의 이 불편조차도 거의 느끼지 못하는지, 가끔 세드릭의 기운차고 열렬한 호소에 자극 받아 겨우 대꾸할 뿐이었다.

세드릭은 반은 혼잣말처럼, 반은 애설스탠에게 하는 말로 뇌까렸다.

"그래, 내 아버님이 토퀼 울프강어(Torquil Wolfganger)와 주연을 즐기신 곳이 바로 이 연회장이야. 그때 토퀼 울프강어는 그 당시 반역자 토스티그

(Tosti, 해럴드 왕의 동생 ; 역주)와 연합한 노르웨이 인들에 대항해 진격하고 있던 용맹하고 불운한 해럴드 왕(Harold, 잉글랜드의 마지막 왕 해럴드 2세를 의미 ; 역주)을 환대했었지. 반역을 저지른 동생의 사절에게 관대한 대답을 준 것도 바로 이 연회장에서였지. 그 이야기를 하실 때면 아버지가 흥분하시는 것을 가끔 들었지. 토스티그의 사절들이 입장했을 때 이 넓은 방은 군주 주위에서 피처럼 붉은 포도주를 마시던 색슨의 고귀한 지도자들로 꽉 차 좁을 지경이었지."

세드릭이 말한 이 향연의 대목에 마음이 조금 움직였는지 애설스탠이 모처럼 대꾸했다.

"점심에는 술과 간단한 식사라도 잊지 않고 갖다주었으면 좋겠는데. 아침에는 급하게 서두르느라 제대로 숨돌릴 여유도 없었죠. 게다가 의사는 그런 습관이 좋다고 추천하긴 하지만 나는 말에서 내리자마자 바로 음식을 먹으면 좋은 적이 한 번도 없었죠."

세드릭은 동료가 갑자기 내지르는 말은 들은 척도 않고 자기의 이야기를 계속 이어나갔다.

"토스티그의 사절들이 주위를 둘러싼 모든 사람들의 찌푸린 얼굴에 조금도 기죽지 않고 연회장 한가운데로 걸어 올라와 해럴드 왕의 옥좌 앞에 절을 하였지. 그리고 이렇게 말했지.

'왕이시여, 전하의 동생이신 토스티가 무장을 풀고 전하께 화평을 제의한다면 어떤 조건을 내거시겠습니까?' 그러자 관대하신 해럴드 왕이 외치셨지. '형제의 사랑과 노섬벌랜드(Northumberland)의 훌륭한 백작의 지위를 주겠노라.'

'그러나 토스티그가 이 조건들을 받아들인다면 그의 충성스러운 동맹자 노르웨이(Norway)의 하랄(Hardrada) 왕에게는 어느 영지를 하사하시겠습니까?'

그러자 해럴드 왕은 불쾌하게 말씀하셨지. '그에게는 2미터 정도의 땅(무

덤을 의미 ; 역주)을 주겠노라, 아니 하랄은 거구라고들 하니까 30센티미터는 더 주어야겠군.'

그러자 연회장은 환호로 울렸고, 머잖아 잉글랜드 영토에 그 조그만 땅덩이를 갖게 될 그 노르웨이 왕을 위해 축배를 들었지."

"나도 성심껏 그에게 축배를 들어줄 수 있으면 좋을 텐데. 이제는 혀가 입천장에 달라붙어 죽을 지경입니다."

비록 애설스탠에게는 아무런 흥미도 주지 못했지만 세드릭은 활기를 띠며 자기 이야기를 계속해 나갔다.

"당황한 사절은 그 자리에서 물러나, 화가 난 왕의 불길한 대답을 토스티그와 그의 동맹자에게 전하려고 갔지. 먼 요크의 탑들과 더웬트(Derwent)의 피비린내 나는 물결이 그 무서운 전투(스탐퍼드 다리에서의 교전 ; 역주)를 지켜본 것은 그때였지. 담대한 기개를 보여 준 후 노르웨이의 왕과 토스티그는 둘 다 쓰러져 그들의 가장 용감한 만 명의 수하들과 함께 나란히 전사했지. 그런데 전투에서 승리를 거둔 영광스러운 바로 그날, 색슨의 깃발을 승리로 높이 휘날려 준 그 강풍이 노르만의 돛을 팽팽하게 부풀려 그들을 서식스(Sussex)의 그 숙명적인 해안으로 몰려오게 할 줄 그 누가 생각이나 했으리? 그로부터 며칠 지나지 않아, 해럴드 왕이 얼마 전 격노하여 노르웨이의 침략자에게 할애했던 그 땅덩이만큼 자기 왕국을 차지하게 되리라고 그 누가 생각이나 할 수 있었느냐 말이야?(해럴드 왕은 토스티그와 하랄 왕에게 승리를 거둔 직후 노르망디 공작 윌리엄이 이끄는 노르만 인들의 침략을 받고 3주 후에 헤이스팅스 전투에서 전사한다) 이보시오, 애설스탠 경, 해럴드 왕의 후손인 당신과 색슨 왕위의 열렬한 옹호자인 아버지를 둔 내가 우리 조상들이 그토록 성대한 연회를 베풀었던 바로 그 연회장에서 사악한 노르만 놈의 포로가 되리라고 누가 생각이나 했겠소?"

"정말 슬픈 일이죠. 하지만 그자들은 우리에게 상당한 몸값을 뜯어낼 생각을 하고 있을 겁니다. 어쨌든 우리를 당장 굶겨 죽이는 것이 목적일 리는 없을 테죠. 그런데, 벌써 정오인데 도무지 식사를 갖다줄 기색이 보이질 않는군요. 세드릭 경, 저기 창문 위 햇빛으로 정오가 아직 안 됐는지 좀 알아봐 주시죠."

"아마 정오쯤 되었을 거요. 하지만 나는 저 스테인드 글래스 격자창만 보면 지금 이 순간이나 이 순간의 궁핍함보다는 다른 생각들이 떠오른다오. 저 격자창이 만들어졌을 당시, 우리의 단련된 조상은 아직 유리를 만들거나 유리를 착색하는 기술을 알지 못했소. 울프강어의 뽐내기 좋아하는 아버지는 노르망디에서 장인을 하나 데려와 신의 신성한 낮의 황금빛을 이토록 많은 환상적인 빛깔로 분산시키는 새로운 종류의 장식으로 이 연회장을 꾸미게 했지. 이 외국의 장인이 처음 이곳에 왔을 때는 가난하고 거지나 마찬가지로 집안의 가장 낮은 색슨 인에게도 언제든 모자를 벗을 준비가 되어 있을 정도로 비굴하게 굽실거렸소. 그러던 것이 고국으로 돌아갈 때는 오만하게 되어 자기네 탐욕스러운 동족에게 색슨 귀족들이 부유하고 고지식하다고 떠들고 다녔다오. 아, 어리석은 짓이었지, 애설스탠 경. 소박한 풍습을 그대로 간직했던 헹기스트와 그의 강건한 동족의 후손들이 벌써 예전에 미리 알아차렸을 만큼 이미 오래 전에 예언된 어리석은 짓이었단 말이오. 우리는 이방인들을 마음 속으로 믿는 진정한 친구, 신뢰할 수 있는 하인으로 삼아 그들의 기술자들과 기술을 빌려와, 용감한 우리 조상들이 지탱해 오셨던 정직한 소박함과 강건함을 멸시했단 말이오. 우리는 노르만의 칼에 쓰러지기 이미 오래 전에 노르만의 기술에 무기력하게 된 거란 말이오. 외국 정복자의 노예로 받는 사치스러운 미식을 즐기기보다는 평화와 자유 속에서 우리의 소박한 음식을 먹는 것이 더 좋지 않았냐 말이야!"

"이제는 아무리 초라한 음식이라도 사치라고 생각해야겠군요. 그런데, 참 놀랍군요, 세드릭 경. 과거의 사실들은 그렇게 정확히 기억하면서도 식사 시간은 잊어버리신 듯하니 말입니다."

그러자 세드릭은 애설스탠으로부터 떨어져 견딜 수 없다는 듯 중얼거렸다.

"이 작자에게는 식욕에 관련된 것 외에 다른 것은 이야기해 봤자 완전히 시간 낭비로군! 아무래도 하레크누드(Hardicanute, 덴마크 왕으로 1040년에서 1042년까지 잉글랜드의 왕위를 겸했다. 어느 연회 자리에서 술에 취해 죽었다고 한다)의 귀신이 씌웠나 보군. 술잔을 따르고 마시고, 다시 또 달라고 하는 것 외에는 만족스러운 것이 없는 걸 보면 … 아아!"

애설스탠을 측은하게 바라보며 세드릭은 계속 중얼거렸다.

"저토록 훌륭한 신체에 그렇게 우둔한 영혼이 깃들어 있다니. 안타깝군! 잉글랜드의 재건이라는 막중 대사가 저토록 불완전한 구심점에 의해 결정되어야 하다니! 하지만 로웨나 공주와 결혼하게 되면, 공주의 숭고하고 관대한 정신이 그 안에 조용히 잠자고 있는 좀 더 훌륭한 본성을 깨울 수 있을지도 모르지. 그러나, 로웨나, 애설스탠, 나 자신까지 이 무지막지한 약탈자에게 포로로 잡혀 있으니 이런 처지에서 무슨 수로 둘을 맺어줄 수 있지? 어쩌면 그자는 우리들을 내버려 두면 자기 조국이 억지로 빼앗은 권력이 위험해질 것이라는 생각에서 이런 일을 저지른 것일까?"

세드릭이 이렇게 괴로운 생각에 빠져 있을 때, 갑자기 감방의 문이 열리며 자기 직무를 나타내는 하얀 권표를 든 급사장이 들어왔다. 이 중요한 인물이 근엄한 발걸음으로 방안으로 들어오자 그 뒤를 따라 네 명의 시종들이 음식이 차려진 식탁을 가지고 들어왔다. 그 음식을 보고 냄새를 맡은 것만으로도 애설스탠에게는 이제까지 겪은 모든 불편이 즉시 보상되는 것 같았다. 식사를 준비하는 시종들은 모두 복면으로 얼굴을 가리고 있었다.

그러자 세드릭이 소리를 질렀다.

"이게 다 무슨 말도 안 되는 연극이냐? 우리가 너희 주인의 성에 감금되어 있으면서 아직도 누구의 포로인지 모르고 있다고 생각하는 게냐? 가서 네 주인에게 전하라."

세드릭은 이 기회를 이용하여 풀려나기 위한 협상을 시작하려는 마음에서 말을 이었다.

"너희 주인, 프롱 드 뵈프에게 가서 전하거라. 우리들을 희생시켜 저 자신을 배불리 하려는 불법적인 욕망이 아니라면 이렇게 우리의 자유를 속박하고 있는 이유를 알 수가 없다고. 우리가 문자 그대로 강도에게 굴복할 수밖에 없는 그런 상황에서처럼 그의 강탈에도 굴복한다고 전해 다오. 우리를 풀어 주는 몸값으로 그가 생각하고 있는 액수를 말하라고 하라. 그 요구가 우리 재력에 맞기만 하다면 지불하겠다."

급사장은 아무 말 없이 고개를 숙였다.

그러자 애설스탠도 옆에서 거들었다.

"그리고 레지널 프롱 드 뵈프에게 전하거라, 내가 결사적인 도전을 청한다고. 우리가 풀려난 지 여드레 이내에 어디든 안전한 장소에서 서서 싸우든 말을 타고 싸우든 그에게 결투를 청한다고. 그자가 진정한 기사라면, 이러한 도전을 받은 이상 거절하거나 미룰 생각은 하지 않겠지."

급사장은 그제야 처음으로 말문을 열었다.

"도전의 말씀만은 주인께 전해 드리겠습니다. 그 사이 식사나 하시죠."

그런데 애설스탠의 도전은 그다지 당당하게 발언되지 못하였다. 양 턱을 한꺼번에 움직여 우물거릴 정도로 먹을 것을 입 속 가득히 넣은 데다 본래 말을 더듬는 편이었으므로 그 말이 내포한 대담한 도전의 효과를 상당히 약화시켰다. 그래도, 세드릭은 애설스탠의 말을 듣고 그의 기백이 되살아나는 분명한 증거로서 환영했다. 애설스탠의 가문에 대한 존경에도 불구하고, 조금 전 애설스탠이 보여 준 냉담함에 점점 견딜 수 없어지기 시작하던 터였기 때문이다. 그러나 이제는 찬성한다는 의미로 진심에서 애설스탠과 악수를 나누었는데, 애설스탠이 던진 한마디에 다시 약간의 애수를 느끼지 않을 수 없었다.

"싸워서, 이렇게 마늘을 많이 쳐넣은 수프를 주는 이 감옥에서 한시라도 빨리 나갈 수만 있다면 그까짓 프롱 드 뵈프 같은 놈들 한 다스하고라도 싸울 겁니다."

육욕의 둔감 속으로 다시 빠지고 말았다는 것을 알리는 이 말에도 불구하고, 세드릭은 애설스탠과 식탁에 마주 앉았다. 애설스탠은 식탁이 차려지지 않았을 때는 조국에 대한 걱정으로 음식에 대한 생각을 몰아낼 수 있었지만 이제 그곳에 먹을 것이 차려져 있자 색슨 선조들의 왕성한 식욕을 다른 기질들과 함께 물려받았다는 사실을 입증했다.

그런데 두 포로가 음식을 맛 본 지 얼마 되지도 않아 대문 앞에서 울려온 나팔 소리에 심지어 이 가장 중대한 볼일에서조차 관심을 거두게 되었다. 나팔 소리는 세 번 반복되었고, 마치 마법에 걸린 성 앞에서, 그 소리에 성 안의 모든 방과 탑과 망루와 흉벽이 아침 안개처럼 일시에 사라지게 하여 마법을 풀도록 운명지어진 기사가 불어댄 것과 같이 몹시 요란하게도 울렸다. 두 색슨 인은 식탁에서 벌떡 일어나 창가로 달려갔다. 그러나 실망스럽게도 그들의 호기심은 충족되지 못했다. 그들이 있던 방의 창들은 오로지 성의 안뜰만을 향하고 있었는데, 그 소리는 성 너머에서 들려왔기 때문이다. 그러나 그 즉시 성 안이 상당히 소란스러워진 것으로 보아 어쨌든 호출 소리는 중대한 일인 것 같아 보였다.

22장

내 딸아 … 오 내 금화여 … 오 내 딸아!
… 오 내 그리스도 국가의 금화여!
재판을 받게 해 주오 … 법에 의거하여 … 오 내 금화여, 내 딸아!

「베니스의 상인」(셰익스피어)

기심이 충족되지 못하자 반밖에 채우지 못했던 식욕이 다시 발동하여
식탁으로 돌아간 두 색슨 족장들은 잠시 두고 이제부터 요크의 아이작이
가혹하게 감금되어 있는 곳을 들여다보아야만 하겠다. 불쌍한 유대인은 성
의 지하 감옥에 황급히 처박히게 되었다. 지하 감옥의 바닥은 지면에서 깊
숙이 들어가 있었고, 심지어 해자보다도 낮았으므로 매우 축축했다. 빛이
라고는 포로의 손이 닿지 않을 만큼 높이 있는 한두 개의 공기 구멍을 통해
서 들어오는 것이 전부였다. 이 공기 구멍은 심지어 한낮에도 희미하고 어
슴푸레한 빛을 들여보냈으므로 성의 대부분 지역이 낮의 혜택을 잃기 훨씬
전부터 지하감옥은 이미 완전한 암흑세계로 바뀌어 있었다. 이전에 수감되
어 있던 사람들 가운데 탈주하려고 적극적으로 애쓸 우려가 있는 포로의
몫이었던 쇠사슬과 족쇄가 녹이 슬고 빈 채로 감옥 벽에 걸려 있었다. 그리
고 일부 포로들은 그곳에서 죽도록 내버려 두었을 뿐 아니라 그대로 썩어
해골이 되도록 방치된 듯, 여러 족쇄들 가운데 하나의 고리에는 한때 사람
의 다리였던 것으로 보이는 부패한 뼈 두 개가 남아 있었다.

이 소름끼치는 감방 한구석에는 커다란 난로가 있었는데, 그 꼭대기에 반
은 녹이 슨 쇠막대들이 가로놓여 있었다.

지하 감옥의 전체 광경을 보면 아이작보다 더 마음이 담대한 사람도 겁을
집어먹었을 테지만, 정작 아이작 본인은 공포의 원인이 아직 급박하지 않
고 불확실할 때에 느껴지는 공포보다는 위험이 바로 머리 위로 육박해 있

는 상황에서 오히려 더 침착했다. 사냥꾼들의 말에 따르면, 토끼들은 사냥 개의 어금니에 물려 발버둥칠 때보다 오히려 쫓기고 있을 때에 더 고통을 느낀다고 한다. 그리고 늘 공포에 몰리는 일이 잦았으므로 유대인들은 자 기들에게 가해질 포악한 행위의 작용에 어느 정도는 마음의 각오가 되어 있었던 것 같다. 그래서 실제로 그런 공격이 가해졌을 때에는, 어떠한 공격 도 그들을 나약하게 만드는 정도의 공포감을 가져오지는 못했던 것이다. 게다가 아이작이 이처럼 위험한 상황에 처한 것은 이번이 처음이 아니었 다. 그래서 경험상, 사냥꾼의 올가미에서 도망치는 사냥감처럼 전과 다름 없이 풀려날 수 있을 것이라는 생각과 희망을 품을 수 있었다. 무엇보다도 아이작에게는 그 민족 특유의 불굴의 고집과 확고부동한 결의가 있었다. 흔히 이스라엘 인들은 이 불굴의 의지로, 압제자들의 요구를 들어줌으로써 그들을 만족시키기보다는 힘과 폭력이 그들에게 끼칠 수 있는 극도의 악행 도 달게 받는 것으로 알려져 있었다.

이처럼 소극적인 저항감을 품으면서, 아이작은 축축한 바닥에 몸이 직접 닿지 않도록 옷을 아래로 모아 깔고 감옥 구석에 앉아 있었다. 만일 렘브란 트(Rembrandt)가 그 시기에 존재했었다면 가늘게 흘러들어오는 희미한 빛 에 비친 아이작의 접힌 두 손, 헝클어진 머리와 수염, 모피로 안을 댄 외투, 높은 모자 등은 이 유명한 화가에게 좋은 습작재료가 되었을 것이다. 이 유 대인은 자세도 바꾸지 않은 채 거의 세 시간 동안이나 그렇게 앉아 있었다. 그런데 얼마 후 지하 감옥의 계단에서 사람 발자국 소리가 들려왔다. 빗장 이 빠지는 쇳소리가 들리고 쪽문이 열리자 돌쩌귀가 삐걱거리는 소리가 들 렸다. 그리고 레지날 프롱 드 뵈프가 성전기사의 두 사라센 노예들을 데리 고 감방 안으로 들어왔다.

일생을 전쟁과 개인적 반목과 싸움으로 보냈고 자기의 봉건적 권력을 확 장하는데 전혀 거리낌이 없었던, 키가 크고 건장한 프롱 드 뵈프는 그 생김 새도 기질에 부합하여 더 사납고 악의적인 마음의 열정을 강하게 드러내고 있었다. 얼굴에 꿰맨 자국이 있는 흉터는 다른 사람의 얼굴에 있었다면 명예로운 용맹의 흔적에 알맞은 동정과 존경심을 불러일으켰을 것이다. 그러나 프롱 드 뵈프의 이 특별한 경우에는 오로지 그의 용모의 잔인성과 풍채가 불어넣는 두려움을 더욱 배가시켰을 뿐이다. 이 무서운 영주는 몸에 꼭 맞는 가죽 더블릿을 입고 있었는데, 더블릿은 여기저기 해져 있었고 갑옷의 때로 더럽혀져 있었다. 무기라고는 허리에 차고 있던 단검을 제외하고는 아무것도 없었는데, 그 단검은 오른쪽 옆구리에 걸려 있던 녹슨 열쇠꾸러미의 무게와 평형을 맞추는 역할을 하고 있었다.

프롱 드 뵈프와 함께 들어온 두 흑인 노예들은 전에 입고 있던 그 화려한 옷은 벌써 벗어 버리고 결이 거친 아마 상의와 바지로 바꿔 입고는 도살장에서 막 일을 시작하려는 백정들처럼 소매를 팔꿈치까지 걷어붙이고 있었다. 둘 다 손에 조그만 짐 바구니를 들고 있었는데, 감옥 안으로 들어오자 프롱 드 뵈프가 직접 감옥 문을 이중 삼중으로 조심스럽게 잠글 때까지 문 옆에 서 있었다. 이러한 예방조치를 끝내자 아이작을 향해 천천히 다가간 프롱 드 뵈프는 마치 짐승이 먹이를 노려보아 꼼짝 못하게 하는 것처럼 시선으로 마비시키기라도 할 듯이 아이작을 노려 보았다. 음침하고 악의에 찬 프롱 드 뵈프의 눈이 불행한 포로에게 그러한 위력을 발휘할 수 있는 힘을 어느 정도 가지고 있는 것이 정말인 듯싶었다. 완전히 공포에 질려 입을 벌리고 그 잔인한 영주에게서 눈을 떼지 못한 채 앉아 있던 아이작은 이 사나운 노르만 영주의 전혀 움직임이 없는 악의에 찬 시선을 마주 대하고 있으려니 말 그대로 온 몸뚱이가 오그라들어 작아지는 것만 같았다. 이 가엾은 아이작은 두려움에서 우러나와 절을 하려고 일어설 힘은 물론 모자를 벗거나 탄원하는 말을 내뱉을 기운조차 없었다. 그저 고문과 죽음이 자기에게 임박했다는 확신으로 마음이 몹시 괴로울 따름이었다.

한편, 노르만 영주의 건장한 체구는 무방비 상태의 먹이를 덮치려고 깃털을 잔뜩 세우는 매처럼 점점 커지고 있는 것처럼 보였다. 프롱 드 뵈프는 이제 불쌍한 아이작이 되도록 작은 공간을 차지한 채 몸을 잔뜩 웅크리고 있는 구석까지 세 발 이내로 다가와 멈추고는 노예들 가운데 한 사람에게 다가오라고 손짓했다. 그에 따라 흑인 노예 하나가 앞으로 나와 바구니에서 커다란 저울과 저울추 한 쌍을 꺼내더니 프롱 드 봬프의 발치에 내려놓고는 동료들이 이미 자리를 잡고 있는 위치로 공손히 물러났다.

이 노예들의 동작은 마치 공포와 잔인함이 금세라도 벌어질 것을 예상한 것처럼 느리면서도 엄숙했다. 프롱 드 봬프는 불운한 포로에게 말을 건네는 것으로 직접 공포의 장을 열었다.

"이 저주받은 종족 중에서도 가장 저주받은 개새끼야."

프롱 드 봬프의 굵직하고도 음침한 음성이 지하 감옥 천장에 울렸다.

"이 저울이 보이느냐?"

불쌍한 유대인은 모기만한 소리로 그렇다고 대답했다.

"런던 탑의 표준 도량형(런던 탑 안에 표준 도량형을 관장하는 조폐국이 있었다)으로 이 저울에 은화 일천 파운드를 달아 내놓아야 한다."

"아, 아브라함 조상님이여!"

아이작은 극도로 닥친 위험을 깨닫고 자기도 모르게 소리를 질렀다.

"이제껏 그런 요구를 들어본 사람이 있겠습니까? 대체 누가, 심지어 음유시인의 이야기 속에서라도 은화 일천 파운드라는 거금을 들어보았겠습니까? 어떤 인간이 그토록 엄청난 보물 덩어리를 볼 수 있는 축복을 받았단 말입니까? 요크 성내는 물론이고 제 집과 제 부족의 모든 집을 뒤진다 하더라도 지금 영주님이 말씀하신 그 액수의 10분의 1도 못 찾아낼 것입니다."

"나는 무리한 요구는 안 해. 만일 은화가 부족하다면 금화도 받아 주지. 은화 6파운드 당 금화 1마르크의 비율로 내놓으면, 네 그 불경스러운 몸뚱이는 이제껏 네 놈이 꿈에도 생각지 못한 그런 엄청난 형벌을 면할 수 있을 거란 말이다."

"제발 자비를 베풀어 주세요, 고귀하신 기사님! 저는 늙고 가난한데다 아무런 힘도 없습니다. 저 같은 약자를 이겨 보았자 무슨 소용이 있겠습니까. 그저 벌레 하나 때려잡는 것만도 못할 텐데요."

"네 녀석이 늙은 것은 네가 폭리와 부정을 저지르며 그렇게 늙을 때까지 살아 있게 내버려 둔 어리석은 자들에게 더 수치스러운 일이지 … 물론 너는 약하겠지. 유대인도 마음과 몸이 있을 테니 … 하지만 네 녀석이 부유하다는 것은 온 세상이 다 알고 있다."

"고귀하신 기사님, 제가 믿는 모든 것을 걸고, 저희가 함께 믿는 모든 것을 걸고 맹세합니다 … "

그러자 프롱 드 뵈프가 말을 가로챘다.

"그따위 거짓 맹세 따위는 하지도 마라. 미련하게 고집을 부려 너의 파멸을 재촉하지 마라. 그렇게 되기 전에 네 놈을 기다리고 있는 운명을 깨닫고 잘 생각해 보란 말이다. 내가 그저 네 녀석에게 겁이나 주고 네 부족의 특성인 그 비열한 비겁함이나 보려고 이렇게 말하는 것으로 생각하면 큰 오산이다. 나는 네 녀석이 믿지 않는 것을 걸고, 우리 교회가 가르치는 복음서에 걸고, 닫히기도 하고 열리기도 하는 그 천국의 열쇠에 걸고 맹세하는데 내 목적은 엄연하고도 단호하다. 이 지하 감옥은 그저 심심풀이로 있는 것이 아니야. 네 녀석보다도 천 배는 더 악명 높았던 죄수들도 이 감옥 안에서 죽어갔지만 그들의 운명은 세상에 전혀 알려지지 않았지! 그러나 너에게는 훨씬 길면서도 시간이 오래 걸리는 죽음이 준비되어 있다. 너에 비하면 그들의 죽음은 사치라고 할 수 있겠지."

프롱 드 뵈프는 노예들에게 다가오라고 손짓하며 그들의 언어로 개별적으로 이야기했다. 프롱 드 뵈프도 팔레스타인에 다녀온 적이 있었으므로 아마도 이 참혹한 행위는 그곳에서 배워 온 듯했다.

사라센 노예들이 바구니에서 많은 숯과 한쌍의 풀무와, 기름병을 하나 꺼내 놓았다. 한 노예가 부싯돌과 쇠부스러기로 불을 일으키자, 다른 노예는 이미 언급했던 커다란 녹슨 쇠난로에 숯을 넣고는 불이 시뻘겋게 달아오를 때까지 풀무질을 했다.

"아이작, 저 시뻘겋게 타오르는 숯 위에 놓여 있는 쇠막대들이 보이겠지? 부드러운 솜털 침대 속에 들어가 눕는 것처럼 너는 옷이 전부 벗겨진 채 저 뜨거운 침상 위에 눕혀지게 될 것이다. 이 노예들 가운데 하나는 네 아래에서 계속 불이 타오르도록 할 것이고 다른 하나는 구워지는 네 몸뚱이가 타지 않도록 사지에 기름을 발라 줄 것이다 … 자, 그러니 어서 저렇게 불타는 침상과 은화 일천 파운드 둘 중에 어떤 것을 선택할지 결정하거라. 내 아버지 머리에 걸고 맹세하는데 네게 다른 선택이란 없다."

가련한 유대인은 절규했다.

"그럴 수는 없습니다 … 당신의 뜻이 정말일 리가 없습니다! 선하신 하느님께서는 그토록 잔인한 짓을 저지를 수 있는 마음을 만들지 않으셨습니다!"

"아이작, 그것이 치명적인 실수라고는 생각지 마라. 온 고을 하나가 약탈당하고, 칼과 홍수와 불로 그리스도 교도 동포가 죽어 가는 것을 지켜본 내가 그까짓 불쌍한 유대인 놈 하나의 비명과 절규에 내 목적을 거두어들일 것 같으냐? 아니면, 법도, 조국도, 양심도 없고, 주인의 약한 눈짓만으로도 독이 든 쇠꼬챙이든, 단검이든, 채찍이든 가리지 않고 사용하며 주인의 뜻만을 받드는 이 흑인 노예들에게 눈곱만큼이라도 자비심이 있다고 생각하느냐? 심지어 네 말이 무슨 말인지 알아듣지도 못하는데? 정신 차리라고. 흘러 넘쳐 주체를 못하는 너의 그 재산 가운데 조금만 떼어 내놓으란 말이다. 그리스도 교도에게서 고리로 빼앗은 것을 그리스도 교도에게 좀 내어놓으란 말이다. 네 녀석은 교활한 놈이니 줄어든 지갑을 다시 부풀리는 것쯤은 일도 아닐 테지만, 일단 달구어진 저 쇠막대 위에 누우면 어떤 명의도 명약도 네 놈의 타버린 살과 가죽을 도로 회복시켜 놓을 수는 없을 것 아니냐. 자, 몸값을 계산해서 내놔. 그리고 한 번 들어오면 다시는 살아나가 그 비밀을 말한 적이 없는 이 감옥에서 이렇게 적은 돈으로 나갈 수 있는 것을 기뻐하란 말이다. 이제 더 이상은 말하지 않겠다 … 네 하찮은 재산을 내놓 거나 네 살과 피를 내놓거나, 둘 중에 선택을 하란 말이다. 어느 것이든 선 택하는 대로 해 줄 테니."

"아, 아브라함과 야곱과 우리 민족의 모든 조상님, 저를 구해 주소서! 저 는 어떠한 선택도 할 수 없습니다. 제게는 나리의 그 터무니없는 요구를 만 족시킬 만한 재산이 없으니까요!"

"얘들아, 이놈을 붙잡아 옷을 벗겨라. 그놈의 조상들이 구해 줄 수 있다면 어디 구해 보도록 하라지."

노예들은 영주의 말보다도 눈짓과 손짓으로 지시를 더 잘 받아들여 다시 앞으로 나와 불쌍한 아이작을 바닥에서 일으켜 세워 두 사람 사이에 꽉 붙 들고는 냉혹한 영주의 다음 지시를 기다렸다. 불쌍한 유대인은 조금이라도 그들의 마음이 누그러지는 기색이 보이길 바라면서 노예들과 프롱 드 뵈프 의 안색을 지켜보았지만 영주의 얼굴은 반은 음험하고 반은 조롱하는 듯한 예의 그 싸늘한 미소만 보일 뿐이었다. 그리고 검은 눈썹 아래서 음침하게 눈알을 굴리고 있는 사라센 노예들의 잔인한 눈은 눈동자를 둘러싸고 있는 흰자위로 더욱 음흉한 눈초리가 되어 이제라도 벌어질 장면에서 그 연출자 나 행위자가 되는 것을 꺼리기는커녕 은근한 즐거움을 기대하고 있음을 드 러냈다. 유대인은 눈길을 돌려 자기가 곧 눕게 되어 있는 불타는 난로를 바 라보고는 고문자의 마음이 누그러질 가능성이 전혀 없다는 것을 깨닫자 결 심이 꺾이고 말았다.

"은화 일천 파운드를 내놓겠습니다. 그러니까 … "

아이작은 말을 끊고 잠시 쉬었다가 다시 이었다.

"제 동포의 도움을 얻어 지불하겠습니다. 그토록 전대미문의 액수를 모으 려면 저희 회당 입구에서 동냥아치처럼 구걸해야만 하니까요 … 언제 어디 서 전해 드리면 되겠습니까?"

"여기서, 여기서 전해 주어야 한다 … 여기서 저울로 달아서 … 바로 이

지하 감옥 바닥에서 달아서 세어야만 하지 … 네 놈의 몸값을 확실히 받기 전에 너를 풀어 줄 거라고 생각하는 거냐?"

"그렇다면 몸값을 지불한 뒤에 소인이 확실히 풀려나리라는 보장은 무엇입니까?"

"그야 노르만 귀족의 말 한마디로 족하지. 이 폭리에 눈먼 놈아. 너와 네 종족 모든 놈들의 금은보화보다도 훨씬 깨끗한 노르만 귀족의 약속이면 됐지."

그러자 아이작이 겁먹은 목소리로 물었다.

"죄송합니다만, 영주님. 제 말은 조금도 믿어 주시지 않는 분의 말을 저는 어째서 전적으로 믿어야만 하는지요?"

그 물음에 프롱 드 봬프는 가혹하게 쏘아붙였다.

"그야 네가 어쩔 수 없기 때문이지. 만약 네가 요크에 있는 네 금고 방에 있고 내가 너에게 돈을 빌려달라고 부탁하는 경우라면 지불 기일과 담보를 정하는 것은 너일 테지. 그러나, 이 경우에는 나의 금고 방에 있는 것이거든. 그러니 여기에서는 내가 유리한 입장에 있는 거지. 그러니 네 놈을 풀어 줄 조건을 이제 두 번 다시 반복해서 말하지는 않겠다."

유대인은 깊이 신음했다.

"그렇다면 적어도, 저와 함께 여행하던 사람들도 함께 풀어 주시기 바랍니다. 그들은 저를 유대인이라고 비웃었지만 그래도 소인의 처량함을 동정해 주었지요. 그리고 도중에 저를 도와주느라 지체했기 때문에 저의 몫인 액운도 함께 당하고 만 것입니다. 게다가 그들은 제 몸값을 내는데 좀 도움이 될지도 모릅니다."

"만약 저 색슨 상놈들을 말하는 것이라면 그놈들의 몸값은 너와는 다른 별도의 조건에 따라 결정될 것이다. 멍청한 유대인, 경고하는데 네 일에나 신경 쓰시지, 쓸데없이 남의 일에 참견 말고."

"그렇다면, 소인은 부상당한 친구하고만 같이 풀려나는 게로군요?"

"너희 유대 놈에게 내 말을 두 번씩이나 되풀이하란 말이냐? 네 일이나 신경 쓰고 남의 일에는 상관하지 말라니까? 너는 이미 선택을 했으니까 이제 네 몸값을, 그것도 당장 내는 일만 남았다."

"하지만 그 돈을 위해 제가 하는 말을 들어보십시오. 나리가 얻으려는 그 돈, 나리의 양…"

여기서 아이작은 잔인한 노르만 영주의 화를 돋구지 않을까 염려하여 말을 끊고 눈치를 살폈다. 그러나 프롱 드 뵈프는 그저 웃기만 하며 아이작이 망설이던 말을 손수 채워 주었다.

"내 양심을 희생시켜, 이 말이 하고 싶었겠지, 아이작. 내 너에게 다시 말하는데, 나는 절대 무리한 요구는 안 한다. 빼앗기는 놈의 비난쯤은 얼마든지 참아 주지, 설령 빼앗기는 놈이 유대인이라고 하더라도. 네 녀석이 그 멍청이 자크의 세습 재산을 강제로 징수할 당시, 네 놈을 남의 고혈을 빨아먹는 고리대금업자로 불렀다고 하여 그 자크에게 소송을 제기했었을 때 네 녀석은 그다지 참을성이 없었지."

"탈무드에 대고 맹세코, 그 일에는 나리의 용기를 오해하신 것입니다. 그 멍청한 작자는 제 돈을 갚으라고 간청했다는 이유로 제 방에서 제게 칼을 빼들었습니다. 지불 기일은 유월절이었는데 말이지요."

"그 녀석이 무슨 짓을 했건 아무 관심도 없다. 문제는 내가 언제 몸값을 받느냐는 것이지. 아이작, 언제 돈을 내놓을 거지?"

"제 딸 레베카가 안전한 경호를 받으며 요크로 가게 해 주십시오. 그렇게 해 주시면 사람과 말이 돌아오는 대로, 그 돈을…"

이렇게 말하고 아이작은 깊은 한숨을 내쉬었지만 몇 초간 쉰 후에 다시 말을 이었다.

"돈을 이 바닥에서 세도록 하겠습니다."

그러자 프롱 드 뵈프가 깜짝 놀란 것처럼 소리를 질렀다.

"너의 딸이라고! 아, 저런, 아이작, 그 사실을 미리 알았더라면 좋았을 걸 그랬군. 나는 저 검은 눈썹의 소녀가 자네의 첩인 줄로만 알고 옛날의 족장들과 영웅들의 풍습에 따라 브리앙 드 봐 길베르 경에게 하녀로 바치고 말았는데. 옛 족장들과 영웅들이 이런 일에서는 유익한 본보기를 보여 주셨거든."

이 잔혹한 소식에 놀라 아이작이 내지른 비명이 감옥의 둥근 천장에 울렸으므로 그를 붙잡고 있던 두 사라센 노예들조차 잡았던 손을 놓았을 정도로 깜짝 놀랐다. 몸을 움직일 수 있게 된 그 틈을 이용하여 아이작은 프롱 드 뵈프의 무릎에 매달렸다.

"나리가 요구하신 것은 무엇이든 다 드리겠습니다. 기사님 … 그 열 배라도 다 드리지요. 만일 원하신다면 저를 파산시켜 거지로 만드셔도 상관없습니다. 아니, 나리의 단검으로 저를 찔러 죽이든, 저 난로 위에서 구워 죽이든, 마음대로 하십시오. 하지만 제 딸만은 구해 주십시오. 그 아이만은 안전하게 정절을 지킨 채로 풀어 주십시오! 나리도 여인의 몸에서 태어났으니 힘없는 처녀의 정절만은 지켜 주십시오. 그 아이는 제 죽은 아내 레이첼의 판박이올시다, 아내의 사랑스러운 여섯 아이 가운데 유일하게 살아남은 아이올시다. 이 홀아비에게 남아 있는 유일한 낙을 빼앗으려고 하십니까? 유일한 혈육이 차라리 선산의 죽은 에미 옆에 나란히 묻혔기를 바라는 애비로 만드시려는 것입니까?"

그러자 노르만 영주는 다소 누그러진 태도로 대답하였다.

"이 일을 미리 알았더라면 좋았을 걸 그랬군. 나는 너희 종족이 돈 가방 말고는 애지중지하는 것이 아무것도 없는 줄 알았지."

아이작은 프롱 드 뵈프가 분명히 연민을 보인 이 순간을 어떻게든 이용해 보려는 열성에서 말했다.

"저희가 비록 유대인이기는 하지만 그렇게 나쁘게만 생각지 마십시오. 쫓기는 여우도, 고통을 당한 삵쾡이도 제 자식은 사랑하는 법입니다. 제아무리 천대받고 박해받는 아브라함의 종족이라 할지라도 자기 자식은 사랑하지요!"

"그렇다면 너를 위하여 앞으로는 그 말을 믿기로 하지, 아이작. 그러나 이미 일어난 일이나 일어나기로 되어 있는 일은 나도 어쩔 수 없으니 이번에는 아무런 도움이 되지 못하겠군. 내 약속은 이미 무예의 동지에게 해 버린 것, 그러니 열 사람의 유대인을 덤으로 준다 해도 깨뜨릴 수가 없지. 게다가, 설령 네 딸이 봐 길베르의 전리품이 되다고 한들 나쁜 일이 닥칠 거라고 염려할 것이 뭐가 있지?"

"있고 말고요, 반드시 있습니다!"

아이작은 고통으로 손을 비틀며 부르짖었다.

"성전 기사가 남자들에게는 참혹한 짓을, 여자들에게는 치욕스러운 짓 외에 다른 짓을 한 적이 언제 있었던가요!"

"이 이교도의 개놈아!"

프롱 드 뵈프는 눈에 쌍심지를 돋우며 격노할 구실이 생겨 잘 됐다는 듯이 버럭 소리를 질렀다.

"시온의 성전을 지키는 신성한 기사단을 감히 모독하는 짓은 그만 두고 네가 약속한 몸값을 치를 생각이나 하란 말이다. 안 그러면 네 놈의 그 목구멍에 무서운 재난이 닥칠 것이다!"

"강도 놈, 이 불한당!"

아무리 무력하기는 해도, 이제 더 이상 참을 수 없었으므로 아이작은 압제자의 모욕에 열렬히 응수했다.

"네 놈에게는 아무것도 줄 수 없어. 내 딸을 무사히 깨끗하게 풀어 주기 전에는 땡전 한 푼도 내놓지 않을 거란 말이다!"

그러자 프롱 드 뵈프도 독살스럽게 쏘아붙였다.

"이 이스라엘 놈이 제정신에서 하는 말이냐? 네 놈의 살과 피는 뜨겁게 달구어진 쇠막대와 끓는 기름이라도 당해낼 무슨 마력이라도 있는 게냐?"

"상관하지 않을 테니!"

어버이로서의 애정으로 자포자기한 심정이 된 아이작도 지지 않고 소리를 질렀다.

"어디 해 볼 테면 해 봐라. 내 딸이 곧 내 살과 피다. 잔인한 네 놈이 위협하고 있는 이 사지보다도 내게는 천 배나 더 소중하단 말이다. 네 놈의 그 탐욕스러운 목구멍에 녹여서 부어 주지 않는 한 돈은 한 푼도 줄 수 없다. 아니, 안 되고 말고. 이 나자렛 놈아, 네 일생을 두고 저질러온 그 죄에 마땅한 깊은 천벌에서 네 녀석을 구해 주라고 단 한 푼도 줄 수는 없지! 할 테면 어디 내 목숨이나 가져가거라. 그리고 우리 유대인들은 고문을 당하는 중에도 그리스도 교도를 어떻게 하면 실망시킬지 알고 있더라고 말해라."

"흥, 그야 이제 알게 될 테지. 네 놈의 저주받은 종족이 몹시 싫어하는 성스러운 십자가에 맹세코, 네 놈에게 불과 쇠꼬챙이의 극한을 맛보게 해 주마! 애들아, 저 놈을 벗겨 쇠막대 위에 잡아매거라."

늙은 유대인의 허약한 발버둥에도 불구하고, 사라센 노예들은 이미 아이작의 웃옷을 잡아 찢고 완전히 발가벗기려고 하였다. 바로 그때 성 밖에서 두 번 울려온 뿔나팔 소리가 이 후미진 지하 감옥까지 들려왔고, 그 뒤를 이어 프롱 드 뵈프를 부르는 시끄러운 소리가 들려왔다. 흉악한 짓을 하고 있는 모습을 남에게 보이고 싶지 않았는지, 이 포악한 영주는 아이작에게 옷을 돌려주라고 노예들에게 손짓한 후 그들을 데리고 지하 감옥을 나갔다. 유대인 아이작은 홀로 남게 되어 당분간이나마 목숨을 건지게 된 것을 신에게 감사하거나, 길베르에게 바쳐진 딸의 신세를 탄식했다. 그리고 어쩌면 죽음을 생각했다, 자기의 개인적 감정이나 아버지로서의 감정이 강하다는 것을 증명해 보일 수 있었으므로.

23장

아니, 마음을 감동시키는 이 상냥한 참뜻이
그대를 좀 더 온순하게 바꿀 수 없다면,
병사처럼, 무력에 호소하여 그대에게 구애하리,
사랑의 본질에 어긋나게 사랑하여, 그대를 억지로 손에 넣으리.

「베로나의 두 신사」(셰익스피어)

로 웨나 공주가 안내된 방은 거칠기는 하지만 나름대로 화려하게 꾸미고 장식을 하려고 한 흔적이 역력했으므로 로웨나가 그 방에 배치된 것은 다른 포로들이 꿈도 못 꿀 존중의 특별한 표시로 생각될 수 있었다. 그러나, 그 방의 원래 주인이었던 프롱 드 뵈프의 아내는 오래 전에 죽었으므로, 방 주인의 취향에 맞추어 꾸며졌던 얼마 안 되는 장식마저 관리가 소홀하고 부식되어 망가져 있었다.

벽 여기저기에는 태피스트리가 걸려 있었고, 그 외의 부분은 햇빛에 변색되고 색이 바래져 있거나 세월이 흘러감에 따라 썩어 들어가고 있었다. 그러나, 아무리 황폐해지기는 했지만 그 방은 색슨 상속녀를 수용하기에 성에서 가장 적합하다고 생각된 방이었다. 그리고 이 사악한 연극에서 배우들이 각자 연기할 부분을 조정할 때까지 바로 로웨나는 이 방에 이렇게 홀로 남겨져 자기의 운명에 대해 생각하고 있었다. 이 사악한 연극의 역할 분담은 프롱 드 뵈프, 드 브라시, 성전 기사 사이에 개최된 회의에서 결정되었다. 그들은 이 뻔뻔스러운 일에서 각자 자기가 얻게 될 특별한 몫을 주장하는 몇 가지 이해득실에 대해 장시간의 격론을 벌인 끝에 불행한 포로들의 운명에 대해 마침내 결정을 내린 것이었다.

그래서, 자기의 이익을 위해 제일 처음으로 이 일을 계획했던 드 브라시가 로웨나 공주를 손에 넣으려는 목적을 실행하기 위해 모습을 드러낸 것은 막 정오가 되려던 때였다.

그때까지의 시간을 동료들과 의논하느라 보낸 것은 아니었다. 드 브라시는 그 당시의 온갖 멋 부리기에 따라 자기 몸을 꾸밀 짬을 낸 것이다. 조금 전까지 입고 있던 초록색 외투와 복면은 이제 한옆으로 벗어 던져두었다. 기다랗고 풍성한 머리칼은 모피로 뒤덮인 외투 위로 멋지게 흘러내리도록 화려하게 손질되어 있었다. 수염은 바싹 면도되어 있었고, 더블릿은 다리 중간까지 이르렀으며, 더블릿을 동여매는 동시에 크고 무거운 칼을 지탱하고 있는 허리띠는 자수로 장식되고 황금으로 부조 세공된 것이었다. 당시 신발의 사치스러운 유행에 대해서는 이미 언급한 바 있듯이, 모리스 드 브라시의 신발 끝은 숫양의 뿔처럼 구부러져 위로 치솟아 있었으므로 제일가는 멋쟁이하고도 능히 그 사치스러움을 겨룰 수 있을 정도였다. 당시의 멋쟁이의 옷은 모두 그러했다. 그리고 지금의 경우에는, 옷을 입고 있는 사람의 잘생긴 용모와 훌륭한 태도로 그 효과가 더욱 돋보였다. 드 브라시의 태도는 문관의 우아함과 무관의 솔직함을 똑같이 겸비하고 있었다.

성 미카엘이 마왕을 짓밟고 있는 모습의 황금 브로치로 장식되어 있는 벨벳 모자를 벗음으로써 드 브라시는 로웨나에게 경의를 표했다. 그와 동시에, 공주에게 의자에 앉으라고 부드럽게 손짓했다. 로웨나가 아직 서 있는 상태로 있자 드 브라시는 오른쪽 장갑을 벗고 로웨나를 그리로 안내하려고 했다. 그러나 로웨나는 몸짓으로 그 호의를 거절하고는 대답했다.

"만일 저를 가두고 있는 교도관 앞에 있는 것이라면 … 기사님, 다른 상황은 생각할 수도 없군요 … 교도관의 포로는 자기에 대한 판결을 알게 될 때까지 이렇게 서 있는 것이 가장 어울릴 겁니다."

"아! 아름다운 로웨나 공주, 교도관이라니 당치도 않소. 그대는 지금 오히려 그대의 포로 앞에 서 있는 것이라오. 그대가 어리석게도 내게 기대하고 있는 판결은 드 브라시가 그대의 아름다운 눈에서 받아야 할 것이오."

"저는 당신을 모릅니다."

로웨나는 모욕을 당한 높은 지위와 미인의 자부심으로 꼿꼿이 서서 말했다.

"저는 당신을 모릅니다 … 또 이렇게 무례하기 짝이 없게 음유 시인의 그런 말을 제게 늘어놓는다고 하여도 강도의 폭력적 행위에 대해 아무런 변명이 되지는 않을 겁니다."

"아름다운 공주여."

드 브라시는 똑같은 어조로 대답했다.

"그것은 모두 그대를 위한 것이었소. 내가 한 짓은 모두 그대의 아름다운 매력 때문이오. 내 마음의 여왕이자 내 눈을 밝혀 줄 북극성으로 그대를 선택하고 그대에게 알맞은 경의를 표하기 위해서요."

"다시 한 번 말씀드리겠어요. 기사님, 저는 당신을 모릅니다. 그리고 기사의 쇠사슬과 박차를 착용한 채 이렇게 아무런 보호도 받지 못하는 한 숙녀의 면전에 불쑥 나타나는 사람이 있는지 알지 못했습니다."

"그대가 나를 모른다는 것은 정말 나의 불행이오. 하지만 드 브라시의 이름은 시합장에서든 전쟁터에서든 음유 시인이나 전례관이 기사의 행위를 찬양했을 때 거의 빠져본 적이 없다고 자부하오만."

"그렇다면 당신에 대한 찬양은 전례관과 음유 시인에게 맡겨 두시지요, 기사님. 당신 입보다는 그들의 입에 더 어울릴 테니까요. 그리고 그들 가운데 누가 겁 많은 하인 몇 사람을 데리고 가던 노인을 상대로 거둔 승리, 오늘 밤의 이 기념할 만한 승리를, 그리고 그 약탈품인 불행한 처녀가 자기의 의지와는 반대로 강도의 성으로 끌려간 것을 노래로, 또는 마상 시합에 관한 책으로 기록할지 말씀해 보시지요."

드 브라시는 다소 난처하다는 태도로 입술을 깨물며 처음에 써왔던 억지로 꾸민 공손한 말투보다는 본래 자신의 자연스러운 말투로 대답했다.

"당신의 말은 옳지 않소, 로웨나 공주. 당신 자신은 열정과는 거리가 먼 까닭으로 자기의 아름다움으로 다른 사람을 미치게 해 놓고도 그렇게 미친 데 대해서 전혀 이해할 구실을 허용할 수 없는 거요."

"제발 부탁이오니. 기사님, 떠돌이 음유시인이나 쓸 그런 저속한 말은 삼가시지요. 기사나 귀족의 입에는 어울리지 않는 말입니다. 당신은 그런 흔해빠진 상투어로 시작하였으니 분명히 저를 강제로 앉히시겠죠. 그런 흔해빠진 말을 어떤 사기꾼이라도 지금부터 크리스마스까지 계속할 수 있도록 비축해 놓고 있을걸요."

드 브라시는 공손한 말투도 경멸 외에는 아무런 소득이 없다는 것을 깨닫고는 벌컥 화를 냈다.

"이런 거만한 처녀 같으니라고. 그렇게 거만하게 굴면 이쪽에서도 거만하게 나갈 거요. 나는 당신 기질에 어울린다고 생각되는 방법으로 구혼한 것이란 사실을 알아두시오. 하지만 음유시인의 판에 박힌 알랑거리는 말보다는 활과 미늘창으로 구혼하는 편이 당신 기질에 훨씬 어울릴거요."

"입으로 내뱉는 공손한 말이 천한 행위를 가리기 위해 사용된다면 천한 촌놈의 가슴 주위에 매달린 기사의 허리띠에 불과할 뿐이죠. 당신이 스스로 자제하는 것에 그렇게 안달하는 것처럼 보이는 것이 하나도 이상할 것이 없군요. 부드러운 말과 태도를 가장하여 악당의 행위를 숨기는 것보다는 악당의 옷과 언어를 그대로 유지하는 것이 당신의 명예에 더욱 어울릴 텐데요."

"흥, 충고 한 번 잘 하였소. 그렇다면 대담한 행동에 잘 어울릴 대담한 언어로 말하는데, 당신은 모리스 드 브라시의 아내로서 나가기 전에는 절대로 이 성을 떠날 수 없을거요. 나는 한 번 계획한 일에는 실패라는 것을 모르는 사람이오. 또한 노르만 귀족은 청혼을 함으로써 유명하게 만들어 줄 색슨 처녀에게 자기의 행동을 일일이 변명할 필요도 없지. 당신은 거만하오, 로웨나. 그래서 내 아내로 한층 더 어울리지. 나와 인연을 맺는 것 말고, 무슨 수로 당신이 높은 명예와 기품 있는 자리에 오를 수 있겠냐고. 나와 결혼하지 않고 무슨 수로 색슨 인들이 자기 재산을 이루는 돼지들과 무리를 지어 살고 있는 그 시골 농장집의 천한 구내를 벗어나 잉글랜드에서 아

름다움으로 이름을 떨치고 권력으로 위엄을 갖추는 모든 사람들 틈에 낄
수 있느냐 말이오. 제아무리 당신이 그럴 자격이 있고 그래야만 한다고 하
더라도 나와 인연을 맺지 않고 가능할 줄 아오?"

"기사님, 당신이 그렇게 경멸해 마지않는 그 시골집은 어렸을 때부터 저
의 안식처였습니다. 그러니 제 말을 믿으시지요. 제가 그곳을 떠날 때는 …
그런 날이 올 수 있을지 모르지만 … 제가 자라난 곳의 집과 풍습을 경멸하
지 않도록 배운 분과 함께 떠날 것입니다."

"공주, 당신은 그 말이 너무 모호해서 내가 이해하지 못할 것이라고 생각
하는 모양이오만 당신의 말이 무슨 뜻인지 알고 있소. 행여 사자심 왕 리처
드가 다시 옥좌에 오르리라고는 꿈도 꾸지 마시오, 더욱이 그의 총신 아이
반호의 윌프레드가 그대를 왕의 어전으로 데리고 나가 총신의 신부로서 환
영을 받게 하리라는 그런 쓸데없는 꿈은 버리란 말이오. 다른 구혼자라면
이 점을 건드릴 때 질투심을 느낄지 모르지. 하지만 그처럼 유치하고 헛된
열정으로 나의 단호한 의지를 바꿀 수는 없소. 그러니 알아두시오, 공주, 나
의 연적이 내 손아귀에 있다는 사실을. 그가 이 성 안에 있다는 비밀을 프
롱 드 뵈프에게 털어놓을 결정권은 오로지 나에게 달려 있다는 것을. 그리
고, 프롱 드 뵈프의 질투심은 나보다 훨씬 치명적일거요."

"윌프레드가 이곳에 있다고요?"

로웨나는 경멸조로 대꾸했다.

"그것은 프롱 드 뵈프가 그분의 적수라는 말만큼이나 사실이겠군요."

그 말에 드 브라시는 로웨나를 잠시 동안 뚫어져라 쳐다보았다.

"그대는 정말 이 사실을 모르고 있었군? 아이반호의 윌프레드가 유대인의
가마를 타고 여행하고 있었다는 사실을 정말 몰랐단 말이오? 그 용맹스러
운 팔로 성묘를 재탈환한 십자군사에게 딱 어울리는 탈 것이었지!"

그리고는 드 브라시는 비웃듯이 껄껄거리고 웃었다.

"설령 그분이 여기 계신다고 하더라도,"

로웨나는 억누를 수 없는 불안한 고통에 몸을 부들부들 떨면서도 냉정한 말투로 자신을 다스리며 말했다.

"도대체 무엇 때문에 그분이 프롱 드 뵈프의 적수라는 말이죠? 기사도의 관행에 따라 잠시 동안의 억류와 그에 상응하는 몸값 말고 그분이 두려워해야 할 것이 무엇이 있단 말이지요?"

"로웨나 공주, 그대 역시 당신들 여성들이 흔히 범하는 어리석은 생각에 현혹되어 있구려. 여성들은 그저 자기 매력에 대한 것 말고는 아무런 경쟁 거리가 있을 수 없다고 생각하는거요? 세상에는 사랑에 대한 질투말고도 야심과 재산에 대한 질투가 있다는 걸 모른단 말이오? 그래서 이 성의 주인 프롱 드 뵈프가 아이반호의 꽤 많은 영지에 대해 자기 권리를 주장하는 것에 반대하는 윌프레드를, 마치 푸른 눈의 처녀의 애정을 그에게 빼앗기기라도 한 것처럼 열렬히, 아무런 거리낌 없이 자기 앞길에서 밀어내리라는 것을 모르오? 하지만 공주, 내 구혼에 미소로 답하시오. 그러면 그 다친 용사가 프롱 드 뵈프를 무서워할 필요는 조금도 없게 될거요. 그렇지 않으면 절대로 동정을 보여 준 적이 없는 자의 수중에 떨어질 테니 그를 위해 울게 될지도 모르지."

"제발 그분을 구해 주세요!"

연인의 절박한 운명에 대한 두려움으로 이제까지 로웨나가 보여 준 확고부동함은 무너지고 말았다.

"나는 할 수 있소 … 하고 말고 … 그게 내 결심인걸. 로웨나 당신이 드 브라시의 신부가 되기로 동의하면 공주의 친족에게, 후견인의 아들이자 소꿉친구에게 누가 감히 폭력을 행사하려고 들겠느냐 말이오? 그러나 그의 보호는 당신의 사랑으로 사지 않으면 안 되오. 내 소원을 이루는데 분명히 장애물이 될 사람에게 행운이 더 닥치거나 악운이 피해 가도록 도와줄 만큼 나는 비현실적인 바보가 아니거든. 그러니 그를 위해서 그대의 영향력을 내게 행사하란 말이오. 그러면 그는 안전할 거요. 만약 그렇지 않다면 윌프레드는 죽게 될 테고, 그렇다고 해서 그대가 자유의 몸이 될 가능성도 없단 말이오."

"당신의 말은 그 냉정한 퉁명함 속에 그 말이 표현하려는 듯한 공포와 어딘가 맞지 않는 그 무엇이 있군요. 저는 당신의 목적이 그렇게 사악하다거나 당신의 힘이 그렇게 대단하다고는 믿지 않아요."

"그렇다면 어디 그렇게 마음대로 믿고 있구려. 이제 시간이 지나면 잘못되었다는 것이 곧 입증될 테니. 당신의 애인은 부상당하여 이 성내에 누워 있소. 당신이 좋아하는 애인이 말이오. 그는 프롱 드 뵈프가 야심이나 아름다움보다도 훨씬 더 좋아하는 것을 얻는데 방해가 되는 장애물이란 말이오. 아이반호에 대해 윌프레드가 반대하는 것을 영원히 침묵시키기 위해 단검으로 한 번 휘두르거나, 창으로 한 번 찌르는 것 말고 다른 무엇이 필요할 것 같소? 아니, 만일 프롱 드 뵈프가 그렇게 공공연하게 자기 행위를 정당화하는 것을 두려워한다면 의사를 시켜 환자에게 그저 잘못된 약 한 모금 마시게 하는 것만으로도 족하지. 아니면 시종이나 그를 돌보는 간호사를 시켜 그의 머리에서 베개를 잡아 빼는 것만으로도 충분하지. 그렇게 하면 현재의 상태로 봐서 윌프레드는 피 한 방울 흘리지 않고도 명을 재촉할 수도 있소. 그리고 세드릭 또한 …"

그러자 로웨나는 드 브라시의 말을 되뇌며 그의 말을 끊었다.

"그리고 세드릭 님도, 아 나의 고귀하신 … 관대하신 보호자시여! 비록 그분의 아드님 때문이라고는 하지만 세드릭 님의 운명을 잊고 있었다니, 나는 이 재난을 받아도 싸!"

"세드릭의 운명 또한 그대의 결정에 달려 있소. 자, 이제 가만히 내버려 둘 테니 잘 생각해 보란 말이오."

이제까지, 로웨나는 이 괴로운 처지에서 기상을 잃지 않은 용기로 꿋꿋이 버텨왔다. 하지만 그럴 수 있었던 이유는 위험이 그리 심각하고 절박한 것으로 생각되지 않았기 때문이었다. 로웨나의 기질은 본래 관상가들이 미인에 특유한 것으로 생각하는 상냥하고 소심하고 온화한 성격이었으나 교육이라는 주위 상황에 의해 단련되어 왔는데, 말하자면 더 강해진 셈이었다.

모든 사람들의 의지가, 심지어 세드릭의 의지(다른 사람들에게는 매우 제멋대로였지만)까지도 로웨나의 의지 앞에서는 꺾이고 말았으므로, 로웨나는 주위 사람들로부터 습관적이고 끊임없이 복종 받는 데에서 생겨나는 일종의 용기와 자신감을 얻을 수 있게 된 것이었다. 그래서 다른 사람에 의해 자기의 의지가 꺾일 수 있다는 가능성에 대해서는 거의 생각할 수 없었는데, 하물며 완전히 무시당한다는 것은 상상할 수조차 없었다.

따라서 로웨나의 당당함과 지배적인 습관은 본래 성격 위에 첨가된 후천적인 성격이었는데, 연인과 후견인의 위험은 물론 자기의 위험이 어느 정도인지 비로소 제대로 알게 되자 이제는 그러한 당당함도 사라지고 말았다. 그리고 이전 같으면 조금만 표현해도 존경과 주목을 받는데 익숙해 있었던 자기 의사가 이제는 자기보다 유리한 수단을 갖고 있으면서 그것을 사용하기로 결정한 강하고, 사나우며, 단호한 마음을 지닌 사람의 의지와 대치하고 있는 상황이 되자 그만 드 브라시의 앞에서 풀이 죽고 말았다.

어느 곳에서도 찾을 수 없는 도움을 찾기라도 하듯 주위를 둘러보고, 띄엄띄엄 몇 마디 외치더니 로웨나는 결국 하늘로 손을 쳐든 후 억제할 수 없는 원통함과 슬픔의 눈물을 갑자기 울컥 토해냈다. 그토록 아름다운 여인이 그렇게 극단적인 곤궁에 처해 있는 것을 아무 느낌도 없이 바라본다는 것은 불가능한 일이었으므로, 비록 감동하기보다는 당혹스러웠지만, 드 브라시도 전혀 마음이 움직이지 않은 것은 아니었다. 사실, 그는 이미 너무 깊이 발을 들여놓고 있었으므로 물러설 수도 없는 처지였다. 게다가, 로웨나의 현재 상태로는, 제아무리 타이르거나 위협해도 자기 말에 복종하게 만들 수가 없었다. 드 브라시는 방 안을 서성대며 겁을 먹은 처녀에게 진정하라고 타이르기도 했지만 소용 없었으므로 앞으로 어떻게 행동하면 좋을지 망설였다.

드 브라시는 자기가 이 낙담한 처녀의 눈물과 슬픔에 마음이 움직인다면, 그토록 많은 위험을 무릅쓰고 존 왕자와 자기의 쾌활한 동료들로부터 조롱을 받아가면서까지 감행한 그 멋진 희망을 잃게 되는 것 외에 무슨 소득이 있겠느냐고 생각했다. 그리고 계속 속으로 중얼거렸다.

"게다가 나는 아무래도 지금 하고 있는 이 역할에는 천성적으로 맞지 않는 것 같아. 저토록 아름다운 얼굴이 고통으로 괴로워하는 모습이나 눈물로 글썽이는 눈을 바라볼 수가 없으니 말이야. 차라리 로웨나가 처음에 보여 주었던 그 오만한 성격을 그대로 유지하고 있었더라면 좋았을 텐데, 아니면 나도 프롱 드 뵈프처럼 마음이 그렇게 매우 단련되었더라면 얼마나 좋아!"

이러한 생각에 마음이 심란해, 드 브라시는 불행한 로웨나를 위로하며 아직 그렇게까지 극도로 절망할 이유가 없다는 말로 안심시키는 수밖에 없었다. 이렇게 한창 위로를 하고 있는 와중에 드 브라시는 성 안의 다른 사람들을 깜짝 놀라게 만들어 탐욕과 방종의 계획을 방해했던 예의 그 '멀리서 들려오는 날카롭고 거친' 나팔 소리에 방해를 받고 말았다. 특히, 나팔 소리로 방해를 받은 사람들 가운데서 아마 드 브라시는 그렇게 방해를 받은 것이 그다지 유감스럽지 않았을 것이다. 로웨나 공주와의 협상이 자기의 원래 계획을 계속 수행하기도 그만 두기도 똑같이 어려운 진퇴양난의 기로에 서 있었기 때문이다.

이제까지 막 독자들에게 펼쳐 놓은 종류의 음침한 묘사가 옳다는 것을 입증하기 위해 여기서 한가한 이야깃거리의 사건들보다는 훨씬 훌륭한 증거들을 제시할 필요가 있다고 생각하지 않을 수 없다. 왕권에 맞서 잉글랜드의 자유를 쟁취했던 그 용맹한 영주들이(봉건 영주들이 반란을 일으켰으므로 1215년 존 왕은 마그나 카르타(대헌장)를 승인할 수밖에 없었다; 역주) 자신들 또한 그토록 무서운 압제자가 되어 잉글랜드의 법률은 물론이고 자연법과 인간성에도 어긋나는 전횡을 일삼은 사실을 생각하면 통탄할 만한 일이다.

그러나, 아, 슬프게도 소설 자체는 당시의 공포의 어두운 참상에 거의 미칠 수 없다는 것을 증명하기 위하여 근면한 헨리(역사가)가 동시대의 역사가들로부터 여러 구절들을 수집했던 것들 가운데 한 구절만 인용하는 것만으로도 충분할 것이다.

스티븐 왕 재임 시절에 노르만 인이었던 대영주들과 성주들이 자행한 잔학한 행위들에 대해 쓴 색슨 연대기의 작가가 전해 준 서술은 그들의 열정이 한창 불붙었을 때 저지를 수 있었던 만행의 강력한 증거가 되고도 남는다.

"그들은 성을 건축함으로써 가난한 사람들을 가혹하게 학대하였고, 성이 다 완성되자 사악한 사람들, 아니 차라리 악마라고 할 만한 사람들로 채워 넣었다. 그 악마들은 돈이 있다고 생각되는 사람은 남녀를 가리지 않고 붙잡아 감옥에 처넣었으며 순교자가 이제껏 받은 것보다 더 잔혹한 고문을 가했다. 진흙에 묻혀 질식해 죽은 사람도 있었고, 타오르는 불 위에 발이나 머리나 사지가 매달린 사람도 있었다. 뇌 속에 꽂힐 때까지 매듭지은 밧줄로 머리가 찌부러지는 경우도 있었고, 독사들과 뱀, 두꺼비가 우글거리는 지하 감옥에 던져지는 이들도 있었다." 독자들에게 이 서술의 나머지 부분을 계속해서 읽는 고통을 주는 것은 분명 잔인한 일일 것이다.

노르만 정복의 이러한 가혹한 결과에 대한 또 하나의 사례로서, 그리고 아마도 인용할 수 있는 것들 가운데서 가장 강력한 사례로서, 우리는 마틸다 황후(Empress Matilda)의 예를 들 수 있을 것이다. 스코틀랜드 왕의 딸이며, 이후에는 잉글랜드의 여왕이자 독일의 황후가 되었음에도 불구하고, 군주의 딸이자, 아내이자, 어머니였던 이 마틸다 황후는 젊었을 때 교육을 받기 위해 잉글랜드에 머물렀을 당시 노르만 귀족들이 음탕하게 쫓아다니는 것을 피하기 위한 유일한 수단으로서 수녀의 가면을 쓰지 않을 수 없었다. 황후는 잉글랜드의 성직자 교무총회에서 자기가 수녀복을 입게 된 유일한 이유는 이러한 핑계 때문이라고 진술했다. 총회에 모인 성직자들은 그 청원의 정당함과 그러한 핑계를 만들어 낸 악명 높은 상황을 인정했다. 그렇게 함으로써 그 시대를 더럽힌 치욕스러운 방탕이 존재했음에 대해 명백하고도 주목할 만한 증거를 제공한 셈이다.

윌리엄 1세의 정복 이후 그의 노르만 신하들은 그토록 대단한 승리에 취해 자신의 쾌락 외에는 아무런 법도 인정하지 않았으며, 색슨 인들로부터 땅과 재산을 빼앗았을 뿐 아니라 끝간데 모르는 방자함으로 그들의 아내와 딸의 정조를 유린했다는 사실은 널리 알려진 일이었다고 한다. 그래서 그 당시에는 귀족 가문의 귀부인과 딸들이 수녀복을 입고 수녀원으로 피신한 것은 신에게 부름을 받아서가 아니라 절제할 줄 모르는 사악한 사람들로부터 자기의 정절을 지키기 위해서였다는 것이 흔한 일이었다. 이드머 (Eadmer)가 기록한, 교무 총회에 참석한 성직자들의 공적인 선언에 의해 발표되었듯이 그 시대는 이렇게 방탕한 시대였다. 그래서 우리가 자세히 묘사했던, 그리고 앞으로 묘사하려는 장면들의 개연성을 증명하기 위해 워더 고본의 좀 더 출처가 의심스러운 출전에 더 이상 아무것도 덧붙일 필요가 없다.

24장

사자가 신부에게 구애하듯 나 그녀에게 구애하리.

「더글러스」(*Douglas*)(존 홈)

성의 다른 구역에서 이미 묘사했던 장면들이 벌어지고 있는 동안, 유대인 레베카는 멀리 외따로 떨어진 작은 탑에서 자기의 운명을 기다리고 있었다. 두 명의 변장한 강탈자들에게 이곳으로 이끌려와 작은 방에 수감된 것인데, 들어와 보니 자기 앞에 한 늙은 무녀가 있는 것이었다. 노파는 마룻바닥에서 돌리고 있던 물레의 돌아가는 장단에 맞추기라도 하듯 색슨 가락을 계속 흥얼거리고 있었다. 그러다 레베카가 들어오자 머리를 들어, 악의에 찬 질투의 눈초리로 노려보았다. 늙고 추한 사람은 안 좋은 상황에 처하게 되면 젊고 아름다운 사람을 그런 눈길로 쳐다보는 경향이 있는 법이다.

레베카를 끌고 온 남자들 가운데 한 사람이 말했다.

"이 할망구야 일어나 나가라고. 고귀하신 나리가 명령하셨단 말이야 … 이제 할망구는 이 방마저도 예쁜 손님에게 내주어야 하게 되었다고."

그 말에 노파가 불평을 늘어놓았다.

"흥, 노고에 대한 보답이 고작 이거냐. 나도 한때는 겨우 말 한마디로 너희들 가운데 가장 뛰어난 병사들을 안장에서 끌어내리기도 하고 파면시키기도 할 수 있는 시절이 있었는데. 그런데 이제는 너 같은 종놈의 명령에 일어나 나가야 하다니."

그러자 다른 남자가 말했다.

"우르프리드(Urfried) 할멈, 괜히 따지려 들지 말고 그만 일어나 나가. 나리의 명령은 당장 시행되어야 하니까. 할멈도 좋은 때가 있었지, 하지만 할멈의 전성기는 이미 오래 전에 지났다니까. 지금은 그저 메마른 황야로 쫓겨난 늙은 말의 전형에 지나지 않아 … 한창 때는 신나게 뛰어다녔겠지만 지금은 그저 기껏 해봐야 절뚝거리며 걷는 것이 고작일 테지 … 자, 어서 일어나 나가라니까."

"이 불길한 개놈들아! 개집에서 뒈져 버려라! 사악한 악마 제네복 (Zernebock)이 내 사지를 갈기갈기 찢어놓는다고 해도 내 물레에서 삼베실을 다 잣기 전에 내가 이 방을 나갈 줄 알고!"

"그 대답은 주인 나리께나 하지, 이 늙은 마귀야."

남자는 그렇게만 말하고 나가 버렸다. 레베카는 이렇게 하여 노파와 함께 남게 되었고, 싫으면서도 노파 앞에 있지 않으면 안 되었다.

노파는 아직도 가끔 곁눈으로 악의에 찬 시선을 레베카에게 던지며 혼자 중얼거렸다.

"저놈들이 대체 무슨 흉악한 계략을 꾸미고 있는 거지? 하지만 뭐 짐작하는 것은 어렵지 않지 … 검은 눈, 검은 머리카락, 사제들이 검은 기름으로 더럽히기 전의 종이처럼 깨끗한 피부 … 아하, 그놈들이 왜 이 처녀를 이 고립된 탑으로 보냈는지 짐작하기란 식은 죽 먹기지. 비명을 질러봐야 천 미터 땅 속 깊숙한 곳에서 들리는 것만큼도 안 들릴 테니 … 이봐, 예쁜 아가씨, 이제 처녀는 올빼미밖에는 벗이 없어. 올빼미 울음소리도 아가씨 비명소리만큼밖에 안 들리고 아무런 주목도 받지 못할 테니까. 보아하니 외국인 같은데."

노파는 레베카의 옷과 터번을 보며 물었다.

"어느 나라 사람이지? 사라센, 아니면 이집트? 왜 대답이 없지? 울 줄은 알면서 말할 줄은 모르는 겐가?"

"화내지 마세요, 할머니."

"아하, 더 이상 얘기 안 해도 알겠어. 여우는 꼬리만 봐도 알 수 있고, 유대인은 말하는 폼만 봐도 알지."

"저를 이리로 이렇게 끌어다 놓고 어떻게 할 작정인지 제발 좀 가르쳐 주세요! 제 종교에 대한 속죄로서 저의 목숨을 앗아가려는 것일까요? 그렇다면 기꺼이 목숨을 내놓겠어요."

"목숨이라고, 귀여운 아가씨? 네 목숨을 빼앗아 본들 그들에게 무슨 즐거움이 있다고? 내 말을 믿어, 네 목숨은 조금도 위험하지 않으니까. 너는 전에 고귀한 색슨 처녀가 충분히 받았던 그런 대우를 받게 될 걸. 그리고 더 잘 대우해 주지 않는다고 해서 너 같은 유대인이 불평을 하겠냐고? 나를 봐 … 지금의 레지날의 아비인 프롱 드 뵈프와 그의 노르만 부하들이 이 성을 습격했을 때에는 나도 너처럼 젊고 너보다 두 배는 아름다웠었지. 내 아버지와 일곱이나 되는 오라비들은 층에서 층으로 방에서 방으로 몰리며 조상으로부터 물려받은 이 성을 지키려고 애썼지 … 방 하나하나, 계단 하나하나, 그들의 피가 흘러내리지 않은 곳이 없었지. 그들은 죽었어. 모두 죽고 말았지 … 그리고 그들의 시신이 채 식기도 전에 그들이 흘린 피가 미처 마르기도 전에 나는 그 정복자의 먹이이자 노리개가 되고 말았지!"

"피할 길이 없을까요? 도망칠 길은 없을까요? 도와주신다면 얼마든지 뭐든지 사례해 드리겠어요."

"그런 생각은 아예 말아. 지금부터는 죽음의 문을 통과하지 않고는 빠져나갈 수 없어. 그리고, 늦었어, 너무 늦었지."

노파는 백발의 머리를 흔들면서 덧붙였다.

"이 문이 우리 앞에서 열리기 전부터 늦었지 … 그래도 우리처럼 처참한 꼴을 당하게 될 사람들을 세상에 남겨두고 떠난다고 생각하는 것만으로도 위안이 되지. 잘 있어, 유대 처녀 … 유대인이든 그리스도 교도든 네 운명은 똑같을 테지만, 양심의 가책이나 동정심이라고는 눈곱만큼도 없는 놈들을 상대하게 될 테니까. 그럼 잘 있어. 내 실은 다 자아졌지만(북유럽 신화에서는 운명의 여신들이 인간의 명줄을 줄이기도 하고 늘이기도 했다) … 너의 일은 이제부터 시작이로구나."

"가지 말아요! 제발 있어 주세요! 아무리 저를 욕하고 헐뜯어도 상관없으니 제발 있어만 주세요 … 할머니가 있는 것만으로도 제게 보호가 될 거예요."

"신의 어머니가 계셔도 아무 보호가 되지 않았는걸."

노파는 초라한 성모 마리아상을 가리키면서 말했다.

"저기 성모님이 서 계시니 그분이 너를 기다리고 있는 운명을 피할 수 있게 해 주시는지 보려무나."

그렇게 말하면서 노파는 방을 나갔다. 노파의 얼굴은 일종의 냉소로 뒤틀렸고 그로 인해 평상시의 찌푸린 얼굴보다도 험상궂어 보였다. 방을 나가자 뒤에서 문을 잠갔고, 탑의 계단을 천천히 힘겹게 내려가면서 계단 하나마다 가파르다고 욕을 해대는 소리가 레베카에게도 들려왔다.

레베카는 이제 로웨나보다도 더욱 끔찍한 운명을 예상하지 않을 수 없었다. 색슨의 상속녀에게는 그나마 약간의 관대함과 예의의 기미를 남겨둘 수 있었다 한들 핍박받는 유대인 레베카에게 그러한 태도로 나오리라고 기대할 수나 있겠는가? 그래도 레베카에게는 다음과 같은 장점이 있었다. 늘 이리저리 궁리하는 습관과 선천적으로 강한 정신력으로 닥쳐온 위험에 대항할 각오가 훨씬 잘 되어 있었다. 심지어 어렸을 때부터 강건하고 관찰력이 뛰어난 성격이었으므로 아버지가 집 안에서 과시하거나 다른 부유한 유대인의 집에서 보았던 사치와 부유함에도 불구하고 현재 그들이 즐기고 있는 그 화려하지만 불안한 상황을 직시할 수 있었다.

저 유명한 연회에 참석한 다모클레스(Damocles, BC 4세기에 활동한 시칠리아의 참주 대 디오니시오스의 신하. '다모클레스의 칼' 전설로 유명한데 이 전설에 따르면 다모클레스가 디오니시오스의 행복을 터무니없이 과장하여 떠들어대자 디오니시오스는 화려한 잔치에 그를 초대해 천장에 실 한 올로 매달아 놓은 칼 밑에 앉히고 권력자의 운명이 그만큼 위험하다는 것을 보여 주었다고 한다; 역주)처럼, 호사스러운 사치를 과시하는 와중에도 한 가닥의 머리카락으로 자기 민족의 머리 위에 걸려 있는 칼을 레베카는 늘 보아왔던 것이다. 만일 다른 환경 하에 있었더라면 레베카의 기질은 점점 오만해지고 사람을 얕보며 완고해졌을 테지만, 이러한 성찰이 레베카의 기질을 더욱 부드럽게 길들여 한층 건전한 분별력을 갖게 해 주었다.

아버지의 모범과 가르침으로부터 레베카는 자기에게 다가오는 모든 사람들에게 예의 바르게 처신하는 법을 배웠다. 그러면서도 아버지의 도를 지나친 비굴함을 본받을 수는 없었다. 레베카는 비열한 마음과, 그로 인해 끊임없이 소심하게 겁을 집어먹는 상태와는 거리가 멀었기 때문이다. 그러나 멸시받는 민족의 딸로 태어난 불운한 환경에는 복종하면서도, 종교적 편견의 독단적 압제를 받기보다는 자기가 지닌 가치로부터 좀 더 높은 지위를 열망할 자격이 있다는 것을 마음 속으로는 자각하고 있다는 듯이 당당히 겸손하게 행동했다.

이와 같이 레베카는 역경을 맞이할 각오가 되어 있었으므로 그런 환경 하에서 행동하는데 필요한 확고부동함을 갖추고 있었다. 그리고 현재의 입장은 마음에 있는 모든 것이 필요하였으므로 그것을 모두 불러내어 용기를 잃지 않았다.

레베카가 우선 해야 할 일은 방 안을 잘 살펴는 일이었다. 그러나 살펴본 결과로는 도망치거나 몸을 보호할 아무런 희망도 없었다. 이 방에는 비밀 통로나 뚜껑 문 같은 것이 전혀 없었고, 아까 들어왔던 문이 본 건물과 만나는 곳을 빼고는 작은 탑의 둥그런 외벽으로 둘러싸여 있는 것 같았다. 문은 안쪽으로는 걸쇠도 빗장도 없었다. 유일한 창문 하나가 탑 위에 올려 지은 총안이 있는 흉벽을 향해 나 있었다. 창을 처음 보았을 때 레베카는 그곳으로 탈출할 수 있으리라는 희망을 어느 정도 품었었다. 그러나 이제는 창이 흉벽의 다른 부분과 전혀 연결되지 않은 채 그저 고립된 망루나 노대에 불과하다는 것을 알았다. 이곳은 흔히 그렇듯이, 몇 명의 궁사들이 배치되어 그들이 쏘는 화살로 이 작은 탑을 방어하고 성의 이쪽 측면을 방어하도록 총안이 뚫려 있는 난간으로 보호되고 있었다.

그러므로 소극적인 인내와, 위대하고 관대한 기질에서 흔히 볼 수 있듯이 신을 강하게 의지하는 것 외에는 아무런 희망도 없었다. 아무리 하느님의 선택된 백성(유대인)에 대한 성서의 약속들을 잘못 해석하도록 교육받았다 하더라도, 레베카가 지금이 시련의 시간이라고 생각하거나 시온의 자식들이 언젠가는 모든 이방인들과 함께 구원받으리라는 사실을 믿는 것은 잘못된 것이 아니었다. 한편, 레베카 주위의 모든 것들은 지금의 상태가 형벌과 시험의 시간이니 죄를 짓지 않고 그 시험을 견뎌 내는 것이 그들의 특별한 의무라는 것을 알려 주고 있었다. 그렇게 자기가 불행의 희생자라고 생각할 각오가 되어 있었으므로 레베카는 일찍이 자기의 처지를 잘 생각하여 앞으로 당할지 모르는 위험에 맞서도록 마음을 다잡았다.

그러나, 계단을 올라오는 발걸음 소리가 들리고 그쪽 방의 문이 천천히 열린 후 자기의 불행의 원인이 된 그 산적들 가운데 한 사람이 천천히 들어와 뒤에서 문을 닫았을 때는 제아무리 다짐을 했어도 레베카 역시 몸이 떨리며 안색이 새파랗게 질리고 말았다. 사내는 이마까지 내려와 얼굴 윗부분이 가려지도록 모자를 푹 눌러 쓰고, 나머지 아래쪽 얼굴도 온통 감싸지도록 외투를 걸치고 있었다. 자기가 생각해 보아도 부끄러운 짓을 실행하려고 각오하고 있는 것처럼 온몸을 감싸는 이러한 옷차림을 하고 사내는 겁에 질린 포로 앞에 섰다.

옷차림새는 악한이라는 것을 나타내고 있었지만 사내는 자기가 무슨 목적으로 이곳에 왔는지 말하기가 무척 난처한 듯이 보였다. 그래서 레베카는 온갖 노력을 기울여 그가 말하려는 내용을 미리 짐작해 보았다. 그녀는 이미 값비싼 두 개의 팔찌와 목걸이 하나를 풀어놓고 있었는데, 탐욕을 만족시키는 것이 사내의 호의를 미리 구할 수 있는 방법이라 당연히 결론짓고는 그 무법자에게 황급히 패물들을 내밀었다.

"이것을 받아 주세요, 그리고 제발 저와 늙은 제 아버지를 불쌍히 여겨 주세요! 이 패물들은 값이 꽤 나가는 것들이랍니다. 그래봐야 저희를 이 성에서 무사히 자유롭게 내보내 주시는 분의 은혜에 비하면 하찮은 것이지만요."

"팔레스타인의 아름다운 꽃이여, 이 진주들은 동방에서 온 것이지만 그대의 하얀 치아에는 미치지 못하는군. 이 다이아몬드는 밝게 빛나지만 그대의 아름다운 눈에 비길 수 없소. 그리고 나는 이 거친 일을 시작한 이후로 재산보다는 미인을 선호하기로 맹세하였소."

"그런 나쁜 짓은 하지 말아 주세요. 제발 이 몸값을 받고 자비를 베풀어 주세요! 황금으로 당신의 쾌락을 살 수 있잖아요. 저희들을 학대해 봤자 당신에게 후회만 안겨 주지 않겠어요. 제 아버지는 당신의 모든 소원을 기꺼이 들어주실 거예요. 그러니 당신이 현명하게만 행동하신다면 저희의 몸값으로 당당한 시민 사회로 다시 돌아갈 수도 있을 거예요. 과거의 잘못에 대해 용서를 받을 수도 있을 테고 다시 범죄를 저지를 필요도 없게 될 거예요."

"말 한 번 잘 하는군."

아마도 무법자는 레베카가 처음 대화를 시작했던 색슨 어로 말을 이어나가기가 어려웠는지 프랑스어로 대답하였다.

"하지만 알아두구려, 바카(Baca) 계곡의 눈부신 백합이여, 그대의 아버지는 이미 강력한 연금술사의 손아귀에 있다는 것을. 그 사람은 심지어 지하 감옥 난로의 녹슨 쇠막대기까지도 어떻게 하면 금과 은으로 바꿀 수 있는지 알고 있소. 아이작은 내 요구나 그대의 청원에서 나오는 도움이 없이는 그가 소중하게 여기는 모든 것을 빨아내 버릴 증류기에 걸리게 된단 말이오. 그대의 몸값은 사랑과 아름다움으로 치르지 않으면 안 되오. 다른 종류의 화폐로는 절대 받을 수 없소."

레베카는 남자와 똑같이 프랑스어로 대답했다.

"당신은 무법자가 아니로군요. 무법자라면 패물을 주겠다는 내 제안을 거절할 리 없어요. 이 나라에 있는 어떤 무법자도 당신이 지금 말한 그런 언어를 쓰지는 않아요. 당신은 무법자가 아니라, 노르만 인이죠 … 노르만 인, 그것도 어쩌면 태생이 귀족인 분이겠죠 … 오, 제발 당신의 행위도 그렇게 고귀하기를, 그리고 그 난폭하고 두려운 복면은 제발 벗어 버리시죠!"

그 말에 브리앙 드 봐 길베르는 얼굴에서 외투를 끌어내리면서 말했다.

"그리고, 그렇게 곧잘 알아 맞출 수 있는 그대는, 진정 이스라엘의 딸이 아니라, 젊음과 아름다움을 제외하면, 그야말로 엔도르(Endor)의 무녀(사무엘 28장에 나오는 무녀. 블레셋 인들과 대치한 사울이 꿈으로도 예언자로도 야훼의 응답을 받지 못하자 궁여지책으로 찾아갔다; 역주)라고 할 수 있군. 그렇다면 나는 무법자가 아니오, 샤론(Sharon)의 아름다운 장미여. 그리고 나는 그대의 이 장신구들을 그대에게서 빼앗기보다는 이것들이 아주 잘 어울리는 그대의 목과 팔에 걸어 주고 싶은 사람이오."

"재물이 아니라면 대체 제게 원하시는 것이 무엇이죠? 우리에게는 아무런 공통점이 없어요. 당신은 그리스도인 … 저는 유대인이죠 … 우리의 결혼은 그리스도 교회의 율법에도 유대교회의 율법에도 모두 똑같이 어긋나는 짓이에요."

그러자 성전 기사는 웃음을 터뜨리며 대답했다.

"그야 물론 그렇지, 정말로. 유대 처녀와 결혼을 한다고? 어림없는 말! 시바(Sheba)의 여왕이라고 해도 안 될 말이지! 시온의 사랑스러운 딸이여 잘 들어보란 말이야. 게다가 최고의 그리스도교 왕이 자기의 최고의 그리스도교도 딸을 지참금으로 랑그도크(프랑스 남부 지방)와 함께 내게 주겠다고 해도 나는 그 공주와 결혼할 수 없소. 내가 그대를 사랑하게 될 것처럼 정부가 아닌 이상에는 그 어떤 아가씨를 사랑하는 것은 내 맹세에 어긋나는 일이거든. 나는 성전 기사라고. 내 기사단의 십자가를 보란 말이오."

"그렇다면 지금과 같은 경우에도 당신은 그 십자가에 애원하실 건가요?"

"비록 내가 그렇게 한다 하더라도 그대와는 아무런 상관이 없지. 그대는 우리의 구원의 성스러운 표지를 믿지 않는 사람이니까."

"저는 아버지가 가르쳐 주신 대로 믿을 뿐이지요. 그리고 잘못된 점이 있다 하더라도 하느님께서 제 신앙을 용서해 주시길! 하지만, 기사님, 심지어 당신이 기사로서, 그리고 종교인으로서 당신의 가장 엄숙한 맹세를 어기려 하면서, 당신이 가장 성스럽게 생각하는 십자가에 아무런 양심의 가책 없이 애원한다면 당신의 신앙은 대체 무엇이지요?"

"흥, 엄숙하고도 제법 그럴 듯한 설교로군, 시라크의 딸이여! 하지만, 얌전한 사제여, 그대의 편협한 유대인의 편견에 사로잡혀 우리의 높은 특권을 제대로 보지 못하는군. 성전 기사에게 결혼은 영원한 죄요. 그러나 그보다는 작은 어떤 실수를 저지른다 하더라도 다음 기사단 지부 회의에서 곧 사면될 것이란 말이야. 그대가 분명 생각해 볼 필요가 있는 본보기들인 중요한 제왕들 가운데 가장 어진 임금 솔로몬도, 그의 아버지 다윗도 시온 성전의 우리 보잘것없는 병사들이 그곳을 지키는데 열성을 다함으로써 얻은 것보다 더 많은 특권을 얻지는 못했을 걸. 솔로몬의 성전을 지키는 자들은 솔로몬의 본보기에 따라서 하고 싶은 대로 할 권리를 주장할 수 있지."

"자신의 방종과 난봉을 단지 정당화하기 위해서 성경 구절과 성인들의 일생을 해석한다면 당신의 죄는 건강에 좋고 필요한 약초에서 독을 뽑아내는 사람의 죄와 다를 것이 없군요."

이러한 비난에 성전 기사의 눈에서는 불길이 일었다.

"내 말 잘 들어, 레베카. 이제까지는 점잖게 얘기했지만 지금부터는 정복자가 쓰는 말을 쓸 테니까. 너는 내 활과 창으로 잡은 포로란 말이야. 그러니 어느 나라 법을 보더라도 내 의지에 복종해야만 하지. 나는 내 권리를 조금도 양보할 생각이 없으며, 또한 부탁해도 달래도 네가 거절하기만 하는 것을 강제로라도 빼앗을 것이다."

"물러서세요. 그렇게 끔찍한 죄를 저지를 자세를 취하기 전에 물러서서 내 말을 들으라니까요! 물론 당신은 힘으로 나를 압도할 수 있겠지요, 하느님께서는 여자를 약하게 만드시고 남자의 관대함에 그 보호를 맡겼으니까요. 하지만 성전 기사님, 나는 당신의 악행을 이쪽 끝에서 저쪽 끝까지 온 유럽에 폭로할 거예요. 그리스도 교도들이 나를 동정하기를 거절한다면, 그들의 미신에 의지할 거예요. 성전 기사단의 지부 회의마다 … 총회마다 쫓아다니며 당신이 이단자처럼 유대 처녀와 죄를 저질렀다는 사실을 알리겠어요. 당신의 죄를 듣고 떨지 않는 사람이라 할지라도 우리 유대 민족의 딸을 쫓아다녀 당신이 지니고 다니는 그 십자가를 그토록 더럽혔다고 당신을 저주할 걸요."

"흥, 제법 머리가 잘 돌아가는군."

레베카가 한 말이 사실이라는 것을 잘 알고 있던 성전 기사가 대꾸했다. 성전 기사단의 규율은 지금 그가 행하려는 것과 같은 정사를 단연 엄벌에 처한다는 사실과 또 어떤 경우에는 면직까지도 뒤따른다는 것을 잘 알고 있었다.

"제법 머리가 좋아. 하지만 이 성의 단단한 철벽 너머까지 들리게 하려면 네 탄성의 음성이 여간 크지 않으면 안 될걸. 이 성 안에서는, 중얼거리고, 탄식하고, 정의에 호소하고, 도와달라고 비명을 질러봐야 모두 조용히 사라져 버리고 말뿐이지. 레베카, 너를 구할 수 있는 방법은 오로지 단 하나밖에 없어. 너의 운명에 복종하란 말이야 … 우리의 종교를 받아들여. 그러면 많은 노르만 숙녀들이 화려함이나 미모에서 성전의 수호자들 가운데서도 가장 뛰어난 창기병이 좋아하는 여인에게 굴복하고 말 그런 높은 지위에 오르게 될 거란 말이다."

"내 운명에 굴복하라고! 오, 하느님! 대체 어떤 운명에? 당신의 종교를 받아들이라고! 그토록 못된 악당을 숨겨 주는 종교는 대체 어떤 것이오? 당신이 성전 기사들 가운데 최고의 창기병이라고! 비겁한 기사! 이 파계승! 나는 당신에게 침을 뱉고 당신과 맞서 싸울 테야. 아브라함의 하느님은 약속하신 대로 그 딸에게 도망갈 길을 열어 놓으셨어. 심지어 이 파렴치한 행위의 나락으로부터도 말이야!"

그렇게 말하면서, 레베카는 망루로 향하는 격자 창을 열고는 눈 깜짝할 사이에 망루의 난간 바로 가장자리에 섰다. 그녀와 그 아래의 무시무시한 공간 사이는 얇은 종이 한 장도 안되었다. 레베카가 이제까지는 전혀 꼼짝도 않고 서 있었으므로 그토록 필사적인 짓을 하리라고는 전혀 예상하지 못했던 바 길베르는 레베카를 도중에 막거나 제지할 틈이 전혀 없었다. 길베르가 앞으로 다가오려고 하자 레베카가 소리를 질렀다.

"이 거만한 성전 기사여, 지금 그 자리에서 움직이지 마. 아니면 어디 좋을 대로 가까이 와 보시지! 한 발만 더 다가오면 이 절벽에서 뛰어내릴 테야. 당신의 그 짐승 같은 야욕의 희생물이 되기 전에 내 육신을 저 안뜰 돌위로 던져 산산조각 내고 말 테니까!"

이렇게 부르짖으며 레베카는 두 손을 꼭 잡고 마지막으로 뛰어내리기 전에 자기 영혼에 자비를 베풀어 달라고 애원하듯이 하늘을 향해 치켜들었다. 그 서슬 퍼런 모습에 성전 기사는 머뭇거렸다. 동정과 비탄에도 결코 굴복한 적이 없었던 그의 확고부동함도 레베카의 꿋꿋함에는 탄복하지 않을 수 없었다.

"내려오시오, 이 무모한 처녀여! 땅과 바다와 하늘에 대고 맹세코 당신에게 아무런 해도 끼치지 않겠소."

"성전 기사여, 당신 말은 믿을 수 없어. 당신 스스로 당신네 기사단의 미덕을 어떻게 평가하면 좋을지 잘 가르쳐 놓고는. 다음 기사단 지부 회의에서는 당신의 죄에 대해 무죄 언도를 승인해 줄 테지. 당신의 그 죄라는 것이 기껏 해봐야 한 불쌍한 유대 처녀의 명예니 불명예니 하는 문제를 제외하고는 아무 것과도 관련이 없을 테니."

그러자 성전 기사가 열렬히 설득에 나섰다.

"당신은 나를 잘못 판단하고 있어. 내 이름을 걸고, 내 가슴에 품고 있는 십자가에 걸고, 내 옆구리에 찬 칼에 걸고, 내 선조들의 오래된 문장에 걸고 맹세하오, 당신에게는 어떠한 해도 끼치지 않겠노라고 말이야! 그대 자신이 아니라면 제발 그대의 아버지를 위해서라도 참으라고! 내가 그대의 아버지 편이 되어 주겠어, 당신의 아버지는 강력한 사람이 필요할 테지."

"아! 나도 그 사실만큼은 너무도 잘 알고 있어요! 그 말을 믿어도 좋을지?"

"만일 당신이 내게 불평할 이유가 생긴다면 내 무기가 거꾸로 뒤집히고 내 이름이 더럽혀져도 좋아. 이제껏 수많은 법과 계율을 어겨왔지만 내 약속을 어긴 적은 단 한 번도 없었으니 믿으라고."

"그렇다면 당신을 믿기로 하죠, 거기까지만."

이렇게 말하며 레베카는 흉벽 난간에서 내려오긴 했지만, 그 당시에는 마시콜(machicolles)이라 부르던 총안들 가운데 하나 옆에 바싹 선 채로 있었다.

"나는 여기에 서 있겠어요. 그러니 당신도 거기 그대로 있어요. 만일 당신이 우리 사이의 거리를 한 걸음이라도 좁히려고 시도한다면 유대 처녀는 성전 기사에게 정조를 더럽히느니 차라리 하느님께 영혼을 의탁한다는 것을 보게 될 테니 그리 알아요!"

레베카가 이렇게 말하는 동안, 얼굴에 나타난 아름다움과 매우 잘 어울리는 숭고하고도 굳은 결의는 외모와 풍채와 태도에 인간의 것으로는 보이지 않는 위엄을 더해 주었다. 이토록 급작스럽고 끔찍한 운명이 두려워 움츠러드는 기색이 전혀 없었고 안색이 창백해지지도 않았다. 오히려 반대로, 자기 운명을 마음대로 할 수 있다는 생각과 치욕을 당하느니 죽음으로 그 상황을 피할 수 있다는 생각으로 뺨은 한층 더 진한 홍조를 띠었고 눈은 더욱 빛나는 광채를 띠게 되었다. 자부심이 강하고 높은 기개를 지닌 봐 길베르조차 이토록 힘이 넘치고 당당한 미인은 본 적이 없다고 생각했다.

"이제 그만 화해합시다, 레베카."

"화해라고요, 하고 싶다면 화해하죠 … 하지만 이만한 간격은 그대로 유지한 채로."

"더 이상 나를 두려워할 필요가 없소."

"당신을 두려워하지는 않아요. 너무도 높아서 누구든 떨어지면 살아남을 수가 없는 이 현기증나는 높은 탑을 세운 분에게, 그리고 이스라엘의 하느님께 감사드릴 뿐이죠! 당신은 무섭지 않아요."

"당신은 나를 오해하고 있소. 땅과 바다와 하늘에 맹세코 당신은 나를 잘못 알고 있다고! 나는 당신이 보아온 대로, 본래부터 냉혹하고 이기적이고 잔인한 사람이 아니오. 내게 잔혹함을 가르쳐준 것은 바로 여인이었소, 그래서 나는 그것을 여인들에게 갚아온 것뿐이오. 하지만 당신 같은 여인에게는 그럴 수 없군. 레베카, 내 말을 들어보시오 … 이 세상 그 어느 기사도 브리앙 드 봐 길베르보다 더 자기가 사랑하는 여인에게 헌신적인 마음으로 창을 든 사람은 없었소. 그 여인은 다 허물어진 탑과 아무것도 나지 않는 포도원과 보르도의 불모지 땅 몇 뙈기를 제외하고는 자기의 모든 영지를 자랑하고 다녔던 어느 소 영주의 딸이었소. 여인의 이름은 무예가 행해지는 곳이라면 어디든지 알려졌고 지참금으로 주 하나를 소유하고 있는 많은 귀부인의 이름보다도 더욱 널리 알려져 있었지 … 그래."

길베르는 앞에 있는 레베카의 존재를 전혀 의식하지 못하는 듯 활기를 띠며 좁은 누대 위를 이리저리 거닐며 말을 이었다.

"그래, 나의 공적, 나의 위험, 나의 피, 이 모든 것들로 아델라이데 드 몽트마르(Adelaide de Montemare)의 이름은 카스티야의 궁전에서부터 비잔티움 궁정까지 널리 알려지게 되었지. 그런데 그에 대한 보답이 어땠는지 아나? 그렇게 값비싼 대가를 치르고 애써 얻은 명예를 안고 돌아와보니 그 여인은 자기의 시시한 영지를 벗어나서는 그 이름도 거의 들어본 적이 없는 가스코뉴의 한 시골 지주와 결혼한 것 아니겠어! 나는 정말로 그 여인을 사랑했었소, 그래서 그녀의 그 배신에 철저히 복수해 주었소! 그러나 그 앙갚음의 결과는 내게로 되돌아왔소. 그날 이후로 나는 속세와 그 인연으로부터 완전히 관계를 끊었소 … 한참 나이에도 단란한 가정의 재미를 알아서는 안 되오 … 다정한 아내의 위안을 받을 수도 없소 … 늙어서도 따뜻한 가정의 온기를 알아서는 안 되오 … 죽을 때도 고독하지 않으면 안 되며, 그 어떤 자손이 남아 봐 길베르라는 오랜 이름을 이어나갈 수도 없는 거요. 내 수도원장의 발치에 자주적으로 활동할 권리, 독립의 특권도 모두 내려놓았소. 성전 기사는 이름만 제외하고는 모든 것이 노예나 마찬가지라오. 땅도 재산도 소유할 수 없고, 살아가고, 움직이고 숨쉴 수 있지만 그것은 순전히 다른 사람의 의지와 의향에 따라서일 뿐이지."

"아! 그렇게 절대적인 희생을 그 어떤 이득이 보상해 줄 수 있을까요?"

"그건 바로 복수의 힘이오, 레베카. 그리고 야망에 대한 기대감이지."

"인간에게 무척이나 소중한 권리를 포기한데 대한 대가치고는 고약한 보상이로군요."

"그런 말 마오. 복수는 신들의 훌륭한 성찬이란 말이오! 그리고 성직자들이 우리에게 말하듯이, 신들이 그것을 가지고 있으려고 한다면 그 이유는 단지 인간에게만 그것을 주기에는 너무나 위험한 기쁨이기 때문이지. 그리고 야망은? 그것은 천상의 행복 그 자체까지도 흔들어 놓을 수 있는 유혹이오."

봐 길베르는 여기서 잠시 말을 끊고 쉬었다가 계속했다.

"레베카! 치욕을 당하느니 죽음을 선택하는 당신은 자부심 강하고 굳센 정신을 지니고 있소. 그대는 내 사람이 되어야 해! 아니, 놀라지 마오. 그것은 그대의 동의하에, 그대가 원하는 조건에 따라 될거요. 그대는 군주의 옥좌에서 바라볼 수 있는 것보다 훨씬 더 넓은 희망을 나와 함께하겠다고 동의해야만 하오. 대답하기 전에 내 말을 잘 듣고, 거절하기 전에 잘 판단하란 말이오. 당신 말대로, 성전 기사는 사회적 권리와 자유롭게 행동할 힘은 잃었소. 그러나 그는 이미 왕좌까지도 그 앞에서 떨고 있는 강력한 집단의 일원이자 수족이 되어 있소. 마치 바다와 섞이는 한 방울의 빗방울이 바위를 뚫고 왕의 함대를 집어삼키는 그 저항할 수 없는 거대한 바다의 개개의 요소가 되듯이 말이오. 이렇게 부풀어 오른 물결이 바로 그 강력한 동맹이란 말이오. 이 강력한 기사단에서 나는 그저 하찮은 일원이 아니라, 주요 지휘관들 가운데 하나란 말이오. 그러므로 언젠가는 기사단장의 권홀을 잡으리라는 야심을 품을 수 있단 말이오. 왕들의 목을 짓밟을 수 있는 것은 성전 기사단의 하찮은 병사들뿐만이 아니오. 대마 신발을 신은 수도사들도 그쯤은 할 수 있지. 갑옷으로 무장한 우리의 발걸음이 그들의 옥좌로 오를 거요. 우리의 장갑 낀 손으로 그들이 움켜쥐고 있는 권홀을 빼앗을 거요. 그대들이 헛되이 고대하고 있는 메시아의 치세가 온다 할지라도 나의 이 야망이 목표로 하고 있는 권력을 그대의 뿔뿔이 흩어진 민족에게 주진 못할 거요. 나는 마침내 그 야망을 함께할 같은 부류의 영혼을 찾아왔소, 그리고 이제 그대 안에서 그런 영혼을 찾아냈소."

"그 말씀을 유대 민족의 한 사람에게 하신 건가요? 생각해 보세요 …"

"우리가 믿는 신조가 다르다는 것을 역설하는 것으로 내게 대답하지 마오. 우리의 비밀 막후 회의에서는 이러한 옛이야기 같은 것은 조롱거리로밖에 생각지 않소. 우리 기사단 창설자들의 바보스러운 어리석음에 우리가 계속 눈감고 있다고 생각지 마오. 창설자들은 배고픔과 갈증과 흑사병과 야만인들의 칼에 순교의 죽음을 당하는 기쁨을 위해 삶의 모든 기쁨을 버렸으면서, 반면에 미신의 눈으로 볼 때만 가치 있는 메마른 사막을 헛되이 지키려 한 것이오. 우리 기사단은 이내 좀 더 대담하고 광대한 계획을 택하여 우리의 희생에 대해 훨씬 나은 보상을 찾아낸 거요. 유럽의 모든 왕국에 있는 우리의 막대한 재산과, 모든 그리스도교 국가에서 정예 기사들을 우리 집단으로 끌어들이는 높은 군사적 명성 … 이것은 우리의 경건한 창설자들이 거의 꿈도 꾸지 못했던 목적을 이루기 위한 것이오. 그와 동시에 낡아빠진 원칙에 따라 우리 기사단에 가입하는 나약한 정신을 가진 사람들과,

그저 우리의 수동적인 도구가 되는 미신을 품고 있는 사람들에게는 이런 목적들을 숨기고 있지. 하지만 우리 기사단의 기밀을 털어놓는 것은 이쯤에서 그만 두어야겠군. 저 뿔나팔 소리가 내게 무슨 볼일이 있다고 전하는 신호일 수도 있으니까. 내가 한 말들을 잘 생각해 보라고 … 자, 그럼 이만! 내가 협박한 그 폭언을 용서해 달라고는 하지 않겠어. 그대의 기질을 드러내기 위해 필요한 일이었거든. 황금은 시금석으로 시험해 봐야만 알 수 있는 법이니까. 곧 돌아올 테니 이 문제에 대해 더 진지하게 의논하도록 하지."

봐 길베르는 다시 탑 방으로 들어가 계단을 내려갔다. 뒤에 남은 레베카는 자기가 바로 얼마 전 몸을 내맡겼던 죽음에 대한 생각보다도 자기를 그토록 불행하게 수중에 넣은 그 대담한 악한의 사납게 날뛰는 야망이 더 무서웠다. 탑 방으로 들어가자, 레베카는 먼저 자기를 무사히 지켜 준 야곱의 하느님께 감사를 드리고, 자기와 아버지를 계속 그렇게 지켜달라고 간청했다. 그리고 그녀의 기원 속으로 또 다른 이름이 어느새 들어와 있었다. 그것은 피에 굶주린 사람들이자 그의 불구대천의 적수들의 손에 그 운명이 달린 부상당한 그리스도인의 이름이었다. 자기의 운명과 아무런 상관도 없는 사람, 즉 자기 신앙의 적인 나자렛 인을 기도에 섞어 넣었다는 듯이 레베카는 심지어 기도로 하느님과 소통하는 중에도 마음으로는 정말로 자기를 억제하였다. 그러나 기도는 이미 입 밖으로 흘러나온 뒤였고, 자기 종파의 편협한 편견으로도 그것을 취소하고 싶은 마음이 들지 않았다.

25장

난생 처음 보는 읽기 어려운 망할 놈의 필적!

「그녀는 정복하기 위해 굽힌다」(*She Stoops to Conquer*)

(올리버 골드스미스)

성 전 기사가 성의 연회장에 도착하니 드 브라시가 이미 와 있었다.

"그대의 구애 작전도 나처럼, 이 갑작스러운 호출에 방해를 받았구려. 하지만 좀 늦게 마지못해 온 것을 보니 회견이 나보다는 유쾌한 것이었나 보구려."

"그렇다면 색슨 상속녀에게 한 당신의 구애는 성공적이지 못했단 말이오?"

"에이, 토머스 아 베켓(Thomas a Becket)의 유골에 맹세코, 로웨나 공주는 내가 여자의 눈물에 약하다는 소리를 들은 것이 틀림없소."

"저런, 자유 용병대의 대장이 여자의 눈물에 마음이 흔들리다니! 사랑의 횃불에 뿌려진 몇 방울의 눈물은 오히려 그 사랑의 불꽃을 더욱 밝게 타오르게 하는 법인데."

"당신 말대로 몇 방울 정도였으면 고마웠겠지만, 이 처녀는 봉화 불이라도 꺼 버릴 만큼 펑펑 울어댔소. 에이머 수도원장이 우리에게 얘기해 주었던 그 성녀 니오베(그리스도교 성인과 그리스 신화 속 인물을 혼동하고 있다. 니오베는 자식들의 미모를 자랑했다가 아폴론과 아르테미스에게 열두 자식들이 모두 죽임을 당했다. 죽은 자식들을 위해 눈물을 흘리다 슬픔으로 돌이 된 후에도 계속 눈물을 흘렸다고 한다) 시대 이후 저렇게 손을 비틀며 눈물을 흘린 사람은 없었을 거요. 아마도 저 색슨 미인에게는 물귀신이 들었나 보오."

"그렇게 말하자면, 저 유대 처녀의 가슴속에는 귀신 군단이 들어 있소. 귀신 하나라면, 설령 아폴리온(그리스어로 파괴자라는 뜻, 요한 계시록 9장 11절에 나오는 구절에서 인용한 악마의 이름)이라 하더라도 그토록 굽히지 않는 자존 심과 결의를 불어넣지는 못했을 텐데 말이오 … 그런데 프롱 드 뵈프는 어 디 있소? 나팔 소리가 점점 커지고 있는데."

"아직 유대인과 협상 중이겠죠."

드 브라시가 냉담하게 대답했다.

"아마도 아이작의 비명 소리에 뿔나팔 소리가 들리지 않나 보죠. 브리앙 경, 당신도 경험으로 알겠지만 유대인이 우리의 벗 프롱 드 뵈프가 원하는 조건으로 재물을 내어놓으려면 뿔나팔 스무 개와 덤으로 트럼펫 스무 개를 합해서 부는 소리보다도 더 큰 비명을 지를거요. 어쨌든 부하들을 시켜 프 롱 드 뵈프를 불러오게 합시다."

얼마 후 프롱 드 뵈프도 두 사람이 있는 곳으로 왔다. 그는 이미 독자들이 알고 있듯이 끔찍하게 만행을 저지르려는 도중에 방해를 받은 후 필요한 지시를 내리고 오느라 늦은 것이었다.

"이 망할 놈의 나팔이 왜 그리 시끄럽게 울어대는지 알아봅시다. 여기 편 지가 한 통 있소, 그런데 색슨 어로 써 있어 무슨 말인지 모르겠소."

프롱 드 뵈프는 편지지의 위치를 거꾸로 하면 그 의미를 조금이라도 이해 할 희망이 정말로 있다는 듯이 이리저리 뒤집어 쳐다보다가 드 브라시에게 넘겨주었다.

"나도 모르긴 마찬가지니 마법의 주문 같기도 하군."

당시의 전형적인 기사들처럼 드 브라시 역시 완전히 까막눈이었다.

"우리 군종 사제가 내게 글 쓰는 것을 가르치려고 했지만, 내가 쓴 글씨 는 전부 창 끝과 칼날 같아서 결국 그 노사제도 포기하고 말았소."

그러자 성전 기사가 나섰다.

"이리 주시오. 우리 기사단원은 성직자 신분으로서, 우리의 용맹을 가르 치기 위한 지식도 좀 갖추고 있소이다."

그 말을 드 브라시가 받았다.

"그러면 그대의 매우 거룩한 지식의 신세를 지기로 합시다. 뭐라고 쓰여 있소?"

"이것은 정식 도전장이오. 하지만, 베들레헴의 성모 마리아께 맹세코, 이 것이 어리석은 농담이 아니라면 영주의 성의 도개교 너머로 보내진 것 중 에서 가장 괴상한 결투장이라고 하겠소."

"농담이라니! 감히 어느 놈이 그런 일로 나를 우롱하려는 것인지 알고 싶 구려! 어서 읽어보시오, 브리앙 경."

성전 기사는 프롱 드 뵈프의 재촉에 다음과 같이 편지를 읽어나갔다.

"위틀레스의 아들이자, 고귀하고 자유의 몸으로 태어난 색슨 인으로 불리 는 로더우드의 세드릭의 광대인 나 왐바와, 베오울프의 아들이자 돼지치기 인 나 거스는…"

그러자 프롱 드 뵈프가 성전 기사가 읽는 것을 중단시키며 외쳤다.

"아니, 당신 미쳤소?"

"천만에, 이렇게 적혀 있을 뿐이오."

성전 기사는 이렇게 대꾸하고는 다시 읽어 내려가기 시작했다.

"베오울프의 아들이자, 위에 언급한 세드릭의 돼지치기인 나 거스는 우리 의 이 싸움에 공통의 목적이 있는 우방과 동맹, 즉 현재로는 검은 게으름뱅 이라 불리는 훌륭한 기사, 나뭇가지 가르기라 불리는 로버트 록슬리의 원 조로 그대 레지날 프롱 드 뵈프와 누구든지 그 공모자들에게 고함. 그대들 은 이유를 밝히거나 선전포고도 하지 않은 채 제압하여 우리의 주군이자 주인인 세드릭 나리, 고귀한 가문에서 자유의 몸으로 태어난 하곳스탄스테 드(Hargottstanstede)의 로웨나 공주, 고귀한 가문에서 자유의 몸으로 태어 난 코닝스버러의 애설스탠 경, 자유민으로 태어난 몇 사람과 그 종들, 세드 릭 나리의 노예로 태어난 농노 몇 사람, 요크의 아이작이라 불리는 어떤 유 대인과 그의 딸, 말 몇 필과 노새 몇 필을 부당하게 포로로 잡았음.

상기 고귀한 분들은, 그분들의 종과 노예와 말과 노새와 앞에 말한 유대인과 그 딸과 함께 모두 폐하의 법을 지키면서 폐하의 신하로서 폐하의 대로로 여행 중이었음.

따라서 상기 고귀한 분들, 즉 로더우드의 세드릭, 하곳스탄스테드의 로웨나, 코닝스버러의 애설스탠을 비롯하여 그들의 하인, 종, 부하, 노새와 말, 앞서 말한 유대인 부녀와 그들에게 속하는 모든 물건과 소지품을 이 서신이 전해진 지 한 시간 이내에 우리들, 또는 우리가 지명하는 사람들에게 인도할 것을 요구함. 상기 사람들의 신체와 물건은 손을 대서도 해를 끼쳐서도 안 됨.

이상의 조건을 이행하지 않을 시에는 그대들을 산적이자 반역자로 간주하고 전투를 벌이든 성을 공격하든 그 밖의 어떤 수단을 써서라도 싸워 그대들을 최대한 괴롭히고 파멸시킬 것을 선언함. 그러니 신께서 그대들을 잘 감시하시길. 이상은 하느님과 성모 마리아와 성 둔스탄을 섬기는 한 성직자가 코프만허스트의 예배당에서 기록하고 성 위톨드 전날 밤 하트 힐 가도(Hart-hill Walk)에 있는 커다란 떡갈나무 집합소 아래에서 우리들이 서명함."

그리고 이 문서 맨 끝의 제일 위에는, 수탉 머리와 볏의 서투른 그림과 이 판독하기 어려운 그림이 위틀레스의 아들 왐바의 서명임을 나타내는 글씨가 휘갈겨져 있었다. 이 훌륭한 기호 아래에는 베오울프의 아들 거스의 인장임을 나타내는 십자가가 그려져 있었다.

그 다음에는 거칠고 대담한 필체로 검은 게으름뱅이라는 단어가 적혀 있었다. 그리고 제일 마지막으로 꽤 솜씨 좋게 그려진 화살 하나가 향사 록슬리의 인장으로 그려져 있었다.

기사들은 이 해괴망측한 문서를 처음부터 끝까지 읽는 것을 듣고 있다가 이것이 도대체 무엇을 예시하는 것인지 알 수 없어 완전히 당황하였으므로 깜짝 놀라 입을 다문 채 서로 쳐다보고만 있었다. 그리고 더 이상 참지 못하고 웃음을 터뜨림으로써 드 브라시가 처음으로 그 침묵을 깨뜨리자 좀 더 신중하기는 했지만 성전 기사도 곧 따라 웃었다. 그러나 그와는 반대로, 프롱 드 뵈프는 시도 때도 못 가리고 아무 때나 웃는 두 사람의 경솔함에 화가 난 것 같았다.

"경들에게 경고하는데, 그렇게 얼토당토 않게 즐거워할 것이 아니라. 이러한 상황에서는 어떻게 처신해야 할지 의논해야 할 것이오."

그러자 드 브라시가 성전 기사에게 말했다.

"프롱 드 뵈프 경은 지난 시합에서 쓰러진 이후 아직 기분이 풀리지 않은 것 같소. 결투장이라는 그 생각만으로도 겁을 집어먹으니 말이오, 광대와 돼지치기한테서 온 것에 불과한데."

"성 미카엘께 맹세코, 이 모험의 주력을 그대 혼자서 떠맡을 수 있다면 좋겠소, 드 브라시. 이 작자들은 어느 강력한 무리들의 지원을 받지 않고는 이처럼 믿을 수 없을 정도로 건방지게 행동할 엄두가 나지 않았을 거요. 이 숲에는 내가 사슴을 감독하는 것을 원망하는 무법자들이 많이 있소. 나는 현행범으로 잡힌 한 녀석을 사실상 야생 수사슴의 뿔에 묶어 놓았었소. 그런데 그 녀석이 사슴뿔에 받혀 5분만에 죽어 버리자, 아슈비에서 그 과녁에 쏟아졌던 것과 맞먹을 만큼 많은 화살이 내게 날아왔었소. 이봐, 자네."

프롱 드 뵈프는 시종들 가운데 한 사람에게 물었다.

"이 터무니없는 도전에 가세하고 있는 군세가 얼마나 되는지 정탐해 왔겠지?"

"네, 적어도 2백 명 정도가 숲 속에 모여 있습니다."

시중들고 있던 시종이 대답했다.

"내 이럴 줄 알았어! 이것이 두 사람에게 내 성을 빌려준 데서 일어난 일이오. 자기들이 떠맡은 일 하나 조용히 처리하지 못하고 이렇게 벌집을 쑤셔놓듯 말썽을 일으키다니!"

"벌집이라고? 흥, 그래봐야 침도 없는 수벌이겠죠. 생계를 위해 일을 하기보다는 숲으로 가서 사슴이나 잡으려는 게으른 악당들 무리 말이오."

드 브라시가 콧방귀를 뀌었다.

"침이 없다고! 가랑이꼴의 활촉이 달린 1미터나 되는 화살로 프랑스 금화 정도의 좁은 폭에 정확히 명중시키는 데도 이것이 침이 아니란 말이오."

그러자 성전 기사가 끼어 들었다.

"그 무슨 부끄러운 말이오! 부하들을 모아 돌격합시다. 기사 한 사람이면, 아니 병졸 하나도 저런 농사꾼 녀석들 스물은 당해낼 테니까."

이에 드 브라시도 맞장구를 쳤다.

"암, 충분하고 말고, 당해내고도 남지. 나라면 놈들을 상대로 창을 들기도 창피하오."

"성전 기사, 물론 그들이 투르크 인이나 무어 인이라면, 혹은 용맹한 드 브라시, 그들이 프랑스의 겁쟁이 농부들이라면 당연히 그렇겠죠. 허나, 이들은 잉글랜드의 향사들이란 말이오. 우리에게 무기와 말이 있다는 점을 제외하면 놈들보다 우세한 점이 전혀 없단 말이오. 그리고 그 말과 무기도 숲 속에서는 아무런 소용이 없을 것이오. 그리고 방금 돌격이라고 하였소? 우리는 지금 성을 방어하기에도 수가 부족하오. 내 정예 부대는 지금 요크에 있는 데다 드 브라시, 당신의 부대도 마찬가지잖소. 그러니 이 미친 짓에 관여한 얼마 안 되는 사람 외에는 채 스무 명도 없단 말이오."

"설마 그자들이 이 성을 공격할 만큼 충분한 병력을 모을 수 있을 거라 염려하는 건 아닐 테죠?"

"천만에, 브리앙 경. 그렇진 않을거요. 이 무법자들에게는 정말로 대담한 대장이 있긴 하지만 공성기와, 사다리, 노련한 지휘관이 없이는 이 성은 꿈쩍도 안 할 거요."

성전 기사가 그 말을 받아 말했다.

"인근 사람들에게 전령을 보내어 레지날 프롱 드 뵈프 영주의 성에 세 기사가 광대와 돼지치기에게 포위되어 있으니 구해 달라고 하구려."

성전 기사가 조롱조로 던진 그 말을 프롱 드 뵈프가 받아 대답했다.

"성전 기사, 당신은 농담이겠지만 누구한테 전령을 보낸다? 말부아상은 지금쯤 부하들을 데리고 요크에 가 있고, 다른 많은 동지들도 마찬가지일 테니. 이 지긋지긋한 계획만 아니었더라면 나 역시 지금쯤은 요크에 있었을 텐데."

"그렇다면 요크로 사람을 보내 우리 부하들을 불러오면 되잖소. 만일 그 자들이 내 군기가 휘날리는 것이나 내 자유 용병대를 보고도 버틴다면 이제까지 푸른 숲에서 활을 쏜 자들 가운데 가장 용감한 무법자들이라고 칭찬해 주겠소."

"대체 누구를 전령으로 보낸다? 길목마다 그 녀석들이 지키고 있어 전령의 가슴에서 편지를 꺼내 찢어 버릴 텐데 … 아, 좋은 생각이 났소."

프롱 드 뵈프는 잠시 동안 쉬었다가 말을 이었다.

"성전 기사. 그대는 잘 읽는 만큼 잘 쓰겠죠. 만약에 열두 달 전에 크리스마스 잔치 도중에 급사한 내 군종 사제의 필기 용구를 찾을 수만 있다면 …"

그러자 옆에서 계속 시중을 들고 있던 그 시종이 대답했다.

"다행히도, 우르프리드 노파가 고해를 들어주던 그 사제를 좋아하여 그것들을 어디엔가 간직하고 있을 것입니다. 언젠가 노파가 하는 소리를 들었는데, 그 사제야말로 남자가 아가씨나 부인을 만나기만 하면 늘어놓는 의례적인 말을 절대로 입 밖에 내놓지 않을 사람이라 좋다고 했거든요."

"그렇다면 가서 찾아와, 엔젤레드(Engelred). 그리고 성전 기사 당신은 이 대담한 도전장에 회답을 쓰시오."

"나는 붓끝으로 회답하는 쪽보다는 칼끝으로 회답하고 싶구려. 하지만 당신 뜻에 따르기로 하죠."

그리고는 앉아서 프랑스어로 다음과 같은 요지의 답신을 썼다.

"레지날 프롱 드 뵈프는 그 고귀하고 기사다운 우방과 동맹과 함께 노예,

종, 또는 탈주자들의 손에서 나온 도전은 받아들이지 않는다. 자칭 흑기사라는 자가 정말로 기사도의 명예를 요구할 자격이 있다 하더라도 현재 천한 상것들과 연합하여 품위가 떨어졌으므로 귀족 태생의 훌륭한 사람들로부터 기사로 존중해 달라고 요구할 권리가 없다는 것을 알아야 할 것이다. 우리가 잡은 포로에 대해서는 그리스도교적 박애에서 그들의 고해를 들어주고 그들이 하느님과 화해할 수 있게 해 줄 사제를 한 사람 보내 줄 것을 요구하는 바이다.

그 이유는, 오늘 아침 정오 전에 그들을 참수하여 그 잘린 목을 성벽 위에 내걸어, 그들을 구하려고 분발하는 자들을 우리가 얼마나 하찮게 생각하고 있는지 보여 주기로 확고히 결심했기 때문이다. 그러므로, 위에서 말한 바와 같이 그들을 하느님과 화해하게 할 사제를 한 사람 보낼 것을 요구하는 바이다. 그렇게 하면 너희들은 그들에게 지상에서의 마지막 전례를 베풀어 주는 셈이 될 것이다."

이 편지는 접혀서 시종에게 넘겨졌고, 시종은 밖에서 기다리고 있는 사자에게 그가 가지고 온 편지에 대한 답신으로 넘겨주었다.

그렇게 사자로서의 자기 임무를 완수한 향사는 자기편이 모여 있는 본부로 돌아갔다. 본부는 성으로부터 화살이 날아갈 수 있는 거리의 세 배쯤 떨어져 있는 부근의 유서 깊은 떡갈나무 아래에 임시로 세워져 있었다.

이곳에서, 왐바와 거스는 동맹인 흑기사와 록슬리와 유쾌한 은자와 함께 자기들의 도전에 대한 회답을 초조하게 기다리고 있었다. 그들 주위로, 약간 떨어진 곳에서 대담한 향사들이 많이 눈에 띄었다. 이들의 숲 사람 복장과 풍우에 시달린 얼굴은 그들의 직업이 무엇인지를 잘 나타내 주고 있었다.

이미 2백 명이 넘는 사람들이 모여 있었던 데다, 지금도 빠르게 가세하고 있는 사람들이 많았다. 그들이 지휘관으로서 따르고 있는 사람들은 모자에 깃털을 꽂았다는 점만 제외하고는 복장과 무기와 다른 장비들은 모든 점에서 똑같았다.

이들 무리 외에도, 세드릭의 방대한 영지에서 온 많은 노예들과 하인들은 물론 인근 마을의 색슨 주민들로 구성된 규율이 덜 잡히고 무장이 덜 된 군대도 세드릭을 구출하는데 도움이 되려는 목적에서 이미 도착해 있었다. 이들 가운데 때때로 필요할 경우에만 군사적인 목적으로 바뀔 수 있는 시골의 무기 이상으로 무장하고 있는 사람은 거의 없었다. 멧돼지창, 큰 낫, 도리깨와 같은 농기구들이 그들의 주요 무기였다. 그 이유는 정복자들이 흔히 쓰는 정책으로, 노르만 인들은 피정복민 색슨 인들이 칼과 창을 소유하거나 사용하는 것을 허용하지 않았기 때문이었다.

이러한 사정만 아니었다면 색슨 인들의 강인한 체력과 수적 우세, 올바른 대의에 의해 고무된 활기만큼이나 색슨 인들의 원조가 포위된 자들에게는 무척이나 무서웠겠지만 이러한 사정으로 인해 그다지 위력을 발휘하지 못할 수도 있었다. 이렇게 오합지졸 군대의 지휘관들에게 이제 성전 기사의 편지가 전해졌다.

그 편지는 내용을 열어보도록 제일 먼저 은자에게 맡겨졌다.

"천국에 계신 또 다른 성인의 지팡이보다도 많은 양을 우리에 몰아 넣으신 성 둔스탄의 구부러진 지팡이에 걸고 맹세하는데, 프랑스어든 아랍어든 이 꼬부랑 글씨를 여러분에게 설명할 수는 없습니다."

은자가 이 편지를 거스에게 건네주자, 거스는 거칠게 머리를 흔들더니 그것을 다시 왐바에게 넘겨주었다. 광대는 이럴 경우에 원숭이가 흔히 하듯이, 뭘 아는 척하며 씽긋 웃음으로 편지의 네 귀퉁이를 각각 쳐다보더니 한번 신나게 뛰고 나서 그 편지를 록슬리에게 주었다.

"긴 글자가 활이요, 짧은 글자가 넓은 화살이라면 나도 뭔가 좀 아는 것이 있을 텐데. 하지만 사정이 이러하니 20킬로미터 거리에 있는 수사슴처럼 그 의미는 손 댈 길이 없군요."

"그렇다면 나밖에 읽을 사람이 없겠구려."

혹기사가 나서서 록슬리로부터 편지를 받아들고 자기가 먼저 읽은 다음에 동료들에게 색슨 말로 그 의미를 설명해 주었다.

그러자 얘기를 듣고 있던 왐바가 소리쳤다.

"고귀한 세드릭 나리를 참수한다고! 기사님, 분명 잘못 읽으셨겠죠."

"아니, 여기 적혀 있는 그대로 설명한 것이네."

"그렇다면, 캔터베리의 성 토마스에게 맹세코, 성을 우리 손으로 무너뜨려야 한다면 우리가 성을 빼앗읍시다!"

거스의 말에 왐바가 대꾸했다.

"그 성을 우리 손으로 쳐부술 수밖에 없지만, 내 손은 성벽을 파편과 회반죽으로 산산조각 내기에는 잘 안 맞는데."

그러자 록슬리가 알려 주었다.

"하지만 그것은 시간을 벌기 위한 수작일거요. 제아무리 놈들이라 하더라도 내가 무서운 징벌을 감행하게 할 만한 짓은 하지 못할 것이오."

그 말을 혹기사가 받았다.

"우리들 가운데 누군가가 성 안으로 들어가 적의 동태가 어떤지 알아낼 수 있다면 좋을 텐데. 내 생각에는, 그들이 마침 고해 신부를 보내라고 요구했으니까 이 거룩한 은자가 다시 경건한 천직을 수행하여 우리가 원하는 정보를 얻어다 주었으면 좋겠소."

"이런 빌어먹을, 당신의 권고는 말도 안 됩니다! 게으름뱅이 기사님, 제가 말해 두는데, 잘 들으시지요. 제가 일단 수도복을 벗어 버리면 성직과 성스러운 의무와 라틴 기도문도 수도복과 함께 모두 제쳐두는 것입니다. 그리고 초록색 조끼를 걸치면 저는 한 그리스도인의 고해를 들어주는 일보다 사슴 스무 마리를 죽이는 짓을 더 잘 할 수 있단 말입니다."

"허, 이거 야단났군. 정말 큰일인데. 여기에는 이 고해 신부의 역할을 임시로 맡을 자격이 있는 사람이 하나도 없단 말이오?"

사람들은 모두 서로 바라보기만 할 뿐 말이 없었다.

그런데 잠시 후에 왐바가 나섰다.

"광대는 역시 바보라는 것을 알겠군요. 현명한 양반들이 모두 꽁무니를 빼는 모험에 저는 이렇게 목을 들이밀고 있으니까요. 친애하는 여러분, 제 말 좀 들어보시죠. 저는 이 울긋불긋한 광대 옷을 입기 전까지는 적갈색 수도복을 입고 탁발승으로 자라났습니다만 머리에 열병이 들어 광대가 될 만한 약은 꾀밖에 남지 않게 되었지요. 그러므로, 은자님의 사제복과, 아울러 성직과 성스러운 의무와 그 두건에 꿰매 넣은 학식의 도움을 받을 수 있다면 곤궁에 빠진 우리의 훌륭하신 주인 세드릭 나리와 그 동료 분들에게 세속의 위안과 함께 정신적 위로도 베풀어드릴 자격을 갖출 것으로 생각하는데요."

그러자 흑기사가 거스에게 물었다.

"저 사람이 그럴 만한 분별력이 있다고 생각하나?"

"저도 모르겠습니다. 하지만 만일 그에게 분별력이 없다고 한다면, 자기의 광대짓을 이용할 꾀가 부족한 것은 이번이 처음일 것입니다."

"그렇다면 그 사제복을 입도록 하지. 그리고 그대의 주인이 우리에게 성안의 상황을 알리게 하게. 그들의 수는 얼마 되지 않을 테고, 수가 5대 1 정도면 불시에 대담한 공격으로 뚫고 들어갈 수 있을 거야. 자, 시간이 얼마 없어. 어서 가 보라고."

록슬리도 부하들에게 지시를 내렸다.

"그동안 우리는 파리 한 마리도 소식이 새나가지 못하도록 성을 단단히 포위하도록 한다. 그리고 자네 말이야."

이번에는 왐바에게 주의를 주었다.

"자네는 가서 이 포악한 놈들에게 확실히 전하게. 제아무리 저놈들이 포로들에게 폭행을 가한다 하더라도 그보다 훨씬 무섭게 보복해 주겠노라고."

"팍스 보비스쿰(평화를 빕니다)."

사제로 완전히 변장을 끝마친 왐바는 이렇게 말하며 탁발승의 근엄하고 위엄 있는 태도를 흉내내 보고는 자기의 임무를 완수하러 떠났다.

26장

때로는 매우 사나운 말이 얌전해지고,
몹시 순한 말이 날뛰기도 한다.
때로는 수도사가 광대 노릇을 하고
광대가 수도사 노릇을 하기도 한다.

「옛 노래」

은자의 두건과 사제복을 걸치고 매듭 장식의 띠까지 허리에 두른 광대 왐바가 프롱 드 봬프의 성 입구에 서자 문지기가 이름과 용건을 물었다.

"팍스 보비스쿰. 나는 성 프란체스코 수도회의 가난한 수도사로서 이 성에 감금되어 있는 어느 불행한 포로들에게 내 소임을 다하기 위하여 찾아왔소이다."

"이곳을 찾아오다니 대담한 수도사로군. 우리의 주정뱅이 고해 신부를 제외하면 지난 20년 동안 당신 같은 부류의 수탉들은 코빼기도 안 비쳤는데."

"하지만, 부탁하는데, 성의 영주님께 내 말을 전해 주시오."

가짜 수도사는 제법 그럴싸하게 꾸며댔다.

"그러면 분명 환영하실거요. 이 수탉은 온 성이 다 들도록 크게 울어드리겠소."

"흥, 그거 고마운 말이구려. 하지만 당신 말을 전하려고 내 자리를 비웠다가 창피를 당하는 날에는 수도사의 회색 수도복이 회색 거위 깃털이 달린 화살에 견딜 수 있는지 시험해 볼 테요."

이렇게 협박을 가한 후 문지기는 지키고 있던 탑을 떠나, 웬 수도사가 성문 앞에 와서 즉각 들여보내 줄 것을 요구한다는 예사롭지 않은 보고를 연회장으로 전달하였다. 그런데 매우 놀랍게도 문지기는 그 수도사를 당장 들여보내라는 주인의 명령을 받았다. 그리고 기습에 대비하여 지키도록 성문 입구에 사람들을 이미 배치해 놓았으므로 문지기는 더 이상 주저할 것

없이 방금 받은 명령에 복종하였다. 엉뚱한 자부심에서 대담하게도 이 위험한 임무를 떠맡게 된 왐바였지만 레지날 프롱 드 뵈프처럼 그렇게 두렵고 무서운 사람 면전에 서고 보니 그런 자부심도 힘을 내는데는 별 도움이 되지 못하였다. 그래서 자기가 맡은 인물의 역할을 뒷받침하리라 상당히 의지하고 있던 그 '팍스 보비스쿰'이라는 문구를 이전에 했던 것보다 훨씬 더 불안스럽게 주저하며 꺼내놓았다. 그러나 프롱 드 뵈프는 지위 고하를 막론하고 모든 계급의 사람들이 자기 면전에서 떠는 것을 보는데 익숙해져 있었으므로 사제로 생각되는 이 인물이 겁을 내는 것을 보면서도 아무런 의심도 하지 않았다.

"그대는 이름이 무엇이며, 어디서 왔는가, 사제여?"

"팍스 보비스쿰."

왐바는 그 말을 되풀이하고는 말을 이었다.

"저는 성 프란체스코 수도회의 가난한 사도로서 이 광야를 여행하다가 도둑들에게 잡히게 되었습니다. (성서에도 기록되어 있듯이), 퀴담 비아토르 이시디트 인 라트로네스(라틴어로, '어떤 나그네가 여행 중에 도둑을 만났으니'라는 뜻. 누가복음 10장 30절 인용). 그런데 그 도둑들이 나리의 고귀한 재판에 의하여 사형 선고를 받은 두 사람에게 종교적 소임을 다하도록 저를 이성으로 보낸 것입니다."

"음, 맞는 말이군. 그런데 사제여, 그 도둑들의 수가 얼마나 되는지 말해 줄 수 있는가?"

"나리, 노멘 일리스 레지오(라틴어로, '그 이름은 군대이다'라는 뜻. 누가복음 8장 30절의 구절을 인용), 즉 그들의 이름은 군대입지요."

"그들의 수가 얼마인지 알아듣기 쉬운 말로 이야기하란 말이야. 안 그러면 그 수도복과 허리띠도 너를 잘 지켜 주지 못할 것이다."

"아! 코르 메움 에룩타비트, 즉 이 말뜻은 두려워 미칠 것만 같습니다! 하오나 그들의 수는 … 향사들과 … 상놈들을 합쳐 적어도 오백 명은 되는 것 같습니다."

"뭐라고?"

마침 그 순간 연회장으로 들어온 성전 기사가 말을 가로챘다.

"그 벌 떼 놈들이 이곳에 그렇게 많이 모여 있단 말이야? 이제야말로 하룻 강아지 범 무서운 줄 모르고 날뛰는 패거리들을 싹 쓸어 버릴 때로군."

그러더니 프롱 드 뵈프를 한쪽으로 불러내어 물었다.

"저 사제를 알고 있소?"

"저자는 먼 수도원에서 온 낯선 수도사요. 그러니 모를 수밖에."

"그렇다면 저자에게 당신의 결심을 구두로 털어놓을 수는 없겠구려. 드 브라시의 자유 용병대에게 당장 그들의 대장을 도우러 달려오라는 명령을 편지로 써서 저자를 시켜 전하도록 합시다. 그동안, 저 수도사가 아무것도 눈치채지 못하도록 그 색슨 개놈들이 도살장에 갈 준비를 시키는 자기 소임을 자유롭게 하도록 내버려 둡시다."

"그렇게 하도록 합시다."

프롱 드 뵈프는 그렇게 동의하고, 그 즉시 하인 하나에게 왐바를 세드릭 과 애설스탠이 감금되어 있는 방으로 안내하도록 명령했다.

세드릭의 조바심은 감금되어 있음으로 해서 줄어들기는커녕 오히려 더 심해졌다. 그는 적을 공격하거나 포위 당한 장소의 틈을 비집고 돌파하려 는 사람과 같은 태도로 큰 방 이쪽 구석에서 저쪽 구석까지 걸어다니면서 혼자서 소리를 지르기도 하다가 애설스탠에게 말을 걸기도 하였다. 애설스 탠은 정오에 한껏 먹어둔 음식을 상당히 침착하게 소화시키면서 언제까지 포로로 잡혀 있을지에 대해서는 모든 속세의 악행처럼 하늘의 좋은 때가 오면 결말이 날 것으로 결론 내리고는 그다지 신경 쓰지 않으면서, 단호하 고 냉정하게 이번 일의 결과를 기다렸다.

그때 왐바가 방 안으로 들어서며 인사했다.

"팍스 보비스쿰, 성 둔스탄과 성 데니스와 성 두톡과 모든 성자들의 축복이 당신들과 당신들 주위에 있기를."

그 말에 세드릭이 가짜 사제에게 대답했다.

"마음대로 들어오시오. 이곳에는 무슨 일로 온 것이오?"

"당신들에게 죽음에 대한 준비를 시키러 왔습니다."

"뭐라고 그럴 리가!"

세드릭이 놀라 펄쩍 뛰었다.

"저자들이 아무리 겁이 없고 사악할지라도 그처럼 공공연하게 아무런 이유 없는 잔혹한 짓을 하려고 들지는 못할 텐데!"

"아, 인정이라는 분별력으로 그들을 억제하는 것은 비단실로 만든 굴레로 도망가는 말을 막는 것과 마찬가지죠. 그러니 세드릭 나리, 그리고 용맹한 애설스탠 나리, 생각해 보십시오, 이 세상에서 어떤 죄악을 지었는지. 오늘이야말로 높은 천국의 심판소에서 대답하기 위해 불려가야 하니까요."

"이 말을 들었소, 애설스탠? 노예처럼 사느니 사람답게 죽는 편이 나으므로 최후를 위해 마음의 각오를 다져야겠소."

"나는 최악의 악의에도 참아낼 준비가 되어 있으므로 식탁에 앉아 있는 것처럼 침착하게 죽음을 맞이할 것입니다."

"그렇다면, 사제여. 우리의 참회를 들어주구려."

"인자한 나리, 잠시만 기다리시지요."

그제야 왐바는 원래의 자기 어조로 말했다.

"어둠 속으로 뛰어들기 전에 멀리 보는 것이 좋으실 걸요."

"아니, 이건 분명 귀에 익은 목소리인데!"

"나리의 믿을 수 있는 노예이자 광대의 목소리니까요."

이렇게 말하며 왐바는 두건을 뒤로 젖혔다.

"그러기에 전에 이 광대의 충고를 받아들였더라면 지금 여기에 계시지 않았을 것 아니어요. 그러니 이번엔 광대의 충고를 잘 들으세요. 그러면 머잖아 이곳을 나가시게 될 테니까요."

"그게 대체 무슨 말이지?"

"그야 이렇지요. 이 수도복과 띠를 두르세요. 이것이 제가 받은 명령의 전부예요. 그리고 제가 나리의 외투와 허리띠를 입도록 남겨 두시고 나리는 조용히 성을 빠져 나가세요."

"너를 나 대신 남겨 두라고!"

그 제안에 깜짝 놀라 세드릭이 소리쳤다.

"그랬다가는 놈들이 너를 목매달아 죽일 텐데."

"그렇게 하려면 하라지요. 저 위틀레스의 아들은 원로인 선조의 목에 걸린 쇠사슬만큼 무거운 쇠사슬에 목이 감겨 교수형당한다 하더라도 나리의 가문에 욕보이는 일은 없으리라 믿습니다."

"그래, 왐바. 다만 한 가지만은 너의 요구를 들어주마. 그것은 다름 아니라, 나 대신 애설스탠 경과 옷을 바꾸어 입는다면 그렇게 해도 좋다는 것이다."

"아뇨, 성 둔스탄에게 맹세코 그렇게 할 이유가 없습니다. 위틀레스의 아들이 헤러워드의 자손을 구하기 위해 고생하는 것은 충분히 타당한 이유가 있습니다. 그러나 그 조상을 전혀 알지 못하는 사람을 위하여 대신 죽는다는 것은 그다지 현명하지 못한 짓이죠."

"이런 망할 녀석, 애설스탠 경의 선조들은 잉글랜드의 군주셨어!"

"그분들이 누구였든 저와는 상관없습니다. 하지만 제 목은 어깨에 너무 뻣뻣하게 서 있어서 그분들을 위하여 비틀 수는 없네요. 그러니 훌륭하신 나리, 제 청을 나리가 직접 받아들이시든지 아니면 제가 이곳에 들어왔을 때처럼 자유롭게 나가게 해 주세요."

"노목은 말려 죽여야 하는 법이다. 그래야 숲 전체의 당당한 희망을 잃지 않는 법이지. 내 믿음직스러운 왐바야, 애설스탠 경을 구해다오! 그것은 누구든 색슨의 피가 흐르는 사람이라면 마땅히 해야 할 의무니라. 너는 나와 함께 그 못된 압제자 놈들의 포악이 어디까지 가나 끝까지 참아보자. 하지만 애설스탠은 자유롭고 안전한 몸이 되어 우리의 원수를 갚도록 우리 민족의 혼을 일깨우게 하자."

"그렇게는 안 됩니다, 세드릭 어른."

애설스탠이 세드릭의 손을 꼭 쥐며 말했다. 생각을 하거나 행동을 하려고 분발할 때면 애설스탠의 행위와 감정들도 그의 높은 가문의 이름값은 했다. 그는 계속 말을 이었다.

"그렇지 않습니다. 저는 이 노예가 마음에서 우러나온 호의로 그 주인을 위하여 애써 만든 탈출의 기회를 가로채느니, 차라리 포로의 얼마 안 되는 빵 부스러기와 얼마 안 되는 물 외에는 먹고 마실 것이 없다 하더라도 이 감옥에 일 주일 동안 남아 있겠습니다."

그 말에 왐바가 끼어 들었다.

"그래서 나리들은 현명한 분들이라 하고, 저는 미친 광대라고 하는거지요. 하지만 세드릭 나리, 애설스탠 나리, 이 광대가 두 분을 위하여 논쟁에 결말을 내드려 더 이상 예의를 지키는 수고를 덜어드리지요. 저는 존 어 덕 (John-a-Duck)의 암말과 같은 놈이지요. 그 말은 존 어 덕 외에는 아무도 태우려고 하지 않거든요. 저는 주인님을 구하러 온 것입니다. 그런데 주인님께서 소인의 말에 찬성하지 않으신다면 … 그걸로 됐습니다 … 저는 다시 집으로 돌아갈 수밖에 없습니다. 마음을 다하여 섬긴다는 것은 깃털 공이나 크리켓 공처럼 이 손에서 저 손으로 던져질 수 있는 것이 아닙니다. 저는 태어날 때부터 저의 주인이신 나리 외에 그 누구를 위해서 대신 죽지는 않겠습니다."

"그러니, 세드릭 경, 가시지요. 이 좋은 기회를 놓치지 마시고요. 당신이 밖으로 나가시면 우리편을 격려하여 저희를 구하러 오실 수도 있습니다. 그러나 여기 그대로 남아 계시면 우리 모두 죽고 말 뿐입니다."

애설스탠의 권고에 세드릭은 광대 왐바를 보며 물었다.

"그렇다면 성 밖에서 여기 있는 사람들을 구해낼 무슨 가망이라도 있는 거냐?"

"가망이라고요! 그럼요, 당연하죠! 자, 들어보세요. 나리께서 제 외투를 걸치시는 날에는 사령관의 복장을 입으시는 거라고요. 저 밖에는 5백 명이나 되는 사람들이 모여 있고, 오늘 아침에는 저도 그들의 주요 지휘관들 가운데 한 사람이었지요. 소인의 광대모자가 투구였고, 소인의 광대 지팡이가 사령봉이었죠. 그러던 것이 광대를 현명한 분하고 바꾸었으니 그들에게 얼마나 도움이 될지 곧 알게 될 것입니다. 사실, 소인은 그들이 신중하게 행동하여 얻어야 할 용맹을 잃어버리게 되지나 않을까 걱정스럽거든요. 그러니 안녕히 가세요, 주인님. 불쌍한 거스와 그의 개 팽즈에게 잘 대해 주시고요. 그리고 소인의 광대 모자는 소인이 충실한 광대답게 주인님을 위하여 제 목숨을 던졌다는 기념으로 로더우드의 연회장에 걸어 주세요 … "

이 마지막 말은 농담이기도 하고 진담이기도 한 일종의 이중적 어법에서 나왔다. 그 말을 듣는 세드릭의 눈에는 눈물이 고였다.

"너에 대한 명성은 이 세상에 충절과 애정이 있는 한 영원히 간직될 것이다! 로웨나와 너와 애설스탠 경을 구할 수 있는 방법을 반드시 찾을 것이라 믿으니, 왐바 너도 이 일에서는 성급히 앞서 가지는 말거라."

이제 옷을 바꾸어 입는 일이 모두 끝났는데, 그때 세드릭의 마음에 불현듯 어떤 의혹이 떠올랐다.

"아 참. 나는 모국어인 색슨 어와 저놈들의 거들먹거리는 노르만 어 몇 마디 외에는 다른 말은 아무것도 모르는데, 무슨 수로 거룩한 수도사처럼 처신할 수 있단 말이냐?"

"걱정 마세요, 그 주문은 단 두 마디에 있으니까요. '팍스 보비스쿰(평화를 빕니다)' 이 말이 모든 물음에 대한 답입니다. 어디로 가고 오든, 먹거나 마시든, 축복을 하든 저주를 내리든 그저 '평화를 빕니다' 이 한마디면 만사형통이에요. 이것은 마녀에게 마법의 빗자루, 요술쟁이에게 요술 지팡이처럼 수도사에게 유용한 말입니다. 그저 굵고 낮은 근엄한 어조로 '평화를 빕니다!' 이렇게만 말하세요. 그렇게만 하면 문제없지요. 야간 보초든 주간 보초든, 기사든 종자든, 걸어다니는 사람이든 말 탄 사람이든, 이 말은 아무에게나 주문처럼 잘 들을 겁니다. 제 생각에는, 내일 저놈들이 저를 교수형시키려고 끌어낼지 어떨지 매우 의심스럽지만, 만일 그렇다고 한다면 그사형 집행인에게 이 주문의 효력을 한 번 시험해 볼까 합니다."

"정말 그렇다면 이 성직의 임무를 받아들이마 … 팍스 보비스쿰이라고 했겠다. 절대로 이 암호를 잊는 일은 없겠지 … 애설스탠 경, 잘 있으시오. 왐바 너도 잘 있거라. 너의 모자란 지혜를 네 마음이 보상해 주는구나 … 애설스탠 경, 내 꼭 그대를 구해내리다, 구하지 못한다면 돌아와 그대와 함께죽겠소. 내 혈관에 피가 흐르고 있는 동안에는 우리 색슨 왕가의 고귀한 피를 한 방울도 흘리게 하지 않겠소. 또한 이 세드릭이 어떠한 위험으로도 그것을 막을 수만 있다면 주인을 위해 자기 목숨을 건 충직한 하인의 머리에서 머리칼 하나라도 떨어지게 하지 않겠소. 그럼 잘 있게 … "

"잘 가십시오, 세드릭 경. 다과를 내놓거든 무엇이나 받는 것이 수도사의참된 역할임을 잊지 마십시오."

애설스탠의 당부에 왐바도 잊지 않고 보탰다.

"안녕히 가세요, 나리. 팍스 보비스쿰 잊지 마시고요."

그렇게 훈계를 받고, 세드릭은 용감하게 원정길에 올랐다. 그리고 얼마안 되어 광대 왐바가 만능이라고 추천한 그 주문의 효력을 시험해 볼 기회가 드디어 닥쳤다. 천장이 둥글고 얕은 어두컴컴한 복도를 통해 성의 연회장으로 빠지려고 할 때에 갑자기 한 여자가 앞을 가로막았다.

"팍스 보비스쿰!"

가짜 사제는 그 말을 하고는 급히 지나치려고 했는데, 그때 상대가 부드러운 목소리로 대답했다.

"에트 보비스. 쿠에소, 도미네 레베렌디시메, 프로 미세리코르디아 베스트라(당신에게도 평화를 빕니다. 거룩한 사제님, 당신의 자비를 청합니다)"

"나는 가는 귀가 먹었소."

무슨 말인지 도통 알아들을 수 없었던 세드릭은 색슨 어로 둘러대며, 동시에 혼자 중얼거렸다.

"저 빌어먹을 광대 놈, 평화를 빕니다가 어쨌다고! 한 번 내뱉고 나니 뒤가 꽉 막혀 버리잖아."

그러나 당시의 사제치고 라틴어를 모르는 것은 그리 이상한 일이 아니었으므로, 지금 세드릭에게 말을 건 사람도 그 사실을 잘 알고 있었다.

말을 건 여자는 색슨 어로 대답했다.

"거룩한 사제님, 제발 간절히 청하오니, 이 성 안의 부상당한 포로에게 종교적 위안을 베풀어 주시기 위해 찾아주세요. 저와 그 포로에게 사제님의 종교적 의식이 가르쳐 주시는 것과 같은 그러한 동정을 베풀어 주세요. 어떠한 적선도 사제님의 수도원에 그보다 이롭진 못할 것입니다."

그러자 세드릭은 몹시 당황하여 둘러댔다.

"자매여, 이 성에서는 시간이 없어 예배식을 거행하는 직분을 행할 수가 없소 … 지금 당장 가야만 해서 … 내가 빨리 가느냐에 생사가 걸려 있다오."

"하지만, 사제님. 제발 소원입니다. 억압받고 위험에 빠진 저 환자를 조언이나 도움도 주시지 않은 채 그냥 내버려 두지 말아 주세요."

"악마여 나를 데리고 날아가 오딘과 토르(둘 다 북유럽의 신들이다 ; 역주)의 영혼과 함께 지옥에 남게 해 다오!"

세드릭은 더 이상 참지 못하고 이렇게 짜증을 부렸고, 아마도 그의 성직자의 신분과는 완전히 동떨어진 어조로 몇 마디 더 내뱉으려고 했다. 바로 그때 탑의 그 늙은 노파였던 우르프리드의 거친 음성이 두 사람의 대화를 끊어 놓았다. 우르프리드는 세드릭을 가로막았던 여인에게 쏘아붙였다.

"이런 철딱서니하고는. 모처럼 저기 네 감방을 나오게 해 준 친절에 보답한다는 것이 겨우 이런 짓이냐? 감히 유대 계집이 이렇게 끈덕지게 졸라대어 거룩한 사제님이 어떻게든 모면해 보시려고 그렇게 불경스러운 말까지 쓰게 만드느냐 말이다."

"유대 처녀!"

세드릭은 그들의 방해에서 벗어나려고 그 틈을 이용하려고 했다.

"어서 나를 보내 주시오! 위험을 각오하고 나를 붙잡지 마시오. 나는 사제의 직분을 맡은 지 얼마 안 되는 신참이므로 부정을 피하고 싶소."

"사제님, 이리 오시지요. 이 성은 처음이라 잘 모르실 테니 안내자 없이는 성을 나가지 못할 것입니다. 이리 오세요, 제가 드릴 말씀이 있습니다 … 그리고, 너 저주받은 종족의 처녀야, 너는 환자의 방으로 가서 내가 돌아갈 때까지 간호하고 있어. 내 허락 없이 한 번만 더 방에서 나왔다가는 가만 두지 않을 거야!"

레베카는 물러갔다. 그녀는 얼마 전에 간청하고 또 간청하여 우르프리드를 설득하여 그 탑 방에서 나올 수 있었던 것이다. 그리고 우르프리드는 부상당한 아이반호의 병상 옆에서 그를 돌보는 일을 레베카에게 시킨 것인데, 그것은 레베카로서도 바라마지 않던 일이었다. 현재 자신들이 처한 위험한 상황을 재빨리 깨닫고, 우연히 찾아온 안전에 대한 모든 방법을 재빨리 이용할 분별력을 갖추고 있었으므로 레베카는 이 믿음이 없는 성에 사제가 한 사람 나타났다는 소식을 우르프리드로부터 전해 듣고는 그에게 일말의 희망을 걸었던 것이다. 그래서 그 사제로 생각되는 사람에게 말을 걸어 포로들에 대한 관심을 불러일으킬 목적으로 그가 돌아오는 길목을 지키고 있었던 것이다. 그리고 그 시도가 어떻게 실패로 돌아갔는지는 독자들이 지금 본 바와 같다.

27장

어리석고 불쌍한 이여! 비애와 수치와 죄악 외에
무엇을 이야기할 수 있으리?
그대의 행위는 이미 알려졌고 … 그대 또한 자기 운명을 알고 있는데.
하지만 어디, 그대의 이야기를 … 시작해 보라 … 시작해 보라.

하지만 내 슬픔은 종류가 다른 것이라네.
훨씬 혹독한 괴로움과 비애라네.
내 괴로운 마음을 위로해 주오.
나의 고뇌를 참고 들어 주오.
그리고 날 도와줄 벗 찾을 수 없다면 …
이야기만이라도 들어 줄 이를 찾게 해 주오.

크래브(Crabbe)의 「재판소」(Hall of Justice)

아 아우성과 협박으로 레베카를 나왔던 방으로 다시 돌려보내자 우르프 리드는 별로 내키지 않아 하는 세드릭을 안내하여 어느 조그만 방으로 데리고 들어간 후 조심스럽게 문을 잠갔다. 그리고 찬장에서 커다란 포도주 한 병과 술잔 두 개를 꺼내어 탁자 위에 올려놓고 무엇을 묻기보다는 어떤 사실을 단정짓는 말투로 말했다.

"당신은 색슨 인이지요 … 사제님. 부인하진 못할 걸요."

그리고 세드릭이 빨리 대답할 것 같지 않다는 것을 알아채고는 계속 말을 이었다.

"모국어는 언제 들어도 듣기가 좋으니까요, 비록 거만한 노르만 놈들이 이 집의 제일 천한 일을 시키는 비참하고 비천한 농노들 입을 제외하면 거의 들을 일도 없지만. 신부님, 당신은 색슨 인이 맞지요 … 색슨 인 말이오, 그리고 하느님의 종이라는 점을 제외하면 자유민이고요 … 신부님의 말투는 참 듣기가 좋네요."

"그렇다면 이 성에는 색슨 사제가 찾아오지 않는단 말이오? 버림받고 억압받는 농부들을 위로해 주는 것이 그들의 의무라고 생각하는데."

"색슨 사제들은 안 와요 … 설령 온다 하더라도, 동포들의 신음 소리를 듣기보다는 정복자의 식탁에서 술타령하는 것을 더 좋아하지요 … 적어도, 소문을 들어보면 그렇다고 하니까 … 내가 직접 해 줄 수 있는 말은 거의 없어요. 이 성은, 지난 10년 동안 프롱 드 뵈프가 매일 밤 벌이는 술판에 끼었던 타락한 노르만 군종 신부 말고는 사제를 들인 적이 없어요. 그 방탕한 신부도 저승으로 간 지 꽤 오래됐죠. 하지만 당신은 색슨 인이지요, 색슨 사제란 말이죠, 그래서 물어볼 말이 하나 있어요."

"나는 색슨 인 맞소. 하지만 확실히 사제라는 이름을 듣기에는 어울리지 않소. 그러니 내 갈 길을 가게 해 주시오. 그러면 분명히 다시 돌아오거나 우리 수도회 사제들 가운데 당신의 참회를 들어주기에 손색이 없는 더 훌륭한 분을 보내겠소."

"하지만 잠시만 있다 가세요. 지금 당신이 들어주는 이 목소리도 머지않아 차디찬 흙으로 덮이고 말 테니. 그리고 나는 살아오기는 짐승처럼 살아왔지만 죽을 때는 그렇게 죽고 싶지 않아요. 나의 이 끔찍한 이야기를 풀어 놓으려면 술기운을 좀 빌려야겠어요."

노파는 잔에 술을 따르더니 술잔의 마지막 한 방울까지 다 마셔 버리려는 듯 사나운 기세로 단숨에 들이켰다.

"이걸 마시면 정신이 멍해지거든요."

노파는 술잔을 비운 후 위쪽을 바라보며 말을 이었다.

"하지만 기분이 나질 않네요 … 신부님도 드시지요. 내 얘기를 듣고도 맨 바닥에 주저앉고 싶지 않으면요."

세드릭은 이 불길한 술자리에서 노파를 위해 건배를 하는 짓은 피하고 싶었지만 노파가 그에게 보인 몸짓은 조바심과 절망감을 나타내고 있었다. 세드릭은 노파의 요구에 따라 커다란 잔으로 대작했다. 세드릭의 상냥한 태도에 마음이 풀렸는지 노파는 그제야 자기의 이야기를 시작했다.

"신부님, 나는 원래 지금 당신이 보고 있는 것처럼 비참하게 태어나지는 않았어요. 자유의 몸으로 태어났고, 행복했으며, 존중받았고, 사랑 받았으며, 귀여움도 받았지요. 그런 내가 지금은 비참하고 비천한 노예 신세랍니다 … 아직 아름다움을 간직하고 있었을 때는 주인의 정욕의 노리개였고, 아름다움이 사라진 후에는 놈들의 경멸, 조롱, 증오의 대상이 되었죠. 신부님, 내가 인간들을, 그 중에서도 나를 이 꼴로 만들어놓은 족속들을 증오한다고 해도 이상하지 않겠지요? 당신 앞에 있는 이 우글쭈글한 노파가, 힘없는 저주로 분노를 발산할 수밖에 없는 이 노파가 그래도 예전에는 눈살 한 번 찌푸리면 천 명의 가신들을 떨게 만들었던, 토퀼스톤의 그 고귀한 호족의 딸이었다는 사실을 어찌 잊을 수 있으리요."

"아니, 당신이 토퀼 울프강어의 딸이라고?"

세드릭은 깜짝 놀라서 움칠하며 부르짖었다.

"당신이 … 바로 당신이 … 내 아버님의 친구이자 전우였던 그 색슨 귀족의 딸이라고!"

"당신 부친의 친구라고요! 그렇다면 지금 내 앞에 서 있는 사람은 색슨 인이라 불리는 세드릭이로군요. 로더우드의 헤러워드 경은 외아들밖에 없으셨고 그분의 이름은 동포 사이에서 잘 알려져 있었으니까. 하지만, 만일 당신이 로더우드의 세드릭이라면, 도대체 이 사제복장은 다 뭐죠? 조국을 구하겠다는 생각을 단념하고는 수도원의 그늘 속으로 압제를 피하여 피난처를 찾은건가요?"

"내가 누구인지는 상관하지 말고, 불쌍한 여인이여, 당신의 그 끔찍하고 죄 많은 이야기나 계속하시오! 죄 많을 것임에 틀림없소 … 당신이 살아서 그 이야기를 하는 것만으로도 죄가 되는 셈이니까."

"맞아요, 있지요 … 있고 말고요. 깊고도, 어둡고, 지옥에 떨어져 마땅한 죄가 … 내 가슴에 무거운 짐처럼 들어있는 죄가 … 내세의 모든 참회의 불로도 씻어내지 못할 죄지요 … 그래요, 내 아비와 오라비들의 고귀하고 깨끗한 피로 얼룩진 이 성내에서 … 바로 이 성내에서 내 아비와 오라비들을 죽인 살인자의 정부로서, 동시에 노예이자 그의 쾌락을 함께하는 동반자로 살아온 것은 생명의 공기를 들이마시는 숨 하나하나를 죄악이자 저주로 만들었지요."

"이 가증스러운 여인이여! 그대 아버지의 친구들이 … 아니 참된 색슨 사람이라면 누구나 당신 부친의 영혼과 그 용감한 아들들의 영혼을 위해 위령곡을 부를 때면 울리카(Ulrica)도 죽은 줄로만 알고 그 기도 속에 잊지 않고 넣었건만 … 모든 사람들이 고인을 위해 애도하고 공경한 것인데 당신은 이렇게 살아 남아 우리의 증오와 저주를 받게 되다니 … 그대의 가장 가깝고도 소중한 사람들을 죽인 사악한 압제자와 몸을 섞다니 … 고귀한 토퀼 울프강어 가문의 씨를 살려두어서는 안 된다고 어린 젖먹이까지 피 흘리게 만든 그놈 … 그놈과 더러운 사랑의 결속으로 몸을 섞어 목숨을 부지했단 말이오!"

"더러운 결속이긴 했지만, 정말로 사랑의 결속은 아니었어요! 사랑이 이 부정한 곳을 찾아올 것이라면 차라리 영원한 파멸의 왕국을 찾아갈 테죠. 아니, 적어도 그것으로 나 자신을 탓할 수는 없을 거예요. 프롱 드 봬프와 그 종족에 대한 증오는 그놈의 죄스러운 애정을 받고 있을 때조차도 내 영혼을 매우 깊이 지배하고 있었으니까."

"당신이 그놈을 증오했다고, 그런데도 살아 남았단 말이오. 가증스럽군! 단검도, 칼도, 송곳 바늘도 없었단 말이오! 그런 생활을 좋아했으니 노르만 성의 비밀은 무덤의 비밀과 같다는 말이 당신에게는 잘 어울릴 거란 말이오. 토퀼의 딸이 살아 있어 자기 부친을 죽인 놈과 더러운 짓을 하고 있다는 것을 내가 꿈에서라도 알았더라면 참된 색슨 인의 칼로 설령 그대가 정부의 팔에 안겨 있다 하더라도 죽였을 텐데!"

"당신은 정말 토퀼의 이름으로 이 정의의 칼을 휘둘렀을까요?"

울리카가 물었다. 이제 우리는 이 노파가 울리카인지 알았으므로 우르프리드라는 가명은 버려도 좋을 것 같다.

"만일 그렇다면 당신은 소문대로 참된 색슨 인임에 틀림없군요. 정말 당신의 말대로, 죄악 그 자체를 알 수 없는 비밀로 감싸버리는 이 빌어먹을 성내에서조차 세드릭이라는 이름이 들렸으니까 … 그리고 비참하고 비천한 나조차도 우리의 불행한 민족의 원수를 갚을 사람이 아직 숨쉬고 있다는 생각에 얼마나 기뻐했는지 몰라요 ⋯ 그리고 나 역시도 원수를 갚았던 적이 있지요 ⋯ 우리의 적들의 싸움을 선동하여 뜨거워진 술자리의 취흥이 죽고 죽이는 난장판으로 변하도록 만들었단 말입니다 ⋯ 그놈들의 피가 흘러내리는 것을 보았지요 ⋯ 그놈들의 죽어 가는 신음 소리를 들었지요! 나를 봐요, 세드릭 ⋯ 내 이 더럽고 시들어빠진 얼굴에도 아직 토퀼의 모습이 남아있지 않나요?"

"내게 그런 것은 묻지 마오, 울리카."

세드릭은 혐오감 섞인 슬픈 어조로 대답했다.

"그 모습은 귀신이 죽은 시체를 살려냈을 때 무덤에서 올라오는 죽은 자의 모습과 흡사하구려."

"그런가요. 하지만 이 귀신 같은 얼굴에도 늙은 프롱 드 뵈프와 그의 아들 레지날을 이간질시킬 수 있었던 때에는 빛의 요정의 모습이 있었다오! 그 뒤는 온통 지옥의 어둠이 가렸을 테지만 복수심은 그 장막을 쳐들어 죽은 사람도 깜짝 놀라 소리지를 만큼 놀라운 사실을 은밀히 알려 줬지요. 그 횡포한 아비와 야만적인 아들 사이에는 마음에 사무친 불화의 불이 오래 전부터 타오르고 있었죠 ⋯ 나는 오랫동안 남몰래, 그 패륜적인 증오를 부채질해 왔다오 ⋯ 그것이 그 소란스러웠던 술자리에서 일시에 타올랐지요. 그리고 나의 압제자는 자기 아들의 손에 식탁에서 쓰러지고 말았다오. 이 둥근 천장이 간직하고 있는 비밀이란 바로 이것이에요! 이 저주받은 둥근 천장이여, 산산조각으로 부서져라."

울리카는 천장을 올려다보며 말했다.

"그리고 이 끔찍스러운 비밀을 알고 있는 모든 사람들을 네 무너진 폐허 속에 모두 묻어 버려라!"

"그러면, 죄 많고 불쌍한 당신은, 그대를 괴롭힌 놈이 죽은 후에 당신의 운명은 어찌 되었소?"

"그냥 짐작하시구려, 묻지 말고 ⋯ 여기서 ⋯ 여기서 나는 일찍 늙어 얼굴에 소름이 끼칠 정도로 흔적을 남길 때까지 늙도록 살아왔답니다 … 한때는 내 명령에 모두 복종했던 이곳에서 조롱거리가 되고 모욕을 당하며, 예전 같으면 그토록 복수할 여지가 많았던 원한조차 이제는 고작 불평을 일삼는 하녀의 사소한 악의나 무기력한 노파의 아무 소용 없고 무시받는 저주로 전락하고 말았지요. 그전 같으면 나도 끼었을 주연의 소리나 압제의 새로운 희생자의 비명과 신음 소리를 이제는 내 쓸쓸한 탑 방에서 듣는 운명이 되었지요."

"울리카, 그대가 저지른 죄로 얻은 그 더러운 보수를 잃어버린 것을 그 보수를 얻기 위해 한 행동만큼이나 여전히 섭섭해 하고 있는 것처럼 생각되는데, 어떻게 감히 이런 사제복을 입고 있는 사람에게 말을 걸 생각을 했단 말이오? 생각해 보란 말이오, 불쌍한 여인이여. 성 에드워드께서 몸소 사람의 모습으로 나타난다 해도 당신을 위해 무엇을 해 줄 수 있겠소? 이 참회왕께서는 몸에 난 종기를 깨끗이 치유할 힘을 받았지만, 영혼의 나병은 오로지 하느님 자신만이 치유해 주실 수 있는 것 아니오."

"그래도, 나를 외면하지 말아줘요, 천벌의 준엄한 예언자여."

울리카는 부르짖었다.

"내 고독을 뚫고 솟아오른 이 새롭고 무서운 감정들이 어떻게 끝이 날지, 할 수 있다면 내게 말해 줘요 … 아주 오래 전에 한 행위들이 새롭고 저항할 수 없는 전율로 왜 내 앞에 다시 솟아나는 거죠? 차마 입에 담을 수 없는 비참한 운명을 하느님이 이 세상에서 주신 이 여인은 죽으면 저세상에서는 어떤 운명이 기다리고 있을까요? 요사이 자나깨나 저를 떠나지 않는 그 끔찍한 예감을 견디느니 차라리 아직 세례 받기 전의 우리 선조들이 믿던 신들인 보덴(Woden), 헤르타(Hertha), 제네복(Zernebock), 미스타(Mista), 스코굴라(Skogula)에게 의지하는 편이 낫겠어요!"

세드릭은 죄악과 비참과 절망의 불행한 이 화신이 역겹다는 듯이 외면하며 말했다.

"비록 사제의 옷을 입고는 있지만 나는 사제가 아니오."

"사제든, 속인이든, 어쨌든 지난 20년 동안 신을 두려워하고 인간을 존중하는 사람을 만난 것은 당신이 처음이에요. 그런데 당신은 나를 절망하게 하려는 건가요?"

"나는 당신에게 회개할 것을 명하오. 기도하고 참회하시오, 그러면 회개가 받아들여질 수도 있지 않겠소! 하지만, 나는 더 이상 당신과 있을 수도 없고, 있고 싶지도 않소."

"잠깐만 더 있어 줘요! 지금 나를 두고 가지 말아요, 내 아버지 친구분의 아들이여. 내 일생을 지배해온 악마가 당신의 무정한 멸시에 대해 원한을 갚고 싶은 마음이 들게 유혹하지 않도록 ⋯ 생각해 봐요, 프롱 드 뵈프가 색슨 인 세드릭이 이렇게 변장을 하고 자기 성에 있는 것을 알아낸다면, 당신 목숨이 무사할 것 같은가요? 이미 그의 눈길이 먹이를 쫓는 매처럼 당신을 노리고 있을 텐데."

"그럴 테면 그러라지. 내 혀가 마음에도 없는 말을 지껄이기 전에 그놈이 부리와 발톱으로 나를 찢어 놓으라고 하지. 나는 색슨 인으로 죽을 테요 ⋯ 말에는 추호도 거짓이 없고 행위는 솔직하게 말이오 ⋯ 명령하는데 물러서오! 내게 손대지 마오, 잡지 말란 말이오! 당신처럼 비천하고 타락한 사람을 보느니 차라리 프롱 드 뵈프 그자를 보는 것이 덜 끔찍할 것 같소."

그러자 울리카는 더 이상 세드릭을 막으려 하지 않고 말했다.

"그럼 그렇게 하시구려. 가 버리시구려, 그리고 당신의 그 오만한 우월감에서 당신 앞에 있는 사람이 당신 부친의 친구의 딸이라는 사실도 잊어버리시구려 ⋯ 당신 갈 길로 가 버려요 ⋯ 내가 겪은 괴로움으로 인해 사람들로부터 버림 받는다면 ⋯ 당연히 절실하게 도움의 손길을 기대하는 사람들로부터 버림을 받는다면 ⋯ 내가 복수를 하려고 한다 해도 그들로부터 버림을 받을 테죠! 아무도 나를 도와주지 않을 테지만 사람들은 이제부터 감히 내가 결행하려는 행동에 대해 들으면 귀가 윙윙거릴 걸요! 잘 가요! 당신이 내게 보인 경멸감은 나를 여전히 동족과 묶어 놓고 있는 것처럼 보였던 그 마지막 연줄마저 끊어 놓았구려 … 나의 불행이 어쩌면 동족의 연민을 살지도 모른다는 생각마저 빼앗았구려."

세드릭은 이 애원에 다소 마음이 누그러졌다.

"울리카, 당신은 그토록 많은 죄악과 그토록 많은 불행을 헤치며 살 만큼 꿋꿋이 버텨 오고서는, 이제 당신이 지은 죄에 눈을 뜨고 참회해야 마땅한 지금 절망에 굴복하려는 거요?"

"세드릭, 당신은 인간의 마음을 잘 모르는군요. 내가 이제껏 행동한 대로 행동하고, 생각해 온 대로 생각하기 위해서는 강렬한 복수심과 힘에 대한 도도한 자각과 뒤섞인 미칠 듯한 향락욕이 필요하단 말이에요. 그 향락욕은 인간의 마음이 견디기에는 너무 취하게 만들면서도 제정신을 지킬 수 있게 하는 힘이 있는 약이란 말이에요. 그런데 그 약효는 이미 오래 전에 사라지고 말았죠. 나이를 먹으면 아무런 쾌락도 없어지고, 쭈글쭈글해진 주름살이 아무런 영향력도 없게 되고, 복수심은 그저 힘없는 저주로 사라져 버리고 말죠. 그때에는 과거에 대한 헛된 후회와 미래에 대한 절망과 뒤섞인 회한이 그 모든 독소와 함께 찾아온다오! 그리고 나서 다른 모든 거센 충동들이 가라앉으면 우리는 지옥의 마귀처럼 회한은 느낄망정 절대로 참회는 안 하지요 … 하지만 당신의 말은 내 안에 있는 새로운 영혼을 일깨웠다오 … 당신 말대로 죽을 각오를 한 사람에게 불가능이란 없으니까요! 당신이 복수의 방법을 알려 주었으니 나는 이제 반드시 그것을 받아들일 테요. 이제까지 복수심은 다른 감정에 상반되는 열정들과 함께 이 말라빠진 가슴속에 자리잡고 있었다오. 그러나 이제는 복수심만이 나를 온전히 사로잡을 거예요. 그러면 당신도 울리카의 일생이 어떠했든지 간에 그 죽음만큼은 고귀한 토퀼의 딸에 부끄럽지 않았다고 말하게 될 거예요. 저기 밖에는 이 저주받은 성을 포위하고 있는 군대가 있어요 … 어서 가서 그 사람들을 이끌고 공격할 준비를 해요. 그리고 성에 있는 동쪽 모퉁이 탑에서 붉은 깃발이 휘날리는 것이 보이면 노르만 놈들을 거세게 밀어붙여요 … 그러면 놈들은 성 안의 사정만으로도 정신이 없을 테니 당신은 활과 투석기밖에 없더라도 성벽을 점령할 수 있을 거예요 … 자, 이제 그만 가봐요 … 당신은 당신 운명을 따르고 나는 내 운명을 따르도록 하지요."

세드릭은 울리카가 그렇게 애매하게 알려 준 결의가 무엇인지 좀 더 물어보려고 했지만, 바로 그때 다음과 같이 외치는 프롱 드 뵈프의 험악한 음성이 들려왔다.

"대체 이 빈둥거리는 사제는 어디서 꾸물대고 있는 거야? 콤포스텔라(Compostella)의 성지 순례 기장에 맹세코, 그 사제 놈이 내 하인들 사이에서 반역을 획책하려고 이곳을 어슬렁거리고 있다면 당장에 순교자로 만들어 줄 테다!"

"흥, 사악한 마음을 가진 놈이 알아맞히기는 잘 하네요! 하지만 저놈은 신경 쓰지 말고 나가서 당신네 편 있는 대로 가요 … 색슨의 맹공의 함성을 울려, 놈들이 원한다면 롤로(Rollo, 노르망디에 최초로 바이킹 식민지를 개척한 노르만 인들의 선조. 작가는 헤이스팅스 전투 당시 노르만 공격의 선봉에서 음유시인이 불렀던 롤랑의 노래를 생각한 듯함)의 군가를 부르게 하시구려. 복수가 그 후렴구를 붙여 줄 테니."

그렇게 말하고 울리카가 비밀문을 통해 자취를 감추자, 레지날 프롱 드 뵈프가 방 안으로 들어왔다. 세드릭은 내키지 않았지만 그 오만한 영주에게 고개를 숙이지 않을 수 없었다. 프롱 드 뵈프는 세드릭의 인사에 고개만 약간 까닥여 답례했다.

"사제, 그대의 참회자들은 고해를 오래도 했구먼. 차라리 잘 된 일이지, 이것이 마지막 고해일 테니까. 그래 그놈들에게 황천길 준비는 시켰는가?"

세드릭은 구사할 수 있는 프랑스어를 총동원하여 대답했다.

"그자들은 누구의 손아귀에 빠졌는지 알게 된 순간부터 최악의 상황을 예상하고 있었던 것 같습니다."

"그런데, 어찌된 일인가, 수도사. 그대의 말이 색슨 말투를 풍기는 것 같으니?"

"저는 버턴(Burton)의 성 위톨드 수도원에서 자라났습니다."

"아, 그런가? 그대가 노르만 인이었더라면 그대를 위해서도 내 목적을 위해서도 더 좋았을 텐데. 하지만 상황이 이러니 전령을 가리고 있을 때가 아니지. 버턴의 성 위톨드 수도원은 약탈할 만한 가치가 있는 점잖 빼는 놈들의 소굴이지. 성직자의 옷도 쇠사슬 갑옷만큼이나 색슨 인들을 거의 보호해 주지 못할 날이 곧 닥쳐올 것이야."

"하느님의 뜻에 따르겠죠."

세드릭은 분노로 떨리는 음성으로 대답했지만 프롱 드 뵈프는 세드릭의 음성이 두려워 떨리는 것이라고 생각했다.

"그대는 이미 우리의 병사들이 그대 수도원의 식당과 술 저장실에 들어가 있는 것을 상상하고 있는 게로군. 하지만 한 번만 나를 위해 수고해 준다면 다른 놈들은 무슨 일을 당하더라도 그대만큼은 달팽이가 그 단단한 껍질 속에 있는 것처럼 안전하게 그대 방에서 잘 수 있게 해 주겠네."

"어서 명령을 말해 주십시오."

세드릭은 격렬한 감정을 억누르고 간신히 말했다.

"이 복도를 따라 나를 쫓아오게. 뒷문을 통해 밖으로 내보내 줄 테니."

사제로 생각하고 있던 수도사 앞에 서서 성큼성큼 걸어가면서 프롱 드 뵈프는 부탁하고 싶은 용건을 다음과 같이 일러 주었다.

"이봐, 사제. 이 토퀼스톤 성을 감히 포위한 저 색슨 돼지 떼들이 보이겠지 … 생각나는 대로 아무거나 이 성의 약점이나, 저놈들이 스물네 시간 동안 저 앞에서 기다리고 있게 만들 수 있는 어떤 말이든 놈들에게 말해 주게나. 그 사이 이 편지를 잘 간수하게 … 하지만 잠깐 … 글을 읽을 줄 아는가, 사제?"

"전혀 모릅니다, 성무 일과서를 제외하면. 그 글자들은 압니다, 성모 마리아와 성 위톨드를 위해 기도하는 그 거룩한 의식은 외웠으니까요!"

"그렇다면 내 목적을 위해서는 더욱 적합한 전령이로군 … 이 편지를 필리프 드 말부아상에게 전해 주게. 내가 보내는 것이며 성전 기사 브리앙 드 봐 길베르가 쓴 것이라고 말해 주게. 그리고 병사와 말들을 최대한 빨리 요크로 보내달라고 부탁하더라는 말도 잊지 말게. 우리는 성벽 뒤에 안전하게 잘 있을 테니 아무 걱정하지 말라고 전하게 … 우리의 창기가 휘날리고 말발굽 소리만 들어도 도망치던 놈들한테 도리어 쫓겨 이렇게 숨어야 하다니 정말 부끄러운 일이군! 사제, 내 전우들이 창기병을 이끌고 올 때까지 저 악당 놈들을 지금 있는 곳에 그대로 묶어둘 술책을 생각해내게. 내 복수심이 눈을 떴다네, 내 복수심은 만족하기 전에는 절대로 잠들지 않는 매란 말이야."

세드릭은 지금 신분에 어울리는 정도 이상으로 열을 내어 말했다.

"제 수호 성인과 잉글랜드에서 살다가 돌아가신 모든 성자들에 맹세코, 나리의 명령에 따르겠습니다! 그놈들을 그곳에 잡아놓을 수 있는 술책과 설득력이 있다면 반드시 색슨 인 한 놈도 이 성벽 앞에서 얼씬거리지 못하게 하겠습니다."

"하, 이런! 사제 양반, 마치 그 색슨 놈들을 도살할 심정이라도 된 듯이 갑자기 말투를 바꾸어 단호하고도 대담하게 말하는구먼. 그런데, 그대는 그 돼지 떼들과 동족이 아니던가?"

세드릭은 즉석에서 시치미를 떼어 받아치는 수완이 능숙하지 못했으므로 이 순간 왐바의 훨씬 잘 돌아가는 머리에서 나온 귀띔이 있었다면 하는 간절한 생각이 들었다. 그러나 옛 말에도 있듯이, 궁하면 통하는 법이다. 그래서 두건 아래서 뭐라 중얼거리며 문제의 그 작자들은 왕국으로부터도 교회로부터도 파문 당한 무법자들이라고 했다.

"맞아, 그대는 정곡을 찔렀구먼. 나는 그놈들이 저 짜디짠 해협 남쪽에서 태어났다는 것과 마찬가지로 유복한 수도원장을 약탈할 수도 있다는 사실을 깜빡했군. 그놈들이 우편 행랑과 전대를 도둑질하는 동안 떡갈나무에 묶어 놓고 찬송가를 억지로 부르게 한 사람이 성 이브의 수도원장 아니었던가? 아니, 확실히 … 그 장난은 우리 동료 기사들 가운데 하나인 미들턴의 구알티에가 한 짓이렷다. 하지만 성 비즈(St Bees)에 있는 예배당에서 술잔과, 촛대와 성찬배를 훔친 것은 색슨 놈들이었지, 안 그런가?"

"그놈들은 믿음이 없는 놈들이었지요."

"그래, 그리고 놈들은 그대들이 철야 기도와 아침 기도로 바쁜 척하는 사이에, 여러 번의 비밀 술잔치를 위하여 비축해 놓은 맛있는 포도주와 맥주를 한 방울도 남기지 않고 모두 마셔 버렸겠다! 이봐 사제, 그대는 그러한 신성 모독에 대해서 반드시 원수를 갚아야 한다고."

"정말로 반드시 그 원수를 갚아야 하죠. 성 위톨드께서 제 마음을 알고 계실 테니까요."

프롱 드 뵈프는 그동안 세드릭을 뒷문까지 안내했고, 그곳에서 널빤지 하나가 걸쳐진 해자를 건너 조그만 망루, 혹은 외벽의 방어물에 도착했다. 그곳은 경비가 삼엄한 비상문을 통해 탁 트인 들판과 연결되어 있었다.

"자, 그럼 가 보게. 자네가 내 심부름을 해 준다면, 그리고 일을 잘 마치고 이곳으로 돌아온다면 색슨 인의 살이 셰필드의 푸주간에 있는 돼지만큼 값싸다는 것을 보게 될 거라네. 그리고 잘 듣게, 그대는 유쾌한 고해 신부 같으니까 … 공격이 끝나고 난 후에 이곳에 오면 그대의 수도원 전체가 흠뻑 젖을 정도로 맘지산 백포도주를 실컷 맛보게 해 주겠네."

"꼭 다시 뵙도록 하지요."

"얼마 안 되기는 하지만."

프롱 드 뵈프는 뒷문에서 헤어질 때에 세드릭의 내키지 않는 손에다 금화한 닢을 쥐어주며 덧붙였다.

"기억해 두라고, 만일 이 임무를 실패하는 날에는 자네의 두건과 살을 죄다 벗겨줄 테니."

"나리 좋을 대로 하십시오."

그렇게 대답하고 세드릭은 뒷문을 나와 가벼운 발걸음으로 자유로운 들판으로 성큼성큼 걸어가면서 중얼거렸다.

"우리가 다시 만났을 때 당신 마음대로 나를 주무를 수 있다면 말이야."

그리고 얼마 후 성을 향해 뒤돌아 서서 프롱 드 뵈프를 향해 금화를 집어 던지며 동시에 외쳤다.

"이 부정한 노르만 놈아, 네 돈과 함께 뒈져라!"

프롱 드 뵈프는 이 말을 제대로 듣지 못했지만, 그 행동이 수상하다고 생각되었다. 그래서 바깥 쪽 흉벽 위의 파수꾼들을 불렀다.

"궁사들, 저기 가는 수도사의 수도복에 화살을 날려라! … 아니, 잠깐만."

부하들이 활을 당기고 있는 사이 프롱 드 뵈프는 주저하였다.

"그래 봐야 소용없어. 더 좋은 방법이 현재로서는 없으니 저놈을 믿어보는 수밖에. 놈이 나를 배반할 용기는 없을 것 같던데 … 기껏 최악의 상황이라고 해 봐야 개집에 단단히 가두어둔 이 색슨 개놈들과 한데 처리해 줄 수 있을 테니까 … 이봐, 간수 자일스(Giles)! 로더우드의 세드릭을 내게로 데려와, 그리고 그 동료인 다른 놈도 … 내 말은 코닝스버러의 그놈을 뜻하는 거야 … 애설스탠이라고 했던가, 아니면 뭐라고 부르는 놈이었지? 그놈들은 이름까지도 노르만 기사의 입에 담기가 거추장스럽단 말이야. 게다가, 마치 베이컨 같은 냄새도 풍긴단 말이야 … 저 유쾌한 존 왕자가 말한 것처럼, 그 냄새를 씻어 버리게 포도주 한 병을 가져와 … 음, 병기고에 갖다 놓거라, 포로들도 그리로 데려오고."

프롱 드 뵈프의 명령은 즉각 실행되었다. 자신과 그 아비의 용맹으로 얻은 수많은 전리품이 걸려 있는 고딕 양식의 그 방으로 들어서자 육중한 떡갈나무 탁자에는 술병이 준비되어 있었고 네 명의 호위병들의 감시를 받고 있는 두 색슨 포로가 있었다. 프롱 드 뵈프는 우선 술부터 한 모금 크게 들이켜고, 포로들에게 말을 걸었다. 왐바가 얼굴 위로 모자를 푹 눌러쓴 데다,

옷을 바꿔 입고 있었고, 방안의 어두컴컴하고 단속적인 빛과, 프롱 드 봬프가 세드릭의 얼굴을 잘 모르고 있다는 점(세드릭은 이웃한 노르만 인들과 부딪치지 않기 위해 자기 영지 너머로 거의 나가지 않았다) 때문에 자기의 가장 중요한 포로들 가운데 하나가 탈출했다는 사실을 알지 못했다.

"잉글랜드의 용사들, 토퀼스톤에서 재미가 어떠신가? 앙주 가문의 왕자의 주연을 조롱한데 대해서는 너희들의 그 건방짐과 무례함이 어떤 벌을 받아야 할지 알고 있느냐? 존 왕자의 과분한 향연에 너희들이 어떻게 보답했는지 벌써 잊었던가? 하느님과 성 드니(Saint Dennis, 프랑스의 수호 성인)께 맹세코, 네 놈들이 많은 몸값을 내놓지 않으면 이 창문의 쇠창살에다 다리를 거꾸로 매달아 솔개와 까마귀밥이 되어 해골만 남게 해 줄 테다! 어서 말해, 이 색슨의 개놈들아 … 네 놈들의 보잘것없는 목숨 값으로 얼마를 매길지? 네 놈, 로더우드의 너부터 말해봐."

그러자 불쌍한 왐바가 대답했다.

"동전 한 푼도 안 되죠. 그리고 다리를 거꾸로 매달겠다는 문제에 대해서는, 사람들이 말하길 어린애 모자가 제 머리에 처음으로 씌어진 이래 제 뇌는 이미 거꾸로 박혀 있다고들 하니까, 거꾸로 매달면 혹시 뇌가 제자리로 돌아갈지도 모르죠."

"아니, 성 주느비에브여! 이놈은 대체 누구야?"

깜짝 놀란 프롱 드 봬프는 왐바의 머리에서 세드릭의 모자를 뒤로 젖히고 옷깃을 풀어 헤쳤다. 그러자 왐바의 목 둘레에 둘러진 피할 수 없는 예속의 상징인 은으로 만든 목걸이 줄이 나타났다.

"자일스, 클레멘스, 이 멍청한 놈들! 도대체 어떤 놈을 데려온 거야!"

화가 난 노르만 인은 펄펄 뛰며 부르짖었다.

그때 막 방 안으로 들어온 드 브라시가 대꾸했다.

"내가 알려드릴 수 있을 것 같구려. 이놈은 세드릭의 광대로, 지난 번 자리다툼 때 요크의 아이작과 용감하게 싸웠던 놈이오."

"그렇다면 내 두 놈을 위해 결말을 내주어야겠군. 이놈의 주인과 코닝스버러의 이 돼지가 목숨을 위해 돈을 두둑이 내놓지 않으면 두 놈 다 똑같은 교수대에 매달아 줘야지. 놈들의 재산은 놈들이 내놓을 수 있는 것 가운데 제일 사소한 것이지. 놈들은 이 성을 에워싸고 있는 오합지졸들도 함께 데리고 가야 하며, 겉치레만의 특권을 넘겨주는데 서명해야 하고 우리들 밑에서 농노와 종으로 살게 될 거요. 이제 시작되려는 새로운 세계에서 녀석들이 활개를 치도록 내버려 둔다면 살판 나서 난리겠지 … 자, 가거라."

프롱 드 뵈프는 부하들 가운데 두 사람을 보내면서 명령했다.

"가서 진짜 세드릭을 이리로 데려 오란 말이야, 그러면 너희들의 잘못을 한 번은 용서해 주겠다. 광대 놈을 색슨의 지주로 잘못 보았을 뿐이니까."

왐바가 한마디 했다.

"아, 하지만 기사 나리께서는 우리들 가운데 지주보다는 광대가 더 많다는 것을 깨달으실 텐데."

프롱 드 뵈프는 자기 시종들을 돌아보며 물었다.

"이 고약한 놈이 도대체 뭐라고 하는 거야?"

시종들은 망설이며, 도대체 여기 있는 사람이 세드릭이 아니라면 자기들도 그에 대해서는 어찌된 셈인지 모르겠다고 마지못해 더듬거리며 자기들 생각을 털어놓았다.

"이런 제기랄! 그놈은 사제 복장을 하고 도망쳤음에 틀림없소!"

드 브라시가 외쳤다.

"이런 망할! 그렇다면 뒷문까지 안내해 줘 내 손으로 직접 내보내 준 사람이 바로 로더우드의 그 돼지였단 말이야. 그렇다면, 너."

프롱 드 뵈프는 왐바를 향해 말했다.

"네 놈의 어리석음은 너보다도 더욱 멍청한 바보들의 지혜를 한 발 앞섰구나 … 내 너에게 성직자의 직분을 주지 … 네 놈의 머리 정수리를 빡빡 밀어줄 테다! 여기서, 머리 가죽을 벗겨내어 흉벽에 거꾸로 매달아 줄 테다.

네 녀석의 직업은 광대이니 지금도 익살을 부릴 수 있을 테지?"

익살 습관이 심지어 곧 죽음이 임박한 것 같은 상황에 처해서도 조금도 꺾이지 않는 왐바는 코멘 소리로 뭐라고 중얼거렸다.

"기사님, 말씀보다는 제게 잘 대해 주시는군요. 나리께서 방금 말씀하신 빨간 모자를 제게 주신다면, 저를 일개 사제에서 추기경으로 승진시켜 주시는 겁니다."

"불쌍한 놈 같으니라고. 자기 천직으로 죽을 결심을 했구먼 … 프롱 드 뵈프, 저자를 죽이지 마시오. 자유 용병대의 오락거리로 놀리게 저 녀석을 내게 주시오 … 어떠냐, 네 녀석은? 감사한 마음으로 받아들여 나와 함께 전쟁터로 나가겠느냐?"

"아, 주인님의 허락만 있다면 가고말고요. 그 이유는, 이것 보이시지요, (목에 건 목걸이를 만지작거리면서) 주인님 허락 없이는 이 목걸이를 풀 수 없기 때문이지요."

"오, 그야 노르만의 톱이 곧 색슨의 목걸이를 잘라 버리면 되지."

드 브라시의 대답에 왐바가 다시 대꾸했다.

"아, 기사님, 그래서 이런 속담이 있답니다."

잉글랜드의 떡갈나무에는 노르만의 톱이,
잉글랜드인의 목에는 노르만의 멍에가,
잉글랜드의 음식에는 노르만의 수저가,
잉글랜드는 노르만 인 마음대로 다스리네.
잉글랜드가 이 네 가지를 벗어나기 전에는
태평한 세상은 두 번 다시 돌아오지 않으리.

프롱 드 뵈프가 빈정거렸다.

"잘 하는 짓이오, 드 브라시 경. 파멸이 우리를 집어삼키려 입을 벌리고 있는 마당에 광대의 횡설수설이나 듣고 있다니. 그대는 우리가 저놈들에게 속아넘어간 것을 모르오? 성 밖의 우리 벗들과 연락을 취하려고 계획했던 방법은 그대가 어리석게도 형제의 인연을 맺으려는 바로 이 광대 양반에 의해 뒤집어졌다는 것을 모르오? 금방이라도 급습을 받으리라는 것 말고 무엇을 기대할 수 있겠소?"

"그렇다면 흉벽으로 갑시다. 당신은 내가 전투의 생각을 형체로 나타내는 조각사라는 것을 아신 적이 언제 있었소? 저기 성전 기사도 불러서 그가 이제껏 자기 기사단을 위해서 싸운 것처럼 절반이라도 좋으니 자기 목숨을 위해 열심히 싸워 달라고 합시다 … 당신은 그 거대한 몸을 방벽으로 삼으시오 … 나는 내 방식대로 변변찮은 노력을 다할 테니. 그러면, 당신에게 장담하건대, 저 색슨 무법자 놈들이 토퀼스톤의 성벽을 오르는 것은 구름에 오르려는 것과 마찬가지 시도가 될 것이오. 아니면, 당신이 저 산적 놈들과 교섭하려면 술병 생각만 하고 있는 것 같은 이 향사의 중재를 부탁하면 어떨지? 이봐, 색슨 인."

드 브라시는 애설스탠에게 술잔을 넘겨주며 말을 걸었다.

"이 귀한 술로 목을 추기고는 원기를 내어 네 자유를 위해 무엇을 할 작정인지 말을 해 봐라."

"죽으면 흙이 될 보잘것없는 사람이라도 이것을 받고 보니 저절로 기운이 나는구려. 내 일행들과 나를 풀어 주시오, 그러면 일천 마르크의 몸값을 내겠소."

그 말에 덧붙여 프롱 드 뵈프가 물었다.

"거기에 덧붙여, 신의 평화와 왕의 평화를 거역하고 성 주위에 몰려 있는 저 인간 쓰레기들의 퇴각을 보장할 수 있겠는가?"

"내 힘 자라는 데까지 그들과 함께 물러가겠소. 그리고 세드릭 경도 나를 돕는데 최선을 다할 것이라고 믿어 의심치 않소."

"좋아, 그럼 합의된 거야. 너와 너의 일행은 자유의 몸으로 풀려나고, 일천 마르크의 지불로 양측이 화평을 맺는 것으로. 이봐, 색슨 인, 그것은 정말 얼마 안 되는 몸값이니 너희들을 풀어 주는 대가를 너그럽게 줄여 준 것에 감사해야 할 걸. 하지만, 명심해둬, 유대인 아이작은 석방에서 제외된다는 점을."

"그리고 유대인 아이작의 딸도 물론 안 되지."

어느새 그 방에 들어와 있던 성전 기사가 끼어들었다.

"그 두 사람은 이 색슨 일행에 속하지 않았으니까."

프롱 드 뵈프가 다짐을 받았다.

그러자 애설스탠이 대답했다.

"만약 내 일행이 지금 당신이 거론한 그 불신자들과 어울렸다면 나는 그리스도 교도라고 불릴 자격도 없을 거요."

이번에는 드 브라시가 나섰다.

"물론 그 몸값에는 로웨나 공주도 포함되지 않는다. 나의 아름다운 포획물을 위해 칼 한 번 휘둘러보지도 않고 겁내어 내놓았다는 소리는 듣고 싶지 않으니까."

이에 질세라 프롱 드 뵈프도 거들었다.

"그리고 물론, 우리의 조약에는 이 불쌍한 광대는 언급되어 있지 않지. 이놈은 농담을 진담으로 바꾸는 모든 악당들에게 본보기로 삼기 위하여 내가 데리고 있을 작정이니까."

애설스탠은 침착한 표정으로 대답했다.

"로웨나 공주는 내 약혼녀요. 야생마에게 끌려 사지가 찢겨 죽는 한이 있더라도 공주를 내놓는데 동의할 수는 없소. 그리고 노예 왐바는 바로 오늘 우리 어른 세드릭 경의 목숨을 구하였소. 내 머리칼을 다 뽑히는 한이 있더라도 그의 머리카락 한 올도 건드리지 못하게 하겠소."

"네 놈의 약혼녀라고? 로웨나 공주가 너 같은 종놈의 약혼녀라고? 이 색슨 놈아, 너희의 그 7왕국 시절이 다시 돌아올 걸로 꿈꾸는 모양인데. 내 너에게 말해 주지. 앙주 가문의 왕자들은 너 같은 혈통 출신에게 공주를 맡기지는 않을 걸."

그러자 애설스탠도 발끈해서 응수했다.

"거만한 노르만 놈아, 이래봬도 내 혈통은 거지 같은 프랑스 놈보다 훨씬 순수하고 오래된 가문 출신이다. 프랑스 놈은 그 하찮은 깃발 아래 모여든 도적놈들의 피를 팔아서 살아가는 놈 아니냐. 우리 조상은 전쟁에서는 강하고, 조정에서는 현명하셨던 왕들이셨다. 네 놈 도당의 개인적인 심복은 비교도 안 되는 수 백 명의 사람들을 매일 연회장에서 환대하셨고, 음유 시인들이 그 이름을 높이 찬양했으며, 그분들의 법은 현자들에 의해 기록되었고, 그분들의 뼈는 성자들의 기도 속에서 묻히셨고, 그 무덤 위에는 대성당들이 세워졌단 말이다."

동료가 애설스탠으로부터 받은 응수를 자못 고소하게 여기며 프롱 드 뵈프가 말했다.

"드 브라시 경, 당했구려. 색슨 인에게 보기 좋게 한 방 먹었구려."

"그래봐야 포로 주제에 용트림한거요."

드 브라시는 아무렇지도 않다는 듯 대꾸했다.

"손이 묶인 놈은 입이라도 자유로이 놀려야 할 테니 … 하지만 네 놈이 청산 유수로 대답은 잘 했다만 로웨나 공주를 구해내지는 못할 걸."

그 말에, 아무리 재미있다고 해도 어느 주제든 늘 하던 것보다 이미 너무 말을 많이 한 애설스탠은 더 이상 아무런 대꾸도 하지 않았다. 그리고 대화는 하인 하나의 출현으로 중단되고 말았는데, 하인은 한 사제가 뒷문 입구에서 들여보내 줄 것을 요구하고 있다고 전했다.

"성 베네딕투스의 이름으로, 이번에는 진짜 수도사가 나타난거야, 아니면 또 다른 가짜 놈이 나타난거야? 얘들아, 그자를 잘 살펴라. 이번에도 가짜 놈에게 속아넘어갔다가는 네 놈들 눈알을 후벼파고는 그 구멍에다 활활 타는 숯덩이를 처넣을 테니 그리 알아."

프롱 드 쾌프의 엄명에 간수 자일스가 대답했다.

"이번 사람이 진짜 사제가 아니라면, 나리의 어떠한 노여움도 달게 받겠습니다. 나리의 시종 조슬랭이 그를 잘 알고 있으니 조르보 수도원장의 시중을 들고 있는 사제인 암브로즈 수사라는 것을 보증할 것입니다."

"그렇다면 들여보내. 쾌활한 주인으로부터 무슨 소식을 갖고 온 것이 분명해. 틀림없이 악마들이 안식일을 지키는가 보군, 사제들이 미사를 집행할 의무에서 해방되어 이렇게 전국을 싸돌아다니고 있으니. 이 포로들은 도로 데리고 가거라. 그리고, 너 색슨 인, 우리가 한 말을 잘 생각해 봐."

"나는 내 신분에 어울리고, 몸값을 협의중인 사람에게 어울릴 만큼 적당한 식사와 잠자리를 갖춰 명예롭게 감금할 것을 요구하오. 게다가, 당신들 가운데 스스로 최고라 생각하는 자는 내 자유를 이렇게 침해한데 대해 몸으로 내게 대답해야 한다고 생각하오. 이 도전은 당신의 급사장을 통해 벌써 당신에게 전달하였소. 당신이 그 도전을 받고 있는 이상, 내게 응해야 할거요 … 자, 여기 도전의 담보물인 내 장갑을 놓고 가겠소."

"나는 포로의 도전에는 응하지 않아. 당신도 그럴 테죠, 모리스 드 브라시 경 … 자일스, 이 향사의 장갑을 저쪽 가지진 뿔의 가지에 걸어 놔라. 이자가 석방될 때까지 그곳에 둘 테니. 석방된 뒤에도 이자가 감히 도전을 요구하거나 억울하게 내 포로가 되었다고 주장한다면 성 크리스토퍼의 허리띠에 맹세코, 이제껏 서서 싸우든, 말을 타고 싸우든 혹은 단독으로 결투하든, 부하들을 거느리고 싸우든 적수와 대적하기를 거절해 본 일이 없는 사람에게 도전하는 것이 되겠지."

그에 따라 색슨 포로들은 내보내지게 되었다. 바로 그때 암브로즈 수사가 안내되어 들어왔는데 그는 몹시 당황해 있는 것처럼 보였다.

왐바는 그 사제를 지나치며 한마디 지껄였다.

"이야말로 정말 데우스 보비스쿰(라틴어로 신의 가호가 있기를 이라는 뜻, 여기서는 사제를 가리킴 ; 역주)이로군, 다른 사람들은 가짜에 불과했어."

한편, 사제는 그곳에 모여 있는 기사들을 향해서 입을 열었다.

"오, 성모님! 이제야 안전한 몸이 되었고 그리스도인의 보호를 받게 되었군요!"

드 브라시가 그 말을 받아 대답했다.

"그대는 안전하오, 그리고 그리스도인에 대해 말할 것 같으면, 여기 유대인을 제일 혐오하는 프롱 드 봬프 경이 있고, 사라센 놈들을 죽이는 것이 직업인 훌륭한 성전 기사 브리앙 드 봐 길베르 경도 있소. 이분들이 기독교의 훌륭한 표상이 아니라면 표상이 될 만한 다른 것은 알지 못하오."

사제는 드 브라시의 대답은 전혀 신경 쓰지 않고 대꾸했다.

"나리들은 우리의 거룩한 교부, 조르보의 에이머 수도원장의 친구이자 동맹자이십니다. 기사도의 신의로 보나 거룩한 자비심으로 보나 수도원장님을 도와주셔야 합니다. 거룩한 성 아우구스티누스께서 신국론이라는 논문에서 말씀하셨듯이 …"

그러자 프롱 드 봬프가 그 말을 가로챘다.

"악마가 말하기를! 아니면 그대가 말하기를이겠지, 안 그런가, 신부? 우리는 그대들의 거룩한 교부로부터 성서의 구절을 듣고 있을 시간이 없다고."

"아, 성모 마리아님!"

갑자기 암브로즈 수사가 부르짖었다.

"이 죄 많은 속인들은 어찌 이리도 걸핏하면 화를 잘 내는지요! 하지만 용맹한 기사님들, 제 말을 들어보십시오. 어떤 잔인한 놈들이 신에 대한 경외와 교회에 대한 존경심은 던져 버리고, 거룩한 교황청의 교서도 무시하고는 시 퀴스 수아덴테 디아볼로(만일 누군가가 악마의 유혹에 빠져) …"

그러자 성전 기사가 참을 수 없다는 듯 말을 잘랐다.

"이보시오, 사제. 무슨 말인지 다 알아들었소, 아니 짐작했소. 그러니 툭 터 놓고 말해 그대의 주인인 수도원장이 포로가 되었다는 거 아니오, 그렇다면 도대체 누구에게?"

"틀림없이, 심술궂은 놈들의 수중에 잡혀 있습니다. 이 숲에서 창궐하며 '내가 기름 부어 세운 사람에게 손을 대지 말며 나의 예언자들을 해치지 말라'(시편 105장 15절)라는 거룩한 성경 구절을 모독하는 놈들이지요."

"경들, 우리가 칼을 들어야 할 이유가 여기 새로이 생겼구려."

프롱 드 봬프가 동료들을 돌아보며 말했다.

"그리고, 원군이 도착하는 대신 도리어 조르보 수도원장이 우리에게 도움을 요청해 왔구려? 도움이 시급한 이때에 이 게으른 교회 놈들로부터 잘도 도움을 받겠구려. 하지만, 어디 말해 보게, 사제. 당장 말하란 말이야, 그대의 주인은 우리에게 무엇을 원하고 있는지?"

"황송합니다만, 무법한 놈들이 방금 제가 인용해 드린 거룩한 성경 구절을 거역하고 저희 수도원장에게 폭력을 행사하여 수도원장의 우편 행랑과 전대를 약탈하고, 순금 2백 마르크를 빼앗고도 모자라, 놈들의 수중에서 풀려나려면 별도로 거액의 몸값을 내라고 요구하고 있습니다. 그래서 거룩한 하느님의 사제께서는 당신의 친구로서 나리들에게 놈들이 부르는 몸값을 내주시든가 무력을 쓰시든가 원하시는 방법으로 자신을 구해 달라고 간청하는 바입니다."

그러자 프롱 드 봬프가 버럭 소리를 질렀다.

"저런 마귀가 처죽일 수도원장! 아침술을 너무 거하게 했나보군. 네 주인 놈은 우리들 지갑보다도 열 배나 무거운 지갑을 가진 사제 놈을 구하기 위해 어느 노르만 영주가 자기 지갑을 열었다는 이야기를 들은 적이 있다더냐? 우리 수보다 열 배는 많은 놈들에게 포위되어 언제 습격을 받을지 몰라 가슴 졸이는 판국인데 그 수도원장 놈을 구해 주려고 용맹을 부려 본들 무엇을 어찌할 수 있단 말이냐?"

"그것이 바로 제가 말씀드리려던 것이었습니다, 성급히 굴지 않고 제게 이야기할 틈을 주었더라면요. 하지만 아이고, 저는 늙은 데다 이렇게 몹쓸 공격은 나이 든 사람의 정신을 쏙 빼놓는답니다. 그렇긴 하지만, 놈들이 진을 치고 이 성벽 맞은 편 둑에 집결해 있는 것은 틀림없는 사실이지요."

그 말에 드 브라시가 외쳤다.

"흉벽으로 갑시다! 저 밖에 있는 악당 놈들이 무엇을 하는지 살펴봅시다."

그렇게 말하면서 드 브라시는 일종의 망루, 즉 튀어나온 발코니로 향하는 격자창을 열었다. 그리고는 즉시 방 안에 있는 사람들을 향해 소리쳤다.

"아, 이런! 하지만 저 노사제가 가져온 소식이 정확하군! 놈들은 이동용 작은 방패와 큰 방패를 내놓고 있고, 궁사들은 폭풍 전야의 먹구름처럼 숲 외곽에 포진해 있소."

레지날 프롱 드 뵈프 역시 들판을 내다보았고 그 즉시 뿔나팔을 잡았다. 한바탕 길고 크게 나팔을 불고 나서, 동료들에게 각자 위치를 정해 주었다.

"드 브라시 경, 동쪽을 감시하시오, 그쪽 성벽이 제일 낮으니까. 그리고 봐 길베르 경, 그대는 직업상 공격하고 수비하는 방법을 잘 알고 있을 테니 서쪽을 감시하시오. 나는 망루를 맡겠소. 하지만, 어느 한 장소에만 주력하지는 마시오! 가능하다면, 공격이 심한 곳은 구조하러 달려갈 수 있도록 오늘은 모든 곳에 주둔해야 하고, 병력을 배가시켜야 할거요. 우리의 인원은 부족하오. 하지만 민첩함과 용기는 그러한 약점을 보충하고도 남을 거요. 기껏해 봐야 무지렁이 촌놈들을 상대하는 것이니."

방어 준비를 하느라고 한창 혼란스럽고 야단법석인 와중에 암브로즈 수사도 소리를 질렀다.

"하지만 기사님들, 거룩한 하느님의 사제인 조르보의 에이머 수도원장의 전갈을 들어주실 분이 아무도 없습니까? 제발 부탁이니 레지날 경, 제 말을 들어 주십시오!"

"네 청원은 하늘에나 대고 지껄여라! 지상에 있는 우리들은 그런 말을 들어줄 시간이 없으니까. 이봐, 거기 앙셀름! 저 대담한 역적 놈들 머리 위로 펄펄 끓는 송진과 기름을 쏟아 부을 준비가 되었는지 알아보거라 … 석궁 수들의 화살은 부족함이 없는지 살피고 … 늙은 황소의 머리가 그려진 내 깃발을 높이 매달아라 … 그 악당 놈들이 오늘 누구를 상대로 싸워야 할지 곧 알게 해 줄 테니!"

"하지만 나리."

어떻게든 주의를 끌어보려고 애를 쓰며 사제도 끈질기게 매달렸다.

"제 복종의 맹세를 생각하시고, 저희 수도원장님의 심부름을 완수하게 해 주세요."

"이 말 많은 늙은이를 끌어내 예배당에다 가두어 놓고, 소동이 끝날 때까지 기도나 하고 있게 해라. 토퀼스톤의 성자들이 성모 마리아에게 드리는 기도와 주기도문을 듣는 것이 신선한 일이 될 테니. 내 생각에는 그까짓 성자들이 돌로 만들어진 이래 이렇게 존경을 받은 일은 없었을 걸."

그러자 드 브라시가 한마디 했다.

"레지날 경, 거룩한 성자들에게 그 무슨 불경스러운 모독이오. 저 불온한 오합지졸들이 해산하기 전에 오늘만큼은 우리도 그 성자들의 도움이 필요하게 될 텐데."

"그런 것들한테서는 아무런 도움도 기대하지 않소. 흙벽에서 저 악당 놈들의 머리 위로 내던지는 것이라면 몰라도. 저기 그 악당 놈들을 전부 쓰러뜨리기에 충분한 거대한 성 크리스토퍼가 쿵쿵 걸어가고 있지 않소."

한편, 프롱 드 뵈프로부터 성 크리스토퍼라는 별명을 얻은 성전 기사는 잔인한 프롱 드 뵈프나 그의 경솔한 동료인 드 브라시보다는 좀 더 조심스럽게 포위군의 진행 상황을 살펴보았다.

"내 기사단의 신의에 맹세코, 이자들은 어떻게 훈련을 쌓았다 하더라도 예상할 수 있는 것 이상으로 질서 정연하게 전진해 오고 있구려. 저들이 얼마나 교묘하게 나무 하나 덤불 하나를 샅샅이 이용하는지 우리 석궁의 화살에 노출되지 않도록 피하고 있는 것이 보이시오? 놈들 사이에서는 군기나 창기도 보이지 않는군. 하지만, 놈들이 실전에 노련한 어느 기사나 귀족의 지휘를 받고 있다는 데 내 금줄을 걸고 장담하오."

그때 드 브라시가 외쳤다.

"아, 보인다, 보여. 기사의 투구 깃발이 휘날리는 것과 그의 갑옷이 번쩍이는 것이 보이오. 뒤따르는 오합지졸들을 정렬시키느라 바쁜 저 검은 갑옷을 입은 키 큰 사람이 보이죠. 성 드니께 맹세코, 저자는 아슈비 시합장에서 그대 프롱 드 뵈프를 쓰러뜨린 검은 게으름뱅이라고 불리던 위인 같소이다."

"허, 그놈이 내게 복수할 기회를 주기 위해 여기 왔다니 그거 잘 된 일이로군. 모처럼 행운으로 타게 된 마상 시합의 상을 받을 자격이 있다고 주장하기 위해 감히 머물러 있을 엄두를 못 낸 것을 보면 그놈은 태생이 천한 것이 틀림없소. 나는 기사들과 귀족들이 자기 적수를 찾는 장소에서 놈을 찾으려고 헛수고할 뻔했군. 그런데 마침 저놈이 저 못된 향사놈들 틈에 모습을 드러냈으니 나로서는 매우 기쁜 일이오."

적들은 이제라도 공격을 개시하려는 기세였으므로 모두 더 이상 말을 않고 입을 닫았다. 기사는 각자 자기가 맡고 있는 자리로 갔다. 그리고 그들이 모을 수 있었던 얼마 안 되는, 성벽의 전 구역을 방어하기에는 턱없이 모자라는 부하들을 이끌고 이제라도 쳐들어 올 듯한 공격을 침착하고 단호하게 기다리고 있었다.

28장

이 방랑 부족은 다른 사람들로부터 유리되었지만,
인간의 비법에 통달해 있음을 자랑하네.
그들이 자주 찾는 바다, 숲, 사막에서,
그곳의 비밀스러운 보물을 잘 알고 있음을 깨닫네,
아무도 거들떠보지 않는 풀, 화초, 꽃들은
유대인들이 거둬들일 때에 꿈에도 생각지 못한 힘을 드러내네.

「유대인」(*The Jewish*)(스콧)

독 자들이 이 중요한 이야기의 나머지 부분을 이해하는데 반드시 필요한 어떤 사건들을 알려 주기 위하여, 이야기는 몇 장을 앞으로 되돌아가지 않으면 안 되겠다. 총명한 독자들은 정말로 쉽사리 예견했듯이, 아이반호가 쓰러져 온 세상으로부터 버림받은 것 같았을 때 아버지를 설득하여 이 용맹한 젊은 전사를 시합장으로부터 아슈비의 외곽에 유대인들이 임시로 거처하고 있던 그 집으로 옮기도록 한 것은 바로 레베카의 끈질긴 요구 덕분이었다.

아이작의 기질은 친절하고 고마움을 아는 성격이었으므로 다른 어떠한 상황이었다면 이러한 조치를 취하도록 설득하는 것이 그리 어려운 일은 아니었을 것이다. 그러나 아이작 역시 박해받는 유대인의 편견과 조심성 많은 소심함을 갖고 있었으므로 그것들을 먼저 억눌러야만 했다.

"아, 거룩한 아브라함이여! 그는 훌륭한 청년이야, 그래서 그의 화려하게 수놓아진 내의와 값비싼 갑옷에서 피가 뚝뚝 떨어지는 것을 보고는 내 가슴에서도 피가 흐르는 것만 같았단다 … 하지만 그 사람을 우리 집으로 데리고 가다니, 애야 잘 생각해 본 것이냐? … 그 사람은 그리스도 교인이야, 그리고 우리 율법에 따르면 우리는 상업상의 이득을 위한 일을 제외하고는 이방인이나 이교도와 어울리면 안 된단다."

"그런 말씀 마세요, 아버지. 연회나 노는 자리에서는 정말로 그들과 어울리면 안 되지요. 하지만 부상을 당하거나 불행이 닥쳤을 때는 이교도도 유대인의 형제가 되는 거예요."

"랍비 야곱 벤 투델라께서 이에 대해 뭐라고 말씀하실지 알았으면 좋으련만 … 그건 그렇더라도 어쨌든 훌륭한 청년이 피를 흘려 죽으면 안 되지. 세스와 르우벤을 시켜 아슈비로 데려가게 하자."

"아니요, 제 가마에 태우도록 하세요. 저는 말을 타고 가겠어요."

"그랬다가는 네가 이스마엘의 개들(그리스도인을 지칭)과 에돔의 개들(사라센 인을 지칭)의 눈초리에 드러나게 될 텐데."

아이작은 주위의 많은 기사들과 시종들을 향해 의심스러운 시선을 던지며 속삭였다. 그러나 레베카는 벌써 자기의 자비로운 결의를 실행하느라 바빠 아버지가 뭐라고 말하든 귀담아 듣지 않았다. 마침내 아이작은 딸의 소매 자락을 잡아 다니며 숨가쁜 목소리로 다시 부르짖었다.

"아아, 애야! … 저 청년이 죽기라도 하면 어쩌지! … 우리가 돌보다가 죽기라도 하면 우리가 그 사람을 죽였다고 오해받아 군중들에게 갈가리 찢기지 않겠느냐?"

레베카는 부친의 손길을 살짝 밀어내며 대답했다.

"아버지, 저분은 죽지 않아요. 우리가 저분을 버리지만 않는다면요. 우리가 만일 저분을 버린다면 그거야말로 하느님과 사람들에게 저분의 피에 대해 저희가 책임을 져야지요."

"아니다, 애야. 저 청년의 피가 떨어지는 것을 보는 것은 마치 내 지갑에서 많은 금화들이 떨어지는 것같이 슬픈 일이다. 지금은 하늘 나라에 가 계신 비잔티움의 랍비 마나세스의 따님인 미리암에게서 의술을 익혔으므로 네가 약초의 비법과 영약의 효능을 잘 터득하고 있다는 사실은 나도 잘 안다. 네 마음 내키는 대로 하려무나 … 너는 훌륭한 처녀고, 나와 우리 가문에, 그리고 우리 선조들의 동족에게는 축복이자, 보배이자, 환희의 노래지."

그러나 아이작의 염려가 기우만은 아니었다. 그의 딸은 관대하고 은혜를 아는 호의로 인해, 아슈비로 돌아가는 길에 브리앙 드 봐 길베르의 점잖지 못한 시선에 노출되게 된 것이었다. 성전 기사는 길에서 두 번이나 그들을 지나치며 그 대담하고 열렬한 눈빛을 아름다운 유대 처녀에게 던진 것이었다. 그리고 우연히 레베카가 그 파렴치한 방탕자의 수중에 빠지게 되었을 때 그녀의 매력이 불러일으킨 찬탄의 결과가 어떠한지는 이미 본 대로다.

레베카는 자기들의 임시 거처로 환자를 신속히 옮긴 후, 손수 그의 상처를 살피고 붕대를 감아 주었다. 로맨스나 낭만적 민요를 읽은 젊은 독자들은, 소위 암흑 시대에 여성들이 얼마나 흔히 외과의 비법을 전수 받았는지, 그리고 용감한 기사들이 얼마나 자주 자기 몸의 상처를 여인들의 치료에 맡겼는지, 여인의 눈길이 그 환자의 가슴속에 얼마나 깊숙이 스며들었는지 기억해야 할 것이다.

그러나 유대인들은, 남자든 여자든 전 부문에 걸쳐 의과 지식을 체득하고 실행했으므로, 당시의 군주와 강력한 영주들은 부상을 당하거나 병에 걸리면 이 멸시받는 민족의 어느 노련한 현자의 치료에 몸을 내맡기는 경우가 자주 있었다. 비록 그리스도인들 사이에서는 유대인 랍비들이 신비학, 특히 이스라엘 현인들에 대한 연구에서 그 이름과 기원을 둔 헤브루 신비술에 깊이 정통해 있다는 일반적인 믿음이 우세했지만 그렇다고 해서 유대인 외과의사의 도움을 덜 받은 것은 아니었다. 또한 랍비들은 자신들이 그런 초자연적 기술을 알고 있다는 사실을 부인하지 않았는데, 이로 인해 그들의 민족이 받고 있는 증오를 더 배가시키지는 않았고(그렇게 할 이유가 있겠는가?), 오히려 악의 섞인 경멸감이 줄어들게 만들었다. 유대인 마법사는 유대인 고리대금업자만큼 혐오의 대상이었지만 똑같이 멸시당하지는 않았다. 더욱이 그들이 행했다고 전해지는 그 놀라운 치료를 고려해 볼 때 유대인들은 자신들만이 알고 있던 치유 기술의 비법을 간직하고 있었고, 그들의 환경에서 생긴 배타적인 정신에서 자기들과 함께 살고 있는 그리스도인들에게는 그것을 숨기느라 대단히 주의했다.

아름다운 레베카는 자기 민족 고유의 모든 지식을 습득하며 주의 깊게 양육되었고, 총기 있고 유능한 지력은 자신의 나이, 성별, 심지어 자기가 살고 있는 시대를 뛰어 넘는 지식을 익혀 마음에 간직하고 정돈하며 확대시켰다. 의약이나 의술에 대한 지식은 매우 유명한 의사들 가운데 한 사람의 딸인 나이 든 유대 여성 아래서 익혔는데, 그 스승은 레베카를 자기 자식처럼 사랑하여, 레베카와 비슷한 상황에서 자기의 현명한 아버지로부터 전수 받은 비법을 그대로 전수해 주었다고 한다. 그 스승인 미리암의 운명은 정말로 그 시대의 광신의 희생물이 되고 말았지만 그녀의 비법은 영특한 제자에게 그대로 전수되어 살아남았다.

그렇게 지와 미를 겸비한 레베카는 동족들로부터 널리 존경받고 숭배 받았으며, 그들은 레베카를 성서에 언급되어 있는 천부의 재능을 타고난 여인들 가운데 한 사람으로 거의 생각할 정도였다. 레베카의 아버지 자신도, 무한한 애정과 자연스레 섞인, 딸의 재능에 대한 존경심에서 유대 민족의 관습상 여성들이 보통 누리던 것보다 훨씬 큰 자유를 딸에게 허용했다. 그래서 우리가 방금 보았듯이, 심지어 자기 의견보다도 딸의 의견에 따를 경우가 많았던 것이다.

아이반호는 시합장에서 싸움에 열중하던 중 출혈이 너무 많았으므로 아이작의 임시 거처에 도착했을 때에도 아직 혼수상태에서 깨어나지 못하고 있었다. 레베카는 상처를 살피고, 자기 의술에 처방되어 있는 대로 처치를 한 후에, 출혈 과다로 인해 다소 열이 날 염려는 있지만 만일 열을 없앨 수 있다면, 그리고 미리암의 진통제가 효능이 있다면 아이반호의 목숨은 걱정할 필요가 전혀 없으니 다음 날 자기들과 함께 요크로 여행해도 무방할 것 같다고 아버지에게 알렸다.

아이작은 레베카의 이 말에 약간 얼이 빠진 것처럼 보였다. 그의 자비는 기꺼이 아슈비에서 짧게 끝내고 싶었거나, 아니면 기껏해야 모든 비용은 자기가 대고 자기들이 임시로 거주하고 있던 집의 주인인 유대인의 도움으로 부상당한 그리스도 교인을 돌보게 하고 싶었기 때문이다. 그러나, 레베카는 여러 가지 이유를 들어 그 의견에 반대했는데, 그 가운데 아이작에게 매우 중요하게 생각된 것만 언급하기로 하자. 하나는, 이 매우 유용한 비법이 남에게 들키지 않도록 심지어 동족의 다른 의사라 하더라도 남의 손에 귀중한 진통제가 든 약병을 맡기고 싶지 않다는 것이었다. 다른 하나는, 이 부상당한 아이반호의 윌프레드는 사자심 왕 리처드의 친한 총신이었으므로, 만약 왕이 돌아올 경우에는, 왕의 동생 존이 역모를 실행하는데 자금을 대준 아이작은 리처드 왕의 총애를 받고 있는 강력한 보호자의 도움이 적잖이 필요할 것이라는 점이었다.

"네 말은 참으로 그럴 듯 하구나, 레베카."

아이작은 이 중요한 반론에 지고 말았다.

"거룩한 미리암의 비법을 누설하는 것은 하늘에 죄를 짓는 일이지. 하늘이 주신 재능은 그것이 금화와 은화라는 많은 돈이 되었든 혹은 현명한 의사의 은밀한 비법이 되었든 남에게 경솔하게 낭비하면 안 되기 때문이지. 그것들은 분명 신께서 그 재능을 주신 사람들에게만 전수되어야 하지. 그리고 잉글랜드의 나자렛 인들이 사자심 왕이라 부르는 그분이 만일 내가 자기 동생과 거래한 것을 알게 된다면 그의 수중에 떨어지느니 차라리 이 두메아(Idumea)의 사나운 사자의 수중에 빠지는 편이 나을 것이다. 그러니 너의 충고에 귀 기울여 이 젊은이를 요크로 데리고 가서 그의 상처가 나을 때까지 우리 집에 함께 머물게 하겠다. 요즘 나도는 소문처럼 사자심 왕이 귀국한다면 왕의 불쾌감이 이 아비에게 높게 타오를 때에 아이반호의 윌프레드가 이 방어막이 되어 주겠지. 왕이 돌아오지 않는다 하더라도, 이 윌프레드는 자기 창과 칼로 재물을 벌어들이면 우리의 비용은 갚아줄 테지. 어제만 해도 그러지 않았느냐. 이 젊은이는 훌륭한 청년이어서 자기가 약속한 날은 꼭 지켜 빌린 것은 갚고, 비록 이 아비라 하더라도 힘센 도둑들과 악마의 자식들에게 포위당하면 유대인을 구해 주지 않았느냐."

아이반호가 의식을 회복하여 자기의 처지를 깨닫게 된 것은 저녁이 거의 끝나갈 무렵이었다. 그는 무의식 상태에서 회복되는데 자연적으로 따르는 혼란스러운 느낌으로 단속적인 선잠에서 깨어났다. 한동안은 시합장에서 쓰러지기 전에 일어났던 상황들을 정확히 기억하거나, 어제 관여했던 사건들을 제대로 연결할 수 없었다. 부상과 상처의 진통은 육체의 커다란 쇠약함과 피로와 겹쳐, 서로 주고받은 타격, 서로에게 돌진하는 말, 서로 쓰러뜨리고 쓰러지는 난전, 무기가 부딪치는 소리, 혼란스러운 싸움의 모든 자극적인 소동에 대한 기억과 한데 뒤섞였다. 윌프레드는 상처의 고통 때문에 힘들기는 했어도 침상의 커튼을 어느 정도 걷어 젖힐 수 있었다.

그런데 매우 놀랍게도, 자기가 매우 멋지게 꾸며진 방에 있는 것을 깨달았다. 편히 쉴 수 있도록 의자 대신 쿠션이 놓여 있었고 방은 다른 점에서도 다분히 동양풍을 띠고 있었으므로 잠든 사이에 자기가 팔레스타인 땅으로 다시 옮겨진 것이 아닌가하는 의심이 들기도 했다. 벽걸이 융단이 한쪽으로 젖혀지고, 유럽보다는 동양의 취향을 띤 화려한 옷차림을 한 어떤 여성이 벽걸이 융단에 가려져 있던 문으로 흑인 시종을 하나 거느리고 조용히 들어왔을 때 그러한 의구심은 더욱 커졌다.

부상당한 기사가 이 아름다운 환영에게 말을 걸려고 하자 그녀는 가느다란 손가락을 앵두 같은 입술에 갖다 대어 조용히 하라고 했다. 그동안 시종은 아이반호에게 다가와 그의 옆구리를 벗겼고, 사랑스러운 유대 처녀는 상처를 싸맨 것이 적절하고 상처도 잘 아물고 있는 것을 보고는 만족하였다. 레베카는 우아하고 위엄 있게 순진하고 얌전하게 상처를 치료하였다. 이러한 일은 좀 더 교화된 시대에조차 무엇이든 여성들의 고운 자태에 어울리지 않는 것으로 생각될 수 있는데 레베카의 경우에는 그런 생각이 들지 않게 해 주었다. 그토록 젊고 아름다운 사람이 병자를 돌보거나 이성의 상처를 싸매는데 종사하고 있다는 생각은 고통을 덜어 주고 죽음의 발작을 막기 위한 레베카의 효과적인 도움에 기여하고 있는 인정 많은 존재라는 생각에 녹아 묻히고 말았다. 레베카가 유대말로 늙은 하인에게 짧고 간단한 지시를 내리자 그와 유사한 경우에 레베카를 자주 도와왔던 시종은 아무 말 없이 하라는 대로 명령에 복종하였다.

알지 못하는 말의 억양도, 다른 사람이 말했더라면 매우 귀에 거슬리게 들렸을 그 말도 아름다운 레베카의 입에서 나오자 그 어떤 인자한 요정이 내뱉은 주문을 연상시키는 낭만적이고 기분 좋은 인상을 주었다. 정말 무슨 말인지 하나도 못 알아들었지만, 말씨의 부드러움과 그에 부수된 용모의 상냥스러움은 사람의 마음을 흔들고 감동시키는 구석이 있었다. 더 이상은 캐물으려고도 하지 않고, 아이반호는 자기의 회복에 가장 적절하다고 생각되는 처치를 취하도록 잠자코 하는 대로 내버려 두었다. 하지만 치료가 끝나고 이 친절한 의사가 막 나가려고 하자 아이반호는 더 이상 호기심을 억누를 수 없었다. 그는 동방을 여행한 덕분에 익히게 된 언어인 아라비아어로 말을 걸었다.

"상냥한 아가씨 … "

머리에는 터번을 두르고 카프탄(터키 사람들이 입는 소매가 긴 옷 ; 역주)을 입고 있는 것으로 보아 자기 앞에 서 있는 처녀가 아마 아라비아 처녀일 것으로 생각했던 것이다.

"부탁하건대, 상냥한 아가씨여, 당신의 호의로 … "

그러나 아름다운 여의사가 아이반호의 말을 가로막았다. 그녀가 잠시 미소를 짓자 어딘가 생각에 잠긴 듯한 우울한 표정에 약간 보조개가 일었다.

"기사님, 비록 제 복장과 혈통은 이국 출신이오나 저는 잉글랜드 태생이니 잉글랜드 어로 말하세요."

"고귀한 아가씨여!"

아이반호의 기사는 다시 말을 시작하려 했지만 레베카가 다시 황급히 그의 말을 막았다.

"기사님, 제게 고귀한이라는 형용사를 붙이지 마세요. 얼른 아셔야 할 것 같아서 말씀드리는데, 당신의 시중을 들고 있는 저는 불쌍한 유대 처녀로 얼마 전 기사님께서 훌륭하고도 친절하게 구해 주신 요크의 아이작의 딸이랍니다. 그러니 저희 일가가 지금 당신의 상태에 꼭 필요한 주의 깊은 간호를 해 드리는 것이 당연한 일이지요."

아름다운 로웨나 공주가 자기에게 마음을 바친 기사가 사랑스러운 레베카의 미모와 호리호리한 몸매와 빛나는 눈을 바라보는 감정의 종류에 아무런 불만이 없었는지는 알 수 없는 일이다. 레베카의 눈은 비단 같은 기다란 속눈썹에 싸여 광채가 가려져 말하자면 부드러움을 띠고 있었고, 음유 시인이 재스민 나무 그늘 사이로 빛을 던지고 있는 저녁별에 비유했을 만한 그런 눈이었다. 그러나 아이반호는 매우 훌륭한 그리스도 교도였으므로 유대인에 대해서는 로웨나 공주에게 느낀 것과 같은 종류의 감정을 느낄 수 없었다. 레베카는 이 사실을 예견하고 있었고, 바로 그런 목적에서 아버지의 이름과 혈통을 서둘러 말한 것이었다.

아름답고 현명한 아이작의 딸이라 할지라도 여성으로서의 약점이 전혀 없었던 것은 아니었다. 이제까지 아이반호가 이 낯선 은인에 대해 생각하고 있던 어느 정도는 부드러움이 가미되지 않았다고 할 수 없는 존경하는 찬탄의 눈빛이 금세 싸늘하고, 차분하고 침착하며, 예상치 않은 사람, 그것도 열등한 민족의 사람에게서 받은 친절에 대해 감사한 마음을 나타내는 정도에 불과한 감정을 품는 것으로 바뀌는 것을 보자 속으로 한숨을 쉬지 않을 수 없었다. 그렇다고 해서 아이반호가 조금 전까지 보인 태도가 청년이 아름다운 여인에게 보내는 일반적인 헌신적 경의 이상의 감정을 보인 것은 아니었다. 그렇긴 하지만 자기는 그러한 경의를 받을 만한 자격이 있음을 전혀 의식하지 않고 있다고는 할 수 없었던 가엾은 레베카를 단 한마디의 말로 그러한 경의 따위는 전혀 받을 수 없는 천한 계급으로 떨어뜨리는 주문으로 작용했다는 것은 가슴 아픈 일이었다.

레베카의 온순하고 공평무사한 성격은 그 시대와 종교의 보편적인 편견을 갖고 있는데 대해 아이반호에게 잘못이 있다고 탓하지는 않았다. 오히려 반대로, 아름다운 이 유대 처녀는 환자에게 가장 필요한 것 이외에는 어떠한 교제를 맺는 것을 수치스러운 일로 생각하고 있던 배척받는 민족의 한 사람으로 자기를 간주하고 있다는 것을 알면서도 그의 안전과 회복에 전과 다름없이 끈기 있고 헌신적인 주의를 계속 기울이기로 했다. 레베카는 아이반호에게 자신들이 필요에 의해 요크로 이동 중이며, 부친이 그를 그곳으로 데리고 가서 건강이 회복될 때까지 자기 집에서 돌보아 줄 작정이라고 알려 주었다. 아이반호는 이 계획을 매우 싫어하는 눈치였다. 자기에게 친절을 베풀어 준 은인들에게 더 이상 수고를 끼치고 싶지 않다는 것이 그 이유였다.

"아슈비나 또는 그 근처에서 다시 갑옷을 입을 수 있게 될 때까지 부상당한 자기 동족을 맡아줄 색슨 향사나 혹은 부유한 농부가 없겠소? 색슨 인들이 세운 수도원 가운데 나를 맡아줄 사람은 없을까? 아니면 버턴까지 옮겨질 수 없겠소? 그곳에서는 분명히 동족인 성 위톨드 수도원장 월세오프의 환대를 받을 것이 틀림없소."

그 말에 레베카는 쓸쓸한 미소를 지으며 대답했다.

"물론, 지금 말씀하신 곳들 가운데 최악의 장소라 하더라도 멸시받는 유대인의 집보다야 당신에게 훨씬 어울리겠죠. 하지만 기사님, 의사를 퇴짜 놓으려는 것이 아니라면 숙소를 바꾸실 수는 없습니다. 당신도 잘 아시다시피, 저희 민족은 남에게 상처를 가할 수는 없지만 상처를 치료할 수는 있습니다. 특히, 저희 집안에는 솔로몬 시절부터 전해 내려오는 비법이 있습니다. 그 효능은 이미 당신께서도 경험하신 그대로입니다. 브리튼 영토 안에 있는 그 어떠한 나자렛 인도 … 아, 죄송합니다, 기사님 … 어떤 그리스도인 의사도 당신이 한 달 이내에 갑옷을 입게 할 수는 없을 것입니다."

그러자 조바심을 내며 아이반호가 물었다.

"그렇다면 당신은 얼마나 빨리 내가 갑옷을 입게 할 수 있단 말이오?"

"만일 제 지시에 끈기 있게 잘 따르시면 여드레 안에 입게 해 드리죠."

"거룩한 동정녀 마리아께 맹세코, 여기서 그분 이름을 부르는 것이 죄가 아니라면, 나나 어떠한 진정한 기사도 이렇게 누워 있을 시간이 없소. 그러니 아가씨, 약속을 지킨다면 내 손에 들어오는 대로 투구에 은화를 가득 담아 그대에게 주겠소."

"꼭 약속을 지키겠습니다. 그러니 당신도 지금 약속하신 은화 대신에 한가지 청을 들어주신다면 여드레 안에는 꼭 갑옷을 입게 되실 것입니다."

"내 힘으로 할 수 있는 것이라면, 그리고 진정한 그리스도인 기사가 당신 민족에게 해 줄 수 있는 것이라면 기꺼이 감사하며 그대의 청을 들어 주리다."

"아뇨, 저는 유대인이나 그리스도인을 만드신 위대한 하느님 아버지의 축복 이상의 다른 보수는 바라지 않고 그저 앞으로는 유대인도 그리스도인에게 좋은 일을 할 수 있다는 사실을 믿어 달라고 간청드릴 뿐입니다."

"아가씨, 그것을 의심하는 것은 죄요. 그리고 이제 더 이상의 망설임이나 질문 없이 아흐레째 되는 날에는 당신이 내게 갑옷을 입게 해 주리라 믿으면서 그대의 의술에 내 몸을 맡기겠소. 그런데, 친절한 의사여, 바깥 소식을 좀 물어도 될는지. 고귀한 색슨 인 세드릭과 그 집안 사람들은 어찌 되었소? 그 사랑스러운 여왕은 … "

아이반호는 유대인의 집에서 로웨나의 이름을 꺼내기가 내키지 않는지 잠시 머뭇거렸다.

"내 말은, 마상 시합의 여왕으로 지명된 숙녀를 말하는거요."

"그리고 기사님, 당신의 용맹만큼 찬탄을 받았던 판단으로 그 명예로운 지위를 얻도록 당신이 뽑으신 분이시지요."

나머지는 레베카가 대답했다. 안색이 창백했던 아이반호도 로웨나에 대한 깊은 관심을 감추려던 어설픈 시도 때문에 그러한 관심이 도리어 경솔하게 드러나고 말았다는 것을 느끼자 얼굴에 홍조가 일었다.

"내가 물어보려는 것은 미의 여왕에 대한 것보다도 존 왕자에 대한 소식이오. 그리고 충실한 종자에 대한 소식도 알고 싶소, 그는 왜 나를 따라오지 않은 거요?"

"의사로서의 저의 권위를 행사하여, 알고 싶으신 것에 대해 제가 설명해 드릴 동안 조용히 계실 것과 흥분되는 생각을 피하실 것을 명합니다. 존 왕자는 마상 시합을 해산하고 나서 이 나라에서 부유하다고 생각되는 사람들로부터 수단과 방법을 가리지 않고 짜낼 수 있는 만큼 돈을 긁어모은 후, 자기편의 귀족들과 기사들과 성직자들을 거느리고 급히 요크로 떠났습니다. 들리는 말로는 형님의 왕위를 찬탈할 계획이라 하더군요."

그 말에 아이반호는 침상에서 벌떡 일어나며 외쳤다.

"잉글랜드에 단 한 사람의 진정한 신하가 있다면 왕위를 수호하기 위해 일격을 휘두르지 않을 수 없을 텐데. 나는 리처드의 왕위를 위해 그자들 가운데 최고와 싸우겠소, 그렇소, 왕의 대의를 위해 1대 2로도 싸우겠소!"

그러자 레베카는 아이반호의 어깨에 살며시 손을 얹으며 대꾸했다.

"그렇게 하시려면 지금은 제 지시를 따라 안정하셔야 합니다."

"맞소, 아가씨. 이 난세가 허용하는 만큼은 조용히 해야겠지 … 그리고 세드릭과 그의 일가는 어찌 되었소?"

"세드릭 나리의 집사가 조금 전에 숨을 헐떡이며 급하게 와서 저희 아버지에게 나리의 양떼의 양모 대금을 청구하였는데, 그 집사로부터 세드릭 나리와 코닝스버러의 애설스탠 나리께서 아주 불쾌한 기분으로 존 왕자의 숙소를 나와 막 집으로 돌아오신 길이라는 말을 전해 들었습니다."

"그 연회에는 어떤 숙녀도 동행했다고 하였소?"

레베카는 아이반호의 질문보다도 더 정확하게 대답해 주었다.

"로웨나 공주께서는 … 왕자의 연회에 참석하지 않으셨다고 하며, 집사가 우리에게 알려 준 바로는, 지금 후견인인 세드릭 나리와 함께 로더우드로 돌아가는 중이라고 합니다. 그리고 기사님의 충실한 종자 거스에 대해서는

… ”

“하! 그의 이름을 알고 있었소? 아, 잘 알고 있겠구려. 이제야 확신이 드는데, 어제 그 녀석이 받아온 일백 제친스는 분명 그대의 수중에서, 그대의 관대한 정신에서 나온 것일 테니.”

그러자 레베카는 얼굴을 붉히며 말했다.

“그런 말씀 마세요. 마음으로는 기꺼이 감추고 싶어하는 것을 혀가 얼마나 쉽사리 입 밖으로 발설하는지 잘 알고 있으니까요.”

그러나 아이반호는 진지하게 대답했다.

“하지만 , 그 돈을 당신 아버지에게 갚는 것은 내 명예와 관계된 일이오.”

“그렇다면 여드레가 지난 후에 마음대로 하세요. 하지만, 당신의 회복을 방해할 만한 것은 이제 어떠한 생각도 말씀도 하셔서는 안 됩니다.”

“그렇게 하리다, 친절한 아가씨. 그대의 지시를 따르지 않는다면 배은망덕한 짓일 테니. 그러나 마지막으로 한 가지만 묻고 싶소, 거스의 운명은 어찌 되었는지. 이것으로 질문을 끝내겠소.”

“기사님, 말씀드리기 안타깝게도, 그는 세드릭 나리의 분부로 갇힌 몸이 되었답니다.”

자기가 한 말로 윌프레드가 비통해하는 것을 알아차리고 레베카는 얼른 덧붙였다.

“하지만 오스월드 집사 말로는 그래도 주인님의 화를 다시 돋굴 만한 일이 일어나지 않는다면 거스는 충실한 노예인데다 나리가 매우 아끼는 사람이기도 하고 아드님을 매우 사랑하는 마음에서 이런 잘못을 저지른 것이니 세드릭 나리께서 분명히 용서해 주실 것이라고 했습니다. 더욱이, 자기와 동료들은, 특히 광대 왐바는 거스에 대한 세드릭 나리의 노여움이 가라앉지 않을 경우에는 도중에 거스를 도망치게 할 작정이라고 했습니다.”

“아, 신이여 그들이 목적을 이룰 수 있게 해 주소서! 하지만 나는 누구든 내게 친절을 보여 준 사람에게는 파멸을 가져오는 그런 운명을 타고난 것 같구려. 나를 명예롭게 하시고 이름을 드높이게 해 주신 왕은 큰 은혜를 베풀어 준 동생이 왕위를 빼앗기 위해 거병하는 꼴을 보게 되었고 … 내 관심은 도리어 아름다운 여인에게 속박과 근심을 끼치고 있고 … 내 아버지께서는 나를 사랑하여 충실히 섬겼다는 이유로 이 불쌍한 노예를 화가 나서 죽여 버리려 하시니 말이오! 아가씨, 그대가 나를 돕게 되다니 이 얼마나 불운한 운명인지 곧 알겠구려. 현명하게 생각하여 내 뒤를 사냥개처럼 바싹 쫓아다니는 불행이 그대마저 끌어넣기 전에 나를 내보내는 것이 좋을 거요."

"아닙니다. 지금 기사님은 몸이 쇠약해지고 슬픔에 잠겨 하늘의 뜻을 잘못 알고 계십니다. 당신은 지금 조국이 강력한 손과 진정한 도움을 필요로 하고 있을 때에 조국으로 돌아오셨습니다. 그리고 당신의 적이자 왕의 적인 저들이 가장 의기 양양해 있을 때에 보기 좋게 그들의 자존심을 꺾어놓으셨습니다. 그리고 당신이 이제까지 겪어왔다는 불운 말씀인데요, 하느님이 이 땅의 가장 멸시받는 민족 가운데에서 당신을 도와줄 원조자와 의사를 불러내셨다는 것을 모르시나요? 그러니, 용기를 내시어 당신의 힘으로 이 민족 앞에서 행하게 될 놀라운 일을 위하여 당신을 준비시키신 것이라고 믿으세요. 이만 물러가겠습니다. 르우벤을 통해 보내드릴 테니 약을 잘 드시고, 내일 여행을 견딜 수 있도록 편히 쉬세요."

아이반호는 레베카의 이 지시가 타당하다고 생각하여 그대로 따랐다. 르우벤이 먹여 준 약에는 진정 작용과 잠이 오게 만드는 성분이 있었으므로 환자가 깊고 편안한 수면을 취할 수 있게 해 주었다. 아침이 되자 그의 친절한 의사는 발열의 징후가 완전히 사라지고 여행의 피로를 견딜 수 있을 정도로 상태가 좋다는 것을 알았다.

아이반호는 시합장에서 타고 온 가마에 태워져 편히 여행할 수 있도록 모든 예방조치가 취해졌다. 하지만 레베카의 온갖 청원에도 불구하고 단 한 번의 사정에서는 부상당한 기사의 편의를 위해 충분히 주의를 기울이지 못했다. 유베날리스(Juvenal, 로마의 풍자시인. 그의 많은 시구와 경구들은 관용구로 흔히 쓰이게 되었다)의 열 번째 풍자시에 나오는 부유한 여행객처럼, 아이작은 약탈을 일삼는 노르만 귀족과 색슨 무법자들에게 자기가 좋은 먹이감이 되리라는 것을 알고 있었으므로 금방이라도 강도를 당할 것 같은 공포가 눈앞에서 가시지 않았다. 그래서 가는 길을 급하게 서두르느라 짧게 쉬고, 식사도 대강 마쳤으므로 자기들보다 몇 시간 전에 떠났지만 성 위톨드 수도원에서 늦게까지 향연을 벌이느라 지체하게 된 세드릭과 애설스탠 일행을 앞지르게 된 것이었다. 그렇긴 하지만 미리암의 진통제가 효능이 좋았는지, 혹은 아이반호의 체질이 강하였는지, 그 친절한 의사가 우려했던 것과 같은 불편함을 견디지 못하지는 않았다.

그러나 다른 관점에서 볼 때, 아이작이 이렇게 서두른 것은 지나친 감이 있었다. 그가 길을 빨리 가도록 재촉한 속도는 호위대로서 자기를 보호하도록 고용했던 사람들과의 사이에 언쟁을 일으켰다. 이들은 색슨 인들이었으므로 노르만 인들이 게으르고 탐욕스럽다고 비난하는 느긋함과 편안한 생활을 좋아하는 민족성과 전혀 동떨어져 있지 않았다.

샤일록(셰익스피어의 「베니스의 상인」에 등장하는 유대인)의 태도와는 반대로, 이들은 부유한 유대인을 벗겨먹을 수 있으리라는 희망을 품고 이 일을 맡은 것이었는데, 성급한 아이작이 빨리 가자고 계속 재촉하는 바람에 자기들의 예상과 빗나가게 되자 매우 불쾌해졌다. 그들은 이렇게 강행군을 하다 보면 말이 다칠 위험이 있다고 항의했다. 그리고 결국에는, 식사 때마다 마셔도 좋다고 정해진 포도주와 맥주의 양에 대해 아이작과 그 종자들 사이에 매우 심각한 불화가 발생했다. 상황이 이러한 데다 위험 경보가 더욱 가까워져, 아이작은 금방이라도 위험이 닥칠 것 같아 겁을 내고 있는 순간에 자기의 보호를 안전히 하기 위해 필요한 재물은 쓰지 않고 보호해 줄 것만을 의탁했던, 그 불만으로 가득 찬 용병들로부터 버림받고 만 것이었다.

이토록 통탄할 만한 상황에서, 유대인은 딸과 부상당한 기사와 함께 이미 이야기한 대로 세드릭에게 발견된 것이었고, 그 직후 드 브라시와 그 공모자들의 수중에 떨어지게 된 것이었다. 그런데 처음에는 가마에 아무도 관심을 두지 않았으므로, 드 브라시의 호기심만 아니었다면 그대로 뒤에 남겨졌을 것이다. 그러나 드 브라시는 로웨나 공주가 베일로 몸을 가리고 있었으므로 자기가 벌인 짓의 목표물이 있을 것으로 막연히 생각하여 가마 안을 들여다보았다. 그때 자기가 색슨 무법자들의 수중에 떨어진 것으로 생각한 부상당한 기사는 자기의 이름을 말하면 그 자신과 동행의 안전에 유리할 것으로 판단하여 자기가 아이반호의 윌프레드라고 솔직하게 인정하고 말았던 것이다.

아무리 광포하고 경박한 중에도 기사도로서의 명예를 완전히 저버리지는 않았으므로, 드 브라시는 전혀 무방비 상태에 있는 기사에게 위해를 가하는 짓은 삼갔고, 어떠한 경우라도 아이반호의 영지를 주장하는 상대를 가차없이 죽이고 말 프롱 드 쾌프에게 발설하는 짓도 삼갔다. 반면에, 마상시합의 결과와 윌프레드가 전에 아버지 집에서 쫓겨난 것만큼이나 널리 알려진 로웨나 공주가 좋아하는 구혼자를 풀어 주는 것은 드 브라시의 좁은 아량으로서는 도저히 생각 못할 일이었다. 그래서 선과 악의 어정쩡한 중간이 그가 취할 수 있는 유일한 방법이었으므로 자기 종자들 가운데 두 사람에게 가마를 엄중히 지켜 아무도 접근하지 못하게 하라는 명령을 내렸다. 만일 누가 묻거든, 난투극 와중에 부상당한 동료들 가운데 한 사람을 로웨나 공주의 빈 가마에 싣고 가려는 것이라고 대답하도록 일러 두었다.

그래서 토퀼스톤에 당도하자마자, 성전 기사와 그 성의 주인은 한 사람은 유대인의 재물에, 또 한 사람은 그 딸에게 자기들의 계획을 실행하느라 정신이 없는 틈을 타서, 드 브라시의 종자들은 부상당한 동료라는 명목으로 아이반호를 멀리 떨어진 방으로 옮긴 것이다. 그리고 프롱 드 쾌프가 경보를 울렸는데도 왜 흉벽으로 가지 않았는지 물었을 때, 이들은 주인이 시킨 대로 둘러대었다.

"부상당한 동료라고!"

프롱 드 봬프는 매우 화를 내며 놀란 듯한 음성으로 대답했다.

"성이 막 공격당하려는 위급한 순간에 병사들이 고작 환자의 간호인이 되고 자유 용병대가 죽어 가는 놈의 병상이나 지키는 처지로 전락했으니 저 상놈들과 향사들이 이 성 앞을 포위할 정도로 뻔뻔스러워진 것이 이상할 것도 없군. 이 빈둥거리는 못된 놈들아, 어서 흉벽으로 올라가지 못해!"

프롱 드 봬프는 주위의 둥근 천장에 쩌렁쩌렁 울릴 정도로 큰 소리로 호령했다.

"흉벽으로 가란 말이다! 안 그러면 이 곤봉으로 네 놈들 뼈를 박살내 버릴 테다!"

병사들은 샐쭉하여 죽어 가는 사람을 지키라고 명령한 자기네들 주인에게 프롱 드 봬프가 말해 준다면 자기들도 기꺼이 흉벽으로 가겠노라고 대답했다. 그 말에 프롱 드 봬프도 지지 않고 되받아쳤다.

"이놈들, 죽어 가는 사람이라고 그랬겠다! 내 장담하는데, 좀 더 완강히 지키지 못하면 우리 모두 죽은 목숨 신세를 면치 못할 거다. 하지만 이 비겁한 동료를 지키는 일로부터 너희들을 구해 주마. 이봐, 우르프리드! 색슨 마귀 노파, 부르는 소리가 안 들리나? 이리 와 이 자리에 누워 있는 놈을 돌봐 주도록 해. 이놈들이 무기를 휘두르는 동안 이자를 돌봐야 한다니까. 너희들은, 여기 석궁 두 개와 화살들이 있으니 이것을 가지고 망루로 가거라. 어디 색슨 놈들의 머리에 얼마나 잘 박아 넣는지 두고 보겠다."

이러한 종류의 사람들이 으레 그렇듯이, 이들은 모험을 좋아하고 아무것도 안 하는 것을 싫어했으므로 명령받은 대로 위험의 현장으로 기쁘게 달려갔다. 그래서 아이반호의 간호는 우르프리드, 즉 울리카의 손으로 넘어가게 된 것이다. 그러나, 자기가 당한 모욕을 기억하고 그 복수에 대한 희망으로 불타오르고 있던 울리카는 환자의 간호를 기꺼이 레베카에게 맡긴 것이다.

29장

저쪽 망루로 올라가라, 용감한 병사여,
싸움터를 보라, 그리고 전황을 말해다오.

실러(Schiller)의 「오를레앙의 소녀」(Maid of Orleans)

위 험한 순간은 때로 마음을 터놓은 친절과 애정을 보이는 순간이기도 하다. 우리는 감정이 전체적으로 흥분하게 되면 긴장이 풀어져, 마음이 좀 더 평안할 때는 전적으로 억누를 수 없다 하더라도 적어도 사려분별로 감출 수는 있는 열렬한 감정을 무심코 드러내게 마련이다.

　다시 한 번 아이반호 옆에 있게 되자 레베카는 비록 절망적이지는 않다 하더라도 주위의 모든 상황이 매우 위험한 중에도 자기가 즐거움을 느끼고 있다는 것을 예리하게 의식하고는 깜짝 놀랐다. 아이반호의 맥박을 재고, 몸의 상태를 물었을 때, 그 손길과 말투에는 자기가 자발적으로 나타내고 싶었던 것 이상으로 훨씬 상냥한 관심이 내포되어 있었다. 레베카의 음성은 더듬거리고 손은 떨리고 있었는데, 아이반호가 '아가씨, 당신이었소?' 라고 냉담하게 묻는 한마디에 제정신을 차리고, 자기가 지금 느끼는 감정은 두 사람의 것이 아니며 또 그럴 수도 없다는 사실을 깨달았다. 가느다란 한숨이 새어나왔지만 상대에게는 거의 들리지 않았다. 그래서 몸의 상태에 대해 묻는 질문은 침착한 우애의 어조를 유지할 수 있었다. 아이반호는 몸 상태가 건강의 관점에서 보면 좋으며, 자기가 예상했던 것보다 훨씬 좋아졌다고 황급히 대답하고는 말을 이었다.

　"고맙소, 친애하는 레베카, 그대의 도움이 된 의술에 감사하오."

　그 말에 레베카는 속으로 생각했다.

　'나를 친애하는 레베카라고 부르시네. 하지만 그 말에는 어울리지 않게 냉담하고 무관심한 어조로 말하시는구나. 이분에게는 군마나 사냥개가 이 멸시받는 유대 계집보다도 더 소중할 테지!'

아이반호는 레베카의 마음은 아랑곳하지 않고 말을 이었다.

"상냥한 아가씨여, 고통으로 몸이 아픈 것보다는 근심으로 마음이 더욱 괴롭구려. 바로 얼마 전까지 나를 지키던 사람들의 말로 종합해 보건대, 나는 지금 포로라는 것을 알겠소. 그리고 지금까지도 무슨 군사 의무로 그들을 이곳에서 내보낸 그 거칠고 커다란 목소리로 판단해 보건대 나는 지금 프롱 드 뵈프의 성에 있는 것이 분명하오. 그렇다면, 이 일은 어떻게 끝날 것이며, 로웨나와 아버지를 내가 어찌 보호할 수 있단 말이오?"

그 말에 레베카는 또 속으로 생각했다.

'유대인이나 유대 계집 따위는 안중에도 없으시구나. 하지만 이분에게 우리를 생각할 틈이 어디 있겠어, 그러니 이분에게 마음을 둔 데 천벌을 받은 거야!'

레베카는 이렇게 짧게 자신을 책망한 후에 자기가 알 수 있었던 것을 서둘러 아이반호에게 알려 주었다. 하지만 자기가 알고 있는 것이라야 겨우 다음과 같은 정도였다. 이 성에서 지휘관은 성전 기사와 프롱 드 뵈프 남작이며 성은 바깥에서 포위당해 있는데 포위한 사람들이 누구인지는 모르겠다는 내용이었다. 그리고 성에 한 그리스도교 사제가 있는데 그 사람이라면 좀 더 자세한 정보를 알고 있을지 모른다는 말을 덧붙였다.

그 말을 듣고 아이반호는 기뻐서 소리쳤다.

"그리스도교 사제라고! 레베카, 그분을 당장 이리 데려오구려. 한 환자가 그분의 종교적인 가르침을 원하고 있다고 말할 수 있다면 … 아니 뭐라고 말하든 당신 좋을 대로 말하여 데려오기만 하구려 … 무엇이든 해야 하고, 하려고 시도해 봐야만 하는데, 밖의 사정이 어찌 돌아가는지 알기 전에는 결정할 수 없지 않겠소?"

레베카는 아이반호의 소망에 따라 세드릭을 그 부상당한 기사의 방으로 데려가려고 시도했으나, 이미 보았듯이 역시 그 사제를 도중에서 붙잡으려고 망을 보고 있던 우르프리드의 방해를 받아 실패로 돌아가고 만 것이었다. 레베카는 그 사명의 결과를 아이반호에게 알리려고 방으로 돌아갔다.

그런데 이 정보의 출처를 놓친 것을 두고 마냥 유감스러워하거나 어떤 방법으로 그 손실을 메우면 좋을지 강구하고 있을 여유도 별로 없었다. 한동안 상당히 법석을 떠는 방어 준비로 인해 들려오는 성 안의 시끄러운 소리들이 이제는 열 배나 더 소란스러워졌기 때문이다. 육중하면서도 급하게 서두르는 병사들의 발걸음이 흉벽을 건너거나 많은 망루들과 방어 지점으로 연결되는 좁고 구불구불한 통로와 계단에 울려 퍼졌다. 부하들을 독려하거나 방어책을 지휘하는 기사들의 목소리가 들려왔지만 그들의 지시는 시끄러운 갑옷 부딪치는 소리나 명령을 전달받는 병사들의 시끄러운 함성 소리에 자주 묻혀 들리지 않았다. 이 소리들은 무서웠고, 그 소리로 예상되는 끔찍한 사건들 때문에 더욱 무시무시했지만 레베카의 고결한 정신이 그 공포의 순간에조차 느낄 수 있는 장엄한 기운이 섞여 있었다. 레베카는 비록 뺨에서는 핏기가 싹 가셨지만 눈빛만은 타오르고 있었다. 그리고 반은 자신에게 속삭이고 반은 옆에 있는 사람에게 말을 하듯 성서의 구절을 되풀이하여 외는 동안 그 눈빛에는 두려움과 몸서리 쳐지는 장엄한 감정이 강하게 한데 뒤섞여 있었다.

"화살통이 덜커덕 소리를 내며 … 창과 방패가 번쩍인다 … 지휘관들의 호령과 고함 소리!"(욥기 39장, 23절, 25절)

그러나 아이반호는 자기의 무력함에 참을 수 없다는 듯 분노하며, 이 소리들이 알리고 있는 전투에 참가하고 싶은 불타는 욕망으로 이 장엄한 성서 구절에 나오는 그 군마와도 같았다.

"아, 이 용감한 승부가 어찌 진행될지 보기 위하여 몸을 저 창가까지 끌어갈 수만 있다면 … 우리들을 구하기 위해 단 한 번의 일격이라도 내려칠 수 있는 도끼 한 자루나 화살을 쏠 수 있는 활이라도 있다면! … 아, 소용 없어

… 소용 없구나 … 내겐 그럴 힘도 무기도 없으니!"

"고귀한 기사님, 그렇게 안달하지 마세요. 소리가 갑자기 뚝 끊어졌어요. 아마도 싸움을 하지 않으려나 봐요."

그러자 윌프레드가 초조하게 대답했다.

"그대는 아무것도 모르고 있소. 이 철저한 중단은 병사들이 성벽 위 자기 자리에 배치가 완료되어 임박한 공격을 기다리고 있다는 사실을 알려 주는 것뿐이오. 이제까지 들은 소리는 폭풍의 발작적인 중얼거림에 불과해. 이 제 곧 매서운 기세로 덮쳐올 거요. 아, 저 창가까지라도 갈 수만 있다면!"

"그런 짓을 하려고 하다가는 당신의 몸만 다칠 뿐이에요."

이렇게 대답한 레베카는 아이반호가 극도로 갈망하고 있음을 알아채고는 단호하게 덧붙였다.

"제가 직접 창가에 가서 서 있겠어요. 그리고 밖에서 일어나는 일들을 될 수 있는 한 당신께 설명해 드리겠어요."

그 제안에 아이반호가 소리질렀다.

"안 되오! 그러지 마오! 모든 창마다, 모든 틈마다 궁사들의 표적이 될 거 요. 아무데서나 화살이 … "

"상관없어요!"

그렇게 중얼거린 레베카는 확고한 발걸음으로 그들이 말한 창으로 이르 는 계단을 두세 개 올라갔다.

"레베카! 친애하는 레베카! 그건 처녀들이 심심풀이로 할 짓이 아니란 말 이오. 부상당하고 죽게 될 위험에 그대 몸을 내놓지 마오. 그래서 이런 원 인을 제공한데 대해 내가 평생 후회하게 만들 일은 하지 말란 말이오. 정 해야겠다면 제발, 저기 오래 된 둥근 방패로 몸이라도 가려서 창가에서 되 도록 당신 몸이 눈에 띄지 않도록 하구려."

아이반호의 지시를 놀라울 정도로 민첩하게 따라, 자기에게 상당히 안전 하게 창가의 아랫부분에 걸쳐놓은 오래된 커다란 둥근 방패로 몸을 보호하며 레베카는 성 밖에서 벌어지고 있는 주요 상황을 직접 보고 공격자들이 강습할 준비를 하고 있다는 사실을 아이반호에게 알려 줄 수 있었다. 그리고 레베카가 그렇게 자리잡은 위치는 정말로 이러한 목적을 위해서는 그야말로 안성맞춤이었는데, 그곳이 본성(本城)의 한쪽 귀퉁이에 위치해 있었으므로 레베카는 성의 구내 너머에서 일어나고 있는 일들뿐 아니라 계획되고 있는 공격의 첫 번째 목표인 듯한 외보의 전경까지 내다볼 수 있었기 때문이다.

그 외보는 그다지 높거나 견고하지 않은 바깥 쪽 요새로서, 세드릭이 얼마 전 프롱 드 뵈프에 의해 밖으로 내보내졌던 후문을 방어하기 위해 세워진 것이었다. 성의 해자가 이러한 종류의 망루를 나머지 요새로부터 갈라놓고 있었으므로, 이곳이 점령당할 경우에는 임시 다리를 회수해 들임으로써 성의 주요 건물과의 연락을 끊어 버리는 것은 쉬운 일이었다. 외보에는, 성의 뒷문과 마주보고 있는 비상문이 있었고, 전체가 튼튼한 울타리로 둘러쳐져 있었다. 레베카는 이 지점의 방어를 위해 배치된 병사들의 숫자로 보아 수비대가 그곳의 안전을 가장 염려하고 있다는 사실을 알 수 있었다. 그리고 외보의 거의 맞은편 방향으로 공격군들이 집합하고 있는 것으로 보아 그곳이 최선의 공격 지점으로 선택되었다는 것도 분명했다.

이러한 상황을 레베카는 재빨리 아이반호에게 알려 주며 덧붙였다.

"오로지 몇 사람만이 나무 그늘에서 전진하고 있기는 하지만 숲의 외곽에 궁사들이 정렬해 있는 것 같아요."

"어떤 군기가 걸려 있소?"

"아무런 군기도 보이지 않는데요."

"그것 참 이상한 일이군. 이러한 성을 공격하는데 군기도 창기도 안 보이다니! 지휘관처럼 행동하는 사람이 아무도 안 보이오?"

"검은 갑옷을 입은 기사가 제일 눈에 띄어요. 그분은 유일하게 머리끝부터 발끝까지 무장하고 주위의 모든 군사들을 지휘하고 있는 것 같아요."

"그의 방패에는 어떤 문장이 그려져 있소?"

"검은 방패에는 쇠막대 같기도 하고 푸른색으로 그려진 맹꽁이 자물쇠 같기도 한 것이 있어요."

"뭐라고! 족쇄 같은 퍼런 자물쇠! 누가 그런 문장을 달고 있는지 모르지만 그것이야말로 지금 내 문장으로 삼기에 딱 어울리는 것이로군. 제명은 뭐라고 쓰여 있는지 보이오?"

"이렇게 떨어진 거리에서는 그 문장도 햇빛이 방패에 정면으로 비출 때 외에는 잘 안 보여요."

"다른 지휘관은 없는 것 같소?"

들뜬 아이반호가 큰 소리로 물었다.

"이 위치에서 볼 수 있는 상태로는 특별히 눈에 띄는 사람이 없어요. 하지만, 틀림없이 성의 반대편 역시 공격을 받고 있어요. 바로 지금 진군 준비를 하고 있는 것 같아요 … 아, 시온의 하느님이시여, 저희를 지켜 주소서! … 아 끔찍한 광경이에요! … 커다란 방패와 널빤지로 만든 엄폐물을 들고 있는 사람들이 제일 선두에 섰고, 다른 사람들은 활을 당기며 그 뒤를 따르고 있어요 … 저들이 활을 들어 올려요! 모세의 하느님이여, 당신이 만드신 이 인간들을 용서해 주소서!"

레베카의 설명은 여기서 갑자기 공격개시를 알리는 찢어질 듯 날카롭게 울리는 나팔 소리로 인해 중단되었다. 이 공격 나팔 소리에 응하여 당장 흥벽에서도 노르만 트럼펫의 화려한 난주가 화답했고, 거기에는 적의 도전을 깔보는 듯한 음조로 응수하는 반구형의 커다란 북소리의 낮고 굵은 울림이 한데 뒤섞였다. 양쪽 군의 고함소리는 이 무시무시한 소음을 더욱 시끄럽게 하였다. 공격군은 '유쾌한 잉글랜드의 성 조지!' 라고 외쳤고, 노르만 인들은 각기 다른 지휘관들의 함성에 맞춰 '앞으로 드 브라시! 멋지게! 멋지게! 프롱 드 뵈프를 구하러!' 라는 커다란 외침으로 화답했다.

그러나, 전투의 승세는 이와 같은 함성에 의해서 결정되는 것이 아니었으므로 공격군의 필사적인 노력은 방어하는 측의 대등한 강력한 수비에 부딪쳤다. 삼림지의 여가 시간을 이용하여 대궁을 가장 유효하게 쏘도록 훈련받은 궁사들은 당시의 적절한 문구를 빌면 그야말로 '모두 일사불란하게' 활을 날려보냈으므로 수비대가 신체 부위를 조금이라도 내보이는 지점은 그들의 1미터짜리 화살을 피해갈 수 없었다.

마치 우박처럼 빽빽하고 날카로우면서도, 모든 화살이 각기 그 개별적 목표가 있어 흉벽의 각 총안과 난간 입구는 물론 수비대가 가끔씩 배치되어 있거나 배치되어 있는 것으로 의심되는 창문을 향해 스무 발씩 날아가도록 속행된 이 맹렬한 화살 공격에 의해 … 이 지속된 공격에 의해 수비대 가운데 두세 명이 죽고 몇 사람이 부상당했다. 그러나, 화살이 공격을 견뎌내는 갑옷을 믿고, 여건이 허락하는 대로 몸을 숨기며 프롱 드 뵈프와 그의 동맹군은 공격의 맹렬함에 뒤지지 않을 정도로 완강하게 저항하며 커다란 석궁은 물론, 대궁, 투석기, 그 외에 날릴 수 있는 무기들로 빽빽하게 끊임없이 날아오는 화살 세례에 응수하였다. 공격군은 부득이하게 방어가 서투를 수밖에 없었으므로 적에게 입힌 손해보다 더 큰 손실을 겪었다. 양측에서 화살과 투석들이 날아오는 소리를 막는 것은 오로지 양편에서 상당히 두드러진 손해를 상대에게 가하거나 입었을 때에 일어나는 함성뿐이었다.

"상황이 이런데도, 나는 병석에 누워 있는 사제처럼 여기 이렇게 누워만 있구나. 나에게 자유를 주거나 죽음을 가져다줄 승부가 다른 사람들의 손으로 이루어지고 있는 마당에! 친절한 아가씨, 다시 한 번만 창 밖을 내다봐 주오 … 하지만 아래의 궁사들에게 표적이 되지 않도록 조심하구려 … 한 번만 더 내다보고 그들이 아직 공격을 진행하고 있는지 말해 주구려."

속으로 기도를 올리는 동안에 힘을 얻은 불굴의 용기로 레베카는 다시 한 번 창가에, 그러나 아래에서는 보이지 않도록 몸을 감추어 자리를 잡았다.

"무엇이 보이오, 레베카?"

"제 눈이 부실 정도로 빽빽하게, 그리고 그것을 쏘는 사람이 누구인지 보이지 않을 정도로 날아가는 화살 구름 외에는 아무것도 볼 수 없어요."

"진짜 무기의 힘으로 성을 곧장 밀어붙이지 않는다면 그것도 오래갈 수는 없을 거요. 화살은 아무리 쏘아봤자 돌로 된 성벽과 성채에는 별 소용이 없을거요. 그 족쇄 기사를 찾아 그가 어떻게 처신하는지 봐 주시오. 장수의 됨됨이를 보면 그 부하들을 알 수 있을 테니."

"그분은 안 보여요."

"이런 비겁한 겁쟁이 같으니! 바람이 한창 불고 있는데 키에서 꽁무니를 뺀단 말인가?"

"꽁무니 빼는 게 아니에요! 결코 아니에요! 이제 그분이 보여요. 일대의 병력을 인솔하여 외보의 바깥쪽 울타리 아래에 바짝 이르렀어요. 그들은 말뚝과 울타리를 쓰러뜨리고 있어요. 도끼로 울타리를 마구 패고 있어요 … 그분의 높은 검은색 투구 장식은 시체가 즐비한 들판 위를 헤매는 까마귀처럼 병사들 주위로 둥실 떠 있어요 … 아, 그들이 울타리에 뚫고 들어갈 틈을 만들었어요 … 그곳으로 뛰어들어가요 … 다시 밀려나왔어요! … 프롱 드 뵈프가 수비대를 이끌고 있어요. 주위를 압도하는 그의 거대한 몸집이 보여요. 모두 다시 울타리의 돌파구로 몰려들어요, 그리고 그 통로를 사람마다 일 대 일로 맞붙어 서로 차지하려고 야단들이에요. 아, 야곱의 하느님이여! 격렬한 두 조류가 맞부딪친 것 같아요 … 역풍에 소용돌이치는 두 바다의 충돌 같아요!"

그토록 끔찍한 광경은 더 이상 볼 수 없다는 듯이 레베카는 창에서 얼굴을 돌렸다.

"다시 한 번만 봐주오, 레베카."

레베카가 얼굴을 돌린 이유를 오해한 아이반호가 말했다.

"이제는 화살이 얼마간 잠잠할거요. 직접 맞붙어서 접전을 벌이고 있는 중이니까 … 다시 한 번만 봐 주구려, 이제 덜 위험할 테니."

레베카는 다시 내다보았고, 거의 즉시 소리를 질렀다.

"아, 어쩌면 좋아요! 프롱 드 뵈프와 흑기사가 돌파구에서 서로 맞붙었어요. 부하들은 양쪽에 둘러서서 고함을 지르며 싸움의 진행을 지켜보고 있어요 … 하느님, 제발 이 억눌린 사람들과 포로들의 편을 들어주소서!"

그 순간 레베카는 갑자기 커다란 비명을 지르며 외쳤다.

"쓰러졌어요! … 그분이 쓰러졌어요!"

"누가 쓰러진 거요? 아, 제발 누가 쓰러졌는지 말하라고!"

"흑기사요."

레베카는 힘없이 대답했다. 그러나 그 순간 기쁨에 들뜬 환호성을 울렸다.

"아니에요 … 아니에요! 아, 만군의 주님 감사합니다! 그분이 다시 일어섰어요. 그리고 한 팔에 스무 사람의 힘이 있는 듯이 맹렬하게 싸우고 있어요 … 아, 저런, 칼이 부러졌어요 … 한 향사에게서 재빨리 도끼를 낚아챘어요 … 그리고 프롱 드 뵈프를 사정없이 내리쳐요 … 그 거인은 나무꾼의 도끼질을 받고 있는 떡갈나무처럼 몸이 앞으로 구부러지며 비틀거리고 있어요 … 쓰러졌어요, 그가 쓰러졌어요!"

"프롱 드 뵈프가?"

"맞아요, 프롱 드 뵈프가요! 오만한 성전 기사가 이끄는 그의 부하들이 구출하러 달려 나왔어요 … 한데 합쳐진 그들의 힘에는 용사도 어쩔 수 없이 물러서네요 … 그들이 성 안으로 프롱 드 뵈프를 끌고 들어가요."

"공격군은 울타리를 점령했소, 아니란 말이오?"

"그럼요 … 점령하고 말고요! 그리고 수비대를 외벽 위로 밀어붙이고 있는 중이에요. 사다리를 걸치는 이들도 있고, 벌떼처럼 모여들어 서로의 어깨를 받치고 오르려고 하는 사람도 있어요 … 그들의 머리 위로 돌과 들보와 나무 기둥 따위가 떨어져요. 그리고 부상자를 후방으로 운반하기 무섭게 새로운 병사들이 그들의 자리를 대신하여 공격합니다 … 아, 하느님! 인간에게 당신의 형상을 주셨는데, 같은 인간의 손에 이토록 잔인하게 더럽혀져야 하다니요!"

"그런 생각은 마오. 지금은 그런 생각을 하고 있을 때가 아니오. 누가 지고 있소? … 누가 밀어붙이고 있소?"

"사다리가 던져졌어요."

레베카가 몸서리치며 말했다.

"병사들이 찌그러진 뱀처럼 사다리 밑에 깔려 널브러져 있어요 … 수비대가 우세한 것 같아요."

"성 조지여! 우리를 위해 쳐 주소서! 서투른 향사들은 그만 무너지고 마는 것인가?"

"아니에요! 그들은 향사답게 잘 싸우고 있답니다 … 흑기사가 커다란 도끼를 들고 뒷문으로 다가가고 있어요. 전투의 모든 소음과 함성 너머로 저분이 휘두르는 천둥소리가 들리죠 … 돌과 들보 따위가 저 대담한 전사 위로 쏟아져 내려요 … 그런데도 저분은 그것을 엉겅퀴 솜털이나 깃털 정도로밖에 생각하지 않아요!"

그 말에 아이반호는 기뻐서 침상에서 벌떡 일어나며 말했다.

"아크레(Acre)의 성 요한에 맹세코 저런 무공을 세울 수 있는 사람은 잉글랜드에서 단 한 사람밖에 없다고 생각하는데!"

"뒷문이 흔들려요 … 부서졌어요 … 흑기사의 도끼질을 받고 쪼개졌어요 … 그들이 몰려 들어가요 … 외보를 점령했어요 … 오, 하느님! 공격군이 수비대를 흉벽에서 던져 버려요 … 해자로 던져 버리네요 … 오, 사람들이여, 당신들도 인간이라면 더 이상 아무런 저항도 할 수 없는 사람은 살려 주시지!"

"다리는 … 성으로 통하는 다리는 … 그곳도 점령했소?"

"아니오, 성전 기사 일행이 건너자마자 널빤지를 부숴 버렸어요 … 수비대 가운데 극소수만이 성전 기사와 함께 성으로 도망쳐 들어갔어요 … 지금 들리는 저 비명과 울부짖음은 나머지 사람들의 운명을 말해 주고 있는 거예요 … 아, 이럴 수가! … 전투를 지켜보는 것보다도 승리를 지켜보는 것이 더욱 힘든 일이라는 것을 이제야 알겠어요."

"그들은 지금 무엇을 하고 있소, 아가씨? 한 번만 더 내다봐 주구려 … 지금은 유혈참사를 보고 기절할 때가 아니오."

"한동안 소강상태예요. 우리편은 점령한 외보 안에서 힘을 강화하고 있고, 외보는 적들의 화살로부터 좋은 피신처가 되어 주고 있어서 수비대는 상대에게 정확히 맞추기보다는 그저 불안하게 하기 위한 것처럼 가끔 생각나면 몇 발씩 날리고 있을 뿐이에요."

"분명히 우리편은 그렇게 훌륭하게 시작했고 저토록 잘 달성한 과업을 포기하진 않을 거요 … 오, 안 되고 말고! 도끼로 떡갈나무 고갱이와 쇠빗장을 부숴 버린 그 훌륭한 흑기사를 믿소! … 저런 비범한 사람이."

아이반호는 다시 혼자 중얼거렸다.

"저런 필사적인 용기로 행동하는 사람이 두 사람만 되었더라도! … 그런데 검은 족쇄와 검은 바탕의 맹꽁이 자물쇠라 … 그게 도대체 무슨 의미일까? … 레베카, 그 외의 흑기사의 특징이 될 만한 것은 아무것도 안 보이오?"

"없어요. 한밤의 갈가마귀 날개처럼 온몸이 전부 새까매요. 더 이상 주목할 만한 것은 눈에 띄지 않아요 … 하지만 싸움에 온 힘을 다하여 진력하는 것을 한 번 본 이상, 천 명의 전사 틈에 끼어 있어도 절대로 잊어버릴 것 같지 않아요. 마치 연회에 초대받기라도 한 것처럼 싸움이 벌어지고 있는 곳으로 돌진해 가는군요. 단지 사람의 힘이라고 생각하기에는 그 이상의 무엇인가가 있어요. 적에게 내려치는 일격에 마치 전사의 온 영혼과 정신이 들어있는 것 같아요. 하느님, 이 유혈참사의 죄를 그에게서 거두어 주소서! … 한 사람의 팔과 용기가 수백 명을 어떻게 정복하는지 보는 것은 무서우면서도 장엄한 광경이네요."

"레베카, 그대는 영웅을 묘사한 거요. 분명히 저들은 원기를 회복하거나 해자를 건널 수단을 마련하느라 쉬고 있는거요 … 당신이 방금 말해 준 이 기사와 같은 지휘관 휘하에서 비겁한 두려움과, 냉담한 지연, 멋진 과업의 포기란 있을 수 없지. 내 가문의 명예를 걸고 맹세코 … 나의 눈부신 연인의 이름에 걸고 맹세코, 이번과 같은 전투에서 저 훌륭한 기사 옆에서 단 하루라도 싸울 수만 있다면 10년 간의 감금도 견딜 수 있을 거요!"

"아아!"

레베카는 창가를 떠나 부상당한 기사의 침상 가까이 다가와 말했다.

"그렇게 참을성 없이 전투를 동경하시다가는 … 현재의 쇠약함에 그렇게 몸부림치고 푸념을 늘어놓다가는 반드시 건강을 회복하시는데 지장이 있을 거예요 … 당신 자신이 받은 상처가 아직 아물기도 전에 어떻게 다른 사람에게 부상을 입히기를 바랄 수 있죠?"

"레베카, 기사도 행위를 훈련받은 사람이 주위에서는 혁혁한 무공을 세우고 있는데 자기만 사제나 여자처럼 잠자코 있기가 얼마나 불가능한 일인지 그대는 모르오. 전투욕은 우리가 먹고사는 음식이오 … 교전의 먼지는 우리의 생명력이오! 우리는 살 수 없소 … 살고 싶지도 않소 … 승리를 거두고 이름을 떨치지 않는다면 … 바로 그런 것이 우리가 맹세하고, 우리가 소중하다고 생각하는 모든 것을 기꺼이 바치는 기사도라는 거요."

"아! 그런데, 훌륭한 기사님, 그것이 헛된 영광의 악마에게 제물을 바치고 몰록(Moloch, 고대 중동 전역에서 유아희생제물을 받은 신. 사람들이 자녀를 불에 태워 바쳤다. 성경 레위기 18장 21절에도 언급되어 있다)에게 바치려고 불 속을 지나는 것이 아니고 무엇이란 말입니까? … 당신이 흘린 모든 피 … 당신이 견뎌온 모든 노고와 고통 … 죽음이 용사의 창을 부러뜨리고 군마의 속도를 능가했을 때 당신의 행위가 불러일으킨 모든 눈물의 대가로 당신에게 남는 것이 뭐가 있겠어요?"

"무엇이 남느냐고? 그것은 명예요, 아가씨, 명예라고! 우리의 무덤을 빛내고 이름을 영원히 잊혀지지 않게 만드는 명예란 말이오."

"명예? 아, 전사의 흐릿하고 썩어 들어가는 무덤 위에 방패 대신 걸려 있는 녹슨 갑옷이 명예입니까? … 무지한 사제가 물어보는 순례자에게 거의 읽어 줄 수도 없는 묘비의 마멸된 조각이 명예입니까? … 다른 사람을 비참하게 만들려고 불행하게 보낸 삶을 위해 모든 다정한 애정을 희생한데 대한 충분한 보답이 명예란 말입니까? 아니면 방랑 시인의 거친 운율에 그 무슨 좋은 점이 있어 떠돌이 음유시인이 저녁 술자리에서 주정뱅이들에게 불러주는 그 민요의 주인공이 되기 위하여 가정의 사랑과, 다정한 애정, 평화와 행복을 그렇게 헌신짝처럼 바꾸어 버린단 말입니까?"

그러자 윌프레드가 성급하게 대답했다.

"혜러워드의 영혼에 맹세코 아가씨, 그대는 알지도 못하는 것을 지껄이고 있구려. 그대는 기사도의 순수한 빛을 꺼뜨리려는 거요. 그것만이 오로지 천한 자로부터 고귀한 자를, 상놈과 야만인으로부터 예의 바른 기사를 구별해 준단 말이오. 우리의 삶을 멀리, 명예의 정점 바로 아래로 멀리 평가한단 말이오. 고통과 노고와 수고를 이겨내고 불명예 외에는 어떠한 재난도 두려워하지 않게 해 준단 말이오. 그대는 그리스도인이 아니오, 레베카. 그러니 연인이 격정을 인정하는 담대한 어떤 행위를 했을 때 그 고귀한 처녀의 가슴을 부풀게 만드는 그 숭고한 감정을 알지 못하지. 기사도! … 그것은 바로 순수하고 숭고한 애정을 싹트게 하는 거라오 … 박해받는 자들의 지주요, 불평의 해결사요, 폭군의 권력을 견제하는 재갈이오 … 기사도가 없다면 귀족들은 헛된 이름에 불과할 뿐이고, 자유는 기사도의 창과 칼에서 최고의 보호를 찾는 거요."

"실제로, 저는 자기 조국을 수호할 때에는 뛰어난 용기를 보였지만, 하나의 국가를 이루고 있을 때조차도 신의 명령이나 압제로부터 조국을 방어하기 위한 경우가 아니고는 전쟁을 하지 않은 민족 출신입니다. 나팔 소리는 이제 더 이상 유다 왕국을 깨우지 않습니다. 그리고 그 핍박받는 자손들은 이제 적대적이고 무력적인 억압의 저항할 수 없는 희생물에 불과하지요.

말씀 잘 하셨어요, 기사님. 야곱의 하느님께서 당신의 선택받은 백성을 위해 제2의 기드온(구약성서에 나오는 이스라엘의 판관이자 민족을 해방한 영웅. 판관기에 그 행적이 기록되어 있다)이나 새로운 마카베오(셀레우코스 왕 안티오코스 4세 에피파네스의 침략으로부터 조국을 지킨 유대인 유격대 지도자. 마카베오서에 그 행적이 기록되어 있다)를 일으켜 주시지 않는 한 유대 계집이 전투나 전쟁에 대해 말하는 것은 어울리지 않는 일이지요."

숭고한 정신을 지닌 처녀는 슬픈 어조로 자기 주장을 끝맺었다. 그 어조에는 자기 민족의 몰락감이 깊이 묻어났으며, 아이반호가 자기를 명예의 문제에 관여할 자격이 없으며, 명예와 관용을 품거나 표현할 능력이 없다고 보는 것 같다는 생각에 감정이 상한 것 같았다.

그래서 레베카는 속으로 중얼거렸다.

'나자렛 인들의 별난 기사도를 비난했다는 이유로 내게 비겁하고 천한 영혼이 마음대로 깃들 것이라고 생각하다니 이분은 내 마음을 너무 모르는구나! 하늘이시여, 내 자신의 피를 한 방울 한 방울 흘려 유대 백성의 자유를 되찾을 수 있도록, 내 아버님과 이 은인을 압제자의 사슬에서 풀려나게 할 수 있기를 빕니다! 그러면 이 오만한 그리스도인도 하느님의 선택된 백성의 이 딸이 거칠고 냉랭한 북국의 어느 시시한 족장의 후예임을 자랑하는 저 몹시도 자부심 강한 나자렛 처녀 못지않게 용감히 죽을 수 있다는 것을 알게 될 테죠!'

그리고 나서 레베카는 부상당한 기사의 침상 쪽을 바라보았다.

'잠이 드셨구나. 고뇌와 기력의 소모로 마음이 녹초가 되니, 쇠약한 몸은 금세 잠으로 빠져드는 구나. 아아! 어쩌면 마지막일지 모르는 이때에 이분을 바라보는 것이 죄가 될까? 하지만 이 아름다운 모습이 심지어 잠들어 있는 순간에도 떠나지 않는 담대하고 쾌활한 기개로 더 이상 활기를 되찾을 수 없을지도 모른다고 생각되는 이 순간에 아주 짧은 동안 바라보는 것만으로도 죄가 될까? 콧구멍이 넓어지고 입은 벌어지고 눈은 움직이지 않고 핏발이 서게 될지 모르는 데, 이 오만하고 고귀한 기사가 이 저주받은 성의 비천하고도 비겁한 놈들에게 짓밟힐지 모르는데, 거꾸로 들려져도 꼼짝도 못하게 될지 모르는 데 이렇게 바라보는 것이 죄가 될까? 아, 아버지! … 아, 아버지! 이 얼마나 불효 막심한 딸인가! 청년의 금발머리에 눈이 멀어 아버지의 백발을 잊고 있었다니! 갇혀 있는 아버지보다도 이 이방인의 처지를 먼저 생각하고, 유다의 멸망을 잊어버리고 이교도와 이방인의 미모에 현혹되다니 지금 겪는 불행들이 이 패륜아에 대한 여호와의 분노의 전조가 아니고 뭐란 말인가! … 하지만 이 어리석은 감정을 내 마음에서 떼어내 버리겠어, 비록 온 마음이 피를 흘리는 한이 있더라도!'

레베카는 베일로 완전히 얼굴을 가리고, 부상당한 기사의 침상으로부터 조금 떨어져 등을 돌리고 앉아, 밖으로부터 시시각각 다가오고 있는 재난 뿐 아니라 안으로부터 자신을 공격하고 있는 그 이율배반적 감정들에 맞서 마음을 강하게 먹고, 또 강하게 먹으려고 애를 썼다.

30장

방으로 다가와 그의 병상을 보라.
그의 죽음은 아침의 감미로운 산들바람과 부드러운 이슬 내린 가운데
종달새가 하늘 높이 날아오르듯이,
선량한 사람들의 탄식과 눈물 속에서 하늘로 올라가는
평화로운 임종이 아니라네.
안셀름이 저승으로 가는 길은 다른 모습이라네.

「옛 희곡」

공 격군이 최초로 성공을 거둔 후 고요한 정적이 흐르는 사이에 한쪽은 그 유리한 상황을 계속 이어나가려고 준비하고, 또 한쪽은 방어 수단을 강화하고 있는 동안, 성전 기사와 드 브라시는 성의 연회장에서 잠시 동안 회의를 하고 있었다.

반대쪽에서 성의 수비를 지휘했던 드 브라시가 물었다.

"프롱 드 뵈프는 어디 있소? 들리는 말로는 살해당했다고 하던데."

그러자 성전 기사가 냉담하게 대답했다.

"살아 있소, 아직은 살아 있소. 하지만 그의 이름에 담긴 의미인 황소 머리를 하고 있고, 그것을 보호하기 위해 열 겹의 철판을 가슴에 대고 있었다 하더라도 저 치명적인 도끼 앞에서는 속수무책이었을 것이오. 어쨌든 몇 시간 안 되어 프롱 드 뵈프는 그의 선조들 곁에 가 있을 거요. 존 왕자의 계획에서 중요한 사지 하나가 잘려 나가는 셈이오."

"사탄의 왕국에는 용맹한 자가 하나 더 늘게 될 테고. 이게 다 성자들과 천사들을 헐뜯고 성물과 성자들의 성상을 저 천한 향사 놈들 머리 위로 내던지라고 명령한 데서 자초한 거요."

"무슨 … 말도 안 되는 소리를. 그대의 미신은 프롱 드 뵈프의 불신과 막상막하요. 당신들 가운데 누구도 신앙이나 무신앙의 정당한 이유를 대지 못할 거요."

"흥, 그대에게 축복이 있기를, 성전 기사. 나에 대해 말을 할 때에는 말을 좀 삼가 주면 고맙겠소. 성모 마리아께 맹세코, 나는 그대와 그대 동료들보다는 훨씬 훌륭한 그리스도인이란 말이오. 시온의 거룩한 성전 기사단은 그 안에 적잖은 이단자들을 품고 있고 브리앙 드 봐 길베르도 그 가운데 하나라는 소문이 자자하니 말이오."

"그런 소문에는 신경 쓰지 말고, 이 성을 잘 지켜낼 방도나 궁리합시다 … 그대 쪽에서는 그 천한 향사 놈들이 어떻게 싸웁디까?"

"마치 악마의 화신 같았소. 벌떼처럼 성벽으로 바싹 몰려들었는데, 내 생각에는 궁술 시합에서 상을 받았던 그놈이 이끌고 있는 것 같았소. 그 뿔나팔과 수대를 보면 알 수 있으니까. 그리고 이 뻔뻔스러운 망나니 놈들이 우리에게 반역을 일으키도록 부추긴 이것이 바로 저 늙은 핏저스 경이 늘 자랑하던 정책이란 말인가! 내가 견고하게 갑옷을 갖춰 입지 않았더라면 저놈들은 내가 마치 한창 때의 수사슴이라도 되는 듯 인정사정 없이 나를 일곱 번이라도 맞추어 쓰러뜨렸을 것이오. 그자는 내 갑옷의 모든 연결 부위를 일 미터 짜리 화살로 정확히 명중시켜 마치 내 뼈가 무쇠라도 되는 듯이 사정없이 갈비뼈를 두드리는 것 아니겠소. 갑옷 속에 스페인제 쇠미늘 셔츠를 받쳐입지 않았더라면 나는 벌써 저세상으로 갔을 거요."

"하지만 지키고 있던 자리는 사수했소? 우리는 우리 측 외보를 잃었소."

"그것 참 대단한 손실인데. 저놈들이 성을 더욱 가까이에서 공격하기 위해 그곳에서 엄폐물을 찾으려고 할 거요. 그러니 잘 지키지 못한다면 경비가 소홀한 탑 모퉁이나 잊고 있던 창을 찾아내어 그곳으로 쳐들어올지도 모르겠소. 우리 인원으로는 모든 지점을 방어하기에 턱없이 부족하여 어느 쪽을 향하더라도 축제일 저녁의 교구 사격장의 과녁처럼 많은 화살의 집중목표가 되고 있다고 병사들이 불평하고 있소. 프롱 드 뵈프는 곧 죽을 테니, 이제 그의 황소 머리와 야수 같은 힘의 도움을 받기는 틀렸소. 브리앙 경, 어떻게 생각하오, 더 이상 어찌할 수 없다면 사로잡은 포로들을 넘겨주고 저 악당 놈들과 타협을 하는 것이?"

"뭐라고? 포로들을 넘겨주고 조롱과 저주의 대상이 되겠다는 거요? 무방비 상태의 나그네들을 야밤에 급습하여 감히 포로로 삼았으면서 돼지치기, 광대, 인간 쓰레기 등이 이끄는 떠돌이 무법자 놈들을 상대로 성 하나 제대로 지켜내지 못한 용맹한 전사들이라고 놀림감이 되려는 거요? 부끄러운 줄이나 아시오, 모리스 드 브라시! 그런 비열하고 치욕스러운 타협에 동의하느니 차라리 내 육신과 수치를 모두 이 성의 멸망과 함께 묻어 버리고 말겠소."

그러자 드 브라시가 심드렁하게 대답했다.

"그렇다면 성벽으로 갑시다. 투르크 인이든 성전 기사든 그 어떤 사람도 나보다 더 목숨을 가볍게 여기진 않았을 거요. 하지만 사십여 명의 내 자유 용병대가 있었더라면 하고 바라는 것은 불명예스러운 일은 아닐 테죠? … 오, 나의 용감한 창기병들이여! 너희 대장이 오늘 얼마나 힘든 상황에 처했는지 안다면 얼마나 속히 너희들의 그 창 무리 선두에 내 깃발이 펄럭이는 것을 보게 해 주었을 것이냐! 그리고 이 오합지졸들은 너희들과의 교전을 얼마나 견딜 수 있겠는가 말이다!"

"그대가 누구에게 청하든, 지금 남아 있는 병력으로 막을 수밖에는 없지 않겠소 … 남아 있는 병력은 주로 프롱 드 뵈프의 부하들로 수없이 무례하고 포학한 행위를 저질러 잉글랜드 인들부터 증오를 받고 있소."

"잘 됐구려. 이 난폭한 노예 놈들은 밖의 농부 놈들로부터 복수를 받으니 마지막 피 한 방울까지 흘려가며 자기 몸을 지키려 들 테니. 자 그럼 용기를 내어 해 봅시다, 브리앙 드 봐 길베르. 살든 죽든 모리스 드 브라시가 오늘만큼은 기질로 보나 혈통으로 보나 신사로서 행동하는 것을 보여 주리다."

"성벽으로!"

성전 기사가 그에 대답했다. 두 사람은 성을 지키기 위하여 짜낼 수 있는 모든 노련함과 힘을 다하여 싸우려고 흉벽으로 올라갔다. 그리고 가장 위험한 지점은 공격군이 이미 점령한 외보의 맞은 편이라는 데에 동의했다. 성은 사실상, 해자에 의하여 외보로부터 완전히 분리되어 있었으므로 공격군이 그 장애물을 건너지 못한다면 외보와 연결되어 있는 뒷문을 공격하는 것은 불가능했다. 그러나 지휘관이 이미 보여 준 전략을 그대로 유지한다면 공격군은 막강한 공격으로 수비대의 이목을 이 지점으로 집중시켜 다른 곳의 방어가 허술한 틈을 이용하는 대책을 취할 것이라는 것이 성전 기사와 드 브라시의 공통된 의견이었다. 그러한 해악을 막기 위해서 지금의 병력으로는 서로 연락을 취하며 성벽을 따라 군데군데 보초를 세워두고 위험이 임박할 때마다 경보를 울릴 수 있게 하는 것이 고작이었다.

그 사이, 두 사람은 드 브라시가 뒷문의 방어를 지휘하고, 성전 기사는 스무 명 정도의 병사들을 예비대로 인솔하여 급습을 받을 위험이 있는 지점으로 언제든 달려갈 수 있도록 대기하자는 데 동의했다. 외보의 손실로 인해 또한 다음과 같은 불행한 결과도 생겼는데, 그것은 성벽이 매우 높은 높이에도 불구하고 수비대는 전처럼 적들의 동태를 잘 볼 수 없게 되었다는 사실이다. 여기저기 산재해 있는 덤불숲이 외보의 비상문에 가까이까지 뻗어 있었으므로 공격군은 덤불 숲에 몸을 은폐할 뿐 아니라 수비대에게 들키지 않을 것으로 생각되는 적당한 수의 병력을 그 덤불숲에 매복시켜 놓을 수도 있었기 때문이다. 그래서 어느 지점에 강습이 있게 될지는 전혀 알 수 없었으므로 드 브라시와 그의 동료들은 우연히 일어날 수 있는 모든 사고에 대비할 필요가 있었다. 그런데 그의 부하들은 아무리 용감하다고는 해도, 공격 시간과 방법을 선택할 힘을 갖고 있는 적들에게 포위당한 사람들에게 흔히 있기 쉬운 정신상 걱정이 되는 낙담을 경험하지 않을 수 없었다.

그동안, 포위당하여 위험해진 성의 주인은 육체적 고통과 정신적 고뇌를 겪으며 침상에 누워 있었다. 그는 그 미신적인 시대에 흔했던 고집불통의 기략이 없었다. 대부분의 사람들은 자기들이 저지른 죄를 교회에 바치는 헌금으로 속죄하며, 이러한 수단을 통하여 죗값과 용서에 대한 생각으로 공포심을 마비시켜 버리는 경향이 있었다. 그리고 비록 이렇게 해서 얻은 안심이 진심 어린 참회에 따르는 마음의 평화와 다른 점은 아편에 의해 얻은 혼란스러운 마취가 건강하고 자연스러운 수면과 다르다는 것과 마찬가지이기는 하지만 어찌 보면 깨어 있는 양심의 가책으로 겪는 고뇌보다는 나은 마음 상태라고 할 수도 있었다. 냉혹하고 인색한 인간이었던 탓에 프롱 드 뵈프는 모든 악덕 가운데서도 탐욕이 가장 두드러졌다. 재물과 땅을 희생하여 교회와 성직자로부터 용서와 사면을 사기보다는 그들을 무시하는 쪽을 택했다. 그와는 다른 종류의 불신자인 성전 기사가 프롱 드 뵈프는 기성 신앙에 대한 불신과 경멸에 대해 정당한 이유도 들 수 없다고 말했을 때 그는 동료의 성격을 정확하게 나타낸 것이 아니었다. 프롱 드 뵈프는 교회가 상품을 너무 비싸게 팔고 있어서 교회가 팔려고 내놓은 영적인 자유는 예루살렘의 파견대장의 로마 시민권(사도 바울이 사람들과 실랑이를 벌이자 그를 가두었던 로마의 파견 대장은 로마시민을 재판도 하지 않고 가두었다고 항의하는 바울에게 자기는 많은 돈을 들여 시민권을 얻었다고 대답한다. 성경 사도행전 22장 28절)처럼 '대단한 거금'을 들여야만 살 수 있다고 생각했을 것이며 더욱이 그는 의사에게 비용을 지불하기보다는 약의 효능을 부인하는 쪽을 선호하는 사람이었기 때문이다.

그러나 이제 토지와 그의 재물들이 바로 눈앞에서 미끄러져 사라지고, 그의 잔인한 가슴도 지옥의 맷돌처럼 냉혹하긴 하지만 내세의 쓸쓸한 암흑을 바라보고는 오싹해지지 않을 수 없는 순간이 다가왔다. 몸의 열은 마음의 조바심과 고뇌를 더욱 가중시켰고, 죽음의 침상은 새롭게 깨어난 온갖 공포의 감정이 그 확고하고 뿌리깊은 완고한 성격과 싸우며 한데 뒤섞여 있음을 나타냈다. 그 끔찍한 마음 상태는 지옥에서나 볼 수 있는 것으로, 아무런 희망 없는 불만, 참회 없는 후회, 현재의 고뇌를 느끼는 끔찍한 감각, 사라지거나 줄어들지 않는 불안한 예감만이 있을 뿐이었다!

"이 개 같은 사제 놈들은 대체 어디 있는 거야? 그 허황한 종교 의식에 그렇게 높은 값을 붙인 놈들 말이야? 프롱 드 뵈프가 성 안나 수도원을 지어준 그 맨발의 카르멜회(Carmelites) 수도사 놈들은 다 어디 있어? 그 후계자에게서 좋은 목장과 비옥한 들판과 소유지를 많이 빼앗아 간 놈들 말이야 … 그 탐욕스러운 사냥개 놈들은 지금 어디 있지? … 홍, 필시 맥주로 목을 축이고 있거나 어느 욕심 많은 촌놈의 머리맡에서 사람을 속이는 술책을 부리고 있을 테지 … 저희들의 수도원 설립자의 후계자인 나를 위해 기도해 주어야 할 것 아냐 … 이런 배은 망덕한 놈들 같으니라고! … 저 들판을 떠도는 집 없는 개처럼 고해 성사도 하지 못한 채 죽어가게 내버려 두고 있단 말이냐! … 성전 기사더러 이리로 오라고 해 … 그자도 어쨌든 성직자니까 뭐라도 해 줄 수 있을 테지 … 아니, 안 돼! 천국이든 지옥이든 신경을 쓰지 않는 그 브리앙 드 봐 길베르에게 고해를 하느니 차라리 악마에게 하는편이 낫지 … 노인들이 기도하는 것을 들은 적이 있어 … 자신들 음성으로 직접 말이야 … 그렇게 하면 부정한 사제 놈에게 아첨하거나 뇌물을 쓸 필요가 없지 … 하지만 나는 … 감히 그럴 용기가 없구나!"

그때 그의 침상 옆에서 띄엄띄엄 날카롭게 말하는 음성이 들려왔다.

"천하의 레지날 프롱 드 뵈프가 살아 생전에 감히 할 수 없는 일이 있다고 말하다니!"

자기 독백이 이렇게 이상하게 중단된 사이에 프롱 드 뵈프는 떳떳하지 못한 양심과 냉정함을 잃은 신경 과민으로 인해 당시의 미신으로서 죽어가는 사람의 생각을 혼란스럽게 만들어 영원한 행복에 대한 명상을 방해하기 위해 침상으로 몰려든다고 믿어졌던 그 악마들 가운데 하나의 음성을 들었다. 프롱 드 뵈프는 소스라치게 놀라 몸을 움츠렸다. 그러나 즉시 예의 그 불굴의 용기를 내어 소리질렀다.

"거기 누구냐? … 밤 갈가마귀와 같은 말투로 감히 내 말을 그대로 흉내내는 네 놈은 누구냔 말이다 … 내 침상 앞으로 모습을 드러내라."

그러자 목소리가 대답했다.

"나는 그대의 사악한 천사지, 레지날 프롱 드 뵈프."

"만일 네가 정말 마귀라면 모습을 똑똑히 보여 봐라. 내가 네 놈을 피할 줄로 생각하느냐 … 영원한 감옥에 대고 맹세하건대, 내가 이제껏 이 세상의 위험과 싸워 온 것처럼 지금 내 주위를 떠돌고 있는 이 공포와 싸울 수 있다면 천국이든 지옥이든 내가 이 싸움을 피했다고는 말하지 못할 테지!"

"레지날 프롱 드 뵈프, 너의 죄를 생각해 보란 말이다!"

거의 이 세상 것 같지 않은 음성이 말했다.

"반역과 약탈과 살인을 저지른 것을 말이야! … 백발의 부왕과, 그 관대한 형에게 반역의 깃발을 들도록 방탕한 존 왕자를 부추긴 것이 누구였지?"

"네가 마귀든, 사제든, 혹은 악마든 새빨간 거짓말을 하고 있구나! 내가 존 왕자를 부추긴 것이 아니야 … 나만 그런 것이 아니란 말이야 … 오십 명의 기사와 귀족들이 함께 저지른 짓이지, 이 나라 중부 지방의 꽃이라고 할 만한 인물들이 … 그보다 나은 인물들 가운데 가담하지 않은 사람은 없었지 … 그런데도 오십 명이 저지른 죄를 나 혼자 책임져야 한다고? 이 거짓을 일삼는 마귀야, 네 놈에게 굴복하지 않을 테다! 썩 꺼져, 더 이상 가까이 나타나지 말란 말이다 … 만일 네가 사람이라면 나를 조용히 죽게 내버려다오 … 만일 악마라면 아직 네가 나타날 시간이 아니다."

"조용히 죽게 내버려 둘 수는 없지. 심지어 죽는 순간에도 네 놈이 저지른 죄를 생각하게 해 주마 … 이 성에 울려 퍼지던 신음소리를 … 성의 바닥에 스며들어 있는 그 핏자국을 말이다!"

"그 보잘것없는 악의로 내 마음을 흔들지는 못할 걸."

프롱 드 뵈프는 소름끼치는 억지 웃음을 웃으며 대꾸했다.

"저 불신자인 유대 놈 … 내가 한 것처럼 놈을 처치하는 것은 하늘도 인정할 공로지. 그렇지 않으면 무슨 까닭으로 사라센 놈들의 피에 손을 담근 사람들을 성자로 인정하느냐 말이야? … 내가 죽여 버린 그 색슨 돼지 놈들은 내 조국의, 내 가문의, 내 주군의 적이었다. 하! 하! 내 갑옷에는 조그만 틈도 없다는 것을 아느냐? … 도망친 거냐? … 아무 말이 없느냐?"

"아니, 더러운 존속 살해자여! 네 아비를 생각하라! … 네 아비의 죽음을 잊진 않았겠지! … 네 아비의 피로, 그것도 아들의 손으로 솟구쳐 흥건해진 그 연회석을 떠올려 보란 말이다!"

그러자 영주는 긴 침묵 후에 대답했다.

"아아! 그것을 알고 있는 것을 보니, 너는 사제 놈들의 말대로 전지전능한 마왕임에 틀림없구나! … 그 비밀이야말로, 내 가슴속에만 숨겨왔다고 생각했는데, 그 외에 다른 한 사람 … 요부이자 내 범죄의 공범만이 아는 비밀인데 … 물러가거라, 이 마귀야! 저 색슨 마녀 울리카를 찾아보거라, 그 계집과 나, 둘만이 목격한 것을 얘기해 줄 유일한 사람이니. 죽은 내 아비의 상처를 씻기고, 시신을 똑바로 펴고, 살해당한 사람을 때가 되어 자연사한 것처럼 보이게 만든 그 계집을 찾아가란 말이다 … 그 계집에게 가거라, 그 계집은 그 짓을 하도록 나를 유혹하고, 더럽게 부추겨 한층 더 보복을 한 셈이지. 가서, 그 계집에게도 나처럼 지옥을 예감하는 고통을 맛보게 하란 말이다!"

그 말에 울리카는 프롱 드 뵈프의 침상 앞으로 나오며 말했다.

"그 여인은 이미 그러한 고통을 맛보았다. 이 고통의 잔을 이미 오래 전에 마셔왔는데, 네 놈도 그 고통을 당하는 꼴을 보니 이제야 그 쓴맛이 가시는구나 … 그렇게 이를 갈지 마라, 프롱 드 뵈프 … 눈알을 굴리지도 말고 … 주먹을 움켜쥐고 위협하겠다는 몸짓으로 내게 휘두르지 말란 말이다! … 네 놈에게 그 성(姓)을 물려준 유명한 조상들처럼 단 한 번의 일격으로 산처럼 거대한 황소의 두개골을 박살내 버릴 수 있었던 그 손이 이제는 내 손처럼 기운을 잃고 무력해졌구나!"

"이 비열한 살인자 노파! 가증스러운 올빼미 년! 네 년이 몰락하도록 거든 파멸을 보고 기뻐하러 온 것이 바로 너였구나?"

"아아, 레지날 프롱 드 봬프, 그래 울리카다! … 네 놈들에게 살해당한 토퀼 월프강어의 딸이지! … 네 놈과 네 아비의 집에서 내 아버지와 친척과, 이름과 명예를 요구하는 것이 바로 나란 말이다! … 프롱 드 봬프라는 이름에 의해 모두 잃어버렸던 그것들을 말이야! … 프롱 드 봬프, 내 잘못을 생각하고 내 말이 사실이 아닌지 대답해 봐라 … 지금까지는 네 놈이 내 악마였으니 이제부터는 내가 네 악마가 되어 주마 … 네 놈이 숨을 거두는 그 마지막 순간까지도 네 놈을 귀찮게 따라다닐 테다!"

"이 더러운 표독스러운 계집! 그런 순간을 네게 보이진 않을 테다! 이봐라! 자일스, 클레멘스, 외스타슈! 생 마우르, 스테판! 이 망할 놈의 마녀를 잡아 성벽 위에서 거꾸로 내던져라! … 이년은 우리를 색슨 놈들에게 팔아넘겼다! … 이봐, 생 마우르! 클레멘스! 이 신의 없는 놈들아, 대체 어디서 뭐하고 있는 거냐?"

"어디 또 한 번 불러보시지, 용감한 영주 나리."

노파는 소름이 끼칠 듯이 비웃는 미소를 지으며 말했다.

"네 부하 놈들을 불러모아 늑장 부리는 놈들에게 벌을 내리든지 감옥에 처넣든지 해 보란 말이다 … 하지만, 명심해 두시지, 대단한 성주여."

노파는 갑자기 말투를 바꾸었다.

"그놈들로부터는 어떠한 대답도, 도움도, 복종도 받을 수 없을 것이다 … 저 무시무시한 소리를 들어보시지."

이제 또 다시 시작된 공격과 방어의 소음이 성의 흉벽으로부터 굉장히 시끄럽게 들려왔기 때문이었다.

"저 전쟁의 함성 속에 네 가문은 몰락해 가고 있어 … 피로 굳힌 프롱 드 봬프의 권력의 조직이 토대까지 흔들리고 있는 거야, 그것도 네 놈이 가장 멸시하던 적들인 … 색슨 인 앞에서 말이다, 레지날! … 색슨 인들이 네 성벽을 공격하고 있어! … 색슨 인들이 난공불락의 네 성을 강습하고 있는데 네 놈은 지쳐빠진 암사슴 마냥 왜 이렇게 누워 있지?"

그러자 부상당한 기사가 부르짖었다.

"아, 신이여, 마귀여! 저 난투가 벌어지고 있는 곳으로 이 몸을 끌고 가 내 이름에 어울리게 죽을 수 있도록 단 일순간만의 힘이라도 있다면!"

"천만에, 용감한 전사! 네 놈을 전사답게 죽게 할 수야 없지. 농부들이 불을 놓았을 때 제 소굴에 갇힌 여우처럼 죽게 해 줘야지."

"이 가증스러운 노파! 거짓말하지마! 내 부하들은 용감하게 싸우고 있다 … 내 성벽은 튼튼하고 드높단 말이다 … 내 전우들은 설령 헹기스트와 호사의 지휘를 받고 있는 색슨 놈들 군대가 전부 몰려온다 해도 전혀 겁내지 않아! … 성전 기사와 자유 용병대의 함성은 전쟁터에서 높이 울린단 말이다! 그리고 내 명예를 걸고 맹세코, 즐겁게 방어태세를 갖추기 위해 불을 붙이면 너희들을, 몸과 뼈를 통째로 불태워 버릴 것이다. 그러면 나는 살아남아 네 년이 지상의 불에서 지옥의 불구덩이로 떨어지는 것을 지켜볼 테다. 그 지옥은 아직 너처럼 극도로 극악무도한 사람의 모습을 한 마귀를 내보낸 적이 없지!"

"흥, 증거를 보게 될 때까지 너 좋을 대로 믿으려무나 … 하지만 아니! 이제라도 네 놈의 운명을 알려 주마. 비록 이 연약한 손으로 너를 위해 준비한 것이지만 네 모든 권력, 힘, 용기로도 피할 수 없는 운명을 말이다. 방 안에 이미 시꺼멓게 떠도는 저 숨막힐 듯 타오르는 연기가 보이지 않느냐? … 그것이 그저 화끈거리는 네 눈이 침침하고, 숨쉬기가 곤란해서 그런 것으로만 생각하는 거냐? 아니, 천만에! 프롱 드 뵈프, 원인은 다른 데 있어 … 이 방 아래에 저장되어 있는 연료 창고를 기억하고 있겠지?"

"뭐라고! 그곳에 불을 질렀단 말이냐? 아, 이런, 네 년이 한 짓이로구나. 이제 성은 불길에 휩싸였구나!"

"적어도 빠른 기세로 타오르고 있지."

울리카는 무서우리 만치 침착한 태도로 대답했다.

"그리고 불을 끄기에 정신이 없게 될 네 놈들을 힘차게 밀어붙이라고 공격군들에게 이제 곧 신호가 갈 것이다 … 잘 있거라, 프롱 드 봬프! … 미스타, 스코굴라, 제네복, 옛 색슨 신들이여 … 요새 사제들 말로 하면 마귀들이여 … 이제 울리카는 물러날 테니 이놈의 임종을 위로하는 직분을 맡아 주기를! 하지만, 네 놈에게 위안이 된다면 알아둬라, 이 울리카도 네 죄의 공범이자 처벌의 동반자로서 네 놈과 함께 그 어두운 지옥의 심연으로 가게 된다는 것을 … 그럼 이제, 영원히 작별이다, 이 아비를 살해한 놈! … 이 둥근 천장의 돌 하나하나가 네 놈의 귀에 그 오명이 울려 퍼지도록 말할 수 있게 되기를!"

그렇게 말하면서 울리카는 방에서 나갔고, 그녀가 문에 이중의 자물쇠를 채울 때 잠기는 그 육중한 소리를 프롱 드 봬프도 들을 수 있었다. 그럼으로써 탈출할 수 있는 실낱 같은 희망마저도 끊어지고 말았다. 극도의 괴로움 속에서 프롱 드 봬프는 자기의 하인들과 전우들을 소리쳐 불렀다.

"스테판, 생 마우르! … 클레멘스, 자일스! … 아무런 도움도 받지 못한 채 내가 여기서 타들어가고 있다! … 구해 줘! … 살려 줘, 용맹한 봐 길베르, 용감한 드 브라시! … 프롱 드 봬프가 부르고 있소! … 네 놈들 주인이다, 이 배신자 같은 종놈들아! … 너희들의 동맹이자, 전우란 말이다, 이 위선적이고 믿을 수 없는 기사 놈들아! … 너희들의 그 비겁한 머리 위에 반역자에게 합당한 모든 저주가 떨어지기를! 그런데도 나를 이렇게 비참하게 죽도록 내버려 둘 테냐! … 내 말이 안 들리는구나 … 내 말을 들을 수 없는 거야 … 내 고함소리가 전투의 함성에 묻혀 버린 거야 … 연기가 점점 더 짙게 차 오르는구나 … 불길이 아래 바닥까지 옮겨 붙은 거야 … 오, 지금 당장 죽더라도 하늘의 신선한 공기를 한 모금이라도 마실 수만 있다면!"

그리고 미칠 듯한 절망에 격분하여 이 가련한 영주는 전사들의 고함소리에 화답하여 고함을 지르기도 하다가 자기 자신과 인류와 하늘에까지 저주를 퍼부었다.

"시뻘건 불길이 짙은 연기 속에서 타오르는구나! 악마가 제 힘을 나타내는 깃발 아래 내게 달려들고 있구나 … 더러운 마귀여, 물러가라! … 내 동료들과 함께 가는 것이 아니라면 너와 같이 가지 않겠다. 모든 것이, 이 성을 지키고 있는 수비대 전부가 다 네 것이다 … 프롱 드 뵈프가 혼자 가도록 뽑힐 것으로 생각하느냐? 아니, 천만에 … 저 이단자 성전 기사도 있고 … 저 방탕한 드 브라시도 있고 … 저 더러운 살인자 창녀 울리카도 있고 … 내 계획을 거들은 놈들도 있고 … 내 포로로 잡혀 있는 개 같은 색슨 놈들과 저주받은 유대 놈들도 있다 … 모두 나와 함께 갈 것이다 … 저승으로 가는 길 치고 더 이상 훌륭한 동반자는 없군 … 하하하!"

프롱 드 뵈프는 둥근 천장이 울릴 때까지 미친 듯이 웃었다. 그리고 밖에서 들리는 싸우는 소음도 자기의 미친 듯이 웃는 웃음소리의 반향이 귀에 다시 들려오는 것을 막지는 못했으므로 그는 갑자기 기분이 바뀌어 외쳤다.

"거기 누가 웃는 거야? … 누가 웃고 있냐니까? … 울리카, 너냐? … 말해라, 이 마녀야, 그러면 용서해 줄 테니까 … 너 아니면 지옥의 마귀만이 이런 순간에 웃을 수 있기 때문이지. 물러가 … 어서 썩 꺼지란 말이야!"

하지만 신을 모독하고 아버지를 살해한 이 사람의 임종시 모습을 더 이상 더듬는 것은 사악한 짓일 것 같으니 이쯤에서 끝내기로 하자.

31장

한 번만 더 돌파구로, 소중한 전우들이여, 한 번만 더,
그렇지 않다면 우리 잉글랜드 인들의 시신으로 성벽을 막아 주오.
… 그리고 그대들, 훌륭한 향사들이여,
그 사지를 잉글랜드에서 타고난 이들이여, 여기서
그대 조국의 기개를 우리에게 보여달라 … 그대들이
그대들의 혈통에 전혀 손색이 없다고 우리가 말할 수 있게 하라.

「헨리 5세」(*King Henry V*)(셰익스피어)

한 편 세드릭은 울리카의 말을 그다지 믿지는 않았지만, 흑기사와 록슬리에게 그녀의 약속을 전하는 것을 잊지 않았다. 그들은 필요한 순간에 자기들이 용이하게 침입할 수 있게 해 주는 자기편이 성내에 있다는 것을 알고 매우 기뻐했다. 그리고 이 잔인한 프롱 드 뵈프의 수중에 잡혀 있는 포로들을 석방하기 위한 유일한 수단으로 어떠한 불리한 사정이 있더라도 일단은 강습을 시도해 봐야 한다는 세드릭의 의견에 쾌히 동의했다.

"앨프레드 대왕의 혈통인 로웨나 공주가 위험에 빠져 있소."

"고귀한 공주의 명예가 위태롭군요."

세드릭의 말에 흑기사도 맞장구를 쳤다.

록슬리도 다짐했다.

"그리고, 내 수대에 그려진 성 크리스토퍼께 맹세코, 저 가엾은 충실한 왐바의 안전을 위해서라면 어떠한 위험을 무릅쓰고라도 그의 머리카락 하나다치지 못하게 하겠습니다."

"저도 마찬가집니다."

탁발승도 거들었다.

"경들! 저는 그 바보를 굳게 믿고 있습니다 … 다들 아시겠지만 제 말은어느 길드에도 속해 있지 않고 자기 기술의 대가이며 술 한 잔에 그 어떤베이컨 고기 안주보다 더 맛과 향을 띄워 줄 수 있는 그 광대를 의미하는겁니다 … 제 말은, 그런 광대는 자기를 위해서 기도도 올려주고 곤경에 빠졌을 때 싸워줄 수 있는 현명한 사제가 필요하지는 않겠지만 저는 그를 위해 미사를 올려주거나 창을 휘두를 수도 있습니다."

그리고 그 말과 함께, 마치 목동이 가벼운 지팡이를 휘두르듯이 무거운 미늘창을 머리 위로 가볍게 휘둘렀다.

"맞소, 거룩한 사제여."

흑기사가 맞장구를 쳤다.

"성 둔스탄께서 직접 하신 말씀처럼 지당한 말이요 … 자, 그런데 록슬리, 고귀한 세드릭 경이 이번 공격의 지휘를 맡는 것이 좋지 않겠소?"

그러자 세드릭이 얼른 대답했다.

"천만의 말씀이오. 나는 노르만 인들이 이 압제에 허덕이는 나라에 세운, 저 포악한 권력자의 소굴을 빼앗거나 방어하는 방법을 별로 배우지 못했소. 나는 선봉에 서서 싸우겠소. 하지만 나의 정직한 이웃들은 내가 전쟁의 전술이나 성채의 공격에 그다지 익숙지 못한 병사라는 것을 잘 알고 있소."

"세드릭 경이 그렇게 말씀하시니, 궁수대의 지휘는 제가 기꺼이 맡겠습니다. 성의 수비대가 성벽 위에 모습을 드러냈는데도 성탄절에 베이컨에 뿌리는 향료처럼 놈들에게 우리의 무수한 화살을 날려 주지 못한다면 우리 회합의 장소인 그 떡갈나무에 나를 거꾸로 매단다고 해도 할 말이 없을 것입니다."

그 말에 흑기사가 맞장구를 쳤다.

"말씀 잘 하셨소, 용감한 향사여. 만일 이 전투에서 내가 지휘할 자격이 있다고 생각된다면, 이 용감한 사람들 가운데에서 진정한 잉글랜드 기사, 나 자신을 이렇게 불러도 괜찮다고 확신하지만, 진정한 잉글랜드 기사를 기꺼이 따라올 사람이 있다면, 내 경험에서 익힌 모든 기술로 이 성을 공격하도록 이끌 준비가 되어 있소."

이렇게 해서 지휘관의 역할이 각자 정해지자, 그들은 첫 번째 공격을 감행했고, 그 결과에 대해서는 이미 독자들도 본 대로다.

외보를 점령하자, 흑기사는 그 낭보를 록슬리에게 전하는 동시에, 수비대가 병력을 모아 갑작스럽게 돌격하여 잃어버린 외보를 다시 탈환하지 못하도록 성을 엄중히 감시해 줄 것을 요청하였다. 이야말로 기사가 가장 피하고 싶어하던 일이었다.

자기가 인솔하는 병사들은 훈련이 제대로 안 된 속성 지원병들로서 무장도 불완전하고 전술에도 익숙하지 않았으므로 갑작스러운 공격이라도 받게 되면 공수 양면에서 잘 무장되어 있으며, 공격군의 열성과 높은 기백에 맞먹는, 완전한 전술과 무기를 상용하는 데서 생기는 자신감을 갖추고 있는 노르만의 베테랑 전사들과 대단히 불리하게 싸워야 한다는 사실을 잘 알고 있었기 때문이다.

기사는 소강 상태를 이용하여, 일종의 부교, 즉 기다란 뗏목을 만들게 했는데, 그것을 이용하여 적의 저항에도 불구하고 해자를 건너 보려는 의도였다. 부교를 만드는 것은 어느 정도 시간이 소요되는 작업이었지만 지휘관들은 그다지 아깝게 생각하지 않았다. 그로 인해 확실히 무엇이 될지는 모르지만 자기들에게 유리하게 양동 작전을 실행할 수 있도록 울리카에게도 시간적 여유를 줄 수 있었기 때문이다.

드디어 뗏목이 완성되자, 흑기사가 병사들에게 말하였다.

"이곳에서 더 이상 기다려봤자 아무 이득도 안 되오, 전우들. 해가 점점 서쪽으로 기울고 있소 … 그리고 내게는 중요한 일이 있어 하루라도 더 그대들과 함께 머무를 수 없는 사정이오. 게다가, 우리의 목적을 빨리 완수하지 않으면 요크의 기병대가 들이닥칠 것이 분명하오. 그러니, 그대들 가운데 한 사람이 록슬리에게로 가서 성의 반대편에 화살 공격을 집중적으로 퍼부으며 그곳을 공격하려는 것처럼 전진하라고 전해 주게. 그리고, 그대들, 진정한 잉글랜드의 용사들은 나와 함께 우리측 뒷문이 열리는 즉시 해자 위로 뗏목을 띄울 준비를 하세. 내 뒤를 용감하게 따르라. 성벽에 있는 저 비상문을 뚫고 들어갈 수 있도록 나를 도우라. 이 일에 자신이 없는 사람이나 무장이 제대로 갖춰지지 않은 사람은 외보 꼭대기로 올라가라. 거기서 활을 힘껏 당겨 성벽에 모습을 드러내는 놈들은 일제히 전멸시키도록 하라. 세드릭 경, 당신이 나머지 사람들의 지휘를 맡아 주시겠소?"

"천만의 말씀, 헤러워드의 영혼에 맹세코 저는 지휘를 할 수 없소이다. 하지만 당신이 가라고 지시하는 길이 어디든지 내가 앞장서서 따르지 않는다면 자손들이 내 무덤에서 나를 욕해도 좋소이다 … 싸움은 내 몫이오. 그러니 싸움의 전위에 있는 것이 내게 더 잘 어울리는 일이오."

"하지만, 세드릭 경, 잘 생각해 보시오. 당신은 갑옷도, 흉갑도 없는 데다, 가벼운 투구와 조그만 방패와 칼을 제외하고는 아무런 무기도 없지 않습니까."

"그러니 더욱 잘 됐지요! 이 성벽을 오르기에는 내가 훨씬 가벼우니까요. 내 자랑을 용서하시오, 기사님. 당신에게 오늘 색슨 인의 맨 가슴이 노르만 놈들의 흉갑과 마찬가지로 대담하게 전장에 드러날 수 있다는 것을 보여 드리겠소."

"그렇다면 하느님의 이름으로, 문을 열어제치고 부교를 띄우시오."

외보의 안쪽 벽으로부터 해자로 이르게 되어 있고, 본 성벽에 있는 비상문과 마주 보고 있는 입구가 갑자기 열렸다. 그런 다음 임시 다리가 앞으로 내밀어져 물 위로 휙 하고 던져졌다. 그러자 성과 외보 사이에 걸쳐진 다리는 겨우 두 사람이 나란히 해자를 건널 수 있을 정도로 불안정하고 위험한 통로가 되었다.

기습에 의해 적을 제압해야 하는 중요성을 충분히 인식하고 있었던 흑기사는 세드릭을 바싹 뒤에 거느리고 다리 위로 몸을 날려 반대편에 도착했다. 그곳에서, 수비대가 던지는 화살과 돌을 성전 기사가 외보에서 퇴각하며 평형추를 입구의 부분에 매단 채로 파괴한 이전의 도개교의 잔해로 일부 막으며 도끼를 휘둘러 성문을 내려치기 시작했다. 기사의 뒤를 따르는 병사들에게는 그러한 엄폐물이 없었다. 그래서 두 사람은 석궁의 화살에 맞아 즉사하고 두 사람은 해자로 떨어졌다. 나머지 사람들은 외보로 다시 후퇴했다.

세드릭과 흑기사의 상황은 이제 정말로 위험하였고, 외보에서 계속 화살을 날리는 궁사들이 없었다면 더욱 위험해졌을 것이다. 궁사들은 흉벽으로 쉴 새 없이 화살 세례를 퍼부어 그곳에 배치된 적들의 관심을 다른 곳으로 돌려, 두 대장이 빗발치는 화살로부터 숨을 돌릴 수 있는 여유를 주었다. 그렇지 않았더라면 두 사람은 그 화살 세례를 받고 쓰러지고 말았을 것이다. 그래도 그들의 상황은 매우 위험했으며 매순간 점점 더 위험해졌다.

"이런 망신스러운 놈들!"

드 브라시는 주위의 병사들에게 호통을 쳤다.

"두 마리 개가 저 성벽 아래에 자리를 잡게 놔두다니 그러고도 너희들이 석궁수라고 할 수 있단 말이냐? … 흉벽에서 꼭대기 돌이라도 집어 던지란 말이다. 그것도 여의치 않으면 곡괭이와 지레를 들어 저 커다란 돌이라도 굴려 떨어뜨려야 할 것 아니냐!"

드 브라시는 난간에서 불쑥 튀어나온 조각된 육중한 석재를 가리켰다.

바로 이 순간, 공격군은 울리카가 세드릭에게 설명해 주었던 그 탑의 모퉁이에서 빨간 깃발이 나부끼는 것을 보았다. 공격의 진행 상황이 어찌 되는지 조바심이 나서 직접 보려고 외보로 황급히 달려가던 중에 건장한 향사 록슬리가 그것을 제일 먼저 발견하였다.

록슬리는 소리 높여 부르짖었다.

"성 조지여! 잉글랜드를 위한 성 조지여! 용감한 향사들이여, 진격하라! … 왜 그대들은 훌륭한 기사님과 세드릭 경만이 홀로 강습하도록 보고만 있는 것이냐? 돌진하라, 미친 사제여, 그대의 묵주를 위하여 싸울 수 있다는 것을 보여 주라 … 돌격하라, 용감한 향사들이여! … 성은 이제 우리 것이다, 그 안에 우리 편이 있다 … 저 깃발을 보아라, 그것이 바로 정해진 신호다 … 토퀼스톤은 우리의 것이다! … 명예를 생각해 보라, 전리품을 생각해 보란 말이다 … 자 한 번만 애쓰면 성은 우리 것이 된다!"

그 말과 함께, 록슬리는 활을 당겨 드 브라시의 명령으로 흉벽 하나에서 뜯어낸 돌을 세드릭과 흑기사의 머리 위로 굴러 떨어뜨리려는 병사의 가슴에 화살을 명중시켰다.

그러자 두 번째 병사가 죽어 가는 동료의 손에서 쇠 지렛대를 빼앗아 그것으로 꼭대기 돌을 들어올려 굴러 떨어뜨리려는 순간 머리를 관통하는 화살을 맞고는 흉벽에서 해자로 떨어져 죽고 말았다. 그 바람에 드 브라시의 병사들은 위세가 한풀 꺾였다. 그 어떤 갑옷으로도 이 무시무시한 궁사의 화살을 피할 수 있을 것 같지 않았기 때문이다.

"비겁하게도 뒤로 물러서려는 것이냐, 이 비열한 놈들아! 돌격하란 말이다! 에이, 지렛대를 이리 내놔라!"

드 브라시는 지렛대를 낚아채어, 이미 헐거워진 꼭대기돌을 또 다시 들어올리려고 했다. 만일 그 돌이 떨어지는 날에는 그 육중한 무게로 인해 선두에 선 두 공격자가 엄폐물로 삼고 있던 도개교의 잔해를 파괴할 뿐만 아니라 그들이 건너왔던 급하게 만든 뗏목까지 가라앉게 만들 것이었다. 모두 그 위험을 알았으므로, 대담한 자라 할지라도, 심지어 강건한 탁발승까지도 뗏목에 발을 들여놓기를 회피했다. 록슬리는 세 번째로 활을 당겨 드 브라시에게 화살을 날렸지만 화살은 세 번째 기사의 견고한 갑옷을 뚫지 못하고 퉁겨져 나갔다.

"빌어먹을 스페인제 강철갑옷 같으니라고! 잉글랜드의 대장장이가 만들었다면 비단이나 갑사처럼 이 화살들이 뚫고 지나갔을 텐데."

그리고 고함을 지르기 시작했다.

"동지들! 친구들! 세드릭 경, 물러서시오, 성이 무너지게 내버려 두시오."

그러나 록슬리가 경고하는 소리는 그들이 있는 곳까지 미치지 못하였다. 흑기사 자신이 뒷문을 때려부수는 소리는 스무 개의 나팔소리까지도 파묻힐 정도로 엄청났기 때문이다. 충실한 거스는 정말로 부교로 뛰어 들어, 세드릭에게 그 위험한 운명을 알리거나 주인과 운명을 같이 하려고 했다. 그러나 그의 경고는 너무 늦은 것이 될 뻔하고 말았다. 그 육중한 꼭대기 돌은 이미 흔들거렸으므로, 성전 기사의 음성이 귓전에 가까이 들리지 않더라면 돌을 계속 들어올리고 있던 드 브라시가 그 과업을 완수했을 것이다.

"모든 것이 틀렸소, 드 브라시! 성이 불타고 있소."

"미쳤소, 그런 말을 하다니!"

"서쪽은 완전히 타오르는 불바다요. 어떻게든 꺼 보려고 했지만 역부족이었소."

브리앙 드 봐 길베르는 성격의 근간을 이루고 있던 냉혹한 침착함으로 이 끔찍한 소식을 전했지만 깜짝 놀란 동료는 그 사실을 그렇게 냉정하게 받아들일 수가 없었다.

"천국의 성자들이여! 대체 어찌하면 좋겠습니까? 리모쥬(Limoges)의 성 니콜라우스에게 순금 촛대를 바칠 것을 맹세합니다 … "

"그까짓 맹세는 집어치우고, 내 말이나 잘 들으시오. 돌격하려는 것처럼 그대의 부하들을 이끌고 뒷문을 열어 버리시오 … 부교를 차지하고 있는 놈은 고작해야 둘밖에 안되니까 놈들을 해자로 처넣고는 그곳을 가로질러 외보로 가시오. 나는 성의 정문을 뚫고 나가 밖에서 외보를 공격하겠소. 우리가 그곳을 다시 탈환할 수 있다면 구원병이 올 때까지, 아니면 적어도 좋은 거점을 확보할 수 있을 때까지 우리 자신을 방어할 수 있을 거요."

"그거 좋은 생각이오. 나는 내 본분을 다할 것이오 … 성전 기사, 그대도 나를 실망시키지 않겠지요?"

"기필코, 그런 일은 없을 거요! 걱정 말고, 어서 서두르기나 하시오, 제발!"

드 브라시는 급히 부하들을 모아 뒷문으로 달려 내려가 그 즉시 문을 열어 젖혔다. 그러나 문이 열리기 무섭게 흑기사가 드 브라시와 그의 부하들을 무시하고 놀랄 만한 괴력으로 안으로 밀고 들어갔다. 제일 선두에 있던 두 사람은 그 자리에서 푹 쓰러졌고, 나머지는 제지하려는 지휘관의 노력에도 불구하고 뒤로 물러서고 말았다.

"이놈들아! 우리의 안전을 위한 유일한 통로를 겨우 두 놈에게 내어줄 참이냐?"

그러자 검은 적수의 강타에 그만 꽁무니를 빼며 한 고참 병사가 말했다.

"놈은 악마입니다"

"놈이 악마라면 네 녀석은 그놈에게서 도망쳐 지옥의 아가리로 뛰어들 참이냐? … 뒤에서는 성이 불타고 있단 말이다, 이 망할 놈들아! … 절망에서 필사적으로 용기를 내든가, 아니면 내가 나가겠다! 내가 직접 그 놈과 대결해 주마."

드 브라시는 그날, 저 무서운 시대의 내란에서 얻은 명성을 기사답게 그대로 잘 유지하고 있었다. 뒷문 입구와 연결된 둥근 천장이 있는 통로에는 이제 무서운 이 두 용사들이 맞붙어 싸우고 있어서 드 브라시는 칼로, 흑기사는 육중한 도끼로 서로 주고받는 맹렬한 타격 소리가 쨍쨍 울리고 있었다.

마침내, 드 브라시가 일격을 받았는데, 그 위력이 방패에 걸려 다소 약화되었다. 안 그랬더라면 드 브라시는 다시는 사지를 움직이지 못했을 것이다. 어쨌든 그렇게 막강한 힘으로 투구에 일격이 가해졌기 때문에 드 브라시는 포장된 땅바닥 위에 사지를 뻗고 나가떨어졌다.

"항복하라, 드 브라시."

흑기사는 드 브라시 위로 몸을 굽혀 기사들이 적을 해치울 때 쓰는 예의 그 치명적인 단검(그리고 자비의 단검이라 불렸다)을 투구의 빗장에 대고 말했다.

"살든 죽든 항복하라, 안 그러면 이제 죽은 목숨에 불과하다."

그러자 드 브라시가 힘없이 대답했다.

"이름도 모르는 승자에게는 항복하지 않겠다. 이름을 말하라. 아니면 마음대로 나를 죽여라 … 모리스 드 브라시가 이름 없는 병졸에게 포로로 잡혔다는 말은 듣고 싶지 않다."

그 말에 흑기사는 패자의 귀에다 대고 뭐라고 속삭였다.

그러자 이 노르만 기사는 갑자기 단호하고 결연하던 완강한 어조에서 깊지만 뾰루퉁한 복종의 어조로 바꾸며 대답했다.

"살든 죽든, 참된 포로로서 당신에게 항복하겠습니다."

승자는 위엄 있는 말투로 명령했다.

"외보로 가라, 거기서 나의 추후 지시를 기다려라."

"알겠습니다, 그렇지만 먼저 중요한 사실부터 알려드리겠습니다. 아이반호의 윌프레드가 부상당한 채 포로로 잡혀 있습니다. 그러니 즉각 도와주지 않으면 성에서 불에 타 죽게 될 것입니다."

"아이반호의 윌프레드가! 포로로 잡혀 있고, 타 죽을 것이라고! … 만일 그의 머리카락 한 올이라도 그슬리기만 했다가는 성 안에 있는 놈들이 모두 목숨으로 책임져야 할 것이다 … 나를 그의 방으로 안내하라!"

"저기 나선형 계단을 올라가면 그의 방으로 이르게 됩니다 … 제 안내를 받으시겠습니까?"

드 브라시는 복종하는 음성으로 덧붙였다.

"아니다, 그대는 외보로 가라. 거기서 내 명령을 기다려라. 그대는 신뢰할 수 없다, 드 브라시."

이처럼 짧은 대화가 오가는 사이에 탁발승의 활약이 두드러졌던 일대의 병사들의 선봉에 서서 세드릭은 뒷문이 열리는 것을 보자마자 다리를 건너 밀고 들어가 드 브라시의 기가 꺾이고 낙담한 부하들을 뒤로 몰아붙였다. 그들 가운데에는 목숨을 구걸하는 자도 있었고, 헛되이 저항하는 자도 있었지만 대부분은 성내 안뜰로 도망쳐 버렸다. 드 브라시 자신은 땅바닥에서 일어나 슬픈 시선을 자기의 정복자 뒤로 던졌다.

"그는 나를 믿지 않는구나!"

그리고 다시 되뇌었다.

"하지만 내가 그의 신뢰를 받을 자격이 있을까?"

그리고는 바닥에서 칼을 집어 들고 항복의 표시로 투구를 벗고는 외보로 가서 거기서 마주친 록슬리에게 칼을 넘겨주었다.

불길이 점점 거세짐에 따라 그 징후를, 아이반호가 유대 처녀 레베카의 간호와 보살핌을 받고 있는 방에서도 금세 알 수 있게 되었다. 아이반호는 이미 시끄러운 싸움 소리로 인해 짧은 선잠에서 깨어 있었다. 그리고 그의 초조한 열망에 못이겨 공격이 어떻게 진행되는지 지켜보고 알려 주기 위해 다시 창가에 자리를 잡았던 레베카는 숨막힐 듯 타오르는 연기가 자꾸 늘어남에 따라 한동안은 아무것도 제대로 볼 수 없었다. 마침내 마구 몰려들어오는 짙은 연기와, 전투의 소음을 뚫고 들려오는 물을 가져오라는 아우성 소리로 새로운 위험이 진행되고 있음을 감지할 수 있었다.

레베카가 외쳤다.

"성이 타고 있어요! 불타고 있다고요! … 어떻게 살아날 수 있을까요?"

"도망쳐요, 레베카. 그대의 목숨만이라도 부지하오. 어떠한 사람도 나를 도울 수는 없을 테니."

"아뇨, 도망치지 않겠어요. 우리 살아도 함께 살고, 죽어도 함께 죽어요 … 아, 하지만 위대한 하느님! 아버지 … 저희 아버지 … 아버지의 운명은 어떻게 되는 거지요!"

바로 그 순간 방문이 열리면서 성전 기사가 끔직한 모습을 드러냈다 … 황금빛 갑옷은 여기저기 찢겨 피로 물들어 있었고, 투구의 깃털 장식은 일부는 칼로 베어져, 일부는 타서 없어져 버렸다. 그는 레베카에게 말했다.

"드디어 찾아냈군. 행복이든 불행이든 그대와 함께 나누겠다는 내 약속을 지킬 것이라는 것을 보게 될 거야 … 이제 살아날 길은 하나밖에 없소. 그점을 그대에게 알려 주려고 수많은 난관을 뚫고 여기까지 온 거야 … 일어서, 어서 나를 따라와!"

"혼자서는 절대로 당신을 따라가지 않겠어요. 당신도 여인에게서 태어났다면 … 당신 마음 속에 조금이라도 인정이 있다면 … 당신 마음이 그 갑옷의 가슴판처럼 단단하지만 않다면 … 제발 늙은 제 아버지를 구해 주세요 … 이 부상당한 기사를 구해 주세요!"

그러자 성전 기사는 원래 성격대로 냉정하게 대답했다.

"기사는 레베카, 기사는 칼의 형태로 마주치든 불의 형태로 마주치든 자기 운명을 피하지 말아야 하는 거야 … 그리고 그까짓 유대인의 운명이야 어디서 어찌 되든 누가 신경 쓴단 말인가?"

"이 비정한 기사 같으니라고. 당신에게 구출되기를 허용하느니 차라리 불에 타서 죽을 테요!"

"이번에는 선택권이 없어, 레베카. 이미 나를 한 번 골탕 먹였지만 또 다시 그렇게 할 수야 없지."

그렇게 말하면서 성전 기사는 겁에 질려 비명을 질러대는 레베카를 붙잡아, 그녀의 비명에는 아랑곳하지 않고 아이반호가 퍼붓는 온갖 위협과 도전도 무시한 채 그녀를 팔에 안고 밖으로 나가 버렸다.

"성전의 사냥개 … 너희 기사단의 오명 … 그 처녀를 놔 주어라! 반역자봐 길베르, 네 놈에게 명령하는 것은 아이반호다! … 이 망할 놈, 네 놈 심장의 피를 모조리 없애 줄 테다!"

그때 흑기사가 방안으로 들어서며 대답했다.

"윌프레드, 고함을 지르지 않았다면 그대를 찾지 못할 뻔했군."

"당신이 정말로 진정한 기사라면, 나는 생각지 마시고, 저 강탈자 놈을 뒤쫓으시오 … 로웨나 공주를 구해 주시오 … 세드릭 경을 지켜 주시오!"

"하여튼 차례차례로. 하지만 우선 그대부터 구해내고."

흑기사는 아이반호를 안아 올려 성전 기사가 레베카를 데려간 것처럼 수월하게 뒷문으로 안고 달려가 두 명의 향사에게 그를 맡기고 다른 포로들을 구하는 것을 돕기 위해 성으로 다시 들어갔다.

　작은 탑 하나는 이제 시뻘건 화염에 휩싸여 있었고, 창과 총안으로부터 맹렬하게 불길을 내뿜고 있었다. 그러나, 다른 곳에서는 매우 두터운 성벽과 방의 높고 둥근 천장들이 불길의 진행을 막고 있었고, 사람들의 분노가 주위의 어떠한 무서운 불길도 미치지 못할 정도로 맹위를 떨치고 있었다. 공격군이 이 방에서 저 방으로 수비대를 추격하여 그들의 피로써 폭압적인 프롱 드 뵈프의 병사들에 대해 오랫동안 품어왔던 복수심을 만족시키고야 말았기 때문이다. 수비대 대부분은 끝까지 항전하였다 … 목숨을 구걸한 사람은 극소수였고 … 누구도 목숨을 부지하지는 못했다. 여기저기서 신음소리와 무기가 부딪치는 소리로 가득 찼다 … 바닥은 절망에 빠져 죽어가는 비참한 자들이 흘린 피로 미끈거렸다.

　이 혼란 속을 헤치고 세드릭은 로웨나를 찾아 달려갔고, 충실한 노예 거스는 그 난장판 사이로 세드릭의 뒤를 바싹 따르며 주인을 향해 달려드는 타격을 막느라 자기의 안전은 돌보지도 않았다. 색슨 귀족 세드릭은 다행히도 피후견인의 방에 도착했다.

　마침 그때 로웨나는 살아나리라는 희망을 버리고 고통스럽게 십자가를 가슴에 댄 채 곧 다가올 죽음을 기다리고 있었다. 세드릭은 로웨나 공주를 거스에게 맡겨 외보까지 무사히 구출해내게 하였다. 그곳까지 가는 길은 이제 적이 완전히 섬멸되었으며 불길의 방해를 받지도 않았다. 로웨나 공주를 구출하는 일을 완수하자, 충실한 세드릭은 어떠한 위험을 무릅쓰고서라도 색슨 왕조의 마지막 후예를 구하리라 결심하고 친구 애설스탠을 급히 찾아 나섰다. 그러나 세드릭 자신도 한때 포로로 갇혀 있었던 그 낡은 연회장까지 침투하기 전에, 이미 왐바가 그 독창적인 재능으로 역경에 빠진 자기 자신과 동료를 풀려 나오게 할 수 있었다.

　전투의 함성으로 싸움이 절정에 달한 것을 알아차리자, 광대 왐바는 목청이 터져라 큰 소리로 고함을 지르기 시작했다.

"성 조지여, 용이여! 유쾌한 잉글랜드를 위해 성 조지 만세! … 성이 함락되었다!"

그리고 연회장 여기저기에 널려 있는 녹슨 갑옷 조각 두세 개를 서로 맞부딪쳐 그 고함 소리를 한층 더 무섭게 만들었다.

바깥채, 즉 곁방에 주둔하고 있던 보초는 이미 겁을 집어먹은 상태였으므로 왐바가 두드리는 소리에 깜짝 놀라 문을 열어 놓은 채로 도망쳐 성전 기사에게 달려가 오래된 연회장에 적들이 난입했다는 사실을 알렸다. 그 사이, 포로들은 곁방으로 수월하게 도망칠 수 있었고, 거기서 성의 안뜰로 나갔다.

그곳은 마침 마지막 격전이 벌어지고 있는 현장이었다. 그곳에서 성전 기사는 말을 타고 있었고, 주위에는 걷기도 하고 말을 타기도 한 수비대 몇 사람이 집결해 있었다. 그들은 안전하게 퇴각할 수 있는 마지막 남은 기회를 잡기 위해 이 유명한 지휘관의 힘에 자신들의 힘을 합하였다. 성전 기사의 명령에 의해 도개교는 이미 내려져 있었지만 다리로 이르는 길은 적에게 포위되어 있었다.

이제까지는 화살로만 그쪽 부분을 괴롭혀 왔던 궁사들이 불길이 치솟고 다리가 내려지는 것을 보자마자 수비대의 탈주를 막고 성이 무너져 내리기 전에 자기 몫의 전리품을 챙기기 위하여 입구로 일제히 몰려들었기 때문이다. 반면에, 뒷문으로 밀려들어갔던 공격군 일대가 이제 성의 안뜰로 몰려나와 수비대의 잔당들을 맹렬하게 공격하고 있었으므로 수비대는 양쪽에서 공격을 받게 되었다.

그러나, 절망에 몰리자 도리어 활기를 띠고, 불굴의 지휘관의 모범에 힘을 얻어 성의 잔병들은 끝까지 용기를 다하여 분전하였다. 그리고 수적으로는 절대 열세였지만 잘 무장되어 있었던 덕분에 몇 번이나 공격군을 물리치는 데 성공했다. 성전 기사의 사라센 노예 하나가 타고 있는 말 등에 태워진 레베카는 이 작은 일행의 한가운데에 있었다. 그리고 봐 길베르는 피비린

내 나는 싸움의 혼란에도 불구하고 레베카의 안전을 위해 온갖 주의를 기울였다. 자기의 방어는 생각지도 않고 몇 번이나 레베카의 옆으로 와서 자기의 삼각 강철 방패로 레베카의 앞을 막아 주었다. 그리고 이내 그녀 옆을 떠나 함성을 울리며 앞으로 뛰어나가 공격군의 선봉을 쳐서 넘어뜨리고는 그 즉시 다시 레베카의 말고삐 옆으로 돌아왔다.

독자들도 알다시피, 게으르기는 했지만 겁쟁이는 아니었던 애설스탠은 성전 기사가 그렇게 용의주도하게 보호하고 있는 여성을 보고는, 그 기사가 온갖 저항을 무릅쓰고 데리고 가려는 사람이 로웨나 공주임을 의심치 않았다.

"성 에드워드의 영혼에 맹세코, 저 거만하기 그지없는 기사 놈으로부터 공주를 구해내고, 저놈을 내 손으로 직접 죽이고 말겠어!"

그러자 왐바가 소리를 질렀다.

"나리가 하려는 일을 잘 생각해 보세요! 성급한 사람은 개구리를 물고기로 잘못 알고 잡는 법이에요. 제 지팡이에 맹세코 저기 저 사람은 로웨나 공주님이 아니에요 … 저 길고 검은 머리칼만이라도 보세요! … 아니라니까요. 만일 흑과 백도 구분하지 못하면서 나리가 지휘관이 된다면 나는 절대로 나리의 부하는 되지 않을 거예요 … 누군지도 모르는 사람을 위해 내 뼈가 으스러지게 싸우지는 않을 거라고요 … 게다가 나리는 갑옷도 없잖아요! … 잘 생각해 보세요, 비단 모자가 강철 칼날을 견뎌낸 적은 없었다고요 … 에이, 참 고집쟁이가 물에 들어가면 흠뻑 젖기만 할 뿐이죠 … 데우스 보비스쿰(신의 가호가 있기를), 용맹스런 애설스탠 나리! …"

왐바는 꽉 잡고 있던 애설스탠의 튜닉을 놓으면서 말을 끝맺었다.

보기 드문 분노로 흥분한 애설스탠이 마지막 숨을 거둔 병사의 손에서 떨어져 옆에 뒹굴고 있던 철퇴를 하나 바닥에서 집어들고 성전 기사의 무리로 뛰어들어가 병사들을 하나씩 겨냥하며 대단한 힘으로 이리저리 계속 철퇴를 휘두른 것은 눈 깜짝할 사이의 일이었다. 그는 곧 봐 길베르의 2미터 이내 거리까지 접근하자 큰소리로 도전하였다.

"물러서라, 이 불성실한 성전 기사 놈아! 네 놈이 손 댈 자격조차 없는 그 여인을 놓아 주란 말이다 … 물러서라, 살인자이며 위선적인 도둑 떼의 앞잡이 놈아!"

"이놈이!"

성전 기사도 이를 갈며 되받았다.

"시온의 거룩한 성전 기사단을 모독하면 어찌 되는지 톡톡히 가르쳐 주마."

이 말과 함께 성전 기사는 반 바퀴 선회하여 말머리를 색슨 인에게 향하도록 돌렸다. 그리고 말에서 쳐내리는 이점을 최대한 살리기 위해 등자에 발을 딛고 몸을 일으켜 애설스탠의 머리에 무서운 일격을 가했다.

과연 왐바의 말대로, 비단 모자가 강철 칼날을 견딜 수는 없었다. 성전 기사의 무기는 무척이나 예리하여 불운한 애설스탠이 타격을 막기 위하여 높이 쳐든 철퇴의 주름잡힌 단단한 손잡이가 마치 버드나무라도 되는 양 산산조각 내고 말았고, 그 바람에 애설스탠은 땅에 쓰러지고 말았다.

"흥! 거봐라! 성전 기사를 모략하는 놈은 모두 이꼴이 될 것이다!"

애설스탠이 쓰러짐으로 인해 동요하는 공격군의 당황함을 재빨리 이용하여 성전 기사는 큰 소리로 외쳤다.

"누구든 살고 싶은 자들은 나를 따르라!"

그는 자기들을 막으려고 하는 궁사들을 무찌르며 도개교를 억지로 밀고 건넜다. 말을 타고 있던 사라센 노예와 대여섯 명의 병사가 그의 뒤를 따랐다. 화살이 그들을 향해 많이 날아왔으므로 성전 기사의 퇴각은 위험했다. 그러나 그 화살 세례도 성전 기사가 외보로 빙 둘러 달려가는 것을 막지는 못했다. 이전의 계획에 따라 성전 기사는 드 브라시가 그곳을 점령하였을 것이라고 생각한 것이다.

"드 브라시! 드 브라시! 거기 있소?"

"여기 있소, 하지만 지금 포로로 잡혀 있소."

"그대를 구해 주리까?"

"아니오, 살든 죽든 나는 이미 항복한 몸이니 충실한 포로가 되겠소. 당신이나 조심하시오 … 밖에는 위험한 인물들이 활보하고 있소 … 바다를 건너 잉글랜드에서 도망치시오 … 더 이상은 말해 줄 수가 없소."

"좋소, 거기 있을 작정이라면 나는 약속을 정확히 이행했다는 사실을 잊지 마시오. 위험 인물들은 어디든 마음대로 다니라지. 내 생각에는 템플스토(Templestowe) 성전 기사단 지부의 성벽은 은신하기에 충분하니 왜가리가 제 소굴로 돌아가듯이 나도 그리로 갈 작정이오."

그렇게 말하고 성전 기사는 부하들을 데리고 떠나가 버렸다.

성전 기사가 떠난 후 말을 타지 못했던 성의 잔당들은 공격군과 필사적으로 계속 싸웠지만 탈출에 대한 희망을 품어서라기보다는 목숨을 살려달라고 애원해도 소용이 없으리라는 것을 알고 체념했기 때문이다. 불길은 이제 성의 모든 지역으로 빠르게 퍼져가고 있었다.

그때, 처음에 불을 질렀던 장본인 울리카가 옛 복수의 여신과도 같은 모습으로 아직 그리스도를 믿지 않던 색슨 인들의 고대 음송 시인들에 의해 예전의 전쟁터에서 부르던 것과 같은 군가(軍歌)를 외치며 작은 탑 위에 나타났다. 아무것도 쓰지 않은 머리에서는 기다랗게 헝클어진 백발이 휘날리고 있었다.

그녀의 두 눈에서는 한껏 충족된 복수심에 취한 기쁨이 미친 듯한 불길과 서로 다투고 있었다. 그리고 인간의 수명을 늘이기도 하고 줄이기도 했던 북유럽의 운명의 여신들 가운데 하나인 것처럼 손에 들고 있던 실패를 휘둘렀다. 화염과 살육의 현장에서 울리카가 미친 듯이 노래했던 그 거친 찬가의 열광적인 몇 구절이 오늘날까지 전해 내려와 여기 인용해 보기로 한다.

1.

빛나는 강철을 갈아라,
하얀 용의 아들들이여!
횃불을 밝혀라,
헹기스트의 딸이여!
강철은 연회석상에서 고기를 자르기 위해 빛나는 것이 아니라,
단단하고 넓고 끝이 뾰족하다네.
횃불은 신부의 방으로 가져가지 않고,
유황과 함께 빛나며 파랗게 번뜩인다네.
숫돌을 갈아라, 까마귀가 울어댄다!
횃불을 밝혀라, 제네복이 외치고 있다!
숫돌을 갈아라, 용의 아들들이여!
횃불을 밝혀라, 헹기스트의 딸이여!

2.

먹구름이 호족의 성에 낮게 드리우고,
독수리는 날카롭게 울어대며 … 구름 한가운데로 날아오른다.
먹구름을 타는 잿빛 독수리여, 울지 말아라,
향연이 시작되었다!
발할라의 소녀들이 내려다본다.
헹기스트의 족속들이 발할라에 초대받을 손님을 보낼지니.
발할라의 소녀들이여, 검은 머리칼을 흔들어라!
소리높이 북을 치며 기뻐하라!
수많은 장수들의 거만한 발걸음과
수많은 투구를 쓴 머리들이 그대들의 연회장으로 향할지니.

(발할라는 북유럽 신화에 나오는 죽은 전사들의 저택이다. 최고의 신 오딘이 거인족과 신들의 최후의 결전 라그나뢰크에 대비해 전력을 강화하려고 전쟁터에서 죽은 전사들의 영혼을 데려다 놓았다. 오딘을 섬기는 소녀들인 발키리에들이 전쟁터에 내려가 발할라에 들어갈 전사들을 골라 갔다. 위 시구 중 발할라의 소녀들은 바로 이 발키리에를 지칭한다; 역주)

3.
호족의 성에는 저녁의 어둠이 내려앉고,
먹구름이 몰려드네.
이제 곧 용사들의 피처럼 붉게 물들리!
숲의 파괴자가 용사들을 향하여 그 붉은 갈기를 흔들 테니.
성을 밝게 태워 버리는 그 파괴자,
용사들의 투쟁 위로
드넓게 타오르는 깃발을
붉고 넓고 거무스름하게 뒤흔든다.
부딪치는 칼과 부서진 둥근 방패에 파괴자의 기쁨 있나니,
상처에서 뜨겁게 분출하는 선혈을 핥는 것을 좋아한다네!

4.
모든 것이 멸망하리!
칼이 투구를 쪼개고,
창은 굳은 갑옷을 뚫는다.
불길이 왕자들의 저택을 집어삼키고
병기는 싸움터의 장벽도 무너뜨린다.
모든 것이 멸망하리!
헹기스트의 족속은 사라지고 …

호사의 이름은 더 이상 없다!

그렇다고 운명을 겁내지 마라, 칼의 아들들이여!

칼날이 포도주처럼 피를 들이마시게 하라.

불타는 연회장의 불꽃에 의지해

살육의 향연을 마음껏 즐기라!

너희 피가 따뜻한 동안은 너희 칼도 강하리니,

연민이나 두려움 따위는 모두 버려라.

복수는 오직 일순간,

강한 증오심마저도 사라지리니!

나 또한 사라지리니!

　높이 치솟은 화염은 이제 모든 장애물을 집어삼키고 커다랗게 타오르는 불길이 되어 인근에서도 멀리까지 보였다. 탑들이 불타는 지붕과 서까래와 함께 차례로 무너져 내렸다. 전사들도 안뜰에서 몰려나왔다. 얼마 남지 않은 패배자들은 뿔뿔이 흩어져 근처의 숲으로 도망쳤다. 커다란 무리로 몰려들던 승리자들은 일말의 두려움이 섞인 놀라운 시선으로 불길을 바라보았다. 그 불길에 그들 자신과 무기들이 거무스름한 붉은 색으로 번쩍였다. 커다란 화염의 황후로 군림하기라도 하듯이 열광적으로 기뻐하며 두 손을 번쩍 쳐든 색슨 인 울리카의 광기 어린 모습은 자신이 선택한 우뚝 솟은 연단에서 오랫동안 보였다.

　그러다 마침내, 무시무시한 굉음과 함께 탑 전체가 무너져 내리자 자기의 폭군을 태워 버렸던 그 불길 속으로 울리카도 사라지고 말았다. 공포로 가득 찬 무서운 침묵이 구경하는 병사들의 속삭임을 잠재워 버렸고, 그들은 몇 분 동안 성호를 긋는 것을 제외하고는 손가락 하나 움직이지 않았다. 그때 록슬리가 외치는 소리가 들렸다.

　"환호하라, 향사들이여! 폭군의 소굴은 이제 사라졌다! 모두 하트힐 가도에 있는 회합의 나무 아래 집결지로 전리품을 가져가라. 날이 밝으면 이 위대한 복수의 업적에 동참한 훌륭한 동맹자들과 함께 우리 모두에게 공정하게 배분될 것이다."

32장

모름지기 나라에는 정책이 있어야 하네,
왕국에는 칙령이, 도시에는 헌장이.
심지어 거친 무법자들조차, 그 숲에서는,
시민의 기강이 엿보인다네.
아담이 그 푸른 잎으로 몸을 가린 이후,
사람은 사회적으로 화합하여 서로 어울려 살아왔기 때문이네.
그러나 법은 그 화합을 더욱 결속시켜 준다네.

옛 희곡(스콧)

떡 갈나무 숲의 빈터에 드디어 새벽이 밝아왔다. 푸른 나뭇가지는 진주
같은 이슬방울로 반짝이고 있었다. 암사슴은 높은 양치 아래 은신처에서
푸른 숲의 더 넓은 길로 새끼들을 이끌었다. 그곳에서는 자기의 무리를 이
끌고 가는 건장한 수사슴을 감시하거나 낚아채는 사냥꾼이 전혀 없었다.

　무법자들은 하트힐 가도에 있는 회합의 나무 주위에 모두 모여 있었다.
그곳에서 전투의 피로를 풀면서 하룻밤을 보낸 것이었다. 술을 마시는 사
람도 있었고, 잠을 청한 사람도 있었지만 대부분은 그날 벌어진 일들에 대
한 이야기를 주고받으면서 자기들이 거둔 승리로 대장의 처분에 맡긴 전리
품 더미를 계산하며 피로를 풀었다.

　전리품은 실로 막대한 것이었다. 불에 탄 것이 많았음에도 불구하고, 많은
흉갑과 귀중한 갑옷, 화려한 의복들을 겁 없는 무법자들의 노력으로 건져
낼 수 있었다. 무법자들은 그러한 보상이 눈앞에 보일 때에는 어떠한 위험
도 두려워하지 않을 수 있었다. 그러나 그들 공동체의 법이 매우 엄격하였
으므로 아무도 전리품의 일부를 착복할 엄두를 내지 못했으므로, 그것들은
전부 한데 모아져 대장의 처분에 맡겨진 것이었다.

　집결지는 오래된 떡갈나무였다. 그러나 이야기 서두에서 록슬리가 거스
와 왐바를 데리고 갔던 곳은 아니고, 무너진 토퀼스톤 성에서 8백 미터쯤
떨어진 숲의 원형 중심에 있는 나무였다. 록슬리는 이곳에서, 커다란 떡갈
나무의 비틀어진 가지 아래에 두툼히 솟아오른 잔디로 된 옥좌에 자리를

잡고 앉았고, 부하들이 그 주위에 모여 있었다. 록슬리는 흑기사에게는 자기 오른편을, 세드릭에게는 왼편의 자리를 내주었다.

"고귀하신 경들, 제멋대로 자리를 배정한 것을 용서해 주십시오. 하지만 이 빈터에서는 제가 군주이며 … 이곳이 제 왕국이지요. 그래서 만일 제가 제 영지 안에서 다른 누구에게 자리를 양보한다면 이곳의 거친 백성들은 제 권력을 우습게 여길 것입니다 … 그건 그렇고, 자, 두분 가운데 우리 군종 사제를 본 사람 없습니까? 그리스도 교도들은 바쁜 아침을 미사로 시작하는 것이 제일 좋은데."

그런데 아무도 코프만허스트의 사제를 본 사람은 없었다.

"절대 그런 일이 없기를! 분명히 그 유쾌한 사제는 술통 옆에 있느라 좀 늦는 것으로 생각되는데. 성이 함락된 이후에 사제를 본 사람 누구 있나?"

그러자 밀러가 나서서 대답했다.

"그 은자가 달력에 있는 각 성자에게 맹세코 프롱 드 뵈프의 가스코뉴 포도주를 맛보고야 말겠다며 지하실 입구에서 부산 떠는 것을 보았습니다."

"그렇다면, 많은 성자들이여, 사제가 술을 너무 많이 들이켜 성이 붕괴될 때 죽지 않았기를 빕니다. 이봐, 밀러! 충분한 인원을 데리고 자네가 마지막으로 본 장소로 찾아가 보게 … 아직 불타고 있는 곳은 해자에서 물을 퍼 끄도록 하게 … 돌을 하나하나 뒤집어서라도 우리의 탁발승을 꼭 찾고야 말 테니."

이제 곧 흥미로운 전리품의 분배가 막 시작되려고 한 점을 생각해 보면, 이 임무를 실행하려고 급히 떠난 인원이 꽤 많은 것으로 보아 이 군대가 자신들의 정신적 교부의 안전에 얼마나 마음을 쓰고 있는지 알 수 있다.

부하들이 떠나자 록슬리가 말했다.

"자, 그럼 시작해 볼까요. 이 대담한 행위가 사방으로 알려지게 되면 드 브라시와 말부아상의 부하들과 프롱 드 뵈프의 다른 동맹군들이 금세 우리들을 쳐부수러 몰려들 테니, 이 근처를 떠나 몸을 숨기는 것이 안전을 위해 좋을 것 같습니다. 세드릭 경, 저 전리품은 두 부분으로 나누었습니다. 경에게 가장 알맞은 것을 골라 이 모험에 저희와 동참한 경의 사람들에게 보답해 주시기 바랍니다."

"훌륭한 향사여, 내 마음은 슬픔으로 메일 것 같소. 저 고귀한 코닝스버러의 애설스탠이 저세상 사람이 되었으니, 거룩한 참회왕 에드워드의 마지막 후예가 말이오! 이제 다시는 돌아올 수 없는 희망이 그와 함께 사라지고 말았소! 그의 피로 희망의 불꽃이 꺼져 버렸고 그 어떤 사람의 숨결로도 다시 불을 붙일 수는 없게 되었소! 지금 나와 함께 있는 얼마 안 되는 사람을 제외하고 내 부하들은 애설스탠의 명예로운 시신을 그의 마지막 안식처로 운구해 가기 위해 내가 참석하기만을 기다리고 있소. 로웨나 공주는 로더우드로 돌아가고 싶어하니 충분한 병력으로 호위하지 않으면 안 될 것이오. 그래서 진즉 나도 이곳을 떠났어야 했소. 그런데 내가 기다린 것은 … 전리품을 나눠 갖기 위해서가 아니라, 또한 내 부하들도 동전 한 닢 건드리지 않도록 하느님과 성 위톨드여 도와주소서! … 저는 단지 당신과 당신의 용감한 향사들에게 우리의 목숨과 명예를 구해 주어 감사하다는 말을 하고 싶어서 기다린 것뿐이오."

"아니오, 우리는 다만 고작해야 절반밖에 한 것이 없습니다. 전리품 가운데 경의 이웃과 부하들에게 보답이 될 만큼 가져가십시오."

"내 재산만으로도 그들에게 보답할 수 있을 만큼 나는 부유하오."

그 말에 왐바가 나서서 한마디 했다.

"그리고, 어떤 사람들은 자기 몫은 자기가 보답할 정도로 현명하기도 하지요. 그렇다고 해서 전적으로 빈손으로 돌아가지는 않지요. 우리가 모두 광대짓을 하지는 않으니까요."

"좋을 대로 하십시오. 우리의 법은 우리에게만 해당되니까요."

세드릭이 몸을 돌려 왐바를 끌어안으며 말했다.

"하지만, 너, 이 가엾은 녀석아. 어떻게 네게 감사해야 할지 모르겠구나.

감히 나를 위해 대신 포로가 되어 죽음조차 두려워하지 않았으니 말이다! 모두가 나를 저버렸는데도, 불쌍한 광대만은 내게 신의를 보여 주었지!"

이렇게 말을 하는 동안 거친 호족의 눈에는 눈물이 어렸다. 애설스탠의 죽음 앞에서도 일지 않았던 감정의 표시였다. 그러나 광대에 대한 본능적인 애정에는 슬픔보다도 그의 본성을 더욱 날카롭게 일깨우는 그 무엇인가가 있었다.

왐바는 주인의 포옹에서 벗어나며 대답했다.

"아, 나리. 만일 그 눈물로 제 노고를 보답해 주셔서 이 광대도 따라 울어야만 한다면 사람을 웃기는 광대라는 제 천직이 어찌 되겠습니까? … 하지만, 나리, 정말로 저를 기쁘게 해 주시려면 제 단짝 거스를 제발 용서해 주세요. 이 친구는 도련님을 섬기기 위해 나리를 섬기는 일을 일 주일 빼먹은 것뿐이니까요."

"그래 용서하마! 물론 용서도 하고 보답도 해 주마. 거스, 무릎을 꿇거라."

돼지치기는 주인의 명령에 즉시 무릎을 꿇었다.

"너는 이제 더 이상 노예가 아니다."

세드릭은 거스를 지팡이로 가볍게 치며 말을 이었다.

"너는 이제 들판에서와 마찬가지로 모든 도시와 숲에서도 정당한 자유민이다. 왈브루감(Walbrugham)의 내 영지에서 너희 식구가 먹고살기에 충분한 땅을 나와 내 자손과 너와 네 자손 대대에 이르기까지 영원히 떼어 주마. 이것을 부인하는 자의 머리에는 신의 저주가 있을지어다!"

이제 더 이상 노예가 아니라 자유민에 지주까지 되자 거스는 자기 키의 두 배나 될 정도로 땅에서 펄쩍 뛰어 오르며 기쁨의 환성을 질렀다.

"자유민의 목에서 예속의 목걸이를 떼어 버리는 대장장이와 줄칼! 고귀한 주인님! 나리의 선물로 제 힘이 두 배가 되었으니, 나리를 위해 두 배로 싸울 것입니다! 제 가슴속에는 자유로운 마음이 깃들었습니다. 저 자신과 주위의 모든 사람에게도 전혀 다른 사람이 되었습니다. 하하, 팽즈야!"

자기 주인이 그렇게 기뻐서 날뛰는 것을 보고 그 충실한 개가 자기도 동감이라는 것을 나타내며 덩달아 뛰어오르자 거스는 개에게 말을 걸었다.

"아직 너의 주인을 알아보는구나."

그러자 왐바가 대답했다.

"물론이지. 비록 우리는 아직 목걸이를 차고 있어야 하지만 팽즈와 나는 거스 자네를 아직 알아본다고. 우리와 자네 자신을 잊어버릴 것 같은 사람은 틀림없이 자네라고."

"나를 잊어버리기 전에 정말로 자네를 잊는 일은 없을 거야, 진정한 친구여. 그리고 자네에게도 자유가 맞는다면 틀림없이 주인님께서 자네에게도 자유를 주실 걸세."

"아니, 내가 자네를 부러워한다고는 생각지도 말게, 거스. 자유민이 전쟁터에 나가야 할 때에 노예는 연회장 불가에 앉아 있어도 된다고 … 그리고 맘스베리(Malmsbury)의 성 앨드헬름(St Aldhelm)께서도 말씀하셨듯이 … 싸움터에 나가는 현자보다는 잔치에 나가는 광대가 더 나아."

그때 말발굽 소리가 들리더니 몇 명의 기병과, 공주를 구해낸 기쁨으로 즐겁게 창을 흔들고 미늘창을 덜거덕거리는 강한 보병에게 둘러싸인 로웨나 공주가 나타났다. 화려하게 차려입고 짙은 밤색 말에 올라탄 로웨나는 위엄 있는 몸가짐을 모두 회복하였고, 오로지 예사롭지 않은 정도의 창백함만이 그동안 겪은 고난을 말해 주고 있었다. 슬픔에 젖어 있긴 하지만 아름다운 얼굴은 자신을 구해 준 데 대한 감사와 더불어 장래에 대해 다시 살아난 희망의 빛을 띠고 있었다. 로웨나는 아이반호가 무사하다는 것을 알았으며, 애설스탠이 죽었다는 사실도 알고 있었다. 아이반호가 무사하다는 소식에 그녀의 가슴은 진심에서 우러나오는 기쁨으로 가득 찼다. 그리고 애설스탠의 사망 소식에는 기뻐하지는 않았다 하더라도 자기의 보호자인 세드릭의 심한 반대를 받고 있던 유일한 일에 대해 더 이상 시달리지 않게 되어 잘됐다고 느꼈을 수도 있다.

로웨나가 록슬리를 향해 말머리를 돌리자 그 대담한 향사와 그의 모든 부하들은 마치 저절로 인사가 나오듯이 공주를 맞기 위해 일어났다. 예의 바르게 손을 흔들고 묶지 않은 아름다운 머리칼이 잠시 동안 말의 미끈한 갈기와 섞일 정도로 낮게 머리를 숙여 록슬리와 다른 구원자들에게 짧지만 적절한 말로 감사와 고마움을 표현하는 동안 로웨나는 두 뺨이 붉어졌다.

"용감한 분들이여, 신의 축복이 있기를. 억압받는 사람들을 위하여 용감하게 위험을 무릅쓴 여러분께 하느님과 성모 마리아의 축복이 있기를! 만일 여러분 가운데 배고픈 사람이 있다면 저 로웨나에게 먹을 것이 있다는 것을 기억하세요 ⋯ 여러분 가운데 목마른 사람이 있다면 로웨나에게 많은 포도주와 맥주가 있다는 것을 잊지 마세요 ⋯ 만일 노르만 인들이 여러분을 이 길에서 내쫓는다면 로웨나에게 숲이 있다는 것을 잊지 마세요. 그곳에서는 저를 구해 주신 여러분이 마음껏 사냥하고 다녀도 누구의 화살이 사슴을 쓰러뜨렸는지 관리인이 묻는 일은 절대로 없을 것입니다."

그 말에 록슬리가 대꾸했다.

"고맙습니다. 관대하신 공주님. 부하들과 저희 모두 감사드립니다. 하지만, 공주님을 구해낸 것 자체가 저희에게는 보답입니다. 이 푸른 숲을 돌아다니며 험한 짓을 많이 저지르고 다니는 저희들로서는 로웨나 공주님을 구출한 것 자체가 속죄로 받아들여질 수 있습니다."

다시 한 번 말 위에서 머리 숙여 인사를 하고, 로웨나는 떠나려고 돌아섰다. 그러나 그녀와 함께 가게 될 세드릭이 작별 인사를 할 동안 기다리는 짧은 순간에 로웨나는 뜻밖에 드 브라시가 옆에 있는 것을 발견했다. 그는 팔짱을 낀 채 나무 아래에 서서 깊은 생각에 잠겨 있었으므로 로웨나는 그에게 들키지 않고 지나치기를 바랐다. 그러나 위를 올려다보았다가 로웨나의 존재를 인식하자 드 브라시는 그 잘생긴 얼굴에 깊은 수치심이 가득 넘쳤고 매우 멋쩍은 듯이 잠시 서 있었다. 그러다 앞으로 걸어나와 공주의 말고삐를 잡고는 그 앞에 무릎을 꿇었다.

"로웨나 공주, 포로로 잡힌 기사 … 명예를 더럽힌 전사를 한 번만 쳐다봐 주시겠소?"

"기사님, 당신의 계획과 같은 일은 실패가 아니라 성공하는 것이 정말로 불명예스러운 일이지요."

"공주, 승리는 마음을 누그러뜨리는 법이오. 불운한 열정에서 저지른 난폭한 행동을 용서한다고 해 주시오. 그러면 이 드 브라시도 좀 더 고귀한 방법으로 공주를 섬길 수 있다는 것을 알게 될 거요."

"당신을 용서하지요, 기사님, 그리스도인로서요."

그러자 왐바가 끼어 들어 설명해 주었다.

"그 의미는 공주님께서는 당신을 전혀 용서하지 않겠다는 뜻이죠."

그리고 그 말을 로웨나가 확인해 주었다.

"하지만 당신의 광기가 부른 고통과 비참함은 용서할 수 없습니다."

공주의 말에 세드릭이 다가와 말하였다.

"공주의 말고삐를 잡고 있는 그 손을 놓아라. 우리 머리 위에 밝게 빛나고 있는 태양에 맹세코, 그것이 수치만 아니라면, 내 투창으로 당장에 네 놈을 땅에 박아놓고 말았을 것이다 … 하지만 모리스 드 브라시, 이 더러운 짓에 동참한데 대해 네 놈도 벌 받을 날이 있을 테니 명심해 두거라."

"포로를 위협하는 것은 쉬운 일일 테지. 하지만 색슨 인이 정중한 적이 언제 있었나?"

그렇게 말하면서 드 브라시는 두 걸음쯤 뒤로 물러나 공주가 앞으로 가게 해 주었다.

떠나기 전에, 세드릭은 흑기사에게 특별히 감사의 말을 전하였고 자기와 함께 로더우드에 가자고 열렬히 청하였다.

"당신들 편력 기사들은 운수를 창 끝에 맡기려고 하고, 토지와 재물을 아무렇지도 않게 여긴다는 것을 알고 있소. 하지만 전쟁이란 변하기 쉬운 정부(情婦)와 같은 것이어서, 비록 방랑이 천직인 용사들에게도 때로는 가정이 매력적일 수도 있소이다. 고귀한 기사여, 당신은 이미 로더우드의 연회장에 있는 가정을 하나 얻으셨소. 세드릭은 운명으로 당신이 입은 손상을 충분히 보상해 줄 만큼의 재산을 갖고 있으며 내 재산은 전부 내 목숨을 구해 준 분의 것이오 … 그러니 로더우드로 오시오, 손님으로서가 아니라 아들이나 형제로서 말이오."

"세드릭 경은 이미 나를 부유하게 만들어 주셨소. 색슨 인의 미덕의 가치를 일깨워 주었으니까요. 용감한 색슨 인이여, 곧 로더우드로 가겠습니다, 그것도 되도록 빨리. 하지만 지금 당장은 시급한 일 때문에 찾아뵐 수가 없군요. 아마 제가 댁을 찾아뵐 때에는 경의 관대함을 시험해 볼 만큼 많은 부탁을 드리게 될 것 같습니다."

"말을 꺼내기도 전에 미리 약속하겠소."

세드릭은 흑기사의 장갑 낀 손바닥을 기꺼이 잡으며 덧붙였다.

"비록 내 재산의 절반이 된다 하더라도 무엇이든 들어주겠다고 미리 약속하는 바요."

"그렇게 가볍게 약속하시는 것이 아닙니다. 하지만 내가 부탁하는 것을 얻게 되리라 기대하지요. 그럼 그동안, 잠시 이별이군요."

"하지만 드릴 말씀이 있소이다. 애설스탠 경의 장례식 동안에는 제가 코닝스버러 성의 연회장에 체류하고 있을 것이오. 장례식에 참석하고 싶은 분은 모두 환영하오. 그리고, 고 애설스탠 경의 어머니이신 에디스 부인을 대신하여 말하는데, 비록 성공하지는 못했지만 노르만의 족쇄와 사슬로부터 애설스탠 경을 구하기 위하여 그토록 용감하게 싸운 사람들도 기꺼이 맞아들일 것이오."

"그럼요, 그럼요."

어느새 주인 옆으로 다가와 있던 왐바가 지껄였다.

"그곳에는 진귀한 음식이 있을 테죠 … 애설스탠 나리가 자기 장례식의 진수성찬을 못 먹는 것이 유감스럽기는 하지만요 … 하지만, 그분은."

왐바는 진지하게 눈을 하늘로 쳐들며 말을 이었다.

"그분은 천국에서 드시고 계실 테죠, 틀림없이 성찬을 맛보고 계실 거예요."

"이제 그만 입 다물고, 가기나 해라."

이 적절하지 않은 농담에 세드릭은 화가 났지만 이제까지 왐바가 한 노고를 생각하고는 꾹 참았다. 로웨나가 흑기사에게 품위 있게 손을 흔들어 작별 인사를 하고, 세드릭이 하느님의 축복을 빌고는, 그들은 숲의 넓은 빈터를 뚫고 나아갔다.

그들이 출발하기 무섭게, 갑작스러운 행렬 하나가 푸른 숲의 가지 아래에서 나타나더니, 그 둥근 원형의 빈터를 한바퀴 천천히 돌더니 로웨나와 그 일행과 같은 방향으로 나아갔다. 애설스탠의 시신이 안치된 들것을 애설스탠의 부하들이 어깨에 메고 코닝스버러 성까지 슬프게 천천히 운구하는 동안, 세드릭이 약속한 많은 기부금과 조의금을 기대하여 인근 수도원의 사제들은 그 옆을 따라 가며 찬송가를 불렀다. 시신은 코닝스버러에서 그의 오랜 조상인 헹기스트의 묘소에 묻히게 될 것이었다. 많은 부하들이 사망소식을 듣고 모여 있었고, 적어도 겉으로는 낙담과 비애의 모든 표정을 지으며 관을 뒤따랐다. 무법자들은 다시 일어나 바로 조금 전에 로웨나 공주에게 바친 것과 마찬가지로 고인에게도 갑작스럽게 무의식적인 경의를 표했다. 사제들이 부르는 느릿느릿한 성가와 애도하는 발걸음을 보자 무법자들은 어제의 전투에서 쓰러진 전우들이 생각났다. 하지만 위험과 모험의 삶을 살고 있는 사람들에게는 그러한 추억이 오래 남아 있지 않는 법이다. 그래서 장송곡의 여운이 바람결에 잦아들기도 전에 그들은 전리품을 배분하는 일에 몰두했다.

록슬리가 흑기사에게 말했다.

"용감한 기사님, 당신의 훌륭한 마음과 강건한 팔이 없었다면 우리의 계획은 완전히 실패로 돌아갔을 것이 분명하니, 제발 이 수북히 쌓인 전리품

가운데 당신 마음에 드는 것으로, 또 저의 이 회합의 나무를 생각나게 할 만한 것으로 무엇이든 마음대로 고르십시오."

"그렇다면 서슴지 않고 준 것처럼 사양 않고 받겠소이다. 모리스 드 브라시를 내 마음대로 처분할 수 있도록 허락해 줄 것을 청하오."

"그자는 벌써 당신 것입니다. 그리고 그편이 놈에게도 잘 된 셈이죠! 안 그랬으면 이 폭군 녀석을, 놈의 자유 용병대를 다 모아 함께 이 떡갈나무 제일 높은 가지에 도토리 열매처럼 전부 매달아 놓을 작정이었으니까요 … 하지만 이제 놈은 당신의 포로이니, 비록 제 아버지를 죽였다 하더라도 해치지 않을 것입니다."

흑기사가 드 브라시를 향해 말했다.

"드 브라시, 그대는 이제 자유의 몸이다 … 자, 떠나거라. 너를 포로로 잡은 사람은 지난 일에 대해 비열하게 복수하는 것을 수치로 여긴다. 하지만, 더 나쁜 일이 생기지 않도록 앞으로는 조심하라. 모리스 드 브라시, 다시 한 번 말하는데, 정말로 조심하라!"

드 브라시는 아무 말 없이 머리를 깊숙이 숙여 인사하고는 막 떠나려고 했는데, 그때 향사들이 일제히 저주와 비웃음의 함성을 터뜨렸다. 그러자 오만한 기사는 즉시 멈춰 돌아서서 팔짱을 끼고 몸을 한껏 뻣뻣이 곧추 펴고는 소리를 질렀다.

"닥쳐라, 이 낑낑대는 놈들아! 수사슴이 궁지에 몰렸을 때 쫓지는 않고 짖어대기만 하는 놈들아 … 드 브라시는 네 놈들의 칭찬을 경멸하는 것처럼 네 놈들의 비난도 비웃을 테다. 풀숲과 동굴로나 꺼져라, 이 무법자 도둑놈들아! 그리고 네 놈들 소굴 근처에서 기사나 귀족의 말소리가 들리거든 한 사코 입을 닥치고 있으란 말이다."

무법자들의 대장이 즉각적이고 단호하게 말리지 않았더라면, 이 적절하지 못한 도전으로 드 브라시는 화살의 집중 공격을 받았을지도 모른다. 록슬리가 말리는 틈을 타, 드 브라시는 말 한 마리의 고삐를 붙잡았는데, 그 말은 프롱 드 봬프의 마구간에서 끌고 와 마구를 갖춘 채 주위에 서 있던 중요한 전리품 가운데 한 마리였다. 드 브라시는 안장에 뛰어오르기 무섭게 숲 속으로 쏜살같이 사라졌다.

이 뜻밖의 사건으로 일어난 법석이 어느 정도 가라앉자, 록슬리는 자기 목에서 최근에 아슈비 부근의 궁술 시합에서 탄 값진 뿔나팔과 수대를 풀어 흑기사에게 건네주며 말했다.

"고매한 기사님, 잉글랜드의 향사가 한 번 목에 걸쳤던 뿔나팔을 받으시기를 꺼리지 않는다면 제발 이것을 당신의 용맹한 행위에 대한 기념으로 간직해 주시길 청합니다. 그리고 용감한 기사에게 늘 일어나듯이, 만일 무슨 일이 생겨 트렌트 강과 티스 강 사이의 어느 숲에서 봉변을 당하게 되면 와사호아! 하고 세 가지 소리로 부십시오. 그러면 반드시 도움의 손길이 나타날 것입니다."

록슬리는 숨을 들이마신 후 나팔을 입에 대고 기사가 그 소리를 익힐 때까지 자기가 설명한 대로 몇 번씩 불어보았다.

"대담한 향사여, 선물을 주어 고맙소. 내게 가장 필요할 때에 당신과 당신의 부하들보다 더 큰 도움은 찾지 못할 것이오."

이번에는 기사가 푸른 숲이 모두 울릴 때까지 그 소리를 불어보았다.

"분명하고 잘 들리게 부셨군요. 분명 당신은 전쟁에 대해서뿐 아니라 사냥에 대해서도 조예가 깊으시군요! 한창 때에는 사슴 사냥을 꽤나 하셨으리라 장담합니다 … 동지들, 이 세 음조를 잘 기억해 두라고 … 이것은 족쇄 문장의 기사님이 부르는 소리니까. 만약 이 소리를 듣고도 난국에 처한 기사님을 도우러 달려가지 않는 놈이 있다면 자기 활줄로 무리에게서 채찍질을 당하게 할 테다."

"우리 대장 만세! 족쇄 문장의 흑기사님 만세! 우리가 얼마나 그분을 돕는지 입증하기 위해 우리의 도움을 빨리 받게 되시길."

록슬리는 다시 전리품의 분배를 시작하였는데, 훌륭할 정도로 공정하게 배분하였다. 전체의 10분의 1은 교회의 몫과 경건한 용도로 떼어 놓았다. 그리고 일부는 일종의 공동재산으로 배정되었고, 일부는 죽은 전우들의 처자식을 위해서 할당되거나 유족을 남기지 않고 죽은 사람들의 영혼을 위한 미사 비용으로 할당되었다. 나머지는 각자의 계급과 공적에 따라 무법자들에게 나누어졌다. 그리고 자칫하면 그런 문제는 온갖 유혹을 사기 쉬웠으므로 매우 빈틈없이 나누었고, 절대적인 복종을 받았다. 흑기사는 그토록 비합법적인 처지에서도 그들이 매우 질서 있게 그리고 공정하게 자치되고 있는 것을 보고는 매우 놀랐다. 그리고 이제까지 흑기사가 목격한 모든 것들은 무법자들의 대장이 정의와 판단력을 갖춘 사람이라는 견해를 더욱 굳히게 했다.

제각기 자기 몫의 전리품을 받고, 키가 큰 네 명의 향사를 대동한 회계원이 이 공동체에 속한 몫을 어느 안전한 장소로 옮기고 있는 동안 교회에 바쳐진 몫은 아무도 개인적으로 집어 가는 사람 없이 그대로 남아 있었다.

이제 대장이 입을 열었다.

"우리의 그 유쾌한 군종 사제의 소식을 들었으면 좋을 텐데 … 식사에 축복을 주거나, 전리품을 나눌 때에는 한 번도 빠져본 적이 없었죠. 우리가 성공한 모험의 이 십일조를 받는 것도 그의 임무고요. 이 임무가 그의 사제로서의 부정 행위를 어느 정도 덮어 주는데 도움이 되었죠. 또한 멀지 않은 곳에 포로로 잡아 놓은 사제가 있는데 그 사제를 제대로 처리하기 위해서도 우리 탁발승의 도움이 필요한데 … 그 퉁명스러운 사제의 안부가 매우 걱정되는군요."

"나도 무척 걱정이 되는구려. 나 역시 그의 암자에서 즐거운 하룻밤의 환대를 받은 빚을 지고 있다오. 성이 허물어진 자리로 가 봅시다. 은자에 대해 무슨 소식이라도 들을지 모르니까."

그렇게 말하고 있는 동안, 그들이 걱정하던 장본인의 도착을 알리는 커다란 고함소리가 향사들 틈에서 들려왔다. 사제의 억센 모습이 나타나기도

전에 그 자신의 쩌렁쩌렁 울리는 목소리로 그가 왔다는 사실을 이미 알 수 있었다.

"비켜 주게, 유쾌한 친구들! 자네들의 경건한 신부와 그 포로를 위해 길을 비켜 주게 … 자 한 번 더 환영한다고 외쳐 주게 … 고매한 대장님, 제가 매처럼 먹이를 잡아 가지고 왔습니다."

주위에 선 모든 사람들이 웃음을 터뜨리는 가운데, 둥그렇게 모여 선 자리를 뚫고 나오며 의기 양양한 모습으로 나타났다. 한 손에는 커다란 창을 들고 있었고, 또 한 손에는 목매는 밧줄이 들려 있었는데, 밧줄의 한쪽 끝에는 불행한 요크의 아이작의 목이 단단히 매어져 있었다. 아이작은 슬픔과 공포로 고개를 푹 숙이고 의기 양양한 사제에게 질질 끌려오고 있었다. 사제는 버럭 소리를 질렀다.

"민요에, 아니 시 한 수에라도 넣어 나를 찬양해 줄 알란 어 데일은 어디 있는 거야? … 성 헤르메네질드(Saint Hermangild)께 맹세코 용기를 찬양하기에 적당한 주제가 있는 데에는 신나게 노래를 불러 줄 악사가 없단 말이야!"

"이보게, 사제. 아직 이렇게 이른 시간인데 벌써 한잔 걸치셨군. 도대체 누구를 데리고 온 거요?"

"제 칼과 창으로 잡은 포로지요, 훌륭한 대장님."

코프만허스트의 사제가 대답했다.

"오히려 활과 미늘창으로 잡은 포로라고 해야 되겠군요. 그래도 저의 신성으로 이놈을 끔찍한 예속 상태에서 구해 주었지요. 이봐, 유대인 말해 봐 … 내가 네 놈을 사탄의 왕국에서 꺼내 주지 않았느냐? … 내가 네 놈에게 사도신경과 주기도문과 성모 마리아의 기도를 가르쳐 주지 않았더냐? 내가 온 밤을 네 놈의 개종을 축하하며 마셨고 교의를 설명하느라 보내지 않았느냐?"

그러자 불쌍한 유대인이 갑자기 부르짖었다.

"아, 제발, 저를 미친 … 제 말은 이 거룩한 양반으로부터 저를 빼내 주실 분 누구 없습니까?"

"뭐라고, 이 유대 놈아?"

아이작의 말에 탁발승이 위협조로 쏘아붙였다.

"오리발을 내밀 작정이냐? … 잘 생각해 봐, 만일 네 놈이 너의 그 유대교로 다시 돌아간다면, 네 놈이 아무리 어린 돼지만큼 연하지는 않다고 해도 … 네 놈을 잡아 아침으로 먹을 테다 … 구워서 못 먹을 만큼 그렇게 질기지는 않을 테니까! 자, 마음 편하게 먹고, 아이작, 나를 따라 해봐, 아베 마리아!"

그러자 록슬리가 나서서 가로막았다.

"아니, 그렇게 신성 모독을 하게 할 수는 없지, 이 미치광이 사제여. 대신 이 포로를 어디서 찾아냈는지 그 이야기나 듣자고."

"성 둔스탄께 맹세코, 좀 더 좋은 물건을 찾으려고 하던 곳에서 이놈을 발견했죠! 저는 뭐 좀 가지고 갈 만한 것이 없나 알아보려고 지하실로 걸어들어갔죠. 그 이유는, 태운 한 잔의 술이 향료와 함께 황제의 저녁 반주가 된다 하더라도 그토록 많은 훌륭한 술을 한 번에 다 데우는 것은 낭비라고 생각했기 때문이죠. 그래서 작은 술통을 하나 찾아냈답니다. 무슨 좋은 공적을 세울 것이 없나 찾아다니던 이 굼뜬 놈들로부터 좀 더 도움을 청하려고 나오다가 견고한 문을 하나 발견했습니다 … 저는 속으로 생각했죠, 아하! 바로 이 비밀 지하실에 최고급 술이 있으렷다 하고 말이죠. 성의 집사장 놈이 자기 직분을 소홀히 한 덕분에 열쇠가 문에 꽂힌 채 있더군요 … 그래서 그 안으로 들어가 보았더니, 녹슨 쇠사슬과 이 유대인을 빼고는 아무것도 없었습니다. 그래서 살리든 죽이든 이 놈을 즉각 포로로 잡은 것이지요.

저는 전투로 피로한 뒤라 이 불신자와 함께 거품이 이는 한 잔의 술로 기운을 차린 뒤에 포로를 끌고 나오려는 참이었는데, 그때 거친 천둥과 번개가 한꺼번에 치는 것처럼 바깥쪽 탑이 쿵쾅거리며 넘어지더니(그것을 좀 더 단단하게 짓지 않은 그 빌어먹을 놈들의 손!) 나갈 길을 막아 버렸습니다. 곧이어 다른 탑들이 차례로 무너지는 굉음이 들려오더군요 … 그래서 저는 살 수 있다는 생각을 포기했지요. 이 세상을 유대인과 함께 하직하는 것은 제 직분상 수치스러운 일이라고 생각하여 이놈의 골통을 부숴 버리려고 제 미늘창을 높이 쳐들었습니다. 하지만 놈의 백발을 보자 측은한 생각이 들어 창을 내려놓고 놈의 개종을 위해 정신적인 무기를 드는 것이 더 나을 것이라고 판단했습니다. 그리고 정말로, 성 둔스탄의 축복으로, 씨앗은 좋은 토양 위에 뿌려졌습니다(성경, 마가복음 4장 20절에 나오는 씨 뿌리는 사람의 비유). 저는 밤새도록 놈에게 신비의 교의를 들려주었을 뿐으로, 어느 정도는 단식을 한 탓에(저의 재치를 예리하게 해 주었던 몇 모금의 술도 그다지 효과가 없었으므로), 지금 제 머리는 거의 빙빙 도는 것 같아요 … 하지만 지금은 완전히 녹초가 되어 버렸어요 … 길버트와 웹발드는 저를 발견했을 때 어떤 상태였는지 알 것입니다 … 완전히 녹초 상태였지요."

그러자 길버트가 나서서 대답했다.

"그것은 저희가 보증합니다. 폐허 더미를 치우고 성 둔스탄의 도움으로 지하 감옥 계단에 불을 밝히니 술통이 절반은 비어 있고 유대인은 반쯤 죽어 있고, 사제님은 반 이상, 자기가 말한 대로 녹아 떨어져 있더라고요."

그 말에 성난 사제가 쏘아붙였다.

"뭐라고, 이놈들아, 거짓말 마라! 그 술통을 죄다 마셔 버리고 해장술이라고 한 것은 네 놈과 네 놈들의 그 주정뱅이 패거리가 아니냐. 만일 저것이 우리 대장을 위해 간직해 둔 것이 아니라면 내가 이교도다, 이놈들아. 하지만 뭐, 그게 무슨 상관이야? 유대인이 개종했는데, 내가 알려 준 것을 모두 이해했는데, 나처럼 완전히는 아니지만 거의 엇비슷하게 말이야."

그러자 록슬리가 아이작에게 물었다.

"이봐, 유대인, 그게 사실인가? 너의 종교를 포기했다는 것이?"

"참으로 죄송합니다만, 이 끔찍한 밤에 저 사제님이 제게 한 말을 저는 한 마디도 모릅니다. 아아! 저는 괴로움과 두려움과 슬픔으로 정신이 너무도 혼란하였으므로 설령 저희 거룩한 조상 아브라함이 와서 설교했다고 한들 소귀에 경 읽기였을 것입니다."

"뭐라고, 이 거짓말쟁이 유대 놈아, 네가 한 짓은 네가 잘 알고 있으면서. 그럼 우리가 협의한 것을 내 하나만 상기시켜 줄까 … 네 놈의 재산을 우리 신성한 교단에 전부 바치겠다고 약속하지 않았더냐."

그 말에 아이작은 전보다 훨씬 놀라 펄쩍 뛰었다.

"그 약속만은 맹세코, 훌륭하신 나리들, 제 입에서 새어나온 적이 없습니다! 아아! 저는 늙은 거지나 마찬가지입니다 … 이제 자식도 잃은 것 같습니다 … 제발 저를 불쌍히 여겨 그냥 놓아 주십시오!"

"천만에, 만일 네가 신성한 교회를 위하여 했던 맹세를 취소한다면 속죄를 해야 하지."

그러면서 사제는 미늘창을 높이 쳐들었고, 만일 흑기사가 제지하지 않았더라면 유대인의 어깨에 정통으로 맞았을 것이다. 그 덕분에 사제의 노여움은 흑기사에게로 향했다.

"켄트의 성 토마스께 맹세코, 정식으로 무기를 집어들고, 당신이 쇠투구를 쓰고 있다 해도 남의 일에 참견하지 않도록 당신에게 한 수 가르쳐 드리겠소, 이 게으름뱅이 기사님."

"아니, 내게 그렇게 화내지 마오. 나는 그대의 언약 친구이자 동지라는 것을 그대도 알잖소."

"전 그런 것은 모르고, 참견이나 일삼으며 잘난 척한 데 대해 당신에게 도전하는 바요."

"천만에, 하지만."

요전날 밤 자신에게 주연을 베풀어 준 주인을 놀리는 것이 자못 재미있다는 듯이 기사가 말을 이었다.

"사제는 벌써 잊었소? 나를 위해서(그 술병과 고기 파이의 유혹에 대해서는 아무것도 말하지 않으려니까) 단식과 철야의 맹세를 깨뜨렸던 것을 말이오."

그러자 사제는 커다란 주먹을 불끈 쥐고는 응수했다.

"정말로, 당신에게 이 주먹 선물을 드리고야 말겠소."

"나는 그런 선물은 받지 않겠소. 나는 당신의 주먹질을 선물이 아니라 빌리는 것으로서 받는 걸로 족하오. 하지만 당신의 포로가 자기 천직에서 발휘하는 것만큼 무겁게 높은 이자를 붙여 되갚아 주리다."

"흥, 좋소이다. 이제 보면 알겠죠."

그때 록슬리가 끼어 들었다.

"그만 둬! 무엇이 어째, 이 미치광이 사제 놈아! 우리 회합의 나무 아래에서 싸움질을 벌이겠다는 거야?"

그러자 기사가 대답했다.

"싸움질이 아니라, 친구끼리 우의를 주고받는 것에 불과하오 … 탁발승, 어디 힘껏 쳐 보구려 … 그대가 내 주먹을 견딜 수 있다면 나도 그대의 주먹을 견딜 테니."

"당신 머리에 쓰고 있는 그 쇠냄비의 덕을 좀 보시겠다 이 말이죠, 하지만 뭐 좋을 대로 쓰고 있으시구려 … 당신이 놋쇠 투구를 쓴 가드(Gath)의 골리앗이라 해도 내 때려 눕혀 주고 말 테니."

사제는 강건한 팔을 걷어 붙이더니 온 힘을 다하여 황소라도 쓰러뜨릴 만한 주먹을 기사에게 날렸다. 그러나 그의 적수는 바위처럼 꿈쩍도 하지 않았다. 그러자 주위의 모든 향사들 사이에서 일제히 함성이 터져 나왔다. 사제의 주먹질은 그들 사이에서도 잘 알려져 있어, 장난이든 진짜든 그 힘을 알고 싶어하는 사람이 하나도 없었기 때문이다.

기사는 장갑을 벗으며 말했다.

"자, 사제여. 내가 머리에는 유리한 것을 쓰고 있었을망정, 손에는 아무것도 끼지 않겠소. 자, 참된 사나이처럼 꿋꿋이 서 있으시게."

"게남 메암 데디 바풀라토리, 때리는 자에게 내 뺨을 내주었소. 만일 당신이 나를 이 자리에서 조금이라도 움직이게 할 수 있다면 내 유대인의 몸값을 기꺼이 당신에게 바치리다."

그렇게 말하며 억센 체구의 사제는 기운 찬 도전의 자세를 취하였다. 하지만 누가 운명을 거역할 수 있으리오? 기사의 주먹질이 대단한 힘과 열의로 가해졌으므로 탁발승은 거꾸로 땅바닥에 나자빠지고 말았다. 둘러 서 있던 구경꾼들도 모두 깜짝 놀랐다. 하지만 사제는 아무런 화도 낭패감도 보이지 않고 일어섰다.

"형제님, 당신은 힘을 좀 더 신중하게 써야겠군요. 내 턱을 부러뜨려 놓았으니 말소리가 분명치 않은 미사를 드리게 되었잖아요. 피리 부는 사람은 아래턱이 없으면 피리를 제대로 불 수 없는 법이니. 하지만 어쨌든 내가 졌습니다. 이제 당신과는 더 이상 주먹질을 하지 않겠다는 우의의 증거로 손을 내미니 잡아 주세요. 이제 모든 불화는 이것으로 끝냅시다. 자, 그럼 유대인의 몸값을 받아내기로 하지요. 표범이 그 얼룩을 바꿀 수 없듯이 유대인은 어쩔 수 없는 유대인이니까요."

그러자 클레멘스(작가의 오기, 클레멘스는 앞에서 프롱 드 뵈프의 부하 가운데 한 사람이었다)가 끼어 들었다.

"사제는 귀에다 한 대 얻어맞고 나더니 유대인의 개종을 반도 확신하지 않게 되었군요."

"저리 꺼져, 이놈아. 네가 개종에 대해서 뭘 안다고 지껄여? … 뭐가 존경심이라고는 하나도 없는 거야? … 모두 대장만 있고 졸개는 없는 거야? 너희들에게 말하건대, 기사님의 주먹을 얻어맞았을 때에는 정신이 띵했다고, 안 그랬으면 넘어지지는 않았을 텐데. 하지만 한 번만 더 그 일로 놀려대면 내가 받은 것 못지않게 줄 수도 있다는 것을 알려 줄 테니 그리 알아."

"모두 조용히 해! 너 유대인, 네 몸값을 생각해 둬. 너희 종족이 모든 그리스도교 사회에서 저주스럽게 생각되고 있다는 것은 말할 필요도 없겠지. 그래서 우리 또한 네가 우리 틈에 있는 것을 참을 수 없다. 내가 다른 포로를 조사할 동안에 네 몸값을 얼마나 내놓을지 생각해 두란 말이다."

"프롱 드 봬프의 부하들이 많이 잡혀 왔소?"

흑기사가 물었다.

"그놈들 가운데는 몸값을 내놓을 만큼 굵직한 놈이 없더군요. 잡병 한 패가 있었지만 그놈들은 모두 풀어 주고 새로운 주인을 찾으라고 했지요 … 복수와 이익을 위해서는 만반의 준비를 해 놓았습니다. 그놈들 무리는 동전 한 푼어치도 안 되죠. 제가 말하는 포로는 훨씬 값이 나가는 전리품이랍니다 … 놈의 마구와 옷차림새로 봐서는 애인을 찾아 달려가는 유쾌한 사제 같습니다 … 까치처럼 까부는 그 훌륭한 고위성직자께서 저기 오시는군요."

두 향사 사이에 이끌려 무법자들의 대장의 옥좌 앞으로 끌려나온 것은 우리도 익히 알고 있는 바로 조르보의 에이머 수도원장이었다.

33장

··· 전사중의 꽃,
티투스 라르티우스는 어찌 되었는가?
마르키우스. 판결을 내리느라 바쁜 사람으로,
누구에게는 사형을, 누구에게는 유형을 선고하고,
몸값을 요구하거나 자비를 베풀기도 하고, 협박을 하기도 한다.

「코리올라누스」(*Coriolanus*)(셰익스피어)

포로로 잡힌 수도원장의 얼굴과 태도에는 손상된 자존심과 혼란스러운 허식과 몸으로 느끼는 공포심이 기묘하게 뒤섞여 있었다.

그 세 감정이 모두 섞여 있는 목소리로 수도원장이 물었다.

"이게 도대체 어찌 된 일인가? 도대체 이게 다 무슨 버르장머리냐고. 성직자에게 이렇게 손을 대다니 그대들은 터키 인인가 그리스도 교도인가? 마누스 임포네레 인 세르보스 도미니(주의 종에게 손을 대다)가 무슨 뜻인지 알고 있는 거냐? 내 갑옷을 빼앗고, 정성 들여 재단된 레이스로 만든 코프(성직자의 망토 모양의 긴 외투 ; 역주)를 찢었겠지. 추기경이 입어도 될 만한 것이었는데 말이야! 만일 다른 사람이 나 같은 경우를 당했다면 엑스코무니카보 보스(너희들을 파문하겠다)라고 했을 테지만, 나는 본래 너그러운 사람이라 내 말을 돌려주고 내 형제들을 풀어 주고 내 갑옷도 내놓고, 조르보 수도원의 높은 제단 위에서 미사를 올리는 대금으로 백 크라운을 지급으로 내놓고, 다음 오순절까지 사슴 고기를 먹지 않겠다고 맹세하면 이 미친 장난에 대해서는 더 이상 아무 책임도 묻지 않겠노라."

그 말에 록슬리가 대꾸했다.

"거룩한 신부님. 제 부하들 가운데 누가 당신으로부터 그러한 질책을 받을 만한 대우를 해 드렸다니 유감스럽게 생각합니다."

"대우라고!"

사제는 록슬리의 온후한 말투에 용기를 얻어 되뇌었다.

"그것은 훌륭한 품종의 그 어떤 사냥개에게도 어울리지 않을 대우였지 …
그리스도인들에게는 말할 것도 없고 … 특히 사제에게는 더욱 그렇고 …
그리고 무엇보다도 조르보의 신성한 교구의 수도원장에게는 터무니없지.
여기 이 알란 어 데일이라는 상스러운 주정뱅이 음유 시인이 있다 … 네불
로 퀴담(아무짝에도 쓸모 없는 놈) … 이놈이 내 몸에 고문을 가하겠다고
협박했네. 이미 내게서 빼앗은 모든 재물, 금목걸이와 값을 알 수 없게 귀
중한 반지들에다가 덤으로 4백 크라운을 내지 않으면 죽여 버리겠다고 했
지. 게다가 향수통과 은으로 만든 인두 집게 같은 것도 놈들의 난폭한 손으
로 깨지고 찢어졌단 말이야."

"알란 어 데일이 당신처럼 훌륭한 분에게 그렇게 했을 리 없을 텐데요."

"무슨 소리, 내 말은 성 니고데모의 복음서만큼 진실이야. 그놈은 북쪽 지
방의 지독한 욕설을 잔뜩 퍼부으며 푸른 숲의 제일 높은 나무에 나를 매달
겠다고 맹세했단 말이네."

"그가 정말로 그랬단 말입니까? 아아, 신부님, 차라리 그의 요구에 따르시
는 편이 나았을 것으로 생각합니다 … 왜 그런고 하니, 알란 어 데일은 한
번 그렇게 맹세하면 반드시 그 약속을 지키는 사람이기 때문이죠."

"나를 놀리는 건가."

수도원장은 깜짝 놀라 억지 웃음을 띠며 말했다.

"나도 뭐 농담은 진심으로 좋아하는 바이지만. 하! 하! 하! 그러나 밤새도
록 즐겁게 놀았으면 아침에는 제정신으로 돌아와야 하는 법이라네."

"그러니까 고해 신부처럼 진지하다니까. 수도원장, 당신은 몸값을 듬뿍
내야만 하겠소. 안 그러면 당신의 수도원은 새로운 사람을 수도원장으로
뽑아야 할 것이오. 당신은 예전 자리로 절대 되돌아갈 수 없을 테니까."

"그대들은 그리스도인들인가, 어떻게 성직자에게 이런 말을 할 수 있단
말인가?"

"그리스도인들이냐고! 물론, 그렇고 말고. 게다가 우리에게도 거룩한 분

이 있단 말이오. 우리의 쾌활한 사제를 나오게 하여 이 문제에 관련해서 사건의 본말을 이 수도원장에게 자세히 설명해 주게 합시다."

록슬리의 제안에 반은 아직 취해 있고, 반은 정신이 든 탁발승이 사제복을 푸른 제복 위에 대강 걸치고 예전에 기계적으로 외웠던 단편적인 토막들을 무엇이든 전부 불러내어 말을 건넸다.

"신부님, 데우스 파시아트 살밤 베니그니타템 베스트람(신께서 당신을 구해 주시길) … 푸른 숲에 오신 것을 환영하오."

"이 불경스러운 무언극은 또 뭐지? 이보게, 그대가 만일 정말로 성직에 있는 사람이라면 무어인 춤꾼처럼 머리를 까닥거리고 히죽 웃으며 여기 서 있느니 어떻게 하면 이자들의 수중에서 빠져나갈 수 있을지 내게 가르쳐 주는 것이 더 훌륭한 행위 아니겠는가."

"지당한 말씀이죠, 신부님. 당신이 도망갈 수 있는 유일한 방법을 알고 있지요. 오늘이 성 안드레아 날로 우리는 십일조를 걷고 있답니다."

"하지만 교회에게서도 걷는 것은 아닐 테지?"

"교회로부터도 받고 속인들에게서도 받지요. 그러니 수도원장님, 파시테 보비스 아미코스 데 맘모네 이니퀴타티스, 즉 세속의 재물로도 친구를 사귀어라(누가복음 16장 9절 인용) 이 말씀입니다, 다른 우정은 지금 당신에게 아무런 소용이 없을 것 같으니까요."

그러자 수도원장은 어조를 누그러뜨리며 대답했다.

"나는 유쾌한 숲 사람들을 진심으로 좋아하네. 그러니 나를 너무 심하게 대하면 안 되지 … 나는 사냥을 곧잘 하며 떡갈나무가 온통 다시 울릴 때까지 뿔나팔도 맑고 활기차게 불 수 있네."

"어디 뿔나팔을 쥐 봐라. 자랑하는 솜씨를 좀 볼 테니."

그리하여 에이머 수도원장이 뿔나팔을 불어보았지만 록슬리는 고개를 흔들었다.

"수도원장, 즐거운 곡조를 불기는 하였소만, 그것으로 몸값을 대신할 수는 없겠구려 … 어느 훌륭한 기사의 방패 문장에 있듯이 뿔나팔 한 곡조로 당신을 풀어 줄 수는 없소. 더욱이, 내가 아는 한 … 당신은 새로운 프랑스 장식음과 트랄 리 라스로 옛 잉글랜드의 뿔나팔 곡조를 어지럽힌 사람들 가운데 하나요 … 수도원장님, 조금 전에 분 그 화려한 마지막 취주로 인해 늠름하고 진정한 옛 사냥 곡조를 변조시킨 죄로, 당신의 몸값에 오십 크라운을 추가하겠소."

그러자 수도원장이 언짢은 말투로 대꾸했다.

"그런가, 그대는 사냥술이 그다지 마음에 들지 않는가 보군. 하지만 내 몸값 문제에 대해서는 좀 더 관대하게 처분해 주게. 한마디로 말해서 … 나는 한 번은 나쁜 행위를 도와야 할 처지니 … 내가 뒤에 오십 명의 호위병을 거느리지 않은 채 와틀링 가도를 걸어간 데 대해 도대체 얼마의 몸값을 내야 한다는 건가?"

그 말에 무리 가운데 대장과 좀 떨어져 있던 부관이 제의했다.

"이러면 어떨까요, 수도원장이 유대인의 몸값을 매기게 하고, 유대인이 수도원장의 몸값을 매기게 하면?"

"자네는 미친 작자로구먼, 하지만 그 계획은 정말 기발하군! 이봐 유대인, 이리 나와 봐 … 저 에이머 신부, 저 부유한 조르보 수도원의 수도원장을 보고 우리가 얼마나 몸값을 받아내면 좋을지 말해 보라 … 너는 그 수도원의 수입을 분명히 알고 있을 테지."

"오, 알고말고요. 저는 지금까지 신부님들과 거래를 해 왔고, 밀과 보리와 과일과 많은 양모를 사들였지요. 아, 그곳은 정말 부유한 수도원이어서, 조르보의 이 신부님들은 기름진 음식을 먹고 술지게미 위에 뜬 좋은 포도주만 마신답니다. 아아, 만일 저같이 의지할 곳 없는 자에게 그런 집이 있고, 해마다 달마다 그렇게 많은 수입이 들어온다면 저는 포로 신세에서 풀려나기 위해 많은 금화와 은화를 내놓을 것입니다."

"뭐라고! 이 개 같은 유대 놈아! 우리 수도원이 성단소(교회의 성가대와 성직자의 자리 ; 역주)를 완공하느라 부채를 지고 있다는 것은 누구보다도 네놈이 잘 알고 있을 게다."

"그리고 또 지난 계절에 지하 저장실에 저장되어 있는 것을 말씀드리자면 가스코뉴 포도주도 상당량 저장했을 것이나 … 그것은 그야말로 하찮은 것이죠."

"이 불경한 놈이 떠드는 소리를 들어보게! 저놈은 우리들이 프로프터 네세시타템, 에트 아드 프리구스 데펠렌둠(필요에 의해서, 또 추위를 쫓기 위해서) 마셔도 좋다고 허용된 술 때문에 우리의 성스러운 수도원이 빚에 쪼들리고 있는 것처럼 떠들고 있구면. 못된 유대 놈이 신성한 교회를 모욕하는데, 그리스도인들은 그런 말을 듣고도 놈을 꾸짖지 않는단 말인가!"

"그래봐야 아무 소용없소, 수도원장 나리. 이봐, 아이작, 수도원장이 알거지가 되지 않을 범위 내에서 내놓을 수 있는 금액이 얼마인지 말해 보게."

"육백 크라운이라면 훌륭하신 수도원장님은 당신들의 자랑스러운 용맹에 보답을 하고도 살아가는데 아무 지장이 없을 것입니다."

"육백 크라운이라."

대장이 진지하게 말했다.

"좋아, 나도 만족이야 … 아이작, 말 한 번 잘 했군 … 육백 크라운이라 … 당신에게 선고하는 바요, 수도원장."

"선고! 선고!"

부하들도 일제히 따라 외쳤다.

"솔로몬이라 하더라도 더 훌륭하게 판결하지는 못했을 것입니다."

"수도원장, 당신의 판결을 들었겠죠."

"아니, 그대들은 미쳤는가. 그렇게 큰돈을 어디서 구한단 말인가? 조르보 수도원의 제단에 있는 성체 용기와 촛대까지 판다고 해도 그 반액도 모으지 못할 텐데. 그리고 그런 목적이라면 내가 직접 조르보까지 가야만 하네. 나 대신 사제 둘을 억류하고 있어도 좋네."

"당신을 어떻게 믿으라고 수도원장, 당신을 붙잡고 있을 테니 그 사제들을 보내 당신의 몸값을 가져오게 하시오. 그동안 당신에게는 술 한잔과 사슴 고기 한 조각을 드리리다. 그리고 사냥을 좋아한다면 당신의 북쪽 고장에서는 보지도 못한 굉장한 구경거리를 보여 드리리다."

그러자 무법자들의 비위를 맞추려는 듯이 아이작이 한마디 했다.

"아니면, 당신들만 괜찮다면 제가 요크에 사람을 보내어 제 수중에 있는 돈 가운데 육백 크라운을 가져오게 하겠습니다. 수도원장님이 제게 영수증만 써 주신다면."

"아이작, 네가 원하는 것은 무엇이든 수도원장이 써 줄 것이다. 그리고 너는 이제 에이머 수도원장뿐 아니라 네 몸값까지 내놓지 않으면 안 돼."

"제 몫을 내라고요! 아, 용감하신 나리들. 저는 몰락한 가난한 늙은이올시다. 여러분에게 오십 크라운만 내놓는다고 해도 저는 평생 거지 지팡이를 짚고 구걸 신세를 면하지 못할 것입니다."

"그 일에 대해서는 수도원장의 판단을 빌기로 하지."

"어떻소, 에이머 수도원장? 유대인은 많은 몸값을 낼 수 있겠소?"

"낼 수 있겠냐고? 이놈이 누군가, 바로 요크의 아이작 아닌가. 아시리아에 노예로 끌려갔던 이스라엘 열 부족의 몸값도 낼 수 있을 만큼 부자 아닌가? 나는 놈을 직접 잘 모르지만 우리 수도원의 식료품 보관인과 회계인이 놈과 크게 거래를 하고 있네. 그래서 들리는 말에 의하면, 이놈은 요크에 있는 집에 그 어느 그리스도교 국가에도 수치로 생각될 만큼 막대한 금은 재화를 가득 채워 놓았다고 하네. 이렇게 사람들을 괴롭히는 독사가 그 더러운 고리대금과 강탈로 국가의 내부와 심지어 교회의 속까지 좀먹어 들어가도록 내버려 두고 있다는 사실을 그리스도인들은 알아야 하네."

그러자 아이작이 말을 가로막았다.

"잠깐만요 수도원장님, 노여움을 좀 가라앉히시지요. 저는 어느 누구에게도 강제로 돈을 꾸어준 일이 없다는 사실을 기억해 주시기 바랍니다. 하지만 성직자든 속인이든, 왕자든 수도원장이든, 기사든 사제든, 모두 아이작의 집을 찾아오면, 이렇게 무례한 말로 돈을 빌리지는 않습니다. 그들은 돈을 빌릴 때는, 이보게 아이작, 제발 이 일을 들어주게나, 내 기일은 꼭 지킬 테니, 어떤가? … 그리고, 친절한 아이작, 자네는 늘 남의 편의를 봐 주니, 이렇게 필요할 때 친구라는 것을 보여 주게! 이렇게들 말을 하지요. 하지만 기일이 되어, 제가 돈을 갚으라고 요구하면, 그들이 뭐라고 하는지 아십니까. 이 망할 놈의 유대인, 네 종족에게 이집트의 저주가 내리길, 이러한 욕설과 사람들이 이 불쌍한 이방인들에게 거칠고 무례한 반감을 품도록 선동하는 말만 늘어놓는답니다!"

"수도원장, 이자가 유대인이기는 하지만 그 말에 일리가 있소. 그러니, 당신은 더 이상 거친 언사는 삼가고 유대인이 한 것처럼 그의 몸값만 말하시오."

"그리스도교의 고위성직자를 세례도 받지 않은 유대인 놈과 같은 반열에 올려놓으려는 것은 라트로 파모수스(악명 높은 도둑)밖에는 없겠군. 이 말의 의미는 나중에 설명할 기회가 있겠지. 하지만, 이 악당 놈의 몸값을 정하도록 요구하니까 내 분명히 말하겠는데, 만일 이놈에게서 천 크라운에서 한 페니라도 덜 받는다면 그대들 스스로에게 해를 끼치는 것이 될 걸."

"선고! 선고!"

무법자 대장이 외쳤다.

"선고! 선고!"

몸값을 책정하는 부하들도 같이 소리쳤다.

"그리스도인은 과연 교육을 잘 받았어. 그래서 유대인보다는 우리에게 더 후하게 대우해 주잖아."

"우리 선조의 하느님이시여! 이 가난한 인간을 완전히 파멸시키려 하십니까? … 저는 이제 자식도 없는데 생계 수단마저 빼앗으시려는 겁니까?"

그 말에 에이머 수도원장이 비꼬았다.

"자식이 없으면 그만큼 부담도 적을 텐데 뭘 그래."

"아아! 나리, 우리의 소중한 자식들이 인정의 끈으로 얼마나 강하게 얽혀 있는지 당신의 계율로는 알 수 없을 겁니다 … 오 레베카! 내 사랑하는 레이첼의 딸이여! 저 나무의 잎새 하나하나가 금화이고, 그 금화가 모두 내 것이라면 네가 살아 있는지, 그 나자렛 인의 손에서 빠져나왔는지 알 수만 있다면 그 모든 금화를 다 바칠 텐데!"

"네 딸은 검은 머리칼을 하고 있더냐?"

무법자들 가운데 한 사람이 물었다.

"그리고 은으로 장식된 비단 베일을 걸치고 있지 않던가?"

"맞습니다! 맞아요!"

노인은 조금 전에 공포로 떨고 있던 만큼 딸을 생각하는 열의에서 부르르 떨며 대답했다.

"야곱의 축복이 당신에게 있기를! 그래 우리 딸애의 안부에 대해 내게 알려 주실 수 있겠소?"

"그렇다면, 저 거만한 성전 기사가 어젯밤 우리 대열을 뚫고 나갈 때 데리고 간 여자가 네 딸이었구먼. 내가 성전 기사 놈을 쫓아 화살을 날리려고 했지만 그 처녀가 다칠까봐 그만 두고 말았지."

"아아! 비록 화살이 그 애의 가슴을 뚫는 한이 있더라도 화살을 쏘아 주었더라면 좋았을 것을! … 음탕하고 야만스러운 그 성전 기사의 수치스러운 침상보다는 우리 선조들의 무덤이 차라리 나을 겁니다. 슬프도다! 슬프도다! 이제 내 집에서 영광은 떠났구나!"

"전우들이여, 이 노인은 비록 유대인이지만 그 슬픔이 내 마음을 울리는구먼 … 아이작, 우리와 정직하게 거래를 하자고 … 우리에게 천 크라운을 내면 무일푼이 되는가?"

심지어 아버지로서의 애정과도 다툴 정도로 오랜 습관에 의해 굳어진 돈에 대한 애착으로 현실적인 재물을 생각해 보고 아이작은 얼굴이 새파랗게 질려 말을 더듬으며 그래도 좀 여유가 있다는 것을 부인하지는 못했다.

"좋아, 그럼, 무슨 일이 있든 진행하지 … 너에게는 그렇게 가혹하게 따지진 않겠다. 돈 없이 네 딸을 브리앙 드 봐 길베르의 수중에서 빼내기를 바라는 것은 마치 화살촉 없는 화살로 사슴을 쏘아 맞추려는 것과 같으니. 우리는 너에게 에이머 수도원장과 같은 금액의 몸값을 책정하겠다, 아니면 백 크라운쯤 깎아 줘도 괜찮겠지. 그 백 크라운은 우리의 이 명예로운 공동재산을 전혀 축내지 않고 내 자신의 손실로 감수하겠다. 그렇게하면 우리가 유대 상인을 그리스도교의 고위 성직자만큼 높게 평가하는 가증스러운 죄는 피하게 되는 거고, 너는 딸의 몸값 협상을 위해 육백 크라운을 남기는 셈이지. 성전 기사들은 반짝이는 검은 눈동자를 사랑하듯이 은화의 반짝거림을 좋아하니까. 상황이 악화되기 전에 드 봐 길베르의 귓전에 은화 소리를 들려주란 말이다. 우리 척후병에 따르면, 그는 인근에 있는 성전 기사단의 지부에서 찾을 수 있을 것이다. 동지들, 내 말이 맞지?"

향사들은 대장의 의견에 늘 그랬듯이 묵묵히 따른다는 뜻을 나타냈다. 딸이 살아 있으며 어쩌면 몸값을 치르고 되찾아올 수도 있다는 사실을 알고는 걱정이 반으로 줄어들자 아이작은 그 자비로운 향사의 발치에 몸을 던져 그의 신발에 수염을 문지르며 초록색 외투 자락에 입을 맞추려고 했다. 그러자 대장은 뒤로 움찔하며 다소 경멸하는 기색으로 유대인의 손에서 벗어났다.

"아니, 이러지 마. 일어서! 나는 잉글랜드 태생이라 그런 동방의 큰절은 별로 좋아하지 않아. 하려면 나처럼 죄 많은 인간에게 하지 말고 신에게 무릎을 꿇으라고."

그 말에 수도원장이 맞장구를 쳤다.

"그래, 유대인, 신에게 무릎을 꿇으라고. 신의 제단의 사도에 표현되어 있듯이, 네가 진정으로 회개하고 성 로베르토 성당에 적당한 헌금을 바친다면 너 자신과 딸 레베카를 위해 어떠한 은총을 입게 될지 누가 알아? 나도 네 딸에 대해서는 유감스럽게 생각한다. 고운 피부에 아름다운 용모를 지녔기 때문이지, 아슈비 시합장에서 보았거든. 그리고 브리앙 드 봐 길베르는 나와 친분이 두터운 사람이지. 내가 그에게 말만 잘하면 너에게 얼마나 도움이 될지 생각해 보란 말이다."

"아아! 아아! 온 사방에서 저를 뜯어먹으려 드는군요. 아시리아 인들의 밥이 되었는가 하였더니, 이제 이집트 사람들에게까지 밥이 되었군요."

"그래 너희 저주받은 종족의 운명에 그것 말고 다른 것이 있을 줄 알았더냐? 성경에도 있듯이, 베르붐 도미니 프로제세룬트 에트 사피엔티아 에스트 눌라 인 에이스, 즉 그들은 주님의 말씀을 듣지 않으니 아무런 지혜도 없다. 프로프테레아 다보 물리에레스 에오룸 엑스테리스, 즉 그들의 여인들을 이방인들에게 주어 버리겠노라, 여기서 이방인이란 성전 기사겠지. 에트 테사우로스 에오룸 하에레디부스, 알리에니스, 즉 그들의 재물을 다른 사람에게 주어 버리리. 이번 경우에 다른 사람들이란 이 기특한 향사들이겠지."

아이작은 깊은 한숨을 내쉬고 손을 비틀며 비참과 절망의 상태로 빠져 들었다. 하지만 향사들의 대장이 그를 한옆으로 데리고 가서 심각하게 말했다.

"이 일에서 무엇을 할지 잘 생각해 보란 말이야. 내 생각에는 저 성직자와 잘 사귀어 두는 편이 좋을 것 같은데. 아이작, 그는 자만심이 강하고 탐욕스럽단 말이야. 어쨌든 자기의 사치스러운 생활을 만족시키기 위해서 돈이 필요하지. 가난하다고 둘러대는 너의 그 구실에 내가 넘어갈 것으로는 생각하지 마. 아이작, 나는 너의 돈 자루를 보관해 놓은 바로 그 철제금고에 대해서도 훤히 알고 있어. 흥! 요크에 있는 너의 집 정원 밑의 지하실로 내려가는, 사과나무 아래의 그 커다란 돌을 내가 모를 줄 알고?"

그 말에 유대인의 얼굴은 죽은 사람처럼 하얗게 질렸다.

"하지만 나에 대해 걱정할 필요는 없어, 우리는 전부터 잘 알고 있던 사이 아닌가. 너의 그 예쁜 딸 레베카가 요크의 감옥에서 구해내어 건강이 회복될 때까지 너의 집에 데리고 있다가 다 나은 후에야 돈까지 주어서 돌려보냈던 그 아픈 향사를 기억하고 있겠지? 비록 네가 고리대금업자이긴 하지만 그때의 그 몇 푼 안 되는 돈보다 더 높은 이자로 돈을 빌려준 일은 없을 게다. 왜냐하면 그 푼돈이 오늘 네게 오백 크라운을 아끼게 해 주었으니까."

"그렇다면 우리가 멋진 활잡이라고 불렀던 사람이 당신입니까? 어쩐지 당신의 음성이 어딘가 낯익은 것만 같다고 생각했지요."

"그래 내가 그 활잡이고, 록슬리이며, 그 외에도 좋은 이름이 있지."

"하지만 훌륭한 활잡이님, 저의 그 지하실에 대해서는 잘못 알고 계십니다. 확실히, 그 방에는 제가 당신께 기꺼이 드릴 수 있는 몇 가지 물건밖에 없답니다. 당신의 부하들에게 더블릿으로 만들어 줄 링컨셔의 초록색 옷감 백 야드와, 활을 만들 수 있는 스페인 주목으로 된 백 개의 살과, 질기고 견고하며 완전한 백 개의 비단 활줄이 있습니다. 그 지하실에 관해서 비밀을 지켜 주신다면, 이 물건들을 당신의 호의에 대한 감사로 보내드리겠습니다, 공정한 멋쟁이님."

"겨울잠을 자는 쥐처럼 조용히 있어 주지. 그리고 네 딸에 대해 내가 유감스러워하지 않는다고는 생각하지 마. 하지만 나도 어쩔 수 없지 … 성전 기사의 창기병들은 탁 트인 들판에서 궁술로 맞서기에는 너무 강력하니까 … 그놈들은 우리를 먼지처럼 쫓아내 버릴 거야. 하지만 그놈이 데려간 사람이 레베카라는 것을 알았더라면 뭔가 조치를 취했을 수도 있었을 텐데. 그러나 지금은 계략을 써야 할 때라고. 자, 그러니 너를 위해서 내가 저 수도원장과 담판을 지어줄까?"

"멋쟁이님, 제발 할 수만 있다면 제 딸을 구하도록 도와주십시오!"

"너의 그 시도 때도 모르는 탐욕으로 나를 방해하지만 말아. 그러면 내가 너를 위해서 저자와 협상을 해 줄 테니까."

그렇게 말하고 록슬리는 유대인에게서 몸을 돌렸지만, 유대인은 그림자처럼 그의 뒤를 바싹 따라왔다.

"에이머 수도원장, 이 나무 밑에서 나 좀 잠깐 봅시다. 사람들이 그러는데, 수도원장은 직분에 맞지 않게 술과 여인의 웃음을 좋아한다던데. 그것에 대해서는 내가 어찌해 드릴 수가 없구려. 또, 개 한 쌍과 빠른 말도 좋아한다고 들었는데, 그렇게 값비싼 것들을 좋아하니 두둑한 돈지갑을 좋아할 만도 하겠구려. 하지만 나는 당신이 압제와 잔학을 좋아한다고 들어본 일이 없소 … 그런데, 만일 아이작의 딸이 풀려나도록 동맹자인 성전 기사에게 중재해 준다면 여기 이 아이작이 위안과 오락의 수단으로 은화 백 마르크가 든 돈 자루를 기꺼이 드리겠다고 하오."

그때 아이작이 참견했다.

"내게서 빼앗아갈 때와 마찬가지로 깨끗하고 안전하게 돌려보내야만 합니다. 그렇지 않으면 거래는 없습니다."

"조용히 해, 아이작. 안 그러면 너를 위해 대신 말해 주는 것을 그만 둘 테다. 이 문제에 대해 당신 생각은 어떻습니까, 에이머 수도원장?"

"이 일은 사정이 복잡하군. 내가 한편에서 좋은 일을 하자면, 그 반면에 유대인의 이익을 위한 것이 되어 내 양심에 무척 걸리는 일이 되기 때문이지. 하지만, 이스라엘인이 우리 수도원의 기숙사를 짓는 일을 도움으로써 교회에 이익을 가져다준다면 그의 딸에 관한 문제 만큼은 내 도의상 그를 돕기로 하겠네."

"기숙사에 20마르크, 조용히 하라고 했지, 아이작! 또는 제단에 은촛대 한 쌍으로는 성에 차시겠소."

"아니오, 하지만 훌륭하신 멋진 활잡이님 … "

어떻게든 둘 사이로 끼어 들어보려고 애쓰면서 아이작이 말했다.

그러자 록슬리도 결국 인내심을 잃고는 화를 벌컥 냈다.

"이 유대인 놈, 짐승 같은 놈, 벌레처럼 비열한 놈아! 딸의 목숨과 정조를 네 놈의 그 더러운 재물과 저울질하려 드는 거냐. 기필코, 내 사흘 안에 네 놈이 이 세상에서 가지고 있는 모든 돈을 한 푼도 남기지 않고 다 빼앗아 버릴 테다!"

그 말에 아이작은 움찔하여 입을 닫아 버렸다.

그러자 수도원장이 록슬리에게 물었다.

"이에 대해 내게 어떤 담보를 내놓겠는가?"

"만일 당신의 중재로 아이작이 성공적으로 돌아온다면 성 후베르토께 맹세코 그가 당신에게 그 금액을 은화로 꼭 치를 것으로 믿고 있소. 아이작이 약속을 지키지 않는다면 그 스무 배나 되는 돈을 치르는 편이 낫겠다고 생각하게 만들어 주겠소."

"그렇다면 좋다, 유대인. 내가 이 일에 관여하게 되었으니 너의 그 서판을 좀 써야겠군. 비록 너의 펜을 쓰느니 차라리 하루 종일 단식하는 편이 낫겠지만 지금은 펜을 구할 수 없으니 하는 수 없군."

"만일 당신의 성스러운 양심이 유대인의 서판을 쓰는 것을 견딜 수 없다면 펜에 대해서는 내가 하나 구해 주겠소."

록슬리는 그렇게 말하고 활을 당겨 그들의 머리 위로 날아가고 있던 기러기 한 마리를 겨냥했다. 그 기러기는 멀리 떨어진 황량한 홀더니스 늪지로 날아가는 기러기 떼의 선두였는데, 록슬리의 화살에 맞고는 날개를 퍼드덕거리며 떨어졌다.

"자, 수도원장. 조르보 수도원의 수도사들이 연대기만 쓰지 않는다면, 앞으로 백 년 동안은 충분히 쓰고도 남을 만한 깃대가 생겼구려."

수도원장은 앉아서 브리앙 드 봐 길베르에게 보내는 편지를 아주 천천히 쓴 후 조심스럽게 봉한 후 그것을 유대인에게 주면서 말했다.

"이것이 템플스토의 성전 기사단 지부로 안전하게 갈 수 있는 통행증이 될 것이다. 그리고 내 생각에는, 네 손으로 직접 이익과 재물을 제공하면 딸을 구출할 수 있을 것 같다. 저 훌륭한 기사 봐 길베르는 거저는 아무것도 안 해 준다는 기사단의 일원이니 말이다."

"좋소, 수도원장. 당신의 몸값으로 정한 육백 크라운에 대한 차용증을 유대인에게 써 준다면 더 이상 당신을 이곳에 억류하지는 않겠소 … 아이작을 내 회계로 인정하오. 그리고 만일 그가 지불한 액수를 나중에 그와의 거래에서 지급하기를 거절했다는 소리를 듣게 되면 성모 마리아가 반대하시는 한이 있더라도 당신의 수도원을 몽땅 불태울 테니 그리 아시오. 그 일로 10년이나 일찍 교수대에 매달리는 한이 있더라도 말이오!"

봐 길베르에게 편지를 쓸 때와는 전혀 다르게 불량한 태도로 수도원장은 아이작에게 차용증을 써 주었다. 그 내용은 자기가 몸값 지불에 애를 먹고 있을 때 빌려 준 돈 육백 크라운을 요크의 아이작에게 갚을 것이며 또 그 금액에 대해서는 모든 점에서 진정으로 동의한다는 점을 충실히 약속하는 것이었다.

"자 그러면 이제 노새와 말을 돌려주고, 내 시종들도 풀어 주고, 전에 강탈했던 반지들과 보석과 비싼 옷들을 돌려줄 것을 요구하네. 진정한 포로로서의 내 몸값에 대해서 그대를 만족시켜 주었으니 말이네."

"수도원장, 당신의 동료들에 대해서는 즉각 석방하기로 하겠소. 그들을 억류하는 것은 옳지 못할 테니까. 당신의 말과 노새에 대해서도 물론 당신이 요크까지 갈 수 있는 여비까지 보태어 돌려주겠소, 여행 수단을 빼앗는 것은 너무 잔인한 처사일 테니. 하지만 반지와 보석과 목걸이 및 기타 재물에 대해서는 이 점을 알아둬야겠소. 우리는 애정 어린 양심을 갖고 있는 사람들이라 이 세상의 허영심, 즉 보석과 목걸이와 다른 공허한 장식품을 몸에 걸침으로써 교단의 계율을 깨뜨릴 수 있는 강한 유혹에 대해 완전히 눈을 감고 있어야 할 당신처럼 덕망 있는 사람에게는 내어줄 수가 없소."

"이보게, 교회의 재산에 손을 대기 전에 자신들이 무슨 짓을 하고 있는지 생각해 보게 … 이것들은 신성하게 생각되는 물건들이어서, 속인의 손이 닿았다가는 어떤 심판이 뒤따를지 나도 모르니까."

그러자 코프만허스트의 은자가 나섰다.

"그렇다면 내가 맡기로 하지요, 수도원장님. 내가 직접 두르고 있겠소."

자기가 제기한 의구심에 대한 이 해결책에 수도원장은 황급히 대답했다.

"친구여, 아니 형제여. 그대가 진정으로 교단의 명령을 따라왔다면 그대가 오늘의 일에 참견한 데 대해 그대의 종교 재판소 판사에게 뭐라고 답변할지 잘 생각해 보라고 부탁하고 싶군."

"친애하는 수도원장 나리. 나는 아주 하잘 것 없는 주교 관구에 속해 있어, 나 자신이 교구 주교라 조르보 수도원장과 모든 수도원장을 아무렇지도 않게 여기지 않듯이 요크의 주교도 전혀 상관치 않는다는 점을 알아두시지요."

"그대는 정말로 불법적이로군. 정당한 이유도 없이 사람들에게 성직자 행세를 하고, 거룩한 관례를 더럽히고, 조언을 구하는 사람들의 영혼을 위험하게 만드는 그런 파계승 가운데 하나로군. 불가타 성서(성 히에로니무스가 번역한 로마 가톨릭 교회가 사용하는 라틴어 성서 ; 역주)에도 나와 있듯이 사람들에게 빵 대신 돌을 던지는 패거리로구먼."

"천만에, 내 머리가 이토록 오랫동안 단단하지 못했더라면 내 골통은 이미 오래 전에 라틴어로 깨지고 말았을 거야. 즉 내 말은, 당신같이 거만한 사제들로부터 보석과 허황한 장식품을 빼앗는 것은 그 옛날 이집트인들을 정당하게 약탈한 것과 같단 말이야"(출애굽기 3장 22절, '너희가 이집트 사람의 물품을 취하리라'에서 인용).

"네 놈은 천하에 무식쟁이야."

그리고 수도원장은 대단히 격노하여 외쳤다.

"엑스코무니카보 보스(네 놈을 파문한다)."

그러자 똑같이 격노한 말투로 은자도 되받아쳤다.

"너야말로 더 나쁜 도둑놈에 이단자 같은 놈이야. 내 교구 사람들 앞에서 그렇게 무례한 언동을 일삼는 것을 두고 보지 않겠다. 비록 같은 사제복을 입은 형제라 해도 네 놈이 그런 짓을 하는 것을 부끄럽게 생각하지 않으니 말이야. 불가타 성서에 있듯이, 네 놈의 뼈를 산산조각내 주고야 말겠다."

그때 록슬리가 끼어 들었다.

"아니 이런! 거룩한 사제들께서 그런 상스런 욕설을 주고받다니? 이봐, 탁발승, 이제 그만 입 다물게 … 그리고 수도원장, 당신도 비록 마음이 풀리지 않았다 하더라도 더 이상은 탁발승을 자극하지 마시오. 은자, 이 수도원장을 몸값을 지불한 사람으로 평온하게 떠나게 해 주게나."

향사들은 격노한 두 사제를 떼어 놓았는데, 두 사람은 계속 언성을 높여 각자 서투른 라틴어로 욕설을 퍼부어댔다. 수도원장은 좀 더 유창하게 지껄인 반면, 은자는 훨씬 맹렬하게 내뱉었다. 그러다 결국 수도원장은 무법자들의 군종 사제와 같은 무식한 신부와 다투어봤자 자기 체면만 구길 뿐이라는 사실을 충분히 깨닫고 시종들을 거느린 채, 세속적인 일에 관한 한 은자와의 설전 이전에 보여 주었던 것보다는 한층 풀이 꺾이고 좀 더 사도적인 지위에 걸맞는 모습으로 말을 타고 떠났다.

이제는 유대인이 자기 몸값과 수도원장 대신 지불해야 할 몸값에 대해서 무엇인가 보증이 될 만한 것을 해야 할 일이 남아 있었다. 그래서, 아이작은 요크에 있는 자기 종족의 동포에게 편지를 가지고 가는 사람에게 천 크라운을 지불하고 편지에 열거되어 있는 어떤 물건들을 넘겨주라고 요구하는 편지를 인장으로 봉하여 주었다.

"제 동족인 셰바가 제 창고 열쇠를 가지고 있습니다."

아이작이 깊은 한 숨을 내쉬며 말했다.

"그리고 지하실의 열쇠도 갖고 있을 테지?"

록슬리가 조그만 소리로 속삭였다.

"천만에, 아닙니다 … 하늘이여 지켜 주소서! 누구든 그 비밀을 아는 사람에게 천벌이 내리기를!"

"나한테는 문제 될 것이 전혀 없어. 이 편지에 그 금액을 지정하고 적어넣게 하는 것은 일도 아니야 … 하지만 왜 그러지, 아이작? 죽은거야, 아니면 기절한 것인가? 천 크라운을 내놓을 생각에 딸이 위험하다는 것까지 잊어버린건가?"

그 말에 유대인은 깜짝 놀라 벌떡 일어섰다.

"아니오, 멋쟁이님, 아닙니다 … 지금 당장 출발하겠습니다. 안녕히 계십시오, 의인이라 부를 수 없으며, 감히 악인이라 부를 수도 없고 그러고 싶지도 않은 분이여."

그러나 아이작이 떠나기 전에 무법자 대장은 그에게 다음과 같은 이별의 충고를 해 주었다.

"아이작, 값을 후하게 부르라고, 딸의 안전을 위해 돈을 아끼지 말란 말이야. 내 말을 명심해, 네 딸에게 쓰는데 아낀 돈은 장차 네 목에 녹인 쇳물을 퍼붓는 것처럼 커다란 고통을 주게 될 테니."

아이작은 깊은 한숨으로 묵묵히 동의하며 길을 떠났다. 두 사람의 키 큰 숲 사람이 그와 동반하였는데 그들은 숲길을 헤치고 가는데 안내인인 동시에 아이작을 호위해 주는 역할을 하였다.

적잖은 흥미를 느끼며 이 여러 가지 진행상황을 지켜본 흑기사가 이제는 무법자들 곁을 떠날 차례가 되었다. 그는 법률의 정상적인 보호와 영향으로부터 추방당한 사람들 사이에서 그토록 정중하게 질서가 잡혀 있는 것을 보고는 놀라움을 금할 수 없었다.

그러자 향사가 대답했다.

"기사님, 때로는 초라한 나무에 좋은 과실이 열리기도 하는 법입니다. 불운한 시대가 항상 악만 낳는다고는 할 수 없죠. 이 무법한 환경에 처한 사람들 사이에서도 물론, 알맞게 자유를 행사하길 원하는 사람들이 많고, 또 개중에는 그와 같은 생활을 하게 된 것을 유감스럽게 생각하는 사람들도 있을 수 있죠."

"그렇다면 지금 내가 말을 나누고 있는 상대는 그러한 사람들 가운데 한 사람이리라 생각되는구려?"

"기사님, 우리에게는 각자 비밀이 있지요. 당신은 저를 마음대로 판단하셔도 좋고, 저는 또 당신에 대해 제 마음대로 추측할 수 있겠지요. 비록 그 짐작들이 전혀 엉뚱하다고 하더라도 말입니다. 하지만 제가 당신의 비밀을 알려달라고 청하지 않았으니, 당신도 제 비밀을 털어놓지 않는다 해서 기분 나빠하진 마십시오."

"용서하구려, 용감한 향사여. 당신의 비난은 당연한 것이오. 하지만 다음에는 우리 좀 더 서로에게 흉금 없는 사이로 만날 수 있겠죠 … 그때까지는 우선 친구로서 헤어지기로 합시다, 그럴 수 있겠죠?"

"자, 여기 제 손을 걸고 맹세하며, 비록 지금은 무법자 신세지만 제 손을 진정한 잉글랜드 인의 손이라고 부르겠습니다."

"내 손도 내놓겠소. 그리고 당신의 손을 잡는 것을 영예로 생각하오. 얼마든지 나쁜 짓을 저지를 수 있는 힘을 갖고 있으면서도 선을 행하는 사람은 선을 행한 것뿐만 아니라 악행을 꾸준히 참아낸 것에 대해서도 칭찬 받을 자격이 있기 때문이오. 자, 그럼 잘 있으시오, 용감한 향사여!"

그렇게 해서 훌륭한 두 친구는 헤어지게 되었고, 족쇄문장의 기사는 자기의 튼튼한 군마에 올라타고 숲 속으로 달려가 사라졌다.

34장

존 왕, 내 친구여, 그대에게 해 줄 말이 있다네.
그는 내 앞길을 가로막고 있는 바로 뱀 같은 작자라네.
그래서 내 발길이 향하는 곳에는 언제나
내 앞을 가로막고 있다네.
내 말뜻을 알겠는가?

「존 왕」(*King John*)(셰익스피어)

요크 성에서는 성대한 향연이 벌어지고 있었고, 존 왕자는 형의 왕위를 찬탈하려는 야심에 찬 계획을 실행하는데 도움을 받으리라 기대한 귀족들과, 고위성직자들과 지휘관들을 그 연회에 초대했다. 왕자의 유능하고 교활한 앞잡이인 왈데마르 핏저스는 그들 사이에서 비밀 공작을 꾸미며 자기들의 계획을 널리 공포하는데 필요한 용기를 선동하고 있었다. 그러나 그들의 계획은 그 동맹의 주요 수족인 몇 사람이 불참하여 지연되고 있었다. 프롱 드 봬프의 완강하고 대담하면서도 난폭한 용기, 드 브라시의 낙천적인 기백과 대담한 태도, 브리앙 드 봐 길베르의 총명함과 전쟁 경험과 용맹 등은 음모의 성공에 매우 중요한 것이었다. 그런데 그들의 무익하면서도 부질없는 불참을 속으로는 저주하면서도 존 왕자나 그의 고문 역시 그들이 없는 상태에서 일을 진행할 엄두는 나지 않았다. 또한 유대인 아이작 역시 사라져 버린 것 같았으므로, 존 왕자가 이스라엘인들과 약정했던 군자금을 조달할 일정 액수의 돈에 대한 희망도 사라지고 말았다. 이러한 부족액은 그토록 아슬아슬한 비상 사태에서는 매우 위험한 것이 될 터였다.

드 브라시와 봐 길베르가 그들의 공모자인 프롱 드 봬프와 함께 포로로 잡히거나 살해되었다는 황당한 소문이 요크 시내에 널리 퍼지기 시작한 것은 토퀼스톤 성이 함락된 다음날 아침의 일이었다. 왈데마르는 그 소문을 존 왕자에게 전하며, 더욱이 그들이 색슨 인 세드릭과 그의 수행원들을 공격할 목적에서 소수의 부하들만을 이끌고 출발한 것으로 보아 그 소문이 사실일지도 모른다고 말했다. 다른 때 같았으면 존 왕자도 이 난폭한 행위를 재미있는 농담으로 간주했을 테지만, 지금은 자기 계획을 방해하고 가로막는 이상 그 범법자들의 잘못을 크게 비난하고, 앨프레드 대왕에게나 어울릴 만한 말투로 법률을 무시하고 공공 질서와 개인의 재산을 침해한 짓이라고 말했다.

"파렴치한 약탈자 놈들! 내가 잉글랜드의 군주가 되는 날에는 그런 범법자 놈들을 자기 성의 도개교 위에다 목매달아 버릴 테다."

그러나 왕자의 아히도벨(구약성서에서 다윗 왕이 신임했던 부하들 가운데 하나로 다윗의 아들 압살롬이 일으킨 모반에서 주도적인 역할을 했다. 사무엘하 15장에서 17장 참조. 여기서는 존 왕자의 심복 왈데마르를 지칭)은 냉정하게 말했다.

"하지만 잉글랜드의 군주가 되기 위해서는 이들 파렴치한 약탈자들의 위법을 참으셔야 할 뿐 아니라 이자들이 걸핏하면 위반하는 그 법률에 대한 전하의 당연한 열의에도 불구하고 그들을 보호해 주셔야만 합니다. 만일 색슨 촌놈들이 영주의 도개교를 교수대로 바꾸려는 전하의 의중을 깨닫게 된다면 우리도 한시름 놓게 될 것입니다. 저 대담한 세드릭은 그러한 생각을 능히 떠올릴 수 있는 인물인 것 같습니다. 전하께서도 이미 잘 알고 계시겠지만 프롱 드 뵈프와 드 브라시와 성전 기사 없이 거사하시는 것은 위험한 일입니다. 하지만 이제는 너무 깊숙이 들어와 있어 무사히 되돌아갈 수도 없지요."

존 왕자는 조바심이 나서 앞이마를 치며 방 안을 오락가락했다.

"못된 놈들, 비열한 역적 놈들, 이렇게 위급한 상황에 나를 버리다니!"

"아니오, 오히려 어리석고 경솔한 미친 작자들이라고 하는 편이 나을 것입니다. 이러한 중대한 일이 임박한 시점에 허튼 수작만 부리고 있으니 말입니다."

왕자는 갑자기 왈데마르 앞에 멈춰 서더니 물었다.

"어떻게 하면 좋겠소?"

"무엇을 하면 좋을지 저도 모르겠습니다, 소인이 이미 명령을 취해 놓기는 했습니다만. 소인은 다만 이 불운을 바로잡기 위해 최선을 다하지도 않은 채 전하와 함께 통곡하기 위해 온 것만은 아닙니다."

"왈데마르, 그대는 참으로 나의 수호자요. 내게 그대와 같은 보좌관이 있는 이상 존의 치세는 우리 연대기 편자 사이에서 유명해질 테지 … 그래 무슨 명령을 내렸소?"

"드 브라시의 부관인 루이스 윈켈브랜드에게 군마를 준비하고 깃발을 올리는 나팔을 불어 당장 프롱 드 뵈프의 성으로 즉시 출발하여 저희 친구들을 구조하기 위해 할 수 있는 일을 다 하라고 명령하였습니다."

그 말에 존 왕자는 모욕이라고 생각될 만한 일을 겪은 응석받이 아이와 같은 오만함으로 얼굴이 붉어졌다.

"아니, 뭐라고! 왈데마르 핏저스, 그대는 도가 지나쳤구먼! 내가 거하고 있는 도시에서 내 명령도 없이 나팔을 불고 군기를 내걸게 하다니 너무 뻔뻔스러운 행동이군."

속으로는 주인의 쓸데없는 허영심을 욕하면서도 왈데마르는 겉으로는 다르게 대답했다.

"제발 전하의 용서를 빕니다. 하오나 시간이 절박하여 일순간이라도 놓치면 치명적이 될 수 있었기에 전하의 이익에 그토록 중대한 일에는 제가 직접 이 무거운 책임을 떠맡는 것이 최선이라고 판단했습니다."

그러자 존 왕자는 엄숙하게 대답했다.

"그런 뜻이었다면 용서하오, 핏저스. 그대가 성급하기는 했지만 장한 뜻에서 그랬다니 용서하지 … 그런데 저기 오는 자가 누구지? 드 브라시 아닌가, 확실하군! 그런데 거 참 행색 한 번 이상하게 하고 나타났구먼."

그것은 정말로 매우 허둥지둥한 모습의 드 브라시였다. 갑옷은 찢기고 더러워지고 여기저기 피가 묻어 있었고 투구 장식부터 박차에 이르기까지 온통 먼지와 흙으로 덮여 있어 얼마 전에 겪은 격전의 흔적을 나타내고 있었다. 투구를 벗어 탁자 위에 내려놓은 후 드 브라시는 소식을 전하기 전에 정신을 차리려는 듯이 잠시 조용히 서 있었다.

"드 브라시, 이게 도대체 어찌 된 일이지? 어서 말하라, 명령이다! 색슨 인들이 반란을 일으켰는가?"

왈데마르도 존 왕자와 거의 동시에 다그쳤다.

"말하시오, 드 브라시! 그대는 늘 대장부 아니었던가 … 성전 기사는 어디 있소, 그리고 프롱 드 뵈프는?"

"성전 기사는 도망쳤습니다. 프롱 드 뵈프는 이제 더 이상 못 볼 것입니다. 그는 자기 성의 불타는 서까래 틈에서 붉은 무덤을 찾았으니까요. 저혼자 탈출하여 이 소식을 전하러 온 것입니다."

그러자 왈데마르가 대꾸했다.

"그것 참, 우리에게는 찬물을 끼얹는 소식이구려, 그대는 불길과 화재에 대해 말하고 있지만."

"그러나 더욱 안 좋은 소식이 있습니다."

드 브라시는 존 왕자에게 다가가 낮고도 단호한 어조로 말했다.

"리처드 왕이 잉글랜드로 돌아왔습니다 … 제가 직접 만나 이야기도 했습니다."

이 말에 존 왕자는 새파랗게 질려 비틀거리더니 몸을 의지하려는 듯이 떡갈나무 의자의 등받이를 잡았다. 마치 가슴에 화살을 맞은 사람처럼.

핏저스가 도저히 못 믿겠다는 듯이 말했다.

"지금 헛소리하는 거요, 드 브라시. 그럴 리가 없소."

"천만에, 추호도 거짓 없는 사실이오. 그의 포로가 되어 직접 그와 말을 나눈 걸요."

"리처드 플랜태저넷과 말이오?"

"그렇소, 리처드 플랜태저넷 말이오, 사자심 왕 리처드, 잉글랜드의 리처드 말이오."

"그의 포로가 되었단 말이오? 그렇다면 그가 군사를 거느리고 있단 말이오?"

"아니오, 겨우 몇 안 되는 향사들이 주위에 있을 뿐이고, 그들에게조차 왕의 정체가 알려져 있지 않소. 그리고 그들과도 헤어지려고 한다는 말을 들었소. 왕은 단지 토퀼스톤 성을 공격하는 것을 돕기 위해 그들과 합류한 것뿐이었소."

"아, 그게 바로 리처드 왕의 방식이지 … 편력 기사인 그는 왕국의 큰 사건이 잠잠하고, 자기 안전이 위험에 빠져 있는 동안에 가이(Guy) 경이나 베비스(Bevis) 경(잉글랜드 중부 로맨스에 주로 등장하는 두 영웅)처럼 자기 팔힘 하나만 믿고 거친 모험을 일삼으며 떠돌아다니는 것이 바로 그의 상투 수법이란 말이오. 그래, 당신은 어떻게 할 작정이오, 드 브라시?"

"나요? 나는 내 자유 용병대의 복무를 바치겠다고 했지만 리처드 왕에게 거절당했소. 나는 부하들을 이끌고 헐로 가서 그곳에서 배를 잡아 플랑드르로 갈 작정이오. 시대가 어수선한 덕분에 활동적인 사람은 어디서나 일거리를 구하게 마련이니까요. 그런데, 왈데마르, 그대의 책략은 그만 버리고 창과 방패를 집어들고 나와 함께 떠나 신께서 우리에게 보내주신 운명을 함께 하지 않겠소?"

"모리스 경, 나는 너무 늙은 데다, 딸이 하나 있잖소."

"그렇다면 따님을 내게 주시오, 핏저스 경, 그러면 내가 창과 등자의 도움으로 따님의 신분에 걸맞게 부양하겠소."

"아니오, 나는 성 베드로 성당으로 피신할 작정이오, 그곳의 대주교가 내 의형제요."

이러한 대화가 진행되고 있는 동안, 존 왕자는 전혀 예상치 못한 소식을 듣고 실신 상태에서 점차 정신이 들었고, 두 신하 사이에 오가던 대화가 귀에 들어오게 되었다. 그 소리를 듣고 왕자는 속으로 생각했다.

'이들은 내게서 떨어져 나가는구나. 마치 산들바람만 불어도 가지에서 떨어져나갈 시든 잎새처럼 내게서 곧 떨어질 태세로군! 이런 빌어먹을! 이 겁쟁이들에게서 버림받으면 나 혼자 힘으로는 어찌 해 볼 도리가 없단 말인가?' 그러나 잠시 쉬었다가 마침내 그들의 대화에 끼어 들었을 때의 그 억지 웃음 속에는 악마와도 같은 열정이 드러나 있었다.

"하! 하! 하! 나의 훌륭한 경들! 확실히 나는 그대들을 현명하고, 용감하고, 재치 있는 사람이라고 생각하고 있었네. 그런데 그대들은 부와 명예와 쾌락과 우리의 거사가 그대들에게 약속한 것을 내던져 버리려는 것인가, 그것도 한 번의 대담한 시도로 모두 낚아 올릴 수 있는 이 순간에!"

그러자 드 브라시가 대꾸했다.

"무슨 말씀이신지 모르겠습니다. 리처드 왕이 돌아왔다는 소문이 일단 퍼지기만 하면 곧 수많은 군세가 그의 휘하로 모여들 것입니다. 그렇게 되면 우리의 거사도 끝입니다. 전하, 차라리 프랑스로 몸을 피하시거나 어머니이신 모후의 보호를 받으시라고 권고 드리고 싶습니다."

그러나 존 왕자는 거만하게 내뱉었다.

"나는 나 혼자만의 안전을 도모하지는 않아. 나의 안전쯤이야 형에게 말 한마디면 보장받을 수 있어. 그러나 드 브라시, 왈데마르 핏저스, 비록 그대들이 나를 버릴 태세가 되어 있더라도 나는 그대들의 목이 저기 클리퍼드 성문에 매달려 시꺼멓게 변해가는 것을 보면 그다지 마음이 편치 않을 것 같거든. 왈데마르, 생각해 보게, 그대의 그 교활한 대주교가 리처드 왕과 화해하게 되면 그대를 그 성스러운 제단에서 끌어내지 않을 것 같은가? 그리고 드 브라시, 그대는 로버트 에스토트빌(Robert Estoteville)이 자기의 모든 군사력과 함께 그대가 헐로 가는 길을 막고 있다는 것과 에식스의 백작이 부하들을 모으고 있다는 사실을 잊었는가? 리처드가 귀국하기 전에 이러한 모병들을 두려워할 이유가 있었다면 이제 그들의 지휘관이 어느 쪽을 택할지 의심의 여지가 없다고 생각하지 않나? 내 말을 믿게, 에스토트빌은 단독으로도 그대의 자유 용병대를 험버로 쫓아버릴 만큼 강하다고."

왕자의 말에 왈데마르 핏저스와 드 브라시는 완전히 얼이 빠져 서로의 얼굴만 바라보고 있었다. 왕자는 계속 말을 이었고, 그의 안색은 깊은 밤처럼 새까매졌다.

"이제 살아날 길은 하나밖에 없네. 우리의 이 공포의 대상은 혼자서 여행하고 있어 … 그리고 어쨌든 막아야만 해."

그 말에 드 브라시가 황급히 대답했다.

"저는 못합니다. 그는 저를 포로로 잡았지만 자비를 베풀어 주었습니다. 그러니 저는 그의 투구 장식에 단 깃털 하나라도 해를 끼칠 수 없습니다."

그러자 왕자는 굳은 웃음을 띠며 대답했다.

"누가 그에게 해를 입히라고 그랬나? 이자가 다음에는 내가 형을 죽이라고 했다고 말하겠구먼! … 아니야, 감금하는 것이 더 낫지. 잉글랜드든 오스트리아든, 그게 무슨 상관이겠어? 우리가 이 계획을 시작했을 때와 마찬가지로 만사가 잘 될 거야 … 리처드가 독일에 포로로 남아있을 것이라는 기대 하에서 우리 계획이 수립된 것 아니냔 말이야 … 우리의 종증조부 로베르(정복왕 윌리엄 1세의 맏아들 노르망디 공작 로베르 2세를 말함)께서도 카디프 성에서 유폐되어 살다가 돌아가시지 않았느냐 말이야."

왕자의 말에 왈데마르가 대꾸했다.

"아, 하지만 전하의 증조부이신 헨리 1세께서는 전하보다도 한층 더 굳건하게 옥좌에 앉으셨죠. 전하께 말씀드리는데 최고의 감금은 바로 교회지기에 의한 것입니다. 교회의 감옥만한 지하 감옥은 없지요! 제가 드리고 싶은 말씀은 다 하였습니다."

그러나 드 브라시는 뒤로 뺐다.

"감옥이든 무덤이든, 저는 이 일에서 완전히 손을 떼겠습니다."

"비열한 자! 설마 우리의 계획을 누설하려는 것은 아닐 테지?"

그러자 드 브라시가 오만하게 대꾸했다.

"천만에요, 한 번도 우리 계획을 누설한 적은 없습니다! 비열한 자라니 가

당치도 않습니다!"

"조용히 하시오, 드 브라시 경! 전하, 용맹한 드 브라시의 주저를 용서하십시오. 제가 잘 타이르도록 하겠습니다."

"핏저스 경, 그대의 현란한 말솜씨에 넘어가지는 않겠소."

"아니, 훌륭한 모리스 경."

교활한 정치가인 왈데마르도 지지 않고 대답했다.

"그대가 무서워하는 대상에 대해 제대로 생각해 보지도 않고 지레 놀란 말처럼 그렇게 꽁무니를 뺄 것은 없잖소 … 이 리처드는, 하루 전만 해도 전선을 펴고 일 대 일로 직접 맞붙어보는 것이 그대의 가장 큰 소원이 아니었소 … 나는 그대가 그렇게 소원하는 것을 백 번이나 들었는데."

"아, 그야 물론이오. 하지만 지금 당신이 말한 대로 그야말로 전선을 펴고 일 대 일로 싸우는 것을 말한 것이었소! 당신은 내가 단신의 그를, 그것도 숲 속에서 공격하겠다고 하는 것을 들은 적은 없을 테죠."

"그런 일을 꺼린다면 당신은 그다지 훌륭한 기사가 아니구려. 호수의 랜슬롯과 트리스트람 경(아서 왕 전설에 등장하는 영웅들)이 명성을 얻은 것이 어디 전투에서였소? 그게 아니라 아무도 모르는 깊은 숲 속 그늘에서 거인 기사들과 싸움을 벌인 덕분에 얻은 것 아니었소?"

"그렇소, 하지만 당신에게 감히 장담하건대, 트리스트람도 랜슬롯도 일 대 일로 싸웠다면 리처드 플랜태저넷의 상대가 되지 못했을 거요. 그리고 단 한 사람을 상대로 여러 명이 덤비는 것이 그들의 습성은 아니었으리라고 생각하오."

"당신은 제정신이 아니구려, 드 브라시 … 자유 용병대에 고용된 대장인 당신에게 우리가 바라는 것이 무엇이겠소, 당신들의 칼은 존 왕자에게 봉사하기 위해서 사들인 것이 아니고 무엇이란 말이오? 그대는 우리의 적을 잘 알고 있소. 그런데도, 주군의 운명과, 당신의 동료들과, 당신 자신의 운명과, 우리 모두의 생명과 명예가 위태로운데도 불구하고 양심의 가책만 느끼고 있단 말이오!"

그러자 드 브라시가 부루퉁하게 대답했다.

"다시 한 번 말하는데, 그는 내 목숨을 살려 주었소. 사실은, 나를 그의 면전에서 내몰고, 나의 경의를 거절했소 … 나는 그에게 은혜나 충성을 품고 있지는 않소 … 그렇다고 해서 그에게 덤비고 싶은 생각도 없소."

"그럴 것까지도 없소 … 당신의 부관인 루이스 윈켈브랜드와 창기병 스무 명 정도만 보내면 되오."

"당신에게도 자신의 충분한 병력이 있을 것 아니오. 단 한 사람이라도 내 부하를 그런 일에 부릴 수는 없소."

참다 못한 존 왕자가 두 사람 사이로 끼어들었다.

"드 브라시, 그렇게까지 고집 부릴 것은 없지 않은가? 나에게 충성하겠다고 그렇게 여러 번 맹세하고 나서 이제 나를 버릴 작정인가?"

"그런 뜻이 아닙니다. 저는 시합장이든 전투가 벌어지는 진영이든 기사에게 어울리는 일이라면 무엇이든 전하의 말씀을 따를 것입니다. 하지만 이런 노상 강도 짓을 하겠다고 맹세한 적은 없습니다."

"왈데마르, 이리 좀 오게. 나는 참 불행한 왕자로군. 나의 부친 헨리 2세에게는 충성스러운 신하들이 있었지 … 아버지는 단지 파벌의식이 강한 사제가 하나 있어 성가시다는 말 한마디면 족했거든. 비록 성자이기는 했지만 그 토머스 아 베켓이 아버지의 신하에게 피살되어 자기 제단의 계단을 새빨갛게 물들였단 말이야(베켓은 헨리 2세의 대법관이며 캔터베리 대주교였으나 오랫동안 왕과 다툰 끝에 결국은 1170년에 캔터베리 대성당에서 살해당했다. 3년 뒤에 성인으로 추대되었다) … 트레이시, 모빌, 브리토, 충성스럽고 용감한 신하들이여, 그대들의 이름과 정신은 사라지고 말았구나! 레지날 핏저스가 비록 외아들을 남기긴 했으나 그 아들은 아비의 충성심과 용기를 잃어버렸단 말인가."

"그 아들은 어느 것도 잃어버리지 않았습니다. 그리고 다른 뾰족한 수가 없사오니 이 위험스러운 계획의 지휘를 제가 떠맡겠습니다. 하오나 소인의 아비는 열성적인 신하라는 칭찬을 듣기까지 값비싼 대가를 치렀죠. 어쨌든 부친이 헨리 왕에게 보인 충성심의 증거는 제가 하려는 일에 비하면 어림도 없습니다. 사자심 왕 리처드를 향해 창을 겨누느니 차라리 달력에 나와 있는 모든 성자들을 공격하는 편이 더 나을 것이기 때문입니다 … 드 브라시, 그대는 아직 마음을 정하지 못하고 있는 사람들의 용기를 북돋워 존 왕자님의 신변을 지켜드리길 바라오. 내가 그대에게 보내려고 하는 보고를 받아 준다면 우리의 계획이 더 이상 위태롭지는 않을 것이오 … 이봐, 시동. 어서 내 처소로 가서 무기 관리인에게 무기를 준비하라고 이르거라. 스티븐 웨데랄과 브로드 소레스비와 스파잉하우의 세 창기병도 즉시 내게 오라고 일러라. 그리고 정찰대장인 휴 바던도 오라고 하게 … 자, 그럼 왕자님, 안녕히 계십시오, 상황이 나아진 후에 뵙지요."

왈데마르는 그렇게 말하며 방을 나가 버렸다.

둘만 남게 되자 존 왕자가 드 브라시에게 먼저 말을 꺼냈다.

"저자는 마치 색슨 향사의 자유에 관련된 일인 양 아무런 양심의 가책도 없이 우리 형을 잡으러 가는군. 그러나 우리의 명령을 지켜 모든 적절한 경의를 갖춰 리처드를 대하리라 믿네."

드 브라시는 다만 미소로 그에 대답했다.

"성모 마리아의 이마의 후광에 맹세코, 형에 대한 우리의 명령은 아주 명확한 것이었지. 우리가 벽에서 튀어나온 창에 함께 서 있는 바람에 그대에게는 잘 안 들렸는지 모르겠지만 … 무엇보다도 리처드의 안전을 돌보라고 매우 분명하고도 명확하게 명령을 내렸다네. 그러니 만약 그 명령을 위반한다면 왈데마르의 머리에 화가 미치길!"

"소인이 그의 처소에 들러 전하의 뜻을 충분히 전하는 것이 좋을 듯싶습니다. 왜냐하면, 제 귀에는 전혀 들어오지 않을 정도였으니 어쩌면 왈데마르도 제대로 못 들었을지 모르니까요."

그러자 왕자가 허겁지겁 서둘러 덧붙였다.

"아니, 아닐세. 왈데마르는 분명히 들었다는 것을 보증하네. 그리고, 그 외에도 그대에게 다른 볼일이 있네. 모리스, 이리 오게. 그대의 어깨에 좀 기대게 해 주게."

그들은 이렇게 친밀한 자세로 방 안을 한 바퀴 돌았고, 존 왕자는 흉금을 터놓는 매우 친밀한 태도로 말을 꺼냈다.

"나의 드 브라시여, 그대는 저 왈데마르 핏저스를 어찌 생각하는지? 그는 내 대신이 되려고 생각하고 있네. 그런데, 리처드에 대한 이 음모를 그토록 선뜻 맡은 것으로 미루어 보아, 우리 가문에 대해 전혀 존경심을 보이지 않는다는 것을 여실히 보여 준 자에게 그토록 높은 직책을 맡기기 전에 분명히 좀 생각해 봐야 할 일이지. 그대는 이 불유쾌한 일을 대담하게 거절하여 나의 총애를 다소 잃었다고 생각하겠지만 … 아닐세, 드 브라시! 나는 오히려 자네의 그 고결한 절조를 존경하네. 시급하게 해야 할 일이 있는데, 그일을 해내는 자를 나는 좋아하지도 존경하지도 않아. 그리고 내 명을 거부하는 일이 있을 수도 있는데, 내 요구를 거절하는 사람을 오히려 더 높이 칭찬할 수도 있거든. 나의 불운한 형을 체포하는 일이 고위직을 맡는 자격이 될 수는 없지. 그대의 기사다운 용감한 거절은 오히려 그대에게 문장원이라는 관장을 안겨 준 셈이네. 드 브라시, 잘 생각해 보라고, 그리고 그대의 임무를 맡도록 하게."

드 브라시는 왕자의 면전에서 물러나오며 중얼거렸다.

"변덕스러운 폭군 같으니라고! 당신을 믿는 놈들은 불쌍하기도 하지. 당신의 대신이야말로, 정말! 당신의 양심을 잡고 있는 사람은 그야말로 쉬운 일을 맡게 되는 거지. 그러나 잉글랜드의 문장원이라!"

드 브라시는 그 직책의 관장을 움켜쥐기라도 하려는 듯이 팔을 내밀며 한층 더 거만한 걸음걸이로 대기실을 따라 걸었다.

"그야말로 한 번 해 볼 만한 가치가 있는 귀중한 것이지!"

드 브라시가 방을 나가자마자 존 왕자는 시종 하나를 불렀다.

"우리의 정찰대장인 휴 바턴에게 왈데마르 핏저스와의 이야기가 끝나거든 당장 이리로 오라고 하거라."

정찰대장은 잠시 후에 나타났다. 왕자는 그동안에 침착하지 못하게 어지러운 걸음걸이로 방 안을 오락가락하고 있었다.

"바턴, 왈데마르가 자네에게 무엇을 부탁하던가?"

"북쪽의 황무지를 잘 알고 있으며 사람과 말의 발자국을 쫓는데 능숙한 의연한 사람을 둘 부탁했습니다."

"그렇다면 그의 청을 들어주었는가?"

"물론이옵니다. 한 사람은 헥삼셔(Hexamshire) 출신으로 사냥개가 상처 입은 사슴의 발자국을 추적하듯이 타인데일(Tynedale)과 테비오트데일(Teviotdale)의 도둑들을 뒤쫓는데 이골이 난 자입니다. 또 다른 자는 요크셔 태생으로 즐거운 셔우드 숲에서 꽤 자주 화살을 날리던 자입니다. 그자는 셔우드와 리치먼드 사이의 모든 공지와 골짜기, 잡목 숲과 깊은 숲까지 샅샅이 알고 있는 자입니다."

"그거 잘됐군, 왈데마르도 그들과 함께 갔는가?"

"바로 떠났습니다."

왕자는 무관심한 척 물었다.

"동행은 누구누구였지?"

"브로드 소레스비가 함께 갔고, 잔인한 성품 때문에 쇠심장 스티븐이라고 부르는 웨데랄도 갔습니다. 그리고 랄프 미들턴의 패거리에 속해 있는 북쪽 지방의 중기병 세 사람도 데려갔습니다. 그들은 스파잉하우의 창기병이라고 불리고 있습니다."

"잘 알았다."

왕자는 잠시 머뭇거린 후 덧붙여 말했다.

"바턴, 그대가 모리스 드 브라시를 엄중히 감시하는 것이 우리에게는 무엇보다도 중요한 일이다. 그러나 놈이 눈치채지 못하도록 해야만 하네 …
그리고 가끔 놈의 거동을 보고하라. 누구와 이야기를 나누며 무엇을 계획
하는가 따위를 말이야. 실수가 있어서는 안 될 것이다, 그대에게 책임을 물
을 테니까."

휴 바던은 절을 하고 물러갔고, 왕자는 혼자 중얼거렸다.

"모리스 놈이 나를 배반한다면, 놈의 태도에서 그런 기색이 느껴졌듯이
놈이 나를 배반한다면, 리처드가 요크의 성문을 두드리고 있다 하여도 놈
의 목부터 베어 버릴 테다!"

35장

히르카니아 사막의 호랑이를 깨워
굶주린 사자와 먹이 다툼을 시켜라.
거친 광신의
쉬고 있는 불길을 일깨우느니 그 편이 덜 위험하리.

작자 미상

자, 우리의 이야기를 다시 요크의 아이작에게로 돌려보자. 무법자가 준 노새 등에 올라타고 길 안내인이자 호위병 역할을 맡고 있던 키 큰 두 사람의 향사와 함께 유대인은 딸의 석방 협상을 벌일 목적으로 템플스토의 성전 기사단 지부를 향해 출발했다. 지부는 무너져 내린 토퀼스톤 성으로부터 하루면 닿을 거리에 있었으므로 아이작은 어두워지지 전에 그곳에 도착할 것으로 기대했다. 그래서 숲의 끝자락에 이르러서는 길 안내인들을 돌려보내며 은화 한 닢으로 보답한 후 피로한 몸이 허용하는 대로 속력을 내기 시작했다. 그러나 지부 건물로부터 6킬로미터 정도 떨어진 지점에 이르기도 전에 완전히 힘이 빠지고 말았다.

심한 고통이 등줄기와 사지를 따라 온몸에 스며들었고, 마음 속에 느끼고 있던 엄청난 괴로움은 육신의 고통에 의해 더욱 커져 있었으므로, 작은 장이 서는 어느 마을에 이르러 단 한 걸음도 앞으로 나갈 수 없었다. 마침 그 마을에는 의술에 뛰어난 그의 동족인 한 유대인 랍비가 살고 있었는데, 아이작도 그를 잘 알고 있었다. 랍비인 나단 벤 이스라엘은 법률이 정하고 있고 유대인들이 서로 잘 준수하고 있는 친절을 다하여 고통을 겪고 있는 동족을 맞아들였다. 그는 아이작에게 극구 쉬었다 가라고 강력히 권하였으며 그 당시 열병의 진행을 억제하기로 평판이 높았던 치료법을 써 주었다. 아이작은 공포와 피로, 학대, 슬픔 등으로 인하여 열병에 걸려 있었던 것이다.

다음 날 아침, 아이작이 일어나 여행을 계속하기로 작정하자 나단은 주인으로서 또 의사로서 아이작의 뜻에 반대했다. 여행을 강행하였다가는 생명을 잃을 수도 있다고 경고하였다. 그러나, 아이작은 생사보다 더 중요한 일이 자기가 그날 아침 템플스토에 가느냐 여부에 달려 있다고 대답했다.

"템플스토에 간다고!"

주인은 놀라서 되뇌며 아이작의 맥박을 다시 짚어본 다음 중얼거렸다.

"음 열은 좀 내렸군. 하지만 정신은 다소 딴 데 팔려 있고 심란한 것 같소."

그러자 환자가 대답했다.

"왜 템플스토에 가면 안 됩니까? 나단 선생, 물론 그곳이 멸시받는 유대인들에게는 방해물이요 지긋지긋한 자들의 소굴이라는 것은 인정하지만, 급한 상업적 볼일이 생기면 곧잘 이들 피에 굶주린 나자렛 병사들 틈으로 들어가기도 하고, 성전 기사단 지부뿐 아니라 소위 구호 기사단의 지부도 방문한다는 것은 알고 계시지 않습니까."

"물론 나도 잘 알고 있소. 하지만 그들이 기사단장이라 부르는 성전 기사단의 우두머리 루카스 드 보마누아르(Lucas de Beaumanoir)가 바로 지금 템플스토에 와 있다는 사실을 아시오?"

"전혀 금시초문인데요. 파리에 있는 친구에게서 온 최근 편지를 보면, 그는 파리에 있으면서 필리프 왕에게 술탄 살라딘에 대항해 싸우는데 원조하도록 간청하고 있다고 하던데요."

"그는 그 이후에 자기 성전 기사단에게 알리지도 않고 갑자기 잉글랜드로 건너 왔다고 합니다. 징계하고 처벌하기 위해 강하게 펼친 팔을 휘두르려고 그들 사이로 온 것이라오. 그의 얼굴은 맹세를 깨뜨린 자들에 대한 분노로 활활 타오르고 있고, 그 타락한 자들이 두려워 벌벌 떠는 꼴이란 대단하다고 합디다. 그의 이름을 들어본 적이 있소?"

"저 역시 그에 대한 소문을 잘 알고 있지요. 그리스도인들은 이 루카스 보마누아르가 나자렛 인들의 규율을 철두철미하게 지키도록 하는데 아주 열성인 사람이라고 평하지요. 그리고 우리 유대인들은 그를 사라센 인들의 열렬한 파괴자, 또한 유대인에게는 잔인한 폭군이라고 불러왔지요."

"그것 참 정말로 맞는 말이로구려. 다른 성전 기사들은 쾌락으로 원래 마음먹었던 목적을 바꾸게 하거나 금은에 대한 약속으로 매수해 버릴 수도 있소. 그러나 보마누아르는 전혀 다른 별종이란 말이오. 육욕을 증오하며, 재물을 멸시하며, 순교자의 면류관이라고 불리는 것에 매진하는 인물이란 말이오 … 야곱의 하느님, 제발 그 순교자의 면류관을 어서 그자와, 그들에게 모두 보내 주소서! 특히 이 거만한 작자는 거룩한 다윗이 에돔에 했던 것처럼 유다의 자손들에게 가차없이 마수를 뻗어, 유대인을 죽이는 것이 마치 사라센 인의 죽음처럼 향기로운 제물이라고 생각하고 있소. 그 작자는 심지어 우리들의 약의 효능에 대해서도 악마의 방책인 것처럼 사악하고 터무니없는 말을 꾸며대고 있다오 … 주여 그 작자를 혼내 주소서!"

"사정이 그렇더라도 저는 꼭 템플스토에 가야만 합니다, 비록 루카스 보마누아르가 여느 때보다 일곱 배나 시뻘겋게 단 용광로 같은 얼굴을 하고 있다 하더라도."

아이작은 나단에게 이번 여행의 긴급한 이유를 설명해 주었다. 아이작의 설명에 열심히 귀를 기울이고 있던 나단은 유대인이 흔히 하는 투로 옷을 찢고 탄식을 하며 동정심을 나타냈다.

"아, 내 딸아! … 내 딸아! … 아아, 시온의 미인이여! … 이스라엘의 포로여!"

"제가 어떤 사정에 처해 있는지 그리고 잠시도 지체할 수 없다는 것을 이제는 아셨겠지요. 혹시, 이 루카스 보마누아르는 그들의 우두머리이니까, 그의 존재가 브리앙 드 봐 길베르로 하여금 계획하고 있던 나쁜 짓을 단념하고 저의 사랑스러운 딸 레베카를 제게 돌려주게 할 수도 있지 않을까요."

"그렇다면 어서 가 보시오. 그리고 슬기롭게 처신하시오. 사자 굴에 들어갔던 다니엘도 지혜 덕분에 그 소굴에서 빠져 나왔으니 말이오. 만사가 당신이 원하는 대로 잘 되기를 빌겠소. 하지만, 될 수 있다면 기사단장 눈에 띄지 않도록 하시오. 우리 민족에게 못된 비웃음을 일삼는 것이 그 작자의 조석의 즐거움이니까. 봐 길베르와 단독으로 이야기할 수 있다면 그편이 훨씬 설득하기 쉬울 것이오. 사람들 말로는 이 지부에 있는 빌어먹을 나자렛 놈들은 모두 마음이 제각각 이라고 하니까 … 원컨대 놈들의 협의가 좌절되어 톡톡히 창피를 당하길! 하지만, 형제여, 그대는 부친 댁에 들르듯이 가는 길에 우리 집에 들러 결과가 어찌 되었는지 알려 주기 바라오. 반드시 레베카를 데리고 돌아오기를 바라겠소. 레베카는 그 박식한 미리암의 제자 아니오. 그리스도인들은 미리암의 의술이 마치 마술에 의한 것이기라도 하듯이 중상모략 하지 않았소."

아이작은 동료와 적절히 작별인사를 하고는 한 시간쯤 말을 몰아 템플스토의 지부 앞에 이르렀다.

성전 기사단의 이 건물은 전임 지부장이 기사단에 기부한 아름다운 풀밭과 목장 한가운데에 자리잡고 있었다. 그곳은 견고하고 충분히 방비되고 있었다. 특히 이점은 이들 기사들이 조금도 소홀히 하지 않는 부분으로서 잉글랜드의 혼란스러운 상태로 인해 각별히 필요하게 되었다. 검은 옷차림을 하고 미늘창을 든 두 명의 파수병이 도개교를 지키고 있었고, 똑같은 제복을 입은 다른 병사들이 장례식에서와 같은 걸음걸이로 병사보다는 유령과 비슷한 모습으로 성벽 위를 미끄러지듯 왔다갔다하고 있었다. 기사단의 이 하급 무관들도 원래는 기사들과 시종들처럼 하얀 복장을 착용하였지만 팔레스타인 산맥에 어떤 가짜 사도 단체가 나타나 성전 기사라 자칭하며 기사단에 커다란 불명예를 끼친 이후 이렇게 검은 복장을 하고 있었다.

기다란 하얀 외투를 걸친 기사가 고개를 가슴에 푹 박고 팔짱을 낀 채 안뜰을 가로질러 가는 것이 가끔 눈에 띄었다. 그들은 우연히 마주치게 되면 천천히 엄숙한 무언의 인사를 나누고는 서로 지나쳤다. 그것이 바로 성전 기사단의 규율로서, 성경에 다음과 같이 기록되어 있는 구절을 인용한 것이었다. '말이 많으면 실수하게 마련(잠언 10장 19절),' '죽고 사는 것이 혀의 힘에 달렸으니(잠언 18장 21절).' 한마디로 말해, 오랫동안 방탕하고 방자한 방종으로 변질되어 왔던 성전 기사단의 엄격하고 금욕적인 규율이 루카스 보마누아르의 엄중한 감시 아래 템플스토에서 다시 한 번 부활한 것 같았다.

아이작은 문 앞에 멈춰 서서 어떻게 하면 가장 호의를 구할 수 있는 방법으로 들어갈 수 있을지 생각했다. 자기의 불행한 종족에게는 기사단의 부활하고 있는 광신이 파렴치한 방종만큼이나 위험하다는 사실과 한편으로는 자기의 종교가 증오와 박해의 대상이 될 것이며, 다른 한편으로는 자기의 부로 인해 가차없는 박해의 수탈을 당할 수 있다는 사실을 잘 알고 있었기 때문이다.

한편, 그 시간에 루카스 보마누아르는 외부 성채의 구내에 포함되어 있는 지부에 딸린 작은 뜰을 거닐며 팔레스타인에서 온 같은 교단의 한 수도사와 진지하게 속 깊은 이야기를 나누고 있었다.

기사단장은 기다란 흰 수염과 눈 위에 걸려 있는 텁수룩한 흰 눈썹으로 알 수 있듯이 나이가 상당히 지긋한 사람이었지만 눈의 광채만은 그 연령에도 불구하고 빛을 잃지 않고 있었다. 무적의 용사로서, 메마르고 엄격한 얼굴에는 군인다운 사나운 표정이 남아 있었다. 또한 금욕적인 고집불통으로서, 금욕에서 비롯된 수척함과 자기 만족적 광신자의 정신적 자부심이 얼굴에 드러나 있었다. 게다가, 이렇게 엄격해 보이는 모습에는 다소 인상적이고 고결한 점이 섞여 있었다. 이는 물론, 그의 높은 직분상 군주들과 왕자들 사이에서 처신하고 있는 데서 대부분, 그리고 기사단의 규율에 의해 결속되어 있는 용맹한 명문가의 기사들에게 늘 최고의 권위를 행사하고 있는 데서 생겨난 것이었다.

키는 크고, 고령과 노고에 전혀 꺾이지 않은 걸음걸이는 꼿꼿하고 위풍당당하였다. 흰 망토는 성 베르나르(시토 수도회 수사, 신비주의자, 클레르보 대수도원 설립자 및 대수도원장)의 규정에 따라, 당시에 버렐 천(모직물 중에서 가장 거친 것 ; 역주)이라 불리던 옷감으로 한 치의 오차도 없이 엄격하게 만들어진 것으로서, 착용자의 몸에 꼭 맞았으며, 왼쪽 어깨에는 이 기사단 특유의 붉은 천으로 만든 팔각형 십자가가 붙어 있었다. 이 의복은 다람쥐 털이나 흰 담비 털로 전혀 장식되어 있지 않았다. 그러나 노령을 감안하여 기사단장은 규정이 허용하는 한에서 부드러운 새끼양가죽으로 안과 가장자리를 대고 겉은 양모로 되어 있는 더블릿을 입고 있었는데, 이는 그가 정식으로 모피를 사용할 수 있게 허용되어 있는 거의 한계점에 가까웠으므로 그 당시에는 사치스러운 복장이라고 할 수 있었다.

손에는 특이한 권홀을 들고 있었는데, 이는 대개 성전 기사임을 나타내는 표지로서, 위쪽 끝에는 둥그런 원판이 있었는데 원 안에 기사단의 십자가가 새겨져 있었다. 이 대단한 인물을 수행하고 있는 동행자는 모든 점에서 기사단장과 거의 같은 복장을 하고 있었지만, 상사에 대한 극도의 존경심은 두 사람 사이가 전혀 동등하지 않다는 점을 보여 주고 있었다. 이 지부장은, 그의 지위가 그러했으므로, 기사단장과 나란히는 아니면서도 보마누아르가 고개를 돌리지 않고도 이야기를 나눌 수 있을 만큼의 거리를 두고 뒤에서 걷고 있었다.

기사단장이 동행에게 말을 걸었다.

"콘라드, 수많은 전투와 노고를 함께한 소중한 벗이여, 오로지 그대의 충실한 가슴에만 내 슬픔을 털어놓을 수 있구먼. 이 왕국에 온 이래 내가 얼마나 자주 모든 관계를 끊고 의인들과 함께 있고 싶었는지 오로지 그대에게만 털어놓을 수 있다네. 잉글랜드에는 내 눈에 띄는 것 가운데 저 자랑스러운 수도에 있는 우리 성전 기사단의 성당(런던의 성모 마리아 성당)의 육중한 지붕 아래에 있는 우리 형제들의 무덤을 제외하고는 유쾌한 것이라고는 하나도 없다네. 오, 용맹스러운 로베르 드 로! 나는 그들의 무덤에 새겨져 있는 이 훌륭한 십자군사들을 볼 때마다 마음 속으로 외쳤다오 … 오, 훌륭한 윌리엄 드 마레스칼! 그대들의 대리석 암자를 열어 이 지친 형제가 함께 쉬도록 해 주오. 성스러운 우리 기사단의 쇠퇴를 지켜보느니 차라리 수십만 이교도와 싸우기를 원하는 이 사람을 말이오!"

그 말에 콘라드 몽 피셰가 대답했다.

"참으로 맞는 말씀입니다. 너무도 지당하신 말씀이지요. 잉글랜드에 있는 저희 형제들의 부정 행위는 프랑스의 형제들보다도 더 심합니다."

"그것은 그들이 훨씬 부유하기 때문이라네. 내 자랑을 좀 하더라도 참아주게나, 형제여. 그대는 내가 살아온 삶을 잘 알고 있지 않나. 나는 기사단의 모든 항목들을 지켰으며 유형무형의 악마와 싸웠고, 어디서든지 만나는 사람들을 먹어치우려 어슬렁거리며 쏘다니는 울부짖는 사자와 같은 악마들을 훌륭한 기사와 경건한 사제처럼 쳐부쉈지. 심지어 거룩한 성 베르나르께서 우리의 규율 45절에 규정해 놓으신 우트 레오 셈페르 페리아투르 (사자는 늘 때려잡아야 한다)처럼 말이네. 그러나, 거룩한 성전에 맹세코! 내 몸과 삶을, 그래 내 신경과 뼈의 골수까지 모두 먹어치운 그 열성, 바로 그 거룩한 성전과 그대에게 맹세컨대, 그대와 우리 기사단의 예전의 그 엄격함을 아직 잃지 않고 있는 소수의 사람들을 제외하고는 성스러운 이름 아래에 내 영혼이 기꺼이 받아들일 만한 형제는 하나도 없다네.

우리의 법규는 뭐라고 말하고 있으며 우리의 형제들은 그것을 어떻게 지키고 있는가? 그들은 쓸데없는 세속적인 장식을 몸에 착용해서는 안 되며, 투구에 깃 장식을 달아서도 안 되며, 등자와 말의 굴레와 재갈에 황금을 달아서도 안 되지. 그러나 지금 성전 기사들만큼 뽐내며 화려하게 차려입고 나가는 사람이 누가 있는가? 성전기사들은 새를 이용하여 다른 새를 잡거나, 활과 석궁으로 짐승을 쏘거나, 사냥 나팔 소리에 큰 소리로 화답하거나 사냥감을 쫓아 말을 모는 것도 우리의 법규에 의해 금지되어 있다네. 그러나 지금은, 사냥과 매사냥, 숲과 강의 쓸데없는 이 어리석은 짓거리에 성전 기사만큼 재빠른 자가 어디 있는가?

그들은 또한, 상사가 허용한 것 이외에는 그 어떤 것도 읽는 것이 금지되어 있고, 식사 시간 동안 크게 낭송되어도 좋은 거룩한 말씀 외에는 듣지도 말아야 하거늘, 지금의 상황을 보게나! 그들의 귀는 쓸데없는 음유시인들에게 놀아나고, 그들의 눈은 허튼 전기소설이나 뒤적이고 있지 않은가. 그들은 마법과 이단을 근절하라는 명령을 받고 있지. 그런데 보라고! 유대인들의 그 빌어먹을 비법과 이교도 사라센 인들의 마술을 연구하고 있다는 혐의를 받고 있으니 말일세. 소박한 식사 또한 규정되어 있어 야채, 국, 죽을 주로 먹고 육식은 일주일에 세 번으로 제한하고 있지. 그 까닭은 지속적인 육식은 몸을 수치스럽게 더럽히기 때문이지. 그런데 작금의 상황은 어떤가, 그들의 식탁은 갖은 산해진미로 상다리가 휘어질 지경이라네! 마실 것은 물만이라야 하거늘, 이제 성전 기사처럼 마신다는 것이 쾌활한 술꾼들의 자랑이 되었단 말이네!

바로 이 안뜰마저도 그리스도교의 수도사가 조국의 채소를 기르는데 바쳐야 마땅한 밭이거늘 이교도 왕족의 규방에나 어울릴 동방에서 온 별난 초목으로 가득 차 있단 말일세 … 오 콘라드! 기강의 해이함이 이 정도에서 끝났다면 그래도 다행일세! 처음에 우리 교단의 자매로 입회했던 독실한 여성들을 받아들이는 것이 금지되어 있다는 것을 자네도 잘 알고 있지 않나. 그 이유는 46장에도 있듯이, 옛날의 악마는 여성과의 교제에 의하여 천국으로 가는 올바른 길에서 많은 사람들을 벗어나게 했기 때문일세. 아니, 우리의 거룩한 창단자께서 명령한 순수하고 더럽혀지지 않은 교의에 가하신 끝손질인 맨 마지막 장에서는, 말하자면, 심지어 우리의 자매나 어머니에게까지 애정의 입맞춤을 하는 것이 금지되어 있다네. 우트 옴니움 물리에룸 푸지안투르 오스쿨라(누구를 막론하고 여성의 입맞춤은 피할 것)인 셈이지.

나는 차마 말하기가 부끄럽네 … 생각하는 것조차 부끄럽다네 … 심지어 홍수처럼 우리에게 밀려들고 있는 이 타락에 대해서 말이야. 우리 순수한 창단자들인, 위그 드 파옌(Hugh de Payen)과 고드프루아 드 생토메(Godfrey de Saint Omer)와 처음 입회하시어 성전 기사단을 섬기는데 일생을 바치신 거룩한 일곱 분들의 영혼은 천국에 계시는 즐거움 속에서도 심란하실 것이라네. 콘라드, 나는 간밤의 환영에서 그분들을 뵈었다네 … 그분들의 거룩한 눈은 형제들의 죄와 어리석음으로 인해, 형제들이 빠져 있는 더럽고 부끄러운 사치 때문에 눈물을 흘리고 계셨다네. 그분들은 이렇게 말씀하셨네, 보마누아르, 잠들어 있느냐 … 일어나거라! 성전 기사단 조직에 오점이 있구나, 그 옛날 전염병 병동의 벽에 나병 흔적으로 남아있는 얼룩처럼 깊고도 더럽구나.

여인의 눈길을 바실리스크(그리스 · 로마 전설에 나오는 작은 뱀으로 이집트의 코브라로 추측된다. 한 번 보거나 숨을 쉬기만 해도 생명을 파괴할 수 있는 힘을 지닌 것으로 생각되었다; 역주)처럼 피해야 할 십자군사들이 자신과 같은 종족의 여인들뿐 아니라 저주받은 이방인과, 한층 더 저주받은 유대인의 딸들과 함께 버젓이 죄를 지으며 살아가고 있구나. 보마누아르, 자느냐. 일어나 우리의 대의를 위하여 원수를 갚거라! 남녀 가릴 것 없이 죄인들을 모두 없애거라! 비느하스(모세 시절 이스라엘인들이 이방 여성들과 놀아나는 일로 하느님의 진노를 사자 아론의 손자인 사제 비느하스가 한 이스라엘인과 미디안 여인의 배를 찔러 죽였다. 그제야 하느님의 진노가 풀렸다. 성경, 민수기 25장 7절에서 8절 참조)의 검을 집어들란 말이다!

콘라드, 여기서 환영은 사라졌지만 나는 환영에서 깨어났을 때까지도 그분들의 갑옷이 부딪치는 소리를 듣고 그분들의 하얀 망토가 펄럭이는 것을 보았다네 … 나는 그분들 말씀을 따라 성전 기사단의 조직을 완전히 정화할 작정이네! 병균이 있는 더러운 돌은 조직에서 뽑아내어 완전히 내버릴 것이라네."

"그렇지만 존경하는 기사단장님 잘 생각해 보십시오, 그 오점이라는 것은 시대와 관례에 의해 깊이 물든 것이 아니겠습니다. 어르신의 개혁은 옳고 현명하니 세심하게 이루어져야 할 것입니다."

"아닐세, 몽 피셰."

노인은 단호하게 대답했다.

"개혁은 예리하고도 갑작스러운 것이라야 하네 … 기사단은 이제 그 운명의 분기점에 서 있네. 선배들의 절제와 헌신과 신앙심 덕분에 우리에게는 강력한 벗들이 생겼네 … 그런데 우리는 뻔뻔스러움과 재물과 사치로 인해 강력한 적을 만들어 놓았지 … 이러한 부를 버려야만 하네, 이는 제후들에게 좋은 유혹거리가 될 뿐이니까 … 뻔뻔스러움도 버려야만 하네, 이는 제후들에게는 모욕이 될 테니까 … 방종한 태도도 고쳐야 한다네, 이는 온 그리스도교 세계에 치욕이라네! 안 그러면 … 내 말을 알겠나 … 성전 기사단은 완전히 붕괴되고 말 걸세 … 기사단이 있던 자리조차 모든 나라에서 잊혀지고 말 걸세."

"아아, 하느님, 제발 그러한 재난을 막아 주시길!"

지부장이 외쳤다.

"아멘."

그 말에 엄숙하게 대답한 기사단장이 계속 말을 이었다.

"하지만, 우리는 틀림없이 하느님의 구원을 받을 자격이 있을 걸세. 콘라드, 그대에게 말하는데, 하늘의 권능이든 지상의 권능이든 이 세대의 사악함을 더 이상 참고 보시진 않을 걸세 … 내 생각이 틀림없네 … 우리의 조직이 세워져 있는 기초는 이미 뿌리가 침식되어 있어, 우리가 그 위에 자꾸 무엇을 세우려고 해 봤자 더욱 빨리 심연으로 가라앉게 만들 뿐이지. 그러니 우리는 과거로 돌아가 우리 자신이 충실한 십자군이라는 것을 보이지 않으면 안 되네. 우리의 소명에 응하여 우리의 피와 목숨, 탐욕과 악덕뿐 아니라 안락함과 편안함, 타고난 애정을 희생하며 다른 사람에게는 정당할 수도 있는 많은 쾌락마저도 성전 기사단에 서약한 병사에게는 금지되어 있다는 사실을 확신하는 사람으로서 행동해야만 하지."

바로 이 순간, 닳아서 해진 수도복을 걸친(이 성전 기사단을 지원한 후보자들은 견습 기간 동안 기사들이 버린 옷을 입었기 때문이다) 시종 하나가 뜰 안으로 들어와 기사단장에게 깊이 머리 숙여 인사를 하고는 감히 용건을 말하기 전에 기사단장의 허락을 기다리며 묵묵히 서 있었다.

이윽고 기사단장이 입을 열었다.

"이 다미안(Damian)이 그리스도교의 겸양을 나타내는 옷을 걸치고 윗사람 앞에서 이렇게 경건하게 침묵을 지키며 나타나는 모습이 불과 이틀 전이 어리석은 바보가 겉치장한 옷을 입고 앵무새처럼 버릇없고 오만하게 지껄이던 때보다 훨씬 보기 좋지 않은가? … 말하거라, 다미안. 허락하나니 … 무슨 일로 왔느냐?"

"고귀하고 존경하는 기사단장님, 어떤 유대인이 문 밖에서 브리앙 드 봐 길베르 형제를 만나게 해 달라고 청하고 있습니다."

"내게 잘 알려 주었다. 내 앞에서 지부장은 그저 우리 기사단의 평범한 한 동료에 지나지 않지, 자기 의지에 따라서가 아니라 단장의 의지에 따라 걸어야 한단 말이야 … 심지어 성경을 보더라도 '나에 대한 소문을 듣자마자 모두가 나에게 복종한다(시편 18장 44절)'고 쓰여 있다네 … 특히 우리에게는 봐 길베르의 행동에 대해 아는 것이 중요한 일이거든."

기사단장이 지부장을 돌아보며 말했다.

그러자 콘라드가 대꾸했다.

"소문에 듣자하니 그는 용감하고 용맹스럽다고 하더군요."

"그래 그런 말을 듣고 있지. 오로지 용기로만 보자면 우리도 십자군의 영웅들인 우리 선배들에 전혀 뒤떨어지지 않지. 그러나 브리앙 형제는 침울하고 실연당한 사람으로 우리 기사단에 들어와, 진지한 참뜻에서가 아니라 무슨 불만을 품은 가벼운 생각에서 회개의 길로 들어온 사람처럼 충동적으로 서약을 하고 세상을 버린 사람이 아닌가 의심스럽네. 그 이후로, 그는 활동적이고 열성적인 선동가요, 불평 불만자요, 모사꾼이자 우리의 권위를 비난하는 자들의 수령이 되었네. 심지어 권홀과 직장 … 약자의 약점을 보완해 주는 권홀 … 범법자들의 과오를 시정하는 직장 … 이러한 권홀과 직장의 상징에 의해서도 기사단장에게 통치권이 주어진다고 생각하지 않는단 말이야 … 다미안, 그 유대인을 내 앞으로 데려 오너라."

시종은 깊숙이 절을 하고는 자리에서 물러났다가, 몇 분 후에 요크의 아이작을 데리고 돌아왔다. 그 어떤 벌거벗은 노예가 어느 강대한 군주의 면전에 끌려나왔다 하더라도 이 유대인 아이작이 지금 기사단장 앞에 다가왔을 때만큼 깊은 존경심과 공포심으로 재판석으로 다가갈 수는 없었으리라. 아이작이 3미터 거리까지 접근하자 보마누아르는 권홀을 쳐들어 더 이상 다가와서는 안 된다는 신호를 내렸다. 유대인은 무릎을 꿇고 존경의 표시로 땅에 입을 맞추었다. 그런 다음 몸을 일으켜 두 손을 가슴 위에 포개고 머리는 가슴에 푹 파묻고 동방의 노예가 온갖 복종하는 태도로 성전 기사 앞에 서 있었다.

"다미안, 그만 물러가 우리의 갑작스런 부름에 대비하도록 보초를 하나 세워 놓고 우리가 나갈 때까지 이 뜰 안에 아무도 들이지 말거라."

그 말에 시종은 절을 하고 물러갔다. 그러자 그 거만한 노인은 말을 계속했다.

"이봐, 유대인, 내 말 잘 듣거라. 너와 오랫동안 이야기하는 것은 내 지위에 맞지 않아, 또한 나는 그 누구에게도 쓸데없이 말이나 시간을 낭비하진 않는다. 그러니 내가 무엇을 묻더라도 대답은 간단히 하렸다, 추호의 거짓이 있어서도 안 된다. 만일 한 입 가지고 두 말을 할 경우에는 네 그 이단의 턱에서 혀를 뽑아버릴 테니 그리 알아라."

유대인이 뭐라고 대답하려고 하였지만 기사단장이 계속 말을 이었다.

"닥치라니까, 이단자 놈아! 내가 묻는 말에 대한 대답 외에는 내 앞에서 한마디도 해서는 안 된다고 했지 … 우리의 브리앙 드 봐 길베르 형제에게 볼일이란 도대체 무엇이지?"

그 물음에 아이작은 겁도 나고 불안하기도 해서 숨을 헐떡거렸다. 자기의 속사정을 말하자니 기사단에 치욕이라고 생각될 것 같았고, 그렇다고 말을 안 하자니 자기 딸을 무슨 수로 구해낼 수 있단 말인가? 보마누아르는 아이작의 심각한 염려를 눈치채고는 약간의 안도감을 주기 위해 짐짓 부드럽게 대하였다.

"아무것도 무서워 할 것 없다, 유대인. 그러니 이 일에 똑바로 처신하라. 다시 묻겠는데, 브리앙 드 봐 길베르와 볼일이라는 것이 무엇이냐?"

아이작은 더듬거리며 겨우 대답했다.

"소인은 조르보 수도원의 에이머 수도원장으로부터 그 기사님에게 보내는 편지를 가져왔습니다."

"그러게 내 요즘은 사악한 시대라고 하지 않았던가, 콘라드? 시토 수도회의 수도원장이 성전 기사단 기사에게 편지를 보내온 데다, 불신자 유대인보다 더 적합한 전령을 찾지 못했단 말인가 … 편지를 이리 내놓거라."

유대인은 떨리는 손으로 아르메니아 모자 접은 것을 헤치고, 거기에 소중하게 넣어둔 수도원장의 편지를 꺼내어 무서운 얼굴을 하고 있는 기사단장이 닿을 만한 거리에 놓으려고 몸을 웅크린 채 손을 뻗어 다가가려고 했다.

그러나 기사단장의 호통이 떨어졌다.

"물러서라, 이놈아! 나는 칼로 치는 외에는 이단자 놈들에게 손대지 않는다 … 콘라드, 저 유대인에게 편지를 받아 이리 주게."

그렇게 해서 편지를 받자 보마누아르는 겉봉을 유심히 살피며 편지를 감은 실을 풀려고 하였다. 그때 자못 공손한 태도로 콘라드가 끼어들었다.

"존경하는 단장님, 봉인을 뜯으려고 하시는 겁니까?"

"못할까 봐서?"

보마누아르는 눈살을 찌푸리며 대답했다.

"편지 열람에 대한 조항인 42장에 성전 기사는 아버지에게서 받은 것을 제외하고 모든 편지는 반드시 기사단장에게 전달하고 그 앞에서 큰 소리로 읽어야 한다고 쓰여 있지 않던가?"

그러고 나서 놀랍고 두려운 표정을 지으며 황급히 편지를 훑어 내렸다. 그런 다음 좀 더 천천히 다시 한번 정독하였다. 그리고는 한 손으로는 편지를 콘라드에게 내밀고 다른 한 손으로는 편지를 가볍게 치며 탄식하였다.

"여기 한 그리스도 교도가 다른 그리스도 교도에게 보내는 훌륭한 서신이 있구먼. 두 사람 다 성직에 몸담고 있는 사람이고 그것도 상당한 지위에 있는 사람인데 말이야!"

그리고 하늘을 우러르며 엄숙한 음성으로 탄식했다.

"하느님이시여, 당신은 언제나 키를 갖고 탈곡장을 깨끗이 하러 오시렵니까?"

몽 피셰는 상사에게서 편지를 받아들고 정독하려고 하였다. 그러나 기사단장이 제지했다.

"크게 소리내어 읽게나, 콘라드. 그리고 너, 유대인은 그 의미를 유념하여 듣거라. 그에 관해 내가 물어볼 테니."

기사단장의 지시에 따라 콘라드가 편지를 소리내어 읽기 시작하였는데, 다음과 같은 글이 적혀 있었다.

"신의 은총에 의하여, 조르보의 성모 마리아의 시토 수도회 에이머 수도원장으로부터 성전 기사단의 기사인 브리앙 드 봐 길베르 경에게. 바코스 왕(그리스 신화의 주신 디오니소스 ; 역주)과 비너스 공주(그리스 신화의 사랑과 미의 여신 아프로디테 ; 역주)의 은혜로 귀하의 건강을 빕니다. 친애하는 형제여, 내 현재 처지에 대해 언급하자면, 나는 지금 법을 무시하며 신을 믿지 않는 어느 무도한 무리의 수중에 포로로 잡혀 있는데, 이놈들은 감히 겁도 없이 나를 억류하고는 몸값을 요구하고 있소이다. 그 덕택에 프롱 드 뵈프의 불행과 그대가 그대를 홀린 그 검은 눈의 아름다운 유대 마녀와 함께 도망쳤다는 소식을 알게 되었소. 당신이 안전하다니 무엇보다도 기쁜 일입니다. 하지만, 이 제2의 엔도르의 마녀 문제에 대해서는 조심하시기를 빕니다. 그 이유는 앵두 빛 뺨과 검은 눈에 조금도 마음이 흔들리지 않는 기사단장이 당신의 환희를 줄이고 비행을 바로 잡으려 노르망디에서 왔다는 것을 개인적으로 확신하고 있기 때문이지요. 그러니 모쪼록 주의와 경계를 게을리 하지 않도록 진심으로 바랍니다. 성경에 인베니엔투르 비힐란테스(주의하여 깨어 있으라)하지 않았던가요. 그 처녀의 부유한 아비 요크의 아이작이 자기를 위하여 내게 편지를 써달라고 간청하였으므로 이 편지를 그에게 주었으니, 모쪼록 그가 몸값을 지불하면 그 처녀를 풀어 주기를 간절히 권고 드리는 바입니다. 그 유대인은 안전한 조건으로 오십 명의 처녀를 구하고도 남을 만한 돈을 내어줄 것이라 생각합니다. 우리가 참된 형제로서, 함께 어울리게 될 때에는 저에게도 한몫 떼어 주시리라 믿겠습니다, 또한 한잔하는 것도 잊지 말고요. 성경에도 비눔 라에티피카트 코르 호미니스(사람의 마음을 즐겁게 하는 포도주, 시편 104장 15절), 또 거기다, 렉스 델렉타비투르 풀크리투디네 투아(그대의 임금님께서 그대의 아름다움에 사로잡힐 것입니다, 시편 45장 11절)라고 쓰여 있지 않습니까.

즐겁게 다시 만날 때까지 안녕히 계십시오. 아침 기도를 올릴 무렵에 도둑들의 소굴에서 .

조르보의 성모 마리아의 에이머 수도원장 드림.

추신 : 귀하의 금목걸이는 얼마 전 제 손에서 떠났습니다. 이제는 사슴을 훔치는 무법자의 목에 걸려 사냥개를 부르는 호각이 달려 있을 것입니다."

"이 편지를 어떻게 생각하지, 콘라드? 도둑의 소굴이라! 그런 수도원장에게는 도둑의 소굴이야말로 딱 어울리는 집이 아닌가. 이 에이머와 같은 성직자가 있으니 신의 손이 우리에게 임한 것도, 우리가 이교도 앞에서 성지를 한 발, 한 발, 한 자리, 한 자리 잃어버린 것도 이상한 일이 아니지 … 도 대체, 이 제2의 엔도르의 마녀라는 것은 무슨 뜻이지?"

기사단장은 조금 떨어져 있던 자신의 심복에게 물었다.

콘라드는 상사보다는 연애 관계의 은어에 대해 더 잘 알고 있었으므로(아 마도 경험에 의한 듯) 기사단장을 어리둥절하게 만들었던 그 말이 속세의 남자들이 사랑하는 정부에게 쓰는 말의 일종이라고 설명해 주었다. 그러나 고집불통의 보마누아르는 그 설명에 만족할 수 없었다.

"이 말에는 그대가 짐작하는 그 이상의 무엇이 있네, 콘라드. 자네의 그 단순함으로는 이 사악함의 깊은 심연을 상대할 수가 없지. 이 요크의 레베 카는 자네도 익히 들었던 저 미리암의 제자 아니던가. 이 유대인이 지금이 라도 그것을 인정하는 것을 들려주겠네."

기사단장은 아이작을 향하여 큰 소리로 물었다.

"그럼 너의 딸은 브리앙 드 봐 길베르에게 잡혀 있다는 것이냐?"

"아, 그렇습니다. 경건하고 용맹하신 나으리."

불쌍한 아이작은 말을 더듬었다.

"그리고 이 가엾은 늙은이가 딸아이를 풀려나게 하기 위해 얼마의 몸값을 치르는 한이 있더라도 … "

"입 닥쳐! 너의 이 딸은 치료술을 쓴 적이 있을 테지, 그렇지 않느냐?"

"아, 그렇습니다, 인자한 나리."

아이작은 좀 더 자신 있는 목소리로 대답하였다.

"기사와 향사와 시종도 신하도 하늘이 그 아이에게 내려주신 그 훌륭한 재능을 칭찬해도 좋을 것입니다. 다른 사람이 손을 대어도 낫지 않았을 때 그 아이가 자기의 의술로 환자를 회복시켰다는 사실을 많은 사람들이 증언 할 수 있답니다. 하지만 이것은 다 야곱의 하느님의 축복이 그 아이에게 있 었기 때문이지요."

보마누아르는 냉혹한 미소를 지으며 몽 피셰를 향해 말했다.

"보게나, 콘라드. 사람을 괴롭히는 저 악마의 속임수를! 내세의 영원한 행복을 불쌍한 현세의 시간으로 바꾸어 사람들의 영혼을 낚는 저 미끼를 보란 말이야. 우리의 저 거룩한 규정은 잘도 말씀하셨지, 셈페르 페르쿠티아 투르 레오 보란스(사람을 괴롭히는 사자는 언제든지 쳐부숴라) … 사자에게 달려들라! 파괴자를 타도하라!"

이렇게 말하면서 기사단장은 마치 어둠의 세력에 대항하려는 듯이 자기의 신기한 권홀을 높이 쳐들었다. 그리고는 유대인에게 계속 말했다.

"네 딸은 주문과 괴상한 표지와 부적과 그 밖의 이상한 비법으로 병을 고치는 것이 틀림없으렷다."

"아닙니다. 훌륭하신 기사님. 그게 아니오라 효능이 놀라운 진통제로 주로 치료하는 것입니다."

"그 비법을 어디서 배웠지?"

아이작은 꺼리며 대답했다.

"그것은 … 저희 부족의 현명한 부인인 미리암에게서 전수 받은 것입니다."

"아아, 사기꾼 유대인! 그 마법이 모든 그리스도교 나라들에 널리 알려졌던 그 가증스러운 마녀 바로 미리암에게서 나온 것이 아니더냐?"

기사단장은 큰 소리로 외치며 성호를 그었다.

"그 마녀의 육신은 화형대에서 불태워지고, 그 재는 사방으로 흩어졌느니라. 만일 내가 그 제자를 마녀와 똑같이, 아니 더 심하게 다루지 못한다면 나와 나의 기사단에게 그러한 화가 미치지 않겠는가! 우리 거룩한 성전 기사단의 병사들에게 주문과 마법을 걸기만 하면 내 가만 두지 않을 것이다 … 다미안, 이 유대인을 문 밖으로 쫓아내거라. 반항하거나 다시 들어오려고 하면 쏴 죽이거라. 이자의 딸은 그리스도교 법률과 나 자신의 높은 직분이 허용하는 대로 다룰 것이니."

그에 따라 가엾은 아이작은 수도원 밖으로 내쫓기고 말았다. 모든 탄원도 심지어 모든 제의마저 듣지도 않고 무시되었다. 그는 결국 랍비의 집으로 다시 돌아가는 수밖에 없었고, 그의 수단을 통해 자기 딸이 어떻게 처리될 것인지 알려고 애썼다. 지금까지는 딸의 정조가 근심스러웠으나 이제부터는 목숨까지 걱정해야 하는 처지가 되었다. 한편, 기사단장은 템플스토의 지부장을 자기 앞으로 불러오라는 명령을 내렸다.

36장

내 솜씨가 사기라고 말하진 말기를 … 모두 겉모습을 중시하며 살아가네.
거지는 초라한 행색으로 구걸하고, 쾌활한 조신도
겉모습으로 땅과 작위와 직분과 권세를 얻는다네.
성직자도 겉모습을 비웃지 않으며, 대담한 병사는
겉모양으로 병역의 부족함을 보충하네 … 모든 사람이 그것을 인정하고,
모두 실행한다네. 그리고 본래의 모습을 그대로 드러내는 데
만족하는 사람은 교회나, 전쟁의 진영이나 국가에서
그다지 평판을 얻지 못한다네 … 세상 이치가 이렇다네.

옛 희곡

수도원장, 또는 성전 기사단 용어로 템플스토 지부장인 알베르 말부아상은 이미 가끔씩 그 이야기가 언급되었던 필리프 말부아상과 형제였으므로, 이 영주처럼 브리앙 드 봐 길베르와 밀접한 관계에 있었다.

많은 성전 기사들이 포함되어 있는 방종하고 파렴치한 사람들 가운데 템플스토의 알베르가 단연 두드러질 것이다. 하지만 대담한 봐 길베르와는 달리, 그는 위선의 덮개로 자기의 악덕과 야망을 감추고 속으로는 경멸하면서도 겉으로는 광신을 내세우는 술책을 알고 있었다. 말부아상이 전혀 예기치 못하게 그렇게 갑작스럽게 도착하지 않았다면, 기사단장은 규율의 기강이 해이하다고 주장할 만한 것을 템플스토에서는 전혀 발견하지 못했을 것이다. 비록 놀라고, 또 어느 정도는 발각되기도 하였지만 알베르 말부아상은 자기 상관의 꾸짖음에 아주 공손히, 매우 후회하는 태도로 귀를 기울였고, 그가 비난한 조목들을 서둘러 고쳤다 … 그래서 최근까지도 방종과 쾌락에 빠져 있던 조직에 금욕적 정진의 외양을 갖추는데 너무도 멋지고 근사하게 성공했으므로 루카스 보마누아르는 이 지부를 처음 보았을 때 생각하였던 첫인상보다는, 지부장의 품행에 대해 훨씬 높이 평가하기 시작하였다.

그러나 기사단장의 이러한 호의적인 감정들은 알베르가 수도원에 유대인, 그것도 기사단원의 정부로 의심되는 포로를 받아들였다는 사실을 알게 됨에 따라 크게 흔들렸다. 그래서 알베르가 면전에 나타나자, 기사단장은 예사롭지 않은 준엄한 표정으로 그를 대했다.

"거룩한 성전 기사단의 목적을 위해 봉헌된 이 수도원에 우리 형제 하나가 그대의 묵인 하에 유대 계집을 데려왔다고 하던데, 지부장."

알베르 말부아상은 너무도 당황하여 어찌할 바를 몰랐다. 불행한 레베카는 멀리 떨어진 은밀한 처소에 감금해 놓았고, 그녀가 있는 장소가 아무에게도 알려지지 않도록 온갖 예방조치를 다 취해 놓았기 때문이었다. 이 절박한 불호령을 피하지 못한다면 봐 길베르와 자기에게는 곧 파멸이 닥칠 것을 보마누아르의 표정에서 짐작했다.

"왜 아무 말도 없는 건가?"

"대답해 올려도 되겠습니까?"

지부장은 더할 나위 없이 공손한 태도로 물었다. 비록 그 물음으로 생각을 정리할 잠시 동안의 여유를 얻기 위한 의도밖에는 없었지만.

"말하게, 허락하는 바이니. 이야기하게, 그리고 말해 보게나, 그대는 우리의 성스러운 규정을 알고 있는지 … '육욕의 만족을 위해서 매춘부와 놀아난, 성스러운 도시의 성전 기사에 관하여'라는 조항을 알고 있겠지?"

"물론입니다, 단장님. 그 가장 중요한 금지령 가운데 하나를 모르고서 제가 어찌 기사단의 이 직분까지 올라올 수 있었겠습니까."

"그렇다면, 다시 한 번 묻겠는데, 그 사실을 잘 알고 있으면서, 형제 하나가 정부를, 그것도 유대 마녀를 이 성스러운 장소로 데리고 들어와 더럽히고 훼손하는 것을 묵인한 것은 도대체 어찌된 일이지?"

"유대의 마녀라고요!"

알베르 말부아상은 기사단장의 말을 되뇌며 펄쩍 뛰었다.

"아 훌륭하신 천사들이여, 저희를 지켜 주소서!"

"그렇다네, 형제여, 유대의 마녀라네! 내 그렇다고 하지 않았던가. 그대는 이 레베카가, 저 가증스러운 요크의 고리대금업자 아이작의 딸이자 더러운 마녀 미리암의 제자가, 지금 … 생각하거나 말하는 것만으로도 수치스럽군!

… 그대의 이 지부에 머무르고 있다는 것을 설마 부인하지는 않겠지?"

"존경하는 단장님, 고명하신 현명함으로 우매한 저를 깨우쳐 주시는군요. 브리앙 드 봐 길베르처럼 그렇게 훌륭한 기사가 이 여인의 매력에 어찌 그리 넋이 나간 것처럼 보였는지 참으로 의아하게 생각되었습니다. 저는 단지, 그대로 내버려두면 우리의 이 용맹하고 신실한 형제가 타락하여 더욱 굳어질 것만 같아 두 사람 사이의 간통을 방해하고자 하는 생각에서 그 여인을 이 수도원에 받아준 것입니다."

"그렇다면 두 사람 사이에는 그의 맹세를 저버릴 만한 일이 아직 일어나지 않았단 말인가?"

"무슨 말씀이십니까? 이 수도원의 지붕 아래서 말입니까?"

지부장은 그렇게 말하고는 성호를 그었다.

"천만에, 절대로, 절대로 아닙니다! 만일 제가 그 여인을 이곳에 받아주어 죄를 저질렀다면 그것은 그렇게 함으로써 이 유대 처녀에 대한 우리 형제의 넋이 나갈 정도의 강한 애착을 끊어놓을 수 있을지도 모르겠다고 잘못 생각한 데에 있습니다. 제게는 그 애착이 너무도 열광적이고 괴이해 보였으므로 아마도 미쳐서 그러는 것이 아닌가, 그렇다면 비난하기보다는 불쌍히 여겨 마음을 돌리게 하는 편이 낫겠다고 생각하지 않을 수 없었던 것입니다. 그러나 단장님의 지혜로 이 유대 처녀가 마녀라는 사실을 간파하였으니 아마도 길베르 형제의 홀딱 빠진 그 어리석음을 충분히 설명할 수 있을 것 같습니다."

"그렇고 말고! … 암 물론이지! 보게나, 콘라드 형제여. 악마의 제일가는 계략과 감언에 굴복하고 말 위험을! 우리는 여성을 그저 남성의 눈 욕심이나 만족시켜 주고 남성이 미인이라고 불러 주는 것에 기뻐하는 존재로밖에 간주하지 않지. 그 옛날의 악마, 사람을 괴롭히는 사자는 우리의 나태함과 어리석음에서 비롯된, 우리를 지배하려는 과업을 부적과 주문으로 완수할 힘을 얻는다네. 이런 점에서 우리의 형제 봐 길베르는 준엄한 응징보다는 동정을 받아야 마땅하겠지. 회초리의 매질보다는 권홀의 도움이 필요하지. 우리들의 훈계와 기도로 그의 어리석은 짓을 단념케 하여 우리 형제들의 품으로 돌아오도록 해야 하지 않겠나."

그러자 콘라드 몽 피셰가 맞장구를 쳤다.

"성스러운 저희 공동체가 단원들의 도움이 가장 필요할 시기에 뛰어난 창의 명수를 잃는다는 것은 참으로 애석한 일입니다. 이 브리앙 드 봐 길베르는 자기 손으로 삼백 명이나 되는 사라센 인들을 죽였답니다."

"그 저주스러운 녀석들의 피는 놈들이 멸시하고 모독한 성자들과 천사들에게는 감미롭고 훌륭한 제물이 될 테지. 성자들과 천사들의 도움으로 우리는 거미줄에 걸린 것처럼 우리 형제를 얽어매고 있는 주문과 마법을 풀어 주게 될 걸세. 팔레스타인 사람들이 결박한 두 개의 새 밧줄을 삼손이 끊어 버린 것처럼 그도 이 데릴라의 끈을 끊고 이단자들을 죽이고 죽여 산더미만큼 쌓아올리게 될 걸세. 하지만 거룩한 성전 기사단 형제에게 마법을 건 이 더러운 마녀는, 기필코 죽음을 맞이하게 되겠지."

"하오나, 잉글랜드의 법률은 …"

지부장은 기사단장의 노여움이 다행스럽게도 자기와 봐 길베르를 비껴 다른 방향으로 향한 데 기뻐하면서도 너무 극단으로 치닫는 것이 아닌가 걱정되기 시작하여 한마디 하려고 했다.

그런데 보마누아르가 먼저 말을 끊었다.

"잉글랜드의 법률은 어느 판사든지 자기의 관할 구역 내에서 재판을 행하는 것을 허락하고 요구하기도 하지. 그래서 제아무리 하찮은 영주라 할지라도 자기의 영지 내에서 발견된 마녀를 붙잡아 재판도 하고 선고도 할 수 있단 말일세. 사정이 이러한데 그러한 권한이 자기 기사단 지부에 있는 성전 기사단장에게 어찌 거부될 리 있겠느냐 말인가? 물론 아니지! 나는 재판도 하고 선고도 내릴 걸세. 마녀는 이 땅에서 몰아내야 하네, 그렇게 해야만 사악함을 용서받을 수 있게 되지. 수도원내 연회장에 마녀 재판을 위한 준비를 해 놓게나."

알베르 말부아상은 몸을 숙여 절을 하고는 물러났다. 연회장에 재판 준비를 하라는 명령을 내리기 위해서가 아니라 브리앙 드 봐 길베르를 찾아가 그 일이 어떻게 끝날 것 같은지 알려 주기 위해서였다. 얼마 후 길베르를 찾아내고 보니, 그는 아름다운 유대 처녀로부터 다시 퇴짜를 맞은 데 분개하여 입에 거품을 물고 있었다.

"피와 불길 속에서 목숨을 내놓고 생명을 구해 준 사람을 비웃다니 경솔하고, 배은망덕한 것 같으니라고! 하늘에 맹세코, 말부아상! 나는 정말로 지붕과 서까래가 내 주위에서 우지직거리며 무너져 내릴 때까지 버티고 있었다오. 그리고 수 백발의 화살의 표적이 되었소. 마치 격자창에 쏟아지는 우박처럼 화살이 내 갑옷에 퍼부어졌지만 나는 오직 그녀를 보호하기 위해 내 방패를 썼을 뿐이오. 이 모든 것을 그 여인을 위해 견디었단 말이오. 그런데 이제 고집 불통의 이 처녀는 자기를 죽게 내버려 두지 않았다고 나를 힐책하며 감사하다는 표시는 눈곱만큼도 보여 주지 않을 뿐더러 언젠가는 감사하고야 말리라는 아주 가느다란 희망마저도 품게 하지 않는구려. 그녀의 종족을 완강하게 사로잡고 있는 그 악마가 이 여인에게 그 온힘을 집중한 것만 같소!"

"그 악마는, 내 생각에, 당신 둘 다 홀려놓은 것 같소. 자제하라고까지는 아니더라도 조심하라고 내 누우이 권고하지 않았소? 당신처럼 용감한 기사에게 사랑의 열정을 거부하는 것은 죄라고 생각하여 기꺼이 당신의 사람이 되기를 자청할 그리스도인 처녀들이 널렸다고 내가 말하지 않았소? 그런데도 당신은 그 고집 세고 완고한 유대 처녀에게만 애정을 쏟으려고 하다니! 그 여인이 당신에게 마법을 건 것이라고 저 늙은 루카스 보마누아르가 단언했을 때 틀림없이 그의 판단이 옳았다고 생각되는구려."

"루카스 보마누아르라고!"

봐 길베르가 비난조로 되물었다.

"그것이 당신의 예방책이라는 것이었소, 말부아상? 그 늙은이에게 레베카가 여기에 있다고 일러바쳤단 말이오?"

"피할 도리가 있었겠소? 당신의 비밀을 유지하기 위해 게을리 한 것은 하나도 없소. 하지만 그만 들키고 말았소, 그것이 악마의 소행인지 아닌지는 악마만이 알 수 있을 거요. 하지만 나는 할 수 있는 한 그 일을 잘 처리해 놓았소. 당신은 레베카를 버리기만 하면 안전하오. 사람들은 당신을 불쌍히 여기고 있소 … 마법에 현혹된 희생양이라고 말이오. 그 여인은 마녀요, 그러니 그에 합당한 처벌을 받아야만 하오."

"맹세코, 그렇게 내버려 두진 않을 거요!"

"맹세코 그 여자는 그렇게 되어야 하고 그렇게 될 거요! 당신도 그 누구도 그 여자를 구할 수는 없소. 루카스 보마누아르는 유대 여인의 죽음이 성전 기사단원들의 모든 호색적 방종을 속죄하기에 충분한 제물이 될 것으로 결정했단 말이오. 그가 그토록 정당하고도 경건한 목적을 실행할 힘과 의지를 모두 갖고 있다는 것은 경도 알고 있지 않소."

"후세 사람들이 이토록 어리석고 편협한 신앙이 존재했다는 것을 믿기나 할까!"

봐 길베르는 방 안을 성큼성큼 왔다갔다하며 말했다.

그러나 말부아상은 냉정하게 대답했다.

"후세 사람들이 무엇을 믿든 내 알 바 아니오. 하지만 지금 우리 시대에는, 성직자든 속인이든 99퍼센트는 기사단장의 판결에 쌍수를 들어 환영할 것이라는 사실만은 잘 알고 있소."

"알았소, 알베르. 당신은 내 친구요. 말부아상, 당신은 그녀가 도망가는 것을 묵인해 주어야 하오. 내가 좀 더 안전하고 은밀한 곳으로 그녀를 옮겨 놓겠소."

"설령 그러고 싶어도 그럴 수 없소. 이 수도원은 기사단장의 측근들로 가득 차 있고, 다른 사람들도 모두 그에게 헌신하고 있소. 형제여, 솔직히 말해서, 설령 안전하게 끝이 날 수 있다고 해도 이번 일만큼은 당신과 한 배를 타고 싶지 않소. 이미 당신을 위해서는 충분히 위험을 무릅썼소. 그까짓 유대 계집의 살과 피의 공허한 몸뚱이를 위해서 파면 선고를 받거나 내 지부장 자리를 잃고 싶은 마음은 없소. 당신도 내 충고를 받아들인다면 이 무모한 기러기 사냥은 그만 포기하고 당신의 매를 다른 사냥감으로 날려보내도록 하시오. 생각해 보시오 봐 길베르, 그대의 현재 지위와, 장래의 영예와, 모든 것이 기사단에서의 현재 위치에 달려 있단 말이오. 만일 계속 고집을 피워 이 레베카에 대한 열정에 집착한다면 보마누아르에게 당신을 쫓아낼 힘을 주기만 할 뿐이고, 그는 절대 그것을 놓치지 않을 것이오. 영감은 그 떨리는 손에 움켜잡고 있는 기사단장의 권홀을 빼앗기지 않으려고 몹시 경계하고 있고, 당신이 그 대담한 손을 뻗쳐 그것을 빼앗으려 한다는 사실도 알고 있소. 그대가 유대의 마녀를 보호했다고 하는 아주 근사한 구실을 주기만 하면 영감이 그대를 파멸시킬 것은 뻔한 일이오. 이 일에서는 영감 마음대로 하게 내버려 두시오, 당신의 힘으로 그를 막을 수는 없기 때문이오. 기사단장의 권홀이 그대의 수중에 굳건히 들어오거든 그때 가서 유대 계집들을 껴안든 태워 죽이든 그대 마음대로 하시오.”

“말부아상, 당신은 냉혹한 … ”

“친구요.”

지부장은 봐 길베르가 아마 더 언짢은 말을 내뱉었을 말을 자기가 앞질러 채워 버렸다.

“그렇소, 나는 냉혹한 벗이오. 그래서 당신에게 충고하기에 알맞은 거요. 다시 한 번 말하는데, 당신은 레베카를 구할 수 없소. 죽는 것 외에는 그 여자와 함께 할 수 있는 길이 없소. 기사단장에게 어서 가 보시오 … 그의 발치에 엎드려 말하시오 … ”

“흥 그 늙은이의 발치에 엎드리라고! 천만에, 그 늙은이의 수염에다 대고 말하겠소 … ”

"그렇다면, 어디 그의 수염에 대고 말해 보구려."

말부아상은 여전히 냉정한 어조로 말했다.

"그 유대 계집을 넋이 빠질 정도로 사랑한다고 말이오. 그대가 열정을 돋구면 돋굴수록 영감의 증오심도 커져 그 아름다운 요부의 죽음으로 빨리 끝을 내고자 할거요. 당신은 자기가 한 맹세에 어긋나는 죄를 인정한 덕분에 극악한 범죄를 저지른 것으로 간주되어 동료들의 도움을 기대할 수도 없으므로, 야망과 권력에 대한 화려한 꿈을 접고 아마도 플랑드르와 부르고뉴 사이에서 벌어지는 소소한 분쟁의 용병으로 고용되어 창이나 집어드는 신세로 전락할 거요."

그 말에 브리앙 드 봐 길베르는 잠시 동안 숙고한 후에 대답했다.

"옳은 말이오, 말부아상. 그 백발의 고집쟁이 늙은이에게 나보다 유리한 고지를 내주지는 않겠소. 그리고, 레베카로 말하자면, 내 지위와 명예를 걸만큼의 가치는 없소. 나는 그녀를 버리겠소 … 그렇소, 그 여자를 자기 운명에 맡기겠소, 만일 … "

"당신의 현명하고 부득이한 결심에 조건을 달지 마시오. 여인들이란 한가로운 시간을 즐겁게 하려고 갖고 노는 장난감에 불과하오 … 야망이야말로 인생의 중대한 관심사요. 당신 앞에 펼쳐져 있는 그 전도 양양한 앞길에서 당신의 씩씩한 발걸음이 멈추기 전에 이 유대 계집처럼 덧없는 하찮은 것들은 수천이라도 죽이시오! 잠시 동안 우리는 떨어져 있어야겠군요. 무슨 긴밀한 대화를 나누고 있는 것이 사람들 눈에 띄어서도 안 되겠고 … 나는 지금 영감의 재판석을 위해 연회장에 준비시켜야 하오."

"뭐라고! 그렇게 빨리?"

"그렇소, 재판관이 미리 판결을 결정하고 있을 경우에는 심리가 빨리 진행되는 법이라오."

혼자 남게 되자 봐 길베르는 중얼거렸다.

"레베카, 그대 때문에 내가 큰 희생을 치러야 할 것 같군 … 저 뻔뻔스러운 위선자가 권고하듯이 왜 나는 그대를 자신의 운명에 맡겨 버릴 수 없는 것일까? … 그대를 구하기 위해 딱 한 번만 더 애를 쓰겠어 … 하지만 배은 망덕을 조심해! 또 다시 퇴짜를 놓으면 내 복수심이 열정과 같아질 테니. 경멸과 비난이 유일한 보답이라면 봐 길베르의 목숨과 명예를 절대로 위험 해지게 할 수 없지."

지부장이 필요한 명령을 내리자마자, 콘라드 몽 피셰가 달려와, 유대 처녀 를 마법 혐의로 즉심에 붙이겠다는 기사단장의 결의를 알려 주었다.

그러자 지부장이 하소연하듯이 말했다.

"그건 확실히 꿈이오. 여기에도 많은 유대인 의사들이 있는 데다, 놀랄 만 한 치료법을 써도 그들을 마법사라고 부르지는 않잖소."

"그러나 기사단장의 생각은 다르오. 그런데 알베르, 당신에게는 솔직해지 려고 하는데 … 마법사건 아니건 어쨌든 성전 기사단이 브리앙 드 봐 길베 르를 잃거나 내분으로 분열되는 것보다는 이 불쌍한 처녀가 죽는 편이 낫 지 않겠소. 당신도 그의 높은 지위와 무예의 명성을 알고 있잖소 … 우리의 많은 형제들이 그를 존경하는 열의도 알고 있을 테고 … 기사단장이 브리 앙을 이 유대 처녀의 희생물이 아니라 공모자로 간주하는 날에는 이 모든 것들이 기사단장에게는 전혀 통하지 않을거요. 유대 십이 지파 부족의 혼 이 이 여인 한 사람의 몸에 들어 있다면 봐 길베르가 그 여인의 파멸의 동 반자가 되느니 차라리 그 여인 혼자 당하는 편이 나을 거요."

"사실 바로 지금까지도 그 여자를 버리도록 브리앙을 설득하고 있었소. 하지만 그렇다 하더라도, 이 레베카가 마법의 죄를 저질렀다고 선고할 충 분한 근거가 있겠소? 증거가 너무 빈약하다는 것을 알면 기사단장님도 마 음을 바꾸지 않을까요?"

"그러니까 증거를 강화해야지요, 알베르. 증거를 강화해야 한다고요. 내 말이 무슨 뜻인지 알겠소?"

"알겠소. 아니, 성전 기사단의 발전을 위한 일이라면 무슨 짓이든 서슴지 않고 하겠소 … 하지만 적당한 수단을 찾을 만한 시간이 별로 없군요."

"말부아상, 무슨 수를 써서라도 찾아야만 하오. 그래야 성전 기사단에게도 당신에게도 이득이 될 테니까요. 이 템플스토는 가난한 지부요. 그런데 저 메종 디유(Maison-Dieu) 지부는 두 배나 부유한 곳이죠. 나와 우리 단장님과의 이해관계를 잘 알고 있겠죠 … 이 일을 잘 해치울 수 있는 사람을 찾아보시오. 그러면 그대는 비옥한 켄트의 메종 디유 지부장이 될 테니 … 그래, 당신 생각은 어떻소?"

"봐 길베르와 함께 이곳에 온 사람들 가운데 잘 아는 놈이 둘 있소. 그자들은 내 형 필리프 드 말부아상의 하인들이었다가 프롱 드 뵈프의 하인으로 자리를 옮긴 놈들이죠. 모르긴 해도 그자들이 이 여인의 마법에 대해 무엇인가 알고 있을 거요."

"그렇다면 당장 그자들을 찾아내시오 … 그리고 유념하시오, 만일 금화 한두 닢으로 그자들의 기억을 생생하게 할 수만 있다면 아끼지 마시오."

"그놈들은 동전 한 푼만 쥐어줘도 자기를 낳아준 어미마저 마법사라고 진술할 놈들이죠."

"그럼 어서 가 보시오. 정오에는 재판이 진행될 것이오. 이슬람교로 다시 돌아간 개종자 하멧 알파지(Hamet Alfagi)를 화형에 처하라고 선고한 이래 단장님이 이렇게 준비를 서두르는 것은 이제껏 본 적이 없소."

육중한 성의 종이 정오를 알렸다. 그때 레베카는 자기가 갇혀 있는 방으로 이르는 비밀 계단을 올라오는 발자국 소리를 들었다. 발소리로 보아 몇 사람이 오고 있다는 것을 알 수 있었으므로 레베카에게는 오히려 그 상황이 기뻤다. 비록 자기 몸에 어떠한 불운이 닥치는 한이 있더라도 난폭하고 격렬한 봐 길베르가 혼자 찾아오는 것이 더 두려웠기 때문이다. 방문이 열리자 콘라드와 말부아상 지부장이 검은 옷을 입고 미늘창을 든 네 명의 간수를 데리고 들어왔다.

지부장이 먼저 입을 열었다.

"저주받은 종족의 딸이여! 일어나 우리를 따라오너라."

"어디로요, 무슨 목적으로요?"

"이봐, 묻지 말고 복종하기만 하라. 그러나 이것 하나만은 알려 주지. 너는 우리 성전 기사단장의 법정에 끌려나가 네가 한 짓에 대한 대가를 치르게 될 것이다."

레베카는 경건히 합장을 하며 외쳤다.

"아브라함의 하느님 감사합니다! 재판관이라는 이름이 비록 우리 민족에게는 적이긴 하지만 제게는 구원자의 이름처럼 들립니다. 기꺼이 날아갈 듯 당신들을 따라가지요 … 다만 이 베일로 얼굴을 가리는 것만은 허락해 주세요."

그들은 천천히 엄숙하게 계단을 내려갔고, 기다란 회랑을 가로질러 끝에 있는 한 쌍의 접이문을 열고는 기사단장이 임시로 재판장을 설치한 커다란 연회장으로 들어갔다.

이 넓은 방의 아래쪽은 시종들과 향사들로 가득 차 있었다. 레베카는 지부장과 몽 피셰의 뒤를 따라, 그 뒤에는 미늘 창을 든 간수를 대동하고 그 많은 사람들을 적잖이 어렵게 헤쳐가며 자기에게 지정된 자리로 나아갔다. 그렇게 팔짱을 끼고 머리를 숙인 채 군중 사이를 뚫고 지나가는데 갑자기 종이 한 장이 그녀의 손에 쥐어졌다. 레베카는 거의 무의식적으로 종이를 받아들었으나 그 내용은 보지도 않은 채 그냥 움켜쥐고 있었다. 이 무서운 군중 속에 누군지 몰라도 자기편이 있다는 확신에 주위를 돌아보고 자기가 누구의 앞으로 끌려온 것인지 알아볼 용기가 생겼다. 그래서, 우리가 다음 장에서 묘사하려고 하는 광경을 응시하게 되었다.

37장

규율을 성심껏 지키는 사람에게 인간의 불행을
인간의 마음이 탄식하도록 내버려 두는 것은 가혹한 처사.
솔직하고 악의 없는 환락이 사람의 마음을 끄는 그 농간에
웃음을 금하는 규율은 가혹한 것.
그러나 폭군이 권력의 철퇴를 높이 휘두르며
그것을 신의 권능이라 부를 때 그 규율은 더욱 가혹하다네.

「중세 시대」(*The Middle Ages*)(스콧)

결 백하고 불행한 레베카를 재판하기 위해 세워진 법정은 커다란 연회장의 높은 쪽 끝의 상단, 즉 높은 부분에 자리하고 있었다. 그 상단이라고 하는 것은, 이미 묘사한 바 있듯이 옛 저택의 거주자 가운데 웃어른이나 귀빈들이 앉게 되어 있는 영예로운 자리였다.

피고 바로 앞의 높은 자리에는 성전 기사단장이 길고 넓게 흘러내리는 하얀 법복을 걸치고 손에는 기사단의 상징이 들어있는 권홀을 들고 앉아 있었다. 그의 발치에는 탁자가 하나 놓여 있었는데, 그날의 의사록을 정식 기록으로 정리하는 것이 임무인 기사단의 군종 사제인 두 서기가 차지하고 있었다. 이 성직자들의 검은 법복, 정수리 부분의 빡빡 민머리, 점잖은 모습은 지부에 상주하거나 기사단장을 수행하여 와서 그곳에 참석한 기사들의 호전적인 외모와는 강한 대조를 보였다. 지부장은 모두 네 사람이 참석해 있었는데, 기사단장의 자리보다 약간 낮고 뒤로 물러선 곳에 자리를 잡고 있었다. 기사단에서 지부장 지위에 아직 올라와 있지 못한 기사들은 그보다 한층 낮고, 기사단장과 지부장의 거리만큼 지부장의 자리로부터 떨어져 있는 긴 의자에 앉아 있었다. 그들 뒤이긴 하지만, 여전히 상단, 즉 연회장의 높은 부분에 속해 있는 곳에서는 좀 질이 떨어지는 흰옷을 걸친 기사단의 시종들이 서 있었다.

이 집회는 심각하게 엄숙한 분위기를 띠고 있었다. 기사들의 얼굴에는 기사단장의 면전에 있는 모든 사람의 표정에 반드시 드러나는 성직자에게 어울리는 근엄한 태도와 더불어 전사로서의 용기의 흔적이 나타나 있었다.

연회장의 나머지 낮은 부분은 미늘창을 손에 든 간수들과, 기사단장과 유대 마녀를 동시에 보려고 호기심에서 그곳으로 모여든 다른 참석자들로 가득 차 있었다. 그런데 이 하급자들은 거의 대부분 어느 지위로 보나 기사단과 관련이 있는 사람들이었고, 그에 따라 검은 옷으로 다른 사람들과 구별이 되었다. 하지만 인근 고장에서 온 농부들도 입장이 거부되지는 않았다. 자기가 주재하는 재판의 교훈적인 광경을 될 수 있는 한 널리 공개하는 것이 보마누아르의 자랑거리였기 때문이다.

그곳에 모인 사람들을 둘러보는 동안 그의 커다란 푸른 눈은 한층 더 커진 것 같았고, 얼굴은 자기가 이제부터 수행하려는 역할의 위엄을 의식하고 그 가치를 상상함으로써 의기양양한 것 같았다. 노령에도 불구하고 힘을 잃지 않은 굵고 낮으면서도 부드럽고 아름다운 음성으로 보마누아르 자신도 함께 부른 찬송가로 그날의 재판이 시작되었다. 현세의 적과 교전을 벌이기 전에 성전 기사들이 자주 불렀던 베니테 엑술테무스 도미노(오 와서, 주님을 찬양하라)의 장중한 가락이 어둠의 힘에서 거둘 다가올 승리를 시작하기에는 적합하다고 루카스는 판단했다. 연합하여 합창 성가를 부르는데 익숙했던 백 명의 남성의 음성이 자아내는 장중하면서도 길게 끌리는 음조는 연회장의 둥근 천장 위로 솟아올랐다가 큰 강물이 굽이쳐 흘러가듯 유쾌하면서도 장엄한 여운을 남기며 천장 아치 사이로 울려퍼졌다.

노래가 그치자, 기사단장은 천천히 군중을 훑어보고는 지부장들 가운데 한 사람의 자리가 비어 있는 것을 알았다. 그 자리에 앉아 있었던 브리앙 드 봐 길베르는 어느새 자리를 떠나 지금은 성전 기사들이 차지하고 있는 기다란 의자 가운데 제일 구석 가까이 서 있었다. 한 손으로는 어느 정도 얼굴이 가려지도록 긴 외투를 펼치고, 다른 한 손으로는 십자형 자루칼을 쥐고 칼집에 꽂은 채 그 끝으로 떡갈나무 바닥에 천천히 선을 긋고 있었다.

기사단장은 그 모습을 동정의 눈길로 흘깃 바라보고 나서 말했다.

"불쌍한 자! 이 거룩한 과업이 그를 얼마나 괴롭히고 있는지 자네도 알겠지, 콘라드. 계집의 하찮은 외모도 이 세상의 악마의 힘을 빌어 용맹하고 훌륭한 기사를 이러한 궁지에 몰아넣을 수 있다고! 브리앙이 차마 우리를 볼 수 없다는 것을 알겠지. 저 여자도 쳐다볼 수 없나보군. 자기를 괴롭히고 있는 것으로부터 어떤 자극을 받아 그의 손이 마룻바닥에 저런 괴상한 선을 그리고 있는 건지 누가 알겠는가? 어쩌면 저렇게 노리고 있는 것이 내 목숨과 안전일지도 모르지만, 나는 저 더러운 적에게 침을 뱉고 무시하겠네. 셈페르 레오 페르쿠티아투르(항상 사자를 타도할지어다)!"

이는 그의 심복인 콘라드 몽 피셰에게만 별도로 털어놓은 말이었다. 기사단장은 목청을 높여 회중에게 인사를 하였다.

"경애하는 용감한 제군들! 기사들, 지부장들, 이 성전 기사단의 훈작사들, 내 형제이자 자식과 같은 단원들이여! 또한 이 성스러운 십자가를 몸에 달고 싶어하는 명문의 경건한 시종들이여! 모든 계급의 그리스도교 형제들이여! 이 집회를 개최하게 된 것은 힘이 부족해서가 아니라는 점을 알아 주기 바라오. 내가 아무리 부족하다고 해도 내게는 이 권홀로 우리 거룩한 기사단의 번영에 관한 모든 일을 재판하고 심문할 수 있는 전권이 맡겨져 있기 때문이오.

거룩한 성 베르나르께서는 우리 기사단의 규정 가운데 59장에서 기사단장의 의지와 명령에 의하지 않고는 형제들을 회의에 소집해서는 안 된다고 말씀하셨소. 성전 기사단의 전부 또는 일부로 이루어진 총회를 소집할 근거는 물론 시간과 장소를 판단할 자유를 이 직책을 먼저 맡으셨던 훨씬 훌륭한 교부들과 내게 허락하셨소. 또한, 이러한 총회에서는 형제들의 조언을 듣고 내 뜻에 따라 진행시키는 것이 내 의무이기도 하오. 미쳐 날뛰는 늑대가 양떼를 습격하여 그 가운데 한 마리를 잡아갔다면 사자를 항상 타도해야 한다는 우리의 잘 알려진 규정에 따라 활과 투석기로 그 침략자를 진압하는 것이 친절한 목자의 의무일 것이오. 그래서 나는 요크의 아이작의 딸인 레베카라는 유대 여인을 이렇게 소환한 것이오. 이 여인은 온갖 마법과 마술로 악명이 높은 여자로서 그 마법을 이용하여 상놈이 아니라 기사를, 그것도 속세의 기사가 아닌 성전 기사단에 헌신하기로 한 사람을, 더욱이 훈작사가 아니라 명예로 보나 지위로 보나 으뜸인 지부장의 혈기를 들끓게 만들고 혼을 빼 놓았소.

우리의 형제인 브리앙 드 봐 길베르는 진실하고 열성적인 십자군사로서 성지에서 많은 무훈을 세웠다는 것과 성지를 더럽힌 이교도들의 피로 그 더러움을 깨끗이 씻어냈다는 것은 나 자신과 지금 내 말을 듣고 있는 제군들도 잘 알고 있는 사실이오. 또한 우리 형제의 현명함과 신중함은 그의 용맹과 수양 못지않게 좋은 평판을 얻고 있소. 그러므로 동서 양국의 기사들은 하늘의 뜻으로 내가 이 권홀을 드는 수고를 면하게 될 때에 드 봐 길베르를 이 권홀을 받아들 후계자로 지명해도 좋을 것이라고 거론하고 있을 정도요.

만일 이렇게까지 존경을 받고 그토록 존경할 만한 사람이 갑자기 자기의 인격, 맹세, 동지, 장래성을 모두 버리고 한 유대 처녀와 사귀어 음탕한 밀회를 즐기며 외딴 곳을 전전하고, 자기 몸보다도 여인의 몸을 먼저 보호하다가 결국에는 그 여인을 우리 지부로까지 데리고 올 정도로 어리석음에 완전히 눈이 멀고 넋이 나갔다면 이 고귀한 기사가 어느 악마에게 홀렸거나 어떤 사악한 주문에 걸렸다고밖에 말할 수 없지 않겠소? 만일 다르게 생각하여 지위, 용맹, 높은 평판, 혹은 그 어떤 이유도 생각하지 않는다면, 아우페르테 말룸 엑스 보비스(사악함을 멀리하라)라는 성경 말씀에 따라 악이 제거되도록 그를 징벌하는 것만은 예방해야 하오. 이 통탄할 만한 사건에는 거룩한 기사단의 규칙에 위배되는 극악한 행위들이 여럿 있기 때문이오.

첫째로, 누구든 자기의 의지나 희망에 따라 걸어서는 안 된다는 33장의 조항을 어기고 자기 마음대로 돌아다녔소. 둘째로, 파문된 사람과 어울려서는 안 된다는 57장의 조항을 어기고 파문된 사람과 어울렸으니 영원한 저주를 면할 길 없는 운명이 되었소. 셋째로, 알지 못하는 여인과 이야기를 나누어서는 안 된다는 조항을 어기고 모르는 여인들과 대화를 했소. 넷째로, 여자의 입맞춤을 피하지 않았소. 아니 오히려 자기 쪽에서 여인들의 입맞춤을 요구했다고 염려되오. 유명한 우리 기사단의 마지막 조항은 입맞춤을 피해야 한다고 말하고 있는데, 이로 인해 십자군사들은 함정에 빠지게 되는 것이오. 이처럼 가증스러운 여러 죄에 의하여 브리앙 드 봐 길베르는 우리 기사단의 바른 손과 바른 눈이라고 하더라도 끊어내어 추방되어야만 하오."

기사단장은 여기서 잠시 말을 끊었다. 회중들 사이에서는 낮게 웅성거리는 소리가 퍼졌다. 입맞춤 금지에 관한 법규에서는 빙그레 미소를 지었던 젊은 축의 일부도 이제는 아주 정색을 하고 기사단장이 다음에는 무엇을 제안할지 열심히 기다리고 있었다.

"이렇게 중대한 점에서 기사단의 규정을 제멋대로 어긴 성전 기사에 대한 징계는 참으로 클 수밖에 없소. 그러나 만일 이 기사가 처녀의 아름다움에 너무 경솔하게 눈길을 주었기 때문에 악마가 마법과 주문으로 그를 사로잡은 것이라면 우리는 그의 타락을 징벌하기보다는 오히려 탄식해야 할 것이오. 그리고 그에게는 오로지 죄악으로부터 자기를 정화할 수 있는 그러한 참회를 부과하고, 우리의 분노의 모든 날카로움은 그를 거의 완전히 타락시키고 만 그 저주스러운 도구로 돌려야 할 것이오 … 그러니 이 불행한 소행을 목격한 사람들은 앞으로 나와서 증언하시오. 그리하면 나는 그 증언들로부터 이 사건의 개요와 정세를 파악할 수 있을 거요. 그래서 우리의 재판이 이 이교도 여인의 처벌만으로 만족해도 되는지, 아니면 피를 흘리는 심정으로 우리 형제까지 처벌하는 방향으로 나아가야 할지 판단할 수 있을 것이오."

봐 길베르가 불길에 휩싸인 성에서 레베카를 구하려고 애쓰면서 몸소 겪은 위험과 그녀의 안전을 돌보느라 자기 몸의 방어는 소홀히 했던 점을 입증하기 위해 몇몇 증인들이 호출되었다. 증인들은 무엇이든 이상한 사건에 몹시 흥분되는 통속적인 사람들에게 흔한 과장된 표현으로 그 일을 자세히 설명하였고, 놀라운 것을 좋아하는 기질은 자기들의 증언이 기사단장과 같은 훌륭한 인물의 참고가 되어 주는 것 같다는 만족감으로 더욱 커졌다.

그래서 봐 길베르가 극복한 위험들은 그 자체만으로도 충분히 큰 것이긴 했지만 그들의 증언으로 인해 한층 더 기괴한 것이 되고 말았다. 길베르가 레베카를 보호하는데 쏟은 정성은 분별력의 범위를 벗어났을 뿐 아니라 기사도적인 열성의 가장 광란적인 범위까지도 벗어난 것으로 과장되었다. 그리고 레베카의 말이 자주 매정하고 비난하는 어조였음에도 불구하고 그녀의 말에 길베르가 보인 복종은 그토록 거만한 기질의 사람에게는 너무 도가 지나쳐 거의 불가사의한 것처럼 보였다는 식으로 묘사되었다.

그 다음에는 봐 길베르와 유대 처녀가 지부에 도착했을 때의 태도를 증언하도록 템플스토 지부장이 호출되었다. 말부아상의 증언은 교묘하게 신중했다. 그러나 겉으로는 봐 길베르의 감정을 상하지 않도록 애쓰면서도, 그가 함께 데려온 처녀에게 일시적인 정신이상을 겪고 있을 정도로 홀딱 빠져 있는 것으로 추측했다는 듯한 암시를 가끔씩 끼워 넣었다. 지부장은 참회의 한숨을 내쉬며 레베카와 그 연인을 지부 구내로 들인 것을 뉘우치고 있다고 솔직히 인정하고는 말을 끝맺었다.

"그러나 저의 변명은 우리의 가장 존경하는 기사단장님께 이미 고해한 가운데 말씀 드렸습니다. 기사단장님은 비록 저의 행위는 불법이었을지 모르나 그 동기가 나쁘지 않았다는 것은 알고 계십니다. 저는 단장님께서 제게 명하시는 어떠한 속죄를 위한 고행이라도 기꺼이 복종할 것입니다."

그러자 보마누아르가 만족스러운 듯이 대답했다.

"말 잘 하였소, 알베르 형제. 죄를 범하고 있는 저 형제의 어리석은 짓을 도중에 막는 것이 옳은 일이라고 판단했으므로 그대의 동기는 좋았소. 그러나 행동은 잘못된 것이었소. 고삐 대신 등자를 잡음으로써 달아나는 말을 세우려고 하는 자는 목적을 달성하기는커녕 오히려 자기가 부상을 입게 될 테니 말이오. 우리의 경건한 창설자는 아침 기도로 열세 번의 주기도문을, 저녁 기도로는 아홉 번을 명하셨소. 이 기도를 그대는 두 배로 늘리시오. 그리고 성전 기사들은 일주일에 세 번씩 육식이 허용되어 있소. 그러나 그대는 일주일 내내 금육하도록 하오. 이 두 가지를 앞으로 6주 동안 계속하오, 그러면 그대의 보속이 이루어질 것이오."

깊이 복종하는 듯한 위선적 표정을 지으며 템플스토 지부장은 상사 앞에서 땅에 닿을 정도로 절을 하고는 자기 자리로 돌아갔다.

기사단장이 이번에는 회중을 향해 말하였다.

"형제들이여, 이 여인이 특히 마법과 주문을 쓸 만한 사람인지 아닌지 알아내기 위하여 이 여인의 이전의 생활과 언행에 대해 조사해 보는 것이 좋지 않을까 생각하는 바요. 그 이유는, 내 귀에 들려온 사실에 의하면 이 불행한 사태에서 죄를 범하고 있는 우리의 형제는 어떠한 악마의 유혹과 망상에 의해 그렇게 행동한 것이라고 생각되기 때문이오."

그런데 그곳에 참석해 있던 네 번째 지부장은 굿달리크(Goodalricke)의 허먼(Herman)이었다. 다른 세 사람은 콘라드, 말부아상, 봐 길베르 자신이었다. 허먼은 이슬람 교도의 군도로 입은 상처의 흉터로 얼굴이 두드러진 옛 전사였으며, 같은 수도사들 사이에서 높은 지위와 존경을 얻고 있는 인물이었다. 그런 허먼이 자리에서 일어나 기사단장에게 고개를 숙여 절을 하자 기사단장은 즉시 그에게 발언의 자유를 허락하였다.

"존경하는 단장님, 저희의 용맹한 형제인 브리앙 드 봐 길베르에 대해 알고 싶은 것이 있습니다. 그가 이 놀랄 만한 고발에 대해 뭐라고 할는지, 그리고 이 유대 처녀와의 불행한 관계를 그 자신은 어떻게 생각하고 있는지 알고 싶습니다."

그러자 기사단장이 명령했다.

"브리앙 드 봐 길베르, 굿달리크 형제가 그대의 대답을 듣고 싶다고 하는 물음을 들었는가. 그에게 대답하기를 명하노라."

봐 길베르는 기사단장이 이렇게 말을 건넸을 때 얼굴을 그쪽으로 돌리기만 했을 뿐 잠자코 있었다.

"저자는 벙어리 악마에게 홀린 모양이다. 물러가라, 사탄아! 말하게, 브리앙 드 봐 길베르, 우리의 성스러운 기사단의 표상으로 명하노니."

봐 길베르는 치받쳐 오르는 경멸과 분노를 억누르느라 애썼다. 그것을 얼굴에 나타냈다가는 자기에게 이로울 것이 없다는 사실을 잘 알고 있었기 때문이다. 그래서 그런 감정을 얼른 감추고는 대답했다.

"존경하는 단장님, 브리앙 드 봐 길베르는 그처럼 얼토당토 않고 모호한 비난에 대해서는 대답하지 않겠습니다. 만일 제 명예를 문제삼는다면 저는 온몸으로, 그리고 그리스도교 세계를 위해 싸웠던 그 칼로 제 명예를 지킬 것입니다."

"그대를 용서하네, 브리앙 형제. 그대가 내 앞에서 전쟁의 공로를 자랑하는 것은 그대 자신의 행위를 칭찬하는 것으로서, 우리를 유혹하여 자기의 명예를 칭찬하게 만드는 악마의 소행이오. 그러나 그대가 내뱉는 그 따위 말은 그대 자신의 생각보다는 우리가 하느님의 허락으로 우리 회중에서 억눌러 쫓아내어야 할 악마의 충동에서 나온 것으로 판단하기 때문에 그대를 용서해 주노라."

봐 길베르의 검고 사나운 눈에서 경멸의 기색이 번득였지만 그는 더 이상 아무런 대꾸도 하지 않았다. 그리고 기사단장은 다시 말을 이었다.

"그리고 이제 굿달리크 형제의 물음에 대한 대답이 이렇게 불충분하므로, 형제들이여, 나는 심문을 계속하고, 우리 수호신의 도움으로 이 죄악의 비밀을 끝까지 파헤칠 것이오 … 이 유대 처녀의 생활 및 언행에 대해 증언할 것이 있는 사람은 내 앞으로 나오라."

그때 연회장 아랫부분에서 소란이 일어났고, 기사단장이 그 이유를 물으니 이 죄수가 이상한 진통제로 사지를 완전히 다시 쓸 수 있게 고쳐준 반신 불수였던 남자가 군중 속에 있다는 것이 그 대답이었다.

혈통이 색슨 인인 이 불쌍한 농부는 유대 처녀의 치료를 받아 중풍을 고쳤다는 죄로 인해 받게 될지 모르는 가혹한 처사를 두려워하며 법정으로 끌려 나왔다. 목발을 짚고 증언을 하러 앞으로 나온 것으로 보아 농부는 아직 완전히 낫지는 않은 것 같았다. 그의 증언은 매우 내키지 않는 것으로서 눈물까지 흘렸다. 그러나 농부는 2년 전 요크에 살고 있을 때, 부자인 아이작을 위하여 가구장이 일을 하다가 갑자기 심한 병에 걸린 적이 있었으며, 자리에서 꼼짝도 못하고 누워 있을 때 레베카가 사용한 치료법과 특히 몸을 덥게 하는 향긋한 진통제 덕택에 어느 정도 사지를 쓸 수 있게 되었다는 사실을 시인했다. 그의 말로는, 더욱이 레베카가 그 귀중한 진통제 한 병뿐 아니라 템플스토 부근의 자기 아버지의 집으로 돌아오는 여비까지 주었다고 했다.

"황송합니다만, 저 처녀가 불행히도 유대인이기는 하지만 제게 해를 끼쳤다고는 생각할 수 없습니다. 그 까닭은, 저 처녀의 치료를 받으면서 주기도문과 사도 신경을 외우고는 있었지만 치료의 효과가 줄어들지는 않았으니까요."

"닥쳐, 이 종놈아! 썩 꺼지거라! 네 놈처럼 짐승 같은 놈들은 지옥의 치료법의 놀림감이 되거나 못된 종족을 위해 일하는 편이 더 어울릴 것이다. 잘 들거라, 악마는 그 악마의 치료법을 믿게 하려고 병을 없앨 목적에서 일부러 병을 줄 수도 있는 법이다. 네 놈은 방금 말한 그 연고를 갖고 있느냐?"

농부는 떨리는 손으로 가슴섶을 뒤져 조그만 상자 하나를 꺼내었다. 상자 뚜껑에는 뭐라고 유대 글자가 쓰여 있었는데, 대부분의 방청객들에게는 그것이 악마가 연고를 만들었다는 확실한 증거였다. 보마누아르는 성호를 긋고 나서, 그 상자를 집어 들었다. 그리고 대부분의 동방어에 능통했으므로, 뚜껑 위에 쓰여 있던 문구를 술술 읽었다.

'유다 종족의 사자가 이겼도다.'

그 문구를 보고는 보마누아르가 말했다.

"성경을 불경스러운 말로 바꿀 수 있는 사탄의 기묘한 힘은 우리의 필요한 양식에 독을 섞는구나! 이 괴상한 연고의 성분을 우리에게 설명해 줄 수 있는 의사는 없는가?"

한 사람은 수도사이고, 다른 한 사람은 이발사인 두 사람이 자칭 의사라고 주장하며 나타나, 그 연고가 동방의 약초로 생각되는 몰약과 좀약의 냄새가 난다는 점을 제외하고는 그 재료에 대해서 아무것도 알 수 없다고 증언하였다. 그러나 의술이 뛰어난 성공한 경쟁자에 대한 순수한 직업적 증오심에서, 자기들은 마법사가 아니지만 그리스도교의 훌륭한 신앙으로 행해질 수 있는 범위 내에서 의술의 모든 분과를 충분히 알고 있으므로 자기들이 모르는 이상 그 약은 불법적인 마법의 약물로 조제된 것이 분명하다고 넌지시 비쳤다. 이렇게 약에 대한 조사가 끝나자, 색슨 농부는 자기에게는 매우 잘 듣는 그 약을 돌려달라고 공손히 청하였다. 그러나 기사단장은 그 부탁에 심하게 눈살을 찌푸리며 절름발이 농부에게 물었다.

"너의 이름이 무엇이냐?"

"스넬의 아들 히그라고 합니다."

"스넬의 아들 히그, 내 너에게 이르나니, 일어나 걸어다니려고 이교도의 약의 효능을 받아들이느니 차라리 침상에 누워 있는 편이 낫다. 이교도들로부터 자선의 선물을 받거나 급료를 받고 일을 해 주느니 완력으로 그들의 재물을 빼앗는 편이 낫다. 물러가라, 그리고 내가 말한 대로 하거라."

그러자 농부가 재빨리 대꾸했다.

"아아! 황송하옵니다만, 모처럼 내려주신 교훈이지만 소인에게는 너무 늦었습니다. 저는 불구자에 불과하니까요. 하지만 부유한 유대 랍비 나단 벤 사무엘을 섬기고 있는 제 두 형제에게 그를 충성스럽게 섬기느니 그의 재물을 강탈하는 것이 더 정당한 일이라고 나리께서 말씀하시더라고 전해 주겠습니다."

"저 무엄하게 지껄이는 놈을 쫓아내거라!"

자기가 말한 일반적인 금언을 이렇게 실제로 적용한 것에 대해 반박할 준비가 되어 있지 않던 보마누아르는 그렇게 소리지를 수밖에 없었다.

스넬의 아들 히그는 군중 속으로 물러났지만 은인의 운명이 마음에 걸렸으므로, 공포감에 심장이 다 오그라들 것만 같은 그 무서운 재판관의 찌푸린 얼굴과 다시 마주치는 위험을 무릅쓰고서라도 레베카에 대한 판결을 알 때까지 법정을 떠나지 못하고 남아 있었다.

심문이 이 단계까지 이르렀을 때, 기사단장은 레베카에게 베일을 벗으라고 명령했다. 처음으로 입을 연 레베카는 참을성 있게, 그러면서도 위엄 있게 대답하였다.

"낯선 사람들이 모인 곳에 혼자 있을 때에는 얼굴을 드러내지 않는 것이 저희 종족 처녀들의 관습이랍니다."

레베카의 음성의 감미로운 어조와 대답의 부드러움은 방청객들에게 연민과 동정심을 자아내었다. 그러나, 자기의 의무라고 생각한 것을 방해하는 인간의 감정은 모조리 억누르는 것이 그 자체로 미덕이라고 생각하던 보마누아르는 레베카에게 베일을 벗으라는 명령을 반복하였다. 그에 따라 보초들이 베일을 벗기려고 하자 레베카는 기사단장 앞에 우뚝 서서 말하였다.

"아닙니다. 하지만 당신의 딸에 대한 사랑으로, 아 … "

여기서 레베카는 말을 끊고 진정한 다음 다시 이어서 말했다.

"당신께는 딸이 없으시겠군요! … 그렇더라도 어머님을 기억하신다면, 자매를 사랑하신다면, 여성의 체면을 생각하신다면, 당신의 면전에서 저를 이렇게 취급하지는 말아 주십시오. 이런 난폭한 하인들에 의해 벗겨지는 것은 처녀에게 어울리는 일이 아닙니다. 제 스스로 당신 뜻에 복종하겠습니다."

레베카는 슬픔이 역력한 음성으로 덧붙였는데, 그 목소리에 하마터면 보마누아르의 마음까지 누그러질 뻔했다.

"당신은 백성들의 웃어른이십니다. 당신의 명령에 따라 이 불운한 소녀의 얼굴을 보여 드리겠습니다."

레베카는 베일을 걷었고, 수줍음과 위엄이 한데 섞인 표정으로 사람들을 바라보았다. 그녀의 뛰어난 미모는 경악의 속삭임을 불러 일으켰고, 젊은 기사들은 브리앙의 최선의 변명은 레베카의 날조된 마법보다는 실질적인 매력의 힘에 있다고 눈짓으로 조용히 의견을 교환했다. 그러나, 은인의 얼굴을 보고 깊은 인상을 느낀 사람은 바로 스넬의 아들 히그였다. 그래서 연회장 입구의 파수병에게 간청하였다.

"가게 해 주시오! 저 처녀를 다시 한 번 보았다간 죽을 것만 같아요. 그녀를 죽이는 데 나도 한몫 했으니까요."

히그의 절규를 듣자 레베카가 대답했다.

"걱정 마세요, 불쌍한 양반. 사실을 말하였다고 해서 제게 아무런 해도 끼치지 않았으니까요 … 그러니 불평을 하거나 탄식을 한다고 해서 저를 도울 수는 없을 것입니다. 그러니 안심하세요 … 집으로 돌아가 당신 자신이나 구하세요."

히그는 파수병들의 동정으로 밖으로 내보내질 판이었다. 파수병들은 히그가 너무도 시끄럽게 탄식을 하는 바람에 그가 처벌을 받고 자기들에게도 질책이 떨어지지 않을까 염려했기 때문이었다. 그러나 히그는 조용히 있겠다고 약속했으므로 남아 있어도 좋다는 허락을 받았다. 이번에는 알베르 말부아상이 그 증언의 중요성을 기필코 주지시켰던 두 명의 병사들이 불려 나왔다. 두 사람 다 무정하고 완고한 악당이었지만 레베카의 뛰어난 미모와 실물을 직접 보자 처음에는 마음이 흔들리는 것 같았다. 그러나 템플스토 지부장으로부터 의미심장한 눈길을 받자 원래의 완고한 침착함을 되찾아, 좀 더 공평한 재판관이라면 의심스럽게 생각했을 정도로 정확하게 진술하기 시작했다. 그것은 전적으로 거짓이거나 하찮은 정황으로서, 그 자체로 보면 당연한 것이었으나, 그들이 말하는 과장된 어투와 증언으로 사실에 덧붙인 곡해로 인해 혐의가 가득한 것이 되고 말았다.

현대에는 그 증언의 정황들이 전혀 다른 두 종류로 나뉘어졌을 것이다. 전혀 중요하지 않은 하찮은 부류와 실제로 또 자연 법칙상 전혀 불가능한 부류로 말이다. 그러나 무지와 미신이 판을 치던 그 시대에는 두 부류의 그 정황들이 죄의 증거로 쉽사리 믿어졌다. 첫 번째 부류에 속하는 정황이 발표되었는데, 그 내용을 열거하면 다음과 같다. 레베카가 알 수 없는 말로 혼자 중얼거리는 소리를 들었다는 사실, 레베카가 가끔 생각난 듯이 부른 노래는 기묘하게 감미로운 곡조로서 듣는 사람의 귀를 웽웽 울리게 하고 가슴을 두근거리게 했다는 사실, 레베카가 가끔 혼잣말을 하며 하늘을 우러러보고 그 대답을 기다리는 것처럼 보였다는 사실, 그녀의 의복이 양가의 여인들과는 달리 그 형체가 기묘하고 이상하다는 사실, 레베카가 신비한 문양이 새겨진 반지를 끼고 있었으며, 베일에 이상한 글자들이 수 놓여 있다는 사실 등이었다.

그렇게 당연하고 그토록 하찮은 이 모든 정황들이 증거로서, 아니면 적어도 레베카가 악마의 힘과 불법적으로 소통했다는 강한 혐의를 주는 것으로서 진지하게 청취되었다.

그러나, 그보다 덜 모호한 증언도 있었는데, 속기 쉬운 회중은 아니 대부분의 사람들은 아무리 믿기 어렵다고 해도 그 즉시 증언을 곧이곧대로 받아들였다. 병사 한 사람은 레베카가 자기들과 함께 토퀼스톤 성으로 데려간 어느 부상자를 치료하는 현장을 목격했다고 증언했다. 그의 말에 따르면, 레베카는 환자에게 뭐라고 신호를 하고 어떤 신비로운 말을 되풀이하였다고 한다. 자기는 다행스럽게도 그 말이 무슨 뜻인지 몰랐는데, 어쨌든 그렇게 하자, 석궁의 네모난 쇠화살촉이 저절로 환자의 상처에서 빠지고, 출혈이 멎었으며 상처가 아물고, 죽어가던 사람이 15분도 안 되어 성벽 위로 걸어 와 자기가 투석기, 즉 돌을 던지는 기계를 조작하는 것을 거들었다고 했다. 이 이야기는 아마도 토퀼스톤 성에 있을 때 레베카가 부상당한 아이반호를 간호했던 사실에 근거한 것이었으리라. 그러나 자기의 증언을 입증하기 위한 실질적인 증거를 제시하려고 이 병사가 가죽 주머니에서 환자의 상처에서 기적적으로 뽑아냈다고 주장하는 문제의 그 화살촉을 꺼내놓자 이 증언의 정확성을 반박하는 것은 더욱 어려운 일이 되고 말았다. 그리고 그 활촉의 무게는 충분히 1온스가 나가 아무리 이상하다고 해도 병사의 말을 완전히 확증해 주었다.

그의 동료는 레베카가 탑 꼭대기에서 몸을 던지려던 순간에 그녀와 봐 길베르 사이에 벌어진 장면을 근처 흉벽에서 목격하였다. 이 작자 역시 동료에게 뒤질세라, 레베카가 작은 탑 위에 자리잡고 있다가 그곳에서 유백색의 백조로 변하여 그 형체로 토퀼스톤 성 주위를 세 번이나 돌고 나서 작은 탑에 내려앉아 다시 여자의 모습으로 돌아온 것을 보았다고 주장하였다.

이러한 중대한 증거의 절반도 안 되는 증거라면 비록 유대인이 아니라 하더라도 가난하고 못생긴 노파에게 유죄를 선고하기에 충분했을 것이다. 그런데 그 치명적인 정황들과 합해져 그 증언들은 아무리 뛰어난 미모를 겸비했다 하더라도 레베카의 젊음으로 유죄판결을 면하게 하기에는 너무 심각한 것들이었다.

기사단장은 사람들의 찬성의 뜻을 모은 뒤 이제 엄숙한 목소리로 자기가 막 발표하려는 유죄 판결에 대해 무슨 할 말이 있는지 물었다.

그러자 사랑스러운 레베카는 격렬한 감정으로 다소 떨리는 음성으로 대답했다.

"당신의 연민에 호소하는 것은 비열한 짓이라고 생각하는 만큼 헛된 일이라는 것을 알고 있습니다. 다른 종교를 믿는 환자나 부상자를 구하는 것이 우리 두 신앙의 하느님의 마음에 들지 않을 리 없다고 말하는 것 또한 아무 소용 없겠지요. 이 사람들이(하느님, 이들을 용서해 주소서!) 저에 대해 불리하게 말한 많은 것들이 도저히 불가능한 일이라고 항변한다 해도 당신이 그럴 수 있다고 믿는 한 제게 아무런 소용도 없을 것입니다. 제 복장과 언어와 풍습이 특이한 것은 저희 민족의 특성이라고 설명해도 역시 제게는 아무런 이득이 되지 않을 테죠 … 저는 거의 저의 조국에 대해 이야기했습니다, 하지만 아아! 저희에게는 조국이 없습니다.

또한 저기 서서 폭군을 희생자로 바꾸는 것 같은 거짓과 억측에 귀를 기울이고 있는 제 압제자에게 해를 끼치면서까지 저 자신의 결백함을 입증하지도 않겠습니다 … 저 사람과 저 사이에서는 하느님께서 재판관이 되어 주소서! 하지만 저 악마와 같은 사나이가 친구 하나 없이 무방비 상태의 포로인 제게 강요하는 그 청혼에 따르느니 차라리 재판관께서 쾌히 선고하실 그 죽음을 열 번이라도 달게 받겠습니다. 그러나, 저 사람은 당신과 같은 신앙인이니 저 사람의 가장 가벼운 확인이라도 이 불행한 유대 계집의 가장 진지한 항의보다 더욱 중시될 테죠. 그래서 제게 가해진 비난을 저 사람에게 돌리지는 않겠어요 … 하지만 저 사람 자신에게 … 네, 브리앙 드 봐 길베르, 당신에게 호소합니다. 이 모든 죄명이 무고는 아닌가요? 심한 만큼 터무니없고 중상 모략적인 것이 아닌가요?"

일순간 침묵이 흘렀다. 모든 사람들의 눈은 브리앙 드 봐 길베르에게 향했다. 그러나 그는 잠자코 있었다.

"말해 보셔요, 당신이 정말로 인간이라면 … 당신이 참된 그리스도인이라면 말해 보시라고요! … 당신이 입고 있는 사제복에 맹세코, 당신이 물려받은 이름에 맹세코 … 당신이 자랑하는 기사도에 맹세코 … 당신 어머니의 명예에 맹세코 … 당신 아버지의 묘와 유골에 맹세코 제가 당신에게 마법을 걸었는지 말해 보세요 … 제가 당신을 마법으로 홀렸던가요. 말해 보세요 이 모든 것이 사실인가요?"

그러자 기사단장이 끼어들었다.

"형제여, 이 여인에게 대답해 주게. 그대가 싸우고 있는 악마가 그대에게 힘을 줄 것이라면 대답해 보게."

사실, 봐 길베르는 가슴속에서 서로 싸우고 있는 감정들로 흥분된 것 같았는데, 그 감정들로 인해 얼굴은 거의 경련을 일으키고 있었다. 이윽고 레베카를 바라보며 억지로 내뱉는 목소리로 겨우 대답하였다.

"쪽지! … 쪽지!"

그러자 보마누아르가 말했다.

"옳지! 이것이야말로 훌륭한 증언이오! 이 여인의 마법의 희생자는 분명히 그 위에 자기의 침묵의 원인이 적혀 있을 주문인 그 치명적인 쪽지를 가리킬 수밖에 없는 거지."

그러나 레베카는 말하자면 봐 길베르의 입에서 억지로 떨어진 그 말을 다르게 해석하여 손에 계속하여 쥐고 있었던 그 양피지 쪽지에 흘긋 시선을 주었다. 쪽지에는 '전사를 요구하라!'라는 아라비아 글자가 쓰여 있었다. 봐 길베르의 그 이상한 대답에 방청객들이 뭐라고 서로 수군대고 있는 틈을 타서 레베카는 그 쪽지를 살펴보고는 사람들 눈에 들키지 않게 그 즉시 찢어 버렸다. 사람들의 웅성거림이 가라앉자 기사단장이 입을 열었다.

"레베카, 그대는 이 불행한 기사에게서 아무런 유리한 증언도 얻어낼 수 없다. 내가 잘 알다시피 이 기사에게 달라붙은 벙어리의 악마가 아직 너무 힘이 강하기 때문이다. 그 밖에 더 할 말이 있는가?"

"당신의 엄격한 법률에 의한다 하더라도 제게는 아직 살 수 있는 기회가 한 번 남아 있습니다. 제게는 삶이 힘들었습니다 … 적어도 요사이는 힘든 것이었습니다 … 하지만 하느님께서 목숨을 지킬 수단을 제게 주시는 동안에는 하느님의 선물을 내버리지 않겠습니다. 저는 이 비난을 부인합니다 … 제 결백을 주장하고 이 고발이 거짓이라고 단언합니다. 저는 결투에 의한 재판의 특권을 요구하여 저의 전사에 의하여 법정에 출두하겠습니다."

"그런데, 누가, 레베카, 마녀를 위하여 창을 든다는 것이지? 누가 유대 처녀의 대전사가 되겠냐고?"

"하느님이 제게 대전사를 일으켜 주실 것입니다 … 유쾌한 이 잉글랜드에

… 친절하고, 관대하고, 자유로운 잉글랜드에, 그토록 많은 분들이 명예를 위하여 목숨의 위험을 무릅쓸 준비가 되어 있는 이곳에 정의를 위하여 싸워주실 분이 한 분도 없을 리 없습니다. 하지만 설령 그런 분을 구하지 못한다 하더라도 결투에 의한 재판을 요구했다는 것만으로도 충분합니다 … 여기 제 도전의 담보물을 놓겠습니다."

레베카는 손에 끼고 있던 자수 장식의 장갑을 벗어 순진함과 위엄이 섞인 태도로 기사단장 앞으로 던졌는데, 그 태도에 모든 사람들이 놀라고 감탄하지 않을 수 없었다.

38장

··· 거기에 내 도전의 표시를 던진다,
무사의 기상을 마지막까지
그대에게 입증하기 위하여.

「리처드 2세」(*Richard II*)(셰익스피어)

심 지어 루카스 보마누아르 자신조차 레베카의 태도와 모습에 감동되었다. 보마누아르도 처음부터 무정하거나 엄격한 사람은 아니었다. 천성적으로 냉정하고 그릇되기는 했어도 의무감에 의한 열정으로 그동안 수행해온 금욕 생활과 자기가 누리고 있는 최고 권력과, 특히 자기에게 맡겨진 의무라고 생각하고 있던, 이교도를 정복하고 이단을 근절할 가상의 필요성에 의해 마음이 점차 굳어진 것이었다. 자기 앞에서, 친구 하나 없이 홀로 그토록 대단한 기백과 용기로 스스로를 변호하고 있는 아름다운 레베카를 보자 보마누아르의 얼굴도 평상시의 엄격함이 풀어졌다. 그런 경우에는 대부분 자기 칼의 강철에 유사할 정도로 단단했던 마음이 왜 그렇게 예사롭지 않게 부드러워졌는지 본인도 의아했으므로 보마누아르는 성호를 두 번 긋고는 마침내 입을 열었다.

"처녀여, 내가 그대에게 느끼는 연민이 그대가 사악한 술책으로 내게 건 작용으로 생긴 것이라면 그대의 죄는 한층 더 클지어다. 하지만, 이 연민은 오히려 그토록 아름다운 육신이 지옥에 떨어질 운명임을 탄식하는 자연스러운 인지상정이라고 생각한다. 회개하라, 내 딸아 … 그대의 마법을 자백하라 … 그대의 사악한 신앙을 버리고 … 이 성스러운 표상(십자가)을 받아들여라. 그렇게 하면 현세에서고 내세에서고 모든 일이 다 잘 될 것이다. 엄격한 교단의 어느 수녀회에서 기도와 적당한 속죄 고행을 할 시간을 갖게 되면 그 회개를 절대 후회할 일이 없을 것이다. 이렇게 내가 시키는 대로 하고 목숨을 구하거라 … 모세의 율법이 너를 위해서 무엇을 해 주었다고 그것을 위해 죽으려 하느냐?"

"그것은 저희 조상들의 율법이었습니다. 시나이 산상의 천둥과 폭풍우 속에서, 구름과 불길 속에서 받은 율법입니다. 당신이 그리스도인이라면 이것을 믿으시겠지요 … 이 모세의 율법이 철회되었다고 당신은 말씀하셨지만, 우리 스승들은 그렇게 가르치지 않았습니다."

"우리의 군종 신부를 불러 이 완고한 불신자에게 말하도록 … "

그러자 레베카가 얌전하게 말을 가로챘다.

"중간에 말씀을 끊는 것을 용서하십시오. 저는 그저 아무것도 모르는 처녀일 뿐입니다. 제 종교를 위하여 논쟁을 하기에는 미숙하지만, 만일 하느님의 뜻이라면 신앙을 위하여 죽을 수는 있습니다 … 제발 전사를 요구하는 제 간청에 대답해 주십시오."

"저 여인의 장갑을 이리 다오. 이것은 정말로."

보마누아르는 장갑의 얇은 감과 호리호리한 손가락 부분을 쳐다보며 말을 이었다.

"그토록 결사적인 결의에는 가냘프고도 연약한 도전의 담보물이로군! 알겠나, 레베카. 성전 기사단에 맞서는 그대의 소송은 우리의 무거운 강철 장갑에 대해 그대의 이 얇고 가벼운 장갑이 엄청난 차이가 있는 것과 같아. 그대가 도전한 것은 우리 교단 자체니까."

"제 결백을 저울에 달아 보세요, 그러면 비단 장갑이 철 장갑보다 무거울 것입니다."

"그렇다면 네 죄를 고백하기를 끝까지 거부하고 그 대담한 도전을 계속 주장할 텐가?"

"끝까지 주장합니다, 기사단장님."

"그렇다면 좋다, 신의 이름으로 받아들인다. 신께서 옳고 그름을 보여 주소서!"

"아멘."

기사단장 주위에 있던 지부장들이 대답했고, 회중도 찬성한다는 뜻을 장중하게 흉내내었다.

"형제들이여, 내가 차라리 이 여인에게 결투에 의한 재판의 은전을 베풀기를 거부하는 편이 좋았다는 것을 알 것이오 … 그러나 비록 유대인이고 불신자이긴 하지만 또한 이방인이고 자기를 지킬 힘이 없으니, 우리의 너그러운 법률의 은전을 요구하는 것을 거부하는 것은 신께서 금하신 일이오. 더욱이, 우리는 성직자인 동시에 기사이자 무사이므로 결투의 신청을 어떤 구실로든 거절하는 것은 우리에게 수치란 말이오. 이 처녀의 요구를 들어준 까닭은 그러하오. 요크의 아이작의 딸, 레베카는 여러 가지 상습적이고 의심스러운 정황에 의해, 우리 거룩한 교단의 고매한 기사에게 마법을 실행했다고 고발당하자 자기의 결백을 주장하는 결투를 요구한 것이오. 거룩한 형제들이여, 그 도전을 누구에게 넘겨주어 우리측 전사로 임명하면 좋을지 그대들의 의견은 어떠하오?"

그러자 굿달리크의 지부장이 대답했다.

"브리앙 드 봐 길베르에게 맡기시지요, 그가 이 사건에 가장 중요하게 관련되어 있으니까요. 더욱이 그는 이 사건에서 진상이 어떠한지 가장 잘 알고 있을 테니까요."

"그러나 만일 우리의 형제 브리앙이 마법이나 주문에 걸려 있다고 한다면 … 이는 노파심에서 하는 말인데, 우리 거룩한 교단에서 이만큼 혹은 이보다 더 중대한 명분을 맡길 수는 없기 때문이오."

그 말에 굿달리크가 자신 있게 대답했다.

"단장님, 신의 재판을 위해 싸우러 나가는 전사에게는 어떠한 주문도 침범할 수 없습니다."

"말 잘 하였소, 형제여. 알베르 말부아상, 이 결투의 도전을 브리앙 드 봐 길베르에게 주도록 하오. 그대에 대한 내 명령일세, 형제여."

기사단장은 봐 길베르를 향해 말을 계속 했다.

"훌륭한 대의가 승리를 거둔다는 것을 조금도 의심하지 말고 씩씩하게 싸우게 … 그리고 레베카, 잘 듣거라. 앞으로 사흘 안에 대전사를 찾을 것을 명하노라."

"하오나 너무 짧은 시간입니다. 더욱이 이교도 이방인인 제가 공인된 무사라 불리는 기사를 상대로 저의 명분을 위하여 자기 목숨과 명예를 걸고 싸울 사람을 찾기에는 시간이 턱없이 부족합니다."

"연기할 수는 없다. 결투는 내 앞에서 이루어져야 하며, 나는 사흘 후에는 중대한 다른 볼일이 있다."

"그렇다면 하늘의 뜻에 맡기겠습니다! 하느님을 믿어요, 하느님께는 찰나도 온 시대와 맞먹을 만큼 충분한 시간이니까요"(시편 90장 4절, '주님 앞에서는 천 년도 지나간 어제와 같고, 밤의 한 순간과도 같습니다').

"말 잘 했다, 하지만 나는 누가 빛의 천사로 가장할 수 있는지(고린도 후서 11장 14절, '사탄도 빛의 천사로 가장합니다'에서 인용) 잘 알고 있다. 다음은 결투하기에 알맞은 장소를 지정하는 일만 남았군. 그리고, 그렇게 된다면 또한 사형장도 … 이 교단의 지부장은 어디 있지?"

알베르 말부아상은 아직까지 레베카의 장갑을 손에 든 채 봐 길베르와 열심히, 그러나 낮은 목소리로 이야기를 나누고 있었다.

"아니 어찌된 것인가! 장갑을 받지 않겠다는 건가?"

"아니오, 받을 것입니다. 받았습니다. 존경하는 단장님."

말부아상은 장갑을 자기 외투 아래로 집어넣으며 황급히 대답했다.

"그리고 결투장으로 가장 적합한 곳은 이 지부에 속해 있으며 군사 훈련장으로 쓰이고 있는 성 조지 시합장이 가장 적당하다고 생각합니다."

"그게 좋겠군. 레베카, 그 시합장으로 너의 전사를 내보내야 한다. 만일 대전사를 구하지 못하거나 너의 전사가 신의 재판에 의해 지게 되면 너는 판결에 따라 마녀로 죽어야 한다. 우리의 이 재판을 기록하여 아무도 모르는 척하지 못하도록 크게 읽도록 하라."

이 총회에서 서기 역할을 했던 군종 사제들 가운데 한 사람이 이러한 경우에 엄숙하게 집회를 열었을 때 성전 기사들의 의사록이 적혀 있는 커다란 두루마리에 이상의 명령을 즉시 기록하였다. 그리고 그 사제가 기록을 끝내자, 다른 사제가 기사단장의 판결을 큰 소리로 읽었다. 그 판결은 노르만 프랑스어로 읽혀졌지만, 번역하면 다음과 같은 의미였다.

"유대인 요크의 아이작의 딸 레베카는 마법, 유혹 및 다른 저주받을 책략을 가장 거룩한 시온의 성전 기사단 기사에게 썼다는 혐의로 기소되었으나 본인은 이를 부인함. 금일 자기에 대하여 진술된 증언이 거짓이며 악의적이며 불성실한 것이라고 주장함. 또한 피고는 여성이라는 이유로 자기를 위하여 싸울 수 없다는 정당한 구실에, 자기 대신 싸워줄 전사에 의해 자기의 주장을 보증할 것을 신청하였음. 그리하여 그 대전사는 결투의 도전에 충분히 알맞은 무기로 피고의 위험과 희생을 각오하고 온갖 기사도의 방식으로 충실한 본분을 다하여야 함.

레베카는 자기의 도전의 담보물을 제시함. 그 도전의 담보물은 고귀한 귀족이자 시온의 거룩한 성전 기사단의 기사인 브리앙 드 봐 길베르에게 전달되었음. 피고인의 비행에 의해 명예를 훼손당하고 손상당했으므로 그는 교단과 자기 자신을 위하여 이 결투를 하도록 임명되었음. 그런 이유로, 가장 존경받는 사제이자 명망 있는 귀족인 보마누아르의 루카스 마르퀴스는 상기 도전과 항소인이 여성이라는 구실을 인정하여 상기 결투를 사흘 후로 지정하고 장소는 템플스토 지부 근처의 성 조지 시합장이라 불리는 구내로 정하였음.

기사단장은 피고에게 대전사를 그곳에 출장시킬 것을 명하며, 전사가 패배하면 피고는 마법과 유혹의 죄로 판결될 것임. 또한 대전사 역시 만일 출장하지 않을 경우 비겁한 것으로 간주되어 판결 받을 것을 각오하고 출장해야 함. 고귀한 귀족이자 가장 존경받는 사제인 기사단장은 그 결투가 자기 면전에서, 그리고 이런 경우에 훌륭하고도 유익한 모든 것에 따라서 시행될 것을 지정하였음. 하느님께서 이 정당한 소송을 도와주시길!"

"아멘!"

기사단장이 찬성의 뜻을 말하자 그 말은 주위에 있는 모든 사람에 의해 다시 반복되었다. 레베카는 아무런 말도 않고, 다만 두 손을 포개고 하늘을 우러러 보며 잠시 동안 꼼짝도 않고 있었다. 그리고는 자기의 신세를 알리고 가능하다면 자기를 위해 싸워줄 전사를 찾을 목적으로 지인과 자유롭게 연락할 수 있는 기회를 허락해 달라고 겸손하게 기사단장에게 상기시켰다.

"타당하고 정당한 요구다. 누구든 네가 믿을 만한 심부름꾼을 선택하거라, 그러면 네 감방에서 너와 자유롭게 이야기하도록 해 주겠다."

"여러분, 훌륭한 대의를 소중히 여기거나 후한 보수를 좋아하여 이 곤경에 처한 소녀의 심부름을 해 주실 분이 아무도 안 계십니까?"

그런데 모두 묵묵부답이었다. 유대교로 기울었다는 의심을 받을까봐, 기사단장의 면전에서 기소된 죄수의 편을 드는 것이 아무도 안전하다고 생각하지 않았기 때문이다. 동정심만으로는 말할 것도 없었고 심지어 후한 보수를 받으리라는 기대조차도 이 우려를 꺾을 수는 없었다.

레베카는 형언할 수 없는 불안 속에서 몇 분 동안 서 있다가 부르짖었다.

"정말 아무도 안 계십니까? 그래서 잉글랜드 땅에서, 최악의 범죄자에게도 거부되지 않을 자선 행위가 베풀어지지 않아 제게 남겨진 살아날 수 있는 그 실낱같은 기회마저도 빼앗겨야 한단 말입니까?"

결국 스넬의 아들 히그가 참다못해 대답했다.

"저는 절름발이 병신에 지나지 않습니다. 하지만 제가 이렇게 조금이나마 움직이고 거동할 수 있게 된 것은 다 저 처녀의 관대한 도움 덕분이었습니다 … 내가 당신의 심부름을 하겠어요."

히그는 레베카를 향해 말했다.

"병신 몸으로 할 수 있는 만큼은 하겠어요. 그리고 내 혀로 끼친 손해를 보상하기에 충분할 만큼 내 사지가 빨리 움직이면 좋을 텐데. 아아! 당신의 자선을 자랑하였을 때 당신을 위험에 빠뜨리리라고는 생각도 못했어요!"

"모든 것은 하느님 손에 달렸습니다. 심지어 가장 허약한 도구를 쓰셔서라도 유다의 포로를 돌려보내실 수 있으시죠. 하느님의 말씀을 실행하기 위해서는 달팽이도 독수리만큼 확실한 전령이 될 수 있답니다. 요크의 아이작을 찾으세요 … 여기 말과 사람에게 치를 돈이 있습니다 … 아이작에게 이 편지를 전해 주세요 … 제게 힘을 북돋워 주시는 분이 하느님인지 아닌지는 모르지만 저는 이러한 개죽음은 당하지 않을 것이므로 저를 위하여 대전사를 세워 주실 것으로 확신합니다. 잘 가세요! 당신이 얼마나 서두르느냐에 제 생사가 걸려 있습니다."

농부는 레베카의 편지를 받아들었다. 편지에는 유대어로 몇 줄이 적혀 있었다. 많은 군중들이 그렇게 의심스러운 문서에 손을 대지 말라고 말리려고 했지만 히그는 자기 은인을 위하여 봉사하기로 굳게 결심했다. 레베카가 자기 몸을 구해 주었으니 자기 영혼을 위태롭게 하지는 않을 것으로 확신한다고 했다.

히그는 법정을 나오며 중얼거렸다.

"내 이웃 부탄(Buthan)의 좋은 말을 빌려야겠다. 그러면 짧은 시간 안에 요크에 도착할 테지."

그러나 다행스럽게도, 그렇게 멀리 갈 필요도 없었다. 지부의 대문에서 4백 미터도 가기 전에 말 탄 두 사람을 만난 것이었다. 복장과 커다란 노란 모자로 보아 그들이 유대인이라는 것을 알 수 있었다. 더 가까이 다가가 보니, 그 가운데 한 사람은 자기의 전 고용주였던 요크의 아이작이었고 다른 한 사람은 랍비 벤 사무엘이었다. 두 사람은 기사단장이 마녀 재판을 위한 총회를 소집했다는 소식을 듣자 위험을 무릅쓰고 성전 기사단의 지부 가까이 접근한 것이었다.

"벤 사무엘 형제여, 마음이 불안해 죽겠는데 그 까닭을 모르겠군요. 이 마법의 혐의는 우리 종족에 대한 못된 악행을 덮기 위해 자주 쓰이는 것이잖습니까."

"마음 편히 가지시오, 형제여. 나자렛 인들은 불의의 재물에 마음을 뺏긴 놈들이니 당신은 그들을 다룰 수 있고, 그래서 놈들에게서 돈으로 특전을 살 수 있잖소. 저 사악한 자들의 포악한 마음을 지배하는 것은 돈에 대한 욕심이지요, 심지어 강대한 솔로몬의 옥쇄조차도 사악한 마귀를 지배한다는 말이 있지 않소. 하지만 저기 목발을 짚고 이쪽으로 오고 있는 사람은 누구지, 내게 뭔가 할 말이 있는 것 같은데? 이보게."

의사는 스넬의 아들 히그에게 말을 걸었다.

"내 의술의 도움을 자네에게 베풀기를 거절하진 않겠네. 하지만 대로에서 동냥을 구걸하는 사람에게는 단 한 푼도 주지 않겠네. 자네 꼴을 보게! 다리가 마비되었나? 그렇다면 손을 써서 살아갈 궁리를 해야지. 비록 빠른 우편 일이나, 조심스러운 목동일, 전투, 조급한 주인의 심부름에는 적합하지 않다 하더라도 다른 일이 있을 텐데 … 어째 이리 조용하시오, 형제여?"

랍비는 여기서 긴 열변을 끊고 아이작을 돌아보았지만, 그는 이미 히그가 전해 준 편지를 언뜻 보고는 깊은 신음을 토해내며 빈사 상태의 사람처럼 노새에서 떨어져 몇 분 동안 그대로 기절해 있었다.

깜짝 놀라 말에서 뛰어 내린 랍비는 황급히 자기 의술로 동료를 소생시키기 위한 처치를 했다. 심지어 주머니에서 사혈 기구까지 꺼내어 사혈을 하려고 하였다. 그때 갑자기 아이작이 깨어났다. 그러나 머리에서 모자를 벗고는 백발에 흙을 마구 뿌리는 것이었다. 의사는 이 갑작스럽고 격렬한 감정이 정신 착란의 결과라고 처음에는 생각하였다. 그래서 원래의 결심을 고수하여 다시 사혈 기구를 만지기 시작했다. 그러나 아이작은 곧 그가 잘못 생각했음을 깨닫게 해 주었다.

"내 슬픔의 자식아, 레베카 대신 베노니(내 슬픔의 자식이라는 뜻. 구약성서 창세기 35장 18절 참조)라고 부르는 것이 낫겠구나! 왜 너의 죽음은 내 백발을 무덤으로 데리고 가느냐, 결국 내 가슴의 비통에 못이겨 신을 저주하며 죽어가게 말이다!"

그러자 랍비가 깜짝 놀라 만류했다.

"형제여, 그대는 유대의 아비로서 어찌 이런 말을 내뱉는 거요? 그대의 자식이 아직 살아 있는 것으로 믿고 있는데?"

"아직 살아 있기는 있죠, 하지만 벨드사살이라 불린 다니엘과 같은 걸요, 그것도 사자 굴에 있을 때처럼 말이죠. 그 아이는 저 타락한 사람들에게 포로로 잡혀 있으니, 그들은 내 딸에게 잔인한 행위를 가하여 그 아이의 젊음도 아름다운 사랑도 용서치 않을 것 아닙니까. 아! 그 아이는 내 백발에는 푸른 종려나무 관과도 같답니다! 그런데 요나의 박처럼 하룻밤 새에 시들어 버리고 말 것입니다(요나서 4장 7절 참조)! 내 사랑하는 딸아! 내 노년의 자식이여! 오, 레베카, 레이첼의 딸아! 죽음의 그림자의 어둠이 너를 에워쌌구나."

"하지만 그 편지를 읽어보시오. 혹시 레베카를 구할 수 있는 방법을 찾아낼 지도 모르니까."

"당신이 읽어 보십시오, 형제여. 나는 눈물이 앞을 가려 못 보겠습니다."

의사가 그 편지를 읽기 시작했는데, 물론 자기들의 유대어로 읽었으나 내용은 다음과 같았다.

"그리스도인들이 요크의 아이작이라 부르는, 아도니캄의 아들 아이작에게, 몇 배의 평화와 약속의 축복이 아버님에게 내리길! 아버님, 저는 생각해본 적도 없는 일로 사형 선고를 받았습니다. 그것도 마법을 행했다는 죄로요. 아버님, 나자렛 인들의 관습에 따라 칼과 창으로, 그것도 지금부터 사흘째 되는 날에 템플스토의 시합장에서 제 주장을 위하여 싸워줄 강력한 사람을 찾을 수 있다면, 아마도 저희 선조들의 하느님께서 도와줄 사람 하나 없는 이 결백한 소녀를 보호해 주실 힘을 그 사람에게 줄 것입니다. 만일 그런 사람을 구할 수 없다면 우리 부족의 처녀들에게 저를 위하여 애도하라고 해 주세요. 사냥꾼에 의해 쓰러진 수사슴처럼, 풀 베는 사람의 낫에 잘린 꽃처럼 버림받은 사람이라고 말이지요. 그러니 아버님도 어떻게 하면 좋을지, 저를 구할 길이 있는지 알아봐 주세요. 나자렛 전사 한 사람 정도는 정말로 저를 위하여 무기를 들 수도 있을 것입니다. 적어도 이방인들이 아이반호라고 부르는, 세드릭의 아드님 윌프레드님만은요. 하지만 그분은 아직 갑옷의 무게를 견디지 못할지도 모릅니다. 아버님, 그렇더라도 그분에게 제 소식을 전해 주세요.

그분은 자기 민족의 강력한 사람들 사이에서 호의를 얻고 있는 데다, 저희가 감금되었을 때 함께 계셨으니까 저를 위해 싸워 줄 다른 누군가를 찾을 수도 있을 테니까요. 그러니 그분에게, 꼭 그분에게, 세드릭의 아들 윌프레드님에게 레베카는 살든 죽든 자기에게 혐의가 씌워진 죄로부터 완전히 자유로운 상태로 살든지 죽든지 하겠다고 전해 주세요. 만일 아버님이 당신 딸을 빼앗기는 것이 신의 뜻이라면 유혈과 잔인함이 넘치는 이 땅에서 한시라도 지체하지 마세요. 아버님은 비록 사라센인 보아브딜의 옥좌라 하더라도 어쨌든 옥좌의 그늘에서 안전하게 살고 있는 숙부님이 계신 코르도바로 가도록 하세요. 야곱의 종족에 대한 무어 인들의 학대가 잉글랜드의 나자렛 인들처럼 무자비하지는 않으니까요."

아이작은 벤 사무엘이 편지를 읽는 동안은 꽤 침착하게 듣고 있다가 다 읽고 나자 동방풍의 비탄의 몸짓과 절규를 시작하여 옷을 찢고 머리에 흙을 뿌리며 부르짖었다.

"내 딸아! 내 딸아! 내 살에서 나온 살아, 내 뼈에서 나온 뼈야!"

"그렇더라도 용기를 내시오. 이렇게 슬퍼해 봐야 아무런 도움도 안 될 테니까. 자, 기운을 차려 이 세드릭의 아들 윌프레드를 찾아보시오. 아마 그 사람이라면 조언을 해 주거나 힘이 되어 줄 수도 있을 거요. 그 청년은 나자렛 인들이 사자심 왕이라 부르는 리처드 왕의 총애를 받고 있소. 그리고 왕이 귀국했다는 소문이 계속 떠돌고 있소. 어쩌면 아이반호가 성전으로부터 그 불명예스러운 이름을 얻고 있는 이 냉혹한 놈들이 계획한 사악한 짓을 중단하라는 왕의 인장이 찍힌 편지를 얻어낼 수도 있을 거요."

"그분을 찾도록 하지요. 그는 훌륭한 청년인데다 야곱의 유랑을 동정하고 있으니까요. 그러나 갑옷을 입을 수 없을 텐데 어떤 다른 그리스도 교인이 시온의 박해받는 딸을 위하여 싸우려고 하겠습니까?"

"아니오, 천만에. 당신은 그리스도인들을 모르는 사람처럼 말하는구려. 황금으로 그들의 용맹을 살 수 있을 거요, 당신 자신의 안전을 샀던 것처럼 말이오. 자, 용기를 내어 아이반호의 윌프레드를 찾으러 출발하시오. 나도 또한 돕도록 하겠소. 이런 불행 속에 당신을 내버려 두는 것은 커다란 죄일 테니까. 나는 요크 읍내로 서둘러 가겠소. 그곳에는 전사들과 힘센 사람들이 많이 모여 있으니까 그들 가운데서 당신의 딸을 위하여 싸워줄 사람을 꼭 찾아내겠소. 그들에게는 황금이 곧 신이므로, 재물을 위해서는 자기의 땅뿐 아니라 목숨까지도 걸 테니 말이오. 형제여, 내가 그대의 이름으로 그들에게 하게 될지 모르는 약속들을 이행해 줄 테죠?"

"하다마다요, 형제여. 그리고 내 불행을 위로해 줄 사람을 보내 주신 하느님께 감사 드립니다. 하지만, 그들의 요구를 즉시 받아들이지는 마십시오. 되로 주고 말로 받는 것이 이 빌어먹을 족속의 특성이라는 것을 아시게 될 테니까요 … 그렇긴 하지만, 당신 좋을 대로 해 주세요. 저는 지금 이 일로 미칠 것 같은 데다, 제 귀여운 딸아이가 죽기라도 한다면 그까짓 황금이 다 무슨 소용이 있겠습니까!"

"자, 그럼 잘 가시오. 만사가 다 당신 바라는 대로 되기를 빌겠소."

그래서 두 사람은 서로 작별의 포옹을 한 후, 각자의 길로 떠났다. 절름발이 농부는 한동안 두 사람의 뒷모습을 바라보며 남아 있다가 중얼거렸다.

"이 개 같은 유대 놈들! 내가 마치 노예나, 이슬람 교인이나, 저희들처럼 할례를 받은 유대인이라도 되는 것처럼 이 자유민을 거들떠보지도 않다니! 제아무리 그렇기로서니 동전 한두 푼 정도는 던져줄 수도 있었잖아. 한두 사람이 얘기한 것이 아니었듯이 놈들의 그 더러운 편지를 가져와 그렇게 마법에 걸릴 위험을 무릅쓸 필요까지는 없었는데. 그리고 이번 부활절 고해 성사에서 사제에게 혼이라도 난다거나, 거기다 덤으로 유대인의 속달 우체부라는 오명까지 평생 듣게 된다면 그 처녀가 내게 준 그 몇 푼이 다 무슨 소용이냔 말이야. 그 처녀 옆에 있었을 때 정말로 내가 홀렸었나 봐! 유대인이든 그리스도인이든 누구든 그 처녀 곁으로 가는 사람은 그녀에게 심부름거리가 생기면 아무도 가만 있을 수 없거든 … 게다가 그 처녀를 생각할 때면 언제나, 그 목숨을 구하기 위해서라면 가게도 연장도 모두 주어 버리고 싶으니, 알 수 없는 일이야."

39장

오, 처녀여, 그대는 잔인하고 냉정하지만
내 마음은 그대만큼 당당하다네.

시워드

레 베카의 심문, 만일 그렇게 부를 수 있다면, 그 심문이 일어난 날, 레베카의 감방 문을 두드리는 소리가 들린 것은 황혼 무렵이었다. 그러나 그 소리는 자기 종교에서 권고하는 저녁 기도를 드리고 있던 레베카를 방해하지는 못하였다. 레베카의 기도는 찬송가로 끝이 났는데, 그 노래를 감히 번역해 보면 다음과 같다.

> 이스라엘이 주님의 사랑으로,
> 예속의 땅에서 나왔을 때,
> 그 조상의 하느님, 이스라엘 앞에
> 연기와 불길로 놀라운 길잡이 보내 주셨네.
> 놀란 백성들을 따라, 낮에는,
> 구름 기둥이 천천히 미끄러지고,
> 밤에는, 아라비아의 진홍빛 모래가
> 불 같은 기둥의 빛을 반사했네.
>
> 찬미의 합창 터져 나오고,
> 나팔과 북소리 날카롭게 화답하네.
> 시온의 딸들은 노래를 쏟아 놓았네,

사제들과 전사들의 목소리 사이에.
이제 우리의 적은 어떠한 전조에도 놀라지 않고,
버림받은 이스라엘은 홀로 헤매네.
우리 선조들은 하느님의 뜻을 알려고 하지 않았고
하느님도 우리 조상들 하고 싶은 대로 내버려 두셨네.

하지만 이제는 보이지 않을지언정 여전히 존재하는
그 번영의 날 밝게 빛날 때,
당신에 대한 생각은 거짓의 빛을 누그러뜨릴
구름의 장막.
아아, 밤에 자주 찾아드는 어둠과 폭풍으로
유다의 길 위로 내려오실 때에,
인내하여 좀처럼 분노하시지 않는 하느님께서
타오르는 빛나는 빛이 되리라!

우리의 하프는 바벨 강가에 남겨 두었네,
폭군을 비웃고, 이방인들에 대한 조롱으로.
우리의 제단 주위에는 밝게 타오르는 향료 하나 없고,
우리의 북과 나팔과 뿔나팔은 침묵하네.
하지만 하느님 말씀 하셨네, 염소의 피,
숫양의 살을 기꺼이 여기지 않겠다고.
회개하는 마음과 겸손한 생각이야말로
내 마음에 흡족한 제물이라 하고.

　레베카의 경건한 찬송가 소리가 침묵 속으로 잦아들자 문을 두드리는 소리가 다시 들려왔다.

"친구라면 들어오세요. 적이라도 들어오는 것을 막을 수는 없겠지요."

브리앙 드 봐 길베르가 방 안으로 들어서며 대답했다.

"나는 레베카, 당신과의 이 대화 결과에 따라 친구가 될 수도 적이 될 수도 있소."

그 방종한 열정 때문에 자기의 불행을 불러일으킨 장본인인 이 사나이를 보자 놀란 레베카는 조심스럽고 불안해 하면서도 겁내지는 않는 태도로 방의 제일 먼 구석으로 물러났다. 마치 피할 수 있는 데까지는 피하겠지만 더 이상 물러설 수 없을 때에는 그 자리에서 군건히 버티려고 결심한 것 같았다. 즉, 공격을 도발하는 짓은 피하면서도 공격을 받을 경우에는 온 힘을 다하여 그것을 물리치려는 사람처럼 반항이 아닌 의연한 태도를 취하였다.

성전 기사는 다시 레베카에게 말을 건넸다.

"나를 그렇게 두려워할 까닭은 없잖소. 그러니까, 내가 몇 마디 말을 건넨다고 해서, 적어도 지금은 나를 무서워 할 이유가 없을 거요."

"당신을 무서워하지는 않아요."

비록 숨가쁜 호흡은 그녀의 단호한 어조를 배반하고 있는 것 같았지만 레베카는 어쨌든 대답은 그렇게 했다.

"내 신념은 강해요, 그러니 당신을 무서워하지는 않아요."

그러나 봐 길베르는 심각하게 대답했다.

"당신은 그럴 까닭이 없어. 전의 내 미친 듯한 공격을 지금은 두려워하지 않아도 되오. 그대가 소리만 지르면 달려올 거리에 보초들이 있고, 나는 그들에게 아무런 힘도 못 쓰지. 그들은 당신을 죽음으로 몰아갈 작정이오, 레베카. 그래도 레베카 당신은 누구든 자신을 욕보이게 하지는 않으려 할 테지. 설령 나라고 할지라도, 광란이 나를 … 그래 그건 확실히 광란이었어 … 이제까지 그렇게 하도록 몰아쳤다고 해도."

"아, 하느님 감사합니다! 이 악의 소굴에서 제가 제일 두려워하지 않는 것이 죽음이에요."

"그렇소. 죽음에 이르는 길이 갑작스럽게 열릴 때 용감한 사람들은 죽음에 대한 생각을 쉽사리 받아들이지. 창으로 한 번 찔리거나, 칼로 맞는 것은 내게는 아무것도 아니었소. 그대에게는, 치욕이라고 생각되는 것에 비교하면 아찔한 흉벽에서 뛰어내리거나 날카로운 단도로 찔리는 것쯤은 공포라고 할 수도 없겠지. 내 말 잘 들으오 … 내 말하는데 … 아마도 내 자존심은 그대 자존심 못지않게 별스럽소. 하지만 우리는 그 자존심을 위해서 어떻게 죽을지 똑같이 알고 있소."

"불쌍한 분, 그렇다면 당신은 냉정한 판단력으로는 확실하다고 인정하지도 않는 율법을 위해 당신의 목숨을 내놓을 운명이란 말입니까? 확실히 이는 소중하지 않은 것을 위해 재물을 내어놓는 것이나 마찬가지입니다 … 하지만 저까지 그렇다고는 생각하지 마세요. 당신의 결심은 사람의 생각이라는 거칠고 변하기 쉬운 파도 위에서 흔들릴지 모르지만 제 결심은 만세반석 위에 단단히 묶여 있지요."

"조용히 하오. 이제 그런 이야기를 해 봤자 무슨 소용이 있겠소. 당신은, 불행이 선택하고 절망이 환영하는 것과 같은 그런 갑작스럽고 편한 죽음을 맞이하도록 사형 선고를 받은 것이 아니란 말이오. 당신이 맞이하게 될 죽음은 이 사람들이 당신의 죄라고 부르는 악마적인 신앙에 어울리는 느리고 비열한 오래 끄는 고문의 연속이란 말이오."

"그렇다면, 누구 … 만일 내 운명이 그렇다면, 이게 다 누구 탓이란 말이죠? 매우 이기적이고 야수적인 목적에서 나를 이리로 끌고 왔고, 이제는 자기만의 비밀스러운 목적에서 자기가 위험에 빠뜨린 나의 비참한 운명을 과장하려고 혈안이 되어 있는 사람의 탓이죠."

"내가 그대를 그런 지경에 빠뜨렸다고 생각하지는 마오. 지난번에 그대의 목숨을 앗아갈 뻔했던 그 화살에 나 자신을 드러냈던 것처럼 그렇게 아낌없이 내 가슴으로 그러한 위험을 막아주고 싶었던 것이 내 심정이오."

"당신의 목적이 결백한 사람을 명예롭게 지키는 것이었다면 당신이 그렇게 보살펴 준 것을 나도 감사했을 거예요 … 그런데, 당신은 그렇게 지켜 준 것에 대한 보답을 너무도 자주 요구했지요. 당신이 내게 강요하는 것을 희생하여 목숨을 부지해야 된다면 그런 목숨은 내게 필요 없습니다."

"꾸짖는 것은 이제 그만 둬, 레베카. 그러지 않아도 내게는 통탄할 만한 이유가 충분한데, 거기다 당신의 비난까지 더해진다면 견딜 수 없을 것 같구려."

"그렇다면 당신의 의도는 뭔가요? 간략하게 말해 보세요 … 당신이 일으킨 이 불행을 지켜보는 것 말고 당신이 뭔가 할 일이 있다면 말해 보세요. 그리고, 괜찮다면 제발 나를 좀 내버려 두세요 … 현세의 시간에서 영원으로 이르는 계단은 짧지만 무서운 것인데, 내게는 그에 대비할 시간이 얼마 안 남았어요."

"레베카, 그대가 여전히 고뇌라는 짐을 내게 지우려고 한다는 것을 알겠군. 그 짐만은 내가 가장 피하고 싶어하는 것인데."

"나도 비난하는 것만은 피하고 싶어요 … 하지만 내가 죽게 된 이유는 당신의 바로 그 제어할 수 없는 정욕 때문이라는 사실만큼 더 확실한 것이 있을까요?"

"아니야 … 아니야, 당신이 틀렸소 … 내 목적이나 힘에 대해 내가 예상할 수도 막을 수도 없었던 것을 탓한다면 당신이 잘못된 거요 … 저 늙은이가 그렇게 갑작스럽게 들이닥치리라고 내가 예상할 수나 있었겠냐고. 미친 듯한 용기의 번뜩임과, 금욕자의 어리석은 자기 고행으로 어리석은 놈들에게서 칭찬을 받는 저 늙은이가 이제는 자신의 공적 이상으로, 상식 이상으로, 나 이상으로, 우리 교단의 수백 명 이상으로 출세했단 말이야. 이 수백 명의 사람들은, 저 늙은이의 생각과 행동의 근거인 그 광란적인 편견과 어리석음으로부터 자유롭게 생각하고 느끼는 사람들인데 말이야."

"그러나, 당신은 나를 그렇게 판단하면서 … 결백하다고 … 가장 결백하다고 … 그렇게 알고 있으면서도 … 내 판결에 동의하였지요. 그리고 내가 제대로 알고 있는 거라면, 내 유죄를 단언하고 내 처벌을 확실히 하기 위하여 무기를 들고나설 사람은 바로 당신이 아닌가요."

"참구려. 어떻게 세상 형편에 따라야 하고, 심지어 역풍까지 이용할 수 있을 정도로 자기가 탄 배를 고치는데 그대의 종족만큼 능한 민족은 없어."

"그러한 기술을 이스라엘의 혈통에게 가르쳐 준 시절이 원망스러워요! 하지만 역경은 불길이 단단한 강철을 휘게 하듯이 마음을 바꾸지요. 그리고 자치 능력을 잃고 자유로운 독립 상태의 백성이 더 이상 아닌 사람들은 이방인 앞에서 굽실거릴 수밖에 없죠. 그것이 틀림없이 우리 자신과 선조의 악행에 의해 마땅히 받아야 할 우리의 천벌일 것입니다. 하지만, 당신은 … 당신의 그 자유가 타고난 권리인 것처럼 자랑하는 당신은 부끄럽게도 다른 사람의, 그것도 당신의 신념에 상반되는 사람들의 편견을 만족시키려 할 때 당신의 치욕은 얼마나 더 깊을까요?"

"그대의 말은 신랄하구려, 레베카."

봐 길베르는 초조하게 방을 왔다갔다하며 말을 이었다.

"하지만 당신과 비난이나 주고받으려고 여기 온 것은 아니오 … 이 봐 길베르는 비록 사정상 일시적으로 계획을 바꿀 수는 있을지언정 높은 지위에 있는 그런 늙은이에게 굴복하지는 않을 거요. 나의 의지는 산을 흐르는 강물과 같소. 정말로 잠시 동안은 바위 옆으로 방향을 바꿀 수는 있지만 반드시 바다로 흐르는 길을 찾아내고야 말지. 그대에게 대전사를 요구하라고 통고한 그 쪽지는 이 봐 길베르가 아니면 누가 준 것이라고 생각했지? 나 말고 어느 누가 당신에게 그런 관심을 보여 주겠냐고."

"곧 닥칠 죽음으로부터 잠깐 동안의 유예, 그것도 내게는 아무런 소용이 없는 유예일 뿐이죠 … 머릿속에는 당신이 쌓아 놓은 슬픔이 가득하고, 당신이 거의 무덤 자락까지 끌고 온 사람을 위해 당신이 할 수 있었던 것은 이것이 전부였나요?"

"아니야, 내가 하려고 했던 것은 그 일이 전부가 아니야. 저 광신적인 늙은이와 성전 기사랍시고 인간성이라는 평범한 규칙에 따라 행동하고 판단하는 체하는 저 멍청이 굿달리크의 빌어먹을 간섭만 없었더라면, 도전을 받는 전사의 임무는 지부장이 아니라 교단의 평범한 훈작사에게 맡겨졌을 것 아니었느냐 말이야. 그러면 나 자신은 … 그게 원래 내 의도였던 말이오 … 나팔 소리가 울리면 자신의 방패와 창솜씨를 입증하기 위해 모험을 찾는 편력 기사로 가장하여 그대의 전사로서 시합장에 나타날 작정이었지. 그리고 보마누아르가 여기 모여 있는 형제들 가운데 하나가 아니라 둘 셋을 뽑았더라도 창을 한 번만 휘두르면 틀림없이 그놈들을 안장에서 떨어뜨리게 될 텐데. 레베카, 당신은 그렇게 결백하다는 것이 입증될 테고, 나는 내 승리의 보답으로 그대로부터 감사를 받게 될 텐데 말이야."

"그 말은 쓸데없는 자랑에 지나지 않아요 … 이렇게 하는 것이 불편한 줄 알았더라면 다른 것을 했을걸 하고 자랑하는 것에 지나지 않지요. 당신은 내 장갑을 받았어요. 그리고 나의 전사는, 이렇게 처량한 신세인 내가 대전사를 찾을 수 있다면 말이에요, 나의 전사는 시합장에서 당신의 창과 맞서야 하지요 … 그런데도 당신은 내 친구이자 보호자인 척하고 있군요!"

그러자 성전 기사는 근엄하게 대답했다.

"그래도 나는 당신의 친구이자 보호자가 될 거요 … 하지만 어느 정도 불명예의 위험을 아니 차라리 확실히 불명예를 무릅쓰게 될 것인지 잘 생각해 봐야 하오. 그러면, 유대 처녀의 목숨을 구하기 위해 이제껏 내가 소중하게 생각해 온 모든 것들을 바치기 전에 조건을 내건다고 해도 나를 나무라지는 마오."

"말해 보세요, 무슨 소리인지 못 알아듣겠어요."

"그렇다면 좋소, 노망한 고해자가 비밀이 보장되는 고해소에 들어갔을 때, 영적인 사제 앞에서 거리낌이 없는 것처럼 툭 터놓고 말하겠소 … 레베카, 내가 만약 이 시합장에 나타나지 않는다면 나는 명예와 지위를 잃게 될 거요. 내게 없어서는 안 될 귀중한 것들을 잃는 거지. 즉 동료들로부터 받고 있는 존경과, 지금은 저 고집불통 늙은이 루카스 보마누아르가 휘두르고 있지만 내가 다르게 써야 할 그 대단한 권력을 승계하리라는 희망을 버려야 하는 거요. 그대의 주장에 맞서 무기를 들고 나서지 않는다면 그렇게 되리라는 것이 확실한 나의 운명이오. 내게 이런 올가미를 씌우다니 망할 놈의 굿달리크에게 저주가 내리길! 내 결심을 철회하게 만든 저 알베르 말부아상에게는 두 배의 저주가 내리길! 당신처럼 정신적으로 고매하고 아름다운 용모를 지닌 사람에 대한 어리석은 비난에 귀를 기울이는 미신적이고 노쇠한 바보의 면전에 그 장갑을 되던져 주려고 했는데 말이야!"

"이제 와서 호언장담과 아첨이 무슨 소용이란 말인가요? 당신은 결백한 여인의 피를 흘리게 하는 주장과 당신의 현세에서의 지위와 희망을 위험에 빠뜨리는 주장 사이에서 이미 선택을 해 버린 걸요 … 그러면서 후회해본들 무슨 소용이겠어요? 이미 선택해 놓고는."

"아니오, 레베카."

성전 기사는 레베카에게 좀 더 다가가 부드러운 어조로 말했다.

"나는 아직 아무것도 선택하지 않았소 … 아니, 오히려 선택할 사람은 당신이오. 내가 만일 이 시합장에 모습을 드러내면 어쨌든 무예에서의 내 명성을 유지해야만 하오. 그리고 그럴 경우, 대전사를 구하든 구하지 못하든 당신은 화형을 당하게 될 거요. 무예에서 나와 겨룰 만하거나 나를 이겨본 사람은 사자심 왕 리처드와 그의 총신 아이반호를 제외하면 그 어떤 기사도 없기 때문이오. 그런데 당신도 잘 알다시피 아이반호는 갑옷을 입을 수가 없고 리처드는 외국에 유폐되어 있지. 즉, 내가 시합장에 나타난다면, 설령 어느 청년이 당신의 매력에 빠져 성급한 마음에서 당신을 지키기 위해 시합장에 나온다 하더라도 당신은 죽음을 면할 수 없을 거요."

"그런데 그 말을 몇 번씩 되풀이하는 게 무슨 소용이 있죠?"

"소용이 많고 말고. 여러 각도에서 당신의 운명을 볼 수 있게 될 테니까."

"좋아요, 어디 그럼 당신의 그 벽걸이 융단을 돌려 보시지요, 다른 면을 볼 수 있게요."

"내가 만약 그 운명의 시합장에 나가면 당신은 세상 사람들이 말하는 저 승에서 죄인에게 주어진 그러한 고통 속에서 천천히 잔인한 죽음을 맞이하게 될 거요. 만일 내가 시합장에 나타나지 않는다면, 이제는 내가 마법과 이교도와 친교를 맺었다는 비난을 받고 지위도 잃고 명예도 잃는 기사가 되고 말 거요. 내가 지니고 있어야만 한층 더 빛나는 혁혁한 이름은 힐책과 비난으로 바뀌겠지. 나는 명성도 잃고, 명예도 잃고, 황제조차 거의 손에 넣기 힘든 그토록 위대하게 출세할 가능성을 잃고 마는 거야 … 나는 대단한 야망도 버려야 하고, 이교도들이 언젠가 한 번 자기들의 하늘에 오를 만큼 쌓아올렸다고 하는 산처럼 높이 세웠던 내 계획도 망치게 된단 말이야 … 그래도, 레베카."

성전 기사는 갑자기 레베카의 발치에 몸을 던지며 말을 이었다.

"이 위대한 전도양양을 나는 포기하겠소, 이 명성도 버리겠소, 비록 지금 거의 절반은 내 손아귀에 들어와 있는 이 권력도 내던지겠소. 당신이 봐 길 베르, 그대를 내 사랑으로 받아들인다는 말 한마디만 해 준다면 말이오."

"그런 어리석은 생각은 제발 그만 두세요. 그러지 말고, 섭정이신 왕태후와 존 왕자에게 달려가 보세요 … 그분들이라면 잉글랜드의 왕위의 체면상 당신의 기사단장이 하려는 짓을 허락할 수는 없을 것 아닌가요. 그러면 당신은 나를 희생시키거나 내게서 어떠한 보답을 요구할 구실을 붙이지 않고도 나를 보호할 수 있을 것 아닌가요."

성전 기사는 레베카의 옷자락을 잡은 채 말을 계속했다.

"나는 이런 분들을 상대로 이야기하지 않아. 내가 말을 하는 사람은 오로지 당신뿐이지. 그런데 그대의 선택을 견제할 수 있는 것은 무엇이지? 잘 생각해 봐, 내가 악마라 하더라도 죽음은 더 나쁜 거요. 그리고 나와 겨루는 것은 바로 죽음이라고."

레베카는 이 난폭한 기사를 자극하지 않을까 두려워하면서도 그의 격노를 참거나 참는 척 하지 않으려고 결심하고 대답하였다.

"나는 이러한 불행은 아무렇지도 않게 생각해요. 사내답게 구세요, 그리스도인답게 처신하란 말이에요! 만약 당신의 신앙이 당신의 행동보다는 입으로 사칭하는 자비를 권고한다면 당신의 관대함을 비열한 거래로 변질시키는 보답을 요구하지 않은 채 나를 이 끔찍한 죽음에서 구해 주세요."

"천만에, 그럴 수는 없소!"

오만한 성전 기사는 갑자기 벌떡 일어나더니 대답했다.

"내게 그렇게 강요해서는 안 돼 … 내가 지금의 명성과 장래의 야망을 단념하게 되면, 당신을 위해서 버리는 것이니 우리는 함께 도망가게 될 것이오. 내 말 잘 듣구려, 레베카."

길베르는 다시 부드러운 말투로 말을 이었다.

"잉글랜드와 … 유럽만이 … 세상의 전부는 아니오. 우리가 활동할 수 있고 내 야망을 펼치기에도 충분히 넓은 영역이 얼마든지 있소. 우리는 팔레스타인으로 가게 될 거요, 그곳에 내 친구 몬세라트의 후작인 콘라드가 있소. 우리의 자유롭게 타고난 이성을 구속하는 노망한 망설임으로부터는 나만큼 자유로운 친구요 … 우리가 경멸하는 그 고집불통들의 조롱을 견디느니 차라리 살라딘과 동맹을 맺고 말 거요 … 나는 출세 길을 새롭게 트고야 말겠소."

길베르는 조급한 발걸음으로 방 안을 다시 오락가락 하며 말을 이었다.

"유럽은 자기가 쫓아낸 자의 커다란 발걸음 소리를 듣게 될 거요! 이교도를 학살하도록 보낸 그 수백만 십자군사들도 팔레스타인을 그렇게 방어하지는 못할 거요 … 많은 나라들이 쟁취하려고 애쓰고 있는 그 땅으로 사라센의 수천 수만의 군도라 할지라도, 저 늙은 고집불통에도 불구하고 옳든 그르든 나를 지지해 줄 저 형제들과 나의 힘과 책략만큼 깊이 들어갈 수 없을 거요. 레베카, 그대를 왕비로 만들어 주리다 … 그대를 위해 내 용맹으로 얻게 될 옥좌를 카르멜 산에 세우게 될 거요. 그러면 오랫동안 원해 오던 기사단장의 지위를 왕위로 바꾸게 되는 거요!"

"꿈이에요, 비록 깨어 있는 현실이라 하더라도 내게 아무런 영향도 끼치지 못하는 밤의 텅 빈 환상일 뿐이죠. 이제 그만 하세요, 당신이 아무리 강력한 권력을 얻어 준다고 하더라도 나는 당신과 함께하지는 않을 거예요. 또한 다른 민족의 딸에 대한 옳지 못한 정욕을 만족시키기 위해 이러한 종교적 유대감을 헐값에 넘겨 버리고 자기가 일원이 되기로 맹세한 교단과의 결속을 헌신짝처럼 주저 없이 버리는 사람을 존경할 만큼 국가나 종교적 신앙을 그렇게 가볍게 생각하지도 않아요 … 나를 구출하는데 대가를 걸지는 마세요 … 관대한 행위를 팔지는 마세요 … 이기적인 이익을 위해서가 아니라 자선을 위해서, 억압받는 사람들을 보호해 주세요 … 잉글랜드의 옥좌로 가세요. 리처드 왕께서는 이 잔인한 사람들로부터 구해 달라는 저의 애원에 귀 기울여 주실 거예요."

"그건 안 돼, 레베카!"

성전 기사는 거칠게 대답했다.

"만일 내가 교단을 떠난다면, 그것은 오로지 당신만을 위해서 포기하는 거요. 그대가 내 사랑을 거부한다해도, 야망만은 버리지 않을 거요. 사람들의 비웃음을 사지는 않을 거라고 … 리처드에게 머리를 숙이라고? 그 자존심 강한 용사에게 부탁을 하라고? 아니, 레베카. 우리 성전 기사단을 내가 직접 그의 발치에 무릎 꿇게 하지는 않을 거요. 비록 교단을 저버릴 수는 있어도, 교단의 이름을 더럽히거나 배반하지는 않을 거야."

"하느님, 제발 지금 저에게 자비를 베푸소서, 이제 인간의 도움은 거의 바랄 수 없으니까요!"

"옳은 말이오. 그대가 아무리 도도하다 해도 나와 자웅을 겨룰 거요. 내가 창을 겨누고 시합장으로 들어간다면 어떤 인간적인 생각으로도 내 힘을 발휘하는 것을 막을 수는 없을 것이오. 그러니 그대 자신의 운명을 생각해 보란 말이오 … 가장 최악의 죄인들이 맞이하는 끔찍한 죽음을 맞이하게 될 것을 … 활활 타오르는 장작더미 위에서 태워질 것을 … 한줌의 재가 되어 우리의 기묘한 인체를 그토록 신비스럽게 구성하고 있는 요소들로 사라질 것을 … 우리가 이렇게 살아 있고 움직인다고 말할 수 있는 그 우아한 육신은 유골조차 남지 않게 된다고! … 레베카, 여자의 몸으로는 이런 일을 견딜 수 없을 거요 … 그러니 내 구혼에 승낙해 주겠지."

"봐 길베르, 당신은 여자의 마음을 몰라요, 아니면 여성의 훌륭한 감정을 잃어버린 여인들하고만 사귀었나봐요. 내 말을 들어보세요, 거만한 성전 기사여. 당신의 격렬한 전투에서도, 애정과 의무로 발휘하도록 요구받았을 때 여인이 보여 준 것 이상으로 당신의 그 담대한 용기를 더 보여 주지는 못했을 걸요. 물론 나는 자연히 위험을 두려워하도록 자라난 여자예요 … 그렇더라도 당신은 싸우러, 나는 수난을 겪으러 우리가 그 운명의 시합장에 들어서면, 내 용기가 당신의 용기보다 훨씬 높이 솟아오르리라는 것을 강하게 확신해요 … 잘 가세요 … 이제 더 이상 당신과는 말하지 않겠어요. 이승에서 야곱의 딸에게 남겨진 시간을 이렇게 쓸 수는 없으니까요 … 비록 그 백성들에게 얼굴을 숨기고 계실지 모르지만 성실하고 진실하게 자신을 찾는 사람들의 외침에는 언제든지 귀를 열어놓고 계시는 성령을 찾아야 해요."

잠시 동안 침묵 뒤에 성전 기사가 물었다.

"그렇다면 이렇게 헤어지는거요? 차라리 우리가 만나지 않았다면 좋았을 걸! 아니면 당신이 고귀한 가문 출생이고 그리스도 교도였더라면! 아니, 맹세코! 그대를 바라보며 다음에는 우리가 언제 어떻게 만날지를 생각하면, 차라리 내 자신이 몰락한 그대 민족의 하나였으면 하고 바라는 마음이 든단 말이야. 내 손은 창과 방패 대신 금화와 은화에 밝으며, 내 머리는 별 볼일 없는 귀족들 앞에서도 숙여지고, 내 모습은 오로지 떨고 있는 파산한 채무자에게나 무섭게 보이겠지 … 레베카, 나는 이승에서 그대에게 조금이라도 더 가까이 있고, 그대의 죽음에서 내가 지게 될 끔찍할 몫을 벗어나기 위해서 그렇게 되기를 원할 수도 있다고."

"당신은 유대인에 대해, 당신과 같은 사람의 박해가 그런 처지로 만들었다고 말하였지요. 하느님은 진노하시어 유대인을 그 나라에서 추방하셨지만 근면한 덕분에 유대인에게는 권력과 세력에 이르는 유일한 길이 열리게 되었지요, 그것만은 압제도 막지 않은 채로 놔두었죠. 하느님의 백성의 옛 역사를 읽어 보세요, 여호와께서 그들을 통하여 여러 민족 가운데 그토록 놀라운 기적을 행사하신 민족이 수전노와 고리대금업자의 백성이었는지 말해봐요! ⋯ 거만한 기사여, 우리 민족에게는 당신이 자랑하는 북방의 혈통쯤은 삼나무 목재에 비교되는 가벼운 조롱박 정도밖에 안될 만큼 자랑스러운 분들이 많이 있다는 것을 아시겠죠 ⋯ 그 자랑스러운 이름들은 여호와가 지품 천사 사이에 하느님의 보좌를 만드신 그 태고적 시간으로까지 멀리 거슬러 올라가고, 지상의 왕후로부터가 아니라, 그 선조들에게 유대 민족 가운데 신의 계시에 가장 가깝게 다가서도록 명령했던 그 놀라운 신의 소리로부터 후광을 얻게 된 분들의 이름이지요 ⋯ 야곱의 일족의 왕후들은 이런 분들이셨어요."

레베카의 안색은 자기 민족의 옛 영광을 자랑하는 동안 붉게 물들었지만 한숨을 내쉬며 다음과 같이 덧붙였을 때는 홍조도 사라지고 말았다.

"유다의 왕후들은 이런 분들이었는데, 이제는 더 이상 그렇지 않아요! ⋯ 그들은 베어진 풀처럼 짓밟혀 진창 속에 섞여 있지요. 그렇더라도 유대인 중에는 그토록 높은 혈통을 부끄러워하지 않는 사람들이 아직 있답니다, 그리고 아도니캄의 아들 아이작의 딸도 그러한 사람이 될 거예요! 잘 가세요! ⋯ 나는 피로 얻은 당신의 그 명예가 하나도 부럽지 않아요 ⋯ 북쪽의 이교도들로부터 온 당신의 그 야만스러운 혈통을 부러워하지 않아요 ⋯ 당신의 신앙도 부럽지 않아요, 당신의 신앙이라야 언제나 말뿐일 뿐 마음이나 행동에는 담겨 있지 않지요."

"나는 필시 마법에 걸린 것이 분명해! 저 노망한 늙은이가 진실을 말했다고 거의 생각될 지경이군. 당신과 헤어지기 싫어하는 이 망설임에는 분명 뭔가 이상한 힘이 있어 … 잘 있으시오!"

성전 기사는 레베카에게 가까이 다가갔지만 매우 정중하게 말했다.

"그토록 젊고 아름답고 죽음을 두려워하지 않지만 죽게 될, 그것도 수치스럽고 고통스럽게 죽게 될 운명인 아름다운 사람이여! 그대를 위해 울지 않을 사람이 누가 있겠는가? 이십여 년 동안 이 눈꺼풀에서 흘러내려 본 일이 없는 눈물이 그대를 바라보고 있으려니 내 눈을 적시는구려. 하지만 어쩔 수 없군 … 이제 당신의 목숨을 구할 수 있는 것은 없소. 그대와 나는 어떤 저항할 수 없는 운명의 맹목적인 도구에 지나지 않소. 폭풍우 앞에 떠밀리는 커다란 배처럼 우리를 급하게 몰아쳐 서로 충돌하여 그렇게 파멸하고 말게 하는 운명 말이오. 나를 용서하오, 그리고 친구로서 헤어지기로 합시다. 나는 그대의 결심을 헛되이 공격하였군. 내 결심도 철석 같은 천명처럼 움직일 수 없는 것이오."

"사람들은 그렇게 거친 열정의 결과를 운명 탓으로 돌리지요. 하지만, 당신을 용서하겠어요, 봐 길베르, 비록 당신 때문에 요절하게 되었지만요. 당신의 굳센 마음을 넘어서는 고귀한 것들이 있으니까요. 하지만 그것은 게으름뱅이의 정원일 뿐, 제대로 가꾸지 않아 잡초가 무성히 자라 있어 아름답고 유익한 꽃을 숨막히게 하지요."

"그렇소, 레베카. 나는 그대가 말한 것처럼 무식하고 사나운 사내요 … 그리고 머리가 텅 빈 바보들과 간교한 고집쟁이들 무리에서 그들보다 뛰어나게 해 준 걸출한 꿋꿋함을 지니고 있는 것을 자랑스럽게 여기고 있소. 나는 젊었을 때 이후로 성공을 거두었으며 고매한 견해를 견지했으며, 착실하고 변함 없이 그것을 추구해 왔소. 그래서 앞으로도 계속 그럴 것이오 … 당당하고, 굽힘이 없으며, 변하지 않을 거요. 그리고 이 세상에서 그것을 증명해 보이겠소 … 하지만 당신은 나를 용서해 줄 테지, 레베카?"

"희생자가 자기의 사형 집행인을 용서하는 것처럼 아낌없이 용서하지요."

"그렇다면 이만 작별이오."

성전 기사는 그렇게 말하고 방을 나갔다.

알베르 지부장은 옆방에서 봐 길베르가 돌아오기만을 눈이 빠지게 기다리고 있었다.

"무척 오래 있었구려. 나는 마치 뜨겁게 달구어진 쇠창살 위에 누워 있는 것처럼 초조해서 견딜 수 없었다오. 행여 기사단장이나 그의 첩자인 콘라드가 이리로 왔으면 어쩌려고 그랬소? 나는 친절을 베풀고도 심한 벌을 받는 격이군 … 그런데 왜 그러시오, 형제? 걸음걸이가 휘청거리고 안색이 납빛이니 말이오. 괜찮소, 봐 길베르?"

"그렇소, 한 시간 내로 죽게 될 운명인 비참한 놈처럼 괜찮소 … 아니, 천만에, 단연코 그 반도 괜찮지 못하오. 마치 옷을 벗어 버리는 것처럼 목숨을 내던질 수 있는 사람이 그런 상태일 테니까. 말부아상, 저 처녀는 나를 거의 무기력하게 만들었소. 나는 기사단장에게 가서 그의 면상에 대고 교단과의 관계를 끊고 영감이 포악하게도 내게 강요한 그 잔인한 짓을 하기를 거부하기로 얼마간 마음먹었소."

"당신 미쳤소. 그렇게 해 봐야 당신 스스로를 정말로 완전히 파멸시킬 수는 있겠지만, 그렇다고 해서 당신이 그토록 애지중지하는 그 유대 처녀의 목숨을 구할 수 있는 기회도 영영 없게 될거요. 보마누아르는 당신을 대신하여 자기 판결을 옹호하도록 교단의 다른 단원을 지명하겠지요. 그렇게 되면 피고는 당신에게 강요된 임무를 수행하는 것과 마찬가지로 분명히 죽게 될 거요."

"틀렸소 … 나는 그 처녀를 위해 직접 무기를 들 생각이오."

성전 기사는 오만하게 대답했다.

"그리고 그렇게 된다면, 말부아상, 내 창 끝에 걸려 안장에서 떨어지지 않을 사람이 교단에서는 한 사람도 없으리라는 것을 당신도 알고 있을 테죠."

"아, 하지만 당신이 잊은 것이 있소. 당신은 이 미친 계획을 실행할 틈도 기회도 없을 거요. 루카스 보마누아르에게 가서 복종의 맹세를 저버리겠다고 말해 보시오. 그 횡포한 늙은이가 당신을 얼마나 오래 자유롭게 두는지 두고 보시오. 맹세를 저버리겠다는 말이 입에서 떨어지기가 무섭게 당신은 수십 미터 지하에 있는 지부의 감옥에 갇혀 변절한 기사로서 재판을 기다리는 신세가 될 거란 말이오. 아니면 당신이 아직 마귀에 홀려 있다고 기사단장이 생각한다면, 멀리 떨어진 어느 수도원의 암자에서 당신을 지배하고 있는 그 더러운 귀신을 몰아내기 위한 구마(驅魔) 의식으로 넋이 나간 채 성수를 뒤집어쓰고, 밀짚과, 어둠과, 쇠사슬 신세를 실컷 누리게 될 거요. 그러니 아무리 싫어도 시합장에 나가야만 하오, 브리앙. 아니면 당신은 명예도 잃고 파멸한 사람으로 몰락할 것이오."

"그렇다면 뛰쳐나가 도망치겠소. 아직 어리석음과 광신에 물들지 않은 먼 나라로 도망치겠소. 내 허락 없이는 가장 뛰어난 이 몸에서 한 방울의 피도 흘리지 못하게 하겠소."

"당신은 도망칠 수 없소. 당신의 헛소리가 이미 의심을 받고 있으니 지부 밖으로 나가도록 허락하지 않을 거요. 어디 가서 시도해 보구려 … 지금 당장 성문으로 가서 다리를 내리라고 명령하고 어떤 대답이 나오는지 잘 들어보란 말이오 … 놀랍고도 격분할 만한 대답이 돌아올 거요. 하지만 차라리 그대에게는 그편이 더 낫지 않겠소? 만일 당신이 도망친다면 그대의 무예가 파기되고, 그대 조상이 치욕을 당하며, 그대 지위가 전락하는 것 말고 어떤 결과가 따를 것 같소? 생각해 보란 말이오. 모인 사람들의 불평을 받으며, 성전 기사단 최고의 창의 명수 브리앙 드 봐 길베르가 비겁한 기사라고 선고되면 그대의 옛 동료들은 부끄러워 얼굴을 들 수 있겠소? 프랑스 궁정의 탄식은 또 어떻소! 팔레스타인에서 자기에게 매서운 맛을 보여 주고 그 명성을 거의 무색하게 만들었던 바로 그 기사가 그렇게 값비싼 대가를 치르고도 구해낼 수 없었던 한 유대인 처녀를 위해 명성과 명예를 잃어버렸다는 소식을 들으면 그 오만한 리처드 왕이 얼마나 기뻐하겠냐 말이오!"

"말부아상, 고맙소. 그대는 내 가슴을 오싹하게 만드는 심금을 울렸소! 무슨 일이 있더라도 봐 길베르의 이름에 비겁한 놈이라는 오명만은 씌우지 않겠소. 리처드나 그가 자랑하는 잉글랜드의 총신들 가운데 한 놈이 시합장에 나오면 좋겠소! 하지만 아무도 나타날 리가 없지 … 의지할 곳 없는 사람의 결백을 위해 창을 부러뜨릴 위험을 무릅쓸 자는 아무도 없을 테니."

"그렇게만 된다면 그대에게는 더욱 다행스러운 일이오. 만약 대전사가 나타나지 않는다면, 이 불운한 처녀가 죽게 되는 것은 그대 때문이 아니라 기사단장의 판결 때문인 것이오. 모든 책임은 기사단장에게 있게 되는 것이고, 그는 그러한 책임을 칭찬과 상으로 생각할 것이오."

"정말 그렇군. 어떠한 대전사도 나타나지 않는다면 나는 그저 화려한 가장행렬의 한 부분에 지나지 않는 거요. 시합장에서 사실 말을 타고는 있지만 그 다음에 일어나는 일에서는 아무런 역할도 않는 거지."

"당연히 아무런 관계도 없죠. 그저 어떤 행렬에서 중요 부분을 이루는 성조지의 무장한 성상처럼 아무런 역할도 안 하는 거요."

"좋소, 나는 저번의 결심대로 하겠소. 그녀는 나를 경멸하였소 … 나를 퇴짜놓고 … 헐뜯었소 … 그러니 다른 사람들에게서 받은 존경을 조금이라도 그 여자를 위하여 바칠 필요가 있겠소? 말부아상, 나는 시합장에 나가겠소."

길베르는 이 말을 끝내자마자 황급히 방을 나갔고, 그가 결심한 일에 다른 마음을 먹지 못하도록 감시하고 굳히기 위해 지부장이 그 뒤를 따라나갔다. 그 이유는 불행한 레베카의 선고를 조장하는 조건으로 몽 피셰가 자기에게 약속했던 승진에 대한 언급은 물론이고, 봐 길베르가 언젠가 기사단의 수장이 되면 그로부터 많은 이득을 얻게 될 것으로 기대하여 봐 길베르의 명성에 자기 자신의 이해관계가 걸려 있었기 때문이었다. 그렇긴 하더라도, 자기 친구의 더 나은 감정들과 겨루는데에, 강력하고도 혼란스러운 열정에 마음이 동요된 사람을 교활하고 침착하고 이기적인 기질로 누를 수 있는 온갖 유리함을 갖추고 있었지만 자기가 설득하여 다시 마음먹게 한 결심을 봐 길베르가 바꾸지 않고 계속 유지하게 하기 위해서 말부아상은 온갖 술책을 다 써야만 했다. 도망치겠다는 결심을 다시 하지 못하도록 잘 감시해야 했고, 기사단장과 공공연히 관계를 끊을까봐 염려되었으므로 기사단장과의 접촉도 막아야 했다. 그리고, 이 경우에 전사로 출전하는 것은 레베카의 파멸을 재촉하는 일도 확실하게 하는 일도 아니며, 봐 길베르가 지위 하락과 불명예로부터 자신을 구할 수 있는 유일한 길을 따르는 것이라는 사실을 알려 주려고 애썼던 그 여러 가지 주장들을 가끔 되풀이해야 했다.

40장

어둠이여 물러가라! … 바로 리처드가 돌아왔다.

「리처드 3세」(*Richard III*)(셰익스피어)

흑 기사는, 또 다시 모험을 계속할 필요가 있었으므로, 환대해 주었던 무법자들의 그 회합소 나무를 떠나 성 보톨프 소수도원이라 불리는 조그맣고 수입도 적은 인근의 한 수도원으로 곧장 향했다. 이곳에는 부상당한 아이반호가 토퀼스톤 성이 무너진 후 충성스러운 거스와 아량이 넓은 왐바의 안내로 옮겨져 있었다. 그동안 윌프레드와 그의 구원자 사이에 일어났던 모든 일을 지금 언급할 필요는 없을 것 같다. 그저 오랫동안 진지하게 의논한 끝에 수도원장에 의해 사방으로 전령들이 급파되었고, 다음 날 흑기사가 광대인 왐바를 길잡이로 데리고 여정을 막 시작하려고 한다는 사실만 말하는 것으로도 충분할 것이다.

떠나기에 앞서 흑기사가 아이반호에게 말하였다.

"우리, 고인이 된 애설스탠의 성인 코닝스버러에서 만나기로 하세. 그곳에서 그대의 아버지 세드릭이 그 고귀한 친척의 장례식을 주관하고 있으니까. 윌프레드 경, 나는 그대의 색슨 인 친척들을 만나보고, 그들과 이제까지보다 더 잘 알아두고 싶네. 자네도 나를 만나야 하네, 자네 부자를 화해시키는 것이 내가 할 일일 테니."

그렇게 말하면서, 흑기사는 아이반호의 다정스러운 작별 인사를 받았고, 아이반호는 자기의 구원자를 따라가고 싶다고 열렬히 애원했지만 흑기사는 들은 체도 하지 않았다.

"오늘은 쉬도록 하게. 하루를 더 쉬어도 내일 여행할 수 있을 만한 힘이 있을지 모르는 판국인데. 나에게는 정직한 왐바만 있으면 길잡이로는 충분하네. 왐바는 내 기분 여하에 따라 사제 역할도 광대 역할도 할 수 있으니까."

그때 왐바가 끼어들었다.

"그리고 소인은 성심껏 기사님을 보필하겠습니다. 애설스탠 나리의 장례식을 꼭 보고 싶거든요. 만일 손님이 꽉 차고 넘치지 않으면 돌아가신 애설스탠 나리께서 벌떡 일어나 요리사와 급사장과 술잔지기에게 호통을 치실 테니까요. 그러면 그 광경은 정말 볼 만할 겁니다. 기사님, 그리고 저는 제 꾀로도 어찌할 수 없을 경우에는 당신의 그 용맹함으로 저희 세드릭 나리에 대해 제 방패막이가 되어 주실 것으로 늘 믿고 있습니다."

"광대 선생, 그대의 그 쾌활한 재치가 멈췄을 때 내 빈약한 용맹이 어떻게 성공을 거둘 수 있으리? 어디 설명해 주게나."

"기사님, 재치도 많은 도움이 되기는 하지요. 이 재치는 이웃이 보지 못하는 것을 보는 영리하고 총명한 놈으로 이웃의 격노가 높이 불어올 때는 어떻게 안전한 곳에 숨어있을지 알지요. 그러나 용맹은 힘이 센 놈으로 뭐든 쳐부숴 버리죠. 바람과 조류에도 맞서서 노를 저어 그것을 뚫고 나아가죠. 그러니, 훌륭한 기사님, 저희 고매하신 주인님의 기분이 좋을 때는 그것을 제가 유리하게 이용하겠지만, 주인님의 기분이 거칠어지면 기사님이 나서 주시기를 기대하겠습니다."

그러자 아이반호가 나서서 한마디 했다.

"족쇄문의 기사님, 그렇게 하셔서 솜씨를 보이는 것을 즐기시는 것 같으니 저 말 많고 성가신 광대를 길잡이로 선택하신 것이 저는 좀 걱정스럽습니다. 하지만 이 녀석은 이 숲 속의 모든 오솔길과 샛길을 늘 드나드는 사냥꾼처럼 잘 알고 있습니다. 그리고 어느 정도 알고 계시겠지만 이 불쌍한 녀석은 강철만큼 성실한 놈입니다."

"천만에, 나에게 길을 안내해 주는 그런 재능을 타고났는데, 그 여행길을 즐겁게 해 주려고 한다고 해서 불평할 까닭이 없지 … 잘 있게, 월프레드 …
아무리 일러도 내일까지는 여행할 엄두를 내지 말라고 그대에게 명령해 두
니 명심하게."

그렇게 말하면서 흑기사는 아이반호에게 손을 내밀었고, 아이반호는 그
손에 입을 맞추었다. 흑기사는 수도원장에게도 작별 인사를 한 후, 말에 올
라타고 왐바를 동행으로 데리고 떠났다. 아이반호는 두 사람이 주위의 숲
그늘로 사라질 때까지 뒷모습을 물끄러미 쫓다가 수도원으로 들어갔다.

그러나 아침 기도의 찬송이 끝난 직후 아이반호는 수도원장에게 면담을
요청했다. 노 수도원장은 황급히 들어와 아이반호의 건강 상태가 어떤지를
걱정스럽게 물었다.

"생각하던 것보다도 훨씬 좋습니다. 출혈로 인해 예상됐던 것보다 상처가
가벼웠거나 이 약이 놀라울 만큼 잘 들었나 봅니다. 지금이라도 갑옷을 입
을 수 있을 것 같은 기분인데요. 그리고 더 잘 된 일입니다. 아무것도 않은
채 여기 남아있기 싫다는 생각이 들기 시작했으니까요."

"뭐라고요, 어림도 없는 말씀입니다. 색슨 인 세드릭의 아드님이 상처가
낫기도 전에 저희 수도원을 떠나신다니! 그렇게 했다가는 제 성직에 큰 수
치올시다."

"물론 저도 수도원장님이 극진히 환대해 주시는 이곳을 떠나고 싶지는 않
습니다, 만일 제가 여행을 견딜 수 있고, 그렇게 해야만 한다고 느끼지만 않
았으면 말이지요."

"그렇다면 무슨 사정 때문에 그렇게 급히 떠나려는 것입니까?"

"수도원장님, 꼭 어떤 이유를 들 수는 없지만 뭔가 안 좋은 일이 다가오고
있는 것 같은 그런 예감을 느끼신 적은 없으십니까? 햇빛이 나는 풍경인데
도 금방이라도 폭풍이 몰려올 징조를 나타내는 갑작스러운 먹구름에 의한
것처럼 마음이 어두워진 경험이 없으십니까? 마음의 그러한 일시적 기분은
위험이 임박했다는 저희 수호 성령에 의한 암시로서 주의를 기울일 가치가

있다고 생각하진 않으십니까?"

그 말에 수도원장은 성호를 그으며 대답했다.

"그런 적이 있었고, 또 그것이 신의 계시였다는 것을 부인할 수는 없겠지요. 그러나 그럴 경우의 암시는 분명히 편리한 기회와 의도가 있었습니다. 하지만, 당신은 이렇게 부상당한 몸이니, 설령 흑기사님이 공격을 당한다 하더라도 당신이 도울 수는 없는 처지인데 그분의 뒤를 따라간들 무슨 소용이 있겠습니까?"

"그것은 수도원장님이 잘못 생각하신 겁니다 … 저는 제게 도전해 오는 그 어떤 자와도 맞설 수 있을 만큼 튼튼해졌습니다 … 그렇지 않다 하더라도 무력에 의하기보다는 다른 방법으로 위험에 처한 그분을 도울 수 있지 않을까요? 색슨 인들이 노르만 족을 좋아하지 않는다는 것은 너무도 잘 알려진 사실입니다. 그래서 만일 색슨 인들의 마음이 애설스탠의 죽음으로 격앙되어 있는 데다, 그들이 빠져들게 마련인 그 장례식의 주연으로 정신이 들떠 있을 때 그분이 그들 속으로 뛰어든다면 어떤 결과가 벌어질지 누가 알겠습니까? 저는 그러한 순간에 그분이 그들을 찾아가는 것이 가장 위험한 일이라고 생각하므로 그 위험을 같이 나누거나 아니면 모면하게 할 작정입니다. 따라서 그 일을 더 잘 해내기 위해서 제 군마보다는 발걸음이 부드러운 말을 한 필 빌려달라고 수도원장님께 간청하는 바입니다."

"그야 물론이지요. 제가 타는 걸음이 느린 스페인 조랑말을 빌려드리지요, 그 녀석이 세인트 올번스 대수도원장의 조랑말처럼 당신을 위해 편안히 느리게 걸어가면 좋을 텐데요. 그래도 말킨(Malkin), 제가 부르는 이름이거든요, 이 말킨을 위해 한 말씀드리겠는데, 계란틈에서 그것을 깨뜨리지 않고 경쾌한 춤을 추는 마법사의 말을 빌리지 않는 한, 이처럼 온순하고 부드럽게 걷는 말로는 여행할 수 없을 겁니다. 저는 이 녀석의 잔등을 타고 수도원의 제 형제들과 불쌍한 그리스도인의 영혼의 교화에 관해 많은 설교를 했답니다."

"부탁드립니다, 신부님. 말킨을 당장 준비시켜 주시고, 거스는 제 갑옷을 갖고 저를 따르라고요."

"아니, 하지만 아이반호 경, 말킨은 그 주인만큼 무장에는 전혀 익숙지 않다는 점과 완전히 중무장한 당신의 체중이나 그 모습을 견뎌 낼 수 있을지 보장할 수 없다는 사실을 염두에 두시기 바랍니다. 장담하건대, 말킨은 사려 깊은 짐승이라 조금이라도 부당한 무게에는 저항할 것입니다 … 제가 성 비즈의 사제로부터 프룩투스 템포룸(시대의 산물)이라는 책을 빌린 적이 있었는데, 글쎄 그 녀석은 그 두꺼운 책을 제 가벼운 성무일과서로 바꾸기 전에는 문에서 꼼짝도 안 하려고 했다니까요."

"저를 믿어 주십시오, 신부님. 너무 심한 체중으로 신부님의 말을 괴롭히지는 않을 테니까요. 그리고 만약 그 녀석이 저와 다투겠다면 그 녀석이 지고 말 공산이 크지요."

아이반호가 이렇게 대답하고 있는 동안, 거스는 그의 발뒤꿈치에 금박이 입혀진 커다란 박차를 달고 있었다. 그 박차는 아무리 다루기 힘든 말이라도 등에 탄 사람의 뜻을 순순히 따르는 편이 신상에 좋으리라는 것을 납득시켜 주기에 충분한 것이었다.

아이반호의 뒤꿈치에 장착된 그 깊고 날카로운 박차를 보자 수도원장은 자기가 제의한 호의가 후회되기 시작했으므로 갑자기 외쳤다.

"아뇨, 기사님, 이제 생각났는데, 제 말킨은 박차를 견디지 못합니다. 차라리 조금 기다리셨다가 저기 농장에 있는 우리 식료품 담당자의 암말을 타고 가시는 것이 좋겠습니다. 그 녀석은 한 시간도 안 걸리면 준비가 될 테고, 우리의 겨울 땔감을 많이 끌면서도 곡물을 먹지 않는다는 점에서 필히 다루기 쉬운 놈이니까요."

"신부님, 고마운 말씀이지만 그냥 처음 하신 제안대로 하겠습니다. 말킨이 이미 대문 있는 곳까지 끌려 나와 있는 것이 보이니까요. 제 갑옷은 거스가 들고 갈 것입니다. 그리고 그 밖에도 무거운 것은 싣지 않을 것이니 말킨도 말썽을 부리지는 않을 겁니다. 자, 그럼 안녕히 계십시오!"

아이반호는 부상당한 사람 같지 않게 빠르고 수월하게 계단을 내려가 조랑말 위에 훌쩍 올라탔다. 노령과 비둔한 몸이 허락하는 한 아이반호 옆에 가까이 붙어서 말킨을 칭찬하기도 하다가 말을 다루는데 조심하라고 주의를 주기도 하는 수도원장의 그 끈덕진 요구를 한시라도 빨리 벗어나고 싶었기 때문이다.

"이 녀석은 이제 암말일 뿐 아니라 처녀로서도 제일 위험한 시기에 있답니다."

노 사제는 자기의 농담이 우습다는 듯 웃으며 말했다.

"겨우 열다섯이 되었으니까요."

말의 발걸음을 그 주인과 상세히 비교하면서 서 있는 것보다는 다른 생각으로 꽉 차 있었으므로 아이반호는 수도원장의 심각한 충고와 우스운 농담에는 귀도 기울이지 않고 말 위에 뛰어 올라 시종(거스는 이제 자신을 그렇게 부르고 있었으므로)에게 옆에서 떨어지지 말라고 명령하고는 흑기사의 뒤를 따라 숲 속으로 사라졌다. 그동안 수도원장은 수도원 문가에 서서 아이반호의 뒷모습을 바라보다가 부르짖었다.

"아, 성모여! 전쟁에 능통한 사람들은 얼마나 재빠르고 성급한가! 말킨을 저 사람에게 맡기지 말걸 그랬어. 류마티스로 다리를 절름거리는데 만약 말킨에게 무슨 일이 생기기라도 하면 나는 어떡하라고. 그렇긴 하지만."

수도원장은 여기서 마음을 가라앉히며 중얼거렸다.

"내 늙고 못쓰게 된 다리쯤이야 옛 잉글랜드의 훌륭한 대의를 위해서라면 조금도 아끼지 않겠어. 그러니 말킨조차도 이 모험에서 똑같이 운에 맡기는 수밖에 없지. 우리의 이 가난한 수도원이 커다란 보답을 받을 만하다고 그들이 생각할지 알아 … 아니, 어쩌면 이 늙은 수도원장에게 얌전한 말 한 필 보내 줄지 누가 알아. 위대한 사람들은 하찮은 사람들의 공훈을 잊게 마련으로, 설령 그들이 보답을 해 주지 않는다 하더라도 옳은 일을 했다는 것만으로도 이미 충분히 보답을 받았다고 생각해야지. 이제 아침 식사하러 식당으로 오라고 형제들을 부를 시간이 다 되었구나 … 아아! 형제들이 아침 기도나 예배를 알리는 종소리보다도 이 식사 소리에 더 기분 좋게 복종하는 것 같단 말이야."

그래서 성 보톨프 수도원장은 절름거리며 다시 식당으로 들어가 수도사들의 아침 식사로 오로지 제공되었던 말린 대구와 맥주로 차려진 식탁을 주재했다. 숨을 헐떡이고 거드름을 피우며 수도원장은 식탁에 앉았고 수도원에 내려질 것으로 기대되는 은혜와 자기가 행한 훌륭한 봉사 행위에 대해 애매한 말들을 많이 늘어놓았다. 이런 말들은 식사시간만 아니었다면 사람들의 주목을 끌었을 것이다. 그러나 말린 대구는 매우 짰고, 맥주는 상당히 독했으므로 수도사들은 턱을 부지런히 움직이느라 귀는 그다지 쓰지 않았다. 치통 때문에 매우 고생하고 있었으므로 오로지 한쪽 턱으로밖에 먹을 수 없었던 디고리 신부를 제외하고는 수도원장의 그 애매한 암시를 곰곰이 생각해 볼 만한 수사들은 한 사람도 없었다.

그 사이, 흑기사와 그의 길잡이는 숲 속 깊은 곳으로 천천히 말을 몰아 가고 있었다. 길을 가는 동안 훌륭한 기사는 사랑에 빠진 어느 음유 시인의 노래를 혼자 중얼거리기도 하고 동행에게 질문을 던져 그 재잘거리는 기질을 북돋워 주기도 하였다. 그래서 두 사람의 대화는 노래와 농담이 묘하게 뒤섞인 것이 되고 말았는데, 그것을 독자들에게 소개해 보고자 한다.

이미 묘사했던 것처럼 풍채가 좋고, 키가 크고 어깨가 넓으며 골격이 굵은 이 기사가 상상이 될 것이다. 그 체중을 견디도록 만들어진 것처럼 주인을 태우고도 끄덕 없이 앞으로 나아가는 그 힘센 검은 말에 올라탄 흑기사는 자유롭게 숨을 쉬기 위해서 투구의 면갑을 들어 올렸으면서도 턱 가리개의 아래쪽 부분은 닫힌 채로 두었으므로 그의 얼굴은 불완전하게 식별되었을 뿐이었다. 그러나 혈색이 좋은 구릿빛 광대뼈는 거의 분명히 볼 수 있었고, 크고 밝은 푸른 눈은 치켜올린 면갑의 어두운 그늘 아래서도 빛을 발하고 있었다. 이 용사의 전체 몸짓과 모습은 태평스러운 쾌활함과 두려움을 모르는 배짱을 보이고 있었다 … 위험을 두려워하는데 익숙지 않고 절박한 상황에서도 즉시 위험에 맞서는 정신 … 그럼에도 불구하고 그 직업이 전쟁과 모험인 사람만큼 위험이 익숙한 것으로 생각되는 정신을 나타내고 있었다.

광대는 예의 그 알록달록한 광대복을 입고 있었지만, 최근에 겪은 사건으로 나무칼 대신 날이 잘 드는 언월도와 그에 어울리는 작은 원형 방패를 들고 있었다. 이들 무기로 왐바는 토퀼스톤 성을 공격했을 때에 광대라는 직업에도 불구하고, 상당한 솜씨를 보여 주었다. 사실, 왐바의 두뇌의 질환은 주로 일종의 조급한 흥분성에 있었는데, 이로 인해 비록 몇 분 동안은 임박한 임무를 완수하거나 당면한 논제를 이해하기에 충분할 만큼 기민하였음에도 불구하고 어느 한 자세로 잠자코 오랫동안 있거나 일련의 생각을 계속 유지할 수 없었다. 그래서, 말 등에 타서도, 계속하여 몸을 앞뒤로 흔들어 어느새 말의 귀 가까이 다가갔는가 하면 어느새 말의 궁둥이 부위에 가 있는 것이었다 … 어떤 때는 두 발을 한쪽으로 모았다가는 머리를 꼬리 쪽으로 향해 앉아 얼굴을 찌푸렸다가 찡그렸다가, 갖가지 흉내를 내기도 했으므로 결국에는 그 변덕에 화가 날 대로 난 말이 그를 푸른 풀밭에 된통 내동댕이쳤다 … 이 사건에 흑기사는 대단히 유쾌했지만 그의 동행은 좀더 착실하게 말을 타지 않을 수 없었다.

우리가 이어서 이야기했던 그 여정을 막 시작한 무렵에, 이 유쾌한 두 나그네는 비를레(짧은 음절이 두 번씩 반복되는 서정시의 한 형식)라는 노래를 부르는데 정신이 없었다. 광대는 자기보다 더 많이 배운 족쇄문의 기사가 부르는 노래에 기분 좋은 후렴으로 장단을 맞추었다. 그 노래를 옮겨 보면 이렇다.

안나 마리, 내 사랑, 태양이 떴다네,

안나 마리, 내 사랑, 새로운 날이 시작되었네,
안개는 걷히고, 내 사랑, 새는 마음껏 노래 부르네.
아침이오 일어나, 내 사랑, 안나 마리.
안나 마리, 내 사랑, 아침이오 일어나.
사냥꾼은 경쾌하게 뿔나팔을 불고,
메아리는 바위와 나무 사이로 즐겁게 울리네.
이제 일어날 시간이오, 내 사랑, 안나 마리.

〰 왐바 :

오 타이발트, 내 사랑, 타이발트, 아직 나를 깨우지 말아요,
내 보드라운 베개 밑에 달콤한 꿈이 아직 날고 있는 동안은,
깨어 있을 때의 그 어떤 즐거움이
이 꿈에 비길 수 있나요, 오 타이발트, 내 사랑
안개를 뚫고 솟아오르는 새들은 즐겁게 노래하라고 해요,
사냥꾼은 산 위에서 즐겁게 뿔나팔을 불라고 해요,
더 부드러운 소리, 더 달콤한 기쁨을 나는 꿈에서 맛보네,
당신 꿈을 꾸고 있다고는 생각지 말아요, 타이발트, 내 사랑.

  즐거운 노래를 끝마치자 왐바가 말했다.
  "재미있는 노래죠, 그리고 제 지팡이에 걸고 맹세코 훌륭한 교훈이 들어
있죠! 저는 이 노래를 제 소꿉친구, 이제는 하느님과 주인님의 은총으로 자
유민이 된 거스와 함께 부르곤 했죠. 언젠가 한 번은 곡조에 넋을 잃고 비
몽사몽간에 이 노래를 부르며 해가 뜨고 두 시간이 지날 때까지도 침대에
그냥 누워 있다가 몽둥이 찜질을 당한 적도 있었죠 … 그 후로 이 곡조만
생각하면 온 뼈마디가 다 쑤시는 것 같아요. 그래도 나리를 즐겁게 해 드리

기 위해 안나 마리의 소절을 부른 것입니다."

광대는 다음에 또 하나의 노래를 부르기 시작했다. 그것은 일종의 익살스러운 단가로서, 기사도 장단을 맞추어 동일한 방식으로 화답하였다.

〰 기사와 왐바 :

동서남북에서 쾌활한 세 사내가 왔다네,
언제나 노래를 흥얼거리며.
와이쿰의 과부를 얻기 위해,
그러니 그들을 거절할 과부 어디 있으리?

첫 번째 사내는 기사였고, 타인데일에서 왔다네,
언제나 노래를 흥얼거리며.
그의 조상은, 세상에나, 대단히 유명한 사람들,
그러니 그를 거절할 과부 어디 있으리?

아버지는 대지주, 숙부는 소지주,
사내는 운율과 가락으로 자랑했네.
와이쿰의 과부는 사내에게 집으로 돌아가 불이나 쬐라고 했네,
그런 사내를 거절할 과부였으므로.

〰 왐바 :

다음 사내가 나왔네, 피와 손톱에 걸고 맹세하였네,
즐겁게 노래 부르자고.
그는 좋은 가문 태생, 맹세코, 혈통은 웨일스 출신.

그러니 그를 거절할 과부 어디 있으리?

데이비드 경, 모건, 그리피스, 휴,
튜더, 라이스, 노래에 위대한 조상들 쭉 열거했네,
그러자 와이쿰의 과부 말하였네,
그 많은 사람에 과부 하나는 너무 부족하다고,
그래서 그 웨일스 인에게는 자기 길을 가라고 했네.

그러나 다음에는 향사가, 켄트의 향사가 나왔다네,
즐겁게 노래를 부르며.
그는 살림살이와 소작료에 대해 말해 주었네,
그러니 그를 거절할 과부 어디 있으리?

❧ 둘이 함께 :

그래서 기사와 시종은 둘 다 오명 속에 남겨졌네,
거기서 자기 노래를 부르기 위해.
해마다 소작료가 들어오는 켄트의 향사에겐,
그를 거절할 과부 아무도 없다네.

노래가 끝나자 기사가 말했다.
"왐바, 저 회합의 나무의 주인이나 그의 군종 사제인 그 쾌활한 수도사가
우리의 솔직한 향사를 찬양하는 이 노래를 들으면 좋을 텐데."
"나리의 수대에 걸려 있는 그 뿔나팔만 아니었다면 저는 아닌데요."
"그래, 이것은 록슬리의 호의의 증표지, 별 필요가 없을 것 같긴 하지만.
우리가 위급할 때 이 뿔나팔을 세 번 불면 틀림없이 저 정직한 향사의 유쾌

한 무리들이 몰려들 거야."

"저는 그 훌륭한 선물이 우리가 안전하게 통과하는 통행증이 되는 일이 일어나지 않기를 바랍니다."

"뭐라고, 그게 무슨 뜻이지? 이 우정의 보증이 아니라면 그들이 우리를 공격할 것으로 생각한단 말인가?"

"아니오, 소인은 아무 말 못하겠습니다. 돌담은 물론 푸른 나무에도 귀가 있으니까요. 하지만 나리는 제게 알려 주실 수 있습니까 … 나리의 술잔과 지갑이 꽉 차 있을 때보다는 비어 있는 것이 좋을 때가 언제인지?"

"설마, 그런 일은 없으리라고 생각하는데."

"그렇게 간단한 대답으로는 나리는 손에 그렇게 가득 찬 것을 가지실 자격이 없습니다! 술병을 색슨 인들에게 주시기 전에는 깨끗이 비우고, 푸른 숲 속을 걷기 전에 돈은 집에 두고 오시는 편이 좋을 것입니다."

"그렇다면 너는 우리 친구들을 도적으로 생각하고 있구나?"

"소인은 그렇게 말하지는 않았습니다, 기사님. 긴 여행을 시작할 때는 갑옷을 벗는 것이 말의 고통을 덜어 줄 수도 있습니다. 그리고, 분명히 사람에게서는 모든 악의 근원(돈)을 덜어 주는 것이 영혼에 유익할 것입니다. 그러니 저는 그런 봉사를 하는 사람을 나쁘다고 욕하진 않겠습니다. 저는 단지 이 훌륭한 친구들을 만났을 때 제 갑옷은 집에, 지갑은 방에 두고 왔으면 좋겠다고 생각할 뿐이지요. 그렇게 하면 그들에게 그런 수고를 끼치지 않아도 될 테니까요."

"비록 네가 그들에게 준 훌륭한 평판에도 불구하고, 우리는 그들이 나타나기를 빌지 않을 수 없어."

"그들이 나타나기를 저도 성심껏 빌지요, 하지만 성 비즈의 수도원장처럼 그들과 푸른 숲이 아닌 읍내에서 마주치고 싶답니다. 그들은 그의 성직자석 대신으로 오래된 텅 빈 떡갈나무에서 미사를 올리도록 시켰으니까요."

"어디 너 좋을 대로 떠들어 보려무나, 왐바. 이 향사들은 토퀼스톤에서 너의 주인 세드릭을 향사답게 잘 섬기지 않았더냐?"

"아아, 그야 물론이지요. 하지만 그것은 그들이 하늘과 주고받는 거래 방식에 따른 것이라니까요."

"거래라니, 왐바! 그게 무슨 뜻이지?"

"그건요, 말씀드리자면 이렇지요. 그들은 우리 늙은 식료품 보관인이 자기 셈을 하는 것처럼, 유대인 아이작이 자기 채무자와 셈하는 것처럼 공정하게 하늘과 한 푼의 에누리 없이 계산을 맞춘답니다. 그리고 아이작처럼, 주기는 조금 주고, 받는 것은 듬뿍 가져가거든요. 성경에서 관대한 자선에 대해 약속했던 것의 일곱 배나 되는 고리로 틀림없이 자기 이익을 계산하니까요."

"그게 무슨 뜻인지 예를 들어 설명해 보려무나, 왐바 … 나는 도통 셈이니 이자니 하는 용어는 모르겠군."

"글쎄요, 용맹한 나리께서 그렇게 우둔하다면 그 정직한 작자들이 훌륭한 행위를 그다지 칭찬할 만한 것이 아닌 행동으로 청산한다는 것을 기꺼이 알려 드리죠. 즉, 구걸하는 탁발수도사에게 준 동전 한 닢을 살찐 수도원장에게서 빼앗은 금화 백 닢과 상쇄한다거나, 푸른 숲에서 처녀에게 한 입맞춤을 불쌍한 과부의 자선과 상쇄하는 식으로 말이지요."

그러자 기사가 중간에서 말을 가로챘다.

"어떤 것이 선행이고 어떤 것이 중죄지?"

"멋진 조롱이군요! 멋진 조롱이에요! 꾀보 곁에 있으면 이해가 빨라지는 법이죠. 기사님, 맹세코, 나리가 저 솔직한 은자와 함께 술주정의 밤 기도를 드렸을 때에는 그렇게 훌륭한 말씀은 하나도 안 하셨지요 … 하지만 하던 말을 계속하기로 하죠. 숲 속의 이 유쾌한 작자들은 성을 한 채 태워 놓고 그것을 오막집 한 채 짓는 것으로, 교회를 약탈해 놓고 성가대석 하나 짓는 것으로, 오만한 집행관을 죽인 것을 불쌍한 죄수 하나 풀어주는 것으로 벌충하고 있지요. 좀 더 요점을 말씀드리자면, 노르만 영주를 산 채로 태워 죽인 것을 색슨 향사를 구출한 것으로 상쇄시키고 있지요. 그들은 점잖은 도둑으로, 다시 말해서 의적이라고 할 수 있죠. 하지만 그들의 상황이 가장 안 좋을 때에 그들과 마주치는 것이 제일 다행스러운 일이지요.

"그건 또 어째서 그렇지, 왐바?"

"그야, 그때는 그들이 양심의 가책을 느끼고 있어, 하늘에 사죄하려고 할 때 아니겠습니까. 하지만 그들이 정산을 끝냈을 경우에는, 다음 거래를 틀 상대에 대해 하늘이 그들을 돕는답니다! 그들이 토퀼스톤에서 대단한 선행을 한 후 그들과 처음으로 마주치는 나그네는 단단히 약탈을 당하게 될 것이지요 … 그런데."

왐바는 기사 곁으로 가까이 다가가 말을 이었다.

"그런데 나그네들에게는 저 무법자들과 마주치는 것보다 훨씬 더 위험한 놈들이 있답니다."

"그건 또 누구를 두고 하는 말이지, 곰이나 늑대를 두고 하는 소리는 아닐 테지?"

"에고 이런, 기사님. 우리에게는 말부아상의 병사들이 있지 않습니까. 제 말 좀 들어보세요. 내란시에는 이런 작자들은 열 놈만으로도 능히 늑대 한 떼 구실을 하고도 남지요. 이제 놈들은 수확을 기대하고 있는 데다, 토퀼스톤에서 도망쳐온 병졸들로 증원되어 있습니다. 그러니 놈들의 무리와 마주치는 날에는 우리가 보인 무훈에 대한 대가를 치르기 십상이지요 … 자, 그래서 드리는 말씀인데요, 만일 그런 놈들이 두 놈 나타난다면 어떻게 하실 건가요?"

"그야 왐바, 놈들이 우리를 방해하려고 한다면 내 창으로 땅에다 쓰러뜨려 줄 테다."

"하지만 놈들이 네 놈이라면요?"

"놈들도 똑같은 운명에 처할 테지."

"그런데 놈들이 여섯이라면, 우리는 보시다시피 이렇게 겨우 둘이니 …

록슬리의 뿔나팔을 잊으신 것은 아니겠죠?"

"뭐라고! 이런 악당 놈들 스물이 덤빈다고 해서 도움을 요청하는 소리를 내라는 거냐? 그따위 놈들쯤이야 훌륭한 기사 하나면 추풍낙엽처럼 깨끗이 해치울 수 있다고."

"글쎄 그렇기는 하지만, 그렇게 힘찬 소리가 나는 그 뿔나팔을 자세히 보고 싶은데요."

왐바의 그 말에 기사는 수대를 풀어 이 길벗의 소원을 들어주었다. 왐바는 뿔나팔을 받아들자마자 그것을 자기 목에 걸었다.

"트라 리라 라."

왐바는 그 곡조를 휘파람으로 불었다.

"다른 사람과 제 소리를 알겠어요."

"그게 무슨 뜻이야? 어서 그 뿔나팔이나 내 놔."

"안심하세요, 기사님. 잘 보관할 테니까요. 용맹과 바보가 여행할 때에는 바보가 뿔나팔을 갖고 있어야 합니다. 바보가 제일 잘 불 수 있으니까요."

"천만에, 하지만 이건 좀 도가 지나치구나 … 내 인내심을 시험하지 말라고."

"제게 폭력을 쓰지 마시라고요, 기사님."

광대는 조바심 내는 기사로부터 어느 정도 거리를 두며 말했다.

"안 그러면 바보는 줄행랑을 쳐서 용맹이 열심히 숲 속에서 혼자 길을 찾도록 내버려 두겠습니다."

"그건 안 돼, 내 약점을 찌르는군. 그리고 사실인즉, 이렇게 너와 말다툼하고 있을 시간이 없어. 뿔나팔은 네가 갖고 있도록 해, 하지만 어서 길을 가자고."

"그렇다면 소인을 혼내지는 않으시겠죠?"

"안 혼낸다니까, 이 녀석이!"

"아, 하지만 그것을 기사의 말로 언약해 주세요."

그리고 왐바는 매우 조심스럽게 다가서며 말을 이었다.

"기사의 말로 약속한다. 너의 그 어리석은 이기심으로 어서 가자고."

"좋습니다, 그럼 용맹과 바보는 다시 한 번 유쾌한 친구가 되었습니다."

이렇게 말하고 왐바는 마음놓고 기사의 곁으로 다가갔다.

"하지만 정말로, 나리께서 그 억센 탁발승에게 한 방 먹였던 그런 주먹은 딱 질색입니다. 그 수도사가 볼링 핀 가운데 핀처럼 풀밭에 벌떡 나자빠졌으니까요. 그리고 이제 바보가 뿔나팔을 갖고 있게 되었으니 용맹은 분발하여 갈기를 흔들게 해야겠습니다. 제가 잘못 본 것이 아니라면, 저기 풀섶에서 우리를 감시하고 있는 놈들이 있으니까요."

"어째서 그렇게 판단하는 거지?"

"그야 저기 푸른 잎 사이로 투구가 움직이는 걸 두세 번 보았기 때문이지요. 만일 저놈들이 정직한 사람이었다면 길로 다니겠지요. 하지만 저 덤불은 성 니콜라우스의 사제들을 위한 예배당, 즉 도적들의 최상의 소굴이란 말이죠."

그 말에 기사는 면갑을 닫으면서 대답했다.

"기필코, 네 말이 일리가 있는 것 같구나."

그리고 기사는 아주 아슬아슬하게 면갑을 내린 셈이었다. 그 순간, 수상하다고 생각된 지점에서 세 개의 화살이 그의 머리와 가슴을 향해 날아와 그 가운데 하나가 강철 면갑에 빗맞지 않았다면 뇌를 관통했을 것이기 때문이다. 다른 두 개의 화살은 갑옷의 목가림과 목 주위에 걸고 있던 방패를 맞고 빗나갔다.

"고맙다, 믿음직한 무기 제조사여! 왐바, 저들에게 가까이 다가가 보자."

기사는 덤불을 향해 곧장 뛰어들었다. 거기서 창을 들고 자기를 향해 돌진해 오고 있던 예닐곱 명의 병사들과 마주쳤다. 그 가운데 세 개의 창이 기사를 찔렀으나 강철 방어물에 부딪친 것처럼 아무 효과도 미치지 못하고 쪼개지고 말았다. 흑기사의 눈은 면갑 사이에서도 활활 타오르는 것처럼 보였다. 그는 말로 형언할 수 없을 만큼 위풍당당한 태도로 등자에서 몸을 우뚝 세워 호령했다.

"이 무슨 짓들이냐!"

그러나 병사들은 아무런 대답도 하지 않고, 다만 칼을 뽑아들고는 사방에서 그를 공격하며 외쳤다.

"죽어라, 이 폭군!"

"이얏! 성 에드워드! 이얏! 성 조지!"

흑기사는 이렇게 고함을 지르며 기도 한마디마다 한 사람씩 차례로 쓰러뜨렸다.

"그렇다면 네 놈들은 반역자들이로구나?"

적들은 결사적이기는 하였지만 한 번 휘두를 때마다 죽음을 불러오는 흑기사의 힘에 겁을 먹고 물러섰다. 그리고 흑기사의 무서운 단독 병력이 그러한 수적 열세에도 불구하고 막 승리를 거두려는 것처럼 보인 순간에, 이제까지 다른 공격수들 뒤에 있던 푸른 갑옷을 입은 한 기사가 창을 들고 흑기사가 아닌 말을 겨누며 돌진해 와 그 명마에게 치명상을 입히고 말았다.

"이 흉악한 타격 같으니라고!"

말이 땅에 쓰러짐에 따라 흑기사도 같이 쓰러지며 호통을 쳤다.

바로 이 순간 왐바가 뿔나팔을 불었다. 이제까지 모든 일이 순식간에 벌어졌으므로 좀 더 빨리 뿔나팔을 불 여유가 없었던 것이다. 그 갑작스러운 소리에 공격수들은 다시 한 번 움찔하였고 비록 무장은 충분히 갖추지 못했지만 왐바는 주저 없이 뛰어들어 흑기사를 부축하여 일으켜 세웠다.

"부끄럽지도 않느냐, 이 못된 겁쟁이 놈들아!"

공격자들의 대장인 듯한 푸른 갑옷의 기사가 부하들에게 호통을 쳤다.

"광대 녀석이 분 하찮은 뿔나팔 소리에 놀라 도망칠 셈이냐?"

이 말에 자극되어, 그들이 공격을 재개하자 흑기사는 떡갈나무를 뒤로 의지하고는 칼을 뽑아들어 방어했다. 흑기사의 말을 쓰러뜨렸던 흉악한 기사는 또 다른 창을 집어들고 그의 강적이 가장 몰린 순간을 지켜보다가 그를 나무에 못 박아 버리려고 전속력으로 말을 몰아 달려들었으나 그의 목적은 왐바에 의해 저지되었다. 광대는 힘은 부족하였지만 민첩하게 행동하여 좀 더 중요한 목표물을 공격하느라 정신이 없는 병사들에게 들키지 않고 전투의 배후로 물러나 있다가 칼로 청기사가 탄 군마의 오금팍을 끊어 놓음으로써 그의 치명적인 질주를 효과적으로 막은 것이었다.

결국 사람과 말은 한데 뒤섞여 땅으로 나뒹굴고 말았다. 그렇긴 해도 족쇄문의 기사의 상황은 여전히 위험했다. 완전히 무장한 여러 명으로부터 공격을 받고 있었으므로 동시에 가해 오는 여러 지점에 대해 방어하는데 진력하다보니 점차 피로를 느끼기 시작했다. 바로 그 순간 회색 거위 깃털 하나가 갑자기 날아와 공격자들 가운데 가장 힘이 센 놈 하나를 땅에 쓰러뜨렸다. 그리고 록슬리와 유쾌한 수도사를 필두로 일단의 향사들이 나무 사이에서 뛰어 나왔다. 그들은 즉시 싸움에 끼어들어 훌륭한 활약으로 악당들을 곧 해치웠으므로 악당들은 모두 죽거나 치명상을 입고 그 자리에 쓰러졌다. 흑기사는 전의 태도에서는 찾아볼 수 없었던 근엄한 태도로 자기를 구해 준 사람들에게 감사했다. 이제까지는 귀인이라기보다는 둔감하고 대담한 병사로 보여 왔었던 것이다.

"급히 도우러 달려온 친구들에게 충분히 감사를 표하기도 전이지만 까닭 없이 나를 공격한 저놈들이 누구인지 알아내는 것이 내겐 중요하오 … 저 청기사의 면갑을 쳐들어보거라, 왐바. 그 녀석이 이 악당들의 수장인 것 같으니까."

광대는 그 즉시 암살자들의 대장에게 달려들었다. 그는 말에서 떨어지면서 타박상을 입고 역시 부상당한 말 아래 깔려 있었으므로 도망치거나 저항할 수도 없이 누워 있었다.

"자, 용감한 나리, 소인이 나리의 마부인 동시에 갑옷관리인도 되어야겠군요 … 나리를 말에서 떨어뜨렸으니 이제는 투구까지 벗겨 드리지요."

그렇게 말하며 그다지 부드럽지 않은 손길로 왐바는 청기사의 투구를 벗겼다. 투구가 풀밭으로 굴러 떨어지자 흑기사의 눈앞에는 백발이 섞인 머리칼에 이런 상황에서 보리라고 전혀 예상치 못한 얼굴이 나타났다.

"왈데마르 핏저스!"

흑기사는 깜짝 놀라 외쳤다.

"그대와 같이 높은 자리에 있는 거물급 인사가 무엇 때문에 이런 더러운 짓을 한 것이지?"

그러자 포로는 그를 올려다보며 대답했다.

"리처드, 야심과 복수로 아담의 모든 자식들이 어떤 짓을 저지를지 모르고 있다면 당신은 사람에 대해 그다지 모르고 있군요."

"복수? 나는 그대에게 잘못한 적이 없어 … 그러니 복수할 일도 없을 텐데."

"리처드 당신은 내 딸과 맺어질 것을 조롱했소 … 당신의 가문만큼 고귀한 혈통인 노르만 인에게 그것이 큰 모욕이 아니고 무엇이란 말이오?"

"그대의 딸? 그것이 바로 적개심을 품는 원인이 되어 이처럼 유혈 사태를 불러온 것이란 말인가! … 동지들, 뒤로 잠시만 물러나 주게, 이자와 단둘이서 이야기하고 싶으니까 … 자, 왈데마르 핏저스, 진실을 말해 보라 … 이 반역의 행위를 누가 시켰는지 말이다."

"당신의 아버지의 아들이오, 그렇게 함으로써 아버지에 대한 당신의 불충에 대해 원수를 갚으려 한 것이오."

이 말에 리처드의 두 눈은 분노로 이글거렸으나 그의 더 뛰어난 성품이 그 분노를 억눌렀다. 리처드가 손을 이마에 대고는 그 비열한 귀족의 얼굴을 잠시 지켜보는 동안, 핏저스의 얼굴은 자존심과 수치가 뒤섞여 있었다.

"그대는 목숨을 구걸하지 않는군, 왈데마르."

"사자의 손아귀에 잡혀 있을 때에는 그럴 필요가 없다는 것을 잘 알고 있기 때문이오."

"그렇다면 구걸하지 말고 그냥 가지거라. 사자는 패배한 시체는 먹지 않으니까 … 그대의 목숨을 살려 주겠다, 하지만 조건이 있다. 앞으로 사흘 이내에 잉글랜드를 떠나 그대의 노르만 성으로 가 오명을 감추도록 하라. 너의 중죄에 앙주의 존이 연루된 것을 절대로 발설하지 마라. 만일 너에게 말미를 준 후에도 잉글랜드 땅에서 네 모습이 보일 때는 그날로 죽을 줄 알라 … 내 가문의 명예를 더럽히는 일을 조금이라도 발설하는 날에는 기필코, 제단 뒤로 숨는다 하더라도 무사하지 못할 것이다. 네 놈의 성의 첨탑에서라도 반드시 붙잡아다가 목을 매달아 까마귀밥이 되게 해 주겠다 … 록슬리, 그대의 향사들이 도망가는 많은 말들을 붙잡는 것을 보았으니 이 기사에게 말 한 필만 내주구려, 그리고 무사히 떠나게 해 주오."

"명령을 거역해서는 안 될 사람의 엄명을 따라야 하는 것으로 생각하고는 있지만, 이 건방진 악한에게 그 긴 여로의 수고를 덜어 주게 화살을 하나 날려 주고 싶습니다."

"록슬리, 그대는 잉글랜드의 기백이 있군, 그대가 나의 명령에 좀 더 복종해야겠다고 판단한 것은 잘 한 일이네 … 내가 바로 잉글랜드의 리처드 왕이니까!'

높은 지위와 사자심 왕이라는 그 뛰어난 인물에 어울리는 근엄한 어조로 선언한 그 말에, 향사들은 당장 그 앞에 무릎을 꿇고 동시에 신하로서의 예를 갖추며 자기들이 범한 무례를 용서해 달라고 간청했다.

"일어서게, 친구들."

리처드 왕은 인자한 말투로 평소의 기분 좋은 성품이 성급한 분노의 불길을 이미 잠재워 버린 표정으로 그들을 쳐다보았다. 그의 안색은 방금 전의 필사적인 결투의 흔적은 온데간데없고 열심히 분발한 데서 떠오른 홍조만이 남아 있었다.

"일어나게, 친구들! 숲에서건 들판에서건 그대들이 저지른 못된 짓들은 토퀼스톤의 성벽 앞에서 곤궁에 빠진 내 신하들에게 보여 준 충성스러운 노고와 오늘 그대들의 군주를 구해낸 공적으로 속죄되었다. 일어서라, 내 충성스러운 신하들이여, 그리고 앞으로는 선량한 백성이 되도록 하라 ⋯ 그리고, 자네, 용감한 록슬리여."

"전하, 소인을 더 이상 록슬리라고 부르지 마십시오, 제 이름을 알려드리겠습니다. 그 평판이 너무 널리 알려져 전하의 귀에까지 들어가지 않았을까 걱정스럽습니다 ⋯ 저는 셔우드 숲의 로빈 후드랍니다."

"무법자들의 왕, 착한 친구들의 왕자 말이지! 팔레스타인까지 널리 퍼진 그 이름을 그 누가 들어보지 않았겠는가? 하지만, 용감한 무법자여, 안심하게나. 내가 없는 동안에, 또 그로 인하여 어수선해진 시대에 행한 행위로 인해 그대에게 불이익이 돌아갈 일은 없을 테니."

"정말로 속담은 틀린 적이 없군요."

왐바가 중간에 끼어들었지만, 평상시의 그 심술궂음은 많이 가신 어조였다.

"고양이가 없을 때에는,
쥐가 나와 논다."

"뭐라고 왐바, 아직 거기 있었느냐? 네 목소리를 들은 지가 너무 오래 되어 네가 도망친 줄로만 알고 있었구나."

"도망치다니요! 바보가 언제 용맹 곁을 떠나는 것을 보신 적이 있습니까? 저기 제 칼의 전리품인 훌륭한 회색 말이 누워 있잖아요. 저는 그 주인이 대신 무릎이 잘려 누워 있는 조건으로 저 훌륭한 회색 말이 다시 일어서기를 진심으로 바라고 있는 걸요. 사실은, 저도 처음에는 거의 자신이 없었지요. 광대의 얼룩덜룩한 재킷으로는 강철 갑옷처럼 창 끝을 견딜 수 없으니까요. 하지만 비록 소인이 칼끝으로 싸우진 않았어도 습격을 받았다고 알리는 경보를 울린 것만은 인정해 주시겠지요."

"더구나 훌륭한 목적으로 말이지, 정직한 왐바. 그대의 훌륭한 공적은 잊지 않겠다."

"콘피테오르! 콘피테오르!(미사 통상문 중에 나오는 제 탓이요, 제 탓이요 라는 의미)"

왕 가까이에서 복종하는 듯한 어조로 외치는 음성이 들려 왔다.

"이제 저의 라틴어도 이걸로 끝이로군요 … 그러하오나, 소인의 극악무도한 반역을 고백하오니, 처형장으로 끌려가기 전에 죄를 용서하여 주시기를 간청하옵니다."

리처드가 주위를 둘러보자, 유쾌한 수도사가 무릎을 꿇고 묵주 기도를 올리고 있는 것이 보였다. 조금 전의 접전에서 열심히 휘둘렀던 육척봉은 그 옆의 풀밭에 나뒹굴고 있었다. 수도사의 얼굴은 매우 깊이 죄를 뉘우치는 표정을 가장 잘 지을 수 있도록 애를 써서, 두 눈은 하늘을 향해 있고, 입 가장자리는 왐바가 돈주머니 자루 같다고 표현한 것처럼 축 늘어져 있었다. 그러나 극도로 회개하는 체하는 이 점잖은 모습은 그의 커다란 얼굴에 숨어 있는 익살스러운 저의로 거짓이라는 것이 들통났으며 그의 두려움과 회개가 똑같이 위선이라고 말하는 것 같았다.

"무엇 때문에 그렇게 풀이 죽어 있는 건가, 미치광이 사제여? 그대가 성모 마리아와 성 둔스탄을 얼마나 진심으로 섬기고 있는지 자네 교구 주교가 알까봐 겁이 나는건가? 체! 이봐! 뭘 그런 것을 겁내는가. 잉글랜드의 리처드는 술잔을 기울이며 털어 놓은 비밀 따위를 누설하지는 않는다네."

"아닙니다, 자비하신 전하."

은자(로빈 후드의 흔해빠진 이야기에 관심이 있는 사람들에게 탁발승 턱으로 잘 알려져 있는 인물이다)는 대답했다.

"제가 두려워하는 것은 주교의 권장이 아니라 왕의 권홀이옵니다 … 아아! 소인의 이 무엄한 주먹이 전하의 귀를 감히 때리다니요!"

"하! 하! 얘기가 그렇게 되나? 사실 그 주먹 생각은 까맣게 잊고 있었군,

그 후로 하루종일 귀가 멍멍했었는데도 말이야. 하지만 그 주먹에 내가 정통으로 얻어맞았다고는 해도 그에 대해 톡톡히 되갚아 주었는지 아닌지는 주위의 이 훌륭한 사람들이 판단해 줄 테지. 아니면, 아직도 내가 그대에게 빚이 있다고 생각한다면 이제라도 그 빚을 다시 갚아 줄까나…"

"에고, 천만에요! 이미 제 몫은 돌려 받았습니다, 그것도 고리를 붙여서요. 그러니 전하께서도 제게 지신 빚을 충분히 갚으시기 바랍니다!"

"만일 내가 이 주먹으로 그렇게 할 수만 있다면 내 채권자들이 국고가 텅 비어 있다고 불평할 이유는 없을 텐데."

"그렇지만."

수도사는 조금 전의 그 점잖은 위선의 표정으로 다시 돌아가며 말을 이었다.

"저 무엄한 주먹질에 대해 어떻게 속죄를 해야 할지 모르겠습니다!"

"그 이야기는 이제 그만 하게, 이교도나 불신자들로부터도 그렇게 많은 주먹 세례를 받았는데, 코프만허스트의 신부같이 거룩한 사제에게 주먹질 한 번 당했다고 불평할 이유가 있겠냐고. 그건 그렇고, 정직한 수도사여, 그대가 성직을 벗을 수 있게 허가해 주어 전에 성 둔스탄의 제단을 섬겼던 것처럼 나를 호위하도록 그대를 내 근위병으로 고용하는 것이 그대를 위해서나 교회를 위해서 최선일 것으로 생각하는데."

"전하, 소인을 용서해 주시기 바랍니다. 무척이나 나태한 죄가 제게 얼마나 굳게 들러붙어 있는지 아신다면 선뜻 제 변명을 받아들여 주실 것입니다. 성 둔스탄은… 아, 저에게 자비를 베푸소서! 성인께서는 비록 제가 살찐 사슴을 죽이느라 기도를 잊어버리더라도 조용히 벽감에 서 계십니다… 소인은 무엇을 하고 있는지 모르면서 밤새 암자를 비우는 적이 가끔 있습니다… 그래도 성 둔스탄께서는 불평 한마디 없으시죠… 나무로 만들어졌으니 아무 말도 없고 평온한 주인이시지요… 그러나 전하를 모시는 근위병이 된다는 것은… 물론 더할 나위 없는 영광입니다… 하오나 만일 소인이 어느 구석에서 과부를 위로해 주거나 또 다른 구석에서 사슴을 죽이려고 옆길로 빠진다면 사람들이 이렇게 수군댈 것입니다. '그 개 같은 사제는 어디 있지?' '저 빌어먹을 수도사 턱 본 사람 있나?' 사냥터지기 하나는 이렇게 말할 것입니다. '저 파계한 악당 놈이 이 나라의 사슴을 절반 이상 해치울 테지.' 그러면 또 한 놈이 맞장구를 칠 테죠. '또한 이 나라의 모든 수줍은 암사슴을 뒤쫓고 있으렷다!' 요컨대 전하, 저를 처음에 보셨을 때의 모습 그대로 내버려 두기를 간청 드리옵니다. 혹은 만일 제게 무엇인가 은혜를 베풀어주고 싶으시다면 어떠한 적은 기부라도 매우 감사하게 받아들이는 코프만허스트에 있는 성 둔스탄 암자의 불쌍한 사제로서 생각해 주시길 바랍니다."

"무슨 말인지 알겠다. 이 거룩한 사제에게 완클리프의 내 숲에 있는 채벌권과 수렵권을 허가하겠노라. 하지만, 잘 들어라, 그 수는 철마다 사슴 세 마리로 한정하겠다. 하지만 그것이 그대가 서른 마리를 죽이는데 대한 변명이 되지 않는다면, 나는 그리스도교 기사도 진정한 왕도 아닐 테지."

"그 점은 안심하시옵소서, 전하. 성 둔스탄의 은총으로 전하의 관대한 선물을 증식시킬 길을 찾겠습니다."

"그러리라 믿어 의심치 않노라, 훌륭한 형제여. 그리고 사슴 고기는 마른 음식이니까 내 식료품 보관인에게 해마다 스페인산 셰리주 큰 것으로 한 통, 맘지산 백포도주 한 통, 최상급의 맥주 세 통을 주라고 명령하겠네 … 그것으로도 갈증이 풀리지 않는다면 내 궁정으로 와서 내 주류 관리사와 친해 두어야 할걸세."

"하지만 성 둔스탄을 위해서는요?"

"긴 망토와 영대와 제단보를 주겠다."

왕은 성호를 그으며 말을 이었다.

"하지만 우리의 장난을 진지한 것으로 돌려서는 안 되지. 신에 대한 영예와 경배보다는 우리의 어리석은 짓이 더 크다고 생각하여 신이 우리를 벌하시면 안 되니까 말이야."

"소인의 수호 성인에 대해서는 소인이 책임지겠습니다."

사제는 유쾌하게 말했다.

"그래, 그대 자신에 관한 것은 그대가 책임지도록 하라."

이렇게 대답하는 리처드는 어딘가 준엄한 기색이 있었다. 그러나 곧바로 손을 은자 쪽으로 내밀었고, 은자는 다소 당황한 모습으로 무릎을 꿇고 그 손에 입맞추었다.

"그대는 나의 꽉 움켜쥔 주먹보다 쫙 펼친 손바닥에는 경의를 덜 표하는 군. 주먹에는 온 몸을 쓰러뜨려 경의를 표하더니 손바닥에는 고작 한쪽 무릎을 꿇는 것인가."

그러나 수도사는 너무도 익살맞은 투로 이야기를 계속함으로써 다시 무례를 범할지도 모른다고 생각하여 … 이는 군주와 이야기를 나누는 사람들은 특히 조심해야 할 실수이므로 … 머리를 깊숙이 숙이고는 뒤로 물러섰다.

이와 동시에 새로운 인물 두 사람이 그 현장에 나타났다.

41장

우리보다 위대하긴 하지만 더 행복하지는 못한
지체 높은 귀족들 만세!
푸른 나무 아래에서,
우리의 오락을 즐기소서,
즐거운 숲 속에서는 언제든 환영합니다.

맥도널드(MacDonald)(「사랑과 충실」 중에서)

새 로 나타난 두 인물은 보톨프 수도원장의 말을 빌려 타고 온 아이반호의 윌프레드와 윌프레드의 군마를 타고 그 뒤를 따라온 거스였다. 주군의 갑옷이 여기저기 피로 물들어 있고 싸움이 일어났던 작은 빈터 주위에 널려 있는 예닐곱 구의 시체를 보자 아이반호는 대경실색하였다. 게다가 리처드 왕이 그토록 많은 숲의 시종들에게 둘러싸여 있는 것을 보고는 더욱 놀랐다. 그들은 이 숲의 무법자들로 보였으므로 군주에게는 더 없이 위험한 수행원들이었기 때문이다. 윌프레드는 리처드에게 떠돌이 혹기사로서 말을 걸어야 할지 아니면 왕의 예우를 갖추어 자신을 낮추는 방법으로 말을 꺼내야 할지 몰라 주저했다. 리처드는 윌프레드의 당혹감을 눈치채고 먼저 입을 열었다.

"윌프레드, 걱정말고 원래대로 리처드 플랜태저넷으로 대해 주게. 리처드는 진짜 잉글랜드인의 용기를 갖고 있는 무리 사이에 있으니까. 비록 그들이 뜨거운 혈기에 약간 옆으로 샌 일이 있을지언정."

왕의 그 말에 그 당당한 무법자가 앞으로 걸어 나와 말을 보탰다.

"아이반호의 윌프레드 경, 우리 군주의 확언에 제가 뭐라고 덧붙일 수는 없을 겁니다. 하지만 어느 정도 자랑스럽게 말할 수 있는 점은 이제까지 많은 고난을 겪어온 사람들 가운데, 폐하께서는 지금 주위에 둘러서 있는 사람들보다 더욱 진실한 신하는 없을 것이라는 사실입니다."

"그것은 의심할 여지가 없소, 용감한 대장부여, 당신이 그 속에 포함되어 있으니 말이오 … 그건 그렇고 이 죽음과 위험의 흔적들은 다 무엇이란 말이오? 이 시체들하며 폐하의 피묻은 갑옷은?"

"아이반호, 나에 대한 역모가 있었네. 하지만 이 용감한 사내들 덕분에 반역은 그 대가를 치렀지 … 그러나 지금 생각해 보니 자네 역시 반역자야."

왕은 빙그레 웃으며 말을 이었다.

"그것도 제일 말을 안 듣는 반역자지. 부상이 완쾌될 때까지는 성 보톨프 수도원에서 휴양하라고 한 것이 부정할 수 없는 내 명령 아니었던가?"

"상처는 다 나았습니다. 그저 바늘에 긁힌 것과 같은 정도밖에 안 됩니다. 그런데, 폐하, 오 대체 왜 충성스러운 신하들의 마음을 이렇게 졸여가며 혼자 여행하시고 무모한 모험에 뛰어 들어 목숨을 위태롭게 하시는 것입니까? 마치 창과 칼만으로 얻을 수 있는 것 외에는 이 세상에 아무런 흥미도 느끼지 않는 단순한 편력 기사의 목숨처럼 하찮은 듯이 말입니다."

"나 리처드 플랜태저넷은 자기의 훌륭한 창과 칼 솜씨로 얻을 수 있는 명성 외에는 더 바라지도 않네 … 그리고 나 리처드 플랜태저넷은 수만의 군사들을 이끌고 전투에 임하는 것보다는 오로지 내 칼과 재빠른 내 팔로 혼자서 모험을 성취하는 것을 더 자랑스럽게 여긴단 말일세."

"하오나, 폐하, 폐하의 왕국은 분열과 내란으로 위협받고 있습니다 … 만일 폐하께서 이렇게 매일 즐기시고 조금 전 간신히 벗어나신 그 위험한 상황 중에 행여 잘못되기라도 하신다면 폐하의 백성들은 온갖 종류의 악행에 시달릴 것입니다."

"하! 하! 내 왕국과 내 백성들이라고?"

리처드는 조바심을 내며 대답했다.

"윌프레드 경, 그대에게 말하는데, 백성들 가운데 가장 훌륭한 사람들은 어리석은 내 행동을 똑같이 어리석은 행동으로 기꺼이 갚아주려 하지 않는가 … 예를 들면 가장 충성된 신하, 아이반호의 윌프레드만 해도 내 명령을 기어이 어기고 나서는, 왕이 자기 충고대로 행동하지 않았다고 왕에게 훈계를 늘어놓고 있지 않는가. 우리 둘 중에 누가 상대를 힐책할 만한 명분이 있을는지? 그래도 뭐 어쨌든 용서해 주게, 나의 충실한 윌프레드여. 내가 이제까지 시간을 보냈고, 또 아직 더 숨어 지내야 하는 것은 성 보톨프 수도원에서 그대에게 설명했던 것과 같이, 내 친구들과 충성스러운 귀족들에게 군세를 모을 만한 시간을 줄 필요가 있어서라네. 리처드가 돌아왔다는 소식이 일단 알려지면 나는 적들이 대항하기를 두려워하여 굳이 칼을 뽑아 들지 않고도 반역을 꾀하는 것을 진압할 수 있을 정도로 강력한 군대를 이끌고 나서지 않으면 안 되네. 에스토트빌과 보훈(Bohun)은 스물 네 시간 이내에 요크로 진격해 올만큼 강하지 못할 거야. 또한 남쪽 솔즈베리로부터의 상황도 알아야 하고, 워릭셔(Warwickshire)의 비첨(Beachamp), 북쪽에 있는 멀튼(Multon)과 퍼시(Percy)로부터도 상황을 보고 받아야 하네. 그리고 내무 대신이 런던을 장악해야 하고. 너무 갑작스럽게 나타날 경우 오히려 내가 위험해질 수도 있지. 비록 대담한 로빈의 활과, 수도사 턱의 육 척봉, 현명한 왐바의 뿔나팔의 도움을 받는다 하더라도 내 창과 칼만으로는 빠져나올 수 없는 위험에 처할 수 있단 말일세."

윌프레드는 하는 수 없다는 듯 복종의 뜻으로 머리를 숙였다. 자기 주군이 피하려고 마음만 먹으면 쉽게 피할 수 있었던, 아니 한술 더 떠 오히려 일부러 찾아 나서 위험에 빠지게 만들었던 그 기사도의 난폭한 기백과 다툰다는 것이 얼마나 부질없는 짓인 줄 잘 알고 있었기 때문이다. 그래서 젊은 기사는 한숨을 내쉬고는 입을 다물고 말았다. 반면에 리처드는 마음속으로는 아이반호의 비난의 정당성을 인정하면서도 자기의 충고자를 침묵시킨 데에 기뻐하며 로빈 후드와의 대화를 이어나갔다.

"무법자들의 왕이여, 그대와 마찬가지로 왕인 나에게 줄 음식이라고는 아무것도 없는가? 이 죽은 놈들과 싸운 덕분에 힘을 썼더니 배가 고프구먼."

"폐하께 거짓말을 고하는 것을 수치스럽게 여기므로, 사실을 말씀드리자면 저희 식료품 저장고에 주로 가득 차 있는 것은 …"

로빈 후드는 말하기가 다소 난처한지 말끝을 흐렸다.

그러자 리처드가 그 말을 받아 쾌활하게 이었다.

"사슴 고기라고 생각하는데, 내 말이 맞지 않은가? 그보다 더 좋은 음식은 있을 수 없을 테지 … 사실, 왕인들 집에 머물러 있지 않고 자기 사냥감을 죽이는 판국이라면, 그것이 죽어서 자기 손에 들어온다 하여도 크게 투덜거려서는 안 된다고 생각하네."

"그렇다면 폐하, 다시 한 번 로빈 후드의 회합소의 하나로 왕림하신다면 그 사슴 고기를 실컷 대접하겠습니다. 거기에 맥주 한 병과 흥취를 돋우는 뜻에서 꽤 훌륭한 포도주도 준비하겠습니다."

여기서 그 무법자들의 왕은 앞장서서 길을 안내하였고, 건장한 왕이 그 뒤를 따랐다. 아마도 왕이 로빈 후드와 그의 부하들을 이렇게 우연히 만나서 느끼게 된 행복은 그가 다시 왕위에 복귀하여 화려한 귀족 사회를 통솔하며 느낄 행복보다도 훨씬 큰 것이었으리라. 사람들과의 사교에서나 모험에서나 리처드에게 인생의 묘미는 바로 새로운 경험이었고, 위험과 마주쳐그것을 극복함으로써 새로운 경험이 한층 강화되었을 때에 인생의 묘미가 극에 달했다. 이 사자심 왕에게서야말로, 로맨스에 등장하는 기사의 화려하지만 쓸데없는 기질이 상당히 재현되고 되살아난 것이었다.

그의 흥분된 생각에는 자기 손으로 달성한 무훈에 의해 얻은 개인적 영예가 정책과 지혜로운 행동 방침이 그의 영토에 퍼뜨렸을 영예보다도 훨씬 더 소중했다. 그래서, 그의 치세는 화려하게 빛났다가 금세 사라지는 유성의 노정과 같은 것이었다. 불필요하면서도 이상한 빛을 흩뜨리며 천체를 날아가다가 이내 우주의 어둠 속으로 삼켜지고 마는 유성처럼 그의 기사도의 무훈은 시인들과 음유 시인들에게는 좋은 주제를 제공하고 있지만 역사가가 후세의 모범으로 생각하여 자세히 기록해 놓을 만큼 그렇게 견실한 이익을 국가에 끼쳐준 것은 아니었다. 그러나, 현재 함께 있는 신하들 사이에서 리처드의 인기는 대단했다. 쾌활하고, 상냥한데다, 모든 계급의 사람들을 좋아한 것이다.

커다란 떡갈나무 아래에서는 잉글랜드의 왕을 위한 숲 속의 연회가 황급히 준비되었다. 왕은 자기 정부에 대해서는 무법자들이지만 지금은 자기의 궁정이자 근위대를 이루고 있는 사람들에게 둘러싸여 있었다. 술병이 돌아감에 따라 거친 숲 사람들은 곧 왕의 어전을 두려워하지 않게 되었다. 흥겨운 노래와 농담이 오고 가고 … 예전의 무용담이 유리하게 이야기되었다. 결국에는 국법을 보아란 듯이 어긴 것을 자랑하느라, 자기들이 지금 그 국법의 당연한 수호자 앞에서 떠들고 있다는 것조차 깜박 잊고 있었다. 주위의 일행처럼 자기의 위엄 같은 것은 안중에 두고 있지 않던 유쾌한 왕은 그 즐거운 패거리에 끼어 웃고, 술을 들이켜며 농담을 하였다. 로빈 후드는 자연스럽고 소박한 분별력으로 그 융화를 깨뜨릴 만한 어떤 사건이 벌어지기 전에 그 자리를 끝내고 싶은 마음이 들기 시작했다. 특히 아이반호의 얼굴에 걱정스러운 기색이 도는 것을 보고는 더욱 그러했다. 그래서 아이반호에게 따로 말을 걸었다.

"저희는 용맹하신 폐하의 왕림을 큰 영광으로 생각합니다. 그런데 나라의 사정이 이렇게 위태로운 지경에 전하께서 헛되이 시간을 보내시는 것은 바라지 않습니다."

그 말에 윌프레드 역시 로빈 후드에게만 속삭였다.

"현명하고 지당한 말씀이오, 용감한 로빈 후드. 더욱이, 아무리 기분이 유쾌하다고는 하지만 폐하와 농담을 주고받는 자들은 사자 새끼와 노는 것에 지나지 않는다는 사실을 알아야 하오. 사자 새끼는 조금만 자극해도 그 날카로운 이빨과 발톱을 다 사용하려 들 테니까."

"제가 두려워하는 이유가 바로 그것입니다. 제 부하 녀석들은 천성으로나 경험으로나 거친 자들이고, 폐하께서는 상냥하신 만큼 성격이 급하십니다. 그러니 제 부하 녀석들이 폐하의 심기를 건드리는 무엄한 짓을 언제 저지를지, 또 그에 대해 폐하께서 얼마나 심하게 진노하실지 모를 일입니다 …

그러니 이제 이 연회를 끝낼 시간이 아닌가 생각됩니다."

"그렇다면 그것은 당신의 처분에 맡기지 않을 수 없구려, 용감한 향사여. 내가 그만 끝내자고 말씀드려봤자 폐하께서는 도리어 그것을 연장하려는 구실로 삼으실 테니 말이오."

"그렇다면 저는 곧 폐하의 노여움을 무릅쓰고 용서와 은혜를 빌어야겠군요?"

로빈 후드는 이렇게 대답하고 잠시 쉬었다가 말을 이었다.

"하지만 성 크리스토퍼께 맹세코, 꼭 그렇게 하겠습니다. 폐하의 이익을 위해 위험을 무릅쓰지 않고는 은총을 받을 자격이 없겠지요 … 이봐, 스카드록(Scathlock), 저기 덤불 뒤로 들어가, 네 뿔나팔로 노르만의 곡조를 불어라. 한시라도 지체했다가는 무사하지 못할 줄 알아."

스카드록은 대장의 명령에 즉시 복종했으므로, 채 오 분이 지나기도 전에 주연을 즐기던 사람들은 그가 분 나팔 소리에 깜짝 놀랐다.

"저것은 말부아상의 나팔 소리야."

밀러는 이렇게 말하며 후닥닥 뛰어 일어나 자기의 활을 움켜쥐었다. 수도사도 술잔을 내던지고 육척봉을 집어들었다. 왐바 역시 농담을 중간에 끊고는 칼과 방패 있는 곳으로 달려갔다. 다른 사람들도 모두 일어서서 무기를 집어 들었다.

험한 삶의 노정을 걷는 사람들은 연회에서 전투 태세로 돌변하는데도 재빠른 법이다. 리처드에게는 그 변화조차 쾌락의 연장선상인 것처럼 보였다. 그는 한옆에 밀어 놓았던 투구와 갑옷에서 가장 성가신 부분을 가져오라고 하였다. 그리고 거스가 그것을 입혀줄 동안 이제 곧 다가올 접전에서는 절대로 가담하지 말 것을 월프레드에게 명하였다. 엄명을 어길 시에는 그냥 두지 않겠다고 했다.

"그대는 이미 나를 위하여 백 번이나 싸워 주었네, 월프레드 … 내가 그 모습을 실제로 보았고. 그러니 오늘은 이 리처드가 자기의 친구이자 부하인 자네를 위하여 얼마나 열심히 싸우는가 지켜보기만 하라고."

그 사이 로빈 후드는 적을 정찰하려는 듯이 부하들 몇 사람을 사방으로 내보냈다. 그 자리에 있던 사람들이 제대로 흩어진 것을 보자, 이제 완전히 무장을 끝마친 리처드 왕에게 다가가 한쪽 무릎을 꿇고는 왕의 용서를 구하였다.

"도대체 왜 그러는 건가, 훌륭한 향사여?"

왕은 영문을 알 수 없다는 말투로 물었다.

"모든 범죄에 대해서는 이미 깨끗이 용서해 주지 않았던가? 그대는 내 말을 우리 사이에서 이리저리 떠다니는 깃털처럼 가볍게 여겼단 말인가? 그리고 용서해 준 이후로 새로운 죄를 범할 짬도 없었을 텐데?"

"그렇습니다, 하오나 폐하의 이익을 위해서 폐하를 속인 것이 죄라면 죄를 저지른 셈입니다. 폐하께서 들으신 뿔나팔 소리는 말부아상의 소리가 아니라 연회를 깨뜨리기 위해 불도록 소인이 지시한 것입니다. 그 까닭은 이렇게 소진하고 있기에는 너무나 아까운 소중한 시간을 헛되이 보내지 않게 하기 위해서였습니다."

그런 다음 로빈 후드는 일어나 두 팔을 가슴에 포갠 채, 복종보다는 공손한 태도로 왕의 대답을 기다렸다 … 자기가 무례를 범한 줄은 알고 있으나 그 동기가 옳았음을 확신하고 있는 사람처럼. 분노한 붉은 기색이 리처드 왕의 얼굴에 확 떠올랐다. 그러나 그것은 처음의 순간적인 감정이었으므로, 공명정대한 사려분별력으로 곧 그 감정을 억눌렀다.

"셔우드의 왕은 잉글랜드의 왕에게 사슴고기와 포도주 병을 아끼는 게로군? 어쨌든, 좋아, 대담한 로빈! 하지만 그대가 유쾌한 런던으로 나를 찾아오면 나는 자네처럼 그렇게 인색한 주인은 아닐걸세. 하지만 자네 말이 옳아. 자, 그럼 어디 말을 타고 떠나볼까 … 윌프레드가 이렇게 조바심을 내고 있으니 말이야. 말해 보게, 대담한 로빈, 그대의 부하 가운데에도 충고만으로는 만족하지 못하고 행동까지 지시하려고 들며, 그대 마음대로 행동한다고 생각할 때는 우거지상을 하고 있는 그런 친구가 없었는지?"

"그런 놈이 하나 있기는 있사옵니다. 지금 스코틀랜드 국경으로 원정을 나가 있는 제 부관 리틀 존이 그런 작자입니다. 폐하께 인정하는데, 저는 그놈이 제멋대로 충고하는 것에 가끔 기분이 상할 때가 있습니다 … 하지만 다시 잘 생각해 보면, 주인을 섬기는 열성 외에는 그 근심에 다른 동기가 있을 수 없는 자에게 더 이상 화를 낼 수는 없답니다."

"그대 말이 옳구먼. 한편에는 내게 중대한 조언을 주고 꽤 엄숙한 표정으로 그것을 권고하는 아이반호가 있다면, 다른 한편에는 나를 속여 가면서까지 내 이익을 위한 것이라고 생각하는 일로 끌어들이는 그대가 있으니 나는 그리스도교 국가나 이교도 국가의 어느 왕들 중에서 자유가 조금도 없는 왕이로군 … 그건 그렇고, 자, 경들 코닝스버러로 이제 그만 유쾌하게 떠나세, 지금까지의 일은 그만 생각하기로 하고."

로빈 후드는 떠나는 일행을 향해, 이제부터 그들이 지나가게 될 방향에 파견대를 급파해 두어 혹시라도 제2의 매복이 없는지 찾아내어 그들에게 알리도록 해 놓았다고 안심시켰다. 그러니 그들이 갈 길은 안전할 것이며, 혹시라도 그렇지 않다면 그 파견대로부터 적시에 위험 경보를 받은 강력한 궁사대의 지원을 받을 수 있을 것이라고 했다. 궁사대는 자신이 직접 이끌고 그들이 가는 길을 뒤쫓을 계획이라고 했다.

자기의 안전을 위해 취해 준 이토록 현명하고 주의 깊은 예방 조치에 리처드는 적잖이 감동하였다. 그래서 이 무법자 대장이 자기에게 가했던 속임수 때문에 혹시라도 남아 있을지 모르던 얼마 안 되는 유감마저도 깨끗이 사라졌다. 그는 다시 한 번 로빈 후드에게 손을 내밀어 그를 완전히 용서할 것과 장차 은혜를 베풀 것을 보장했다. 또한 이제까지 많은 잉글랜드의 향사들을 반역의 상태로 내몬 삼림권과 다른 압제적인 법률의 전제적인 실행도 철폐하겠다는 굳은 결심을 보여 주었다. 그러나 대담한 향사에게 발표한 그 훌륭한 취지는 왕의 뜻하지 않은 죽음으로 좌절되고 만다. 삼림

법은 영웅적인 형을 계승한 존 왕에 의해 마지못해 공포되게 된다. 로빈 후드의 나머지 생애와 반역에 의한 그의 죽음에 얽힌 이야기는 한때 동전 한두 푼의 싼값에 팔렸던 고딕체 활자로 된 선집에서 찾아볼 수 있는데,

이제는 천금만큼 귀한 것을 값싸게 구입하였다.

무법자의 판단이 옳았음이 입증되었다. 아이반호, 거스, 왐바 세 사람을 대동한 왕은 아무런 방해도 받지 않고 아직 해가 지평선 위에 떠 있을 동안에 코닝스버러의 성이 보이는 곳에 도착했다.

이 옛 색슨 성채의 주변으로 펼쳐진 경치는 잉글랜드에서 가장 아름답거나 인상적인 풍경이었다. 고요하고 느린 돈 강은 경작지가 삼림지대와 풍요롭게 섞여 있는 둥근 지형을 굽이굽이 흐르고 있었고, 강으로부터 약간 올라간 구릉지에 성벽과 천연의 수로로 잘 방어되고 있는 이 옛 건물이 솟아 있었다. 이 성은 그 색슨 이름이 암시하는 것처럼 노르만 정복 이전에는 대대로 잉글랜드 왕들의 궁전이었다. 외벽은 아마도 노르만 인들에 의해 증축되었지만 내성은 꽤나 오래된 옛 흔적을 여전히 간직하고 있었다. 그것은 안쪽 뜰의 한 모퉁이에 있는 구릉 위에 자리잡고 있었으며 직경 7.5미터 정도의 완전한 원형을 이루고 있었다.

벽은 상당히 두터웠고, 그 원형으로부터 튀어나온 거대한 여섯 개의 외측 부벽에 의해 지지되거나 방어되고 있었으며, 탑을 강화하거나 지지하려는 듯이 탑의 측면을 향해 솟아 있었다. 이 육중한 부벽은 초석에서 솟아오르는 부분부터 꽤 높은 부분까지 견고했다. 그러나 꼭대기 쪽은 안이 텅 비어 있었으며 본성 내부와 오고갈 수 있게 되어 있는 일종의 작은 탑으로 끝이 나 있었다. 이 기묘한 부속 건물이 붙어있는 거대한 건물의 원경이 아름다운 경치를 사랑하는 사람들에게 흥미로운 것만큼 성의 내부는 열렬한 골동품 애호가에게 옛 7왕국 시절을 연상시켰다. 성의 부근에 있는 한 고분은

저 유명한 헹기스트의 묘로 알려져 있었다. 그리고 아주 오래되고 호기심을 자아내는 많은 기념비들이 인근의 교회 부속 묘지에서도 눈에 띄었다.

사자심 왕과 그의 시종들이 이 거칠면서도 위풍당당한 건물로 가까이 다가갔을 당시에는, 조금 전 말한 것처럼 외벽으로 둘러싸여 있지는 않았다. 색슨의 건축가는 본성을 방어할 수 있도록 하는데 온 기술을 쏟았으므로, 단단한 나무 말뚝으로 된 조야한 장벽 말고 다른 방책은 아무것도 없었다.

탑 꼭대기에서 펄럭이고 있던 거대한 검은 깃발은 성의 작고한 주인의 장례식이 아직 거행중이라는 사실을 알리고 있었다. 그 깃발에는 고인의 태생과 사회적 지위를 나타내는 상징적인 무늬는 그려져 있지 않았다. 대체로 문장은 그 당시 노르만 기사들 사이에서조차 신기한 것이었으므로 색슨인들에게는 전혀 알려져 있지 않았기 때문이다. 그러나 성문 위에는 또 다른 깃발이 걸려 있었는데, 이 깃발에는 조잡하게 그려진 백마의 형체가 헹기스트(헹기스트라는 이름은 종마라는 의미다)와 그의 색슨 전사들의 그 유명한 상징으로 고인의 국가와 지위를 알려 주고 있었다.

성 주위는 온통 바쁜 소동의 현장이었다. 그러한 장례식의 잔치는 그 누구 가릴 것 없이 후하게 환대를 받던 시기로서, 고인과 아주 먼 인척관계에 있다고 주장할 수 있는 모든 사람뿐 아니라 그저 지나가는 나그네들까지도 들어와 함께 하도록 초대를 받았다. 작고한 애설스탠의 부와 세력은 이러한 관습이 최대한 지켜질 수 있게 해 주었다.

그래서 수많은 무리들이 성이 위치해 있는 언덕으로 오르락내리락 하는 것이 보였다. 왕과 그의 수행원들이 바깥쪽 방책의 지키는 보초도 없이 활짝 열려 있는 문으로 들어갔을 때 그 안의 공간은 사람들이 모인 이유와 쉽사리 조화되지 않는 풍경을 자아내고 있었다. 한쪽 구석에서는 요리사들이 커다란 황소와 살찐 양을 굽느라 정신이 없었고, 다른 쪽에서는 모든 손님들이 마음껏 마실 수 있도록 커다란 맥주통의 마개가 빠져 있었다. 온갖 종류의 사람 무리들이 자기들 재량에 맡겨진 대로 마음껏 음식을 먹고 술을 들이켜고 있는 것이 보였다. 벌거숭이 색슨 농노는 반 년 동안의 허기와 갈증을 하루 동안의 폭식과 폭음으로 원 없이 달래고 있었다 … 이보다는 평상시에 좀 더 잘 먹어둔 시민과 동업 조합의 회원들은 조금씩 맛을 음미하거나 맥아의 양과 양조자의 기술을 호기심 어린 표정으로 비평하고 있었다. 좀 더 가난한 노르만 신사들도 약간 눈에 띄었는데, 말끔히 면도한 턱과 짧은 외투로 노르만 인이라는 것이 드러났다. 또한, 그렇게 후하게 주어졌던 맛좋은 음식들을 창피를 무릅쓰고 먹는 동안에도, 자기들끼리 모여 전체 의식을 대단히 비웃는 투로 쳐다보고 있는 것만으로도 그들이 노르만 인들이라는 것을 쉽게 알 수 있었다.

팔레스타인에서 돌아온 떠돌이 병사들(적어도 그들의 말에 의하면)과 함께 동냥아치들도 물론 스무 명씩 떼를 지어 모여 있었고, 행상인들은 물건을 늘어놓고 있었고, 순회 장인들은 일자리를 구하고 있었으며, 방랑하는 성지 순례자, 무식한 성직자, 색슨 음유 시인, 웨일스의 방랑시인 등은 입으로는 기도를 중얼거리며 하프와 깡깡이, 기타로 곡조가 제대로 맞지 않는 장송가를 뽑아내고 있었다.

구슬픈 찬사로 애설스탠의 찬미를 읊는 사람이 있는가하면, 색슨의 가계를 나타내는 시로 애설스탠의 고귀한 조상들의 투박하고 거친 이름들을 열거하는 이도 있었다. 광대와 마술사도 적잖이 있었는데, 이러한 집회의 경우 그들의 직업을 선보여도 버릇없다거나 상스럽다고 생각되지는 않았다. 사실 이러한 경우에 색슨 인들의 취향은 거친 만큼 자연스러웠다. 애도하다가 목이 마르면 마실 것이 있었다 … 배가 고프면 먹을 것이 있었다 … 마음이 울적하여 침울해지면 여기 즐거움을, 아니 적어도 위안을 제공해 주는 수단이 있었다. 또한 장례식을 도와주는 사람들조차 그러한 위안거리를 이용하는 것을 수치로 여기지 않았다. 비록 가끔 자기들이 그곳에 모인 이유가 갑자기 생각난 듯이 남자들은 일제히 신음하며 슬퍼하고, 또한 많이 참석해 있던 여자들도 음성을 높여 매우 비통한 듯 울부짖기는 하였지만.

리처드와 시종들이 안으로 들어섰을 때 코닝스버러 성내의 광경은 대충 이러하였다. 청지기, 즉 집사는 질서를 유지하는데 필요하지 않는 한은, 끊임없이 들어오고 나가는 하급 손님 무리들을 일일이 주목하지는 않았다. 그럼에도 불구하고 국왕과 아이반호의 훌륭한 풍채에는 상당히 주의가 끌렸는데, 특히 아이반호의 모습은 어딘가 낯익은 것으로 생각되었으므로 더욱 그러했다. 게다가 복장으로 보아 틀림없이, 기사인 두 사람이 그렇게 찾아온 것은 색슨 인의 의식에는 매우 드문 일이었으므로 고인과 그 가족들에게 일종의 영예로 생각되지 않을 수 없었다. 그래서 검은 상복을 입고 손에는 집사라는 직책을 나타내는 하얀 직장을 든 이 유력한 인물은 잡다한 손님들이 모여 있는 틈을 헤치고 리처드와 아이반호를 탑의 입구로 안내하였다. 거스와 왐바는 안뜰에서 재빨리 아는 사람을 찾아냈으므로 누가 부르기 전까지는 억지로 들어갈 생각도 하지 않았다.

42장

그들이 마르셀로의 시신을 감는 것을 보았네.
그리고 애통한 노래와 눈물과 구슬픈 만가 사이로,
자못 장중한 곡조 흘렀네 …
그렇게 늙은 노인네들, 고인 옆을 지키며
밤을 지새는데 익숙하였네.

옛 희곡

코 닝스버러 성의 거대한 성채에 들어가는 방법은 매우 특이하여, 그것
이 지어진 옛 시절의 거친 소박함을 띠고 있었다. 거의 깎아지른 듯이 매우
깊고 좁은 계단 층계가 탑의 남쪽에 있는 낮은 입구로 이어져 있었다. 그
입구를 통해, 모험을 좋아하는 골동품 애호가는 여전히, 아니면 적어도 수
년 전까지만 해도 본 성채의 삼층까지 오르게 되어 있는 탑의 두툼한 주벽
안에 있는 작은 계단으로 출입할 수 있었다. 성채의 낮은 두 층은 지하 감
옥이나 감방으로서, 삼층에 있는 네모난 구멍을 통해 들어오는 것을 제외
하면 공기나 빛이 전혀 들어올 수 없었고, 사다리를 통해서 삼층과 왕래할
수 있는 것 같았다. 전부 네 층으로 되어 있는 이 탑의 위쪽 방들로 가는 길
은 외부의 부벽을 뚫고 놓아진 계단을 통해서 갈 수 있게 되어 있었다.

이 까다롭고도 복잡한 입구를 통해 리처드 왕은 충실한 아이반호를 대동
하고 삼층 전체를 차지하고 있는 둥근 방으로 안내되었다. 윌프레드는 복
잡한 계단을 올라가는 틈을 타 외투로 얼굴을 가릴 여유가 생겼다. 왕이 신
호를 하기 전까지는 아버지에게 자기 정체를 드러내지 않는 편이 상책이라
고 생각했기 때문이다.

이 방에는 커다란 떡갈나무 탁자 주위에 인근 고장에서 온 색슨 가문의
가장 저명한 대표들이 열두 명 정도 모여 있었다. 이들은 모두 늙었거나,
적어도 중년을 넘긴 사람들이었다. 좀 더 젊은 축은, 나이든 사람들이 들으
면 대단히 불쾌하겠지만, 아이반호처럼 정복자 노르만 인들과 피정복자 색

슨 인들 사이를 반세기 동안 갈라놓고 있던 많은 장벽들을 깨뜨렸기 때문이었다. 이 덕망 있는 사람들의 기가 꺾인 구슬픈 모습과, 침묵과 애도하는 태도는 성 밖의 주연에 빠진 사람들의 경거망동과는 강한 대조를 보였다. 그들의 백발과 길고 텁수룩하게 자란 수염은 구식 튜닉과 헐렁한 검은 외투와 함께 그들이 앉아 있던 특이하고도 장식이 없는 방과 잘 어울렸고, 자기들의 민족적 영광의 죽음을 애도하기 위하여 소생된 보덴(북유럽의 신 오딘의 전신 ; 역주)의 옛 숭배자들 무리처럼 보였다.

동포 사이에 나란히 앉아 있던 세드릭은 만장일치로 그 회합의 우두머리로 행동하고 있는 것 같았다. 리처드(세드릭에게는 아직 족쇄문의 용감한 기사로만 알려져 있다) 왕이 들어서자 세드릭은 엄숙하게 일어나 '건강을 빕니다' 라는 일상적인 인사로 환영하며 동시에 술잔을 머리까지 쳐들었다. 잉글랜드 백성들의 관습에 낯설지 않던 왕은 '건강을 기원하며 마십니다' 라는 적절한 인사로 답례하며 술잔지기가 건네주는 잔을 들이켰다. 같은 예법이 아이반호에게도 반복되었는데, 그는 잠자코 아버지에게 축배를 들고는 혹시라도 목소리로 자기라는 것이 들통날까봐 고개를 푹 숙이고 답례의 말을 전하였다.

이러한 소개 의식이 끝나자, 세드릭은 일어나 리처드에게 손을 내밀어 작고 매우 초라한 예배당으로 안내하였다. 그 예배당은 말하자면, 외부의 부벽들 가운데 하나를 파서 만들어진 것이었다. 그곳에는 매우 좁은 총안을 제외하면 창문이 없었으므로 방 안은 커다란 두 개의 횃불이 없었다면 완전한 암흑천지였을 것이다. 횃불은 붉게 그을리는 빛에 의해 둥근 천장과 아무런 장식도 없는 벽과, 돌로 만든 조야한 제단과 역시 돌로 만들어진 십자가를 비추고 있었다.

이 제단 앞에 관대가 놓여 있었고, 이 관대의 양옆에는 세 명의 사제가 무릎을 꿇고, 겉으로 보기에 자못 경건한 태도로 묵주 기도를 외며 기도문을 중얼거리고 있었다. 이 의식을 위하여 고인의 어머니는 성 에드문도 수도회에 영혼의 속죄금을 봉헌하였다. 그래서 그 봉헌금에 십분 보답하려고 절름발이 교회지기 수사만을 제외하고는 수도사 전원이 코닝스버러로 옮겨온 것이었다. 수도사들은 당번을 정하여 여섯 사람씩 돌아가며 애설스탠의 관 옆에서 쉴새없이 성스러운 의식을 거행하였고, 나머지 사람들은 성 밖에서 벌어지고 있는 주연과 오락을 함께하였다.

이 경건한 당직과 보호를 계속하고 있는 동안 훌륭한 수도사들은 옛 색슨의 마왕인 제네복이 세상을 떠난 애설스탠을 채가지 못하도록 잠시라도 성가가 끊어지지 않도록 특히 조심하였다. 또한 그들은 관을 덮는 보에 신성하지 않은 속인의 손길이 닿지 않도록 주의를 기울였다. 그 관보는 한때 성 에드문도의 장례식에 쓰였던 것으로서 만일 속인들이 다루었다가는 부정을 탈 수도 있기 때문이었다. 사실, 이러한 주의들이 고인에게 얼마간이라도 효과가 있을 수 있다면, 애설스탠은 성 에드문도의 사제들로부터 그러한 주의를 기대할 만한 권리가 있었다. 그 이유는 영혼의 속죄금으로 지불된 금화 백 냥 외에도 애설스탠의 어머니는 아들의 영혼과 오래 전에 작고한 남편의 영혼을 위한 위령 기도를 계속 올리기 위해 고인의 영지 중 가장 좋은 부분을 수도원에 기부하겠다는 의향을 밝혔기 때문이다.

리처드와 윌프레드는 세드릭을 따라 시신이 안치되어 있는 방으로 들어갔다. 그리고 안내자가 엄숙한 태도로 불시에 세상을 떠난 애설스탠의 관대를 가리키자, 그들은 세드릭이 하는 대로 경건하게 성호를 긋고 고인의 영혼의 명복을 위하여 짧은 기도를 외웠다.

고인을 애도하는 이 경건한 행위가 끝나자, 세드릭은 두 사람에게 다시 따라오라는 몸짓을 하고는 돌로 된 바닥 위로 발소리도 내지 않은 채 조용히 미끄러지듯 걸어갔다. 그리고, 몇 계단을 올라간 후에 예배당 바로 옆에 붙어있던 조그만 기도실의 문을 매우 조심스럽게 열었다. 기도실은 약 2.4평방미터였으며 예배당처럼 두툼한 벽으로부터 움푹 파여 있었다. 그리고 방 안을 비추고 있던 총안은 서쪽에 위치해 있었고, 안쪽으로 경사짐에 따라 상당히 넓혀져 있었으므로 지는 석양빛이 어두운 구석까지 들어가 기품 있는 자태의 한 여인을 비추고 있었다. 여인의 표정에는 뛰어난 아름다움의 뚜렷한 흔적이 남아 있었다. 긴 상복과 미끈하게 흘러내리는 검은 삼베 베일은 흰 피부와 세월이 흘러도 숱이 적어지거나 백발이 섞이지 않은 밝은 빛의 윤기나는 머리칼을 더욱 두드러지게 했다. 부인의 표정에는 인종(忍從)과 일치되는 매우 깊은 슬픔이 드러나 있었다. 부인 앞의 돌로 된 탁자 위에는 상아로 만든 십자가가 서 있었고, 그 옆에는 책장 속이 장식 글자로 화려하게 꾸며져 있고, 표지는 황금 걸쇠와 황금 부조로 장식되어 있는 미사 경본이 한 권 놓여 있었다.

"에디스 부인."

세드릭은 리처드와 윌프레드에게 이 저택의 안주인을 볼 여유라도 주려는 듯이 잠시 동안 조용히 서 있다가 이윽고 말문을 열었다.

"이분들은 훌륭한 손님들인데, 부인의 슬픔을 함께하려고 찾아오셨습니다. 특히, 이분은 오늘 저희가 애도하고 있는 고인을 구해내기 위해 용감히 싸우신 용맹한 기사입니다."

"그 용감함에 감사드립니다. 그렇게 애써 주셨는데도 허사로 돌아가고 말았으니 필경 하늘의 뜻인가 봅니다. 또한, 슬픔과 비탄에 깊이 잠겨 있는 아델링(Adeling)의 미망인이자 애설스탠의 어미를 보러 이렇게 와 주시다니 이 어른과 친구분의 친절에 감사드립니다. 인정 많으신 세드릭 경, 이분들을 당신의 배려에 맡기겠습니다. 이러한 슬픈 성내에서 기꺼이 해 드릴수 있는 환대에 부족함이 없도록 만족시켜 주십시오."

손님들은 자식을 잃고 슬퍼하는 고인의 모친에게 깊이 인사를 하고는 그 친절한 안내인에 이끌려 방을 나왔다.

또 다른 나선식 계단을 올라가자 그들이 처음에 들어갔던 방과 똑같은 크기로, 사실상 바로 그 위 층을 차지하고 있는 방에 이르렀다. 이 방에서는 채 방문을 열기도 전에 낮고도 구슬픈 노래 곡조가 들려왔다. 그들이 방으로 들어가자, 그곳에는 유명한 색슨 가문의 기혼 부인들과 처녀들이 스무 명 남짓 있었다. 로웨나가 성가를 이끌고 있는 네 명의 처녀들이 고인의 영혼을 위한 찬송가를 불렀는데, 그 가운데 겨우 해독할 수 있는 두세 소절만을 여기 실어 본다.

흙에서 흙으로,
이는 만물의 이치.
영혼이 떠나고 나면
시든 육신은
말라빠지고 구더기가 좀먹어
부패가 찾아드네.

알 수 없는 길로
그대의 영혼은 날아갔네,
재앙의 세계 찾아서,
타는 듯한 고통이
이승에서 저지른 행위의
오점들을 정화해 주는 그곳으로.

그 슬픈 곳에서,
성모 마리아의 은총으로,
그대 잠시 머무르리!
기도와 봉헌과,
거룩한 성가가
그대를 자유롭게 풀어 줄 때까지.

이 장송곡이 여성 성가대에 의해 낮고 구슬픈 곡조로 불려지고 있는 동안, 다른 여성들은 두 무리로 나뉘어 한 무리는 애설스탠의 관대를 덮게 될 커다란 비단보를 솜씨와 멋을 한껏 부린 자수로 장식하는데 여념이 없었고, 다른 무리는 앞에 놓인 꽃광주리에서 고인을 애도할 목적으로 화환을 만드느라 분주했다. 처녀들의 거동은 그다지 깊이 괴로워하는 기색은 없었지만 단정했다. 하지만 가끔 터져 나오는 속삭임과 웃음으로 엄격한 기혼 부인들로부터 꾸지람을 들었고, 자기들이 준비하고 있는 침울한 의식보다는 어떻게 해야 상복이 잘 어울릴지 알고 싶어하는데 더 관심이 많은 처녀도 여기저기서 눈에 띄었다. 그리고 이런 경향은(사실을 고백해야 할 필요가 있다면) 두 낯선 기사가 나타나도 조금도 줄어들지 않았다. 개중에는 이 기사들을 올려다보기도 하고 엿보기도 하고 속삭이는 처녀도 있었다. 그렇게 쓸데없는 데 마음을 빼앗기기에는 너무 당당하였던 로웨나만이 오로지 자기를 구해 준 기사에게 매우 공손히 인사를 하였다. 로웨나의 태도는 진지하였지만 낙심한 기색은 없었다. 아이반호와 그의 확실치 않은 운명에 대한 생각이 그녀의 진지한 모습에서 동족의 죽음만큼 커다란 부분을 차지하고 있는 것 같았다.

그러나 이미 보았듯이, 그러한 경우에 그다지 눈치가 빠르지 못한 세드릭에게는 자기의 피후견인의 슬픔이 다른 어떤 처녀들보다도 훨씬 깊은 것처럼 보였으므로, 그에 대한 설명을 속삭이는 것이 타당하다고 생각했다.

"공주는 애설스탠 경의 약혼녀였소."

그런데 이 말이 코닝스버러의 애도자들과 슬픔을 같이하고 싶은 마음이 커지게 만들도록 월프레드에게까지 들렸는지는 의심스럽다.

이처럼 애설스탠의 장례식이 제각기 다른 형태로 거행되고 있는 여러 방들로 손님들을 정식으로 안내하고 다닌 후 세드릭은 그들을 어느 작은 방으로 이끌었다. 그 방은 세드릭이 알려 준 대로, 고인과의 관계가 그리 깊지 않아 이 불행한 일에 즉시 감정이 동요되는 사람들과 어울리고 싶어하지 않는 고귀한 손님들을 위해 마련된 곳이었다. 세드릭이 두 사람에게 모든 배려를 아끼지 않을 것을 다짐하고는 막 나가려는데 흑기사가 그의 손을 잡았다.

"훌륭한 호족이여, 당신에게 상기시켜 드릴 것이 있습니다. 지난번에 우리가 헤어질 때 제가 다행스럽게도 경에게 해 드린 노고에 대해 부탁을 하나 들어주신다고 하셨죠."

"그것은 말을 꺼내기도 전에 들어주겠다고 했소이다만, 고귀한 기사님, 하필 이 슬픈 순간에 … "

"물론 그것에 대해서도 생각해 보았습니다 … 하지만 내게는 시간이 얼마 없습니다 … 또한 애설스탠 경의 무덤을 봉할 때에 어떠한 편견과 경솔한 생각들도 함께 묻어야 하는 것이 부당하다고 생각되지도 않습니다."

그러자 세드릭이 얼굴을 붉히며 왕의 말을 중간에서 가로채며 말했다.

"족쇄문의 기사님. 당신의 그 부탁은 당신 자신에 관한 것일 뿐 다른 사람과는 상관이 없다고 생각하오. 내 집안의 명예에 관한 문제에서는 낯선 사람이 끼어 드는 것은 온당치 않으니까 말이죠."

왕은 부드러운 어조로 반박했다.

"당신이 내게 관심을 가져도 좋다고 허용하지 않는 한 나도 끼어들고 싶은 생각은 없소. 그대는 아직 나를 족쇄문의 흑기사로 알고 있는 것 같으니 … 이제부터는 리처드 플랜태저넷으로 알아두기 바라오."

"앙주 가의 리처드라고요!"

세드릭은 깜짝 놀라 뒤로 물러서며 외쳤다.

"아니오, 세드릭 경 … 잉글랜드의 리처드요! 나의 가장 깊은 관심사는 … 나의 가장 깊은 소망은 그 백성들이 서로 결속하는 것이오 … 자, 그러니 어떠한가, 고귀한 호족이여! 그대는 어째서 그대의 왕에게 무릎을 꿇지 않는 것인가?"

"노르만 혈통에게는 한 번도 무릎을 꿇은 적이 없습니다."

"그렇다면 노르만 인과 잉글랜드 인을 똑같이 보호함으로써 내가 경의를 받을 만한 자격이 있다는 것이 입증될 때까지 자네의 경의는 유보해 두기로 하지."

"전하, 저는 이제까지 당신의 용맹과 진가를 공평하게 평가해 왔습니다 … 또한, 에드거 애설링(Edgar Atheling)의 질녀이자 스코틀랜드의 맬컴 왕의 따님인 마틸다 왕후로부터의 혈통을 통해 왕의 자격이 있음을 주장하시는 것을 모르는 바도 아닙니다. 하지만 마틸다 왕후는 색슨 왕가의 혈통이긴 하지만 왕국의 후계자는 아니셨습니다."

"그대와 나의 왕위 자격을 따지고 싶지는 않소."

리처드 왕은 냉정하게 말을 이었다.

"하지만 주위를 좀 둘러보라고 명령하고 싶소, 그리고 그대가 나에 대항하여 왕위에 오를 만한 자를 어디서 찾게 될지 알고 싶소."

"제게 그 말을 해 주시려고 일부러 여기까지 찾아오신 겁니까? 색슨 왕족의 마지막 후예 위로 무덤이 닫히기도 전에 제 민족의 몰락으로 저를 꾸짖기 위해서 말입니까?"

세드릭의 안색은 말하는 동안 점점 어두워졌다.

"그것은 대담한 … 경솔한 짓입니다!"

"맹세코, 그렇지 않소. 그것은 한 용감한 자가 조금도 위협하는 기색 없이 또 다른 용감한 자를 지극히 신뢰하여 행한 일이오."

"말씀 잘 하셨습니다, 국왕 폐하 … 저의 연약한 반대에도 불구하고 왕이시며, 앞으로도 왕이시라는 것을 인정합니다 … 이제는 그것을 막을 단 하나의 방법도 감히 취하지 않겠습니다. 그 강한 유혹을 제 손이 미칠 만한 곳에 놓으셨지만 말입니다!"

"자, 그래서 내 부탁에 대해서 말인데, 그대는 내 정당한 군주로서의 권리를 시인하기를 거부하였지만 나는 그대를 신뢰하는 마음에 조그만 의혹도 없이 그 부탁을 요구하는 바일세. 나는 그대에게 약속을 지키는 사람으로써 부탁하는 것이오. 만일 그대가 약속을 저버리면 그대는 맹세를 하여 놓고도 지키지 않은 신의 없는 사람으로 생각될 테니 훌륭한 기사 아이반호의 월프레드를 용서하여 부친으로서의 애정을 쏟아 주시오. 이 부자간의 화해에는 나 역시 관계가 있다는 것을 인정할 테지 … 내 친구의 행복인 동시에 내 충성스러운 백성들 간의 불화도 가라앉히는 것이 되니까."

"그렇다면 이 사람이 월프레드라는 말씀입니까!"

세드릭은 아들을 가리키며 부르짖었다.

"아버님! 아버님!"

아이반호는 세드릭의 발치에 엎드리면서 외쳤다.

"제발 불효 자식을 용서해 주십시오!"

"용서하마, 내 아들아."

세드릭은 아이반호를 안아 일으키며 대답했다.

"헤러워드의 자식은 비록 노르만 인에게 한 것일지언정 자기 약속을 지킬 줄은 알고 있다. 하지만 네가 잉글랜드 조상의 복장과 의상을 갖춘 모습을 보고 싶다 … 내 점잖은 가족에게 짧은 외투와 화려한 모자와 기괴한 깃털 장식은 어울리지 않는다. 세드릭의 아들이 되려는 자는 그 자신이 잉글랜드의 혈통이라는 것을 보여 주어야 한다 … 네가 말하려고 하는 것은."

여기서 세드릭은 어조를 준엄하게 바꾸어 말했다.

"뭘 말하려는지 안다. 로웨나 공주는 약혼한 남편에게 하는 것처럼 2년 상을 치러야만 한다 … 만일 로웨나 공주가 결혼하기로 되어 있던 저 고인 … 태생으로 보나 가문으로 보나 더 이상 훌륭한 배필은 없었을 저 고인의 무덤이 … 아직 닫히기도 전에 공주에게 새로운 배필을 거론한다면 우리 색슨 선조께서는 우리 자손으로 생각하지도 않으실게다. 애설스탠 자신의 망령이 그 피투성이의 수의를 찢고 우리 앞에 나타나 그의 영정에 그러한 치욕을 끼칠세라 펄펄 뛸게다."

그런데 마치 세드릭의 이 말이 망령을 불러들이기라도 한 것처럼 그가 말을 내뱉자마자 문이 활짝 열리더니 수의로 감싼 애설스탠이 죽음에서 막 소생한 사람처럼 창백하고 수척한 모습으로 그들 앞에 서 있는 것이 아닌 가!

이 난데없는 유령의 출현에 세 사람은 소스라치게 놀라 완전히 넋이 나갔다. 세드릭은 놀라서 물러날 수 있는 데까지 벽으로 물러나 몸을 가눌 수 없는 사람처럼 벽에 기댄 채 시선을 한곳으로 고정하고 벌어진 입을 다물수 없다는 듯이 친구의 모습을 뚫어져라 응시했다. 아이반호는 성호를 긋고 생각나는 대로 색슨어, 라틴어, 혹은 노르만 프랑스어로 기도를 되풀이하였고, 한편 리처드는 베네디시테와 모르트 드 마 비에(내 생명의 죽음)를 번갈아 외웠다.

그 사이, 아래층에서는 무서운 함성이 들려왔고, 몇 사람이 큰 소리로 외쳤다.

"저 믿을 수 없는 수도사 놈들을 잡아라!"

그러자 다른 사람들이 외쳤다.

"저놈들을 지하 감옥으로 끌고 가자!"

"저놈들을 제일 높은 흉벽에서 던져 버리자!"

세드릭은 작고한 친구의 유령처럼 보이는 존재에게 말을 걸었다.

"신에게 맹세코, 네가 사람이라면 말을 하라! … 만일 유령이라면 무슨 이유로 우리를 찾아온 것인지, 혹은 네 영혼을 편히 쉬게 하기 위해 내가 해줄 일은 없는지 말하라 … 살았든 죽었든 애설스탠 경, 세드릭에게 말을 하란 말이오!"

그러자 유령이 매우 침착하게 대답했다.

"그러지요, 숨 좀 돌릴 시간을 준다면 말이죠 … 살았냐고 말씀하셨나요? 그래요, 마치 세 세대인 것처럼 아득하게 느껴졌던 사흘 동안 빵과 물로만 연명한 사람이 살아 있을 수 있는 만큼은 살아 있죠. 그래요, 빵과 물만으로요, 세드릭 어른! 하늘과 모든 성자들에게 맹세코 그 긴 사흘 동안 더 좋은 음식이 제 목구멍으로 넘어가 본 적이 없었습니다. 그런데도 신의 섭리로 제가 지금 이렇게 말을 하고 있단 말입니다."

그러자 흑기사가 끼어들었다.

"뭐라고 애설스탠, 나는 그대가 토퀼스톤 습격이 끝날 무렵 난폭한 성전기사에 의해 쓰러지는 것을 분명히 보았소. 그리고 나도 그렇게 생각하고, 왐바도 보고한 바이지만, 당신의 두개골은 치아까지 갈라지지 않았소?"

"그건 잘못 생각하신 겁니다, 기사님. 왐바도 거짓말을 한 것이고요. 제 이빨은 멀쩡한 걸요, 저녁 식사를 먹으면 금방 드러날 텐데요, 뭐 … 성전기사 그놈의 덕분은 아니지만, 어쨌든 놈의 칼은 제가 막아내려고 쳐들었던 철퇴 자루에 막혀 그놈 손에서 빙그르르 돌았기 때문에 칼날이 아닌 칼등에 제가 맞았던 겁니다. 그야 제 강철 투구만 쓰고 있었더라도 그까짓 것 별거 아니라고 여기고 놈에게 보기 좋게 역습을 날려 도망치지 못하게 했을 테죠. 하지만, 사실은 그렇지 못하여, 쓰러진 저는 그대로 기절해 버렸죠. 하지만 정말로 다친 데는 없었습니다.

한편, 양측의 병사들이 서로 치고 받고 학살되어 제 위에 쓰러졌으므로 저는 성 에드문도 교회의 제단 앞에 있는 관에 누워 있는 자신을 발견할 때까지도 의식을 회복하지 못했지요 … (다행스럽게도 그 관이 열려 있었기에 망정이지) … 저는 연신 재채기를 하고 … 신음을 했지요 … 그러다가 제정신이 들어 벌떡 일어나려고 했지요. 그때 그 소리를 듣고 공포에 가득 찬 교회지기와 수도원장이 달려 왔다가 말할 것도 없이 깜짝 놀랐죠. 그리고 그 유산을 물려받기로 되어 있던 사람이 살아난 것을 보고 전혀 좋을 리가 없었겠죠. 저는 술을 달라고 했습니다 … 놈들이 제게 술을 좀 주더군요, 하지만 약을 잔뜩 탄 것이었나 봅니다. 점점 더 깊이 잠이 들어 몇 시간 동안 깨어나지 못했으니까요. 그리고 깨어보니 두 팔이 수의로 칭칭 감겨 있는 것이 아닙니까 … 발은 어찌나 단단히 묶여 있던지 지금 생각해 보아도 발목이 아플 정도였지요 … 그리고 그곳은 완전히 깜깜했습니다 … 제 생각에는 놈들의 그 빌어먹을 수도원의 비밀 지하 감옥이었던가 봅니다.

밀폐되어 있고, 숨이 막힐 것 같이 축축한 냄새로 보아 또한 무덤으로도 사용되고 있는 것 같았습니다. 저는 제게 일어난 운명에 대해 기구하게 생각하고 있었는데, 그때 감옥 문이 삐걱거리더니 망할 놈의 두 수도사가 들어왔습니다. 놈들은 제가 연옥에 있는 것처럼 믿게 하려고 설득하려 했지만 저는 그 수도원장 놈의 헐떡이는 숨가쁜 소리를 너무도 잘 알고 있었죠 … 아, 성 히에로니무스여! 놈이 고기 한 덩어리만 더 달라고 제게 부탁하던 그 말투와는 어찌 그리도 다르던지요! 그놈이 크리스마스에서 예수 공현 축일(1월 6일)까지 저와 술잔치를 벌였으면서도 말입니다."

그러자 리처드 왕이 애설스탠을 진정시키려고 했다.

"참으시오, 애설스탠. 한 숨 돌리시오 … 천천히 이야기하도록 하시오 … 빌어먹을, 하지만 그런 이야기는 로맨스에서나 들을 법한 이야기로군."

"아아, 천만에요. 맹세코 이 사건에 로맨스 같은 것은 없었다고요! 그저 보리 빵 한 덩어리와 물 한 주전자 … 이것이 놈들이 제게 준 것이라고요. 그 인색한 배반자 놈들. 놈들의 최고의 자원이라야 불쌍한 농노들과 노예들에게 기도 몇 번 해 주고 감언이설로 꾀서 뺏어낸 베이컨 덩어리와 밀 몇 말이 전부였을 시절에 아버님과 저 자신이 놈들을 얼마나 배불리 먹여 주었다고요 … 그 배은망덕한 더러운 독사놈들의 소굴 같으니 … 저희들을 그렇게 돌봐준 은인에게 보리빵과 도랑물을 준단 말이야! 내 설령 파문당하는 한이 있더라도 놈들을 그 소굴째 태워 죽일 테요!"

"하지만, 성모 마리아께 맹세코, 애설스탠 경."

세드릭은 친구의 손을 꼭 움켜쥐며 물었다.

"이렇게 절박한 위험에서 무슨 수로 빠져나온 것이오? 놈들이 마음을 누그러뜨리기라도 했단 말이오?"

"놈들의 마음이 누그러졌다고요! 흥, 햇빛에 바위가 녹는답니까? 저는 아마 그 수도원에서 꼼짝도 하지 못한 채 아직까지 있었을 겁니다. 그런데 제가 어디에 어떻게 산 채로 매장되어 있는지 잘 알면서도 꿀벌통에서 기어 나오는 벌떼처럼 몰려들어 제 장례식 잔치에 참석하여 뭔가 처먹으려고 놈들의 행렬이 이리 몰려오는 것을 알았습니다. 저는 놈들이 찬가를 낮게 부르는 소리를 들으면서도 제 육신은 그렇게 굶주리게 만든 놈들이 제 영혼을 위해 노래를 부르고 있는 것이라고는 전혀 생각지 못했습니다.

하지만 놈들은 가 버렸고, 저는 먹을 것이 오기만을 오랫동안 기다렸죠 … 그것은 뭐 이상할 것도 없었습니다 … 통풍에 시달리는 그 교회지기는 자기 밥통에만 정신이 팔려 제 것은 안중에도 없었죠. 결국 한참 후에야 오더군요. 휘청휘청한 발걸음으로 몸에서는 강한 술 냄새와 맛있는 음식 냄새를 풍기면서 말이지요. 놈은 기분이 좋아 마음이 풀어졌는지 전에 먹던 음식 대신 고기 파이 한 조각과 포도주 한 병을 남겨 놓고 가더란 말입니다. 저는 그것을 먹고 마셔서 어느 정도 기운을 차렸습니다. 그리고 더욱 다행스럽게도 그 교회지기 녀석은 너무 마셔서 그런지 마침 교도관으로서의 자기 임무를 제대로 못하여 꺾쇠를 빼고 문에 자물쇠를 채우는 바람에 문이 조금 열렸습니다. 저는 열린 문으로 들어오는 빛과 조금 전 먹은 음식과 포도주 덕분에 제법 궁리를 할 수 있게 되었지요. 저를 묶은 쇠사슬이 고정되어 있던 꺾쇠는 저나 저 망할 놈의 수도원장이 생각했던 것보다는 훨씬 녹이 슬어 있었습니다. 그 지옥과도 같은 지하 감옥의 습기에서는 무쇠도 녹이 슬지 않고는 배길 수 없었을 겁니다."

리처드가 다시 말을 잘랐다.

"숨 좀 돌리시오, 애설스탠. 그리고 그런 무시무시한 이야기를 계속하기 전에 뭐라도 좀 들도록 하시오."

"먹으라고요! 저는 오늘 하루에만 다섯 번이나 먹은 걸요 … 그리고 그 맛좋은 햄 한 조각이 전적으로 이 사건과 관계가 없다고 할 수는 없죠. 그런데 한 잔 술로 정신 좀 차리게 해 주시지요."

손님들은, 여전히 놀라 입을 벌린 채였지만, 소생한 집주인을 위하여 축배를 들었고, 애설스탠은 다시 이야기를 이어나갔다. 그런데 애설스탠이 처음 이야기를 시작했을 때 들었던 사람보다도 이제는 청중이 많이 불어나 있었다. 성 안의 일들을 정리하기 위해 필요한 어떤 명령들을 내려놓고, 에디스가 이 죽었다 살아난 아들을 따라 손님들의 방으로 올라왔고, 그 뒤를 따라 또 많은 손님들이 남녀를 가리지 않고 올라와 좁은 방이 미어 터질 지경이었기 때문이다. 한편 미처 방에 들어가지 못하고 계단에 모여 있던 다른 사람들은 이 이야기를 잘못 듣고서 그것을 아래에 있는 사람에게 부정확하게 전달하였고, 그 이야기를 들은 사람들은 건물 밖에 있는 서민들에게 다시 진실과는 완전히 상반되게 전해 주었다. 하지만 애설스탠은 자기가 도망친 부분부터 다음과 같이 이야기를 계속 하였다.

"꺾쇠를 뜯어내어 자유로운 상태가 되자 저는 족쇄가 채워지고 단식으로 수척해진 사람이 할 수 있는 한 제 몸을 끌고 계단으로 올라갔습니다. 그리고 한참 더듬거리며 돌아다닌 후에야 유쾌한 노랫소리에 이끌려 어느 방으로 들어갔죠. 그곳에는 그 교회지기 놈이, 이런 말을 해도 될지 모르지만, 회색 외투와 두건을 걸친 성직자라기보다는 도둑놈처럼 보이는 사제 놈과 악마의 미사를 드리고 있더라고요. 그놈은 짙고 검은 커다란 눈썹에 어깨가 딱 벌어졌답니다. 저는 당장 놈들 사이로 뛰어들어갔지요. 수의를 걸친 품과 쇠사슬이 삐걱대는 소리에 제가 이 세상 사람보다는 저세상 사람으로 보였던 모양입니다. 놈들은 저를 보고 아연실색하여 서 있더군요. 제가 교회지기 놈을 주먹으로 때려 눕히자 놈의 술친구였던 다른 녀석이 커다란 육척봉을 제게 휘두르더군요."

그 말에 리처드가 아이반호를 바라보며 덧붙였다.

"그자는 영락없이 우리의 수도사 턱이로구먼."

"놈은 마음만 먹으면 악마도 될 수 있는 놈이었습니다. 그런데 다행스럽게도 놈의 육척봉이 비켜갔죠. 맞붙어 싸우려고 제가 달려들었더니 놈은 꽁지가 빠지게 도망치는 것이 아닙니까. 저는 교회지기 놈의 허리춤에 걸려 있던 열쇠꾸러미에서 족쇄의 열쇠를 찾아 두 뒤꿈치에 달려 있는 족쇄를 풀어 버렸죠. 그리고는 그 열쇠꾸러미로 교회지기 놈의 골통을 부숴 버릴까 생각했지만 제가 잡혀 있을 때 놈이 준 고기 파이와 술병에 대한 고마운 마음이 불현듯 떠오르더라고요. 그래서 분이 풀릴 때까지 놈을 두 번 정도 걷어차 바닥에 내동댕이친 다음에 두 놈들이 마음껏 처먹고 있던 구운 고기와 포도주로 배를 채우고는 마구간으로 달려갔습니다. 아, 그랬더니 어느 개인용 마구간에 저의 그 훌륭한 말이 있는 것 아니겠습니까. 그것은 틀림없이 그 수도원장 놈이 전용으로 쓰려고 따로 분리해 놓은 것이 틀림없었습니다.

저는 즉시 말을 잡아타고, 말이 달릴 수 있는 전속력으로 이곳으로 온 것입니다 … 그런데 제가 어디를 가든 모두 저를 유령으로 여기고 도망치는 것 아니겠어요. 더욱이 남에게 얼굴을 들키지 않으려고 수의의 두건을 얼굴 위로 푹 눌러쓰고 있었으니 한층 더 그랬겠죠. 성 안의 뜰에서, 자기 주인의 장례식을 거행하기 위해 모였다는 사실을 생각하면 너무하다 싶을 정도로 사람들을 웃기고 있던 마술사의 조수라고 생각되지 않았더라면 저는 아마 제 성으로 들어오지도 못했을 것입니다 … 이제야 하는 말인데, 급사장은 저를 마술사의 무언극에서 어떤 역할을 맡아 그렇게 옷을 입은 것으로 생각했고, 그 덕분에 저는 안으로 들어올 수 있었지요. 그래서 부랴부랴 어머니께로 달려가 제 모습을 보여 드리고 급히 요기를 한 후에, 고귀한 벗인 세드릭 당신을 찾아 이렇게 온 것입니다."

그러자 그 말을 세드릭이 받았다.

"그대는 내가 명예와 자유를 위한 우리의 용감한 계획을 다시 시작할 준비가 되어 있다는 것을 잘 알고 있소. 그래서 하는 말인데, 고귀한 색슨 종족의 해방을 위해서 내일 아침처럼 상서로운 날은 다시 오지 않을 거요."

"누구를 해방시킨다는 말은 제게 하지도 마십시오. 제 한 몸 구한 것만으로도 천만다행입니다. 저는 그보다는 저 못된 수도원장 놈을 혼내주고 싶습니다. 놈을 사제복과 영대를 두른 채 이 코닝스버러 성 꼭대기에 매달고 말 테요. 그리고 만일 계단이 너무 좁아서 놈의 뚱뚱한 몸뚱어리가 지나가지 못한다면 밖에서라도 달아 올릴 겁니다."

그러자 애설스탠의 모친인 에디스 부인이 말렸다.

"하지만, 얘야. 그 사람이 성직자라는 점을 생각하려무나."

"제가 사흘 동안 꼬박 굶은 것을 생각해 보세요. 한 놈도 빼놓지 않고 놈들의 피를 다 뽑아버릴 거예요. 프롱 드 뵈프는 그보다 더 사소한 일로 산 채로 불에 타 죽은 걸요. 프롱 드 뵈프는 마지막 수프 요리에 마늘을 너무 넣었을 뿐 그래도 포로들에게 좋은 음식을 주었으니까요. 하지만 이 위선적이고 배은망덕하며 제 식탁에서 그렇게 자주 자청해서 알랑거리던 놈들은 마늘 넣은 수프는커녕 아무것도 안 주었으니 헹기스트의 영혼에 맹세코 살려둬서는 안 됩니다!"

"설마, 내 고귀한 벗이여 … "

세드릭이 친구를 말렸다.

"왜 안 됩니까, 제 고귀한 벗이여 … "

애설스탠도 지지 않고 대답했다.

"놈들을 죽여야 해요, 그것도 한 놈도 남김없이 말이죠. 그놈들이 제일 훌륭한 수도사라고 해도, 세상은 놈들 없이도 잘 굴러갈 테니까요. "

그러자 세드릭이 꾸짖듯 타일렀다.

"창피하게 무슨 소리요, 애설스탠 경. 그대 앞에 영광의 길이 펼쳐져 있으니 그런 비열한 놈들은 잊어버리시오. 이 노르만 왕, 앙주의 리처드를 향하여, 제 아무리 사자심 왕이라 할지라도 참회왕 에드워드의 후예가 살아 있어 다투는 동안은 리처드 왕도 앨프레드 대왕의 왕좌를 당연한 것으로 여기지는 못할 것이라고 말하시오."

"뭐라고요! 그럼 이분이 고귀하신 리처드 왕이란 말이오?"

"바로 리처드 플랜태저넷 그분이오. 허나 그것을 일깨워드릴 필요도 없겠지만 자진해서 손님으로 온 것이니까 해를 입히거나 포로로 감금해서는 안 되오 … 이분에 대해 주인으로서의 의무를 잘 알고 있을 테죠."

"아, 물론이고요! 게다가 신하로서의 의무도 잘 알고 있죠. 지금 이 자리에서 당장 신하로서의 충성을 맹세 드리는 바이니까요."

"애야, 너의 왕권에 대해서 생각해 보려무나!"

"잉글랜드의 자유를 생각해 보시오, 이 타락한 왕자여!"

세드릭도 한마디 했다.

"어머니와 세드릭 경, 그런 책망은 그만 두시오 … 빵과 물과 지하 감옥은 놀랍게도 야망을 억제하는 것이어서, 저는 무덤에 들어갈 때보다 더 현명한 사람이 되어 나왔습니다. 색슨 독립이라는 어리석은 생각의 절반은 저 불성실한 울프람 수도원장이 제 귓속에 불어넣은 것입니다. 그러니 이제는 놈이 믿을 만한 조언자인지 판단하실 수 있을 것입니다. 놈이 이러한 음모를 선동한 이후로, 제게는 바쁜 여행, 소화 불량, 몰매와 타박상, 감금과 기아 외에는 아무것도 없었습니다. 게다가 그런 음모는 수천의 무고한 백성들을 죽이는 것으로 끝이 날 뿐입니다. 그래서 말하는데, 저는 제 영지에서만 왕이 되겠습니다. 그 외에는 결코 안 할 것입니다. 그리고 저의 최초의 주권 행위는 수도원장을 목매다는 것입니다."

"내 피후견인 로웨나는 … 설마 공주를 버릴 작정은 아니겠죠?"

"세드릭 어른, 좀 조리 있게 생각해 보시란 말입니다. 로웨나 공주는 저를 조금도 좋아하지 않습니다 … 저의 이 온몸보다도 윌프레드의 새끼손가락을 더 사랑할걸요. 저기 그것을 보증하려고 서 계시는군요 … 아니, 뭐 그렇게 얼굴을 붉힐 것은 없습니다. 시골 호족보다 궁정의 기사를 사랑하는 것이 뭐 부끄러운 일이겠습니까 … 그렇다고 웃지는 마시오, 로웨나 공주. 수의와 말라빠진 용모가 재밌거리는 아니니까 … 아니, 그대가 꼭 웃어야 한다면 내가 더 좋은 웃음거리를 찾아주겠소 … 손을 이리 줘 보시오, 아니면 빌린다고나 할까, 그저 친구로서 요구하는 것뿐이니까 … 자, 이보게, 아이반호의 윌프레드, 그대를 위해 나는 포기하고 깨끗이 물러서겠네 … 아니! 이게 대체 어찌된 일이야, 윌프레드가 없어졌잖아! 허나 내 눈이 이제까지 겪은 굶주림으로 아직까지 눈이 핑핑 돌지만 않는다면 바로 조금 전까지도 그가 여기 서 있는 것을 보았는데."

이 말에 모든 사람들이 주위를 둘러보며 아이반호를 찾았지만 그는 정말로 사라져 버리고 없었다. 마침내 한 유대인이 그를 찾아왔었다는 사실이 밝혀졌다. 그리고 짧게 뭐라고 이야기를 나눈 후 아이반호가 거스를 불러 갑옷을 준비시키라고 요구하더니 성을 떠나 버렸다는 것이었다.

애설스탠은 이제 로웨나 공주를 향해 말을 이었다.

"공주, 아이반호가 이렇게 갑작스럽게 사라진 것은 무슨 중대한 이유가 있어서겠지만, 만일 아니라고 생각할 수 있다면, 나는 다시 … "

그러나 아이반호가 사라졌다는 것을 처음에 알고 공주의 손을 놓자마자, 공주는 자기 입장이 무척 난처하다는 것을 깨닫고 있었으므로 그 틈을 타 재빨리 방에서 나가 버렸다.

"분명히, 여자들은 모든 생물 중에서, 수도사 놈들과 수도원장 놈들을 제외하고는 믿을 수 없는 존재란 말이야. 내가 공주에게서 감사와, 어쩌면 덤으로 입맞춤까지 기대하지 않았다면 나는 이교도라고 할 수 있겠죠 … 이 빌어먹을 수의가 그들에게 분명 마법을 건 것이 틀림없어, 모두들 내게서 도망치니 말이야 … 그래서 말씀인데요, 고귀하신 리처드 국왕 폐하. 충성의 맹세로, 즉 신하로서 … "

그러나 이미 리처드 왕 역시 사라진 후였고, 어디로 갔는지 아는 사람이 아무도 없었다. 그러다 결국 다음과 같은 사실이 밝혀졌다. 왕은 안뜰로 급히 내려가더니 아이반호와 말을 나누었던 유대인을 불러 그와 몇 마디 나누었고, 급히 말을 준비시켰다고 한다. 그리고 말에 올라타고 유대인도 강제로 다른 말에 태우더니, 왐바에 따르면 그 늙은 유대인의 목이 부러진들 한 푼의 값어치도 없을 만큼 놀라운 속력으로 떠나갔다고 했다.

"하느님께 맹세코, 저 제네복이 내가 없는 동안 내 성을 수중에 넣은 것이 틀림없어. 나는 바로 무덤에서 소생한 증거로 수의를 입고 돌아온 데다, 내가 말을 거는 사람들은 내 목소리를 듣자마자 사라져 버리니! 하지만 그에 대해 지껄여봤자 뭔 소용이 있겠어. 친구들, 오시오 ··· 남아 있는 분들은 나를 따라 연회장으로 갑시다, 우리들 가운데 더 이상 아무도 사라지지 않게 말입니다 ··· 옛 색슨 귀족의 장례식에 어울릴 만큼 아직 성찬이 준비되어 있을 겁니다. 그리고 우리가 더 이상 우물쭈물거리고 있다가는 그 악마란 놈이 잔칫상을 통째로 들고 도망쳐 버릴지 누가 압니까?"

43장

모우브레이의 죄여, 가슴 속 깊이 짓누르길,
그자의 거품 내뿜는 군마의 등을 부러뜨려
그를 시합장에 내동댕이치도록.
그 비겁한 놈을!

「리처드 2세」

장 면은 다시 성, 즉 템플스토 지부의 외곽에서 피비린내 나는 죽음이 레베카의 생사를 결정하려는 순간으로 바뀐다. 그것은 마치 온 인근 마을에서 철야 축제나 시골 축제에 그 주민들이 쏟아져 나온 것처럼 소란스럽고 번화한 광경이었다. 비록 검투사들이 일 대 일로 벌이는 싸움이나 여럿이 벌이는 마상 시합에서 당시 사람들이 서로의 손에 쓰러지는 용감한 자들의 피 흘리는 광경에 익숙해 있기는 했으나, 피와 죽음을 보려는 열렬한 욕망이 그 암흑시대에만 국한된 것은 아니었다. 심지어 도덕이 훨씬 개화되어 있다고 하는 요즘 시대에도 사형 집행, 권투 시합, 폭동, 또는 급진 개혁자들의 집회에는 어마어마한 구경꾼들이 상당한 위험을 무릅쓰면서도 몰려드는 것이다. 그런 일들이 어떻게 결론 날지, 또는 그날의 영웅들이, 폭동에 가담한 재봉사의 씩씩한 말을 빌면, 부싯돌(승자)인지 똥더미(패자)인지 알아보는 것 외에 다른 관심은 없었던 것이다.

그래서 많은 군중들의 눈은 그 행렬을 직접 보기 위하여 템플스토 지부의 문에 쏠려 있었다. 그보다 훨씬 더 많은 사람들이 그 건물에 부속되어 있는 마상 시합장 주위를 이미 에워싸고 있었다. 이 시합장 구내는 지부에 바로 붙어 있는 평평한 대지 위에 조성되어 있었는데, 군사 훈련이나 기사들의 운동 경기를 위하여 세심하게 다져져 있었다. 그곳은 부드럽고 완만하게 솟아오른 언덕 위에 자리잡고 있었고, 주위에는 말뚝 울타리가 꼼꼼하게 둘러쳐져 있었다. 또한 성전 기사들은 자기들의 무술 솜씨를 선보이기 위해 구경꾼들을 기꺼이 초대하였으므로 사람들이 구경할 수 있도록 관람석과 긴 의자 등이 충분히 마련되어 있었다.

이번 경우에는, 동쪽 끝에 기사단장을 위하여 옥좌가 마련되었고, 그 주위로는 지부장들과 이 교단의 기사들을 위한 특별석이 준비되어 있었다. 이 좌석들 위로는 르 보세앙이라 부르던 성스러운 깃발이 나부끼고 있었다. 그 이름이 전쟁의 함성이듯이, 그것은 당연히 성전 기사단의 기장이었다.

시합장의 맞은 편 끝에는 장작더미가 있었다. 장작단은 땅 속에 깊숙이 박힌 화형주 주위로 배열되어 있었고, 그곳에 묶여 화장 당할 운명의 희생자가 그런 목적으로 이미 걸려 있는 족쇄로 화형주에 묶일 수 있도록 그 둘, 그런 사형집행장 안으로 들어갈 수 있을 만한 공간이 남겨져 있었다. 이 끔찍한 장치 옆에는 네 명의 흑인 노예가 서 있었는데, 그 당시 잉글랜드에 거의 알려져 있지 않았던 검은 피부와 아프리카인 특유의 용모는 구경꾼들의 간담을 서늘하게 했다. 구경꾼들은 그들이 악마적인 의식을 거행하기 위하여 고용된 악마들인 양 그들을 바라보고 있었다.

이 노예들은 가끔 대장인 것처럼 보이는 자의 지시에 따라 준비된 장작을 옮기거나 바꾸거나 하는 일 외에는 꼼짝도 않고 서 있었다. 그들은 군중 쪽을 바라보지도 않았다. 사실, 그들은 자기들의 그 끔찍한 의무를 수행하는 것 외에는 군중들의 존재와 모든 것에 관심이 없는 것처럼 보였다. 서로 이야기를 주고받으며 마치 고대하는 비극에 대한 생각으로 히죽 웃는 것처럼 그 두툼한 입술을 벌리고는 하얀 송곳니를 드러낼 때면 놀란 군중들은 그들이 사실은 화형당할 그 마녀와 친하게 지내던 마귀로서, 이제 마녀의 시대가 막을 내리자 그녀가 끔찍하게 처벌받는 것을 돕기 위하여 그렇게 서 있는 것이라고 생각하지 않을 수 없었다. 사람들은 서로 속삭이며 그 어지럽고 불행한 시대에 당연히, 악마에게 어울리는 것 이상으로 터무니없이 주위대며 사탄이 행했던 온갖 악행들을 늘어놓았다.

그 가운데 한 농부가 자기보다 연배가 높은 다른 농부에게 말을 꺼냈다.

"데넷 어른, 그 악마란 놈이 저 위대한 색슨 호족, 코닝스버러의 애설스탠 경을 송두리째 채갔다는 말을 못 들으셨나요?"

"듣고 말고, 하지만 하느님과 성 둔스탄의 축복으로 다시 데려 왔다지."

"어떻게 말이지요?"

금실로 수놓인 푸른 외투를 걸친 쾌활한 청년 하나가 두 사람의 대화에 끼어들었다. 등에 하프를 지고 있는 튼튼한 젊은이가 청년의 뒤에 앉아 있는 것으로 보아 청년의 직업을 짐작할 수 있었다. 그 음유 시인은 신분이 천한 것 같지는 않았다. 화려하게 수놓은 눈부신 더블릿 외에도 목에는 하프 줄을 맞출 때 쓰는 조율건이 매달려 있는 은목걸이를 차고 있었기 때문이다. 오른쪽 팔에는 은판이 있었는데, 판에는 통례대로 자기 가족이 소속되어 있는 영주의 기장이나 견장인 문장 대신에 셔우드라는 글자만이 새겨져 있었다. 그 쾌활한 음유 시인은 두 농부의 대화에 끼어들며 물었다.

"그게 도대체 무슨 뜻이냐고요? 저는 시에 쓸 만한 소재나 하나 찾을까하여 온 것인데, 덕분에 하나 더 찾는다면 반가운 일인걸요."

그러자 나이 든 농부가 말을 받았다.

"내 확실히 보증하는데, 코닝스버러의 애설스탠 나리는 돌아가신 지 4주 만에 … "

그러나 음유 시인이 말을 잘랐다.

"에이 그럴 리가요, 아슈비 드 라 주시의 무술 시합에서 그분을 이 두 눈으로 직접 본걸요."

그러자 이번에는 젊은 농부가 대꾸했다.

"어쨌든 돌아가셨다니까요, 아니면 승천했거나. 성 에드문도 수도원의 수도사들이 그분을 위해 장송가를 부르는 것을 내 두 귀로 분명히 들었으니까요. 게다가, 코닝스버러 성에서는 장례 음식과 하사품이 아주 잘 나왔다니까요. 나도 거기에 갔습니다만, 그 마벨 파킨스란 놈이 … "

그러자 노인이 머리를 흔들며 말을 가로챘다.

"맞아, 애설스탠 나리는 돌아가셨네. 그래서 더욱 안타까운 일이지, 왜냐하면 색슨의 오랜 혈통이 … "

음유 시인이 답답하다는 듯 말을 잘랐다.

"하지만, 아까 그 얘기요, 아까 하던 이야기 말이에요."

그런데 이번에는, 그들 옆에 서서 순례자의 지팡이 같기도 하고 육척봉 같기도 한, 아마도 경우에 따라 두 용도로 다 쓸 수 있는 막대기에 기대 서 있던 건장하게 생긴 탁발승이 끼어들었다.

"그래, 맞아. 당신들 이야기를 좀 더 알아 듣게 해 보란 말이오 … 우리는 시간이 별로 없단 말이야."

그러자 데넷 노인이 이야기를 시작했다.

"거참, 이런 얘기 듣고 기분이 안 상할지 모르지만, 한 술 취한 사제가 성 에드문도 수도원의 교회지기를 찾아왔는데 … "

"흥, 당연히 기분이 상하지. 술 취한 사제 같은 놈이 있다니 말이오. 아니, 설령 그런 놈이 있다 치더라도 속인 주제에 사제를 그렇게 말하다니. 이보시오, 좀 예의를 지켜서 말할 수 없소. 그 성직자가 오로지 묵상에 잠겨 있던 나머지 마치 위가 햇 포도주로 가득 찬 것처럼 머릿속이 빙글빙글 돌고 다리가 휘청거린 것이라고 말을 바꾸란 말이오 … 나도 그렇게 느낀 적이 있었단 말이오."

"그럼 좋습니다. 그 경건한 사제께서 성 에드문도의 교회지기를 찾아왔다고 합디다 … 그 찾아온 사제는 일종의 무식쟁이라고나 할까요. 그리고 숲에서 사라지는 사슴의 절반은 그 사제가 죽인다고 합디다. 게다가 미사 종을 치는 것보다는 술통을 들이켜는 것을 더 좋아하고, 베이컨 고기 한 덩어리가 성무 일과서보다 열 배는 더 가치가 있다고 생각하는 작자랍니다. 그 밖에 들은 바로는, 사람 좋고 쾌활하며, 육척봉도 휘두르고 활도 쏘며, 요크셔의 그 어떤 사람과 쳐서 원무(圓舞)도 출 수 있다고 합디다."

그러자 음유 시인이 말 중간에 끼어들었다.

"데넷 노인, 방금 한 말 가운데 마지막 부분은 갈빗대 한두 대쯤 나갈 것을 면하게 해 주었군요."

"쳇, 뭐라고, 그런 놈을 무서워할 줄 알고. 내가 나이를 먹어 몸이 좀 굳긴 했어도, 소싯적에 동커스터 시합장에서 종과 양을 받기 위해 싸웠을 때는 …"

"얘기요 … 하던 얘기는 어찌 되었지요."

"그야, 뭐. 얘기라는 것이 이것뿐이라니까 … 코닝스버러의 애설스탠 나리가 성 에드문도 수도원에 묻히셨다는 거지."

그러자 이번엔 탁발승이 끼어들었다.

"흥, 거짓말이오, 그것도 새빨간 거짓말이라고. 그 양반이 코닝스버러의 자기 성으로 실려온 것을 내 두 눈으로 똑똑히 본 걸."

"에이, 그렇다면 어디 당신들이 직접 말해 보구려, 이 양반들아."

자꾸 거듭되는 항변에 샐쭉해진 데넷 노인이 골을 냈다. 하지만 동행인 젊은 농부와 음유 시인이 사정사정하여 겨우 이야기를 다시 시작하도록 어렵사리 설득할 수 있었다.

"이 근실한 두 수도사가, 이 사람들은 자기들을 그렇게 불러줘야 직성이 풀릴 거거든, 이 두 사람이 맥주며, 포도주며 무엇이든 닥치는 대로 한창 거나하게 계속 들이켜고 있었는데, 깊은 신음 소리와 쇠사슬 끌리는 소리에 술이 확 깨고 말았다고 합니다. 거기다 작고한 애설스탠 나리가 방으로 들어오며 '이 사악한 사제 놈들아!' 하고 버럭 소리를 질렀다지 뭐요."

그러자 탁발승이 황급히 말을 잘랐다.

"그건 아니야, 그 양반은 한마디도 안 했다고."

그 말에 음유 시인이 수도사를 농부들로부터 떨어뜨려 잡아끌며 소곤거렸다.

"아니, 턱 수도사! 무슨 소리를 하는 겁니까! 뭔 뚱딴지같은 소리예요."

"알란 어 데일, 내 확실히 말하는데, 코닝스버러의 애설스탠이 살아 있는 사람처럼 사지육신 멀쩡한 모습을 내 두 눈으로 똑똑히 보았단 말일세. 그 사람은 수의를 걸치고 무덤 냄새를 온통 풍기고 있었지 … 백포도주 한 통을 들이켜도 그 기억을 지워 버릴 수가 없다니까!"

"쳇, 지금 나를 놀리고 있는 겁니까!"

"황소라도 쓰러뜨릴 만한 내 육척봉으로 그자를 후려치지 않았다면 내 말을 믿지 않아도 좋아. 한데 내 육척봉은 연기 기둥을 뚫듯이 그자의 몸을 비켜갔단 말이야!"

"성 후베르토에게 맹세코, 그것 참 놀라운 이야기로군요. 그리고 오래된 가락 '슬픔이 늙은 탁발승에게 찾아들었네'에 운율이 꼭 들어맞는 걸요."

"비웃고 싶으면 마음대로 비웃어 보라고. 하지만 내가 그런 주제에 맞춰 노래 부르고 있는 걸 본다면, 다음에 올 귀신이나 악마가 즉시로 날 물어가라지! 아니, 아니지 … 방금 생각난 건데, 마녀를 화형시키는 것이나, 천벌을 가리기 위한 결투나 혹은 뭐 그 비슷한 경건한 의식과 같은 훌륭한 일에 도움이 되어야겠다고 마음먹었으니 나는 여기 남아 있어야겠구먼."

그렇게 이야기를 나누고 있는데, 템플스토 지부로부터 약간 떨어진 작은 마을에 위치하고 있던 유서 깊은 건물인 템플스토의 성 미카엘 교회로부터 묵직한 종소리가 들려오자 두 사람은 짧은 입씨름을 그만 두었다. 낮게 가라앉은 종소리는 대기가 쇠종소리의 반복에 의해 다시 채워지기 전에 앞의 소리가 먼 메아리로 잦아들 만한 짬만 남겨두며 한 번씩 차례차례 귓전에 울렸다. 임박한 의식의 신호인 이 종소리는 모여 있던 군중들의 마음을 공포로 오싹하게 만들었고, 군중들의 눈은 기사단장과 용사와 죄인이 나타나기를 기다리며 지부 쪽으로 집중되었다.

마침내, 도개교가 내려지고, 문이 열리자. 성전 기사단의 커다란 깃발을 든 기사 하나가 여섯 명의 나팔수를 앞세우고 성에서 나왔다. 그 뒤로는 지부장이 둘씩 짝을 지어 나왔고, 좀 더 단순한 종류의 마구를 단 위풍당당한 말을 타고 기사단장이 그 뒤를 이어 나왔다. 그 다음에는 온 몸을 빛나는 갑옷으로 무장했지만 창과 방패와 칼은 자기가 들지 않고 뒤를 따르는 두 명의 시종이 들게 한 브리앙 드 봐 길베르가 나왔다. 그의 얼굴은, 비록 모자에서 나부끼고 있는 기다란 깃털에 의해 부분적으로 가려 있었지만 자존심과 우유부단함이 다투고 있는 듯한 감정이 강하고도 복잡하게 얽혀 있는 표정이었다. 마치 며칠 밤이나 잠을 못 이룬 사람처럼 유령같이 창백했지만 성전 기사단 최고의 창기병에 어울릴 만한 평상시의 여유 있고 우아한 솜씨로 거칠게 발버둥치는 군마를 통제하고 있었다. 그의 대체적인 겉모습은 당당하고 위엄이 있었다. 하지만, 더 주의 깊게 살펴보면, 우울한 얼굴에서 기꺼이 시선을 피하고 싶게 만드는 그 무엇이 있음을 읽을 수 있었다.

양쪽에는 전사에게 대부 역할을 해 주는 몽 피셔의 콘라드와 알베르 말부아상이 말을 타고 함께 나왔다. 두 사람은 평온할 시에 입는 예복인 교단의 하얀 복장을 하고 있었다. 그들 뒤로는 성전 기사단의 다른 훈작사들이 언젠가는 교단의 정식 기사가 되는 영예를 열망하는 지원자들인 검은 옷을 걸친 시종과 종자의 긴 행렬과 함께 나왔다. 이 견습생들 뒤로는 똑같이 검은 제복을 입은 호송대가 걸어 나왔는데, 그들 한가운데에 자기의 운명의 현장을 향하여 서서히 그러나 낙심하지는 않은 발걸음으로 움직이는 피고의 창백한 모습이 눈에 띄었다. 레베카에게서는 모든 장신구들이 떼어져 있었는데, 아마도 그 장신구 가운데, 고문을 당하는 와중에도 죄를 자백하는 힘을 빼앗기 위해 사탄이 제물에게 주었으리라 생각되는 부적이 있을까 염려했기 때문이었다. 전에 걸쳤던 동양풍의 옷들은 가장 단순한 형태의 초라한 하얀 옷으로 바뀌어 있었다. 그렇긴 해도, 레베카의 용모에는 용기와 체념이 절묘하게 섞여 나타나 있었으므로, 그런 초라한 복장을 하고 그 기다란 검은 머리칼 외에는 다른 아무 장식이 없었어도 그 모습을 보는 사람들의 눈에서는 눈물이 흘러내렸다. 아무리 심한 고집불통이라 하더라도 그토록 아름다운 여인을 천벌 받을 사람이자 악마에게 사로잡힌 노예로 바꾸고 만 그 운명을 한탄하지 않을 수 없었다.

그 지부에 속해 있는 하급 인사들의 무리는 모두 팔을 포개고 시선은 땅에 둔 채 일사불란하게 움직이며 피고 뒤를 따랐다.

이 느릿한 행렬은 정상에 마상 시합장이 있는 부드럽게 솟은 언덕으로 올라간 후 시합장 안으로 들어가 시합장 주위를 오른쪽에서 왼쪽으로 삥 돌았다. 한 바퀴를 다 돌고 난 후에는 걸음을 멈췄다. 그때에 일시적으로 소란스러워졌으나, 그 사이 기사단장과 전사와 그 두 대부를 제외한 모든 수행원들이 말에서 내렸다. 말들은 시종들에 의해 그 즉시 시합장에서 끌려나갔는데, 시종들은 그럴 목적으로 대기하고 있었던 것이었다.

불행한 레베카는 장작더미 옆에 놓여 있던 검은 의자로 끌려갔다. 마음에는 당황스럽고 몸에는 고통스러운 죽음을 위해 준비되어 있던 그 끔찍한 장소를 처음 보았을 때 레베카는 몸을 부르르 떨며 눈을 감은 채, 아무 말도 들리지 않았지만 입술이 움직이는 것으로 보아 틀림없이 속으로 기도를 올리고 있는 모습을 보였다. 하지만 잠시 후에는 눈을 뜨고 마음에 익혀두려는 듯이 장작더미를 뚫어질 듯 바라보다가 천천히 자연스럽게 고개를 돌렸다.

그 사이, 기사단장은 자기 자리에 앉았다. 교단의 기사들이 각자 적당한 지위에 따라 그 주위와 뒤에 앉고 나자 우렁차고도 긴 나팔 소리가 재판관들이 재판을 위해 착석했음을 알렸다. 그때 전사의 대부 역할을 하고 있던 말부아상이 앞으로 걸어나와 결투 신청의 담보물인 레베카의 장갑을 기사단장의 발치에 놓았다.

"용맹하신 주인이자 거룩한 단장이시여, 제가 지금 당신의 발치에 내려놓은 결투 신청의 담보물을 받아들임으로써 오늘 결투에서 자기 의무를 반드시 수행하여 레베카라는 이름의 이 유대 처녀가 시온의 가장 거룩한 성전 기사단 총회에서 마녀로 처형될 것을 선고하는 판결을 받아 마땅하다는 것을 주장하게 되어 있는 성전 기사단의 지부장인 훌륭한 기사 브리앙 드 봐 길베르가 이 자리에 섰습니다 … 말씀드리는 바, 기사단장님의 고귀한 의지에 맞는다면 그가 기사답고 명예롭게 그러한 결투를 수행하기 위해 이 자리에 선 것입니다."

"그는 자신의 결투가 정당하고 명예로운 것이라고 맹세하였는가? 십자가와 기도서를 내놓아라."

그러나 말부아상이 서슴없이 대답했다.

"경애하는 기사단장님, 여기 있는 저희 형제는 훌륭한 기사 콘라드 드 몽피셰가 자기에게 제기한 비난의 진위에 대해 이미 복수를 맹세하였습니다. 만약 그렇지 않다 해도, 그의 적수가 불신자이므로 맹세는 하지 않을 것이라는 점을 고려하면 그 역시도 맹세를 할 필요가 없습니다."

알베르 말부아상 자신에게 매우 기쁘게도 그 설명은 더할 나위 없이 만족스러운 것이었다. 그 간교한 기사는 많은 사람들이 모인 앞에서 그러한 맹세를 하도록 브리앙 드 봐 길베르를 설득한다는 것이 매우 어렵거나, 차라리 불가능하다는 점을 이미 예견하였으므로 그럴 필요성을 피하기 위해 이런 구실을 미리 생각해냈기 때문이었다.

기사단장은 알베르 말부아상의 핑계를 받아들였으므로, 전례관에게 앞으로 나와 자기 직무를 다하도록 명령하였다. 그러자 나팔 소리가 다시 울렸고, 전례관 한 사람이 앞으로 걸어나와 큰 소리로 선포했다.

"조용히, 조용히, 조용히 … 훌륭한 기사 브리앙 드 봐 길베르 경은 유대 처녀 레베카가 직접 결투에 정당하게 참여할 수 없다는 점에서 대전사에 의해 심판을 받기 위해 그녀에게 허용되고 지정된 결투를 수행하려는 어떠한 자유민 기사와도 싸울 태세를 갖추고 여기 섰노라. 그리고 그러한 대전사에게는 여기 참석하신 거룩하고 용감하신 기사단장께서 공정한 시합, 바람과 햇빛의 동등한 분배, 공정한 결투와 관련된 기타 사항들을 허락하시는 바요."

그러자 나팔 소리가 다시 울렸고, 장내는 물을 끼얹은 듯이 조용해졌다.

기사단장이 한마디 했다.

"항소인을 위한 대전사가 아무도 나타나지 않는군. 전례관, 가서 피고에게 자기 주장을 위하여 누군가가 싸워줄 것으로 기대하고 있는지 물어 보라."

전례관은 기사단장의 명령을 받고 레베카가 앉아 있던 의자로 갔다. 그런데 봐 길베르가 말부아상과 몽 피셰 두 사람이 주는 눈치에도 아랑곳하지 않고 갑자기 시합장 끝을 향해 말머리를 돌려 전례관만큼 빨리 레베카의 의자 곁으로 달려갔다.

그 모습을 보자 말부아상이 기사단장을 보며 물었다.

"결투의 규정에 따르면 이것이 괜찮은 것입니까?"

"상관 없네, 알베르 말부아상. 신의 재판에 대한 이 항소에서는 양 당사자가 서로 의견을 나누는 것을 금할 수 없네. 그러는 편이 결투의 진실한 결과를 가장 잘 초래하게 될 테니까."

그 사이, 전례관은 다음과 같은 말을 레베카에게 전하였다.

"처녀여, 훌륭하시고 거룩하신 기사단장께서 오늘 그대를 위하여 싸워 줄 전사를 준비하였는지 아니면 당연히 받아 마땅한 판결을 정당하게 받은 사람으로 복종할 것인지 묻고 계신다."

"기사단장님께 전해 주세요. 저는 제 결백을 주장하며 제 스스로 죄를 짓지 않기 위하여 정당하게 판결 받았다고 굴복하지는 않겠다고 말입니다. 인간이 극도로 곤궁에 처했을 때 신의 기회가 드러나는 법이니 신께서 제게 구원자를 일으켜 주실지 보기 위하여 기사단장님의 예법이 허락하는 범위 내에서 기다려 주실 것을 요청한다고도 전해 주세요. 그 최후의 시간이 지나고 나면 하느님의 뜻에 따르겠습니다."

전례관은 레베카의 이 대답을 기사단장에게 전하기 위하여 물러갔다.

그 대답을 전해 들은 기사단장 루카스 보마누아르가 말했다.

"유대인이며 이교도인 주제에 정당하지 못하다고 우리를 비난하다니! 그 림자가 서쪽에서 동쪽으로 드리워질 때까지 이 불운한 여인을 위한 전사가 나타날지 두고 보기로 하지. 시간이 그렇게까지 흘러가면 죽을 각오를 하라지."

전례관은 기사단장의 말을 레베카에게 다시 전해 주었고, 레베카는 순종하는 듯이 고개를 숙여 인사한 후 두 팔을 포개고 인간으로부터는 약속 받을 수 없는 도움을 하늘로부터 내려올 것을 기대하기라도 하듯이 하늘을 우러러 보았다. 이 장엄한 순간에 봐 길베르의 음성이 레베카의 귓전에 들려왔다 … 그것은 속삭임에 지나지 않았지만 전례관의 호출보다도 레베카를 더욱 놀라게 만들었다.

"레베카, 내 말이 들리는가?"

"당신과는 아무런 볼 일도 없어요, 잔인하고 무정한 사람이여."

"그래, 그러나 내 말은 알아들을 수 있겠지? 내가 듣기에도 내 목소리가 끔찍하게 들리니 말이야. 나는 우리가 어떠한 입장에 처해 있는지 또는 저 놈들이 어떤 목적으로 우리를 여기로 데리고 왔는지 전혀 모르겠군 … 이 시합장 … 그 의자 … 이 장작단 … 그들의 목적이 무엇인지 알겠어, 그런데도 내게는 그것이 비현실적인 것처럼 보여 … 끔찍한 환상으로 내 기분을 오싹하게 만들지만 이성적으로는 납득되지 않는 꿈의 무서운 환영처럼 말이야."

"내 정신과 감각은 이 모든 것을 다 느끼고 죽음이 임박했다는 것을 알아요. 그리고 이 장작단은 현세의 내 육신을 태워 버리는 동시에 고통스럽기는 하지만 곧 더 나은 세상으로 가기 위한 길이 될 것이라는 사실을 똑같이 알려 주고 있지요."

"꿈이오, 레베카 … 꿈이야. 현명한 사두가이파 사람들의 지혜에 의해 부인된 쓸데없는 환상일 뿐이야(사두가이파 사람들은 부활이 없다고 주장했다. 마태복음 22장 23절과 사도 행전 23장 8절 참조). 내 말 잘 들어, 레베카."

성전 기사는 갑자기 활기를 띠며 말을 이었다.

"저 악당 놈들과 못된 늙은이가 꿈꾸는 이상으로 당신은 삶과 자유에 대해 더 좋은 기회가 있어. 자 내 뒤에 올라타 ⋯ 이제까지 나를 한 번도 실망시킨 적이 없는 내 말 자모르(Zamor)에 올라타란 말이야. 나는 이놈을 트레비존드(Trebizond)의 술탄으로부터 일 대 일로 싸워 빼앗았지 ⋯ 내 뒤에 올라타라니까 ⋯ 한 시간만 지나면 추적이고 심문이고 다 먼 일이 되고 말지 ⋯ 새로운 환희의 세계가 그대에게 열려 있어 ⋯ 내게는 명성의 새로운 길이고. 저놈들은 내가 경멸해마지 않는 판결이나 실컷 읽고, 놈들의 수도원의 노예 명부에서 봐 길베르라는 이름을 지워 버리라고 하지! 놈들이 내 이름에 감히 던지려고 하는 오명은 무엇이든지 피로써 씻어 주고 말겠어."

"사탄아, 물러가라! 당신은 이 마지막 최후의 순간에 내 안식처로부터 내 머리털 하나도 움직일 수 없어요 ⋯ 비록 내가 적들에게 둘러싸여 있다고 하나 나는 당신을 최악의 끔찍한 적으로 생각해요 ⋯ 그러니 저리 비켜요, 신의 이름으로!"

두 사람의 대화가 길어지는데 놀라고 초조해진 알베르 말부아상이 이제 두 사람 사이로 끼어들어 방해했다.

"그 처녀는 자기 죄를 인정했습니까? 아니면 아직도 단호하게 부인합니까?"

"정말로 쇠고집이오."

"그렇다면, 고귀한 형제여, 그대는 결과를 따르기 위해 당신 자리로 되돌아가야 하오 ⋯ 이제 그림자의 방향이 바뀌고 있소 ⋯ 가시오, 용맹한 봐 길베르 ⋯ 가시오, 우리 거룩한 교단의 희망이자 그 수장이 될 그대여."

이렇게 달래는 어조로 말하면서 말부아상은 봐 길베르를 원래 자리로 데리고 가려는 듯이 그의 말고삐에 손을 얹었다.

"이 나쁜 놈! 내 말고삐를 잡고 어쩔 셈이지?"

브리앙은 화가 나서 대들었다. 그리고 동료의 손을 뿌리치고는 시합장 위쪽 끝으로 달려갔다.

그러자 말부아상이 몽 피셰에게만 별도로 말했다.

"그는 아직 기개가 살아 있소, 잘만 인도한다면 말이오 … 하지만 그리스 화약(고대와 중세 전쟁에 쓰였던 가연성 물질로서 7세기에 비잔틴의 그리스 사람이 만들었다. 항아리에 담아 날려보낼 수도 있었고 관을 이용해 쏠 수도 있었다. 불이 자동적으로 붙고, 붙은 불은 물로 끌 수 없었다)처럼 가까이 다가가는 것은 무엇이든 태워 버리고 말지요."

재판관들은 전사가 나타나기만을 기다리며 벌써 두 시간이나 헛되이 시합장에서 기다렸다.

그렇게 기다리는 동안, 군중에 섞여 기다리고 있던 수도사 턱이 지껄였다.

"저 처녀가 유대인이니 아무도 안 나타날 만도 하지 … 그렇긴 하지만 내가 속한 교단에서 본다면, 저토록 젊고 아름다운 처녀가 자기를 위해 싸워줄 이가 하나도 없이 죽어야 한다니 가혹한 일이야! 저 처녀가 눈곱만큼이라도 그리스도 교도였다면 열 배는 더 마려라고 할망정 저 성전 기사 놈이 일을 이 지경으로 끌고 오기 전에 저 난폭한 놈의 강철 투구 위로 육척봉을 진작에 날렸을 텐데."

마법 혐의로 기소된 유대 처녀를 위해서는 아무도 나타날 수 없거나 나타나지 않으리라는 것이 사람들의 일반적인 생각이었다. 그래서 말부아상의 부추김을 받은 기사들은 레베카의 결투 신청을 몰수할 것을 선언해야 한다고 수군거렸다. 바로 그 순간, 급히 말을 몰아 시합장을 향해 달려오는 기사 하나가 저쪽 평원에 모습을 드러냈다. 그러자 수많은 음성이 소리를 질렀다.

"대전사다! 대전사야!"

그리고 군중들은 선입관과 편견에도 불구하고, 기사가 마상 시합장 안으로 달려 들어오자 모두 일제히 함성을 질렀다. 그런데 다시 살펴보니, 기사의 모습은 아슬아슬하게 시간에 맞추어 도착한데서 불러일으킨 희망을 깨뜨리지 않을 수 없었다. 말은, 수 킬로미터를 전속력으로 달려왔는지 피로로 휘청거리는 것 같았고, 기사 본인은 시합장에 아무리 대담하게 모습을 드러내기는 했어도 마찬가지로, 허약함과 피로, 또는 둘 다로 인해 안장 위에서 제대로 몸을 가누는 것조차 힘들어 보였다.

지위와 이름과 목적을 묻는 전례관의 호출에 그 정체불명의 기사는 서슴지 않고 대담하게 대답했다.

"나는 훌륭한 기사이자 귀족이요, 그리고 창과 칼로 이 처녀, 요크의 아이작의 딸 레베카의 공정하고 정당한 결투를 맡기 위하여 온 것이오. 레베카에 대해 선고된 판결이 거짓이며 진실하지 않다는 것을 변호하고 브리앙드 봐 길베르 경을 반역자, 살인자, 거짓말쟁이로서 도전하기 위하여 여기에 왔소. 그러므로 이 시합장에서 하느님과 성모 마리아, 몽세뇌르(프랑스어로 나의 주인이라는 의미로, 옛 프랑스에서 사용하던 칭호 ; 역주) 성 조지의 도움을 받아 내 온몸을 바쳐 길베르 경과 싸워 이 모든 것을 입증하겠소."

그러자 말부아상이 끼어들었다.

"이 낯선 기사는 먼저 자기가 훌륭한 기사이며 고귀한 혈통이라는 것을 밝혀야만 하오. 성전 기사단은 이름도 없는 무명의 기사에게 전사를 내보내지는 않소."

그 말에 전사는 투구를 벗으며 대답했다.

"내 이름은 말부아상 그대보다도 더 유명하고, 내 혈통은 그대보다도 더 순수하오. 나는 아이반호의 윌프레드요."

그러자 성전 기사가 착 가라앉은 공허한 음성으로 대답했다.

"지금은 그대와 싸우지 않겠소. 먼저 상처나 치료하고 더 좋은 말을 구하도록 하시오. 그러고 나면 그대의 이 유치한 허세에 따끔한 맛을 보여 줄 만한 가치가 있다는 생각이 들지도 모르지."

"하! 오만한 성전 기사. 그대는 이 창 앞에 벌써 두 번이나 쓰러졌던 것을 잊었소? 아크레에서의 시합을 기억하시오 … 아슈비에서의 시합을 생각하란 말이오 … 로더우드 연회장에서의 그 거만한 호언장담과 언제든 아이반호의 월프레드와 겨루어 그대가 잃어버린 명예를 되찾겠다고 내 성물함과 그대의 금목걸이를 걸고 도전했던 것을 벌써 잊었소! 그 성물함과, 그 안에 든 성골에 맹세코, 나는 성전 기사 그대가 겁쟁이라고 온 유럽의 궁정에 … 그대의 성전 기사단 모든 지부에 공포하고 다닐 것이오 … 이 이상 지체하며 싸우지 않는다면 말이오."

봐 길베르는 우물쭈물하며 레베카 쪽으로 얼굴을 돌렸다가, 아이반호를 무섭게 쏘아보며 외쳤다.

"이 색슨의 개놈아! 네 창을 집어들어라, 그리고 네 스스로 자초한 죽음을 맞을 각오나 하시지!"

"기사단장은 이 결투를 제게 허락하십니까?"

"저 처녀가 그대를 자기의 전사로 받아들인다면 그대가 도전하는 것을 거절하지 않겠다. 그렇지만 그대가 좀 더 나은 상태에서 싸웠으면 좋겠군. 그대는 이제껏 우리 교단의 적이었지만 영예롭게 대적하고 싶으니까."

"이러한 … 이러한 꼴이긴 하지만 어쩔 수 없습니다. 이것은 신의 심판이니까요 … 신의 가호에 나 자신을 맡기겠습니다 … ."

아이반호는 레베카가 앉아 있는 운명의 의자로 다가가 물었다.

"레베카, 나를 그대의 대전사로 받아들이겠는가?"

"네, 받아들입니다 … 받아들입니다."

죽음의 공포로도 불러일으킬 수 없었던 어떤 감정에 가슴을 두근거리며 레베카가 대답했다.

"당신을 하느님이 보내 주신 대전사로 받아들입니다. 하지만, 아니오 … 안 됩니다 … 당신의 상처는 아직 낫지 않았어요 … 저 거만한 사나이와 싸우지 마세요 … 당신까지 죽게 될 텐데요?"

그러나 아이반호는 이미 자기 위치에 가 있었고, 면갑을 닫고 창을 들었다. 봐 길베르도 똑같은 자세를 취하였다. 그리고 종자가 면갑을 조여 주면서 보니, 여러 가지 감정에 동요되었음에도 불구하고 오전 내내 잿빛처럼 질려 있던 길베르의 얼굴이 이제는 갑자기 매우 붉게 달아올라 있었다.

전례관은 두 전사가 자기 위치에 서 있는 것을 보자 목청을 높여 크게 세 번 외쳤다.

"본분을 다하라, 자랑스러운 기사들이여!"

세 번째 외침을 끝으로 전례관은 시합장 한쪽으로 물러났고, 누구든 말이나 고함이나 어떠한 행동으로 이 정당한 결투를 방해할 시에는 즉시 사형에 처하겠다고 다시 한 번 선포했다. 결투 신청의 담보물인 레베카의 장갑을 손에 들고 있던 기사단장은 이제 그것을 시합장 안으로 던지며 운명의 신호어를 선고했다.

"레세 잘레"(Laissez aller, 운명에 맡기라).

그러자 나팔 소리가 울렸고, 두 기사는 전속력으로 서로를 향해 달려들었다. 피로한 말과 그에 못지않게 녹초가 된 아이반호는 성전 기사의 잘 겨냥된 창과 원기 왕성한 군마 앞에서 모두의 예상대로 쓰러지고 말았다. 이러한 결과는 모든 사람들이 예견한 바였다. 그런데 그와 비교하여, 아이반호의 창은 봐 길베르의 방패를 살짝 건드린 정도였음에도 불구하고, 그 광경을 지켜보고 있던 모든 사람들에게 매우 놀랍게도 길베르는 안장에서 비틀거리더니 등자에서 발이 빠져 시합장 바닥으로 떨어져 버리고 말았다.

쓰러진 말에서 빠져나온 아이반호는 곧 일어나 칼로 운명을 바꾸어 보려고 길베르에게 달려들었다. 그러나 그의 적수는 일어나지 않았다. 윌프레드는 길베르의 가슴을 발로 누르고 칼끝으로는 목을 겨눈 후 항복할 것을 명령하였다. 그렇지 않으면 그 자리에서 죽이겠다고 했다. 하지만 봐 길베르는 아무런 대답이 없었다.

그때 기사단장이 소리쳤다.

"아직 죽이지 말게, 기사여, 참회도 하지 못하고 사면도 받지 못한 채 죽이진 말게 … 육신과 영혼을 함께 죽여서는 안 되네! 그가 패배한 것을 인정하는 바네."

기사단장은 시합장으로 내려가, 패배한 전사의 투구를 벗기라고 명령했다. 그런데 그의 눈은 감겨 있었다 … 이마에는 여전히 검붉은 홍조가 남아 있었다. 그들이 놀라서 길베르를 바라보고 있으려니 그의 눈이 갑자기 열렸다 … 그러나 허공을 응시한 채 더 이상 움직이지 않았다. 이마에서는 홍조가 점차 사라지고 죽음의 창백한 빛이 떠오르기 시작했다. 결국 길베르는 적의 창에 상처 하나 입지 않은 채, 자기 가슴속에서 격렬하게 싸우던 감정으로 인해 돌연사하고 만 것이었다.

"이것이야말로 신의 심판이로다."

기사단장은 하늘을 쳐다보며 탄식했다.

"피아트 볼룬타스 투아(당신의 뜻이 이루어졌습니다)!"

44장

이렇게! 노파의 이야기처럼 모든 것이 끝이로다.

웹스터(Webster)(「하얀 악마」 중에서)

처 음의 놀라운 순간이 지나가자, 아이반호의 윌프레드는 결투의 심판관인 기사단장에게 자기가 그 결투에서 씩씩하게 그리고 정당하게 자기 본분을 다하였는지 물었다.

"그대는 씩씩하게 그리고 정당하게 본분을 다하였노라. 나는 이제 저 처녀가 자유의 몸이며 무죄임을 선고하노라 … 죽은 기사의 무기와 시신은 승리자의 처분에 맡긴다."

"나는 그의 무기를 빼앗거나 그 시신을 욕되게 할 생각은 추호도 없습니다 … 그는 그리스도교 국가를 위하여 싸웠습니다 … 오늘 그를 쓰러뜨린 것은 사람이 아니라 신의 힘이었습니다. 하지만 그의 장례식은 옳지 못한 싸움에서 죽은 사람의 장례식에 합당하게 비밀리에 거행하는 것이 좋을 것입니다 … 그리고 이 처녀에 대해서는 … "

그때 앞에 펼쳐진 대지를 뒤흔들 만큼 많은 숫자와 무서운 속력으로 달려오는 말발굽 소리로 인해 아이반호의 말은 중단되었다. 그리고 흑기사가 시합장으로 달려 들어왔다. 많은 무장 병력과 완전 무장을 갖춘 기사 몇 사람이 그 뒤를 따라 들어왔다.

흑기사는 주위를 둘러보며 말했다.

"내가 너무 늦었군. 이 봐 길베르만은 꼭 내가 상대하려고 했었는데 … 아이반호, 안장에서 몸 하나 제대로 가누지도 못하면서 이런 모험을 무릅쓰다니 그래 이것은 잘한 짓인가?"

"전하, 하느님이 이 거만한 기사를 희생 제물로 삼으셨습니다. 이자는 전하의 손에 죽을 만큼 영예를 누릴 자격이 없는 자입니다."

"그가 고이 잠들기를."

리처드는 단호하게 시신을 보며 말했다.

"그렇긴 하더라도 … 그는 용맹한 기사였지, 완전히 기사답게 강철 갑옷으로 무장한 채 죽었군. 하지만 우리는 지체할 시간이 없다 … 보훈, 그대의 소임을 다하라!"

이 말에 왕의 수행원들 가운데 기사 하나가 앞으로 나오더니 알베르 드 말부아상의 어깨에 손을 얹으며 말했다.

"그대를 대역죄로 체포한다."

이제까지 그토록 많은 군사의 출현에 놀라서 서 있던 기사단장은 이제야 입을 열었다.

"누가 감히 시온의 성전 기사단의 기사를 그것도 자기 지부 안에서 더구나 기사단장의 면전에서 체포하려드는 것이냐? 그리고 또 누구의 권한으로 이런 대담한 불법 행위를 감행하는 것인가?"

"내가 체포하는 것이오, 나, 잉글랜드의 보안무장관, 에식스의 백작 헨리 보훈이 말이오."

그러자 흑기사도 면갑을 올리며 덧붙였다.

"그는 여기 있는 리처드 플랜태저넷의 명령에 의하여 말부아상을 체포하는 것이다 … 콘라드 몽 피셰, 그대가 내 신하로 태어나지 않은 것이 천만다행이군 … 하지만 그대, 말부아상은 일주일 내에 그대의 형제 필리프와 함께 처형될 것이다."

그 말에 기사단장이 지지 않고 맞섰다.

"나는 당신의 판결에 반대하오."

"거만한 성전 기사 같으니라고. 그대는 그럴 수 없다 … 저 위를 보라, 그대의 탑 위로 성전 기사단의 깃발 대신 잉글랜드 왕가의 깃발이 펄럭이는 것이 보이지 않는가! 현명하게 처신하라, 보마누아르, 쓸데없는 반대는 하지 말고 … 그대의 손은 이미 사자의 입 속에 있다."

"우리 교단의 세속적 의무의 면제와 특권에 대한 침해로 나는 당신을 로마에 제소하겠소."

"마음대로 하게. 하지만 그대의 이익을 위해 지금은 침해니 뭐니 하는 말로 나를 책망하지 말라. 그대의 총회를 해산하라, 그리고 단원들을 이끌고 잉글랜드 왕에게 역모를 꾀하는 추태를 부리지 않은 가장 가까운 지부(하나라도 찾을 수 있다면), 그곳으로 가라 … 혹은 원한다면, 남아서 우리의 환대를 함께 나누고 우리의 정의가 이루어지는 것을 지켜보라."

"내가 지배해야 할 집에서 손님이 되란 말이오? 흥, 절대로! 사제들이여, 쿠아레 프레무에룬트 젠테스(어찌하여 이방인들이 날뛰는가?)라는 성가를 크게 울려라 … 성전 기사단의 기사와 시종과 종자들이여, 보 세앙의 깃발을 따를 준비를 하라!"

기사단장은 잉글랜드 왕 자신과도 능히 겨룰 만한 위엄을 갖추어 말하였고, 놀라고 당황한 기사단원들에게 용기를 불어넣었다. 그들은 울부짖는 늑대 소리를 듣고 지키는 개 주위로 몰려드는 양떼처럼 기사단장 주위로 모여들었다. 하지만 놀란 양떼의 소심함은 보이지 않았다 … 오히려 도전하는 듯한 어두운 기색과 감히 말로는 나타낼 수 없는 적개심으로 위협하는 표정이 드러나 있었다. 그들은 창의 어두운 선 안으로 함께 모여들었고, 그 선 안으로부터는 기사들의 하얀 외투가 마치 먹구름의 밝은 끝자락처럼 종자들의 어두운 색 복장 사이로 눈에 띄었다. 시끄럽게 비난의 함성을 질렀던 군중은 잠시 침묵을 지키며, 자기들이 경솔하게 공공연히 반항했던 강력하고 노련한 조직체를 바라보다가, 그들의 전열에 주눅이 들었다.

에식스의 백작은 그들이 병력을 집결하여 멈춰선 것을 보자 말의 옆구리에 박차를 가하여 앞뒤로 뛰어다니며 그토록 강력한 무리에 맞서 부하들을 정렬시켰다. 오로지 리처드만이, 마치 자기의 존재가 불러일으킨 위험을 즐기기라도 하듯이, 성전 기사단의 전열을 따라 유유히 말을 몰며 큰 소리로 외쳤다.

"어떻게 된건가, 경들! 이렇게 많은 용맹한 기사들 가운데 감히 리처드와 창을 겨룰 만한 자가 하나도 없단 말인가? 성전 기사들이여! 아마도 그대들의 마음 속 연인은 햇빛에 검게 탄 추녀인가 보군, 부러진 창의 파편만큼도 가치가 없다면 말이야."

그러자 기사단장이 자신의 군대 앞으로 말을 몰고 나와 외쳤다.

"성전 기사단 형제들은 이처럼 쓸데없고 신성을 더럽히는 싸움에는 나서지 않소 … 내 면전에서는 어느 성전 기사도 당신 잉글랜드의 리처드와 맞서게 하지 않겠소. 교황과 유럽의 제후들이 우리의 다툼을 심판할 것이오. 오늘 당신이 취한 명분을 그리스도 교회의 군자(기사단장)가 제대로 잘 막아냈는지 판단할 것이오. 만일 우리를 공격하지 않는다면, 우리 역시 아무도 공격하지 않은 채 조용히 떠나겠소. 우리가 남겨두고 가는 교단의 갑옷과 가재도구는 당신의 도의에 맡기겠소. 오늘 그리스도 교단에 범한 모욕과 무례는 당신의 양심에 맡기겠소."

이 말과 함께, 대답도 기다리지 않은 채 기사단장은 출발하라는 신호를 내렸다. 그들의 나팔은 동방풍의 거친 행진곡을 불었는데, 이것이 성전 기사들에게는 전진하라는 통상적인 신호였다. 그들은 대열을 횡대에서 행진의 종대로 바꾸어, 말이 걸을 수 있는 한 되도록 천천히 움직였는데, 마치 그렇게 물러나는 것이 자기들과 대치하고 있는 우세한 병력을 두려워하여 억지로 퇴각하는 것이 아니라 단지 기사단장의 의지일 뿐이라는 사실을 보여 주려는 것 같았다.

그 모습을 보고 리처드가 중얼거렸다.

"성모님의 후광에 맹세코, 이 성전 기사단원들이 잘 훈련되어 있고 용맹한 만큼 신뢰할 수 없다니 그들의 삶이 안됐군."

한편, 군중은 도전의 대상이 등을 돌려 떠날 때까지 짖을 때만을 기다리고 있는 겁 많은 똥개처럼 성전 기사단 행렬의 후위가 떠나고 나자 비로소 낮은 함성을 일으켰다.

성전 기사들이 퇴각하고 나자 소란스러워진 와중에 레베카는 아무것도 보지도 듣지도 못했다 … 연로한 아버지의 팔에 꼭 껴안겨, 주위에서 벌어지는 상황의 갑작스러운 변화에 아찔하여 거의 의식이 없는 상태였다. 하지만 아이작의 입에서 나온 한마디에 마침내 흩어진 의식을 되찾았다.

"가자, 소중한 내 딸아, 되찾은 내 보물 … 자 가서 저 훌륭한 청년의 발치에 무릎을 꿇자."

"그렇게는 안 돼요, 아버지. 아, 안 돼 … 안 돼 … 안 돼 … 지금 이 순간은 감히 그분께 말을 걸어서는 안 돼요 … 아아! 사실은 … 아니요, 아버지, 지금 당장 이 사악한 곳을 떠나요."

"하지만, 애야. 잡힌 너를 구해내려고 자기 목숨을 아무렇지도 않게 생각하며 성한 사람처럼 창과 방패를 들고 여기 나타난 저 사람을 모르는 척해서야 되겠느냐. 그것도 자기와는 다른 민족의 딸인 너를 구해 주었는데 말이다 … 이는 마땅히 감사하게 인정해야 할 일 아니냐."

"그래요 … 그렇고 말고요 … 매우 고맙게 생각해야지요 … 진심으로 인정해야 하고 말고요 … 그것만으로는 오히려 부족하죠 … 하지만 지금은 아니에요 … 제발 돌아가신 어머니 레이첼을 위하여, 제 청을 들어주세요 … 지금은 아니라니까요!"

그러나 아이작도 지지 않고 계속 주장했다.

"글쎄, 하지만 사람들이 우리를 개만도 못한 배은망덕한 것들이라고 생각하지 않겠느냐!"

"하지만, 생각해 보세요 아버지, 리처드 왕이 지금 여기 계십니다, 그리고 … "

"그래, 네 말이 참으로 옳구나 … 나의 현명한 레베카! 그러니 그만 가자 … 가자꾸나! 왕은 팔레스타인에서, 그리고 사람들 말로는 갇혀 있다가 방금 돌아오셨으니 돈이 부족할 테지 … 그리고 그 돈을 긁어모으는 구실은, 만일 무슨 구실이든 필요하다면, 내가 당신의 동생인 존 왕자와 한 번 거래했다는 사실에서 얼마든지 만들어 낼 수 있지 않겠느냐. 가자, 가자, 어서 가자꾸나!"

그리고 이번에는 오히려 자기 쪽에서 딸을 재촉하여 시합장에서 데리고 나와 미리 준비해 놓았던 탈것에 태워 무사히 나단 랍비의 집으로 갔다.

유대 처녀, 그 운명이 그날의 주요 관심사였던 그 처녀가 아무도 모르게 사라졌으므로, 이제 관중들의 관심은 흑기사에게로 쏠렸다. 그들은 이제 환호 소리로 대기를 꽉 채웠다.

"리처드 사자심 왕 만세! 반역자인 성전 기사들은 물러가라!"

그 모습을 지켜보며 아이반호가 에식스의 백작에게 말했다.

"입에 발린 이 모든 충성에도 불구하고, 왕께서 고귀한 백작 그대와 그대의 믿을 만한 부하들을 그렇게 많이 거느리고 오실 만큼 조심하신 것은 잘하신 일이군요."

그러나 백작은 빙그레 웃으며 고개를 저었다.

"용감한 아이반호, 그대는 우리 주군을 그렇게 잘 알고 있으면서도, 전하께서 그토록 현명한 예방책을 취하셨다고 생각하는 거요? 나는 존 왕자가 요크로 향하고 있다는 소식을 듣고 요크로 진군하던 중에 리처드 왕을 만난 것이오. 전하께서는 진짜 편력 기사처럼 자기 혼자 힘으로 성전 기사와 유대 처녀의 이 모험에서 당신이 몸소 공적을 세우시려고 이쪽으로 달려오고 계셨다오. 그래서 전하의 승낙을 미처 받기도 전에 군대를 이끌고 전하를 따라온거요."

"그래 요크의 소식은 어떻습니까, 용맹하신 백작? 반역의 무리들이 그곳에서 우리를 기다리고 있나요?"

"12월의 눈이 7월의 햇빛에 견디지 못하듯이 그들은 뿔뿔이 흩어지고 있소. 그리고 그 소식을 전하러 우리에게 직접 달려온 사람이 누구인지 아시오, 바로 존 왕자 자신이었다오!"

"아니 그 배신자가요! 배은망덕하고 건방진 반역자 같으니라고! 그래 전하께서는 그자를 감금하라고 명하시지 않았습니까?"

"아아 천만에! 마치 사냥을 즐기고 난 후에 만난 것처럼 호쾌하게 맞아들이셨소. 그리고 나와 부하들을 가리키며 이렇게 말씀하셨소. '동생, 보게나. 내게 화를 내고 있는 사람들이 있구먼 … 아무래도 그대는 어머니 계신 곳으로 가서 나의 애정을 어머니께 전하고 사람들의 마음이 좀 풀릴 때까지 어머니 곁에 머물러 있는 것이 좋겠네.'"

"그 말씀이 전부이던가요? 이러니 전하께서 온정적인 조치로 인해 사람들이 반역을 저지르도록 부추기고 있다고 그 누군들 떠들지 않겠습니까?"

"마치, 아직 위험한 상처가 낫지도 않았는데 결투를 하러 나선 사람이 죽음을 자초하고 있다는 말을 들을지도 모르는 것처럼 말이오?"

"그 농담은 눈감아 드리지요, 백작. 하지만 이 점을 기억하셔야 합니다, 저는 겨우 제 한 목숨을 위태롭게 한 것이지만 … 리처드 왕께서는, 왕국 전체의 번영을 위태롭게 하신 것입니다."

"특히 자기 한 몸의 행복에 무관심한 사람은 다른 사람의 행복에도 그다지 관심을 기울이지 않는 법이오 … 그건 그렇고, 이제 서둘러 성으로 갑시다. 전하께서는 이 음모의 주범은 용서해 주셨을망정 그 버금가는 인물들은 일부 처벌하려고 생각하고 있으니까."

이 사건 이후에 벌어진 일들을 공정하게 조사한 것과 워더 고본에 상세히 나와 있는 것을 보면, 모리스 드 브라시는 해협을 건너 프랑스의 필리프 왕의 휘하로 들어갔다. 반면에 필리프 드 말부아상과 그의 형제인 템플스토 지부장 알베르는 처형되었지만, 역모의 핵심 인물이었던 왈데마르 핏저스는 처벌받지 않고 추방당하는데 그쳤다. 자기의 이익을 위해 역모를 꾀했던 존 왕자는 마음씨 좋은 형으로부터 힐책조차 받지 않았다. 그러나 수많은 허위, 잔인한 행위와 압제를 저질렀으므로 당연히 받아 마땅한 사형에 처해진 말부아상 형제의 운명을 불쌍히 여긴 사람은 아무도 없었다.

신의 판결을 가리기 위한 결투가 있은 지 얼마 후, 왕의 동생의 야심에 의해 소란스러워진 여러 주들을 진정시킬 목적으로 당시 요크에서 거행되고 있었던 리처드 왕의 알현식에는 색슨 인 세드릭도 초대되었다. 처음에 그 전갈을 받고 세드릭은 비웃기도 하고 코웃음을 치기도 하였다 ⋯ 그러나 복종을 거부하지는 않았다. 사실, 리처드 왕의 귀환은 세드릭이 잉글랜드에 색슨 왕조를 재건하겠다고 품고 있었던 모든 희망을 죽이고 말았다. 색슨 인이 내란이라는 사건에서 제아무리 많은 것을 달성한다고 하더라도 리처드 왕의 명백한 통치 하에서는 아무것도 할 수 없다는 사실이 분명했다. 비록 왕의 통치가 제멋대로 경솔하여, 너무 관대할 때가 있는가 하면 전제 정치로 흐르는 때도 있었지만 어쨌든 리처드 왕은 인격적으로 훌륭한 자질과 군사적 명성으로 많은 인기를 누리고 있었기 때문이다.

게다가, 로웨나와 애설스탠의 결혼으로 색슨 인들끼리 완전무결한 결속을 꾀하려던 계획이 양 당사자의 반대로 인하여 이제는 완전히 끝나 버렸다는 사실을 싫지만 인정하지 않을 수 없었다. 사실, 이것은 색슨의 대의를 열망하던 세드릭이 전혀 예측할 수 없었던 사건이었다. 그래서 심지어 두 사람이 다 마음내켜 하지 않는다는 점이 널리 명백하게 드러났을 때조차도 세드릭은 두 색슨의 왕손이 국민의 공공의 번영에 그렇게 절실하게 필요한 이 결합을 개인적인 이유에서 꺼린다는 사실을 거의 믿을 수 없었다. 하지만 그것 역시 분명한 사실이었다. 로웨나는 애설스탠에 대해 늘 혐오감을 드러내 왔고, 이제는 애설스탠 역시 더 이상 로웨나 공주에게 계속 구혼하지 않겠다는 자기의 결심을 분명하고 솔직하게 선언했다. 서로 마음 내키지 않는 두 사람을 어떻게든 결합시키려고 억지로 이끌고 오는 힘든 과업을 추진해 온 세드릭으로서는 이 중대한 시점에 남아 있던 장애물에 봉착하자 그의 타고난 완고함도 두 손을 들 수밖에 없었다. 그러나, 세드릭은 애설스탠에게 마지막으로 한 번 더 세게 부딪쳐 보았다. 그런데 안타깝게도 색슨 왕가의 소생된 싹은 오늘날의 시골 향사처럼 성직자와 맹렬한 싸움을 벌이고 있었다.

어찌된 사연인고 하니, 성 에드문도 수도원장을 상대로 온갖 끔찍한 협박을 퍼부었음에도 불구하고, 애설스탠 자신의 기질이 타고나길 물러빠진 탓도 있고, (그 당시의) 대부분의 부인들처럼 종교 단체에 소속되어 있던 어머니 에디스의 간청도 있고 하여 그의 복수심은 수도원장과 수도사들을 코닝스버러의 지하감옥에 사흘 동안 감금하고 소량의 음식만을 주는 것으로 끝이 난 것이었다. 이 지독한 일에 대해 수도원장은 애설스탠을 파문하겠다고 위협했고, 자기와 수도사들이 당한 포악하고 부당한 감금의 결과로 걸리게 된 위장과 장의 질환에 대해 시시콜콜한 일람표를 작성하였다. 애설스탠이 이 논쟁과, 교단의 박해를 좌절시키려고 취한 수단에만 온통 정신이 팔려 있었으므로, 세드릭은 자기 동료에게는 또 다른 생각을 할 여지가 전혀 없다는 것을 깨달았다. 로웨나의 이름이 거론되자, 애설스탠은 그녀의 건강을 위하여 축배를 들 것을 청하고, 곧 윌프레드의 신부가 되기를 바란다고 하였다. 그러므로 세드릭에게 이 모든 상황은 절망적인 것이 되고 말았다. 이제 애설스탠을 움직여 무엇을 하기란 불가능한 일임이 명백해졌다. 왐바가 표현한 대로, 색슨 시대로부터 오늘날까지 전해 내려오는 경구로 나타내면, 애설스탠은 그야말로 싸우려들지 않는 수탉이었다.

이제 세드릭과 두 연인이 달성하려고 바라는 결심 사이에는 두 가지 장애물만이 남아 있었다. 세드릭 자신의 완고함과 노르만 왕조에 대한 혐오감이었다. 이 가운데 첫 번째 감정은 로웨나의 다정한 언행과 아들의 명성으로 품지 않을 수 없었던 자부심 앞에서 점차 사라지고 말았다. 게다가, 참회왕 에드워드의 후손(애설스탠)의 우선권이 영원히 포기된 마당에 자기 가문을 앨프레드 대왕의 후손과 결합시킨다는 영예를 무시할 수는 없었다. 그리고 노르만 혈통의 왕들에 대한 혐오감도 또한 많이 줄어들었다. 우선, 잉글랜드에서 노르만 신왕조를 제거하는 것이 불가능하다는 생각에 의해,

사실상 왕의 신하로서 충성심이 생기는 지경으로까지 발전했다. 그리고 두 번째로는, 세드릭의 우직한 기질을 좋아한 리처드 왕이 개인적으로 배려한 덕분에 마음이 바뀌게 된 것이다. 그래서 워더 고본의 말을 빌면, 왕이 이 색슨 귀족을 그렇게 대우했으므로, 그가 궁중의 내빈이 된 지 일주일도 지나기 전에 왕은 세드릭의 피후견인 로웨나와 아이반호의 윌프레드의 결혼을 승낙한 것이었다.

그렇게 해서 정식으로 아버지의 허락을 받은 두 주인공은 가장 위엄 있는 요크의 대성당에서 결혼식을 거행하였다. 결혼식에는 왕도 친히 참석하였는데, 핍박받고 이제까지 사람 대접받지 못하던 색슨 인들에게 이번뿐만이 아니라 다른 경우에도 왕이 보여 준 배려로, 그들이 내전이라는 위험한 모험을 통해 기대할 수 있는 것 이상으로 정당한 권리를 성취할 수 있으리라는 더욱 안전하고도 확실한 전망을 주었다. 교회는 온갖 의식을 갖추었고, 로마 교회가 그렇게 빛나는 외양으로 어떻게 적용할지 알고 있는 온갖 화려함으로 결혼식을 빛냈다.

말쑥하게 차려입은 거스는 그토록 충성스럽게 섬겨 온 젊은 주인의 시종으로서 참석하였고, 새로운 모자와 매우 근사한 은방울로 장식한 고결한 왐바도 참석하였다. 윌프레드의 위험과 역경을 함께 했던 두 사람은 기대한 것처럼 주인의 더욱 성공적인 출세길도 여전히 함께 누린 것이다.

이 집안의 수행원들 외에도, 이 찬란한 결혼식에는 색슨 인은 물론 지체 높은 노르만 인들도 참석하였다. 또한 좀 더 낮은 계급에서도 널리 축하해 주었다. 그래서 이 두 종족의 참석은 두 개인의 결혼을 이 두 종족간에 장차 평화와 화합의 보증이 되게 해 주었다. 그 시기 이후로, 두 종족은 융화되어 그 구별은 완전히 찾아볼 수 없게 되었다. 세드릭은 살아서 두 종족간의 결속이 거의 완벽에 가까워진 것을 보았다. 노르만 인과 색슨 인은 사회적으로 한데 섞였고 서로 통혼하였으므로 노르만 인들이 색슨 인들을 멸시하는 일이 많이 줄어들었으며 색슨 인들도 투박한 점이 많이 세련되었기 때문이다. 그러나, 에드워드 3세 치세가 되어서야 두 종족의 혼합 언어로서 오늘날 영어라 불리는 언어가 비로소 런던의 궁정에서 쓰이게 되었으므로 노르만 인과 색슨 인의 적대적인 구별이 완전히 사라진 것 같지는 않았다.

이 행복한 결혼식이 끝난 지 이틀이 지났을 때 로웨나 공주는 시녀 엘기다로부터 어떤 처녀가 뵙기를 원하며 다른 사람 눈에 띄지 않게 단 둘이 이야기하고 싶어한다는 전갈을 받았다. 로웨나는 이상하게 생각되었고, 망설여지기도 하였지만, 궁금해졌으므로 처녀를 방으로 데리고 오게 하고, 시녀들은 물러가라고 명령하였다.

그 처녀는 안으로 들어왔다 … 고매하고 당당한 모습, 온 몸을 감싼 기다란 하얀 베일은 우아하고 위엄 있는 풍채를 감추기보다는 가리고 있었다. 처녀의 태도는 공손하였고 공포심이나, 호의를 얻고 싶은 기색은 조금도 섞여 있지 않았다. 로웨나는 언제나 기꺼이 다른 사람들의 요구를 인정하고 그 감정에 마음을 써 주었다. 그래서 자리에서 일어나 그 사랑스러운 방문객을 앉을 자리로 안내하려고 하였다. 그러나, 이 낯선 손님은 엘기다를 보고는 다시 한 번 로웨나 공주와 단 둘이서만 이야기를 나누고 싶다는 뜻을 넌지시 비췄다. 엘기다가 내키지 않는 발걸음으로 물러가자마자 아이반호의 부인에게 놀랍게도 그 아름다운 방문객은 한쪽 무릎을 꿇고 손을 이마에 갖다대더니 머리를 바닥으로 숙이며, 로웨나가 말리는데도 불구하고 그녀의 수놓인 옷단에 입을 맞추었다.

이에 깜짝 놀란 신부가 물었다.

"이게 도대체 무슨 일인가요, 아가씨? 내게 무슨 일로 이토록 특별한 경의를 표하는 건가요?"

그 물음에 자리에서 일어나 예의 그 조용한 위엄 있는 태도를 되찾은 레베카가 대답했다.

"그것은, 제가 아이반호의 윌프레드님께 입고 있는 감사를 부인인 당신께 바치는 것이 정당하고 책망 받지 않으리라 생각했기 때문입니다. 제가 …

아씨에게 저희 나라의 예법대로 경의를 표한 대담함을 용서해 주세요 …
저는 아씨의 남편께서 템플스토 시합장에서 그토록 불리한 조건에서 목숨
을 아끼지 않고 싸워 주신 그 불행한 유대 처녀입니다."

"아가씨, 그날 아이반호의 윌프레드는 부상과 역경에 처했을 때 당신이
끊임없이 보여 준 자비를 아주 손톱만큼밖에 보답한 것에 지나지 않아요.
그러니 말해봐요, 남편이나 내가 당신을 도와줄 수 있는 일이 아직 있을까
요?"

그러나 레베카는 침착하게 대답했다.

"아무것도 없습니다. 아씨께서 감사하는 저의 작별 인사를 남편께 전해
주시기만 한다면요."

"그렇다면 잉글랜드를 떠난다는 말인가요?"

이 갑작스러운 방문으로 인해 놀란 마음을 거의 추스르지 못하고 로웨나
가 물었다.

"예, 아씨. 이 달이 지나기 전에 떠난답니다. 제 부친에게는 그라나다의
왕인 모하메드 보아브딜로부터 많은 총애를 받고 있는 동생이 있답니다 …
저희들은 평화와 보호가 보장된 그곳으로 갑니다. 이슬람 교도들이 저희
민족에게 강요하는 몸값만 지불하면 안전하기 때문이랍니다."

"그렇다면 잉글랜드에서는 보호받지 못한다는 건가요? 나의 남편은 왕의
총애를 받고 있어요 … 왕 자신께서도 공정하고 관대하시고요."

"아씨, 저도 그것을 의심하지는 않습니다 … 하지만 잉글랜드 인들은 사
나운 민족이라 툭 하면 이웃 종족과 다투거나 자기들끼리 다투기 때문에
서로의 가슴에 언제 칼을 들이댈지 모릅니다. 그러니 저희 민족의 자식들
에게는 안전한 곳이 못됩니다. 에브라임(이스라엘의 열두 지파 가운데 하나로
여기서는 잉글랜드 인들을 지칭함)은 냉혹한 비둘기입니다 … 잇사갈(역시 이
스라엘의 열두 지파 가운데 하나로 여기서는 유대인을 지칭함)은 두 개의 짐 사
이에서 웅크리고 있는 과로한 고역자입니다. 적대적인 이웃들에게 둘러싸

이고 내분으로 어지러운 전쟁과 유혈의 나라에서 이스라엘 사람들은 그 유랑 동안에도 쉴 수 있으리라는 엄두를 못낸답니다."

"하지만, 아가씨 … 당신은 정말로 아무것도 무서워할 것이 없어요. 아이반호의 병상을 간호해 준 사람은."

로웨나는 자못 가슴이 벅찬 듯 말을 이었다.

"그 사람은 잉글랜드에서 두려워할 것이 아무것도 없어요. 색슨 인과 노르만 인이 서로 다투어 당신에게 경의를 표할 텐데요, 이 잉글랜드에서는."

"아씨의 말씀이 옳고, 결심은 더욱 훌륭하십니다. 하지만 그렇지 않을 수도 있습니다 … 우리들 사이에는 넘을 수 없는 장벽이 있습니다. 우리의 교육, 신앙으로 인해 그 장벽을 건널 수가 없습니다. 안녕히 계세요 … 하지만 떠나기 전에, 제 부탁 하나만 들어주세요. 아씨의 얼굴에는 신부의 베일이 씌워져 있습니다. 외람된 말씀이지만 그 베일을 쳐들어 그토록 명성이 자자한 아씨의 용모를 한 번만 볼 수 있게 해 주세요."

"남에게 보일 만한 가치가 없어요. 하지만, 손님도 그렇게 해 주시리라 기대하고 베일을 벗겠어요."

그래서 로웨나는 베일을 벗었다. 한편으로는 아름다움을 자각한데서, 또 한편으로는 수줍음으로 삽시간에 홍조가 일었으므로 볼, 이마, 목, 가슴 언저리까지 진홍빛으로 물들고 말았다. 레베카도 역시 얼굴을 붉혔으나 그것은 일시적인 감정이었다. 그리고 곧 좀 더 고귀한 감정으로 억제되어, 태양이 수평선 아래로 가라앉을 때 색이 변하는 진홍빛 구름처럼 서서히 얼굴에서 사라져갔다.

"아씨, 황송하게도 지금 보여 주신 모습은 제 기억 속에 오래도록 남아 있을 것입니다. 아씨의 얼굴에는 온화함과 선량함이 가득 차 있습니다. 그리고 만일 그토록 아름다운 표정에 세상의 자부심이나 자만심의 기색이 조금 섞이게 된다 하더라도 그와 같은 특성을 간직하는 것을 무슨 수로 책망할 수 있겠습니까? 오래오래, 길이길이 아씨의 얼굴을 기억할 것입니다. 그리고 하느님께 진심으로 감사드립니다, 제 생명을 구해 주신 고귀한 분의 결혼을 … "

레베카는 갑자기 말을 끊었다 … 눈에는 눈물이 글썽였다. 그러나 눈물을 황급히 훔치고는 로웨나의 염려하는 물음에 답했다.

"괜찮습니다, 아씨 … 아무 일도 아니랍니다. 하지만 토퀼스톤과 템플스토의 시합장만 생각하면 가슴이 복받쳐 올라서요 … 안녕히 계세요. 아, 이제 하나, 제 의무에서 가장 하찮은 부분이 아직 남아 있습니다. 이 작은 상자를 받아 주세요 … 그리고 안에 든 것을 보고 놀라지는 마세요."

로웨나는 은으로 양각된 작은 상자를 열었다. 안에는 다이아몬드로 만든 목걸이가 귀걸이와 함께 들어 있었는데, 매우 값비싼 것들이 틀림없었다.

"받을 수 없어요."

로웨나는 상자를 도로 내밀며 대답했다.

"이렇게 커다란 선물은 받을 수가 없네요."

하지만 레베카도 물러서지 않았다.

"받아 주세요, 아씨 … 당신께는 권력, 지위, 지배력, 영향력이 있습니다. 저희에게는 강점이기도 하고 약점이기도 한 부가 있고요. 이런 하찮은 것은 그 가치를 열 배로 불린다고 해도 아씨의 매우 가벼운 소망의 절반만큼도 영향력을 미치지 못할 것입니다. 그러니 당신께, 이 선물은 아무런 가치도 없습니다 … 그리고 제게는, 더욱 가치가 없답니다. 제발 아씨께서 동족의 평민들처럼 저희 민족을 야비하고 사악한 사람들로 여기고 있다는 생각이 들지 않게 해 주세요. 제가 이렇게 반짝이는 돌 부스러기를 자유보다 더 귀하게 여긴다고 생각하시나요? 아니면 저희 아버지가 이것들을 자기 자식의 명예보다도 더 값지게 여긴다고 생각하시나요? 그러니 그냥 받아 주세요, 아씨 … 제게는 쓸모가 없는 것들이랍니다. 다시는 보석을 몸에 걸치지 않을 테니까요."

"그렇다면 당신은 불행해져요!"

로웨나는 레베카가 입밖에 낸 마지막 말투에 감동되어 외쳤다.

"오, 제발 우리 곁에 남아줘요 … 성직자들의 권고를 받아들여 당신들의 그 잘못된 율법을 버리도록 해요, 그러면 당신에게 자매가 되어 주겠어요."

"아닙니다, 아씨."

레베카는 부드러운 음성과 아름다운 얼굴에 깃들어 있는 변함 없이 고요하고 음울한 기색으로 대답했다.

"그럴 수는 없습니다. 제가 살려고 하는 곳의 기후에 맞지 않는다고 하여 옷을 바꾸는 것처럼 제 선조님들의 신앙을 바꿀 수는 없습니다. 그리고, 불행해지지도 않을 것이고요. 앞으로의 제 삶을 바치려는 하느님께서 위안자가 되어 주실 테니까요, 저의 행위가 하느님의 뜻에 합당하다면요."

"그렇다면 당신들에게도 수도원이 있어, 그 중 하나에 칩거할 작정인가요?"

"아니오, 아씨. 하지만 저희 민족에는 아브라함 시대부터 모든 생각을 하느님께 바치고 병자를 돌보고, 굶주린 사람들을 먹이고, 괴로워하는 사람들을 위로해 주며 사람들에게 친절을 베푸는 일에 헌신하는 여인들이 있었습니다. 이 레베카도 그러한 사람이 되려고 합니다. 그러니 혹시라도 나리께서 목숨을 구해 주신 이 몸의 운명에 대해 물으시는 일이 있으시거든 이렇게 말씀 드려 주세요."

레베카의 목소리는 자기도 모르게 떨렸고 부드러운 말투가 배어 나왔는데, 이는 어쩌면 자신이 기꺼이 나타내고 싶어했던 이상으로 드러난 것이었는지도 모른다. 레베카는 서둘러 로웨나에게 작별을 고하였다.

"안녕히 계세요. 유대인과 그리스도 교도를 다같이 만드신 하느님께서 그 가장 좋은 축복을 아씨께 잔뜩 쏟아 주시길 빌겠습니다! 저희를 신고 표류하던 배는 앞으로도 항구에 닿기 전에는 계속 그렇게 떠돌 것입니다."

그 말을 끝으로 레베카는 미끄러지듯 방에서 빠져나갔으므로 뒤에 남은 로웨나는 마치 환영이 앞을 지나간 것처럼 놀라서 멍한 상태로 있었다. 아름다운 색슨 부인은 그 기이한 만남에 대해 남편에게 말해 주었고, 이야기를 들은 윌프레드는 마음 속으로 깊은 감명을 받았다. 그는 로웨나와 오래도록 행복하게 살았다. 두 사람은 일찍이 느꼈던 애정의 결속으로 서로 사랑하고 있었던 데다 두 사람의 결합을 가로막은 방해물을 떠올리며 더욱 사랑하게 되었다. 그러나, 레베카의 미모와 아량에 대한 회상이 앨프레드 대왕의 아름다운 후손 로웨나가 전적으로 용인할 수 있는 정도보다 더욱 자주 아이반호의 마음 속에 떠올랐는지 묻는 것은 너무 짓궂은 질문이 될 것이다.

아이반호는 리처드 왕을 섬기는데 혁혁한 공훈을 세웠고, 더욱더 왕의 총애를 받는 영예를 누렸다. 그리고 어쩌면 한층 더 높이 출세할 수도 있었을 것이다. 영웅적인 사자심 왕이 리모주(Limoges) 근처의 샬뤼(Chaluz) 성 앞에서 그렇게 빨리 죽는 일만 없었다면 말이다(리처드 왕은 1199년 샬뤼 성의 귀중한 보물을 손에 넣기 위해 포위 공격하던 중 목에 석궁의 화살을 맞았다. 왕이 죽으면서 내린 명령에도 불구하고 그를 쏘았던 병사는 산 채로 살가죽이 벗겨졌다고 한다). 이로써 관대하면서도 무모하며 의협심에 불탔던 군주의 생명과 더불어 그의 야망과 관용으로 구상했던 모든 계획들도 함께 스러지고 말았다. 그래서 리처드 왕은, 몇 마디만 고치면 존슨이 스웨덴의 카를 왕을 위해 지은 시구에 그대로 들어맞을 인물이다(스웨덴 왕 카를 12세가 1718년 노르웨이의 프레드릭스할트를 포위 공격하다가 구식 보병총에 맞아 치명상을 입고 전사한 일화를 노래한 것임).

그는 이국의 바닷가에서 종말을 맞을 운명,
보잘것없는 성채와 '비천한' 손에 의해.
듣기만 하여도 세인의 얼굴을 질리게 할 이름 남겼네,
교훈도 되고 이야기의 흥도 돋우는.

옮긴이의 말

변호사 아버지와 의사의 딸인 어머니 사이에서 태어난 스콧은, 어렸을 때부터 나이 든 친척들이 들려주는 스코틀랜드 변경 지방 이야기를 즐겨 들으며 자라났다. 얼마 지나지 않아 시, 역사, 극 작품, 옛날이야기, 로맨스 등을 닥치는 대로 읽었고, 기억력이 뛰어나 시를 암송하여 집에 찾아온 손님들을 놀라게 했다고 한다. 또한 이웃 지방을 답사하면서 아름다운 자연을 사랑하게 되었고, 스코틀랜드 선조들의 역사적인 투쟁을 깊이 인식하게 되었다.

1790년대 중반에 스콧은 독일 낭만주의, 고딕 소설, 스코틀랜드 변경의 발라드에 다양한 관심을 갖게 되고, 그 관심은 마침내 「스코틀랜드 변경 지방의 민요」로 결실을 맺게 된다. 구전 과정에서 손상된 원형을 복구하려는 그의 노력은 이따금 기교적인 낭만주의 취향의 힘찬 시를 탄생시키는 원동력이 되었다. 이 작품으로 스콧의 이름이 대중에게 널리 알려졌으며, 뒤이어 본격적인 이야기체 시 「마지막 음유시인의 노래」로 첫 성공을 거둔다. 증판을 거듭한 이 시의 명쾌하고 활기찬 서술, 스코틀랜드의 토속적인 색채, 연민을 자아내는 고결한 힘, 생생한 풍경묘사는 그 뒤 「마미온」을 비롯한 시적 로맨스에서도 반복되어 나타난다.

1813년경 스콧은 이야기체 시에 싫증을 느끼기 시작했고, 마침 깊이와 힘을 가진 바이런이 등장해 이 분야에서 최고의 지위를 누리던 그를 위협했다. 그래서 다른 장르를 개척하던 스콧은 1805년에 쓰기 시작한 소설의 미완성본을 발견하고는 그것을 마무리하여 1814년에 완성했는데, 이 소설이 바로 「웨이벌리」이다. 독창적이고 강력한 힘을 가진 이 작품은 많은 독자들에게 즉시 인정을 받아 널리 읽히게 되었다.

이 작품은 1745년의 재커바이트 반란에 대한 이야기로서, 사라져 버린 스코틀랜드 고지 사람들의 생활상과 충성심을 새롭게 해석하여 생생하게 그려놓았다. 뒤이어 오늘날 "웨이벌리" 소설로 알려진, 스코틀랜드를 배경으로 한 역사소설 시리즈를 발표했는데, 이 작품들에서 스콧의 특별한 문학적 재능이 그 기량을 충분히 발휘했다.

무엇보다도 스콧은 흥미진진한 격동기의 역사적 배경 속에 활기차고 다양한 수많은 인물들을 설정하는 데 탁월한 재능을 가진 이야기꾼이었다. 또한 표현이 풍부한 스코틀랜드 방언과 기사나 귀족 등 상류사회의 세련되고 공손한 어법에 모두 능통했다. 스코틀랜드 역사와 사회에 대한 지식이 풍부하고 생활양식과 관습을 예리하게 관찰했기 때문에, 거지와 시골사람에서부터 중류층, 전문직업인, 지주에 이르기까지 광범위하고 통찰력 있게 스코틀랜드 사회를 묘사하여 사회사가로서의 면모도 보여 주었다. 스콧은 평범한 사람들에게 관심을 보임으로써 왕족에게만 집중했던 이전의 역사소설가들과 확연히 구분된다. 사건을 생생하게 그리는 천부적인 재능 덕분에 고지 사람들 특유의 성격과 17, 18세기 스코틀랜드를 뒤흔든 격렬한 정치적·종교적 갈등을 모두 실감나게 표현했다. 마침내 스콧은 강하면서도 단정하고 서정적인 아름다움을 지니며 묘사가 명징하고, 풍부하고 화려한 자연스러운 문체의 대가가 되었다.

다양한 스코틀랜드 역사소설을 쓴 뒤 스콧은 경제적인 어려움을 극복하고, 저자 머리말에서도 밝혔듯이 자신이 만들어 낸 역사소설에 대한 독자들의 새롭고 다양한 요구를 충족시키기 위해 스코틀랜드와 동시대를 벗어난 다른 곳, 다른 시대의 역사에서 주제를 택했다. 그 결과 12세기 잉글랜드를 배경으로 한 「아이반호」를 발표했는데, 이 소설은 이후 유럽과 미국에서 큰 인기를 얻었다. 이 작품의 성공으로 소재의 영역 확대에 자신감을 얻은 스콧은 엘리자베스 시대 잉글랜드, 15세기 프랑스, 십자군 원정 당시의 팔레스타인을 배경으로 한 다양한 작품을 선본다.

스콧은 조국 스코틀랜드의 가까운 과거를 다룰 때는 허구적인 형식을 취하여 스코틀랜드에 대한 자신의 애매한 감정을 표현할 수 있었다. 즉, 스코틀랜드와 잉글랜드의 합병으로 인한 상업의 발전과 근대화를 환영하면서도 한편으로는 스코틀랜드가 독립성을 잃고 민족의식과 전통을 서서히 잃어가는 것을 매우 안타까워했다.

"웨이벌리" 시리즈에 속하는 소설들은 스코틀랜드의 재커바이트파가 이룩한 옛날의 영웅적인 전통이 근대사회에서는 더 이상 설자리가 없음을 분명히 보여 준다. 실제로 스콧의 주인공은 무장을 갖춘 투사적인 기사가 아니라, 영웅적인 과거를 잘 알지도 못하고 그것과 정서적인 유대감도 갖지 않은 채 자기 일에만 열중하는 변호사, 농부, 상인과 소박한 사람들이다. 스콧은 스코틀랜드의 과거에 대해 낭만적인 애착과 관심을 지닌 동시에 스코틀랜드의 미래가 영국의 상업적인 성공 여부에 달려 있다는 사실을 깨달은 소설가였다. 그는 문명을 환영했지만, 개인의 영웅적인 행위도 열망했다. 바로 이러한 양면성 때문에 그의 훌륭한 소설에는 활력과 긴장과 복합적인 관점이 담겨 있다.

스콧은 당시의 이질적인 소설기법들을 한데 합쳐 스코틀랜드 역사에 대한 깊은 관심과 옛것에 대한 지식을 전달하는 수단으로 이용했다. 전지적인 서술기법, 지방어, 지방색을 가진 배경, 정교한 인물묘사, 사실적으로 다루어진 낭만적 주제는 모두 그에 의해 새로운 문학형식인 역사소설의 구성요소가 되었다. 다작에서 오는 문체의 소홀, 성격묘사의 세밀한 분석 결여, 여성에 대한 전형적 묘사 등이 흠이 되긴 하지만, 「아이반호」를 포함한 "웨이벌리 소설들"은 이후에 디킨스(Dickens), 새커리(Thackeray), 리드(Reade), 조지 엘리엇(Gerge Eliot)과 같은 많은 영국 소설가들뿐 아니라 뒤마(Dumas)와 같은 유럽 작가들의 역사소설에 직접적인 영향을 주었다.

「아이반호」는 스콧의 특색을 매우 잘 나타낸 대표적 걸작이다. 그래서 그런지 그의 작품 중 가장 널리 가장 오래도록 애독되고 있으며 그가 살아 있는 동안 최고 발행부수를 기록했다고 한다. 이 작품은 노르만 인의 점령 후 지배계급에 대한 앵글로색슨 인들의 반항과 기백을 묘사한 작품인데, 사실적(史實的)으로 군데군데 오류가 있고, 모험을 중심으로 이야기가 전개되어 구성에 치밀함이 결여되어 있고 등장인물의 묘사가 겉모습에 치중되어 이야기에 박진감이 떨어진다는 비판을 받기도 하지만 광대 왐바, 돼지치기 거스, 로빈후드와 탁발승 턱 등 색슨 서민들과 유대처녀 레베카의 인물묘사가 뛰어나다.

이 작품은 12세기 잉글랜드의 색슨 인과 노르만 인들 사이의 대립을 배경으로 한 사랑과 무용(武勇)의 이야기이다. 아이반호는 정확히 말해서, 인명이 아니고 영지의 이름이다. 아이반호의 기사 윌프레드가 원래 이름인데 이를 줄여서 아이반호라고 부르는 것이다. 아이반호는 아버지 세드릭의 피후견인으로 옛 앵글로색슨 왕족인 로웨나 공주와 서로 사랑하는 사이지만, 색슨 족의 독립을 열망하여 통합을 달성하기 위해 공주를 색슨 왕족의 또 다른 후예인 애설스탠과 결혼시키려고 하는 아버지에게 의절당하여 쫓겨난다. 윌프레드는 사자심 왕 리처드를 따라 십자군에 참가했다가 성지 순례자로 위장하여 귀국한다. 한편, 리처드 왕의 동생 존 왕자가 일부 노르만 귀족을 규합하여 왕위 찬탈을 모의한다는 소식을 듣고 아슈비에서 열린 마상시합에 나가 존의 일파인 노르만 귀족들과 성전 기사를 이기고 로웨나 공주로부터 영예의 관을 받는다. 시합 중 입은 상처로 쓰러진 아이반호는 노르만 족에 반감을 가진 유대인 부호 아이작의 딸 레베카의 간호를 받는다. 또한, 아슈비 시합장에서 집으로 돌아가던 세드릭과 로웨나 공주 일행은 아이반호를 남몰래 데리고 가던 레베카 일행과 합류하게 되었다가 로웨나를 납치하려는 드 브라시 일당에게 모두 함께 포로로 잡혀 프롱 드 뵈프의 성인 토퀼스톤에 감금된다. 세드릭의 일행 중 도망친 광대 왐바와 돼지치기 거스를 통해 그들의 감금 사실을 알게 된 록슬리(로빈 후드)와 흑기사로 위장해 입국해 있던 리처드 왕의 활약으로 로웨나 일행은 토퀼스톤 성에서 구출된다. 그러나 레베카만은 그녀에게 미친 듯한 연정을 품은 성전 기사 브리앙 드 봐 길베르에게 끌려갔다가, 성전 기사단장으로부터 마녀 혐의를 받고 재판을 받게 된다.

결투에 의한 재판에서 레베카의 대전사로 나선 아이반호는 길베르와 겨뤄 승리를 거두고 레베카를 구출한다. 결국 신분을 밝힌 리처드 왕은 존 왕자의 계획을 저지하고 아이반호를 아버지와 화해시킨 후 로웨나 공주와 결혼시킨다. 아이반호를 흠모했던 유대인 레베카는 아버지와 함께 그라나다로 떠난다.

「아이반호」는 스콧이 역사소설을 쓰기 시작한 지 6년, 열 권째에 해당되는 작품이다. 이전에 쓴 역사소설 아홉 권은 모두 스코틀랜드를 소재로 하여, 그것도 불과 2, 3세대 전의 일을 취급한 것인데, 이 작품에 이르러 비로소 스코틀랜드가 아닌 잉글랜드를 소재로 하여 시대적으로도 먼 12세기 중세의 배경을 취급하게 된 것이다. 이것은 새로운 분야를 개척해 보려는 예술가의 자연적 욕구에서 나온 것이다. 이 작품의 성공으로 해서 스콧은 잉글랜드는 물론, 때로는 프랑스와 팔레스타인까지 그 배경을 넓힐 수 있었다.

「아이반호」가 그린 무대는 전술한 바와 같이 잉글랜드로서, 시대는 12세기다. 본문에도 군데군데 언급되어 있지만, 이 시기를 이해하기 위해서는 그 시대에 관련된 역사와 사회상을 간단히 알아둘 필요가 있다.

본래, 잉글랜드는 브리튼 족이 살고 있던 곳인데 449년에 유럽의 북방으로부터 앵글로색슨 족이 쳐내려와 브리튼 족을 정복하여 왕국을 세우고 앵글로색슨 문화를 낳았다. 오늘날의 영국민의 특성, 영국 문화의 기초를 이루고 있는 것은 이 앵글로색슨 민족으로, 오늘날의 영어도 역시 앵글로색슨 어를 근간으로 하고 있다. 그런데 1066년에 노르망디의 윌리엄 공작이 대군을 이끌고 영국 해협을 건너와 헤이스팅스 전투에서 앵글로색슨 족 최후의 왕 해럴드를 죽인 후 잉글랜드를 정복하고 왕이 되었다. 윌리엄 1세, 즉 정복왕 윌리엄은 바로 이 왕을 두고 하는 말이다.

한편, 노르망디는 프랑스의 서북부에 해당하며, 영국 해협에 마주한 지방으로서 당시는 이 지방에 왕국을 세운 무시 못할 세력이 있었다. 본래 노르망디 왕국을 건설한 노르만 인은 사실 전에 스칸디나비아의 바이킹이었는데, 900년경 흑선을 타고 세느 강을 거슬러 올라와 그 해안을 침략한 후 파리로 공격해 들어가려고 했다. 그러자, 프랑스는 북서의 광막하고 풍요로운 지방을 그들에게 주고 화평을 체결하였다. 즉, 이들이 이 지방에 나라를 세우고, 그 나라를 노르만이라고 칭했는데, 그들은 자기의 특징을 간직하면서 프랑스 문화를 받아들였다. 특히, 이들은 프랑스인과 결혼하여 민족을 발전시켰고, 프랑스의 풍속, 관습, 언어 등을 도입하여 불과 백년 남짓한 사이에 야만의 북유럽 해적에서 가장 진화, 발전한 종족이 되었다. 즉, 본래 지니고 있던 북유럽의 무용을 여전히 보존하면서 남유럽의 유연성과, 융통성과, 예술문학에 대한 애호를 받아들이고 흡수하여, 정치를 조직하고 지배하는 재능을 발전시켰다.

이와 같은 민족이 잉글랜드를 정복하여 자기들의 왕국으로 삼자, 그들은 프랑스의 문화, 문학, 언어, 풍속, 관습을 잉글랜드로 수입해 들여왔다. 정복 후, 반세기도 채 되기 전에 앵글로색슨 귀족과 향사 등은 노르만 인에게 그 지위를 빼앗기게 되었으며, 교회 역시 프랑스의 사제와 수도자로 가득차게 되었다. 이제까지 앵글로색슨 족이 사용하고 있던 영어는 학문과 문학에서 그 중요성을 잃게 되었다. 궁정이나, 병영, 성, 학교, 교회, 법정 등에서는 오로지 노르만 프랑스 어만이 사용되었다. 그리고, 수도원이나 교회에서는 읽고 쓰는데, 심지어 대화에까지 라틴어가 사용되었다. 그러므로 1300년경까지는 영어로 쓴 산문이나 시가 거의 없으며, 대개는 프랑스어로 기록되었다.

그러나 영어는 색슨 인, 특히 하층민 즉 일반 민중이 사용하는 언어로서, 후에는 귀족 계급에 속하는 노르만 인의 자손까지도 민중과 접촉할 기회가 많아지게 되면서 점점 영어를 사용하게 되었다. 그러나 그 영어는 매우 변모된 것이었다. 즉 다수의 민중 어인 앵글로색슨 어가 근간이 되었지만 새로운 민족인 노르만 인이 사용하는 언어의 영향을 받아 문법에 많은 변화가 일어났으며, 어휘 또한 폭발적으로 증가했다. 이와 같이 해서 오늘날의 근대 영어가 생긴 것이다.

노르만 정복 후의 잉글랜드 사회상의 근본 특징은 봉건제도의 확립이었다. 봉건제도란 간단히 말하면, 국왕이 모든 토지를 소유하고, 무공에 따라 그 신하에게 토지를 분배하는 제도이다. 윌리엄 1세는 영국 정복 후 색슨 인들의 모든 사유지를 몰수하여 국왕의 소유로 하였으며, 이것을 분할하여 신하인 노르만 귀족에게 봉토로 분배하였다.

그리고 대외적으로 유럽에서는, 그리스도 교도가 이슬람 교도에게 빼앗긴 성지 예루살렘을 탈환할 목적으로 총궐기하여 사라센 인과 전쟁을 시작했다. 잉글랜드 인들도 역시 그리스도 교도로서 이 십자군 전쟁에 참가하였다. 첫 번째 십자군이 시작된 것은 1095년 즉, 노르만 정복 후 30년도 채 못 되어서이다. 정복 왕 윌리엄 1세의 맏아들인 노르망디 공작 로베르 2세 역시 1차 십자군에 참가하여 공훈을 세운다. 이 작품에 등장하는 사자심 왕 리처드 역시 프랑스의 필리프 왕과 함께 3차 십자군에 참가한 주역이다. 리처드는 아크레까지 점령했지만 예루살렘 재탈환에는 실패하고 살라딘과 휴전 협정을 맺고 귀국길에 오른다. 하지만 십자군 당시 적으로 만들었던 오스트리아의 레오폴트 백작의 성에 유폐되어 수년을 보내게 된다. 그 사이 존 왕자는 형의 왕위를 찬탈하려는 야욕을 키우는데, 바로 이 시기가 이 작품의 배경이다.

한편, 십자군 전쟁으로 인해 많은 종교 기사단이 생겨났는데, 그 효시가 바로 성전 기사단이다. 십자군 전쟁 초기에 십자군은 성지의 몇몇 요새밖에 장악하지 못했으므로 성지 순례자들은 자주 이슬람 교도의 습격을 받았다. 그러한 순례자들의 곤경을 보다 못해 8-9명의 프랑스 기사들이 1119년 말(또는 1120년초)에 순례자 보호에 헌신할 것과 이를 위해 종교단체를 구성할 것을 서약했다. 이로써 성전 기사단이 발족된 것인데 기사들만이 성전 기사단의 독특한 복장인 붉은 십자가가 표시된 흰색 겉옷을 입었다. 기사단은 기사단장이 이끌었고, 각 지부마다 기사단장에게 복종하는 지부장이 있었는데, 기사단원들은 청빈과 순결을 맹세했다. 그들은 성지에서 용감하게 싸웠으며 그 수가 급속히 불어났고 전성기에는 2만 명에 이르렀다. 또한 스페인, 프랑스, 영국의 왕들과 대귀족들로부터 귀족지위, 성(城), 영주권, 영지 등을 받아 부를 축적한 12세기 중엽에는 서유럽과 지중해 연안, 성지 전역에 걸쳐 많은 재산을 소유하게 됨으로써 거대하고 강력한 조직이 된다. 그들은 예루살렘 왕국의 정세를 좌지우지하며 구호 기사단과 마찰을 빚다가 결국에는 예루살렘을 잃은 후 몰락의 길을 걷는다. 작품 속의 성전 기사 브리앙 드 봐 길베르가 그렇게 오만하고 제멋대로 할 수 있었던 것은 바로 성전 기사단이라는 거대한 조직의 일원이었기 때문이다.

기사도(Chivalry)는 '말'을 뜻하는 프랑스어 슈발(cheval)에서 유래했다. 기사는 주로 가문이 좋고 부유한 젊은이들만이 될 수 있었다. 전쟁시에는 종자들과 함께 군주의 야영지에 머물며, 전투를 지휘하거나 군주를 위해 성을 지켰다. 평상시에는 군주의 조정과 연회에 자주 참석하고, 군주들이 베푸는 마상시합(tournament)에 참가하며 소일했다. 그렇지 않으면, 모험을 찾아 이곳저곳을 떠돌며 불의를 바로잡고, 정의를 확립하며, 때로는 종교나 사랑의 서약을 이행하는데 온 힘을 쏟았다. 이처럼 떠도는 기사들을 편력기사(knight-errant)라고 불렀다. 이들은 외떨어진 곳에서 무미건조한 생활을 하던 귀족들에게 활기를 되찾아 주었으므로 환영받았고, 수입의 많은 부분을 기사들의 후원에 의존하던 수도원에서도 정중하게 맞아 주었다.

그러나 근처에 성이나, 수도원, 수사들이 은둔하던 암자가 없을 경우에는 저녁도 거른 채 길가 십자가 아래에 누워 밤을 보내는 것도 마다하지 않았다. 이야기 속에서도 사자심 왕 리처드가 흑기사로 신분을 위장하여 편력 기사로 떠돌다 로빈 후드 패거리의 수도사 턱과 어울리게 된다.

그런데 이런 식으로 정의를 세우려 했다는 것이 그 당시 상황을 정확히 설명해 주고 있다고는 볼 수 없다. 불의를 바로잡는 것이 정당한 목적이었던 권력 때문에 도리어 기사들이 고통을 당하는 경우도 많았기 때문이다. 따라서 본 작품에도 등장하다시피, 당시의 풍속을 잘 나타내 주고 있는 로맨스를 보면, 기사의 성이 주변 사람들에게 공포의 대상이 되었다는 이야기도 있다. 또한 성채의 감옥에 갇힌 수많은 기사와 귀부인들이 용감한 기사가 나타나 자기들을 석방해 주거나 몸값을 물고 석방되기를 기다리는 이야기, 정의나 법을 무시하고 군주의 명령을 시행하는 데만 급급한 못된 신하들, 힘없는 하층 계급의 권리를 무시한 사실 등도 잘 나타나 있다. 작품 속에서도 드 브라시와 성전 기사가 세드릭과 로웨나 공주 일행을 납치하여 프롱 드 뵈프의 성인 토퀼스톤에 포로로 가두어 놓고 몸값을 요구하는 등 전횡을 일삼는 것이 잘 표현되어 있다.

기사들이 벌이는 볼거리 풍성한 마상시합에 적용하는 기사도적인 규칙과 화려한 각종 장신구, 마구 등은 프랑스에서 유래한 것으로서 시합을 하다 보면 싸움이 벌어지기 쉽고 그로 인해 죽는 일도 가끔 일어났다. 마상창시합(joust, just)은 마상시합과는 좀 차이가 있었다. 마상 창시합은 창으로 싸우며, 주목적은 상대방을 낙마시키는 것이었다. 작품 속 아슈비 드 라 주시의 무예 시합은 바로 이 마상 창시합의 전형이다. 반면에 마상 시합은 뛰어난 기량과 솜씨를 보여 줘야 했으며, 사용하는 무기도 다양했고 규칙도 더욱 엄격했다. 규칙상, 말을 해치거나 칼끝을 사용하거나 투구를 벗기거나 면갑을 올린 후 상대를 공격하는 것은 금지되어 있었다. 숙녀들은 기사들을 격려하고 상을 수여했다. 우승자의 공훈은 로맨스나 노래의 주제가 되기도 했다.

기사들의 무장 중에서 투구는 두부와 면갑으로 구성되어 있었는데, 두부는 안쪽에 몇 개의 둥근 쇠를 덧대어 강도를 높였고, 면갑은 명칭에서 알 수 있듯이 창살처럼 밖을 내다볼 수 있고 임의로 올렸다 내렸다 할 수 있게 고안되었다. 떨어지거나 타격으로 벗겨지는 것을 방지하기 위해 투구를 사슬 갑옷의 그물에 끈으로 매어 놓았으므로 넘어진 기사를 죽이려면 투구의 끈을 풀어야만 했다. 이야기 속에서도 상대 기사가 말에서 떨어지면 항복을 받아내기 위해 발로 가슴을 누르고 단도로 투구의 끈을 벗긴 후 칼로 겨누는 장면이 자주 등장한다.

이 작품의 재미는 역사 소설로서의 재미다. 특히 스콧은 역사를 한 편의 거대한 로맨스로 바꾸어 놓았다. 물론 소설 장르는 부단히 발전하고 많은 새로운 실험을 통하여 오늘날에는 다양한 기법을 선보이고 있다. 특히 현대로 올수록 심리묘사에 치중하게 된다. 그런데 이 작품은 주로 상황이나 사건의 전개에 대한 묘사가 주를 이루고, 인물 묘사는 내면 묘사보다도 겉으로 드러나는 모습이나 인물들끼리 주고받는 대화에 의해 그 인물의 성격을 가늠하게 하고 있다. 아이반호의 작품 속 인물들은 그 성격이 상당히 뚜렷하다. 한마디로 친근하고 생동감이 있다. 그런데 더욱 흥미로운 점은 주요 인물들인 윌프레드, 로웨나, 레베카, 세드릭의 정형화된 성격보다는 왐바, 애설스탠, 아이작 등 주변 인물의 성격이 더욱 재미있고 선명하게 부각되는 점이다. 특히 왐바는 상황을 절묘하게 비꼬는 재치로 이야기에 양념 역할을 톡톡히 하고 있으며, 재물에 벌벌 떠는 아이작이나, 모든 화제가 먹는 것으로 귀결되는 애설스탠의 대화는 웃음이 절로 난다.

둘째로, 성경을 비롯하여, 각 신화에 등장하는 해박한 고전 지식의 접목이다. 시, 역사, 극 작품, 옛날 이야기, 로맨스 등의 작가의 지식이 축적되어, 작품 여기저기에 수없이 인용되어 작품 상황에 맞게 짜여져 있다. 이는 읽는 이들에게 지적 즐거움을 선사한다. 특히, 각 장마다 그 장의 전체 내용을 미리 가늠할 수 있게 삽입된 인용문들은 희곡, 시, 옛 기록 등의 다양한 출전에 힘입어 상황을 일치시키는 짜임새가 놀랍다. 아마 이것이 이 작품을 읽으며 부수적으로 얻게 되는 선물이 아닐까 싶다.

　작품 속에는 노르만 인, 색슨 인, 유대 인 등등 다양한 국적의 인물들이 등장하고, 많은 가톨릭 성자들의 이름이나 라틴 어구도 등장하는데, 인물의 특성이나 타문화의 관습을 그대로 표현하기 위해 되도록 원어로 표기하려고 했다. 유명한 성자들은 널리 사용되는 관행에 따랐고, 그 외에는 가톨릭에서 정리되어 있는 것을 참고했다.

현대지성 클래식 12

아이반호

1판 1쇄 발행 2018년 8월 1일
1판 2쇄 발행 2022년 3월 25일

발행인 박명곤 **CEO** 박지성 **CFO** 김영은
기획편집 채대광, 김준원, 박일귀, 이은빈, 김수연
디자인 구경표, 한승주
마케팅 임우열, 유진선, 이호, 김수연
펴낸곳 (주)현대지성
출판등록 제406-2014-000124호
전화 070-7791-2136 **팩스** 0303-3444-2136
주소 서울시 강서구 마곡중앙6로 40, 장흥빌딩 10층
홈페이지 www.hdjisung.com **이메일** main@hdjisung.com
제작처 영신사

ⓒ 현대지성 2018

"Inspiring Contents"
현대지성은 여러분의 의견 하나하나를 소중히 받고 있습니다.
원고 투고, 오탈자 제보, 제휴 제안은 main@hdjisung.com으로 보내 주세요.

"인류의 지혜에서 내일의 길을 찾다"
현대지성 클래식

현대지성 클래식 살펴보기